Polina Daschkowa

Keiner wird weinen

POLINA DASCHKOWA, geboren 1960, studierte am Gorki-Literaturinstitut in Moskau und arbeitete als Dolmetscherin und Übersetzerin, bevor sie mit einer Gesamtauflage von heute 45 Millionen verkauften Büchern zur beliebtesten russischen Krimiautorin avancierte. Sie lebt mit ihrem Mann und zwei Töchtern in Moskau.

In der Aufbau-Verlagsgruppe sind bisher ihre Romane »Die leichten Schritte des Wahnsinns« (2001), »Club Kalaschnikow« (2002), »Russische Orchidee« (2003), »Lenas Flucht« (2004), »Für Nikita« (2004), »Du wirst mich nie verraten«(2005) und »Der falsche Engel«(2007) erschienen.

Im DAV wurden die Hörbücher »Die leichten Schritte des Wahnsinns« und »Club Kalaschnikow« veröffentlicht.

Kostja war ein Heimkind, das nie eine Mutter hatte. Ein Krimineller wird dem Jungen, der nach Zuneigung und einem normalen Leben dürstet, zum Vater und Lehrer. Und so ist sein Weg vorgezeichnet: Bald ist er der Kopf einer besonders grausamen Verbrecherbande in Moskau, die keine Zeugen hinterläßt. Zu seinen Opfern gehören möglicherweise die Eltern und die Großmutter von Wolodja. Als der von der Armee zurückkehrte, lagen sie ermordet in der Wohnung. Wolodjas Leben hat nur noch ein Ziel: Denjenigen zur Strecke zu bringen, der das getan hat. Er baut kleine Bomben und Handgranaten, die er gegen »böse« Menschen einsetzt, und wird so selbst zum Gejagten der Miliz.

Polina Daschkowa erstellt für die Medien psychologische Tätergutachten in aktuellen Kriminalfällen. Im vorliegenden Roman schöpft sie aus den dabei gewonnenen Erfahrungen und erzählt mit großer psychologischer Meisterschaft die Geschichte eines Mörders aus »edlen« und eines Mörders aus »niederen« Motiven.

Polina Daschkowa

Keiner wird weinen

Kriminalroman

Aus dem Russischen
von Ganna-Maria Braungardt

aufbau taschenbuch
AUFBAU VERLAGSGRUPPE

Die Originalausgabe unter dem Titel
Никто не заплачет
erschien 1999 bei Astrel-Verlag, Moskau.

ISBN 978-3-7466-2374-0

Aufbau Taschenbuch ist eine Marke der
Aufbau Verlagsgruppe GmbH

1. Auflage 2007

Umschlaggestaltung gold, Anke Fesel und Kai Dieterich
unter Verwendung eines Fotos von Chris Keller, bobsairport
Druck und Binden Druckerei C. H. Beck, Nördlingen
Printed in Germany

www.aufbau-taschenbuch.de

Erstes Kapitel

Das morgendliche Prag roch nach nassem Straßenpflaster und warmem Weißbrot. Es war Ende Mai, und in der Stadt herrschte eine unglaubliche tropische Hitze. Gegen Mittag kletterte die Quecksilbersäule des riesigen Thermometers am alten Rathaus auf über sechsunddreißig Grad. Doch noch war früher, frischer Morgen. Die Straßen im Stadtzentrum füllten sich mit Menschenmassen und Autos, die Spatzen zwitscherten fröhlich, vom soeben mit Wasser besprengten Straßenpflaster stieg Kühle auf.

Die halbleere Straßenbahn überquerte gemächlich den Platz und fuhr ratternd um die Ecke. Ein Mann um die Dreißig auf dem letzten Sitz im vorderen Waggon zuckte heftig zusammen und murmelte auf russisch vor sich hin: »Warum nur? Warum?«

Die Frau neben ihm, eine ältere Dame mit einer karierten Tasche auf den Knien, schielte erstaunt zu ihm hinüber. Sie registrierte dunkelblondes Igelhaar, ein weiches, stupsnasiges Profil und eine blasse Wange mit ungepflegtem Dreitagebart.

Der junge Mann holte ein bereits benutztes Taschentuch hervor und schneuzte sich angestrengt. Er litt unter einer Allergie gegen Pappelflaum, die Nasenschleimhaut schwoll an, die Augen tränten. Er konnte kaum atmen, besonders wenn er nervös war. Und jetzt war er mehr als nervös – er war außer sich, verlor fast den Verstand. Sein Hals war wie versteinert. Er mußte den Kopf drehen, durch das hintere Fenster in den zweiten Waggon sehen. Von dort, aus der leeren Fahrerkabine, blickten ihn die ruhigen, unbewegten

Augen des Mörders an. Er mußte sich davon überzeugen, daß das ein Trugbild war, ein Fiebertraum, eine Folge der schlaflosen Nacht. Er mußte sich lediglich umdrehen. Doch sein Hals war versteinert.

»Příští zastávka Invalidovna!« sagte der Schaffner nach einem herzhaften Gähnen ins Mikrofon.

Als Kind hatte sich Denis Kurbatow immer amüsiert, wenn er die Haltestelle mit dem für einen Russen komisch klingenden Namen passierte.

»Das ist eine Oma, eine uralte Oma mit Krückstock. Die heißt Invalidovna«, pflegte Denis zu seinem Bruder zu sagen.

»Nein«, widersprach Anton, »das ist eine Frau in mittleren Jahren – dick, bösartig und mit einem Watschelgang.«

Dann zwängten sie sich zur Tür, denn an der nächsten Haltestelle mußten sie aussteigen. Zwei Jahre waren sie diese Strecke gefahren, zur tschechischen Schule. Die Brüder Kurbatow, Anton und der ein Jahr jüngere Denis, hatten ihre ganze Kindheit lang nur miteinander gespielt. Von den tschechischen Jungen und Mädchen wurden die beiden mit einer eigenartig erwachsenen Höflichkeit gemieden. Es war 1976, die Erinnerung an die sowjetischen Panzer war noch lebendig. Die Klassenkameraden von Denis, 1968 geboren, konnten sich natürlich an nichts erinnern. Doch die mit Abscheu gepaarte Angst vor den dröhnend durch die engen Gassen der Stadt rasselnden Stahlmonstern hatten diese Kinder mit der Muttermilch eingesogen.

Wladimir Kurbatow, der Vater der beiden Jungen, war 1968 in die Goldene Stadt im Herzen Europas geschickt worden. Er unterrichtete an der Prager Universität Marxismus-Leninismus und Geschichte der KPdSU, war Doktor der Gesellschaftswissenschaften und Oberstleutnant des KGB. Er sprach perfekt Tschechisch, das hatte er am Institut für internationale Beziehungen gelernt. Auch seine Söhne schickte er nicht in die russische Botschaftsschule, sondern in eine tschechische Schule – erstens, damit sie die Sprache richtig lernten, und zweitens, damit sie lernten, mit Schwierigkeiten fertig zu werden und sich früh an ein fremdes Umfeld gewöhnten. Er trainierte die Jungen beizeiten für eine Karriere als Diplomaten und Spione und duldete keine Widerrede.

Der Blick des Killers brannte sich durch die dicke Fensterscheibe hindurch in Denis Kurbatows Hinterkopf. Kalter Schweiß rann ihm unter den Kragen seines zerknitterten Leinenhemdes. Die Straßenbahn hielt, die Frau mit der karierten Tasche schrak auf, erhob sich steif und ging zum Ausstieg. Als die Tür sich bereits langsam wieder schloß, hechtete Denis von seinem Platz, schob sie mit schlaffen, zitternden Händen auf und sprang im Anfahren ab.

Er lief die nasse Straße entlang, vorbei an gerade ihre Läden aufschließenden Fleischern, Obst- und Gemüsehändlern, an sperrangelweit offenen Türen stiller Morgencafés, an dem dunkelgrauen vierstöckigen Schulgebäude, in das er zwei Jahre lang gegangen war. Er lief sehr schnell, ohne sich umzudrehen. Die wenigen Passanten blickten ihm erstaunt nach.

Er wußte noch aus seiner Kindheit, daß es hier in der Gasse, ganz in der Nähe der Schule, zwischen einem Tabakladen und einem Friseur einen Durchgangshof geben mußte. Er erkannte sogar das Haus wieder, mit dem Paradeeingang zur Straße und dem Hintereingang zum stillen Hof. Doch die vordere Hoftür war nun aus Stahl, und daneben hing eine Wechselsprechanlage.

Im Friseurgeschäft lehnte ein molliges Mädchen im lila Kittel im Türrahmen, in der einen Hand eine Tasse Kaffee, in der anderen ein halbes knusprigbraunes Hörnchen.

»Bitte, mein Herr, kommen Sie herein, guten Morgen«, sagte sie auf tschechisch und lächelte freundlich.

Er trat ein in den süßlichen Geruch von Haarlack und Rasierwasser und ließ sich in einen Drehsessel fallen. Aus dem riesigen Spiegel blickte ihm ein blasser Mann mit schwarzen

Ringen unter den Augen und stoppeligen, eingefallenen Wangen entgegen.

Die Friseuse in der Kittelschürze aß rasch ihr Butterhörnchen auf, leerte mit einem Schluck die Kaffeetasse und tauchte im Spiegel hinter Denis auf.

»Rasieren? Haareschneiden ist nicht nötig, oder?«

»Ja. Nur rasieren«, antwortete er heiser auf tschechisch. »Haareschneiden ist nicht nötig.«

Er hatte sich ein wenig beruhigt. Im Spiegel konnte er das breite, offene Fenster ausmachen, durch das ein Stück Straße gut einzusehen war. Ohne den Kopf zu drehen, konnte er die Vorbeikommenden beobachten. Ein Bankangestellter im strengen grauen Anzug erschien, eine junge Mama in Shorts schob einen Kinderwagen. Das etwa einjährige Mädchen darin hatte einen grellrosa Strohhut auf dem Kopf. Dann lief gemächlich ein alter Schornsteinfeger mit schwarzem Zylinder vorbei. Denis erinnerte sich, wie sehr er als Kind diese märchenhaft anmutenden Prager Schornsteinfeger gemocht hatte. In der Altstadt gab es viele Kamine, und die Schornsteine wurden noch immer gefegt wie vor dreihundert Jahren.

Der Schornsteinfeger schaute zum Fenster herein und nickte der Friseuse zu. Sie lächelte zurück und rief: »Guten Morgen, Herr Stašek!«

Unvermittelt ruckte Denis heftig mit dem Kopf. Das Rasiermesser glitt über seine Haut und hinterließ einen tiefen dünnen Schnitt.

»Ach, entschuldigen Sie, der Pan hat so plötzlich den Kopf gedreht, warten Sie, Augenblick ...«, sagte das Mädchen aufgeregt und tupfte ihm mit einem sauberen Papiertuch das Blut von der Wange.

Der Mörder war gleich nach dem Schornsteinfeger aufgetaucht. Er war direkt vor dem Fenster des Friseurgeschäfts stehengeblieben, hatte sich eine Zigarette angezündet und blickte Denis nun seelenruhig durch den Spiegel an. Ihre

Blicke trafen sich. Denis glaubte auf dem jungen Gesicht mit dem schwarzen Schnurrbart Spott zu erkennen.

»Entschuldigen Sie, junge Frau«, krächzte er kaum hörbar, »gibt es hier in der Nähe irgendwo ein Fax?«

»Ja, gleich um die Ecke, in der Ahornstraße, da ist ein Reisebüro. Von dort können Sie ein Fax schicken.«

Die Friseuse rasierte ihn vorsichtig zu Ende, fuhr mit dem Rasiermesser sanft über sein Kinn und wischte ihm den Schaum vom Gesicht.

»Wünscht der Herr noch eine Massage oder eine Maniküre?« fragte sie, während sie sein Kinn mit einem in Rasierwasser getauchten Tuch abtupfte.

Für eine Sekunde schloß Denis die Augen. Als er wieder in den Spiegel sah, war der Killer weg. Nur eine dünne Rauchsäule stieg vom Boden auf.

»Nein danke, nicht nötig.«

»Vierundzwanzig Kronen«, verkündete das Mädchen ein wenig enttäuscht.

»Entschuldigen Sie, wo ist bei Ihnen die Toilette?« fragte er, während er das Geld aus seiner Gürteltasche kramte.

Diesmal hatte er Glück. In der kleinen Kabine war ein Fenster, dick mit Ölfarbe überstrichen. Er riß den Riegel auf, schwang sich über das niedrige Fensterbrett und landete in einem menschenleeren Hof. Zunächst fürchtete er, das sei eine Sackgasse – der Hof sei auf allen vier Seiten von Häusern umschlossen, es gebe keinen Ausgang. Doch dann entdeckte er einen kleinen Torbogen, der mit Müllcontainern zugestellt war.

Ohne den Müllgeruch wahrzunehmen, hockte er sich hinter einen Container und sah hinaus auf die Straße. Es schien alles ruhig zu sein. Der schnurrbärtige Killer hatte ihn wieder verloren. Überhaupt – vielleicht hatte der Bursche am Fenster ihm nur ähnlich gesehen? Schließlich taten Denis die Augen weh und tränten wegen der Allergie, dazu die schlaflose Nacht, die Angst, die er ausgestanden hatte …

Vielleicht hatte ihm ja gar keiner durch das Straßenbahnfenster seinen eiskalten Blick in den Hinterkopf gebohrt – und alles war nur Einbildung. Vielleicht hatte er den Killer bereits vor Stunden abgehängt, auf dem Hauptbahnhof? Oder doch nicht?

Denis verließ den Hof und lief rasch auf der Schattenseite der schmalen Straße entlang. Er hatte Hunger. Das war ein gutes Zeichen – also war die Gefahr wirklich vorbei. Von Kindheit an spürte er drohende Gefahr zuerst im Bauch.

Anton Kurbatow drückte auf »Gespräch unterbrechen« und wählte sofort erneut die Prager Telefonnummer. Ein Freizeichen, sonst nichts.

»Verdammt, wo treibst du dich bloß rum, Denis?« sagte er in den tutenden Hörer, wartete noch eine Weile, blätterte in seinem dicken Kalender und zündete sich eine Zigarette an.

Er saß nackt in einem klobigen Ledersessel. Draußen vorm Fenster dröhnte der morgendliche Kutusow-Prospekt. Die Moskauer Maisonne drang durch die schweren Seidenvorhänge.

»Ich hab dich doch gebeten, im Zimmer nicht zu rauchen!« Auf der Schwelle stand eine hochgewachsene dünne Frau um die Vierzig in einem durchsichtigen Negligé. »Und überhaupt, hör auf, ständig Prag anzurufen, sonst hab ich nachher eine Rechnung von hundert Dollar am Hals.«

»Entschuldige«, brummte Anton, drückte aber dennoch die Zigarette nicht aus und wählte erneut eine Prager Nummer. Diesmal wurde sofort abgehoben.

»Entschuldigen Sie«, sagte Anton auf tschechisch, »in Ihrem Hotel wohnt Herr Denis Kurbatow, Zimmer neununddreißig. Ja, ich weiß, wie ich direkt im Zimmer anrufen kann. Aber dort geht schon den zweiten Tag niemand ran. Ja, danke. Wenn Sie erlauben, rufe ich in einer halben Stunde wieder an.«

Ein Ascheklümpchen fiel auf den teuren flauschigen Teppich. Die Frau riß ihm die Zigarette aus der Hand.

»Wowtschik kommt heute zurück, und du saust hier rum und telefonierst auch noch dauernd auf meine Kosten ins Ausland!«

»Reg dich bitte nicht auf, Galja!« Anton sah rasch auf die Uhr, sprang mit einem geschmeidigen, katzenhaften Satz aus dem Sessel, warf Galja auf den Teppich und öffnete flink die Perlmuttknöpfe ihres Negligés.

»Du meinst, weil du so ein toller Lover bist, kannst du dir alles erlauben?« Galja gab ihm einen spielerischen Klaps auf den Po. »Dein Brüderchen wird sich wieder anfinden, wo soll er schon sein«, hauchte sie mit geschlossenen Augen.

Genau eine halbe Stunde später wählte Anton erneut die Prager Nummer. Galja machte ein gespielt wütendes Gesicht und ging ins Bad.

»Er hat seit zwei Tagen nicht im Hotel übernachtet? Ist sich das Zimmermädchen da ganz sicher? Bis wann hat er das Zimmer bezahlt? Also noch zwei Tage? Vielen Dank. Wenn er auftaucht, richten Sie ihm bitte aus, daß sein Bruder aus Moskau angerufen hat. Telefon- und Faxnummer der Firma haben sich geändert. Ich rufe ihn selbst an. Nochmals vielen Dank.«

Er legte auf, zündete sich eine weitere Zigarette an und blickte nachdenklich aus dem Fenster.

Nur gut, daß er sensibel war wie ein exaltiertes Dämchen. Das war bei Männern selten. Er hatte ein Gespür für nahende Gefahr: Da war sie, um die Ecke, war im nächsten Moment da ... Das ließ sich nicht mit Worten erklären – der Magen zog sich zusammen, das Herz schlug dumpf und langsam.

So war es gestern gewesen, am frühen Abend, als er im Bierlokal »U Fleků« gesessen und sein phantastisches, unglaubliches Glück gefeiert hatte, an das er selbst kaum glauben konnte. Am liebsten hätte er sich gekniffen und sich gefragt: Ist das auch kein Traum? Ist das wirklich wahr?

Denis schaute zu, wie ein magerer junger Bursche an dem altersschwarzen Bierfaß das bernsteingelbe »Desítka« zapfte – helles Bier mit zehnprozentiger Stammwürze. Der Bursche wirkte wie ein Teil eines Fließbandes, die eine Hand schob unentwegt Bierseidel hin und her, die andere drehte den Messinghahn auf und zu. Denis wußte, daß diese Bierstube achthundert Jahre alt war und in den achthundert Jahren keinen einzigen Tag ihre Arbeit unterbrochen hatte. Auch das Bierrezept war noch dasselbe.

Das Goldene Prag war auch deshalb golden geblieben, weil es sich in jedem Krieg stets sofort dem Feind ergeben hatte. Die Türken, die Kreuzritter und andere Eroberer, und das waren im Laufe des Jahrtausends nicht wenige gewesen, hatten die wunderschöne Stadt nicht angerührt, Häuser und Kirchen nicht zerstört. Alles war in seiner ursprünglichen Form erhalten – die Karlsbrücke, der Sankt-Veits-Dom, die verwinkelten Gassen der Altstadt. Die schwarzen Pflastersteine des Wenzelsplatzes erinnern sich noch an die Feuer der Inquisition, in denen die weltberühmten Prager Alchimisten verbrannt wurden. Auch dieses alte Bierlokal mit den immer gleichen Tischen, Bänken und Bierfässern, mit »Desítka« und »Dvanácatka« war ein Symbol der Ewigkeit.

Denis spießte mit der Gabel das letzte in Soße getunkte Knödelstück auf, nahm einen Schluck von seinem dunklen »Dvanácatka« und erstarrte plötzlich. Warum? Woher kam dieses vertraute Gefühl einer Gefahr? Er hätte lieber nicht sein geliebtes dunkles Bier bestellen sollen. Es war zu stark, vernebelte den Kopf und ließ die Beine watteweich werden. Aber warum brauchte er jetzt einen klaren Kopf? Weil ihn aus der Tiefe des halbdunklen Saals eigenartige, reglose Augen beobachteten.

Denis versuchte durch den Tabakqualm hindurch das Gesicht auszumachen, erkannte aber nur einen akkuraten schwarzen Schnurrbart, einen mächtigen Hals und ein zerknittertes Jackett über einem schwarzen T-Shirt.

Warum starrt er mich so an? Vielleicht ein Schwuler? Davon hängen in den Bierlokalen viele rum, immerhin ist Touristensaison …

Doch ihm war klar, daß er sich etwas vormachte, daß er den Kopf in den Sand steckte wie ein dummer Strauß. Der Mann war kein Schwuler. Das war der Türke, der Killer. Denis hatte ihn schon einmal gesehen, auf dem Flughafen in Ankara. Damals war er entkommen, und das war ein Wunder gewesen. Zwei Männer hatten ihn verfolgt, ein junger und ein alter. Der hier war der Junge, der mit dem schwarzen Schnurrbart. Und er Idiot hatte gedacht, sie wären alle gefaßt worden. Er hatte es doch im Fernsehen gesehen. Der Korrespondent aus Ankara hatte sehr überzeugend berichtet, daß Interpol sie alle verhaftet habe. Aber wirklich alle, das gibt es eben nicht. Da saß er, einer von ihnen, hinten im Saal und durchbohrte Denis mit seinen kohlrabenschwarzen Augen. Das war vorauszusehen gewesen, aber was hätte er tun sollen? Bodyguards engagieren? Sich in einen gepanzerten Bunker verkriechen? Früher oder später hätten sie ihn auf jeden Fall erwischt, egal, ob in Moskau, in Prag, am Nord- oder am Südpol oder auf dem Grund des Ozeans. So hatte er immerhin ein Jahr in Ruhe gelebt. Dafür konnte er doch dankbar sein.

Aber warum gerade jetzt? Hing beides irgendwie zusammen? Ach was, Unsinn. Und wenn Anton in Moskau ebenfalls verfolgt wurde? Anton hatte kein so feines Gespür, er würde die Gefahr nicht rechtzeitig bemerken. Allein bei dem Gedanken daran wurde Denis übel. Doch Anton hatte ja mit der ganzen Geschichte nichts zu tun. Sie wollten Denis.

Ein wenig ruhiger geworden, rief Denis den Kellner heran, zahlte, gab ein großzügiges Trinkgeld und ging ohne Eile zum Ausgang. Er kannte sich aus in der Altstadt, er würde den Killer in den engen mittelalterlichen Gassen schon abhängen. Schließlich war er in dieser Stadt geboren. Hauptsache, die ganze Zeit in der Menge bleiben, an belebten Orten. In der Menge würde der Killer kaum schießen. Oder hatte er ein Messer?

Er durfte weder ins Hotel zurück noch ins Büro der Firmenfiliale, wo er sein Auto stehengelassen hatte. Womöglich lauerten sie ihm dort auf. Höchstwahrscheinlich war der Killer nicht allein.

Dann begann eine anstrengende Jagd durch die schönste Stadt der Welt. Denis liebte diese Stadt, er kannte die Geschichte jeder Straße der Altstadt, er fühlte sich hier wohl und geborgen. Nur jetzt nicht.

Es wurde Nacht, die Straßen leerten sich allmählich. Denis mischte sich unter eine Gruppe englischer Touristen und ging langsam über die Karlsbrücke. Die Touristen stiegen lärmend in einen Bus. Er sah sich um und entdeckte, daß er ganz allein unter dem hellen Strahl einer Straßenlaterne stand – eine lebende Zielscheibe. Er rannte in die Dunkelheit, entdeckte eine kleine Gruppe junger Leute und lief zu ihnen. Es waren Studenten aus Amsterdam. Sie boten ihm gleich einen Joint an. Er lehnte ab.

Hin und wieder glaubte er den schnurrbärtigen Killer zu sehen: hinter einer Ecke, im Schatten einer blühenden Linde. Die schwarzen, reglosen Augen spiegelten sich im Schaufenster eines Souvenirladens. Die berühmte Uhr am Altstädter Rathaus schlug Mitternacht. Langsam glitten die Figuren der zwölf Apostel im Kreis vorbei. Die Augen der wenigen Passanten waren alle nach oben gerichtet, da spürte Denis erneut den eisigen Blick. Der schnurrbärtige Mann im Leinenjackett schaute als einziger auf dem Platz nicht auf die berühmte Uhr mit den gotischen Figuren, sondern zu Denis Kurbatow.

Bisweilen hatte Denis geglaubt, der Killer habe ihn verloren, endgültig verloren. Er war schließlich Ausländer. Dann hatte Denis erleichtert aufgeatmet. Er mußte vor allem den Killer abhängen, danach konnte er entscheiden, was er weiter tat – zurückfliegen nach Moskau oder hier in Prag in einem sicheren Versteck untertauchen. Oder in Brno oder Bratislava, dort würden sie ihn bestimmt nicht suchen.

Aber erst einmal mußte er den Kerl abhängen. Doch er schaffte es nicht. Nach Mitternacht wurden die Chancen immer geringer. Die Straßen waren menschenleer. Ein Touristenbus nach dem anderen verließ die Innenstadt. Denis beschloß, sich zum Hauptbahnhof zu begeben. Er nahm ein Taxi. Durch die Heckscheibe sah er, daß der Schnauzbart ebenfalls in ein Taxi sprang.

»Dieser Kerl verfolgt mich schon den ganzen Tag«, sagte Denis auf tschechisch zu dem netten älteren Taxifahrer. »Ein verrückter Schwuler, wenn nicht gar ein Psychopath. Ich muß ihn abhängen.«

»Warum wendet sich der Herr nicht an die Polizei?« fragte der Taxifahrer.

»Dafür gibt es bislang keinen Grund. Er läuft mir bloß hinterher und glotzt mich an. Deswegen wird keiner verhaftet.«

»Keine Sorge«, sagte der Fahrer und lachte spöttisch, »den hängen wir ab.«

Der Fahrer kurvte virtuos durch die schlafende Stadt und brachte Denis auf so verschlungenen Wegen zum Hauptbahnhof, daß ihr Ziel unmöglich zu erahnen war.

Auf dem Bahnhof atmete Denis tief durch und beruhigte sich ein wenig. Den Schnauzbart war er nun wohl los. Die Augen fielen ihm zu. Er ließ sich im Wartesaal in einen bequemen Sessel fallen und schlief unversehens ein. Doch nach höchstens einer Stunde erwachte er von heftigen Bauchschmerzen. Unweit von ihm stand der Killer und schaute sich nervös um. Denis wäre am liebsten unter den Sessel gekrochen, verschwunden, unsichtbar geworden.

Der Killer entdeckte ihn. Hier würde er natürlich nicht schießen. Hier würde ihn sofort die Polizei schnappen. Dieser Türke war kein Idiot, der wartete einen passenden Moment ab. Und der würde früher oder später kommen, oder der Schnauzbart verlor irgendwann die Geduld und ballerte einfach drauflos.

Eine Durchsage mahnte, daß der Zug nach Bratislava in zehn Minuten abfuhr, von Gleis fünf. Denis erhob sich ohne Eile, rieb sich die verschlafenen Augen und ging zu den Bahnsteigen. Er führte den Killer zum Zug nach Bratislava.

Du wirst dir eine Fahrkarte kaufen müssen, mein Freund, wandte er sich in Gedanken an den Schnauzbart, du wirst dich gleich überzeugen können, daß ich in diesen Zug einsteige, und dann mußt du zur Kasse rennen. Schließlich wirst du es nicht riskieren, schwarz zu fahren. Unnötige Scherereien kannst du bei deinem heiklen Handwerk nicht gebrauchen.

Aber der Schnauzbart riskierte es und sprang in den Zug.

Denis lief rasch durch die Wagen. Der Zug setzte sich in Bewegung. Der Schaffner wollte gerade die Tür verriegeln.

»Entschuldigung! Ich bin im falschen Zug, ich hab mich geirrt!« Denis riß die Tür auf und sprang aufs Nachbargleis.

»Sind Sie verrückt geworden!« rief ihm der Schaffner nach.

Es war kurz nach zwei Uhr nachts. Bis zum Morgengrauen lief Denis durch die Stadt und wußte nicht mehr, ob er sich das schnurrbärtige Gesicht nur einbildete oder ob der Killer wirklich in der Nähe war und der Trick mit dem Zug nicht funktioniert hatte. Gegen Morgen konnte er sich vor Erschöpfung kaum noch auf den Beinen halten, die Allergie wurde schlimmer, seine Nase war völlig verstopft, die Augen tränten. Er brauchte wenigstens ein paar Stunden Schlaf. Plötzlich kam ihm in den Sinn, daß der Killer auch nur ein Mensch war und die nächtliche Jagd ihn ziemlich angestrengt haben dürfte. Doch gleich nach diesem beruhigenden Gedanken tauchte ein anderer auf: Wenn er nun abgelöst worden war? Den Schnauzbart kannte er. Aber wie sollte er den anderen erkennen?

Doch der Schnauzbart tauchte wieder auf – erst in der Straßenbahn, dann draußen vor dem Friseurgeschäft. Das konnte nicht endlos so weitergehen. Denis brauchte wenigstens eine kleine Atempause. Zunächst einmal mußte er etwas essen.

In der kleinen Bar dröhnte unter der Decke ein altmodischer Ventilator. Denis bestellte sich Rührei mit Schinken und zwei Espresso. In den unbequemen Kaffeehausstuhl gelehnt, beobachtete er, wie der dicke Inhaber mit der kecken Kochmütze auf dem Kopf an einem kleinen Elektroherd hinter der Theke Eier in die zischende Pfanne schlug.

Obwohl er keinen Appetit hatte, zwang er sich, alles aufzuessen. Nach der ersten Tasse des heißen, süßen Kaffees zündete er sich eine Zigarette an. Wenn das alles vorbei ist, kaufen Anton und ich das Haus in Karlštejn. Das von damals, das einstöckige aus dem vorigen Jahrhundert. Wir renovieren es, reparieren den Kamin, legen Wasser- und Abwasseranschlüsse und richten drei Badezimmer ein. Anton wird natürlich seine Weiber mitschleppen. Soll er ruhig! Im Haus ist genug Platz, außerdem hat es zwei separate Eingänge. Auf der Wiese vorm Haus könnte man einen kleinen Tennisplatz anlegen …

Denis verschluckte sich am heißen Kaffee. Er mußte furchtbar husten, konnte gar nicht aufhören. Tränen strömten ihm übers Gesicht, er wurde puterrot. Der Inhaber sah ihn von der Theke aus mitfühlend an, füllte Wasser in ein Glas und kam an seinen Tisch.

»Soll ich dem Herrn auf den Rücken klopfen?«

Doch Denis konnte kein Wort sagen, er schüttelte nur den Kopf, nahm das Glas und trank gierig das kalte Wasser. Das half.

»Nur Kaffee?« hörte er den Inhaber bereits am Nebentisch fragen.

»Ja, möglichst stark und mit Zucker«, antwortete jemand in gebrochenem Englisch.

Denis tupfte sich die tränenden Augen mit einer Serviette ab. Am Nebentisch saß der schnurrbärtige Killer.

»Und was soll ich meinem Mann sagen?« fragte Galja, während sie mit klopfenden Fingerspitzen die Tagescreme auftrug.

Jetzt, bei hellem Tageslicht, offenbarte der Toilettenspiegel, daß sie nicht mehr jung war. Ihr Gesicht war aufgedunsen, Augenbrauen und Wimpern waren farblos, Nase und Lippen ein wenig zu dick, überm Hals hing ein Doppelkinn.

»Sag deinem Wowtschik, während er in Stockholm seinen finsteren Geschäften nachgegangen ist, hat sich seine Frau mit einem feurigen jungen Liebhaber amüsiert. Und dieser Liebhaber, ein netter Kerl übrigens, hat ein paarmal in Prag angerufen.«

»Red keinen Quatsch.« Galja runzelte die Stirn.

Sie fuhr sich rasch mit einem rosa Schwamm über Kinn und Wangen, und eine gleichmäßige Schicht Make-up bedeckte ihr Gesicht. Anton war immer wieder verblüfft, wenn er sah, wie die nicht mehr junge, ziemlich verlebte Frau sich in eine gepflegte, auffallende Schönheit verwandelte.

Er hatte Galja Ignatjewa erst einen Monat, nachdem sie sich kennengelernt hatten, zum erstenmal ohne Make-up gesehen. Zuvor war sie selbst im Bett »in voller Maske« geblieben, wie sie selbst es nannte. Als Anton mit ihr unter der Dusche stand, begriff er, warum. Das laufende Wasser entblößte ein völlig anderes Gesicht. Seitdem genierte sie sich nicht mehr vor ihm.

»Ohne Make-up fühle ich mich wie ohne Haut«, sagte sie, »wie eine Schnecke ohne Schneckenhaus oder ein Igel, der auf dem Rücken liegt. Dir vertraue ich – sehr. Ich hoffe, du weißt das zu schätzen.«

Er wußte es zu schätzen. Überhaupt benahm er sich seinen zahlreichen Passionen gegenüber stets wie ein Gentleman, er duldete keine Tränen, keine Szenen und keine problembeladenen Trennungen. Er verstand es so einzurichten, daß jede glaubte, sie sei seine Einzige. Wenn er sich von einer Frau trennte, dann meinte sie stets, sie habe den leichtfertigen Schönling verlassen. Ein bißchen mit ihm gespielt und ihn dann verlassen. Das schmeichelte der Eitelkeit der alternden, sich langweilenden Damen, ob alleinstehend oder verheiratet, ob erfolgreiche Unternehmerin oder romantische reiche Müßiggängerin.

Anton war keineswegs ein Gigolo. Er mochte Frauen im balzacschen Alter. Aber er verabscheute Eintönigkeit. Wenn sich eine neue Affäre anbahnte, glaubte er jedesmal aufrichtig, die Sache sei ernst und von langer Dauer. Doch noch ehe sie zu Ende war, begann wie von selbst bereits die nächste. So kam es, daß Anton bisweilen mit drei, vier Damen gleichzeitig liiert war, ohne es eigentlich zu wollen.

Oft machten die Umstände es notwendig, daß er ein paar Tage untertauchen mußte. Dafür kamen ihm die Wohnungen seiner alternden Passionen gerade recht – das einzige berechnende Moment seiner Liebschaften mit reichen Damen im balzacschen Alter.

Diesmal war die Dienstreise des Dumamitgliedes Ignatjew nach Schweden für seine fünfundvierzigjährige Frau Galja und den dreißigjährigen Unternehmer Anton Kurbatow zu einer Woche der Leidenschaft geworden. Anton hatte eine Weile aus seiner Wohnung verschwinden müssen. Wieder einmal war ein Versuch der Brüder Kurbatow, schnell das große Geld zu machen, gescheitert.

Vor einem halben Jahr hatten sie eine kleine Maklerfirma zum Kauf von Immobilien in Tschechien gegründet. Eine Schnapsidee, wie alle ihre vorherigen Versuche, rasch reich zu werden. Es gab kaum etwas, das sie in den letzten fünf Jahren nicht verkauft hatten. Italienische Schuhe, deutsche Pampers und Tampons, türkische Lammfellmäntel, französische Schokolade, Reisen nach Zypern, amerikanische

Fitneßprogramme, Wasser des Lebens aus Tibet, Haarwuchs- und Haarentfernungsmittel – es ließ sich gar nicht alles aufzählen.

Manchmal hatten sie sogar Glück und verdienten tatsächlich etwas. Zwei-, dreimal waren sie in diesen fünf bewegten Jahren in höchst unangenehme Geschichten geraten, hatten sich aber jedesmal im letzten Moment aus der Affäre ziehen können.

Diesmal wurde ihre Maklerfirma ernsthaft unter Druck gesetzt, und zwar gleich von zwei Seiten: zum einen von Banditen, zum anderen vom Finanzamt. Als die Sache losging, war Denis nach Prag gefahren, dort befand sich eine Scheinfiliale der Firma, bestehend aus einem Zimmer in der Wohnung ihres tschechischen Freundes Jiří Slovčík. Es mußten ein paar Dokumente beseitigt und Spuren verwischt werden.

Anton war in Moskau geblieben, um zu versuchen, sich wenigstens mit einer der feindlichen Seiten zu einigen, einen Kompromiß zu suchen, ein Schlupfloch, oder für eine sichere kriminelle Schirmherrschaft zu sorgen, die auf einen Schlag alle Probleme sowohl mit den Schutzgelderpressern als auch mit dem Finanzamt regelte.

Er hatte in diesen drei Tagen Kontakt zu entsprechenden seriösen Leuten aufnehmen können, doch die befanden, die kleine Maklerfirma sei ihrer hohen Protektion nicht würdig. Indessen nahm der Druck von beiden Seiten bedrohlichen Charakter an. Sie durften nicht mehr zögern. Anton traf eine Entscheidung: Die Firma verschwand, löste sich in Luft auf, als hätte sie nie existiert.

Den kleinen Keller, in dem sich ihr winziges Büro befunden hatte, ließ eine andere Firma nach Euro-Standard komplett modernisieren, ohne die geringste Ahnung von der Firma Star-Service zu haben, die noch vor einer Woche in diesen Räumen gesessen hatte. Telefon- und Faxnummer gehörten nun vollkommen Fremden. Anton selbst wanderte von einer Frau zur anderen und ließ sich in seiner Wohnung nicht blicken.

Das alles wußte Denis nicht. Er war in Prag. Ihr letztes Telefonat lag eine Woche zurück, da hatte die Lage noch nicht so hoffnungslos ausgesehen. Dann war die Verbindung abgerissen. Jiří Slovčík versicherte, Denis sei die ganze Woche nicht bei ihm aufgetaucht und habe auch nicht angerufen. Das Telefon in seinem Hotelzimmer blieb stumm. Doch Anton machte sich keine allzu großen Sorgen um seinen Bruder. Dort in Prag war es für ihn im Moment ruhiger als hier in Moskau.

Denis Kurbatow stürmte in den Kundenraum des kleinen Reisebüros in der Ahornstraße und sah sich gehetzt um. Es war kein einziger Kunde im Raum.

»Guten Morgen, mein Herr. Kann ich Ihnen behilflich sein?« fragte das Mädchen am Computer lächelnd.

»Ein Fax, bitte! Ich muß dringend ein Fax nach Moskau schicken!«

»Heilige Muttergottes! Denis!« Das Mädchen stand auf. Sie war groß, ein wenig füllig und sehr hübsch. Dichter leuchtendroter Haarschopf, große runde, dunkelgrüne Augen, weiches ovales Gesicht, volle Lippen. Denis starrte sie minutenlang begriffsstutzig an.

»Habe ich mich etwa so verändert?« Das Mädchen schüttelte den Kopf. »Aber du hast dich auch verändert. Nach so vielen Jahren.« Sie seufzte. »Ich bin Agneška Klimovičová. Jetzt Böhmová.«

Agneška ... Daß er sie nicht gleich erkannt hatte! Mit vierzehn waren sie ein schicksalhaftes Dreieck gewesen: Der rothaarigen Agneška gefiel Anton, und sie gefiel Denis. Seine erste Liebe – bitter, dumm und unsinnig. Er war nicht eifersüchtig gewesen auf seinen Bruder. Es hatte nur weh getan.

Damals war ihr ganzes Gesicht mit kräftigen frechen Sommersprossen übersät gewesen. Sie war sehr dünn und lang, hielt sich krumm und genierte sich furchtbar. Sie schmachtete Anton an, gab ihm ihre Schlagsahne und schrieb ihm seine Aufsätze.

In der vierten Klasse hatte Vater Kurbatow seine Söhne aus der normalen tschechischen Schule herausgenommen und in ein privilegiertes Lyzeum geschickt, das von Kindern der Prager KGB-Mitarbeiter, Jungen und Mädchen aus der sowjetischen Botschaft und der Handelsvertretung besucht wurde. Die Klassen hatten maximal zehn Schüler, auf vier Tschechen kamen sechs Russen. Agneškas Vater war ein hoher Beamter in der Regierung der Tschechoslowakei. Sie ging mit Anton in eine Klasse.

»Wo sind denn deine Sommersprossen, Agneška?« fragte Denis.

»Na endlich!« Sie lachte. »Ich habe keine mehr, ich hatte sie satt. Hör mal, bist du lange in Prag? Und wie geht's Anton? Nun setz dich doch, ich mach uns einen Kaffee.«

»Ja, danke.« Er ließ sich in einen weichen Ledersessel nieder und warf einen Blick auf die Glastür. »Anton geht es gut. Und ich ... Ich bin geschäftlich hier ... Hör mal, kann ich ganz schnell ein Fax nach Moskau schicken?«

»Natürlich.« Sie nickte. »Das Fax steht da drüben.«

Er stand auf, ging zum Faxgerät und schrieb in großen Druckbuchstaben ein paar Worte auf tschechisch auf ein Blatt Papier. Eine Adresse. Karlštejn, Straße ... Hausnummer ... Zweiter Stock ... Mokka ... Türkei ... Brunhilde ...

»Was ist denn das, eine chiffrierte Spionsbotschaft?« fragte Agneška belustigt, als sie ihm über die Schulter schaute,.

Das Gerät meldete, daß das Fax nach Moskau abgegangen sei.

»Geschäftsgeheimnis«, sagte Denis und lachte nervös.

»Na schön, ich geh Kaffee kochen. Du kannst ja solange eine rauchen. Und überhaupt – entspann dich. Du wirkst irgendwie so hektisch.«

»Danke. Was bin ich dir schuldig?«

»Laß gut sein!« Sie winkte fröhlich ab.

Und verschwand hinten im Kundenraum. Allein im Büro, knüllte Denis das Blatt Papier in der Faust zusammen und steckte es in die Tasche seiner Jeans. Dann überlegte er kurz, holte es wieder hervor, riß das Stück mit dem Text ab, legte es in einen großen Messingaschenbecher und zündete eine Ecke mit seinem Feuerzeug an. Er drehte sich mit dem Sessel, zog aus der zusammengequetschten Packung eine Zigarette, stellte mechanisch fest, daß es seine letzte war, und zündete sie an. Das Stück Papier krümmte sich und wurde schwarz. Nach wenigen Sekunden war es verbrannt.

»Denis!« rief Agneška von nebenan. »Wieviel Zucker?«

»Zwei Löffel!« rief er zurück.

»Ist Anton verheiratet?«

Es kränkte ihn ein wenig, daß Agneška zuerst nach Anton fragte.

»Nein!« rief er. »Ich auch nicht.«

Geräuschlos öffnete sich die Glastür. Denis erkannte noch den schwarzen Schnurrbart, das zerknitterte Leinenjackett, den bis zum Ellbogen hochgekrempelten Ärmel und den schwarzbehaarten Arm. Die Pistolenmündung mit dem Schalldämpfer sah er nicht mehr, auch zum Schreien kam er nicht.

Im Nebenzimmer pfiff gerade Agneškas Wasserkocher. Niemand hörte das kurze Ploppen.

»Hab ich dich eigentlich gefragt, ob du gefrühstückt hast? Ich könnte schnell ein paar Hörnchen aufbacken …«

Agneška erstarrte mit dem Tablett auf der Schwelle. Sie vergaß, daß auf dem Tablett zwei Tassen mit heißem Kaffee standen, und preßte die Hand vor den Mund. Die Tassen fielen klirrend zu Boden, zerbrachen, und die süße braune Flüssigkeit floß über den Teppich.

Wieder zu sich gekommen, fing Agneška an zu weinen und rief die Polizei und den Notarzt an.

Zweites Kapitel

Vera Saltykowa hörte das Faxgerät summen, drehte sich auf die andere Seite und wickelte sich in ihre Decke. Sie war todmüde, obwohl es schon elf Uhr vormittags war. Sie war um vier ins Bett gegangen und konnte sich nun nicht zwingen, die Augen aufzumachen.

»Verotschka! Ich gehe!« rief ihre Mutter im Flur.

Vera murmelte eine undeutliche Antwort und zog sich die Decke über den Kopf. Die Tür klappte. Ein paar Minuten lang war es still. Dann klackten vier Pfoten eilig übers Parkett.

»Huh!« rief Vera, als eine kalte, nasse Hundeschnauze ihre Ferse kitzelte. »Matwej, ich schlafe, laß mich in Ruhe.« Sie rollte sich auf der breiten Couch zur Wand und zog die Beine an.

Der zweijährige rotbraune Irische Setter stellte die Vorderpfoten auf die Couch, schob die Nase unter die Decke und leckte Vera ungeniert die Wange.

»Warum?« stöhnte Vera. »Warum erlaubst du dir so was bei Mama nie?« Sie öffnete endlich die Augen und richtete sich auf.

Der Hund setzte sich auf den Boden, erhob sich dann, streckte eine Pfote aus, wedelte wie wild mit seinem buschigen Schwanz, bellte ein paarmal kurz und schaute Vera mit großen, tieftraurigen braunen Augen an.

Vera kroch fröstelnd unter der warmen Decke hervor und ging zum Schreibtisch.

»Na, was haben wir denn da Schönes gekriegt?« murmelte sie und blätterte die Faxseiten durch, die in der Nacht angekommen waren.

Es waren meist lange, kleingedruckte Texte in englisch und französisch.

»Aha, wieder was über Meeressäuger, etwas über die Fauna des Eismeeres, ein Aufruf zum Schutz von Walbabys, noch ein Aufruf«, murmelte Vera vor sich hin, wobei sie sich die

Seiten dicht vor die Augen hielt. »Aber das hier ist totaler Quatsch. Mein Gott, was ist denn das für eine Sprache?«

Ein Blatt mit zwei Zeilen handgeschriebenen Textes in großen Buchstaben in der Hand, suchte Vera nach ihrer Brille. Auf dem Tisch lag sie nicht, auch nicht auf dem Nachttisch am Bett.

»Matwej, komm, hilf mir«, wandte sie sich an den Hund, »such, Matwej, such!«

Der Hund lief geschäftig in den Flur und kam kurz darauf mit einer weißen Socke in der Schnauze zurück.

»Nein, Matwej«, seufzte Vera. »nicht das. Die Brille!«

Sie tapste barfuß in die Küche, dann ins Bad.

Matwej rannte indessen wieder in den Flur, kam zurück, legte Vera seine Vorderpfoten auf die Schultern und hielt ihr einen alten Turnschuh unter die Nase.

Das Telefon klingelte.

»Ist da die Firma Star-Service?«

»Falsch verbunden«, brummte Vera, legte auf und entdeckte endlich ihre Brille – auf dem Telefontischchen im Flur.

»Ich glaube, das ist Polnisch«, sagte sie nachdenklich, während sie die lateinischen Buchstaben studierte, »oder Tschechisch. Karlštejn ... Klingt deutsch. Aber das liegt nicht in Deutschland. Ist das nicht eine kleine Stadt bei Prag?«

Das Telefon klingelte erneut.

»Könnte ich bitte Anton sprechen?« Diesmal war es eine Frauenstimme.

»Sie sind falsch verbunden.« Vera wollte schon auflegen, als die Stimme fragte: »Ist da die Firma Star-Service«?

»Junge Frau, hier ist keine Firma. Bitte streichen Sie die Nummer aus Ihrem Telefonbuch, und rufen Sie hier nicht mehr an.«

Diese albernen Anrufe nervten Vera und ihre Mutter schon seit drei Tagen. Man hatte ihnen urplötzlich eine neue

Telefonnummer zugeteilt, und nun klingelte unentwegt das Telefon, ob um Mitternacht oder früh um fünf.

Kurz zuvor hatte Vera Saltykowa einen Übersetzungsauftrag bekommen. Drei Monate hatte sie ohne Arbeit dagesessen, dann rief vor einer Woche eine Freundin an und sagte, Greenpeace werde in Moskau eine Konferenz zu globalen Fragen des Umweltschutzes abhalten. Dafür würden Übersetzer für Englisch und Französisch gesucht. Vor Beginn der Konferenz müsse eine Menge Informationsmaterial übersetzt werden, das per Fax aus der ganzen Welt eingehen würde, anschließend folgten zehn Tage Simultandolmetschen, zwölf Stunden am Tag. Gezahlt werden sollte nach international üblichen Tarifen, sie könne also anständiges Geld verdienen.

Vera hatte natürlich eingewilligt und den Vertrag unterschrieben. Gestern vormittag war bei ihr zu Hause das Faxgerät installiert worden. Die angekündigten Texte gingen in großer Zahl ein. Hin und wieder fanden sich zwischen flammenden Aufrufen zum Schutz der Meeressäuger, der Reinheit der Gewässer von Arktis und Antarktis Texte in russisch über Kredite, Verträge und Immobilienpreise, adressiert an die bewußte Firma Star-Service, deren Namen Vera und ihre Mutter schon nicht mehr hören konnten. Vermutlich hatte Star-Service pleite gemacht, und nun versteckten sich die einstigen Inhaber vor ihren aufdringlichen Gläubigern.

Noch immer das Blatt mit dem merkwürdigen polnischen oder tschechischen handgeschriebenen Text ohne Anrede und Adresse in der Hand, ging Vera ins Bad und drehte den Wasserhahn auf. Das Wasser war nicht heiß, sondern eiskalt. Natürlich, heute morgen war für anderthalb Monate das warme Wasser abgestellt worden! Wie dumm von ihr – warum hatte sie sich nicht gestern die Haare gewaschen? Na schön, mußte sie eben auf dem Herd Wasser heiß machen.

Vera gähnte herzhaft, warf das Fax auf den Küchentisch und zündete zwei Gasflammen an. Während das Wasser warm wurde, setzte sie sich aufs Küchensofa und las zerstreut noch einmal die lateinischen Buchstaben des rätselhaften Faxes. Sie hatte sich mal für Graphologie interessiert. Sie begriff nicht gleich, warum sie die großen lateinischen Buchstaben so aufmerksam betrachtete, doch dann wurde ihr klar: Der Schreiber war sehr aufgeregt gewesen. Seine Hand hatte gezittert, aber die Schrift deutete nicht auf einen Alkoholiker oder Kranken. Der Absender war sehr nervös gewesen und in Eile, hatte sich aber trotzdem bemüht, jeden Buchstaben möglichst sorgfältig zu schreiben – es war ihm wichtig, verstanden zu werden.

Der Inhalt des Textes war nicht schwer zu verstehen: »Karlštejn, Mložek-Straße 37, zweiter Stock. Mokka.Türkei. Brunhilde.« Karlštejn war eine kleine Stadt bei Prag. Vera hatte vor fünf Jahren mit ihrer Mutter eine Reise nach Tschechien gemacht. Aber was bedeutete »Mokka«? Kaffee? Ein Spitzname vielleicht? Warum kein Name, nur eine Adresse? Und wieso »Türkei« und »Brunhilde«? Brunhilde war eine Gestalt aus einem germanischen Heldenepos. Das war entweder ein Spiel oder eine Spionagechiffre. Aber Spione übermittelten ihre Informationen irgendwie anders …

Vera erinnerte sich gut an das gemütliche Karlštejn. Dort gab es nur kleine Häuser mit meist ein, zwei Etagen. Ihre Touristengruppe hatte ein Schloß aus dem vierzehnten Jahrhundert mit einer weltberühmten Sammlung gotischer Malerei und Ritterwaffen besichtigt.

Das Wasser in den beiden großen Töpfen wollte und wollte nicht kochen. Um keine Zeit zu verlieren, setzte sich Vera im Nachthemd an den Schreibtisch, schaltete den Computer ein und wollte sich an ihre Übersetzung machen, als erneut das Telefon klingelte.

»Ja«, bellte sie in den Hörer.

»Guten Morgen, liebe Vera …«

Beim Klang dieses Baritons zuckte Veras Herz zusammen.

»Guten Tag, Stas«, sagte sie so ruhig wie möglich.

»Wie geht's? Was macht Mama?« fragte der Bariton hastig.

»Danke, gut.« Vera bemühte sich, möglichst frostig zu klingen, aber ihre Stimme zitterte verräterisch.

»Hättest du vielleicht ein paar Stunden Zeit für mich?«

»Nein, entschuldige, ich habe sehr viel zu tun.«

Vera dachte, daß sie sofort auflegen sollte, das sollte sie überhaupt jedesmal tun, wenn sie diesen angenehmen Bariton vernahm. Oder noch besser, sie sagte: »Stas Selinski, sei so gut und ruf mich nie mehr an.«

Aber sie hatte ihn ja vorgestern selbst angerufen und ihm ihre neue Telefonnummer auf den Anrufbeantworter gesprochen. Sie selbst!

»Wenigstens ein Stündchen. Ich komme, wann immer es dir paßt, Vera, bitte, hilf mir noch ein letztes Mal, ich bitte dich. Du weißt doch ...«

Sie wußte: Sie sollte wieder etwas für ihn übersetzen, ihm ein paar Seiten albernen Text auf französisch oder englisch schreiben, im Ausland anrufen oder mit irgendeinem Finnen über die Lieferung einer Partie Papier verhandeln. Stets wollte er etwas in der Art von ihr, und er genierte sich kein bißchen.

»Wann legst du dir endlich eine Sekretärin zu oder heiratest eine Frau, die wenigstens eine Fremdsprache beherrscht?« fragte Vera leise.

»Nicht böse sein, Vera, mein Sonnenschein, du bist doch ein kluges Mädchen, und überhaupt, ich hab solche Sehnsucht nach dir.«

»Ich habe viel zu tun. Ich kann nicht.« Ihre Stimme zitterte, sie blickte in den Spiegel über dem Telefontischchen und sah, daß ihre Wangen glühten.

Du dumme Pute, alte Memme! beschimpfte sie im stillen ihr struppiges, ungewaschenes Spiegelbild. Hast du denn keinen Funken Würde im Leib?

»In einer Stunde. Nein, in zwei Stunden«, sagte sie hastig und blickte ihrem Spiegelbild haßerfüllt in die Augen.

Sie legte auf, lief in die Küche, schaltete das Gas unter den beiden Töpfen ab, in denen inzwischen das Wasser kochte, und rannte ins Bad, wobei sie sich mit dem überschwappenden heißen Wasser beinahe die Beine verbrühte.

Sich, in der kalten Wanne hockend, mit warmem Wasser aus einer Schöpfkelle zu waschen ist sehr unbequem. Im Flur klingelte schon wieder das Telefon, Vera bekam Shampoo in die Augen, Matwej kratzte mit der Pfote an der Tür und jaulte klagend. Im Hof schoß jemand Feuerwerkskörper ab. Der Hund hatte panische Angst vor dieser Knallerei und versteckte sich immer im Bad, das für ihn offenbar eine Art Luftschutzraum war.

Vor Kälte bibbernd, wickelte sich Vera in ihren Frotteebademantel und öffnete die Tür. Draußen knallte es erneut. Der Hund stürmte erschrocken ins Bad und kippte den Plastikeimer mit dem restlichen warmen Wasser um.

Das wird ein schlimmer Tag, dachte Vera, während sie das Wasser aufwischte, und überhaupt steht alles bei mir schlimm. Ich werde demnächst dreißig. Ich habe keinen Mann, keine Kinder, keine feste Arbeit. In diesem Monat habe ich zwei Kilo zugenommen.

Vera richtete sich auf, strich sich das nasse Haar aus dem Gesicht und schnitt sich selbst eine häßliche Grimasse.

Na los, streng dich an, mach dich schön, lüg dir vor, daß es ihm wichtig ist, wie du aussiehst. Du bist für ihn nur ein dickes Wörterbuch, ein Computer, den er ein- und ausschalten kann, wie er gerade Lust hat.

Als Kind hatte man Vera »Pfannkuchen« gerufen. Sie war klein und rundlich gewesen, hatte hellblondes Haar und blaßblaue Augen. Auch ihre Augenbrauen und Wimpern waren hellblond, und sogar sie selbst fand, ihr rundes, weiches Gesicht sehe aus wie aus Teig, wie ein Pfannkuchen eben. Ihre Haut war weiß und zart, sehr empfindlich gegen

Sonne und Wind. Bei Frost wurde ihre kleine Stupsnase augenblicklich rot, bei Sonne verbrannte sie und pellte sich. Sobald sie nur ein bißchen nervös war, glühten ihre Wangen puterrot. Jedes Gefühl spiegelte sich umgehend auf ihrem Gesicht. Sie konnte nicht lügen und sich nicht verstellen. Wenn sie enttäuscht war, wurde ihr Gesicht unwillkürlich lang, die Mundwinkel hingen wie von selbst herab. Wenn sie sich freute, strahlten ihre Augen leuchtendblau, ihr Mund verzog sich zu einem glücklichen Welpenlächeln, die Wangen röteten sich sanft. Sie wußte um diese dumme Eigenheit, war aber machtlos dagegen.

Seit ihrem siebten Lebensjahr trug Vera eine Brille, die ihr nicht stand, weil sie ihre ohnehin nicht großen Augen noch verkleinerte und sie gänzlich uninteressant und unweiblich aussehen ließ. Mit zwölf versuchte Vera ein paar Pfunde abzuhungern. Sie aß den ganzen Tag nichts. Um das sensible Thema nicht mit ihrer Mutter diskutieren zu müssen, machte sie sich, wenn sie aus der Schule kam, die bereitstehende Suppe warm, füllte sie in einen Teller, den sie dann ordentlich in die Toilette leerte, abwusch und im Abtropfgestell stehenließ.

»Hast du was gegessen, Kind?« fragte die Mutter jeden Tag, wenn sie von der Arbeit kam.

»Natürlich«, antwortete die Tochter, wandte sich ab und wurde glühendrot.

Nachts schlich Vera dann in die Küche und aß mehrere dicke Scheiben Wurst, bestrich sich vorm Kühlschrank Weißbrot mit Butter und verachtete sich zutiefst. Um sich zu trösten, stopfte sie sich ein halbes Dutzend Pralinen in den Mund.

Ihr Vater hatte eine neue Familie und interessierte sich nicht für Vera. Die Mutter arbeitete auf anderthalb Stellen, und das Mädchen war ab dem siebten Lebensjahr sich selbst überlassen. Sie wurde früh selbständig, pflichtbewußt und ordentlich.

Als die Zeit der heißen Schulaffären anbrach, der Diskos bei gedämpftem Licht, stellte Vera das Essen gänzlich ein, auch nachts. Sie nahm tatsächlich ein wenig ab und war überglücklich, bis sie eines Tages bei einem schriftlichen Geometrietest in Ohnmacht fiel.

»Du wirst nie dünn sein, Vera. Finde dich damit ab und quäl dich nicht«, sagte die Mutter zu ihr.

Eine von Veras positiven Charaktereigenschaften war ihre Fähigkeit, Unangenehmes schnell zu vergessen. Sie fand sich rasch sowohl mit ihren eigenen inneren Problemen wie auch mit Kränkungen von außen ab. Ihre Stimmung konnte durch eine Kleinigkeit augenblicklich zum Guten umschlagen. Zum Beispiel weil ein warmer Regen fiel oder es aufhörte zu regnen und endlich wieder die Sonne schien, weil im Hof zwei Welpen, ein weißer und ein schwarzer, einander jagten und das so komisch aussah oder weil im Radio ein Beatles-Titel lief.

Mit zehn fing Vera an, Gedichte zu schreiben. Bis sie vierzehn war, zeigte sie die niemandem außer ihrer Mutter. Doch eines Tages brachte die Mutter heimlich ein paar ihrer Gedichte zu einer beliebten Jugendzeitschrift. Dort sagte man der Mutter, das Mädchen habe ein gewisses Talent, veröffentlichte die Gedichte zwar nicht, lud Vera aber in den Literaturzirkel der Zeitschrift ein.

Von da an ging sie einmal in der Woche abends in die Redaktion, wo sich im Sitzungssaal düstere langhaarige oder kahlgeschorene junge Männer, hochmütige Fräulein in weiten Pullovern und verrückte alte Genies versammelten.

Geleitet wurde der Zirkel von einem populären sowjetischen Dichter, einem gutmütigen, stark trinkenden Mann mit äußerst verwickeltem Privatleben und einigen dünnen Lyrikbändchen. Die Lyrikbändchen waren vor langer Zeit erschienen, Ende der Sechziger. Niemand hätte die beiden Büchlein zur Kenntnis genommen, wäre nicht in der Parteizeitung »Prawda« eine scharfe Kritik dazu erschienen. Der

Dichter wurde nahezu verfemt, bekam damit einen Platz in den ehrenvollen Reihen der von der Sowjetmacht Verfolgten und wurde sofort auf Jahre hinaus berühmt. Er mußte nicht einmal mehr Gedichte schreiben. Was er auch nicht tat.

Bei den Zirkelsitzungen wurde jedesmal ein Poem oder eine Gedichtsammlung diskutiert. Jeder hörte nur sich selbst zu. Jeder kam nur, um einmal in drei Monaten »diskutiert« zu werden.

Die fünfzehnjährige Vera war die jüngste und unauffälligste ständige Besucherin des Zirkels. Die hochmütigen Fräulein mit Zigarette im Mundwinkel nannten sie herablassend »Kindchen«, die jungen Männer nahmen sie gar nicht wahr. Dennoch hatte sie das Gefühl, an etwas Bedeutendem, Erhaben-Geistigem teilzuhaben. Die Werke der verkannten Genies erschienen ihr genial, die boshaften gegenseitigen Sticheleien der Zirkelmitglieder nahm sie als Musterbeispiele erlesener Gedanken.

Zur Diskussion von Veras kindlichen Gedichten kam es zum Glück nicht.

Einer der Stammgäste des Literaturzirkels, ein dreiundzwanzigjähriger Student, lud eines Tages eine kleine Gruppe zu sich auf die Datscha ein. Es war ein sehr warmer Mai.

»Komm doch auch mit, Kleine!« sagte er nach einem raschen Blick in ihr rosiges, rundes Gesicht unter dem weichen Pony.

»Ich rufe nur meine Mama an!«

»Bringt dich denn anschließend jemand nach Hause?« fragte ihre Mutter am Telefon.

»Natürlich, Mama, mach dir keine Sorgen.«

Die einstöckige Datscha befand sich fünfzig Kilometer hinter Moskau. Im Vorortzug schaute Vera aus dem Fenster und lauschte den Gesprächen, in denen Puschkin familiär Sascha, Mandelstam Ossja und Pasternak Borja genannt wurde, als gehörten diese Genies der russischen Poesie zum engen Freundeskreis der jungen Dichter.

Im Garten stand auf einem Holztisch eine Fünfliterflasche trüber Selbstgebrannter. Vera, die noch nie einen Tropfen Alkohol getrunken hatte, kippte mit zusammengekniffenen Augen fast ein ganzes Wasserglas davon in sich hinein, das ihr ebenso wie allen anderen freundlich angeboten wurde. Niemand hielt sie davon ab. Als sie die scheußliche brennende Flüssigkeit runtergeschluckt hatte, nahm sie sich aus irgendeiner Schachtel lässig eine Zigarette und rauchte. Sie wollte sein wie die anderen – locker, raffiniert, erfahren und kompliziert.

Zu essen stand wenig auf dem Tisch, nur Brot, Schmelzkäse und dicke Stücken Wurst. Vera trank noch ein halbes Glas Selbstgebrannten, ohne etwas zu essen.

Danach erinnerte sie sich nur an das Klimpern des verstimmten Flügels in der dunklen Veranda, an verwaschene Flecke lachender Gesichter und ein Flugzeugdröhnen in den Ohren.

Von einem heftigen Schmerz im Unterleib und ihrem eigenen Schrei kam sie zu sich. Sie öffnete die Augen, erblickte über sich ein fremdes, bärtiges Gesicht und fand, daß ein splitternackter Mann mit Bart irgendwie abstoßend und obszön aussah. Bevor sie irgend etwas begriffen hatte, schlug sie mit aller Kraft ihre kleine Faust in das bärtige Gesicht; dann erst erkannte sie den Hausherrn der Datscha, Stas Selinski.

»Ich liebe dich, hab keine Angst, es ist alles gut, hab keine Angst«, flüsterte er und wollte sie festhalten.

Zitternd und schluchzend riß sie sich los und suchte im Dunkeln auf dem Boden nach ihrer Kleidung. Er zog sich ebenfalls an, murmelte, er habe sich auf den ersten Blick in sie verliebt, könne ohne sie nicht leben und daß sie sich nun nie mehr trennen würden.

Im Haus war es still, die Gäste waren wohl gegangen oder eingeschlafen. Selinski trottete hinter ihr her zur Bahnstation und murmelte weiter Beteuerungen und Entschuldigungen.

Er sprach sie kein einziges Mal mit ihrem Namen an, und Vera begriff, daß er sich nicht einmal erinnerte, wie sie hieß.

Das schlimmste aber war, daß Stas ihr von allen Stammgästen des Literaturzirkels auf Anhieb am besten gefallen hatte. Er galt als der Begabteste, sah nicht übel aus und sprach stets geistreich, witzig, beinahe in Aphorismen.

Die ganze Fahrt bis Moskau schwieg Vera, bemüht, ihren langsam ernüchternden Begleiter nicht anzusehen. Als sie aus der Metro stiegen, bat er sie um ihre Telefonnummer.

»Eine Frau in deinem Alter sollte längst einen Mann haben«, sagte er, »früher oder später wäre das sowieso passiert. Wenn nicht ich, dann eben ein anderer. Warum also nicht ich? Du gefällst mir wirklich.«

Sie gab ihm ihre Nummer nicht, ging ins Haus und schloß leise die Tür hinter sich. Er blieb draußen stehen. Als sie aus dem Lift stieg und aus dem Flurfenster schaute, sah sie, daß er noch immer vor der Haustür stand, rauchte und hochblickte.

Vielleicht liebt er mich ja wirklich? dachte sie. Ich habe doch keine Ahnung, wie das normalerweise vor sich geht.

»War es interessant?« fragte die Mutter beim Frühstück. »Ich hab mir, ehrlich gesagt, schon Sorgen gemacht. Du warst schließlich zum erstenmal über Nacht weg.«

»Ja, Mama, es war sehr interessant«, antwortete Vera, wandte sich ab und wurde tiefrot.

»Waren viele Leute da?«

»Vielleicht zehn.« Vera zuckte die Achseln.

»Was habt ihr denn die ganze Nacht gemacht? Gedichte rezitiert?«

»Ja, Gedichte«, echote die Tochter.

Wahrscheinlich gefällt ihr einer der begabten jungen Männer. Nur gut, daß das Mädchen gleich in kultivierte Kreise geraten ist und nicht in eine schreckliche Hofclique, dachte die Mutter und fragte nicht weiter.

Als Vera am nächsten Tag aus der Schule kam, stand Stas Selinski mit einer großen weißen Nelke in der Hand vor ihrem Haus.

»Siehst du, ich hatte schon Sehnsucht nach dir«, verkündete er, beugte sich zu ihr hinunter und küßte sie sanft auf die Wange. »Hast du deinen Eltern was erzählt?«

»Ich habe nur meine Mama, und ich habe ihr nichts erzählt.«

»Kluges Mädchen.« Er küßte sie noch einmal.

Diesmal gab sie ihm ihre Telefonnummer.

Kein Mädchen ihrer Klasse hatte eine Affäre mit einem erwachsenen Dreiundzwanzigjährigen. Vera fand es schön und ein bißchen unheimlich, wenn er sie von der Schule abholte.

»Donnerwetter, Pfannkuchen!« Ihre Klassenkameradinnen schüttelten den Kopf.

Vera bemerkte selbst nicht, wie sie sich bis über beide Ohren in Stas verliebte. Wenn er ein paar Tage nicht auftauchte, fand sie keine Ruhe. Aber er tauchte immer wieder auf und nahm sie mit zu sich nach Hause. Er bewohnte ein Zimmer in einer Gemeinschaftswohnung, das ihm seine Großmutter vererbt hatte.

Wenn Vera in die verräucherte, staubige Bude kam, machte sie erst einmal Ordnung, spülte in der Gemeinschaftsküche das Geschirr, fegte den Boden und wusch im Gemeinschaftsbad in einer Schüssel die Hemden ihres kostbaren Stas. Dann kochte sie etwas. Nach einem stillen gemeinsamen Abendessen zog er sie träge an sich und küßte sie. Ihr wurde jedesmal ganz schwindlig von der Berührung seiner großen, warmen Hände und vom Klang seiner Stimme.

Anschließend brachte er sie nach Hause. Ihre Mutter wollte er nicht kennenlernen, stellte ihr auch seine Eltern nicht vor.

Nach einem Jahr, nach dem gewohnten Putzen, Abendessen und der üblichen Ration Liebe, zündete er sich eine

Zigarette an und sagte, den Blick zur Decke gerichtet, mit dümmlichem Spott: »Du kannst mir gratulieren. Ich heirate.«

»Gratuliere«, erwiderte Vera mechanisch, während sie ihre Strumpfhose anzog.

Er sah zur Uhr und fuhr fort: »Hör mal, ich bekomme um neun Besuch, und jetzt ist es halb neun …«

Vera erwiderte darauf nichts, warf sich hastig ihre Sachen über und rannte hinaus. Sie lief durch die abendlichen Straßen, und ihr schien, ihr Leben sei zu Ende, sie habe nichts Gutes mehr zu erwarten.

Übrigens kam ihr Selinskis Heirat ganz passend. Vera ging in die zehnte Klasse und mußte sich auf die Aufnahmeprüfungen an der Uni vorbereiten. Nun lenkte sie nichts mehr ab.

Doch nach einem weiteren Jahr ließ Stas sich scheiden, und das schmutzige Zimmer in der Gemeinschaftswohnung trat wieder in Veras Leben. Dann heiratete er erneut, ließ sich noch einmal scheiden, fand Arbeit und verlor sie wieder, wechselte die Geliebten, bekam Kinder, zahlte Alimente.

Immer wenn es ihm schlecht ging oder eine Lücke zwischen Ehefrau und Geliebter entstand, rief er Vera an. Sie kam, spülte das Geschirr, wusch seine Wäsche, machte ihm etwas zu essen und ging mit ihm ins Bett. Tauchten in ihrem Leben andere Männer auf, war Stas sofort zur Stelle, schlug wie ein Pfau ein prächtiges Rad und sagte ihr zärtliche Worte. Sich selbst verachtend, vergaß Vera alles und fuhr zu ihm – Geschirr spülen, Wäsche waschen, kochen und mit ihm ins Bett gehen.

Ein versierter Psychoanalytiker hätte diese Beziehung als unterschwellig masochistisch gedeutet. Doch Vera ging zu keinem Analytiker. Selbst ihrer Mutter erzählte sie kaum etwas. Natürlich hatte Nadeshda Pawlowna im Laufe der Jahre die Ehre gehabt, Stas kennenzulernen. Aber sie mochte seinen Namen nicht hören und holte ihre Tochter nie ans Telefon, wenn er anrief.

Nur ihrer besten Freundin Tanja erzählte Vera alles. Schon damals, in der neunten Klasse.

»Er hat dich vergewaltigt!« Tanja war empört. »Er ist ein mieses Schwein!«

»Aber vielleicht« – Vera stockte und wurde rot –, » vielleicht liebt er mich ja doch, wenigstens ein bißchen?«

Später, mit zwanzig, sagte Tanja: »Er macht dir dein Leben kaputt, jede normale Frau hätte ihn längst zum Teufel gejagt.«

Und jetzt, mit dreißig, bekam Vera von ihrer Freundin zu hören: »Selinski ist ein Schwein, ein gefühlloses Vieh ...«

Im Grunde wußte sie das selbst. Sie wußte seit langem, was er wert war, aber sie war einfach machtlos. Tief in ihrem Herzen saß noch immer die schwache Hoffnung: Vielleicht liebt er mich ja wirklich? Er ist eben bloß sehr kompliziert, anders als alle anderen. Sie genierte sich vor sich selbst wegen dieser dummen, noch immer lebendigen Hoffnung.

Als sie jetzt vorm Spiegel stand, beschimpfte sie sich, weil sie sich die Wimpern tuschte, die Lippen mit Konturstift nachzog und sich das Gesicht puderte.

Danach brauchte sie schrecklich lange zum Anziehen. Sie schlüpfte in Jeans und T-Shirt, drehte sich vorm Spiegel und vertauschte die Jeans gegen einen langen bunten Rock. Sie wollte lässig aussehen, wie im Hauslook, damit er ihre Bemühungen nicht bemerkte.

»Er wird es sowieso nicht bemerken«, spottete Vera, schlüpfte wieder in die Jeans und wählte anstelle des T-Shirts einen langen, dünnen Pulli.

Die ganze Zeit über bellte Matwej laut. Der Hund glaubte, sie ziehe sich für den Spaziergang mit ihm an. Er konnte nicht verstehen, warum das so lange dauerte, und war aufrichtig empört.

Heute mache ich endlich mit ihm Schluß, dachte Vera. Ich werde etwas Beleidigendes, Demütigendes zu ihm sagen. Dann muß ich nie mehr leiden. Ich werde viel arbeiten, viel

Geld verdienen, und im Sommer fahre ich mit Mama ans Meer.

Nach einer halben Stunde erschien Stas. Wie immer – keine Blume, keine Schokolade, nur ein halbherziger Kuß auf die Wange und eine Mappe mit zwei Seiten Werbeschwachsinn, der ins Englische übersetzt werden mußte.

»Machst du mir dein spezielles Omelett mit geröstetem Schwarzbrot und Tomaten? Ich hab extra nicht gefrühstückt.«

Sie briet ihm das Omelett und kochte Kaffee. Dann übersetzte sie die flammenden Tiraden über die wundertätigen Eigenschaften der neuen Kosmetikserie der russischen Firma »Diva« ins Englische.

Stas arbeitete bei einem kleinen Verlag, der Werbebroschüren, Horoskope, Heftchen über die Geheimnisse der sexuellen Übereinstimmung, über wundertätige Diäten und Gymnastik sowie Wandkalender mit nackten Mädchen herausgab. Inhaber war sein Freund, er selbst der einzige Mitarbeiter. Im Grunde arbeitete auch Vera in diesem Verlag. Ständig übersetzte sie etwas oder führte auf englisch per Telefon Verhandlungen. Allerdings bekam sie dafür keine Kopeke. Seit fünfzehn Jahren tat sie für Stas alles uneigennützig und mit Freuden.

Als sie mit der Übersetzung fertig war und ihm die ausgedruckten englischen Seiten reichte, fragte er: »Wann kommt denn deine Mutter zurück?«

»Um fünf.« Vera sah auf die Uhr, dann blickte sie Stas an. »Weißt du, Stas, ich wollte dir was sagen …«

Doch da stand er bereits dicht vor ihr, seine Hände glitten unter ihren weiten Pulli und öffneten geschickt ihren BH.

»Ich wollte dir sagen, daß ich nicht mehr …«

»Ja, Vera, ich höre dir zu …« Mit seinen schmalen, trockenen Lippen verschloß er ihr den Mund.

Drittes Kapitel

Ilja Golowkin war im neuen Anzug in den Regen geraten. Er konnte Regen nicht ausstehen, und nun hatte er auch noch seinen Schirm vergessen.

Als Golowkin feststellte, daß sein dunkelblaues Jackett färbte und sich auf dem schneeweißen Hemd häßliche blaue Spuren abzeichneten, hätte er am liebsten vor Ärger geheult. Er redete sich hartnäckig ein, daß ihm nur deswegen zum Heulen zumute war, weil das Schildchen in dem schicken blauen Jackett »made in England« offenbar log und der elegante dunkelblaue Anzug mit den Nadelstreifen mitnichten britischer Herkunft war.

Die Farbspuren entdeckte er im Spiegel einer billigen Pizzeria, in die er gegangen war, um etwas zu essen. Bereits seit einem Monat redete er nicht mehr mit seiner Frau. Wenn sie sich stritten, und das geschah in letzter Zeit häufig, stellte Raïssa das Einkaufen und Kochen ein.

Golowkin besaß die Mittel, in einem guten Restaurant zu essen. Auch seinen Anzug hätte er nicht auf dem Vietnamesenmarkt kaufen müssen. Wenn er wollte, könnte er statt mit öffentlichen Verkehrsmitteln längst im eigenen Mercedes oder zumindest im Shiguli herumfahren.

Man kann nicht behaupten, daß es Golowkin Spaß machte, sich jeden Morgen im Berufsverkehr in die überfüllte Metro zu zwängen und sich im Gänsemarsch mit der verschlafenen Menge zur Rolltreppe am Ausgang zu schieben.

Auch der Job als Chef der Einkaufsabteilung einer kleinen Makkaronifabrik machte ihm natürlich keinen Spaß. Doch diesen seltsamen und im übrigen ziemlich anstrengenden Posten hatte er nun bereits seit zwanzig Jahren. Und er bemühte sich, nicht »über seine Verhältnisse« zu leben, das heißt, nicht mehr auszugeben, als er mit diesem Job verdiente. Von den tatsächlichen Einkünften des bescheidenen

Chefeinkäufers ahnte niemand etwas, nicht einmal seine Frau.

Durch welches Wunder die bettelarme, schmuddelige kleine Fabrik in der stillen Gasse in Sokolniki überlebt hatte, war ein Rätsel. Die Makkaroni, die dort mit rostigen Maschinen nach veralteter Technologie hergestellt wurden, kaufte längst niemand mehr. Sie wurden an Soldaten verfüttert sowie an Insassen von Straflagern, Gefängnissen und Waisenhäusern.

Das düstere, halb verfallene Gebäude war Mitte des neunzehnten Jahrhunderts von einem deutschen Konditor gebaut worden. Früher einmal wurden hier von Hand leckere Kuchen und luftige Petits fours gebacken und glänzende Schokoladenbomben hergestellt, in denen winzige Porzellanhäschen mit rosa Ohren, Püppchen im Ballettkostüm oder kleine Eisbären steckten. Das alles wurde jeden Morgen aus Sokolniki direkt an den berühmten Laden von Jelissejew und die Bäckerei von Filippow geschickt. Laufburschen in eleganter Uniform belieferten Kunden in ganz Moskau mit riesigen Torten. Sie hielten die turmhohen, bizarr bemalten Schachteln mit den üppigen Schleifen auf ausgestreckten Armen, feierlich und vorsichtig, denn jede Torte war ein unikales Meisterwerk der Konditorkunst.

Zum Wohnen ließ sich der Deutsche ein einstöckiges Pfefferkuchenhäuschen mit einer breiten Wendeltreppe bauen.

Nach der Revolution emigrierten die Nachkommen des Konditors, die Fabrik wurde zum Volkseigentum erklärt und stellte nun keine erlesenen Konditorwaren mehr her, sondern fade Makkaroni für die hungrigen Werktätigen.

In dem Pfefferkuchenhäuschen wurden Buchhaltung, Personalabteilung und sonstige Verwaltungsbereiche sowie Partei- und Gewerkschaftsleitung untergebracht.

Übrigens hatte die Fabrikverwaltung in den letzten Jahren kaum etwas zu tun. Buchhaltung und Planungsabteilung, ein halbes Dutzend älterer, vom Schicksal arg gebeutelter Frauen, tranken Tee und erörterten mexikanische Fernsehserien, die Fehler ihrer Schwiegertöchter und -söhne, die steigenden Preise und die wachsende Kriminalität.

Golowkin betrat sein kleines Büro, in dem noch immer das Leninbild und gerahmte Ehrenurkunden hingen, zog als erstes sein Jackett aus und betrachtete angewidert den färbenden Kragen. Selbst an seinen Händen blieben häßliche bläuliche Flecke zurück.

»Sauerei«, murmelte er vor sich hin, hängte das Jackett auf einen Bügel, zog einen blauen Baumwollkittel an und setzte sich an seinen Schreibtisch.

Vorgestern abend, als er, reichlich Schlaftabletten intus, im Zug Prag – Moskau in schweren, ungesunden Schlaf sank, hatte er sich gesagt: Später. Alles später. Erst mal ausruhen von dieser verrückten Jagd; wenn ich wieder zu mir gekommen bin, kann ich in Ruhe über alles nachdenken. Sobald er in Moskau aus dem Zug gestiegen war, machte er sich kleinmütig vor, daß er sich zu Hause auch nicht richtig würde konzentrieren können. Das düstere, nervöse Schweigen seiner Frau würde ihn daran hindern. Tatsächlich hatte sich in den zwei Wochen, die er in Prag verbracht hatte, zu Hause nichts verändert. Seine Frau setzte ihren demonstrativen Boykott fort, der Kühlschrank war leer.

Golowkin nahm erneut ein starkes Schlafmittel und fiel in schweren Schlaf. Er erwachte, frühstückte auf dem Weg zur Arbeit in einer Pizzeria und sagte sich wieder, daß er sich, eingeschlossen in seinem stillen, behaglichen Büro, nun endlich konzentrieren konnte. Es mußte einen Ausweg geben. Er mußte nur richtig nachdenken.

Doch als er nun allein war und nichts mehr ihn am Nachdenken hinderte, hatte er plötzlich das Gefühl, als werde er durch das Bürofenster ständig beobachtet. Die Panik, die all die Tage in ihm gesteckt hatte, brach in einer neuen, übelkeitserregenden Welle hervor. Golowkin hielt sich für einen vernünftigen, überaus vorsichtigen Mann. Er konnte nicht fassen, wie er mit sechsundfünfzig, nachdem er die schlimmsten Turbulenzen heil überstanden hatte, so tödlich hatte reinrasseln können.

Anton Kurbatow hatte einen total idiotischen Traum. Er träumte eigentlich selten, und seine Träume waren normalerweise irgendwie undeutlich, schwarzweiß und sinnlos. Wenn er aufwachte, hatte er sie bereits vergessen. Diesmal aber schreckte er mitten in der Nacht, in kalten Schweiß gebadet, auf. Neben ihm, den Mund halboffen und wie ein Kind eine Hand unter der Wange, schlief Olga tief und fest. Aus Galjas schicken Gemächern hatte er hierher umziehen müssen, in Olgas winzige Einzimmerwohnung. Galjas Beamtengatte war aus Stockholm zurück. Olga dagegen hatte keinen Ehemann. Zu ihr konnte er zu jeder Tages- und Nachtzeit kommen und konnte bleiben, solange er wollte. Doch Anton bemühte sich, Olgas Gastfreundschaft nicht überzustrapazieren. Die alleinstehende, unabhängige Urologin Olga Tichonowa wünschte sich nichts so sehr, wie den gutaussehenden, leichtsinnigen Unternehmer Anton Kurbatow zu heiraten, der vier Jahre jünger war als sie und völlig untauglich für die Ehe.

Klug und taktvoll, wie sie war, sprach Olga nie direkt von Heirat. Sie machte nur Andeutungen, sanft und subtil, wie nebenbei. Doch für den freiheitsliebenden Anton war das genug, um sich bei ihr möglichst selten blicken zu lassen und nie lange zu bleiben.

Bemüht, Olga nicht zu wecken, schlüpfte er vorsichtig unter der Decke hervor, nahm ihren Frotteebademantel vom Stuhl und zog ihn über, ging in die Küche, schaltete die kleine Wandlampe mit dem Korbschirm ein, goß sich kaltes Wasser aus dem Wasserkocher in eine Tasse, leerte sie in einem Zug, setzte sich auf die breite Holzbank und zündete sich eine Zigarette an.

Der idiotische Traum ging ihm nicht aus dem Sinn. Er hatte geträumt, er und Denis rannten durch die Prager Altstadt, durch vertraute Straßen. Das Laufen fiel ihnen schwer, die Beine waren wie aus Watte, doch sie wurden gejagt, von jemand Schrecklichem mit leeren schwarzen Augenhöhlen. Anton wollte schreien, um Hilfe rufen, brachte aber nur ein lautloses Krächzen heraus. Denis blieb zurück, stolperte dauernd und war schließlich verschwunden. Und zwar, wie es Anton im Traum schien, endgültig, für immer.

»Quatsch, totaler Blödsinn«, sagte er laut und trat zum Fenster.

Es wurde bereits hell. Von hier oben, vom zwölften Stock, wirkte alles klein, wie Spielzeug. Die kastenförmigen Neubauten erstreckten sich weit in die Ferne, in die Unendlichkeit, und im diffusen, dunstigen Morgenlicht wirkten sie gespenstisch, irreal, als habe jemand den Raum in akkurate Rechtecke geteilt, als seien dort in Wirklichkeit gar keine Häuser, gar keine Menschen, als sei das Ganze nur eine flache Schwarzweißzeichnung.

Ein Zustand von Leere und Einsamkeit überkam Anton. Er erinnerte sich, wie er als Kind einmal allein für einen Monat nach Bulgarien fahren mußte, in ein Kinderferienheim am Schwarzen Meer. Denis hatte sich ein Bein gebrochen und lag in Prag im Krankenhaus. Anton hatte es ohne seinen Bruder im Ferienheim nicht gefallen. Er fühlte sich einsam und unwohl. Dort waren viele Kinder aus Rußland, aber er konnte sich mit niemandem so richtig anfreunden. Er verbrachte viele Stunden am hohen Zaun, das Gesicht zwischen die Metallstäbe gezwängt und den Blick auf das kleine Maisfeld gerichtet, das sich beiderseits der Landstraße erstreckte. Eines Tages rannte ein etwa sechsjähriger Junge die Landstraße entlang, dünn, klein, mit dunkelblondem Igelkopf. Anton rief: »Denis!« und wollte sich durch die Gitterstäbe zwängen. Der Junge kam näher, lachte und rief etwas auf bulgarisch.

Das Gefühl hoffnungsloser Verwaisung blieb noch lange zurück. Irgendwo am Grunde seines Herzens spürte er es sein Leben lang. Längst erwachsen und unabhängig, wurde er, wenn er ernsthafte Unannehmlichkeiten hatte und sein Bruder nicht bei ihm war, für ein paar Augenblicke wieder zu dem Siebenjährigen, der das Gesicht zwischen die Gitterstäbe zwängte und auf das Maisfeld schaute.

Er rauchte die Zigarette bis zum Filter herunter, ging fröstelnd zurück ins Zimmer, schlüpfte unter die Decke und preßte seine Stirn an Olgas warme Schulter. Sie murmelte im Schlaf etwas, drehte sich um und umschlang seinen Hals.

Vielleicht sollte ich sie wirklich heiraten, dachte er plötzlich. Sie wäre eine prima Ehefrau. Er verscheuchte diesen albernen Gedanken sofort wieder und wunderte sich, wie stark der seltsame, scheußliche Traum ihn beeindruckt hatte. Er war doch nie abergläubisch gewesen, hatte stets auf Vorzeichen und Ahnungen gepfiffen. Denis dagegen glaubte an Intuition, an Träume und anderen mystischen Quatsch.

Anton schlief unversehens wieder ein. Diesmal hatte er keinen Alptraum. Er erwachte vom Telefonklingeln. Das Telefon stand neben der Liege auf dem Teppich. Olga tastete mit geschlossenen Augen nach dem Hörer.

»Ja, guten Tag, Xenia Anatoljewna.« Sie sah Anton fragend an.

Er nickte wortlos und nahm den Hörer.

»Mama? Guten Morgen.«

Noch ehe er sich wundern konnte, wie seine Mutter ihn hier ausfindig gemacht und Olgas Nummer rausgekriegt hatte, erbleichte er, und ihm wurde schwindlig.

»Ja, Mama. Ich komme sofort«, sagte er mit kalkweißen Lippen, legte auf, sprang aus dem Bett und rannte durchs Zimmer, um seine auf dem Teppich verstreuten Kleider aufzusammeln.

»Was ist passiert?« fragte Olga leise.

»Das ist Blödsinn!« schrie er sie an. »Das kann nicht sein! Hörst du? Das kann nicht sein!«

»Anton, was ist los?«

»Irgendwelche Idioten haben angerufen und gesagt, Denis ... Er sei angeblich ...«

»Was?« Olga verstand nicht. »Drück dich doch deutlich aus ...«

Aber er war bereits hinausgestürmt, ohne seine Turnschuhe zuzuschnüren.

Die nicht sehr große, aufrechte Gestalt war so überraschend vor Golowkin aufgetaucht, daß er nicht einmal erschrecken konnte.

In der Gasse befanden sich nur wenige Passanten. Eine krummbeinige Alte mit Einkaufstasche trippelte vorbei, zwei Jugendliche in überweiten Raverhosen schossen auf Inlineskatern die Straße entlang, eine junge Mutter schob gemächlich einen Kinderwagen. Aber Golowkin wußte: Im Fall des Falles würde er ohnehin nicht mehr dazu kommen, zu schreien, um Hilfe zu rufen.

Der Mann, der dicht vor ihm stand, tötete rasch, mit einem einzigen Hieb. Ohne jede Waffe. Er beherrschte tödliche fernöstliche Kampftechniken.

Den Spitznamen Skwosnjak, Zugwind, hatte er schon als Kind bekommen. Er schien durch Wände gehen zu können, aus dem Nichts aufzutauchen und im Nichts zu verschwinden.

Golowkin war zufällig einmal Zeuge eines Femegerichts geworden. Ein junger Bandit wurde verdächtigt, die eigenen Leute bestohlen zu haben. Irgend jemand hatte Skwosnjak gesteckt, der Junge habe sich heimlich einen Smaragdring genommen, der zur Beute aus einem Wohnungseinbruch gehörte. Skwosnjak, die Hände auf dem Rücken, sah zu, wie zwei andere Banditen den Beschuldigten durchsuchten. Sie fanden den Ring im Schuh des Jungen. Skwosnjak versetzte ihm einen leichten Handkantenschlag in den Bauch. Niemand bekam richtig mit, was geschehen war. Golowkin, der ganz in der Nähe stand, hatte das Gefühl, als sei ein rascher kalter Wind durchs Zimmer geweht.

Der Junge krümmte sich, sein Gesicht nahm eine bläuliche Färbung an. Er starb nicht sofort, sondern erst zehn Tage später im Krankenhaus. Seine Leber war abgetrennt, und die Ärzte konnten ihn nicht retten.

Der Ring erwies sich übrigens als Tand – billiges gelbes Blech und grünes Glas.

»Gehen wir lieber woandershin«, flüsterte Golowkin, »vielleicht in das Café da drüben.«

»Meinetwegen.« Skwosnjak nickte gelassen. »Gehen wir ins Café.«

Das Café war leer. Sie setzten sich an einen Fenstertisch. Eine junge Serviererin mit meterdicken Schuhsohlen lächelte sie freundlich an.

»Guten Abend. Was möchten Sie essen?«

Golowkin dachte, er würde jetzt ohnehin nichts essen können. Aber etwas trinken würde nicht schaden. Wodka.

»Bringen Sie uns bitte Wodka«, sagte Skwosnjak.

Golowkin zuckte zusammen – dieser Mann schien seine Gedanken lesen zu können. Skwosnjak selbst trank nämlich keinen Wodka. Überhaupt keinen Alkohol.

»Und zu essen?« fragte die Serviererin.

»Salat, Fisch.« Skwosnjak zuckte die Achseln. »Irgendwas Leichtes, wir verlassen uns ganz auf Ihren Geschmack.«

»Auch ein Hauptgericht?« Das Mädchen lenkte den abwartenden Blick von dem sympathischen jungen Gast zu dem rundlichen kleinen Alten, der irgendwie nervös wirkte.

»Ja, ja!« Golowkin schreckte auf. »Für mich bitte Hähnchenragout.«

Mit einem Hauptgericht würden sie länger hier sitzen bleiben, wenigstens ein bißchen länger …

»Hähnchenragout haben wir nicht«, seufzte die Serviererin, »nehmen Sie Hähnchenkeule auf Kiewer Art, das kann ich sehr empfehlen.«

Bei dem Wort »Hähnchenkeule« wurde Golowkin ein wenig wärmer ums Herz. Es klang so friedlich, so gemütlich …

»Ja, für mich bitte Hähnchenkeule.« Er nickte freudig.

»Und für Sie?« Das Mädchen neigte kokett den Kopf und lächelte freimütig.

Frauen mochten Skwosnjak. Sein Äußeres war eine originelle Kombination aus Kultiviertheit und verborgener Kraft, sanfter Männlichkeit.

Golowkin bemerkte das unschuldige Flirten der blutjungen Serviererin und dachte spöttisch: Wenn du wüßtest, wem du da schöne Augen machst.

»Danke, ich möchte kein Hauptgericht. Und Wodka bitte nur für den Herrn. Für mich Orangensaft.«

Die Serviererin entfernte sich. Ein stahlharter Blick durchbohrte Golowkin. Es war aus, länger konnte er es nicht hinauszögern. Golowkin bekreuzigte sich im stillen und sagte: »Das Geld ist weg. Darum habe ich mich auch verspätet.«

Er berichtete ausführlich, wie er der Prager Filiale ihrer Bank eine Million Dollar abgeschwatzt hatte. Skwosnjaks Bande agierte zwar in Rußland, brachte aber ihr Hauptkapital ins benachbarte Ausland, und zwar über die Bank »Slawjanka«, zu deren Finanzgeschäften unter anderem die aktive Geldwäsche gehörte.

In den letzten Jahren war es unter den »neuen Russen« Mode geworden, Immobilien in Tschechien zu erwerben.

Die Tschechoslowakei hatte zwar zum sozialistischen Lager gehört, nach dessen Zerfall aber ziemlich rasch die unangenehmen Folgen des entwickelten Sozialismus bewältigt. Das Land hatte es geschafft, Stabilität, Ruhe und ein hohes Lebensniveau zu wahren. In Prag, dem geographischen Zentrum Europas, waren die Immobilienpreise wesentlich niedriger als in anderen europäischen Metropolen, ganz zu schweigen von Moskau.

Eine Wohnung in Prag oder ein Häuschen in dessen Umland zu kaufen war nicht sehr teuer und relativ unkompliziert. Zwar durften Ausländer in Tschechien formal keine Immobilien erwerben, aber jeder Ausländer konnte im Land eine Firma gründen, wenn er einen tschechischen Mittelsmann einschaltete. Und diese Firma wiederum konnte dann Immobilien erwerben.

Firmen, teils tatsächlich existierende, meist aber Scheinfirmen, schossen im ehemaligen Bruderland wie Pilze aus dem Boden. Es floß Kapital, es entstanden zweifelhafte Vermittlerstrukturen, Banken und GmbH. Den Grundstock dieser ganzen Finanztransaktionen bildete natürlich kriminelles Geld. Auch die blutigen Einkünfte von Skwosnjaks Bande flossen in diesen Strom.

Nach der Verhaftung der drei engsten Vertrauten von Skwosnjak wurde dringend Geld benötigt, viel Geld. Skwosnjaks Gefährten bekamen lange Haftstrafen; er selbst konnte zwar nicht gefaßt werden, stand aber auf der Fahndungsliste und befand sich auf der Flucht. Und das war ein teures Vergnügen.

Unauffällig Bargeld beschaffen konnten sie nur in Prag. Also war Golowkin, der bescheidene Chefeinkäufer der Makkaronifabrik und heimliche Schatzmeister der Bande, in Skwosnjaks Auftrag dorthin gefahren.

Die Direktion der Bank »Slawjanka« wußte natürlich, daß die Bande nicht mehr existierte und Skwosnjak gesucht wurde. Aber die Bankiers wußten auch: Skwosnjak war gefährlich. Er konnte jederzeit eine neue Truppe aufstellen, darum vermied man Konflikte mit ihm lieber.

Was Golowkin in Prag vorfand, war nicht gerade schön. Die Bank war im Begriff, still und heimlich spurlos zu verschwinden. Einem Außenstehenden wäre das gar nicht aufgefallen, doch der erfahrene Golowkin sah sofort: Die Jungs wollten abhauen, untertauchen in den Weiten Australiens oder Neuseelands.

Nach kurzen, aber stürmischen Verhandlungen bekam Golowkin schließlich doch seine Million, stapelte die dicken Hundertdollarpacken in einen unauffälligen ledernen Aktenkoffer und wollte mit dem Zug nach Moskau zurückfahren. Doch dann geschah etwas Unvorhersehbares.

Mitten in der Nacht erwachte Golowkin in seinem bescheidenen Hotelzimmer von einem leisen Geräusch. Einem unangenehmen Knirschen im Türschloß. Der Aktenkoffer lag unterm Bett. Zum Überlegen war keine Zeit. Mit einem lautlosen Satz war Golowkin mit dem Koffer in der Hand an der offenen Balkontür. Das Zimmer lag im dritten Stock. Den Nachbarbalkon trennten von seinem unten eine Plastikwand, oben ein schmiedeeisernes Gitter.

Golowkin schob den kostbaren Koffer vorsichtig auf den Nachbarbalkon und lehnte ihn gegen die Trennwand. Das Hotel hatte nur wenige Gäste, und er war sicher, daß im Nebenzimmer niemand wohnte. Außerdem hatte er ohnehin keine Zeit zum Überlegen.

Golowkin staunte noch immer, wie er das alles in einer halben Minute geschafft hatte. Er war sogar noch zurück unter seine Decke geschlüpft, kurz bevor die Zimmertür aufging.

Zwei schwarz maskierte junge Männer kamen herein. Einer stürzte zu Golowkin, hielt ihm eine Pistole an die Schläfe und sagte auf russisch: »Keine Bewegung. Wo ist das Geld?«

Golowkin begriff sofort, daß es dumm und gefährlich gewesen wäre, sich naiv zu stellen, und fragte nicht: »Welches Geld?«

»Das habe ich per Kurier nach Moskau geschickt«, antwortete er, so ruhig er konnte.

Der zweite junge Mann schaute sich unterdessen auf dem kleinen Balkon um, dann schloß er die Balkontür, zog die

Vorhänge zu, machte Licht und durchsuchte gründlich das Zimmer.

Dem erfahrenen Golowkin war klar, daß die nächtlichen Besucher keine ernsthafte Gefahr darstellten. Sie sorgten dafür, daß er ihre Gesichter nicht sah, also würden sie ihn am Leben lassen, egal, wie die Sache ausging. Und der Ausgang war auch klar: Sie würden nichts finden.

Offenbar hatten sie zufällig von der Million erfahren. Seriöse Männer hätten sich auf ein derartiges Abenteuer niemals eingelassen. Seriöse Männer hätten zunächst einmal herausgefunden, wem das Geld gehörte, und es sich dreimal überlegt, ob sie in das Zimmer von Skwosnjaks Schatzmeister einbrachen.

Zum Schluß bekam Golowkin noch einen Schlag in die Magengrube, dann verließen die beiden unverrichteterdinge das Zimmer, in dem Golowkins armselige Habe auf dem Boden verstreut lag.

Golowkin wartete zur Sicherheit noch zehn Minuten, dann schlich er hinaus auf den Balkon, langte durch die Gitterstäbe und suchte tastend nach dem Koffer. Zuerst glaubte er, er sei auf den Boden gefallen. Er ging in die Hocke und steckte seine Hand durch den schmalen Spalt unter der Trennwand. Sein Herz stockte. Bemüht, das plötzliche Zittern zu unterdrücken, ging er zurück ins Zimmer und holte die Tischlampe. Das Kabel war lang genug. Er stellte einen Stuhl auf den Balkon, darauf die Lampe, kletterte auf den Stuhl, nahm die Lampe in die Hand und leuchtete auf den Nachbarbalkon. Der Koffer war weg.

Während Golowkin jetzt in allen Einzelheiten von jener schrecklichen Nacht erzählte, bemüht, seinem Gegenüber nicht in die Augen zu sehen, dachte er, daß er im Grunde keinen Fehler gemacht und vernünftig gehandelt habe.

Etwas Ähnliches war ihm schon einmal passiert.

Vor ein paar Jahren hatte Skwosnjak ihm ein kleines Chagall-Original zur Aufbewahrung gegeben, ein Stück Leinwand, nicht größer als zwei aufgeschlagene Schulhefte, von unschätzbarem Wert. Es war ein heißer Sommer. Golowkins Frau war zu einer Freundin auf die Datscha gefahren.

In einer schwülen Nacht erwachte Golowkin; im Zimmer stand nur das obere Lüftungsfenster offen. Er blickte in den stillen Hof hinaus und sah einen Jeep vor der Tür halten. Ein untrügliches Gefühl sagte ihm, daß die fünf Männer, die aus dem Auto stiegen, zu ihm wollten. Irgend jemand hatte Wind bekommen von dem Bild.

Ohne lange zu überlegen, zog Golowkin die Leinwand unter der Matratze hervor und wickelte sie in Zeitungspapier. Die Nachbarn gegenüber waren gerade beim Renovieren. Das Treppenhaus stand voller Kisten und Kartons mit Müll. Während die Chagall-Liebhaber das Haus betraten und mit dem Lift hochfuhren, stopfte Golowkin das kostbare Bild in einen Karton mit schmutzigem Zeitungspapier.

Die Besucher fesselten den Hausherrn, durchsuchten gründlich die Wohnung und zogen erfolglos ab. Das kostbare Kunstwerk war gerettet. Skwosnjak schenkte es großzügig seinem findigen Schatzmeister. Für Golowkin war dieses Stück Leinwand seitdem eine Art Talisman. Das Bild gefiel ihm: Ein verliebtes Pärchen schwebt in den Wolken, auf einem Fensterbrett steht ein Gummibaum, daneben eine Katze mit menschlichem Gesicht.

Später zeigte Golowkin das Bild einem Sachverständigen, nur für alle Fälle. Vielleicht war es ja eine Fälschung? Das war natürlich riskant, aber es lohnte sich: Das Bild war tatsächlich echt.

Mit der Million Dollar hatte Golowkin fast genauso gehandelt wie damals bei der Sache mit dem Chagall. Doch diesmal war es schiefgegangen.

Skwosnjaks Gesicht war wie aus Stein. Vergebens suchte Golowkin darin nach einer winzigen Regung der Lippen, Augen oder Wangen. Woran sein Gegenüber dachte, was in seiner finsteren Seele vorging, blieb ein Geheimnis.

Golowkin erzählte, wie er auf den Nachbarbalkon geklettert war; die Tür zum Zimmer war von innen verschlossen. Drinnen war es dunkel und grabesstill. Da er nicht hineinkam, ging er wieder zurück und hinaus auf den Flur. Die Zimmertür war natürlich ebenfalls verschlossen. Mehr konnte er nicht tun. Den Rest der Nacht lag er wach. Am frühen Morgen begab er sich hinunter zur Rezeption. Dort saß eine blutjunge Blondine.

In der Tschechoslowakei war Russisch Pflichtfach gewesen, die heute Zwanzigjährigen hatten es also alle noch in der Schule gelernt. Doch viele junge Leute weigerten sich, Russisch zu sprechen – so auch das junge Mädchen an der Rezeption. Für sie war Russisch die Sprache der Okkupanten, die man ihnen gewaltsam aufgezwungen hatte. Der ältere Herr war zwar Hotelgast, und mit ihm zu reden gehörte zu ihren Pflichten, dennoch erklärte sie Golowkin kühl, sie verstehe kein Russisch. Wenn der Herr wünsche, könne sie mit ihm Englisch oder Deutsch sprechen.

Zum Glück haben Russisch und Tschechisch viele gemeinsame Wurzeln. In der Schule hatte Golowkin Deutsch gelernt, aber das war furchtbar lange her, sein Wortschatz beschränkte sich auf ein Dutzend Vokabeln. Ein weiteres Dutzend konnte er auf tschechisch. Radebrechend, deutsche, russische und tschechische Wendungen vermengend, erklärte er der hochmütigen Blondine, er müsse unbedingt wissen, wer im Zimmer neben ihm wohne. Das sei für ihn äußerst wichtig. Seine Schwester und ihr Mann seien vor vielen Jahren bei einem Autounfall umgekommen.

»Und all die Jahre suche ich schon nach ihrem einzigen Sohn, meinem Neffen. Er wurde adoptiert und trägt einen anderen Namen, und laut Gesetz gibt es ein Adoptionsgeheimnis. Vor kurzem habe ich nun erfahren, daß der Junge, inzwischen ein erwachsener Mann, zur Zeit in Prag ist, auf einer längeren Dienstreise. Ich bin hergekommen, um nach ihm zu suchen. Ich bin sehr krank, ich habe Krebs, ich werde nicht mehr lange leben, und vor meinem Tod möchte ich unbedingt meinen einzigen Neffen noch einmal sehen. Hier im Hotel ist mir nun kürzlich ein junger Mann aufgefallen, der meiner verstorbenen Schwester sehr ähnlich sieht. Vielleicht kam es mir ja auch nur so vor ... Aber wer weiß? Vielleicht wohnt er direkt neben mir? Vielleicht ist das ein Geschenk des Schicksals, als Belohnung für die langen Jahre der Suche?«

Er staunte selbst über seine Redegewandtheit und seine blühende Phantasie. Er redete wie ein Buch, erfand einen ganzen Roman und sprach schon seit einer Weile nur noch Russisch. In seinen Augen standen Tränen.

Das Mädchen an der Rezeption hörte ihm gebannt zu, ihr Gesicht spiegelte aufrichtiges Mitgefühl. Sie hatte sogar vergessen, daß sie kein Russisch verstand.

»Aber mein Herr«, sagte sie verwirrt auf russisch, als er fertig war, »im Zimmer neben Ihnen wohnt niemand.«

»Und ein Zimmer weiter?« hauchte er entmutigt.

»Einen Augenblick.« Das Mädchen blätterte im Gästebuch. »Ja, ein Zimmer weiter wohnt ein junger Mann aus Rußland. Hier, Denis Kurbatow.«

»Ich danke Ihnen, junge Frau. Sie wissen gar nicht, wieviel Sie für mich getan haben ...«

»Nicht doch, mein Herr, das ist doch so wenig ... Möchten Sie hinaufgehen zu Herrn Kurbatow?«

Golowkin stockte. Nein, hinaufgehen durfte er nicht. Wenn dieser Kurbatow ihm tatsächlich den Koffer gestohlen hatte, würde er sofort Bescheid wissen. Außerdem war er bestimmt längst nicht mehr im Hotel, vielleicht nicht einmal mehr in Prag.

Ja, das Verschwinden des jungen Mannes wäre vermutlich das erste Indiz dafür, daß er den Koffer hatte. Zuerst mußte er herausfinden, ob er noch einmal im Hotel auftauchte, und dann soviel wie möglich über ihn in Erfahrung bringen.

»Wissen Sie, das wäre eine zu große Erschütterung für ihn und auch für mich. Wenn ich mich nun irre? Das Geburtsjahr stimmt, aber ich weiß ja weder seinen Vor- noch seinen Familiennamen. Ich muß erst einmal einen Blick auf ihn werfen. Dann wird mein Herz es mir sagen.«

Die Serviererin hatte längst die Vorspeisen aufgetragen, doch sie standen noch unberührt da. Golowkin hatte noch nicht einmal seinen Wodka getrunken. Er unterbrach seinen Bericht nur, wenn die Serviererin an den Tisch kam. Nun stellte sie die appetitlich zischende Hähnchenkeule mit der Papierblume um den dünnen Knochen, mit Bratkartoffeln, eingelegtem Knoblauch und Oliven vor ihn hin.

»Sie essen ja gar nichts«, bemerkte das Mädchen. »So vertieft sind Sie in Ihr Gespräch.«

»Ja, ja, es schmeckt alles sehr gut«, erwiderte Golowkin völlig unsinnig.

»Wir haben es nicht eilig, junge Frau.« Skwosnjak schenkte der Serviererin ein strahlendes Lächeln. »Wir haben etwas zu besprechen.«

Sie verstand die Andeutung und zog sich zurück. Golowkin griff endlich entschlossen nach seinem Glas und schob sich ein Stück geräucherten Stör und eine Olive in den Mund.

»Und dann«, fuhr er fort, »erzählte mir das Mädchen an der Rezeption, Kurbatow sei verschwunden, sei nicht mehr im Hotel aufgetaucht. Außerdem sagte sie noch, er habe einen Anruf aus Moskau bekommen. Ein Mann, der sich als sein Bruder vorstellte, suchte Kurbatow und bat, ihm auszurichten, daß sich Telefon- und Faxnummer geändert hätten. Und am nächsten Tag kam sie zu mir und zeigte mir eine Zeitung. Eine tschechische natürlich. Unter der Rubrik Verbrechen stand eine Notiz über die Ermordung des russischen Staatsbürgers Denis Kurbatow. Die Polizei ginge davon aus, daß es sich um einen Auftragsmord handele, eine

Abrechnung unter russischen ›Geschäftsleuten‹, von denen es seit einiger Zeit in Prag viele gebe. Das Mädchen weinte fast, als es mir die kleine Notiz übersetzte. ›Ich hoffe, er war doch nicht Ihr Neffe.‹ Ich begriff, daß ich aus dem Hotel verschwinden mußte. Dort würde bald die tschechische Polizei auftauchen, und womöglich erzählte ihnen das mitfühlende Mädchen die Geschichte vom armen kranken Onkel aus Rußland ...«

»Fertig?« fragte Skwosnjak leise nach einer Pause, die eine ganze Ewigkeit dauerte.

»Ja.« Golowkin nickte und machte sich über seine Hähnchenkeule her.

Wer weiß, vielleicht war es ja das letzte Mal in seinem Leben ... Er leistete sich so selten ein gutes Essen. Schade, da hatte er viel versäumt.

»Wieviel Geld hast du im Moment?« Die Frage klang so banal und alltäglich, daß Golowkin sich verschluckte.

Die Rede war von seinen persönlichen Ersparnissen, von dem Geld, für das er so viele Jahre so viel riskiert und sich alles versagt hatte. Noch vor ein paar Sekunden hatte er Abschied vom Leben genommen und nicht an Geld gedacht. Nun aber schien es ihm weit schwerer, sich von dem Geld zu trennen als von seinem Leben.

»Wieviel brauchst du denn?« fragte er hustend.

»Alles«, antwortete Skwosnjak schlicht, »ich brauche alles, was du hast.«

»Aber ich hab nichts flüssig ... Nur Gold, Festgeldkonten ... Sofort geht das nicht.«

»Muß auch nicht sofort sein.« Skwosnjak nickte.

Golowkin goß sich Wodka nach, leerte das Glas in einem Zug und verzehrte mit obszöner Gier seine Hähnchenkeule samt allen Beilagen. Er rief die Serviererin heran und fragte sie: »Kann ich bei Ihnen eine Schachtel Zigaretten bekommen?«

»Selbstverständlich. Welche Sorte?«

»Die allerbesten, teuersten. Und noch einen Kaffee. Einen, wie heißt das gleich – einen Cappuccino!«

»Du rauchst doch gar nicht«, bemerkte Skwosnjak, als die Serviererin gegangen war.

»Jetzt doch!« Golowkin trank den restlichen Wodka in einem Zug gleich aus der Karaffe.

Viertes Kapitel

Die beiden waren Wolodja schon in der Gasse aufgefallen. Ein krankhaft dicker, etwa siebenjähriger Junge und eine ältere Frau. Die Frau ging an Krücken. Beide waren sehr ärmlich gekleidet. Wolodja fuhr langsam, mit offenem Fenster. Er hörte, daß der Junge die ältere Frau Mama nannte.

An der Kreuzung stauten sich die Autos, es war Berufsverkehr. Als die Fußgänger Grün hatten, eilten zwei Menschenmengen aufeinander zu. Die Leute rannten und stießen einander gegenseitig fast um beim Lavieren zwischen den Stoßstangen der Autos, die mitten auf dem Fußgängerüberweg standen.

Der Junge stützte fürsorglich seine Mutter, sie liefen sehr langsam. Sie wurden geschubst, jemand bellte: »Geht das nicht schneller?« Dann setzten sich die Autos in Bewegung. Es war noch immer Grün, noch immer überquerten Menschen die Straßen, doch die Autos fuhren einfach los, direkt auf die Menschen zu.

Die Frau und der Junge erstarrten mitten auf der Fahrbahn. Wolodja sprang aus seinem Moskwitsch und rannte zu ihnen, aber zu spät. Ein schwarzer Jeep hielt direkt auf die Frau zu, als wäre die Straße leer, erfaßte mit der Stoßstange eine Krücke, beide Krücken fielen der Frau aus der Hand. Sie sank auf die Knie.

»Du Miststück, bleib zu Hause, wenn du nicht laufen kannst!« brüllte der Fahrer des Jeeps aus dem offenen Fenster.

Die Autos ringsum hupten wie verrückt. Wolodja half der Frau aufstehen, reichte ihr die Krücken und konnte sich noch die Nummer des Jeeps einprägen. Und das Gesicht des Fahrers.

Der Junge weinte. Die Frau sagte leise: »Gott schütze Sie!«

Er erwiderte nichts, geleitete sie rasch über die Straße und rannte zurück zu seinem Auto.

Der Jeep umrundete den Platz vorm Belorussischen Bahnhof und fuhr auf die Auffahrt zur Leningrader Chaussee. Der Fahrer bemerkte nicht, daß zwei klare, himmelblaue Augen aus einem alten gelben Moskwitsch starr auf seinen quadratischen Hinterkopf gerichtet waren.

Das Böse mußte bestraft werden.

»Sagen Sie, Herr Kurbatow, in welcher Angelegenheit war Ihr Bruder hier in Prag?«

Der Polizeiinspektor wirkte müde, er hatte weiche, ein wenig herabhängende Wangen und geschwollene Tränensäcke.

Er trinkt viel Bier und ißt gern Špekačky, dachte Anton irgendwie abwesend. Was soll ich darauf antworten? Mein Bruder war hier, um Spuren zu verwischen? Unsere blöde Firma hat pleite gemacht, und Denis sollte sich um die Konten kümmern und ein paar Verträge annullieren?

»Das war eine private Besuchsreise. Wir beide sind in Prag aufgewachsen und haben hier noch viele Freunde.«

»Ja, ich weiß.« Der Inspektor nickte. »Frau Böhmová sagte mir, daß sie mit Ihnen in eine Klasse gegangen ist und auch Ihren Bruder gut kannte.«

»Frau Böhmová?« fragte Anton verständnislos. »Wer ist das?«

»Ach, Sie kennen Frau Böhmová nicht?« fragte der Inspektor rasch.

»Nein.« Anton schüttelte den Kopf.

»Ach ja, natürlich!« Der Inspektor schlug sich gegen die Stirn. »Sie kennen wahrscheinlich nur ihren Mädchennamen. An den kann ich mich leider nicht erinnern. Mit Vornamen heißt sie Agneška.«

»Agneška?«

Mein Gott, die rothaarige Agneška Klimovičová. Nun war sie also Frau Böhmová. Aber was hatte sie mit der Sache zu tun?

»Ihr Bruder wurde in einem Reisebüro getötet, das dem Ehepaar Böhm gehört. Frau Böhmová ist unsere einzige Zeugin.«

»Er wurde also in ihrem Beisein getötet?«

»Nicht direkt. Sie sagt, sie sei ins Nebenzimmer gegangen, Kaffee kochen. Sie hat nichts gesehen und gehört, die Pistole hatte einen Schalldämpfer. Als sie zurückkam, war Ihr Bruder schon tot. Außerdem haben wir noch einen Taxifahrer, der Ihren Bruder zum Bahnhof gefahren hat. Ihr Bruder hatte ihn gebeten, einen Verfolger abzuhängen, er sagte, irgendein Verrückter verfolge ihn schon den ganzen Tag. Der Taxifahrer hat den Mann nur kurz gesehen, er erinnert sich lediglich an einen schwarzen Schnurrbart. Verzeihen Sie, war Ihr Bruder vielleicht homosexuell?«

Anton fuhr auf, beherrschte sich aber.

»Nein. Mein Bruder war nicht homosexuell«, zischte er langsam.

»Wir haben nämlich kürzlich einen Homosexuellen gefaßt, der Jagd machte auf seine untreuen Partner. Ist alles schon vorgekommen. Entschuldigen Sie bitte nochmals. Sie behaupten also, Ihr Bruder habe in Tschechien keinerlei geschäftliche Tätigkeit ausgeübt.«

»Soweit ich weiß, nein.«

Anton bemühte sich, dem Inspektor nicht in die gütigen, müden Augen zu sehen. Wenn er von ihrem mißglückten Geschäft erzählte, riß er Jiří mit hinein. Außerdem würde das die Ermittlungen nur verwirren. Nein, nein, die verblichene Firma Star-Service hatte mit der Sache nichts zu tun. Die Tschechen würden den Mörder von Denis sowieso nicht finden. Sie würden eine Weile suchen und den Fall dann zu den Akten legen. Dieser Inspektor, der für Bier und Paprikaspeck schwärmte, würde nicht lange wühlen. Wer weiß, vielleicht dachte er: Diese blöden russischen Geschäftemacher, kommen her und knallen sich gegenseitig ab in unserer schönen, sauberen, ruhigen Stadt.

»Es gibt noch einen weiteren interessanten Umstand. An der Rezeption des Hotels sagte man uns, ein älterer russischer Staatsbürger habe in Ihrem Bruder angeblich seinen Neffen erkannt. Er wohnte zwei Zimmer neben Denis Kurbatow und bat die Dame an der Rezeption um dessen Namen. Dieser Russe sagte, seine Schwester und ihr Mann seien angeblich vor vielen Jahren bei einem Autounfall umgekommen und ihr Sohn kurz darauf adoptiert worden. Doch soviel ich weiß, lebt Ihre Mutter noch, und Ihr Bruder wurde von niemandem adoptiert. Wir schließen nicht aus, daß dieser Russe etwas mit dem Mord zu tun hat. Aber vielleicht ist das ja auch nur Zufall.«

»Haben Sie ihn gefunden?« fragte Anton heiser.

Nein, dachte er, das ist kein Zufall, ganz bestimmt nicht. Hier muß der Faden sein, irgendwo hier. Und du bist ein schlechter Polizist, Inspektor, wenn du ihn nicht aufnimmst.

»Nein.« Der Inspektor schüttelte den Kopf. »Er ist abgereist. Wir haben eine Anfrage nach Rußland geschickt. Aber wenn er wirklich etwas mit dem Mord an Ihrem Bruder zu tun hat, dann hat er vermutlich unter falschem Namen im Hotel gewohnt.«

»Ja, das ist logisch«, sagte Anton.

»Unterschreiben Sie bitte. Hier und hier. Ich danke Ihnen.« Der Inspektor stand auf und drückte Anton fest die Hand. »Möchten Sie den Leichnam in Prag einäschern lassen oder ihn nach Moskau überführen?«

Er war erst vor ein paar Stunden angekommen. Vom Flughafen hatte man ihn sofort ins Leichenschauhaus gefahren, zur Identifizierung. Wie richtig es doch gewesen war, seine Mutter nicht mitzunehmen. Er schaute in das Gesicht seines toten Bruders und konnte es dennoch nicht glauben. Alles in ihm sträubte sich gegen diese ungeheuerliche Wahrheit. Auch die Frage des Inspektors traf ihn unvorbereitet. Den Leichnam nach Moskau überführen? In einem speziellen Kühlbehälter? O Gott ... Oder ihn im hiesigen Krematorium einäschern lassen und die Urne nach Moskau bringen? Und Mutter? Sollte er in Moskau anrufen und sich mit ihr beraten?

»Ich nehme die Urne mit nach Moskau«, sagte er schließlich gequält.

»Nun, das ist vernünftig.« Der Inspektor nickte. »Kommen Sie morgen früh vorbei, dann machen wir die nötigen Papiere fertig.«

»Verzeihen Sie, dürfte ich die Adresse des Reisebüros Böhm erfahren?«

»Aber selbstverständlich. Es ist in der Ahornstraße.«

Nur mit Mühe erkannte er in der hochgewachsenen fülligen Dame Agneška wieder, das rothaarige, sommersprossige dürre Mädchen. Tränen stiegen ihr in die Augen, als sie Anton sah.

»Wollen wir zu mir nach Hause gehen? Wo bist du abgestiegen?«

»Bislang nirgends«, bekannte er und küßte ihre kühle, glatte Wange.

Agneška roch nach teurem Parfüm. Sie hatte keine einzige Sommersprosse mehr im Gesicht. Aus dem schlaksigen Teenager mit der schlechten Haltung war eine gepflegte, attraktive Dame geworden.

»Weißt du, Denis ist hier ganz zufällig reingekommen. Er mußte dringend ein Fax abschicken. Er hat mich nicht mal gleich erkannt.«

»Ein Fax? Nach Moskau?« fragte Anton dumpf.

»Ja. Er hat es selbst abgeschickt, es war handgeschrieben. Ich hab kurz draufgeschaut, es war irgendeine Adresse ... Aber ich erinnere mich nicht mehr daran, es ist einfach weg. Willst du sehen, an welche Nummer er es geschickt hat? Du bist also noch nirgends abgestiegen? Dann komm erst mal zu uns. Du solltest jetzt lieber nicht allein sein. Hier, siehst du. Soll ich dir die Nummer aufschreiben?«

»Nicht nötig ...«

Die Nummer kannte Anton auswendig. Sie hatte noch vor kurzem der Firma Star-Service gehört. Als Denis das Fax abschickte, wußte er noch nicht, daß die Firma nicht mehr existierte. Er hatte ihm kurz vor seinem Tod etwas mitteilen wollen.

»Ich glaube, er hat geahnt oder sogar gewußt, daß jemand hinter ihm her war. Er war ganz hektisch. Aber dann hat er sich ein bißchen beruhigt, wollte sogar mit mir Kaffee trinken.«

»Hör mal, Agneška!« Anton schrie fast. »Was ist mit dem Blatt? Das Blatt mit dem Text, hast du das noch?«

Agneška schüttelte traurig den Kopf.

»Er hat das Stück mit dem Text abgerissen und im Aschenbecher verbrannt. Ich hab hinterher die Asche gefunden. Und noch was ... Erst heute morgen habe ich zufällig erfahren, daß er im Friseursalon in der Nachbarstraße war. Da gehe ich auch immer hin, eine Freundin von mir arbeitet dort.«

Agneška war aufgeregt und erzählte verworren. Sie war ganz blaß. Unter dem Make-up schimmerten sogar ein paar Sommersprossen hindurch – offenbar hatten sie nicht restlos beseitigt werden können.

»Moment mal«, fiel Anton ihr ins Wort, »er ist zum Rasieren nie zum Friseur gegangen. Niemals.«

»Aber an diesem Morgen, na ja, bevor das alles passierte, da war er beim Friseur. Das steht fest. Und er hat den Laden nicht durch die Tür verlassen. Er hat nach der Toilette gefragt und ist dort durchs Fenster raus. Das Toilettenfenster geht auf den Hof. Monika hat sich darüber sehr gewundert, denn er hatte doch fürs Rasieren bezahlt. Hinterher hat sie ihn wiedererkannt. Die Polizei hat ja die ganze Nachbarschaft befragt. Da war sie so aufgeregt, da hat sie die Schnittwunde auf der Wange total vergessen. Aber heute ist ihr die wieder eingefallen. Und nun weiß sie nicht, ob sie bei der Polizei anrufen und davon erzählen soll ... Sie hat im Spiegel gesehen, wie draußen ein Mann stehenblieb. Jung, Leinenjackett, darunter ein schwarzes T-Shirt. Und Schnurrbart. Ein schwarzer Schnurrbart. Er stand mit dem Gesicht zum Fenster und rauchte. Sie hat noch gedacht, der kommt vielleicht rein, zum Haareschneiden. Jedenfalls, als dieser Mann am Fenster auftauchte, da hat Denis heftig mit dem Kopf gezuckt, als wäre er erschrocken. Darum die Schnittwunde.«

»Könnte ich mit dieser Monika sprechen?« fragte Anton leise.

»Willst du etwa selbst den Mörder suchen?« Agneška sah ihn erschrocken an.

»Keine Angst, ich will nicht den Privatdetektiv spielen. Ich vertraue eurer Polizei.«

»Monika hat gesagt, der Mann draußen habe ausgesehen wie ein Türke oder Aserbaidshaner.«

»Er hat den Mörder also gekannt«, murmelte Anton, »vielleicht ist er die ganze Nacht durch die Stadt gerannt, um ihn abzuhängen.«

»Wieso die ganze Nacht?« fragte Agneška erstaunt.

»Hätte er im Hotel übernachtet, dann hätte er sich selbst rasiert. Er rasierte sich jeden Morgen. Sein Bart wuchs sehr schnell. Egal, in welchem Zustand er war, rasiert hat er sich jeden Morgen. Das war für ihn wie Zähneputzen. Oder ist er in den Friseursalon gegangen, weil er hoffte, dort würde er nicht getötet werden? Und dann hat er den Schnauzbart gesehen und ist durchs Fenster geflohen? Ein Türke ... Es könnte tatsächlich ein Türke gewesen sein ...«

Die Friseuse Monika ging mit ihnen in ein kleines Hinterzimmer, setzte Wasser auf, schüttete Gebäck in eine Schale und seufzte und klagte.

»Das war Ihr Bruder? Was für ein Kummer, das möge Gott jedem ersparen ... Er war müde, hektisch und verschreckt. Ich hab noch gedacht, der Mann hat die Nacht nicht geschlafen. Wissen Sie, nach einer schlaflosen Nacht sind die Augen ganz rot und das Gesicht ist blaß. Solche Dinge fallen mir immer auf. Als ich bei dem Inspektor meine Aussage gemacht habe, war ich so aufgeregt, da habe ich gar nicht an den Schnauzbart gedacht, der draußen stand und rauchte. Dabei ist er hinterher noch mal am Fenster aufgetaucht. Ich hatte den Eindruck, daß er sich umsah, irgendwie suchend ... Natürlich, der Mann war ein Killer! Hätte ich das geahnt, hätte ich die Polizei gerufen. Sie hätten den Kerl festgenommen und die Pistole gefunden. Ach, was hilft das jetzt noch!« Sie winkte resigniert ab. »Aber Sie haben noch gar nicht gesagt, ob ich den Inspektor anrufen soll oder nicht.«

»Ja, natürlich.« Anton nickte gleichgültig.

Das spielte nun keine Rolle mehr. Jetzt wußte er, wer seinen Bruder getötet haben konnte. Aber der Mörder würde nie gefunden werden.

Wolodja parkte das Auto in einem stillen Hof in der Nähe des Restaurants. Er hatte den Gorilla mit dem Quadratschädel, den Fahrer des Jeeps, mit einem hochgewachsenen Mädchen in das Restaurant gehen sehen. Ihr Lederrock reichte knapp über den Hintern, über die nackten Schultern hatte sie lässig einen teuren Pelz geworfen. Ihre glatten, langen Beine schimmerten selbst in der Dämmerung sonnengebräunt. Ihr Begleiter hatte das Urteil verdient. Aber sie? Sie würde ja auch ins Auto steigen ...

Wolodja hielt unentschlossen inne. Er mußte noch ein weiteres Urteil fällen. Hier und jetzt. Wer weiß, wann er noch einmal so eine günstige Gelegenheit bekäme. Er konnte nicht endlos warten. Er durfte für diesen Bastard keine wertvolle Zeit verschwenden. Aber das Böse mußte bestraft werden.

Er stand im dunklen Torbogen und versuchte herauszufinden, wieviel Gutes und Böses in dem unbekannten Mädchen steckte, das er nur flüchtig gesehen, dessen Gesicht er nicht einmal richtig ausgemacht hatte. Aber sie begleitete den Gorilla. Sie ging mit ihm ins Restaurant und stellte ungeniert ihren sündigen, luxuriösen Körper zur Schau. Ein solcher Körper war teuer, sie präsentierte ihn wie eine Ware. Sie hätte durchaus mit im Jeep sitzen können, als der Gorilla stur auf einen lebendigen Menschen zugefahren war, als habe er eine leere Straße vor sich. Sie hätte ihn nicht davon abgehalten. Sie hätte nur gelacht über die unglückliche arme Frau, der die Krücken weggerissen wurden. Sie war genau wie er, wenn sie mit ihm ins Restaurant ging und ins Bett. Es war also alles gerecht.

Wolodja schlug den Mantelkragen hoch, steckte die Hände in die Tasche und ging mit festen Schritten zum Jeep.

Niemand achtete auf den kleinen, gebeugten Mann im grauen Trenchcoat, der sich in der einbrechenden Dunkelheit an einem geparkten Jeep zu schaffen machte. Er wurde überhaupt selten wahrgenommen, als trüge er eine Tarnkappe.

Er wartete die Explosion nicht ab. Wer weiß, wie lange die beiden im Restaurant sitzen blieben. Er hatte ohnehin schon genug kostbare Zeit verschwendet. Der Mechanismus würde sich einschalten, sobald das Auto losfuhr. Die Explosion würde lokal begrenzt sein. Andere Autos und Menschen würden nicht zu Schaden kommen.

Fünftes Kapitel

Die diensthabende Einsatzgruppe der Miliz, die gegen Mitternacht zum Restaurant »Paradieswinkel« gerufen wurde, fand zwei Leichen. Ziemlich rasch wurde ermittelt, daß der Mann am Steuer des explodierten Jeeps Schläger in einer kleinen Verbrecherbande gewesen war. Die Autobombe war zweifellos Teil eines der üblichen Bandenkriege.

Zusammen mit dem Schläger war seine zufällige Begleiterin umgekommen, eine zwanzigjährige Verkäuferin.

Ungewöhnlich war nur die originelle Konstruktion des Zünders. So etwas hatten die Experten noch nie gesehen. Offensichtlich war da unter den Hobby-Pyrotechnikern ein neuer Star aufgetaucht. Die Sprengkraft entsprach hundert Gramm TNT. Die Explosion hatte das gesamte Wageninnere zerfetzt, Fahrer und Beifahrerin in Stücke gerissen. Die Karosserie aber war heil geblieben. Die Sachverständigen erklärten, der Täter habe die todbringende Ladung mit einem Magneten am Boden des Wagens befestigt, und daß die Karosserie heil geblieben sei, grenze an ein Wunder.

»So etwas sehe ich zum erstenmal.« Milizhauptmann Georgi Malzew war verblüfft. »Eine Blechbüchse voll Hackfleisch. Dieses pyrotechnische Genie würde ich gern kennenlernen.«

»Da bist du nicht der einzige«, sagte Major Uwarow nachdenklich. »Für so ein Genie würde jeder Bandenboß eine Menge bieten.«

Später stellte sich heraus, daß der Jeep am selben Tag in einen kleinen Zwischenfall verwickelt gewesen war. Er hatte im Berufsverkehr am Fußgängerüberweg vor der Metrostation am Belorussischen Bahnhof eine gehbehinderte Frau angefahren. Ein kleiner, magerer Mann war aus seinem Moskwitsch gesprungen und hatte der Frau aufgeholfen. Die Männer von der Verkehrsmiliz, die den Vorfall beobachteten, standen mit ihrem Mercedes ebenfalls im Stau. Sie wollten den Jeep sogar verfolgen, unterließen es dann aber. Vor kurzem waren sie schon einmal einem solchen Rowdy hinterhergefahren, und der hatte eine Kanone gezogen, losgeballert und zwei Milizionäre verwundet.

Wolodja schaltete den Fernseher ein und goß sich Tee ein. Er trank gern Earl Grey, in seinem schneeweißen Küchenschrank standen ordentlich aufgereiht zehn Packungen Pickwick-Teebeutel. Sein Gefrierschrank war voller Fertiggerichte. Konserven, Zucker, Salz, löslicher Kaffee, Rosinen, Nüsse – von allem besaß er große Mengen, und das alles ließ sich in der winzigen Küche bequem unterbringen.

Im Bad bewahrte er in einem Extrakarton einen Jahresvorrat an Seife, Zahnpasta, Waschpulver und diversen Toilettenartikeln auf. Er kaufte alles auf Vorrat, um möglichst selten in Geschäfte gehen zu müssen. Das deprimierte ihn nämlich jedesmal.

Vor kurzem hatten in seiner Nähe gleich drei schicke Supermärkte aufgemacht. An den Kassen befanden sich Ständer mit Zeitschriften. Von den Hochglanzumschlägen sprangen dem Betrachter nackte Brüste und schamlos verrenkte Frauen- und Männerkörper ins Auge. Die Regale bogen sich unter den Waren in bunten Verpackungen. Wolodja dachte: Der Überfluß allein ist nicht böse. Aber er macht den Menschen dumm, gierig und rücksichtslos.

Im sechsten Programm begann der aktuelle Kriminalreport. Er stellte lauter.

»Gestern abend wurde auf der Leningrader Chaussee ...«

Die Stimme aus dem Off rasselte im Eiltempo ihren Text herunter. Die Kamera verweilte genüßlich auf den entstellten Gesichtern der Opfer.

»Das Opfer war Mitglied einer kriminellen Vereinigung«, fuhr die Sprecherin fort, »seine Beifahrerin war Verkäuferin in einer Boutique ...«

Wolodja seufzte erleichtert auf, aß ein Stück Schwarzbrot mit Käse und trank seinen Tee. Dann wusch er ordentlich seine Tasse ab, wischte mit einem feuchten Schwamm kaum sichtbare Flecke vom Herd und fegte den Boden.

Sein Hang zu Ordnung und Sauberkeit hatte sich bereits in seiner Kindheit ausgeprägt. Mutter, Vater und Großmutter duldeten keinen Schmutz. Zweimal in der Woche veranstaltete die ganze Familie einen Großputz, dabei wurde jeder Winkel gründlich saubergemacht. Die Teppiche wurden mit feuchtem Teesatz gereinigt, die polierten Möbel mit einer speziellen Lösung. Die Wohnung war immer blitzsauber und hell – das behaglichste Zuhause der Welt.

Was ein Zuhause wirklich bedeutet, begriff Wolodja erst richtig, als er zur Armee mußte. Er diente bei den Panzertruppen bei Woronesh. Er, der Moskauer Junge aus kultivierter Familie, bekam alle Gemeinheiten des Armeealltags zu spüren. Er wurde wie viele der Neuen von den Altgedienten gedemütigt, bekam Hautausschlag von Feuchtigkeit und Vitaminmangel. Er, der keine Schimpfworte ertrug, lebte in einer Atmosphäre obszöner, unflätiger Reden. Er, der Ordnungs- und Sauberkeitsfanatiker, schlief im Kasernenmief und ekelte sich vor seinem eigenen Körper, der mit gräßlichen Geschwüren bedeckt war. Dreimal saß er im Arrest, von einer Woche bis zu zehn Tagen. In diesem steinernen Verlies schlief man angezogen auf schmutzigen Strohsäcken, man konnte sich nicht waschen und sich nicht die Zähne putzen. Die Notdurft wurde gleich in der Zelle verrichtet, in einen stinkenden Eimer, vor aller Augen.

Doch die schlimmste Prüfung für Wolodja waren Schmutz und Gemeinheit in den menschlichen Beziehungen, die sich in der Kaserne unverhohlen und schamlos offenbarten. Seine Eltern hatten ihm von klein auf beigebracht, daß der Mensch des Menschen Bruder sei, daß man nicht lügen dürfe, daß Habgier eine Schande sei und daß man gegen Grausamkeit und Ungerechtigkeit kämpfen müsse, selbst wenn man zur

Niederlage verurteilt sei. Mutter, Vater und Großmutter hatten Wolodja eingeschärft: Das Kostbarste, was der Mensch besitzt, ist ein reines Gewissen und das Gefühl der eigenen Würde.

In der Armee herrschten keine menschlichen Gesetze, sondern animalische. Woldodja biß die Zähne zusammen und hielt durch. Er bemühte sich, Mensch zu bleiben. Seine einzige Freude waren die Briefe von zu Hause. Er zählte die Tage bis zur Entlassung.

Im Mai war es soweit. Er kaufte in Woronesh für Mutter und Großmutter je ein flauschiges Kopftuch, für Vater eine schöne Quarzuhr, dann rief er vom Telegrafenamt aus zu Hause an. Die Großmutter rief ach und oh, weinte und sagte, alle seien gesund, Mutter und Vater seien arbeiten, zu Hause sei alles in Ordnung.

Am Sonnabend abend kam er in Moskau an.

Sein Herz hämmerte freudig, als er das vertraute Haus betrat. Er war so aufgeregt, daß er nicht auf den Lift wartete, sondern wie der Blitz in den sechsten Stock hinaufrannte. In der Wohnung war alles still. Er klingelte lange. Der melodische Klang breitete sich in der Wohnung aus, doch niemand öffnete. Wolodja hatte keinen Schlüssel. Er lief die Treppe hinunter, schaute hinauf zu den Fenstern. In zwei Zimmern brannte Licht. Er ging wieder hinauf und klingelte bei den Nachbarn.

Die Nachbarin erkannte Wolodja und erinnerte sich, daß sie Wolodjas Mutter am Freitagmorgen gesehen hatte, sie waren zusammen mit dem Lift gefahren.

Wolodja rief von den Nachbarn aus die Miliz an. Er mußte dem Diensthabenden lange erklären, daß seine Familie an diesem Abend auf keinen Fall aus dem Haus gegangen sein konnte. Endlich kam eine Einsatzgruppe. Wolodja bestand darauf, daß sie die Tür aufbrachen ...

Vater und Mutter saßen auf Stühlen, mit breitem Klebeband umwickelt. Auch ihre Münder waren mit dem grauen glänzenden Klebeband zugeklebt. Ringsum war alles voller Blut. Die Körper waren bereits kalt.

Die Großmutter lag im Nachthemd auf dem Bett. Sie war nicht gefesselt. Sie war einfach mit einem Kissen erstickt worden. Vater und Mutter hatte man die Kehle durchgeschnitten.

In der Wohnung war alles auf den Kopf gestellt.

Der medizinische Sachverständige erklärte, der Tod der drei Opfer sei bereits vorige Nacht eingetreten. Später stellte sich heraus, daß alles aus der Wohnung getragen worden war, was irgendwie von Wert war: der einheimische Farbfernseher, zwei Kristallvasen, ein Dutzend Silberlöffel und die antike goldene Taschenuhr, die Großmutter in der untersten Kommodenschublade unter der Wäsche versteckt hatte. Großmutter war das kleine goldene Kreuz abgenommen worden, das sie immer um den Hals trug, Mutter hatte man die Saphirrohrringe herausgerissen. Außerdem fehlte ein Ring, den Mutter in ihrer Jugend getragen hatte. Er war sehr schön, aber ohne jeden Wert. Das gelbe Metall imitierte perfekt helles Gold, der tiefgrüne Glasstein einen Smaragd.

In der Küche stand auf dem Tisch neben dem Herd eine Schüssel mit Hefeteig, der über den Rand gequollen war und auf der sauberen Plastiktischplatte klebte. Das gab Wolodja den Rest. Er stellte sich vor, wie seine Großmutter am Abend zuvor den Teig angesetzt hatte, um Piroggen zu backen, mit Ei und Kohl, wie er sie am liebsten mochte.

Ihm wurde schwindlig und schwarz vor den Augen. Er verlor das Bewußtsein.

Zwei Wochen lag er im Krankenhaus, in der Neurologie. Dort suchten ihn die Kriminalisten und ein Mitarbeiter der Staatsanwaltschaft auf.

Nachdem Wolodja die drei Urnen beigesetzt hatte, tauschte er die vertraute Dreizimmerwohnung im Zentrum gegen eine Einzimmerwohnung am anderen Ende der Stadt. Von dem

Geld, das er durch den Tausch gewonnen hatte, kaufte er sich einen alten, aber soliden Moskwitsch.

Er fing als Streckenarbeiter bei der Metro an, überwiegend ein Nachtjob. Die reichliche Freizeit verbrachte er auf Flohmärkten und in Antiquitätengeschäften mit Juwelierartikeln. Er saß in Bierbars und Restaurants, in denen seiner Vermutung nach Diebe und Hehler verkehrten.

Mit seinem unauffälligem Äußeren – klein, ganze eins sechzig, schmale Schultern, dünn, hellblaue Augen, glattes, ein wenig fettiges, aschblondes Haar – war er in der Menge so gut wie unsichtbar.

Wolodja belauschte Gespräche an allen möglichen anrüchigen Orten, um irgend etwas über die Einbrecherbande zu erfahren, die seine Familie getötet hatte. Er gestand sich selbst nicht ein, daß er versuchte, auf eigene Faust die Mörder zu finden. Er mußte einfach etwas tun gegen den Schmerz, der ihm die Kehle zuschnürte.

Über die schreckliche Bande wurde in Zeitungen und in einigen Fernsehsendungen berichtet. Aber es gab keinerlei verwertbare Spuren. Die Täter hinterließen keine Zeugen.

Allein in den sechs Monaten von Januar bis Mai waren neun Wohnungen in Moskau und fünf Einfamilienhäuser in der Umgebung ausgeraubt worden. Dabei wurden siebenundzwanzig Personen getötet, darunter drei Kinder zwischen drei und vierzehn Jahren.

Wolodjas Angehörige waren die drei letzten Opfer. Die Einbruchsserie hörte auf. Die Bande hatte sich offenbar aufgelöst oder ihr Betätigungsfeld gewechselt. Doch keines ihrer Mitglieder war bislang verhaftet worden.

Ein Jahr verging. Wolodja lebte zurückgezogen, er hatte keine Freunde und auch keine Freundinnen. Er hatte Angst, sich an jemanden zu binden, ein lebendiges Wesen liebzugewinnen, das jederzeit einer bösen Laune zum Opfer fallen und zu einem Haufen Asche werden konnte. Für Wolodja war die Welt erfüllt von Bösem und alles Lebendige hilflos. Das Böse triumphierte stets und kam ungestraft davon. Das Böse stellte sich ungeniert öffentlich zur Schau, im Fernsehen und in Zeitungen. Verbrecher, kriminelle Autoritäten und Profikiller wurden zu Superhelden. Jugendliche wollten ihnen nacheifern.

Das Böse bereitete ihm geradezu physische Schmerzen. Unerträgliche Schmerzen.

Eines Tages entdeckte Wolodja in einem Antiquitätengeschäft auf dem Alten Arbat eine Taschenuhr. Er erkannte sie sofort. Er erinnerte sich genau an jedes Detail des Musters auf dem goldenen Deckel und an die zwei dunklen Risse auf dem Porzellanzifferblatt. Als Kind hatte er immer gestaunt, daß das Uhrwerk der alten Zwiebel noch funktionierte. Man brauchte nur das geriffelte Rädchen zu drehen, und die Uhr tickte wieder, maß wie vor hundert Jahren die Zeit. Das Rädchen hatte eine kleine Lücke.

Er bat den Verkäufer, ihm die Uhr zu zeigen. Als er sie in die Hand nahm, schlug sein Herz schmerzhaft. Er rannte zu einem Telefon und rief bei der Staatsanwaltschaft an.

»Wieso sind Sie so sicher, daß es wirklich diese Uhr ist?« fragte der zuständige Beamte.

Wolodja beschrieb ausführlich alle Eigenheiten der Uhr.

Nachforschungen ergaben, daß die Uhr von einer alleinstehenden alten Frau gebracht worden war, die in einer Gemeinschaftswohnung in einer Gasse am Arbat wohnte. Sie erklärte entschieden, sie habe die Uhr geerbt.

»Überlegen Sie doch selbst«, sagte der Staatsanwalt zu Wolodja, »die Täter hätten kaum zugelassen, daß ein so auffälliger Gegenstand in einem Moskauer Antiquitätengeschäft auftaucht, noch dazu am Arbat. Sie versetzen ihr Diebesgut in anderen Städten. Es ist durchaus möglich, daß Sie sich irren. Ich verstehe ja, daß Sie die Ermittlungen unterstützen wollen, aber besser, jeder erledigt seinen Job.«

Wolodja war sich jedoch ganz sicher: Dies war die Uhr seines Ururgroßvaters, die die Täter aus seiner Wohnung gestohlen hatten, aus jenem glücklichen, wunderbaren Leben, das nun für immer vorbei war.

Wolodja opferte seinen gesamten Monatslohn und seine Ersparnisse und kaufte die Uhr. Als die alte Frau ihr Geld holen kam, folgte er ihr.

Fortan verbrachte er seine gesamte Freizeit in der stillen Arbatgasse, vor einem alten, halb verfallenen Haus mit Gemeinschaftswohnungen. Er studierte den Tagesablauf der Alten, wußte, wann sie aufstand, wo sie ihr Brot kaufte, wieviel Zeit sie auf der Bank vorm Haus verbrachte und welche Zeitungen sie am Kiosk kaufte. Er fand bald heraus, daß sie gar nicht so einsam war. Ein paarmal besuchte sie ein kleiner, untersetzter Mann um die Sechzig, bescheiden und ordentlich gekleidet.

Dieser Herr war bedeutend schwieriger zu beschatten als die Oma. Er war äußerst vorsichtig, als rechne er damit, daß ihm jemand folgen könnte. Das interessierte Wolodja an dem ordentlichen Dicken am meisten. Schon bald hatte Wolodja ihn verloren, ohne herausgefunden zu haben, wo er wohnte und arbeitete. Wohl oder übel mußte er in die Arbatgasse zurückkehren. Aber dort tauchte der Dicke nicht mehr auf.

Wolodja maß die Zeit nun mit der alten goldenen Taschenuhr. Wenn er sich das kalte, aber lebendige Uhrwerk ans Ohr hielt, dachte er daran, daß Tag für Tag verstrich, Monat um Monat und das Böse noch immer ungestraft blieb.

Er wußte inzwischen, daß er nicht eher Ruhe geben würde, bis er auf eine Spur der Bande gestoßen war. Und weiter? Zum Staatsanwalt? Erneut zusehen, wie der dünne, mit soviel Mühe gefundene Faden ihm wieder entglitt? Oder sich eine Pistole besorgen und selbst mit den Banditen abrechnen? Aber das war lächerlich.

Das rasche Ticken der alten Uhr, das wie das Schlagen eines Herzens klang, sagte ihm, was er tun mußte. In der Schule hatte sich Wolodja für Chemie interessiert. Nach der zehnten Klasse hatte er sich am Institut für chemische Technologie beworben, die Aufnahmeprüfung jedoch nicht bestanden, und dann mußte er zur Armee.

In der Einzimmerwohnung gab es eine Abstellkammer. Darin richtete sich Wolodja ein richtiges Labor ein. So harmlose Substanzen wie Kaliumpermanganat, Puderzukker, Schwefel, Salpeter und Aktivkohle konnte man überall kaufen, ohne Verdacht zu erregen.

Das Böse mußte bestraft werden. Bald hatten Wolodjas geschickte Hände eine Waffe geschaffen. Laufend perfektionierte er sein todbringendes Spielzeug. Sein Hauptziel blieb die Bande. Doch manchmal, wenn er allzu dreiste Offenbarungen des Bösen beobachtete, konnte er sich nicht beherrschen. Hinterher überkam ihn jedesmal ein Gefühl eigentümlicher Leere. Er wußte nicht – war das Erleichterung, weil er seine Pflicht getan hatte, oder war seine Seele dabei zu vereisen, wurde sie kalt und unbarmherzig? Er redete sich ein, daß die raffinierten Sprengladungen, die er baute, hin und wieder erprobt werden mußten. Oder etwa nicht?

Indessen kehrte er immer wieder zurück in die Arbatgasse. Es zog ihn dorthin, er stand frierend in Wind und Regen, schwitzte in der prallen Sonne und wartete auf den Dicken. Und dann traf er ihn zufällig ganz woanders. Eines Tages verließ Wolodja in der Pause den Metroschacht und ging hinaus auf die Straße, um sich ein paar Hamburger zu kaufen, und stieß unvermittelt auf den Dicken. Er vergaß die Hamburger und verfolgte den Dicken, der im Tor einer Makkaronifabrik verschwand.

Wolodja nahm eine Woche Urlaub und hielt vom frühen Morgen an vor der Makkaronifabrik Wache. Offenkundig arbeitete der Mann hier. Nun mußte Wolodja nur noch herausfinden, wo er wohnte, und auch das gelang ihm. Wolodja vermutete, daß der Dicke mit Namen Golowkin nur indirekt mit der Bande zu tun hatte.

Eines schönen Tages beobachtete Wolodja den Dicken zusammen mit einem breitschultrigen jungen Burschen in teurer Nappalederjacke und weiten Raverhosen. Der Bursche fuhr einen nagelneuen blauen Shiguli, traf sich mit stereotypen langbeinigen Mädchen und hing in Bars und Casinos rum.

Wolodja spürte, daß er endlich auf eine heiße Spur gestoßen war. Doch dann passierte etwas Überraschendes: Der Besitzer des blauen Shiguli wurde verhaftet. Die Festnahme geschah direkt vor Wolodjas Augen, banal und alltäglich, ganz anders, als man es immer im Kino sah.

Drei Monate später wurde Wolodja als Zeuge vor Gericht geladen. Inzwischen waren zwei weitere Mitglieder der Bande gefaßt worden.

Die Verhandlungen dauerten endlos lange. Die Urteile für die drei Mörder erschienen Wolodja unerhört milde. Den Aussagen der Angeklagten entnahm er, daß der Kern des Bösen ein Mann war, den niemand je fassen würde. Nicht einmal die Bandenmitglieder wußten, wie ihr Anführer hieß. In den Verhandlungen tauchte er nur unter dem Spitznamen Skwosnjak auf.

Sechstes Kapitel

Sein erstes Wort sagte Kolja Koslow mit vier Jahren. Nicht »Mama« oder »Papa«. Es war ein langes Wort und klang schön und bedrohlich: »Oligophrenie.«

Niemand der Zöglinge des Säuglingsheimes sprach früher als mit vier. Auf zwanzig Kinder kam eine Betreuerin. Die jahrelange Überarbeitung und das lächerliche Gehalt für diese Schwerstarbeit machten die Schwestern hart. Selbst wenn sie irgendwo im Grunde ihres Herzens noch menschliches Mitleid mit den ewig schmutzigen, wundgelegenen und mit Ausschlag übersäten Kindern empfanden, spielte es in der täglichen Arbeit keine Rolle. Dafür fehlte die Zeit und die Kraft. Die Schwestern erledigten ihre Arbeit schweigend und streng nach Plan. Kindergeschrei war für sie etwas so Gewohntes, daß sie es gar nicht mehr wahrnahmen.

Ausnahmslos alle Kinder im Säuglingsheim waren in ihrer Entwicklung zurückgeblieben. Selbst diejenigen, die normal zur Welt gekommen waren, ohne Geburtsschäden oder Erbfehler.

Mit einem Baby muß man reden, muß ihm Lieder vorsingen, es auf den Arm nehmen, über den Kopf streicheln, ihm zärtliche Worte ins Ohr flüstern. Aber bei einer Schwester für zwanzig Kinder ist das unmöglich.

Mit einem Jahr waren die gesunden Kinder kaum noch von den kranken zu unterscheiden. Die Ärzte verpaßten ihnen ohne die geringsten Gewissensbisse die Diagnose »Oligophrenie im Stadium der Debilität«. Nicht aus Bosheit, nein. Aber in Sonderkinderheimen für geistig zurückgebliebene Kinder bekamen die Pädagogen einen anständigen Zuschlag gezahlt. Folglich arbeiteten sie in solchen Heimen lieber, und davon gab es auch mehr als Heime für gesunde Kinder. Da hatte man weniger Probleme mit der Erziehung. Die Kinder mußten entsprechend ihrer medizinischen Diagnose behandelt werden. In der Regel mit starken Psychopharmaka. Wurde ein geistig zurückgebliebenes Kind aggressiv und unkontrollierbar, konnte man es jederzeit in die Psychiatrie stecken, wo es dann Spritzen bekam.

Die ältere Kinderpsychiaterin zögerte ein wenig, bevor sie dem vierjährigen Kolja Koslow die stereotype Diagnose in die Akte schrieb. Er war ein hübscher Junge, hatte ein rundliches Gesicht und lebhafte kluge Augen. Im Gegensatz zu den meisten seiner Altersgenossen im Heim konnte er, seit er zwei war, allein auf den Topf gehen, essen, ohne zu kleckern, und zeigte auch sonst keinerlei Anzeichen geistiger Zurückgebliebenheit.

»Wie heißt du denn, Kleiner?« fragte die Ärztin freundlich.

Er sah sie schräg von unten an und lächelte.

»Wie heißt du? Na? Sag mal: Kol-ja. Sprich mir nach: Kolja.«

Er schwieg und lächelte.

»Na schön.« Die Ärztin seufzte. »Spielen wir ein bißchen mit Bauklötzen. Was für eine Farbe hat dieser Bauklotz? Rot?«

Der Junge nahm ihr wortlos den grünen Plastikbaustein aus der Hand, holte damit aus und hieb eine Ecke gegen die teure Brille der Ärztin. Sie zuckte überrascht mit dem Kopf, die Brille fiel zu Boden, zerbrach aber nicht. Blitzartig sprang der Junge vom Stuhl und zertrat mit der harten Sohle seiner staatseigenen Sandale die Brillengläser, zermalmte sie auf dem Boden, als wären sie ein widerliches Insekt. Dabei wich das durchaus bewußte, ruhige Lächeln die ganze Zeit nicht von seinem Gesicht. Er sah der Ärztin in die Augen. Er schien neugierig und mit Freude ihre Reaktion zu beobachten.

»So, na, hier ist wohl alles klar«, sagte die Ärztin, während sie vom Boden aufsammelte, was noch vor kurzem ihre Brille gewesen war. »Eine typische oligophrene Aggression.«

Sie wickelte das Brillengestell sorgfältig in ein sauberes Taschentuch, steckte es in die Tasche ihres schneeweißen Kittels und schrieb nun mit sicherer Hand in Kolja Koslows Akte: Diagnose: Oligophrenie im Stadium der Debilität. Sie hatte die Angewohnheit, laut auszusprechen, was sie schrieb.

»Oligophrenie«, wiederholte der Junge langsam und deutlich.

Die Ärztin zuckte heftig zusammen und starrte das stumme kleine Biest aus kurzsichtigen Augen an. Kolja Koslow sah sie gelassen, irgendwie prüfend an, nun ohne jedes Lächeln. Und sagte kein einziges Wort mehr.

Fest verankerte sich in seinem kindlichen Gedächtnis die

intensive, brennende Freude, die er empfunden hatte, als sich im Gesicht der großen, wichtigen Tante im weißen Kittel plötzlich Entsetzen und Verwirrung gespiegelt hatte. Bis zu diesem Augenblick hatte nichts je einen solchen Sturm von Emotionen in ihm ausgelöst. Er begriff damals nicht, daß er für dieses Vergnügen mit einer lebenslangen Verurteilung bezahlt hatte. Für den Vierjährigen war das Wort »Oligophrenie« lediglich eine bizarre, klangvolle Lautverbindung.

Das Leben im Kinderheim war äußerst arm an Eindrücken und erst recht an Freuden. Das allen gehörende Spielzeug machte keine Freude. Es gehörte allen, also nicht dir. Das Essen schenkte für eine Weile ein angenehmes, warmes Gefühl von Sattheit, doch Freude konnte man auch das nicht nennen. Von seinen ersten Lebensjahren behielt Kolja allein den Chlorgeruch, die weißen Kittel der Schwestern und die kahlgeschorenen Köpfe der Nachbarn hinter den Gitterstäben der Heimbetten in Erinnerung.

Im Sonderkinderheim waren rund die Hälfte der Erstkläßler Waisen. Die übrigen waren »Hauskinder«, quasi nur halb verlassen. Zwar holten längst nicht alle Eltern ihre Kinder zu Feiertagen oder in den Ferien nach Hause, dennoch bildeten Hauskinder und Heimkinder zwei verschiedene Kasten.

Bei den meisten Hauskindern waren die Eltern Alkoholiker, zu Hause war ihr Leben noch unerträglicher als im Heim. Sie kehrten mit Beulen und blauen Flecken von dort zurück und stürzten sich gierig auf das Heimessen. Dennoch galten sie als Kinder erster Klasse.

Hier nun wurde Kolja Koslow seine absolute angeborene Einsamkeit in vollem Ausmaß bewußt. Er hatte nie eine Mutter gehabt, gar keine, nicht einmal eine, die ständig betrunken war. Überhaupt keine. Niemand auf der ganzen Welt scherte sich um ihn. Und er begann die Hauskinder, die Günstlinge des Schicksals, glühend zu hassen.

Die Waisen nannten jede erwachsene Frau Mama – Erzieherinnen, Betreuerinnen, Putzfrauen, Krankenschwestern. Sie blickten jeder bittend in die Augen und fragten vorsichtig: »Bist du meine Mama?«

»Nein«, bekamen sie zur Antwort.

»Und wo ist meine Mama?« fragte dann mit einfältiger List das Kind, das genau wußte, wie die Antwort lauten würde.

»Du hast keine Mama. Dich zieht der Staat groß.«

Kolja nannte niemanden Mama und stellte keine dummen Fragen. Tat ein anderer das in seinem Beisein, widerte ihn das an, zugleich aber spürte er seine Überlegenheit. Er würde nie um ein freundliches Wort betteln, er war nicht darauf angewiesen, daß ihm jemand aus Mitleid über den Kopf strich.

Die Heimzöglinge bekamen jeden Tag zur Prophylaxe Tabletten verabreicht, die langsam, aber sicher das Hirn schädigten. Es hieß, diese medikamentöse Behandlung sei unerläßlich, andernfalls würden die Kinder aggressiv und unkontrollierbar.

Kolja war sofort klar, daß er die Tabletten nicht nehmen durfte. Über die Psychiatrie und die Spritzen wurden nachts im dunklen Schlafsaal Schauergeschichten erzählt, die Tabletten aber galten als harmlos. Doch Kolja nahm sie nicht, als einziger, obwohl er selbst noch nicht genau wußte, warum nicht. Er lernte, die Tabletten so in seiner Wange zu verstecken, daß nicht einmal die wachsame Krankenschwester etwas bemerkte, wenn sie ihm in den Mund schaute. Er spuckte die Tablette heimlich wieder aus, warf sie weg und spülte sich anschließend gründlich den Mund. Sein Gefühl sagte ihm, daß keiner seiner Altersgenossen davon wissen durfte. Sie würden es der Krankenschwester oder den Erzieherinnen petzen.

Kolja hatte von Geburt einen starken Selbsterhaltungstrieb mitbekommen, nicht nur physisch, sondern auch intellektuell. Er spürte: Um zu überleben, mußte er klug sein, er durfte nicht debil werden. Doch genau das schienen alle um ihn herum erreichen zu wollen.

Die Kinder wollten, daß er so war wie sie. Es ärgerte sie, daß er klüger war. Für die Erwachsenen war es bequemer, wenn er blöd und folgsam war. Sie alle waren seine Feinde. Sie wollten ihm alle Böses. Aber er war stark und klug, er mußte sie überlisten und besiegen.

Die geistig zurückgebliebenen Kinder wurden nicht sonderlich sorgfältig unterrichtet. Sie bekamen Lehrbücher für Hilfsschulen. Kolja lernte nach einem solchen Buch in zwei Wochen alle Buchstaben. Nach einem Monat konnte er silbenweise lesen. Nach zwei Monaten hatte er die ganze Fibel von A bis Z durch. Im Unterricht war er immer der Beste. Doch niemand war darüber erstaunt oder gar erfreut.

In der dritten Klasse sagte er einmal laut, nachdem er die Aufgabe an der Tafel gelesen hatte: »Pah, lächerlich! Das kriegt doch jeder Idiot raus.«

»Ach was, du bist wohl der Klügste, Koslow, ja?« erkundigte sich die Lehrerin träge.

»Ja«, erwiderte er schlicht, »hier bin ich der Klügste.«

Die Lehrerin tobte und stellte ihn in die Ecke. Die ganze Stunde lang lästerte die Klasse grob über den »klügsten Oligophrenen«. Als ein Hauskind anregte, dem Klugen die Fresse zu polieren, verließ Kolja seelenruhig seine Ecke, ging zu dem Mädchen, schlug ihre Nase heftig auf die Schulbank und kehrte zurück in seine Ecke. Dabei empfand er eine ebenso glühende Freude wie damals im Kinderheim, als er die Brille der Ärztin zerstampft hatte. Doch bald sollte er erfahren, was der Preis für einen solchen kurzen Genuß war.

Die Lehrerin schleifte ihn am Kragen in den Schlafsaal, warf ihn aufs Bett und ging die Krankenschwester holen. Kolja machte es sich auf dem Bett bequem und harrte der Dinge, die da kommen sollten.

Er mußte nicht lange warten. Nach ein paar Minuten kamen eine Erzieherin und die Krankenschwester herein.

»Koslow«, sagte die Erzieherin, »du wirst bestraft. Du darfst heute nicht raus. Steh auf.«

Das ist alles, freute sich Kolja. Pah, Kleinigkeit!

Er dachte nicht daran, aufzustehen, er zuckte nicht einmal mit der Wimper.

»Steh auf, Koslow«, wiederholte die Erzieherin.

Er blieb liegen, bequem auf dem Bett ausgestreckt. Die Krankenschwester beugte sich wortlos zu ihm hinunter, knöpfte ihm die Hose auf und zog sie herunter. Da begriff er, daß sie ihn gleich nackt ausziehen und ihm alle Kleider wegnehmen würden.

Es hatte geklingelt, neugierige Klassenkameraden schauten in den Schlafsaal. Kolja trat mit beiden Beinen die Krankenschwester in den weichen Bauch. Gleichzeitig schlug er der Erzieherin die Faust ins Gesicht. Die beiden Frauen waren fassungslos vor Schmerz und Überraschung. Er zog sich die Hose wieder hoch, sprang auf die Füße und rannte aus dem Schlafsaal, wobei er die sich an der Tür drängenden Kinder beiseite schubste.

»Koslow!« schrie ihm ein Klassenkamerad nach. »Wenn sie dich kriegen, bringen sie dich in die Psychiatrie!«

Egal, dachte er und rannte über den Flur, daß es in seinen Ohren pfiff. Von mir aus in die Psychiatrie! Hauptsache, nicht vor den anderen nackt ausziehen! Was Schlimmeres gibt's nicht.

Schon bald sollte er begreifen, daß er sich irrte. Es gab bedeutend Schlimmeres.

Der Erzieher der älteren Klassen, ein großer, kräftiger Mann, schnitt ihm bereits den Weg ab. Von unten kam polternd der Hausmeister Makarytsch die Treppe heraufgerannt. Kolja wußte, daß es sinnlos war, sich zu wehren, trotzdem strampelte er mit den Beinen. Als sie ihn gefaßt hatten, biß er Makarytsch sogar in den Finger, daß er blutete.

Zwanzig Minuten später lag er, mit Lederriemen an eine Trage gefesselt, im Krankenwagen der Kinderpsychiatrie, noch immer zappelnd, strampelnd und Ärztin und Sanitäter wüst beschimpfend.

»Hör auf zu schreien, sonst kriegst du eine Spritze«, warnte ihn die Ärztin.

»Bitte sehr! Ich hab keine Angst!«

»Du hast keine Angst?« Die Ärztin lacht ungut. »Los, Wassili, gib ihm zwanzig Milligramm Aminazin.«

Der Sanitäter zog wortlos eine Spritze auf, drückte die Luft heraus, drehte Kolja geschickt auf die Seite, zog ihm die Hose herunter, desinfizierte eine Stelle am Bein mit einem getränkten Wattebausch und jagte ihm rasch die Nadel hinein.

Es tat weh, aber nicht sehr. Zuerst spürte er überhaupt nichts. Dann wurde ihm schwindlig, der Mund wurde trocken, und eine widerliche schweißige Mattigkeit erfaßte den ganzen Körper, vor allem Arme und Beine.

Nein, das ist keine Kleinigkeit, dachte er, während er versuchte, die scheußlichen Empfindungen zu überwinden, jetzt verstehe ich, wovor alle solche Angst haben. Das ist hundertmal schlimmer als die Tabletten.

Er mußte stillhalten. Sollten sie denken, daß er alles begriffen hatte.

Kolja schloß die Augen und stellte sich schlafend.

In der Aufnahme stank es nach Desinfektionsmittel. Die gekachelten Wände ließen die Stimmen widerhallen, jeder Schrei wurde von einem Echo verstärkt.

»Bitte nicht! Laßt mich los! Ich tu's nie wieder! Ich will nach Hause! A-a-h!« Ein zaundürres, kahlgeschorenes Mädchen, vielleicht zehn Jahre alt, wand sich splitternackt unter den Händen zweier Frauen im weißen Kittel und mit Mullbinden vorm Gesicht.

Die Frauen mühten sich, ihr ein gestempeltes Krankenhausnachthemd mit bodenlangen Ärmeln überzuziehen.

Sie strampelte mit Armen und Beinen, versuchte die Frauen zu beißen. Aber sie waren stärker. Sie streiften ihr rasch das Hemd über und banden die Ärmel auf dem Rücken zusammen. Das Mädchen schrie nicht mehr, sondern schluchzte nur noch leise und verzweifelt.

»Ich tu's nie wieder, Tantchen, laßt mich nach Hause zu Mama.«

»Red keinen Quatsch, Kolpakowa.« Die eine der beiden Frauen seufzte müde. »Was für eine Mama? Du bist doch aus dem Heim.«

Daraufhin fiepte das Mädchen leise wie ein kranker Welpe. Die Frauen brachten sie schnell weg.

Dumme Gans, dachte Kolja und schaute dem Mädchen gleichgültig nach.

Er ließ sich brav ausziehen und in der schrundigen, vom Kaliumpermanganat ganz braunen Wanne waschen. Er half sogar dabei, lächelte die ältere Pflegerin freundlich an und dachte bei sich, mit so einer Oma könnte er spielend fertig werden, wenn er wollte. Aber was hätte er davon? Sofort würden kräftige Matronen und Sanitäter angerannt kommen.

Die Pflegerin zog ihm ein normales Nachthemd mit kurzen Ärmeln an.

»So ein lieber Junge, so brav«, sagte sie auf dem Weg ins Krankenzimmer.

Von den zehn Betten war nur eins frei, am Fenster. Dorthin führte die Pflegerin Kolja. Noch ehe er sich seine Bettnachbarn ansehen konnte, kam der Arzt, ein kleiner, schmächtiger Mann mit komischer runder Brille, die ihm auf der Nasenspitze saß.

»Na, Kolja Koslow, wollen wir weiter um uns schlagen?« fragte er.

»Nein.« Kolja senkte schuldbewußt den Blick. »Ich war im Unrecht. Ich möchte alle um Verzeihung bitten, die ich gekränkt habe.«

Der Arzt sah ihn interessiert an. Die Spritze wirkt noch, begriff Kolja mühsam. Aber sein Gespür ließ ihn nicht im Stich. Er mußte diesem Hänfling gefallen. Von ihm hing vieles ab. Und Kolja haßte ihn dafür. Doch er blickte zu Boden und spielte den reumütigen Sanften.

Ruhig und vernünftig beantwortete er alle Fragen, ließ sich widerstandslos abhören und untersuchen. Der Arzt tätschelte ihm herablassend den Nacken und ging. Dann kam eine Schwester mit einer Spritze. Kolja biß, zitternd vor Haß, die Zähne zusammen und ließ sich spritzen.

»Du denkst wohl, du bist der Schlaueste hier?« fragte der Junge vom Bett nebenan. »Da drüben, da liegt auch so ein Schlauer.«

Kolja schaute in die Richtung, in die sein Bettnachbar wies. Dort saß ein etwa achtjähriger Junge und wiegte sich mit blödem Lächeln und debilem Gesichtsausdruck vor und zurück wie ein Stehaufmännchen.

»Gemüse«, kommentierte Koljas Bettnachbar. »Der ißt seine eigene Scheiße. Der war auch schlau, hat stillgehalten und sich nicht gewehrt. Aber eines Tages hat er es nicht mehr ausgehalten, hat der Schwester die Spritze aus der Hand gerissen und sie ihr ins Bein gejagt. Jetzt ist er Gemüse. Und der da drüben, das war auch so ein Schlauer, der hat eines Nachts das Flurfenster eingeschlagen. Wollte abhauen. Nun ist er auch Gemüse.«

»Aminazin! Gebt mir Aminazin!« schrie jemand am anderen Ende des Zimmers.

Ein unglaublich dicker Junge kroch von seinem Bett herunter, wälzte sich auf dem Boden, zuckte und schrie wie ein Ferkel. Sofort kamen ein Pfleger und eine Schwester mit einer Spritze in der Hand herein. Sie hievten den Dicken wieder aufs Bett und spritzten ihm die volle Dosis. Er wurde still.

»Ist der auch Gemüse?« fragte Kolja seinen Nachbarn leise.

»Der ist ein Holzklotz.«

»Was heißt das?«

»Der kommt von hier in die Neuropsychiatrie, für immer.«

Diesmal hatten sie Kolja etwas anderes gespritzt, kein Aminazin. Er wurde müde, die Augen fielen ihm zu. Aber er mußte noch weiter mit seinem Bettnachbarn reden, dem einzigen Normalen im ganzen Zimmer.

Er hieß Slawik und war ein Jahr älter als Kolja. Er kam ebenfalls aus dem Kinderheim, mit derselben Diagnose.

»Und du?« fragte Kolja, die Augen weit aufgerissen, damit sie nicht zufielen. »Wieso bist du kein Gemüse geworden?«

»Ich beherrsche mich einstweilen noch. Aber lange halte ich das nicht mehr aus. Ich bin dieses Jahr schon das dritte Mal hier.«

»Warum?«

»Ich haue immer ab. Ich will meine Mutter finden.«

Der ist genauso wie alle anderen, dachte Kolja verächtlich und schlief unversehens ein.

Als er die Augen öffnete, herrschte trübe Morgendämmerung. Ein Stück grauer Winterhimmel hinter dem vergitterten Fenster, Morgenvisite, eine ganze Schar Ärzte und Schwestern mit weißen Mullbinden vorm Gesicht, wieder eine Spritze, dann Frühstück, das gleiche wie im Heim: Milchreis, dünner, übersüßter Kakao, ein wassertriefender Würfel Butter auf einem Stück Graubrot. Viele am Tisch aßen den Milchreis mit den Händen oder schleckten ihn aus der Schüssel wie Hunde.

Außer den Spritzen bekam er noch Tabletten, dreimal am Tag. Ebenso wie im Heim schluckte er sie nicht hinunter, sondern verbarg sie in der Wange und spuckte sie dann aus. Doch eines Tages schluckte er versehentlich eine hinunter. Er wollte zur Toilette rennen und sich zwei Finger in den Hals stecken, um zu erbrechen. Doch dann war er zu faul dazu und auch zu kraftlos. Einmal ist nicht schlimm, entschied er. Und am Abend schluckte er wieder zwei Tabletten runter.

Ich muß hier abhauen, dachte er, sonst werd ich zum Gemüse oder zum Holzklotz.

Aber das Denken war irgendwie mühsam, er war zu träge dazu. In seinem Kopf herrschte ständig dichter Nebel, genauso grau wie der Himmel draußen und wie die Gesichter der Gemüse. Außerdem hatte er ständig Hunger. Der Hunger wurde zum dominierenden Gefühl, er nahm mit jedem Tag zu und übertönte alles andere – Haß, Angst und Verzweiflung.

Slawik wurde in den ersten Stock verlegt. Nun lag in seinem Bett ein kleiner Junge, höchstens sechs. Er redete mit niemandem, zog sich die Decke über den Kopf und weinte.

Eines Tages, als Kolja beim Abendbrot gierig die Kartoffelbreireste vom Teller leckte, sagte plötzlich jemand: »Tu das nicht, Koslow. Hör auf damit.«

Er blickte auf. Vor ihm stand Slawik.

»Ich werd morgen entlassen«, sagte er leise, »ich komme nie wieder hierher. Ich werde nicht mehr weglaufen. Ich habe keine Mama. Selbst wenn ich mal eine hatte, dann hat sie mich verlassen, die Sau, und ich brauch sie gar nicht suchen. Ich hab's geschafft, Koslow, ich hab durchgehalten. Ich hab keinem die Fresse poliert, war ganz brav und still. Nun werde ich entlassen, zurück ins Heim. Ich werd mich von den Spritzen erholen, und dann bin ich wieder normal. Aber du, Koslow, leck den Teller nicht ab wie ein Hund. Damit fängt alles an.«

Er ging, ohne sich noch einmal umzudrehen. Kolja sah ihm nach und dachte: Den Teller nicht ablecken? Aber er hatte doch Kohldampf!

Eines Nachts erwachte Kolja, weil das Laken unter ihm naß war. Er begriff nicht gleich, was passiert war, und dann durchfuhr es ihn wie glühendes Eisen. Nein! Das durfte nicht sein. Niemals.

Im Heim wurden solche Kinder Pisser genannt. Sie wurden von allen verhöhnt. Lieber sterben als ein Pisser werden! Slawik hatte recht, er durfte den Teller nicht ablecken wie ein Hund. Damit fing alles an. Slawik hatte durchgehalten, und auch er würde durchhalten, würde wieder runterkommen von den Spritzen.

Kolja stand leise auf, zog das Laken von der roten Wachstuchunterlage und schlich auf Zehenspitzen in den Flur. Die diensthabende Schwester saß schlafend an ihrem Tisch, den Kopf auf die Arme gelegt. Aus der offenen Tür zum Arztzimmer drang gedämpftes Lachen. Der Arzt und der Oberpfleger tranken Tee. Kolja huschte lautlos vorbei, niemand bemerkte ihn.

Im leeren Waschraum flackerte trübe eine Leuchtstoffröhre. Kolja wusch das Laken in einem Waschbecken aus und hängte es ordentlich über die kochendheiße Heizung. Dann machte er auf dem Fliesenboden Liegestütze, wobei er immer wieder flüsterte: »Ich werde kein Pisser. Ich werde kein Gemüse. Ich werde kein Holzklotz. Vier, fünf, sechs … Ich hasse alle. Sieben, acht, neun …«

Seine Arme zitterten vor Schwäche, Schweiß rann ihm in die Augen, ihm war schwindlig, er wollte sich am liebsten schlaff auf den Fliesenboden fallen lassen und an nichts mehr denken. Aber er machte weiter. Erst nach zwanzig Liegestützen erlaubte er sich eine Verschnaufpause. Dann wusch er sich das Gesicht mit eiskaltem Wasser und machte noch zehn Kniebeugen.

Beim Frühstück bemühte er sich, ordentlich zu essen, ohne Hast und ohne sein Gesicht mit Brei zu beschmieren. Die Versuchung, den Teller abzulecken, war groß, der Brei war alle, und er hatte noch immer Hunger. Aber Kolja brachte seinen Teller zum Waschbecken. Beim Mittag fiel es ihm schon leichter, sich zu beherrschen.

In der Nacht wartete er, bis es still war im Flur, und huschte in den Waschraum. Diesmal schaffte er schon fünfundzwanzig Liegestütze und zwölf Kniebeugen.

Drei Tage später wurde er entlassen. Er hatte nur zwei Wochen im Krankenhaus gelegen. Und er wußte nun genau, daß er dort nie wieder hinwollte. Um nichts auf der Welt.

Normal zu bleiben unter lauter Oligophrenen, klug zu sein unter lauter Dummköpfen ist sehr schwer, besonders wenn man erst neun Jahre alt ist und sich noch nicht von den Spritzen erholt hat, wenn im Kopf dichter Nebel herrscht, die Arme schwach sind und alle ringsum nur darauf warten, daß man wieder ausrastet.

Das gesamte Leben im Heim bestand aus einer endlosen Kette gegenseitiger Angriffe und Provokationen. Man durfte niemandem vertrauen. Die Kinder verrieten einander, ohne mit der Wimper zu zucken – aus Angst vor Bestrafung oder für einen halben Keks, ein Bonbon, für jeden Happen Essen. Kolja lernte, mit dem Hunger fertig zu werden. Er wußte, daß es weit größere Freuden gab als einen halben Keks.

Zum Beispiel konnte man für einen Leckerbissen ein verhaßtes Hauskind dazu bringen, mitten im Unterricht zu krähen wie ein Hahn, vor aller Augen deine Spucke aufzulecken oder der Lehrerin ein paar Rubel aus dem Portemonnaie zu klauen. Ein ganz besonderer Genuß war es, dem Hauskind den verdienten Leckerbissen anschließend zu verweigern.

Wenn es dabei am Ende zu einer Prügelei kam, lockte Kolja den betrogenen, bis zur Hysterie gereizten Klassenkameraden in die Nähe des Lehrerzimmers, wich geschickt den Schlägen aus und schlug nur hin und wieder selbst zu, wenn es niemand sah. Die Streithähne wurden schnell getrennt, und nie war Kolja der Schuldige.

Die anderen Jungen spürten seine Macht und waren bestrebt, sich ihm anzuschließen. Bald hatte er eine Art

Gefolgschaft um sich geschart. Ausschließlich Heimkinder, die ihm blindlings gehorchten.

Er wand sich aus den heikelsten Situationen heraus, die er mit Hilfe seiner Getreuen oder allein angezettelt hatte. Doch stets war er der einzige, der begriff, was da geschah – bewußt genoß er die Raserei der behinderten Kinder und die Hilflosigkeit der erschöpften Erwachsenen.

Manchmal nahm er sich ein Hauskind vor, meist das ruhigste, unversehrteste, und verhöhnte es systematisch. Nachts ließ er jemanden aus seiner Gefolgschaft in ein Glas pinkeln, dann wurde der Inhalt heimlich in das Bett des auserkorenen Opfers gekippt. Kurz darauf schrie jemand: »Iii! Es stinkt! Ein Pisser! Ein Stinker!«

Das Opfer tobte, schrie, es sei kein Pisser, und brachte sich und die Erzieher zur Weißglut. Am Ende landete es im Krankenhaus.

Spaß machte es auch, mitten in der Nacht im Schlafsaal eine Kissenschlacht anzuzetteln, bei der die leicht erregbaren Oligophrenen völlig ausrasteten, und dann leise hinauszuschlüpfen, die diensthabende Erzieherin zu wecken und erschrocken und vertrauensvoll zu flüstern: »Maria Petrowna, kommen Sie, sehen Sie sich an, was da los ist. Sie sind alle total verrückt geworden.«

Noch lustiger war es, zu beobachten, wie die ältliche, dicke, vom Schlaf zerzauste Frau im tobenden Schlafsaal hin und her rannte und versuchte, für Ruhe zu sorgen. Und ihr dann ins Ohr zu flüstern: »Das war Sidorow, der ist in letzter Zeit überhaupt irgendwie komisch, richtig zum Fürchten.«

Manchmal endete das damit, daß der arme Sidorow am nächsten Tag ins Krankenhaus geschafft wurde. Und niemand kam je auf die Idee, den ruhigen, vernünftigen Kolja Koslow zu verdächtigen.

»Gehen Sie schlafen, Maria Petrowna. Wenn sie wieder anfangen, sich zu prügeln, dann wecke ich Sie schnell«, sagte Kolja mit aufrichtigem Mitgefühl zu der erschöpften Erzieherin. »Machen Sie sich keine Sorgen, Sie brauchen Ihren Schlaf.«

Er hatte gelernt, unschuldig und aufrichtig dreinzublikken, Erziehern und Lehrern subtil wie ein Erwachsener zu schmeicheln. Sie konnten sich nicht vorstellen, daß ein Kind mit einer solchen Diagnose soviel raffinierte Bosheit entfalten konnte, selbst wenn dieses Kind sich von den anderen unterschied und der unbestrittene Anführer der Klasse war. Kindliche Listen durchschauten diese erfahrenen Pädagogen schnell – aber Kolja Koslow war auf erwachsene Art listig, dreist und zynisch.

Das Gefühl sagte Kolja, daß er jeden hinters Licht führen konnte – bis auf eine einzige Person: die Direktorin Galina Georgijewna. Sie fiel auf seine unschuldigen, klaren Augen und seine vernünftigen Worte nicht herein. Er spürte förmlich ihr Mißtrauen ihm gegenüber. Das war gefährlich.

Die hochgewachsene Frau in dunkelblauem Silastikkostüm und weißer Bluse tauchte stets lautlos und überraschend auf – im Schlafsaal, im Klassenraum, im Spielzimmer. Minutenlang stand sie da und beobachtete schweigend. Sobald man sie bemerkte, zuckten alle zusammen, verstummten und nahmen Haltung an, nicht nur die Kinder, auch die Erzieher und Lehrer. Später eignete sich Kolja Koslow diese ihre Manier an. Es gefiel ihm, wenn alle erschraken und verwirrt waren, sich quasi ertappt fühlten.

Das derbe, breite Gesicht der Direktorin war stets dick rosa gepudert. Der damals modische Perlmuttlippenstift ließ ihre schmalen Lippen noch schmaler und trockener wirken. Die akkurat mit schwarzem Konturstift umrahmten wäßrigblauen Augen schauten jedem direkt ins Herz. Das weißblondierte Haar war zu einem komplizierten modischen Zopf gelegt. Die Direktorin roch nach dem süßen Parfüm »Rotes Moskau«.

Galina Georgijewna hob nie die Stimme. Im Gegenteil, sie sprach ganz leise, und alle verstummten, um jedes Wort zu verstehen. Auch diese Manier merkte sich Kolja und übernahm sie später, als Erwachsener.

Den stärksten und einflußreichsten Menschen in seiner Umgebung sollte man lieber als Verbündeten haben als zum Feind. Oder noch besser – als Schuldner.

Natürlich versuchten viele, die Sympathie der allmächtigen Direktorin zu erringen. Aber sie fiel weder auf grobe Schmeicheleien herein noch auf primitives Petzen, lakaienhafte Freundlichkeit oder Dienstbeflissenheit. Kolja beobachtete die kläglichen vergeblichen Versuche, sich bei Galina Georgijewna einzuschmeicheln, und wartete geduldig auf eine günstige Gelegenheit. Er wußte: Die Direktorin war nicht durch alberne Schmeicheleien oder vorbildliches Verhalten zu beeindrucken. Nur durch eine Tat. Und eine solche Gelegenheit sollte er bekommen.

Es war ein sehr kalter Februar. Der Drittkläßler Garik Golowanenko, ein Hauskind mit einer tatsächlichen Oligophrenie, war über die Feuerleiter auf das Dach des vierstöckigen Heimgebäudes geklettert, stand dicht am Rand und brüllte wie am Spieß: »Ich springe jetzt, du Sau! So weit hast du mich gebracht!« Diese Drohungen galten niemand anderem als Galina Georgijewna höchstpersönlich.

Das ganze Heim war in den Hof gerannt gekommen, alle schauten zu Garik, der auf der glatten, eisbedeckten Dachkante balancierte und sich mit einer Hand an der wackligen Umzäunung festhielt.

»Stehenbleiben, oder ich springe!« brüllte er.

Niemand wagte einen Schritt zur Feuerleiter.

Auch Kolja erstarrte. Sein Kopf arbeitete fieberhaft: Wenn dieser Idiot runterfiel, kam die Direktorin in den Knast. Eine einmalige Chance …

Er wußte, wie man vom vierten Stock auf den Dachboden gelangte. Von dort gab es einen Ausgang aufs Dach. Während alle noch dastanden und schauten, rannte Kolja hinauf in den vierten Stock und trat die Bodentür ein. Im nächsten Augenblick kroch er schon über das vereiste Dach. Garik konnte ihn nicht sehen, doch von unten hatte man ihn bemerkt, und auf einmal herrschte Grabesstille.

Garik rutschte mit einem Bein ab. Ohne Handschuhe konnte er sich an dem eiskalten Metallgitter kaum noch halten. Kolja packte ihn am Handgelenk. Garik zuckte vor Überraschung heftig zusammen, und auch das andere Bein verlor den Halt. Er fiel und zog Kolja ebenfalls an den Rand des Daches. Speichelsprühend brüllte er weiter, nun Kolja ins Gesicht: »Laß mich los, du Schwein, ich will nicht mehr leben!« Dabei hielt er Koljas andere Hand fest umklammert. Unter ihnen lag der schneeverwehte Asphalt des Hofs.

Endlich hatte man sich unten besonnen. Ein Pfleger und der Hausmeister Makarytsch kamen die Feuerleiter hinaufgeklettert.

»Durchhalten, Jungs!« rief der Hausmeister immer wieder.

Der Pfleger schnaubte nur wortlos. Kolja hatte mit einer Hand Gariks Handgelenk umfaßt, mit der anderen hielt er sich an der Umzäunung fest. Auch er trug keine Handschuhe, seine Finger wurden langsam taub. Zudem war der scheinbar so dürre Garik furchtbar schwer. Sein Schrei war nur noch ein langgezogenes »A-a-h!«. So laut, daß es Kolja in den Ohren dröhnte. In eine kurze Pause hinein zischte Kolja leise: »Sei still, oder ich laß los.«

Garik verstummte. Er schrie erst wieder, als der Pfleger ihn gefesselt die Treppe vom vierten Stock hinuntertrug. Er wußte, daß es für ihn nun nur noch einen Weg gab – in die Psychiatrie. Für die paar Minuten Rausch, den er empfunden hatte, als er alles herausschrie, was er über die allmächtige Direktorin dachte, würde er lange und grausam bezahlen müssen. Erst als man ihm im Krankenwagen der Kinderpsychiatrie eine gehörige Portion Aminazin gespritzt hatte, wurde er endgültig still.

Die Direktorin ging zu Kolja und legte ihm den Arm um die Schultern. Selbst unter der Puderschicht war zu sehen, daß ihr Gesicht aschfahl war.

In der Psychiatrie würden sie Garik vielleicht zum Gemüse machen – zu einem Idioten, der einpißte und seine eigenen Fäkalien aß. Das würde ganz legal geschehen, niemand würde dafür zur Verantwortung gezogen werden. Wäre der Junge dagegen vom Dach gefallen, hätte Galina Georgijewna Gefängnis gedroht.

»Na, Kolja Skwosnjak*, ist dir kalt?« fragte sie und zauste ihm zärtlich das Haar.

Sie wußte selbst nicht, warum sie den Jungen »Skwosnjak« genannt hatte. Vielleicht, weil er so leise war, weil er schnell und lautlos wie ein Lufthauch aus dem Nichts auftauchen und im Nichts verschwinden konnte. Er war ihr schon früher aufgefallen, er war anders als ihre übrigen Zöglinge. Ihr war klar: Dieser Junge war völlig normal und gesund, mehr noch – er war sehr klug für sein Alter. Solche Kinder waren ihr in ihrer langjährigen Praxis bereits begegnet, wenn auch selten.

Als Galina Georgijewna noch jung war, hatte sie versucht, um sie zu kämpfen, es manchmal sogar geschafft, daß die verheerende Diagnose aufgehoben wurde. Aber das war jedesmal so nervenaufreibend gewesen, daß sie gar nicht mehr daran denken mochte. Allmählich hatte sie sich daran gewöhnt, normale Kinder nicht mehr wahrzunehmen, sie nicht mehr aus der Masse herauszuheben. Zumal sie ohnehin rasch mit dieser Masse verschmolzen. Ein, zwei Krankenhausaufenthalte, und so ein Kind war wie alle.

Aber Kolja Koslow war schwer zu übersehen. Er war ein Anführer. Ihre Intuition und ihre langjährige Erfahrung sagten ihr, daß von diesem Jungen ernsthafte Unannehmlichkeiten zu erwarten waren. Er ist gerissen, sehr gerissen,

* (russ.) Lufthauch, Zugwind.

dachte die Direktorin, wenn sie hin und wieder ihren kalten, scharfen Blick auf ihm ruhen ließ.

Daß ausgerechnet Kolja Koslow sie einmal vorm Gefängnis bewahren würde, hätte Galina Georgijewna nie geahnt. Sie war ratlos. Sie mußte den Jungen schließlich für seine gute Tat belohnen.

»Übermorgen ist Sonntag«, sagte sie und preßte den Kopf des Jungen an ihre große weiche Brust, »da nehme ich dich mit zu mir nach Hause, Kolja Skwosnjak. Magst du?«

Erzieher und Lehrer nahmen manchmal, höchst selten, Heimkinder zum Wochenende mit nach Hause. Die Direktorin allerdings hatte das in der ganzen Geschichte des Heims noch nie getan.

»Ja«, antwortete Kolja kaum hörbar.

Der steife Stoff ihres Kostüms roch nach Tabak und süßem Parfüm.

»Na, lauf in den Speisesaal, Skwosnjak, sag, ich hab angewiesen, sie sollen dir einen heißen Tee geben.«

Die Kinder und Erzieher auf dem Hof ließen sich kein Wort entgehen. Seitdem hieß Kolja Koslow endgültig Skwosnjak.

Siebtes Kapitel

»Guten Tag, entschuldigen Sie die Störung«, sagte eine unbekannte Männerstimme am Telefon, »Sie kennen mich nicht …«

»Worum geht es, junger Mann? Wen möchten Sie sprechen?« fragte Veras Mutter Nadeshda streng.

»Es ist so, Ihre Nummer gehörte vor kurzem der Firma Star-Service, und ich habe eine große Bitte …«

»Was soll das, wollen Sie mich verhöhnen? Wir haben genug von diesem Star-Service! Lassen Sie uns in Ruhe!«

»Verzeihen Sie, warten Sie …«, bat Anton Kurbatow, doch im Hörer tutete es nur noch.

»Wer war dran, Mama?« rief Vera aus ihrem Zimmer, ohne den Blick vom Computermonitor zu wenden.

»Wieder diese verdammte Firma. Demnächst stelle ich das Telefon ganz ab.«

»Nein, so wird das nichts«, murmelte Anton vor sich hin. »Wahrscheinlich sind diese Leute wirklich total genervt von den dauernden Anrufen. Aber sie haben ein Fax. Der Apparat in Agneškas Büro hat schließlich signalisiert, daß das Fax angekommen ist. Was sie wohl damit gemacht haben? Womöglich haben sie es weggeworfen. Dann ist alles aus ...«

Ihm wurde ganz elend. Sollte er nie erfahren, was sein Bruder ihm kurz vorm Tod noch sagen wollte? Wollte er ihn vor einer Gefahr warnen? Ihm den Namen des Mörders mitteilen? Nein, Mörder sind gewöhnlich namenlos, zumindest Auftragskiller. Und der Mord an Denis war allem Anschein nach ein Auftragsmord. Anton ahnte sogar, wer sich an seinem Bruder gerächt haben konnte.

Vor einem Jahr war Denis in die Türkei gefahren. Eine ihrer zahlreichen idiotischen Unternehmungen. Ein Bekannter hatte behauptet, er habe kürzlich ohne besondere Mühe dreieinhalbtausend Dollar verdient. Er hatte erzählt, in Eskişehir, zwischen Ankara und Istanbul, gebe es eine Fabrik, die Schaffellmäntel produziere. Die Stadt sei kein Ferienort, das Meer war weit weg, Touristen und überhaupt Fremde kämen dort nur selten hin. Darum sei dort alles spottbillig. Er hatte ihm sogar die Adresse eines Ladens genannt, wo man Schaffellmäntel in großen Partien kaufen konnte. Der türkische Inhaber gebe erstklassige Ware für hundert Dollar das Stück ab. Oder sogar für achtzig, wenn man ein bißchen handelte. In Moskau bekam man dafür zwischen vier- und fünfhundert Dollar.

Natürlich wäre es besser gewesen, sie wären zu zweit dorthin geflogen. Aber für einen allein war es billiger. Außerdem mußten ja in Moskau zuverlässige Verkäufer gefunden werden, schließlich wollten die Brüder sich nicht selbst auf den Markt stellen.

Denis kam am Morgen in Ankara an und erreichte Eskişehir mit dem Zug erst am späten Abend. Er fand die Stadt unbehaglich und schmutzig. Er machte sich auf die Suche nach einem möglichst billigen Hotel. Viel Gepäck hatte er nicht, nur eine leichte Sporttasche. Unversehens geriet er aus den hell beleuchteten, belebten Straßen in dunkle, enge Gassen. Plötzlich überfielen ihn drei Männer, warfen ihn zu Boden. In der Tasche seiner Jeansjacke steckte seine Brieftasche mit tausend Dollar, seinem Paß und seinem Rückflugticket. Weitere tausend Dollar lagen in der Sporttasche, in einem Extrafach mit Reißverschluß.

Die drei schlugen und traten lange und schmerzhaft auf Denis ein. Irgendwann verlor er das Bewußtsein, und als er wieder zu sich kam, lag er mitten auf der dunklen Gasse. Jeansjacke und Sporttasche waren natürlich weg.

Mit letzter Kraft stand er auf und lief in ein belebteres und besser beleuchtetes Viertel. Unterwegs mußte er sich mehrmals erbrechen, ihm war furchtbar schwindlig, und er konnte sich kaum auf den Beinen halten. Inzwischen war es Nacht und die Straße fast menschenleer. Er versuchte auf englisch nach der nächsten Polizeistation zu fragen, doch die wenigen Passanten wichen entsetzt vor ihm zurück.

Schwankend wie ein Schilfrohr im Wind trat er auf die Fahrbahn und hob die Hand, doch die Autos rasten vorbei. Als er glaubte, jeden Moment hier in dieser fremden türkischen Stadt sterben zu müssen, bremste neben ihm abrupt ein alter schwarzer VW.

»Brauchen Sie Hilfe, Sir?« fragte jemand in gebrochenem Englisch.

Am Steuer saß ein Mädchen mit langen blonden Haaren. Sie erschien Denis wie ein Engel von überirdischer Schönheit.

»Helfen Sie mir bitte«, murmelte er mit blutigem Mund, »ich wurde überfallen und ausgeraubt, ich bin Russe, ich habe kein Geld und keine Dokumente. Ich muß zur Polizei.«

»Okay.« Sie nickte, stieg aus dem Auto und half ihm auf den Rücksitz.

Er erwachte auf einem breiten Bett in einem kleinen, dunklen Raum und begriff eine Weile nicht, wo er sich befand. Dann erinnerte er sich dunkel, daß kräftige Hände ihn geschleppt, ins Bett gelegt und ihm ein Glas Wasser an die Lippen gehalten hatten.

Er versuchte aufzustehen. Der ganze Körper schmerzte. Sein Kopf war verbunden. Er blickte sich um. Der Raum wirkte wie ein billiges Hotelzimmer. Eine schäbige Kommode, hinter einem Plastikvorhang Dusche und Toilette. Über der Kommode hing ein kleiner Spiegel, und er sah sein geschundenes Gesicht und seinen verbundenen Kopf. Zu allem Überfluß trug er nichts am Leib als einen bunten Slip, der ganz offensichtlich nicht ihm gehörte.

Denis hob die Jalousie an und schaute aus dem kleinen Fenster. Das Zimmer lag höchstens im zweiten Stock. Unten befand sich ein enger Hof, umgeben von grauen Häuserwänden mit kleinen schwarzen Fenstern, hinter denen offenbar niemand wohnte. Das heißt, quer überm Hof hing eine Wäscheleine, von Fenster zu Fenster gespannt. Daran trockneten Laken und Babystrampler.

Die Tür ging auf, eine sehr große, stämmige Blondine in Jeansshorts und ärmellosem T-Shirt kam herein.

»Bist du okay?« fragte sie. »Hast du Hunger?«

Sie hieß Karolina und kam aus Schweden. Während Denis eine kalte Pizza aß und lauwarme Pepsi-Cola dazu trank, erfuhr er, daß er einen ganzen Tag lang bewußtlos gewesen war.

»Das hier ist eine kleine Pension«, erklärte Karolina. »Ich habe hier ein Zimmer gemietet. Du hast wahrscheinlich eine

Gehirnerschütterung. Aber du hast ja keine Krankenversicherung, deshalb habe ich keinen Arzt geholt. Und an die örtliche Polizei solltest du dich lieber nicht wenden.«

»Ich muß ins russische Konsulat«, sagte Denis. »Ich brauche erst einmal Papiere.«

»Und wie willst du nach Ankara kommen?« Die Schwedin blinzelte listig. »Wovon willst du dir ein Ticket kaufen? Übrigens, aus welcher Stadt in Rußland kommst du eigentlich?«

»Aus Moskau.«

»Oh, wie schön«, sagte Karolina. »Ich habe vor kurzem einen süßen Jungen aus Moskau kennengelernt. Wir haben eine wundervolle Woche in Antalya verbracht, in einem Bungalow direkt am Meer. Er sprach kein Englisch, aber wir haben uns großartig verstanden. Vor uns rauschte das Meer, das war so romantisch. Eifersüchtig? Das ist nicht nötig, mein Kleiner.« Sie streichelte ihm sanft die Wange.

»Nein, ich bin nicht eifersüchtig.« Denis seufzte. »Also, wie komme ich denn nun nach Ankara zum Konsulat?«

»Da ich dich auf der Straße aufgelesen und mitgenommen habe, kann ich dich in diesem Zustand nicht wieder auf die Straße schicken. Erst mal mußt du ein bißchen zu Kräften kommen, dann fällt uns schon was ein.«

Sie verbrachten volle drei Tage im Bett. Die muskulöse Schwedin war unermüdlich und erfinderisch. In den Pausen wechselte sie seinen Kopfverband, rieb seine Prellungen mit einem rosa Gel ein und holte rasch Hamburger oder Pizza.

In der ganzen Zeit redeten sie kaum. Sie erklärte, sie sei Studentin, doch Genaueres erfuhr Denis von seiner leidenschaftlichen Freundin nicht. Nicht einmal ihren Familiennamen, und auch er stellte sich ihr nicht förmlich vor. Wozu – in einer derart inoffiziellen Situation?

Denis vermutete, er würde die Gastfreundschaft nicht nur mit Liebe bezahlen müssen. Er war bereit, alles zu tun, worum sie ihn bitten würde. Ohne sie wäre er auf der schmutzigen Straße gestorben, einfach überfahren worden, und niemand hätte je sein namenloses Grab gefunden. Die schöne Schwedin hatte ihm das Leben gerettet – trotzdem hätte er gern etwas mehr über sie gewußt.

In einem Kommodenschubfach fand er ein Fotoalbum mit rührenden Täubchen auf dem Umschlag. Es enthielt rund zwanzig Polaroids. Darauf stellte die schwedische Schöne ihre üppigen Reize am Meer zur Schau. Auf den meisten Fotos war sie allein. Doch ganz hinten entdeckte Denis ein Foto, das sie Arm in Arm mit einem jungen Mann zeigte.

Der Bursche in der engen Badehose war fast einen Kopf kleiner als Karolina, aber sehr gut gebaut. Er blickte ein wenig schräg von unten ins Objektiv. Sein Gesicht wirkte durchaus angenehm und nicht weiter auffällig.

»Mein süßer russischer Bär« stand auf englisch unter dem Foto.

Die letzten beiden Aufnahmen zeigten den »süßen Bären« allein vor einem malerischen Sonnenuntergang. Einmal auf einer Liege, mit einem Strohhalm Orangensaft schlürfend, einmal sein Gesicht in Großaufnahme. Darunter stand auf englisch: »Ich weiß, wir werden uns wiedersehen, mein kleiner russischer Iwan.«

Denis fluchte angewidert und legte das Album zurück in die Schublade.

Am vierten Tag brachte sie ihm Jeans, ein T-Shirt und eine große Sporttasche. Von seiner Kleidung waren nur noch die Turnschuhe übrig. Den Rest, sagte Karolina, habe sie weggeworfen.

»Deine Sachen waren schmutzig. Und hier kann man nirgends waschen.«

Denis duschte, fand eine Packung Wegwerfrasierer und rasierte sich. Die Prellungen im Gesicht sahen nicht mehr ganz so schlimm aus, und der Kopfverband konnte abgenommen werden.

Karolina musterte ihn kritisch, holte einen Mascarastift und eine Tönungscreme aus einer Kommodenschublade und kaschierte sorgfältig die blauen Flecke und Schrammen in seinem Gesicht.

»Was soll das?« fragte Denis, hielt aber brav still.

Die Schwedin kicherte nur leise. Als sie fertig war, betrachtete sie ihr Werk noch einmal kritisch, sagte kurz: »Warte!« und lief fort. Erst jetzt fiel ihm auf, daß sie jedesmal, wenn sie ihn allein ließ, die Tür von außen abschloß.

Nach einer halben Stunde war sie wieder da, in Begleitung zweier junger Türken mit schwarzem Schnurrbart.

»Das ist Ali, das ist Achmed«, stellte sie die beiden vor.

Achmed holte eine Kodak-Kamera aus der Tasche.

»Kannst du mir vielleicht mal verraten, was hier los ist?« fragte Denis leise.

»Du brauchst einen Paß«, erklärte sie fröhlich. »Stell dich mal an die Wand. Genau der richtige Hintergrund.«

»Den Kopf gerade halten«, sagte Achmed in schlechtem Englisch und machte zwei Fotos. »Und jetzt im Profil«, kommandierte er.

»Wozu das denn?« fragte Denis erstaunt. »Für den Paß reicht en face, und überhaupt – ich muß ins russische Konsulat, nach Ankara! Wollt ihr mir etwa einen falschen Paß machen?«

»Entspann dich«, sagte Karolina, »und dreh dich zur Seite. So ist's gut, braver Junge.«

Der Fotoapparat klickte noch zweimal.

»Schreib in lateinischen Buchstaben deinen vollen Namen auf, dein Geburtsdatum und deine Moskauer Adresse«, meldete sich Ali.

»Wozu die Adresse? Für einen Paß braucht man keine Adresse. Nein, Jungs, da spiele ich nicht mit«, erklärte Denis, so entschieden er konnte.

»Du hast keine Wahl, Kleiner.« Karolina schüttelte traurig ihr blondes Haupt.

»Was wollt ihr von mir?« fragte Denis leise.

»Nichts weiter.« Die Schwedin zuckte mit den üppigen Schultern. »Nur daß du wohlbehalten nach Moskau kommst. Genau das willst du doch auch, oder?«

Denis nickte stumm. Natürlich, mehr als alles auf der Welt wollte er nach Hause. Auch ohne Schaffellmäntel …

»Na siehst du, unsere Interessen decken sich also. Ich habe nicht daran gezweifelt, daß wir uns einigen würden. Wir erwarten von dir nur einen kleinen Freundschaftsdienst. Du wirst ein Päckchen mit nach Moskau nehmen, es wiegt gerade mal ein gutes Pfund, du wirst dir also keinen Bruch daran heben.«

»Drogen?« fragte Denis kaum hörbar.

»Medikamente«, korrigierte Karolina lächelnd. »In Moskau wirst du am Flughafen erwartet. Du übergibst das Päckchen und bekommst fünfzehntausend Dollar. Ist doch ganz einfach, oder?«

Denis spürte kalten Schweiß den Rücken hinunterrinnen. Er hatte irgendwo gelesen oder im Fernsehen gesehen, daß einem in der Türkei für den Transport von Drogen der Kopf abgehackt wurde.

Die schnurrbärtigen Türken starrten ihn finster an.

»Jungs, laßt mich lieber laufen«, bat Denis. »Wirklich, was wollt ihr mit mir? Ich bin schrecklich feige. Wenn euer Zoll mich filzt, kriegt ihr doch bloß Probleme.«

»Mach dir mal um uns keine Sorgen«, beruhigte ihn Karolina, »mit unseren Problemen werden wir schon selber fertig. Aber laufenlassen können wir dich nicht, nichts für ungut, Kleiner. Die Medikamente werden in Moskau dringend benötigt. Also zick nicht rum. Hier hast du ein Blatt Papier, darauf schreibst du deinen Namen, dein Geburtsdatum und deine Adresse. Wir sollten diese vielbeschäftigten Männer hier nicht warten lassen, das ist unhöflich. Außerdem haben wir beide nur noch wenig Zeit füreinander.« Sie zuckte kokett mit der Schulter und zwinkerte ihm zu.

Denis begriff: Er hatte keine Wahl. Auf das Blatt, das Karolina ihm reichte, schrieb er: Denis Semjonow, dazu ein Geburtsdatum und eine Adresse.

Die Türken nahmen das Blatt an sich und gingen.

»Entspann dich, Kleiner.« Karolina umschlang ihn und preßte ihn an sich. »Laß uns keine Zeit verlieren.«

»Entschuldige« – er versuchte sich loszumachen –, »ich kann jetzt nicht. Das ist mir zuviel. Hier in der Türkei steht auf Drogen die Todesstrafe ...«

»Du kannst, Kleiner, du kannst, mein Süßer.« Sie warf ihn aufs Bett und öffnete den Reißverschluß seiner Jeans.

Im spannendsten Moment, als die leidenschaftliche Karolina schon laut stöhnte, fragte er leise: »Die Medikamente, sind die für deinen Freund, mit dem du im Bungalow gewohnt hast?«

»Ja. O ja, für ihn... Lenk nicht ab ...«, stöhnte sie.

»Und er erwartet mich dann am Flughafen?«

»Ja, mein Süßer, ja ... Ja, so, schneller ... Ah, gut ...«

In der Nacht zog Denis leise die Kommodenschublade auf, tastete im Dunkeln nach dem Fotoalbum, schaltete kurz das Licht in der Dusche an, nahm das Foto des »süßen russischen Bären« heraus, steckte es in die Gesäßtasche seiner Jeans, die auf dem Fußboden lag, legte das Album zurück und schlüpfte wieder ins Bett.

Der Paß wurde am nächsten Morgen gebracht. Er sah ziemlich echt aus. Das Päckchen mit den Drogen war in Plastik geschweißt und fühlte sich fest an.

»Vielleicht sollten wir das Zeug lieber irgendwie verteilen?« fragte Denis.

»Das geht auch so.« Karolina warf das Päckchen in die leere Sporttasche und zog den Reißverschluß zu.

»Gib mir wenigstens ein T-Shirt, zum Zudecken.«

Ohne hinzusehen, nahm sie etwas rosa Geblümtes aus der Kommode.

»Was Männlicheres, bitte«, flehte Denis und wühlte selbst in der Schublade. Er entschied sich für ein weißes T-Shirt mit der englischen Aufschrift »Kiss me, baby« und versteckte das schreckliche Päckchen halbwegs darunter.

»Bist du fertig? Dann komm.«

Ali und Achmed warteten vor der schäbigen Pension. Sie nahmen Denis sofort dicht zwischen sich. Karolina folgte ihnen.

Sie durchquerten zwei schmuddelige Viertel mit dunklen Läden und Geschäften. Vor den Türen spielten schmutzverkrustete, halbnackte Kinder. Ein paar Frauen in fersenlangen schwarzen Gewändern und mit tief ins Gesicht gezogenen schwarzen Kopftüchern huschten vorüber.

Von wegen, die Türkei ist fast europäisch, dachte Denis.

Um die Ecke erwartete sie ein sandfarbener Ford. Achmed setzte sich ans Steuer. Denis wurde auf den Rücksitz geschoben, Karolina und Ali ließen sich links und rechts neben ihm nieder.

Bis Ankara brauchten sie rund drei Stunden. Während der ganzen Fahrt herrschte im Auto Grabesstille.

»Wie erkenne ich denn euren Mann in Moskau?« fragte Denis, als am Straßenrand immer häufiger Wegweiser mit der Aufschrift »Flughafen« auftauchten.

»Er wird dich erkennen«, antwortete Karolina. »er wird dich ansprechen, sobald du durch die Kontrolle bist, und dich von mir grüßen.«

»Und das Geld, das gibt er mir gleich, euer Mann?«

»Ja.«

»Ich habe eine Bedingung«, sagte Denis schnell.

»Interessant.« Karolina lachte spöttisch. »Was kannst du schon für Bedingungen stellen, mein Süßer?«

»Einen Vorschuß. Ich will einen Vorschuß. Ich riskiere meinen Kopf. Solange ich nicht einen Dollar in der Tasche habe, weiß ich nicht, wofür ich überhaupt so viel riskiere, und ich bin nervös. Mein Gesicht wird mich verraten, die

Zollbeamten sehen so was sofort. Das habe ich gelesen. Ein paar Dollars würden mir das Herz wärmen, und ich wäre ruhiger. Die Gefahr, erwischt zu werden, wäre geringer.«

Die drei berieten eine Weile. Denis verstand kein Wort. Er staunte, wie munter die semmelblonde Schwedin Türkisch sprach.

»Okay«, sagte Karolina schließlich, »du kriegst einen Vorschuß. Sind tausend in Ordnung?«

»Schön, Jungs. Wenn ihr so arm seid, dann fliege ich nirgendwohin.«

Auf der Seite, an der der schweigsame Ali saß, drückte etwas Hartes gegen seine Rippen. Denis riskierte einen Blick aus dem Augenwinkel. Klar – eine Pistole mit Schalldämpfer.

»Das nützt euch nichts«, sagte er so ruhig wie möglich. »So ein Trottel wie ich läuft euch nicht jeden Tag über den Weg. Ihr müßtet selber euren Hals riskieren und die Ware ins Ausland bringen. Und dann, seht euch doch mal um, hier wimmelt's von Polizisten. Wenn ich jetzt vor Angst laut losbrülle, kommen sie alle angerannt. Und was dann?«

»Na, zum Schreien würdest du kaum noch kommen« zischte Ali.

»Und wo laßt ihr die Leiche?« fragte Denis beinahe fröhlich. »Ich habe nichts zu verlieren. Also gebt mir lieber einen anständigen Vorschuß, oder ich bleibe im Auto sitzen und fliege nirgendwohin.«

»Was wäre für dich ein anständiger Vorschuß?« fragte Karolina.

»Zehntausend.«

»Von wegen, die Russen sind romantisch und uneigennützig.« Sie schüttelte traurig den Kopf. »Was willst du im Flugzeug mit soviel Geld? Du kriegst doch in Moskau genug, sobald du angekommen bist.«

»Und wenn euer Mann nun genauso arm ist wie ihr, das Päckchen nimmt und einfach abhaut? Oder mich gar still und heimlich erledigt? Zehn, oder ich bleibe im Auto und schreie.«

Sie berieten sich erneut auf türkisch.

»Fünf«, sagte Karolina schließlich.

»Zehn.«

»Sechs«, meldete sich Achmed, »mehr haben wir sowieso nicht dabei.«

»Okay, sagen wir acht, und gut.« Denis seufzte.

Karolina nahm seinen Paß, sein Ticket und einen Packen Hundertdollarscheine aus ihrer Handtasche. Einen weiteren Packen zog sie aus Alis Bauchtasche. Denis zählte in Ruhe nach.

»Du verpaßt noch dein Flugzeug«, mahnte Karolina.

»Lenk mich nicht ab, sonst muß ich noch mal von vorn anfangen«, knurrte er. »Ja, stimmt so.« Er hielt einen Schein gegen das Licht, »Sind die auch nicht falsch? Na schön, Jungs, ich vertraue euch. Also dann, macht's gut.«

»Viel Glück, Kleiner. Ich werde dich vermissen. Du mich auch?«

Die Glastür zum Flughafengebäude schwang vor ihm auf. Er wandte sich um. Der Ford rührte sich nicht von der Stelle. Achmed war ausgestiegen und stand in lässiger Pose daneben, den Ellbogen auf das Wagendach gestützt. Denis lief ein paar Schritte durch die belebte Halle und drehte sich noch einmal um. Karolina warf ihm einen Luftkuß zu, Achmed stand noch immer da, rauchte und dachte offenbar nicht daran, sich wieder ans Steuer zu setzen. Plötzlich spürte Denis einen stechenden, aufmerksamen Blick auf sich ruhen.

Er blickte nervös nach allen Seiten und entdeckte vor der Vitrine eines Souvenirladens zwei Türken, einen jungen und einen älteren. Er schaute zu ihnen, dann nach draußen, zum Ford. Der schnurrbärtige Achmed nickte den beiden kaum merklich zu. Oder bildete Denis sich das nur ein? Der Ältere ließ seinen Blick rasch über Denis' Gesicht gleiten und wandte sich ab. Achmed zertrat seine Zigarettenkippe und setzte sich ans Steuer.

Der Ford fuhr ab. Die beiden Türken betrachteten eingehend die Zeitschriften im Ständer vor dem kleinen Souvenirladen.

Denis schaute auf die Anzeigetafel, entdeckte Moskau und blickte auf sein Ticket. Ja, das war sein Flug. Vor dem Abfertigungsschalter stand eine lange Schlange.

Hinter der Abfertigung waren Paß- und Zollkontrolle. Von dort drang aufgeregtes Hundegebell. Die auf Drogen abgerichteten Hunde würden sein Päckchen sofort aufspüren.

Denis drehte sich um. Die beiden Türken waren nun ganz nah. Es gab kein Zurück. Er ging zur Schlange und fragte eine junge gefärbte Blondine auf russisch: »Ist das der Flug nach Moskau?«

Das Mädchen nickte. Die Schlange rückte schnell vor. Als noch höchstens fünf Leute vor ihm standen, sagte er laut: »Ich bin gleich wieder da!«

Mit einem schrägen Seitenblick zu seinen Aufpassern, die kein Auge von ihm ließen, steuerte er gelassen auf die Toiletten zu. Die beiden folgten ihm.

Aufs Klo geht nicht, das ist eine Sackgasse, dachte er. Was machen die beiden wohl mit mir, wenn ich das Flugzeug verpasse? In der Menge jemanden zu töten ist ja kein Problem. Und wenn er die Tasche zwischen Abfertigung und Zollkontrolle wegwarf? Nein, das ging auch nicht. Auf Flughäfen wurde ganz besonders auf verlassene Gepäckstücke geachtet. Aber selbst wenn ein Wunder geschieht und ich hier durchkomme, dann erledigt mich in Moskau der »süße russische Bär«.

Ich bin ein Zeuge. Warum also sollten sie mich laufenlassen, noch dazu mit dem Geld?

Denis hatte die Toilettentüren passiert und gelangte unversehens in die benachbarte Ankunftshalle. Die Menge der eben Angekommenen wälzte sich zum Ausgang. Denis schlüpfte zwischen einer gesetzten älteren Dame und dem riesigen Koffer auf Rädern hindurch, den sie hinter sich herzog, zwängte sich geschickt in die dichte Menge und war im nächsten Moment auf der Straße.

Vor dem Flughafengebäude standen viele Autos und Busse.

Ohne recht zu wissen, was er tat, sprang Denis in den erstbesten Bus, dessen Türen sich gerade schlossen. Der Bus war voll.

»Es ist kein Platz mehr frei, Sir«, sagte der türkische Fahrer auf englisch.

»Macht nichts, ich kann auch stehen«, erwiderte Denis munter.

»Okay«, willigte der Fahrer ein, »dann stehen Sie eben. Aber bezahlen Sie bitte.«

»Selbstverständlich, leider bin ich noch nicht zum Geldtauschen gekommen. Ich habe nur Dollar.« Mit zitternder Hand reichte er dem Fahrer einen Hundertdollarschein. Sein Blick glitt zum Fenster hinaus. Die beiden Aufpasser standen mitten auf dem Vorplatz und sahen sich suchend um. Ihre Mienen konnten einem Angst machen.

Ihr könnt mich nicht sehen, die Busfenster sind nämlich abgedunkelt, dachte Denis schadenfroh und schaute sich die beiden noch einmal aufmerksam an, um sie im Fall des Falles wiederzuerkennen.

»Ihr Wechselgeld, Sir!« Der Fahrer reichte ihm einen Packen zerknitterter türkischer Lira und schüttete ihm einen Haufen Kleingeld in die Hand.

Der Bus fuhr ab. Die beiden Männer standen noch immer auf dem Platz.

Denis fuhr ins Stadtzentrum von Ankara. Auf den lauten, bunten Straßen, in denen es nach Gewürzen und Hammelfett roch, verspürte er zum erstenmal seit Tagen einen Bärenhunger. Doch bevor er etwas essen ging, suchte er erst einmal eine Bank auf, tauschte zwei weitere Hundertdollarscheine gegen türkische Lira, schlüpfte in ein riesiges Kaufhaus und erstand einen leichten, sandfarbenen Anzug, ein cremefarbenes Leinenhemd, helle Wildlederschuhe mit Löchern, eine zum Anzug passende seidene Krawatte, eine kleine lederne Aktentasche sowie eine dunkle Brille. Er bezahlte, ging auf die Herrentoilette und zog sich um. Jeans und T-Shirt, die die fürsorgliche Karoline für ihn gekauft hatte, stopfte er in die Sporttasche, nachdem er das Foto des »süßen Bären« aus der Hosentasche genommen und in die Innentasche seines Jacketts gesteckt hatte.

Er betrachtete sich im Spiegel und war nun beinahe ruhig. Er war kaum wiederzuerkennen. Im Gegensatz zu seinem Bruder Anton, der von klein auf gern helle Hosen, Sakkos und Krawatten getragen hatte, bevorzugte Denis normalerweise Jeans, Pullover und dunkle T-Shirts. Im Anzug war er ein völlig anderer Mensch, selbst sein Gesichtsausdruck wirkte verändert. Sein neues Äußeres gefiel ihm.

Von nun an werde ich immer Anzug tragen, dachte er fröhlich. Ich sehe aus wie ein junger Banker, ein erfolgreicher Geschäftsmann, bei dem alles im Leben okay ist. Ist es ja auch. Ich bin noch am Leben, und ich besitze obendrein fast achttausend Dollar plus das Päckchen. Ein Pfund Drogen, das ist ein kleines Vermögen. Wir könnten endlich ein eigenes Unternehmen gründen. Bisher hatten wir immer Pech, weil wir quasi bei Null anfangen mußten. Das hier ist endlich eine Chance. So eine bekommen wir so schnell nicht wieder.

Er stand noch immer vorm Waschbecken und redete in Gedanken mit sich selbst, den Blick auf sein neues Spiegelbild gerichtet. Plötzlich tauchten hinter ihm zwei türkische Polizisten auf. Fröhlich schwatzend kamen sie herein, stellten sich ans Pissoir und knöpften, ohne Denis im geringsten zu beachten, ihre Uniformhosen auf. Sie waren in voller Ausrüstung – Pistolentasche, Handschellen, Gummiknüppel.

Denis strich sich durch das kurze Haar und bemerkte, daß seine Hand heftig zitterte.

Idiot! Schwachkopf! sagte er sich und verließ rasch die Toilette.

Auf der Straße bog er in eine schmuddelige Gasse, wo in den Höfen hinter den Cafés große Mülltonnen standen. Ohne auch nur einen Augenblick zu zögern, warf er die Tasche mit dem unglückseligen Päckchen, den Jeans und dem T-Shirt weg. Sogleich stürzte ein Obdachloser in einem fersenlangen Hemd und mit einem schwarzweiß karierten Tuch um den Kopf zu der Mülltonne. Denis rannte fort, ohne sich noch einmal umzusehen.

Erst als er die schmuddelige Gasse mit den Mülltonnen weit hinter sich gelassen hatte, wurde er ruhig und fühlte sich in Sicherheit. So mußte jemandem zumute sein, dem man gesagt hatte, er habe Krebs, wenn sich herausstellte, daß die Diagnose ein Irrtum war. Alle Farben wirkten plötzlich heller, alle Gerüche intensiver und appetitlicher. Ihm gefiel diese Stadt, in der das würzige, wilde Chaos des Orients durch einen Hauch von europäischem Glanz gebändigt wurde.

Er gestand sich ein, daß er mit dem Drogenpäckchen in der Tasche niemals eine derartige freudige Leichtigkeit empfunden hätte.

Er ging in eine Bank, tauschte noch einmal hundert Dollar, dann bummelte er mit dem lässigen Gang eines Touristen durch das reiche, bunte Viertel und studierte dabei die Aushänge der zahllosen Cafés und Restaurants. Türkische Küche, französische, japanische, englische …

Die Anreißer witterten in ihm einen potentiellen hungrigen Kunden, kamen angelaufen, schauten ihm in die Augen und packten ihn am Arm.

»Sir, kommen Sie herein, nur einen Augenblick, nur mal schauen, bei uns ist es nicht teuer! Frisches Kalbfleisch! Lammrippchen! Kaffee gratis! Ein ganz besonderes Dessert! Der beste Hummer in der ganzen Stadt!«

Denis verspürte plötzlich ein unbändiges Verlangen nach Hummer, den er noch nie probiert hatte. Im leeren Restaurant war es kühl, leise dudelte monotone orientalische Musik. Als der schnurrbärtige Kellner mit dem Fez auf dem Kopf die Bestellung aufgenommen hatte und sich bereits entfernte, fiel Denis ein, daß er vergessen hatte, Zigaretten zu kaufen.

»Möchten Sie nicht einmal eine Wasserpfeife probieren?« fragte der herbeieilende Barkeeper.

Nein, das wäre zu fett, dachte Denis, erst eine Wasserpfeife, dann üppige Türkinnen in durchsichtigen Pluderhosen und Bauchtanz ...

»Warum lachen Sie, Sir?« fragte der Barkeeper erstaunt.

Na so was – er hatte gar nicht bemerkt, daß er über seine eigenen Gedanken gelacht hatte.

»Ich hab gute Laune. Es gefällt mir bei Ihnen. Aber bitte keine Wasserpfeife. Lieber eine Schachtel Winston.«

Der Barkeeper machte eine Verbeugung, brachte die Zigaretten und schnippte mit dem Feuerzeug. Vom ersten Zug wurde Denis schwindlig. Er hatte lange nichts gegessen, außerdem wirkte die Gehirnerschütterung noch nach. Ich werde mich zu Hause erst mal anständig auskurieren müssen, dachte er, drückte die Zigarette aus, lehnte sich in dem niedrigen Sofa mit Bergen von Kissen zurück und schlief unversehens ein.

»Ihr Hummer, Sir!«

Vor ihm auf dem Tisch stand eine Schüssel mit einer riesigen grellroten Krabbe. Dieses Ungeheuer zu verzehren war kompliziert und unbequem, obgleich man ihm einen Haufen spezieller, raffinierter Gabeln und Messer gebracht hatte. Das Fleisch war nüchtern, ein wenig trocken, erinnerte im Geschmack an zerkochtes altes Huhn und roch nach Algen. Er ließ das teure Monster unbewältigt liegen und bestellte ein Lammragout. Das schmeckte wirklich gut. Endlich war er satt, trank zwei Tassen starken türkischen Kaffee und rauchte nun in Ruhe und mit Genuß eine Zigarette.

Die Nacht schlief er fest im Schnellzug Ankara–Antalya. Schon am nächsten Abend flog er mit einer Chartermaschine nach Moskau.

In der Schlange vor der Paßkontrolle in Wnukowo brach ihm der Schweiß aus. Doch die Grenzsoldatin gab ihm seinen Paß wortlos zurück.

Spätnachts war er zu Hause und weckte seinen Bruder mit einem langen, durchdringenden Klingeln.

»Ich könnte dich umbringen!« schrie Anton, als er ihm öffnete. »Ich dreh hier total durch!«

Denis umarmte seinen Bruder wortlos, dann ging er ins Bad, schüttete die schmutzigen Socken aus der Emailleschüssel unterm Waschbecken, warf den roten Paß hinein und schnippte mit dem Feuerzeug. Als der Paß zu Asche verbrannt war, legte er einen Haufen Hundertdollarscheine vor Anton auf den Tisch, setzte sich, zündete sich eine Zigarette an und erzählte, warum er fünf Tage später und ohne Schafpelze zurückkehrte.

»Morgen früh gehst du zum Hautarzt«, sagte Anton, als Denis fertig war. »Womöglich hat deine Brunhilde dir eine Syphilis verehrt oder gar AIDS.«

Zum Glück hatte Denis weder Syphilis noch AIDS. Doch die Gehirnerschütterung machte sich noch einen ganzen Monat lang durch Anfälle von Schwindel und Übelkeit bemerkbar.

Das Foto des »süßen Bären« hoben sie auf. Wenn dieser Mann Denis auf dem Flughafen hatte erwarten sollen, war es besser, sie merkten sich sein Gesicht. Für alle Fälle.

Nach seiner Rückkehr schlief Denis sich richtig aus und ließ sich einen Bart stehen. Er wuchs sehr schnell und veränderte sein Gesicht total.

»Sie wissen nur, wie ich aussehe, sie haben ein Foto von mir«, sagte er.

Drei Monate vergingen. Eines Abends saßen sie bei ihrer

Mutter und tranken Tee. In der Küche lief der Fernseher, ein Bericht aus der Türkei. Plötzlich sprang Denis auf wie von der Tarantel gestochen, warf seinen Hocker um und brüllte: »Das ist sie! Eindeutig, das ist sie!«

Anton schaute auf den Bildschirm und sah, wie zwei Männer in Zivil eine stämmige Blondine in Handschellen von einem Auto zum Gerichtsgebäude führten.

»Karolina Eriksson, eine schwedische Staatsbürgerin, lebte rund zwei Jahre in der türkischen Stadt Eskişehir,« berichtete der Reporter. »Vor einer Woche wurde sie wegen des Verdachts auf Drogenhandel von Interpol-Mitarbeitern verhaftet und der türkischen Polizei übergeben. Mit ihr zusammen stehen zwei weitere Mitglieder der Bande vor Gericht, die türkischen Staatsbürger Ali Hussein Suwlihan und Achmed Maksud Lidcemi. Die schwedische Botschaft hat die türkische Regierung gebeten, Karolina Eriksson an die schwedischen Behörden auszuliefern. In der Türkei sind die Gesetze gegen Drogenhändler sehr streng, Eriksson droht die Todesstrafe …«

Denis stieß einen gedämpften Siegesschrei aus und machte einen Luftsprung bis fast an die Decke.

»Bist du verrückt geworden?« fragte die Mutter. »Was brüllst du so? Gleich kommen die Nachbarn angelaufen.«

»Sie sieht nicht übel aus«, bemerkte Anton.

»Von wem redet ihr beiden?« Die Mutter schaute zur Uhr und schaltete auf ein anderes Programm um. Dort sollte gleich eine alte Filmkomödie laufen.

Denis ging ins Bad, sich den Bart abrasieren. Das Foto des »russischen Bären« blieb in einem Schubfach zwischen Papieren liegen.

Aber sie hatten ihn dennoch gefunden. Diejenigen, die übriggeblieben waren, hatten Denis ein Jahr lang gesucht, nichts in der Hand als Fotos, en face und im Profil. Sie hatten ihn gefunden und getötet. In Prag. Wer sonst, wenn nicht sie? Ein flammender Gruß von der Schwedin Karolina. Sie lebte vielleicht gar nicht mehr. Aber die Kugel hatte Denis erreicht.

Anton fiel der »russische Bär« ein, und er überlegte, daß er nach Hause fahren sollte, das Foto suchen. Das könnte hilfreich sein. Zwar hatte ein schnurrbärtiger Türke auf Denis geschossen, aber wer weiß? Womöglich hatte der »russische Iwan« auch etwas damit zu tun.

»Was ist, bist du eingeschlafen?« Olgas Stimme schien von weither zu kommen, obwohl sie direkt neben ihm stand. »Willst du die Kartoffeln gekocht oder gebraten?«

»Wie? Was?« Er schreckte auf wie aus einer tiefen Ohnmacht. »Wieso Kartoffeln?«

Olga nahm sein Gesicht in ihre Hände und sah ihm in die Augen.

»Es wird noch lange weh tun«, sagte sie leise, »aber du mußt weiterleben, Anton. Deinen Bruder holst du nicht zurück.«

Achtes Kapitel

Die gestrenge, unnahbare Direktorin des Sonderkinderheims hielt Wort und nahm Skwosnjak am Wochenende mit zu sich nach Hause. Der Zehnjährige war zum erstenmal in einer richtigen Wohnung.

Die Direktorin hatte zwei Zimmer in einer kleinen Gemeinschaftswohnung. Sie lebte mit ihrer alten Mutter zusammen, hatte weder Mann noch Kinder.

Die beiden Zimmer mit den schönen Möbeln kamen Kolja riesengroß vor. Überall standen kleine Vasen, Schälchen und Statuetten, lagen Deckchen. Am besten gefiel ihm eine große chinesische Porzellanfigur, die heftig mit dem Kopf nickte, wenn man sie berührte.

Die Mutter der Direktorin, ebenso stämmig und breitschultrig wie diese, aber mit dunklem Schnurrbart über der

Oberlippe, nannte Kolja »Jungchen«. Sie roch aus dem Mund nach Medizin. Durch die dicken Brillengläser verfolgten ihre Augen, die ebenso blaßblau waren wie die ihrer Tochter, jede Bewegung von Kolja, damit der Waisenjunge mit dem hübschen klugen Gesicht nicht unversehens etwas stahl.

Er benahm sich mustergültig: Sprach höflich, stürzte sich beim Abendbrot nicht gierig auf Käse, Räucherwurst, Tomaten und die übrigen phantastischen Leckerbissen. Er aß gemächlich und ordentlich, obwohl ihm niemand beigebracht hatte, daß man sich keine großen Bissen in den Mund stopfte, sich die Hände nicht an der Hose abwischte und nicht rülpste.

Er aß wenig, genausoviel wie seine Gastgeberinnen, tupfte sich die Lippen mit einer Papierserviette ab und sagte: »Danke. Es hat sehr gut geschmeckt. Wenn Sie möchten, spüle ich das Geschirr.«

Die Alte gackerte gerührt, doch die Direktorin sagte lächelnd: »Das ist nicht nötig, Kolja. Danke. Geh ins Bad und wasch dich. Hier hast du ein sauberes Handtuch. Mit dem Geschirr werden wir schon allein fertig.«

Es gefiel ihm, daß Bad und Toilette getrennt waren. Im Heim wuschen sich zehn, fünfzehn Jungen gleichzeitig in einem riesigen gefliesten Raum mit einem Dutzend rostiger Duschen, die aus der Decke ragten – es gab nicht einmal Trennwände. Auch die Toilette war offen, ohne Kabinen. Die Notdurft wurde ungeniert öffentlich verrichtet. Hier aber konnte man sich einschließen.

Er lag lange wach. Die Frauen hatten ihm auf dem quietschenden Sofa im Zimmer der Mutter das Bett gemacht. Unter dem sägenden Schnarchen der Alten und dem Ticken der Wanduhr wälzte er sich von einer Seite auf die andere. Hin und wieder fiel er in unruhigen Halbschlaf – er sah sich aufstehen, auf Zehenspitzen zum Bett der Alten schleichen und ihr ein Kissen aufs Gesicht drücken. Anschließend fegte er die hübschen Nippes in das große bestickte Tischtuch.

Den kopfnickenden Chinesen wickelte er einzeln ein, damit er nicht kaputtging.

Selbst im Traum wußte er: Nichts davon wird geschehen. Das durfte er nicht. Nicht weil er Mitleid hatte mit der Alten, sondern weil sie ihn sofort erwischen und in die Psychiatrie oder ins Straflager für Kinder stecken würden. Außerdem – wohin sollte er gehen mit dem Tischtuch voller Schätze?

Die Alte stöhnte und drehte sich schwer auf die andere Seite. Der Junge stand auf und schlich auf Zehenspitzen zur Tür.

»Wo willst du hin, Jungchen?« fragte die Alte.

Sie hatte offenbar einen leichten Schlaf. Oder sie hatte gar nicht geschlafen, sondern nur so getan.

»Ich muß mal«, flüsterte er.

Im Flur war alles still. Dann entdeckte er einen Lichtstreif unter der Küchentür. Vorsichtig öffnete er sie. In der großen Gemeinschaftsküche saß ein Mann in blauen Satinunterhosen nachdenklich rauchend auf einem Hocker.

»Komm rein, Junge, genier dich nicht.« Er nickte aufmunternd, als er die kleine Gestalt an der Tür entdeckte.

Kolja trat ein, schloß leise die Tür und starrte den Mann an. Sein mächtiger muskulöser Körper war mit schönen blauen Bildern bedeckt: Kirchenkuppeln mit Kreuzen, vollbusige Nixen, bizarre Adler, Schädel, Messer und verschlungene Schlangen. Auf die dicken, behaarten Finger waren breite Ringe gemalt.

»Wie heißt du denn?«

»Kolja.«

Der Mann reichte ihm seine gewaltige Pranke.

»Na dann, machen wir uns bekannt. Ich bin Onkel Sachar.« Er drückte die magere Kinderhand fest. »Bist du hier zu Besuch?«

»Ich bin aus dem Heim. Galina Georgijewna, die Direktorin, hat mich übers Wochenende mitgenommen.« Skwosnjak fühlte sich kein bißchen gehemmt, während er mit dem riesigen bemalten Mann sprach.

»Aus dem Heim also.« Sachar seufzte, zerdrückte die bis aufs Papier heruntergerauchte Papirossa in einer Sardinendose, klopfte gleich die nächste Papirossa aus der Schachtel, blies hinein, schlug sie ein paarmal auf den Tisch und riß ein Streichholz an. »Und wieso bist du in einem Heim für Idioten?«

Ein breites, goldzahniges Lächeln und ein fröhliches Zwinkern milderten die beleidigende Frage ab.

Kolja zuckte nur schweigend die Achseln.

»Du siehst nicht aus wie ein Idiot. So was merke ich sofort. Setz dich doch, steh nicht so rum. Erzähl mir mal, womit du dir solche Lorbeeren verdient hast. Deine Direktorin hat noch nie jemanden von euch mit nach Hause genommen.«

Er zwinkerte Kolja noch einmal zu, und dem wurde gleich ganz leicht und froh zumute. Er setzte sich dem Mann gegenüber auf einen schäbigen dreibeinigen Hocker.

»Ich hab einen Debilen vom Dach runtergeholt«, sagte er bescheiden.

»Warum?« fragte Sachar ernst.

Er sah Kolja aus leicht zusammengekniffenen Augen an, und von diesem schweren, klugen Blick wurde Kolja zugleich heiter und mulmig ums Herz. Ein anderer Erwachsener an seiner Stelle hätte gesagt: Prima, du bist ein Held, aber bei dem hier brauchte er sich nicht zu verstellen wie sonst. Oder er mußte sich sehr geschickt verstellen, und das konnte er noch nicht.

»Damit die Direktorin nicht ins Gefängnis kommt«, antwortete der Junge und sah Sachar fest in die Augen.

»Interessant.« Sachar schüttelte den Kopf. »Sehr interessant. Was hast du denn davon, daß sie nicht ins Gefängnis kommt? Ist sie etwa deine Mama? Sie ist doch bestimmt böse und gemein, oder?« Wieder zwinkerte er fröhlich.

»Sie ist bei uns die Oberste«, erwiderte Skwosnjak leise. Mehr erklärte er nicht. Wenn dieser Onkel so klug war, dann würde er es schon verstehen. Und wenn nicht, dann eben nicht.

»Die Oberste, sagst du? Und du hast sie vorm Gefängnis bewahrt?« Sachar lachte leise, fast lautlos. »Und nun steht sie sozusagen in deiner Schuld. Ihr Leben lang ... Du bist ja ein interessanter Bursche. Wie alt?«

»Zehn.«

»Aber wie bist du denn zu den Idioten gekommen?«

»Wegen meiner Diagnose.« Kolja zuckte die Achseln.

»Nämlich?«

»Oligophrenie im Stadium der Debilität«, erklärte der Junge gelassen.

Sachar stieß einen Piff aus und schüttelte den Kopf.

»Welches Schwein hat dir diesen Stempel verpaßt?«

»Die Doktorsche. Im Kinderheim. Da war ich vier. Ich hab ihr die Brille von der Visage gehauen.«

»Kannst du dich daran selber erinnern oder hat dir das jemand erzählt?«

»Ich erinnere mich daran.«

»Erinnerst du dich auch an deine Mama?« Eine gewaltige Pranke legte sich auf Koljas Schulter.

»Ich hatte keine. Nie. Ich bin allein.«

»Na, das gibt es nicht, sagen wir mal ... Daß du dich nicht daran erinnerst, steht auf einem anderen Blatt. Aber eine Mama hast du auf jeden Fall gehabt«, erklärte ihm Sachar ernst.

»Wissen Sie das ganz genau?« fragte der Junge leise.

Sachar antwortete nicht, zauste ihm nur zärtlich den Kopf.

Am nächsten Morgen bereute Galina Georgijewna ihre gute Tat bereits. Nein, nein, Kolja Koslow benahm sich mustergültig, aber seine Gegenwart hinderte sie, ihren üblichen Sonntagsbeschäftigungen nachzugehen. Eigentlich müßte sie mit dem Jungen ins Kino oder irgendwo anders hin, ihm ein Eis kaufen. Aber sie hatte absolut keine Lust, ihren kostbaren freien Tag damit zu verplempern.

Die Alte war am frühen Morgen aus dem Haus gegangen. Die Direktorin wusch Wäsche. Kolja fand es eigenartig, sie im Hauskittel und ungeschminkt zu sehen. Auf dem Kopf trug sie statt ihrer üblichen hochtoupierten Frisur ein altes Tuch.

Nach dem Frühstück saß Kolja auf einem Stuhl und las. Schon am Abend zuvor hatte er im Regal über dem Schreibtisch der Direktorin ein dickes Lehrbuch mit dem interessanten Titel »Kinderpsychiatrie« entdeckt. Er suchte im Inhaltsverzeichnis nach seiner Diagnose und bemühte sich nun, die komplizierten medizinischen Formulierungen zu begreifen. Er verstand nur jedes zweite Wort, wagte aber nicht, die Direktorin etwas zu fragen. Sie sollte nicht wissen, was er da las. Doch sie schien sich sowieso nicht um ihn zu scheren. Sie kam nur selten ins Zimmer, meist war sie im Bad oder in der Küche.

Da klopfte plötzlich jemand an die Tür. Draußen stand Koljas nächtlicher Gesprächspartner, Onkel Sachar. Er trug einen modischen Pullover und eine derbe Hose.

»Zieh dich an«, sagte er fröhlich, »wir gehen ins Kino. Ich hab mit deiner Chefin gesprochen.«

Das war der erste wirklich glückliche Tag im Leben des kleinen Skwosnjak. Sachar ging mit ihm in den Film »Die neuen Abenteuer der unsichtbaren Rächer«, anschließend aßen sie in einem Restaurant. Das alles kam dem Jungen keineswegs vor wie ein Märchen – genauso stellte er sich seine Zukunft vor, genauso sahen für ihn die »besseren Zeiten« aus, die in seinem Leben eines Tages zweifellos anbrechen würden.

Der Tag mit dem zweifach vorbestraften Dieb Sachar, bürgerlich Gennadi Sacharow, war der erste Vorbote der kommenden besseren Zeiten.

Sachar brachte ihn am späten Abend auch zurück ins Heim.

»Also dann, Kolja Skwosnjak, ich werde dich ab und zu besuchen kommen. Du bist ein interessanter Junge, noch so klein und schon ungerecht verurteilt«, sagte er zum Abschied und zauste ihm wieder zärtlich das Haar.

Am folgenden Sonntag nahm Galina Georgijewna Kolja nicht wieder mit zu sich. Das hatte er auch nicht erwartet. Aber Onkel Sachar besuchte ihn tatsächlich, wie versprochen. Allerdings kam er nur für ein Stündchen vorbei und brachte ihm Apfelsinen, Schokolade und Räucherwurst.

»Das nehmen sie dir womöglich weg, oder?« fragte er, als er ihm das Päckchen übergab.

»Das soll mal einer versuchen!« Skwosnjak funkelte mit den Augen.

»Prima, Skwosnjak. Was ich dich noch fragen wollte – rauchst du?«

»Nein. Die Jungs sammeln Kippen auf, aber das finde ich eklig. Höchstens, wenn ich eigene Papirossi hätte.«

»Nein.« Sachar schüttelte den Kopf. »Du wirst nicht rauchen. Und auch nicht trinken. Klar?«

»Klar.« Skwosnjak nickte. »Werde ich nicht.«

»Na schön, geh jetzt. Ich komme nächste Woche wieder vorbei.« Er drückte ihm die Hand wie einem Erwachsenen, dann ging er vor ihm in die Hocke und umfaßte seine Schultern. »Aber eine Mama hast du doch einmal gehabt. Und sie hat dich geliebt, wenigstens eine Stunde lang …«

In der Nacht schlich sich Skwosnjak ins Archiv und suchte seine Akte heraus. Zwischen medizinischen Befunden und Ausgabequittungen für Kleidung und Schuhe entdeckte er ein vergilbtes kariertes Blatt Papier. Darauf stand in klarer, schöner Handschrift:

»An den Chefarzt der Moskauer Entbindungsklinik Nr. 32, Gen. Potapow K. G.

von Genn. Lukjanenko J. I.

Erklärung

Ich, Julia Igorewna Lukjanenko, geb. 1944, wohnhaft Moskau, Kondratjew-Straße 10 a, im Wohnheim der Schuhfabrik Nr. 4, verzichte auf das Kind, das ich am 22. April 1963 geboren habe. Ich verpflichte mich, künftig keinerlei materielle oder sonstige Forderungen zu stellen, weder an eventuelle Adoptiveltern des Kindes noch an das von mir geborene Kind bei Erreichung seiner Volljährigkeit.

5. Mai 1963.«

Dann folgten mehrere Unterschriften und ein Stempel.

Kolja faltete das Blatt ordentlich zusammen, steckte es in die Hosentasche, stellte seine Akte wieder an ihren Platz und verließ leise das Archiv.

Onkel Sachar hatte also recht. Er hatte eine Mutter gehabt. Vom zweiundzwanzigsten April bis zum fünften Mai war eine Frau namens Julia Lukjanenko seine Mutter gewesen. Zwei Wochen hatte sie immerhin überlegt, bevor sie die Verzichtserklärung schrieb. Womöglich hatte sie ihn im Arm gehalten. »Sie hat dich geliebt, wenigstens eine Stunde lang ...«

Er besaß den Schlüssel zu einer winzigen Kammer, in der die Putzfrau ihren Kram aufbewahrte. Diesen Schlüssel hütete er eifersüchtig und versteckte ihn immer wieder woanders.

Im Heim, wo im Schlafsaal in dicht an dicht stehenden Betten zwanzig Jungen schliefen, war Alleinsein ein unerreichbarer Luxus. Allerdings verspürte auch niemand außer Kolja Koslow ein Bedürfnis danach.

Es war tiefe Nacht, er verkroch sich in der Kammer und schloß sich ein. Ohne Licht zu machen, preßte er die vierfach gefaltete Heftseite in den Händen und weinte bitterlich.

»Ich werde das Miststück finden und umbringen«, flüsterte er, »ich finde sie und bringe sie um.«

Doch er glaubte sich selbst nicht. Zum erstenmal im Leben fand er sich in seinen Gefühlen nicht zurecht. Plötzlich schien ihm, daß er sich nichts auf der Welt so sehr wünschte, wie diese Julia Lukjanenko zu sehen, die ihn neun Monate im Bauch getragen hatte. Er stellte sie sich als unglaubliche, märchenhafte Schönheit vor. Und er erfand sofort alle möglichen Rechtfertigungen für ihr Handeln. Man hatte sie gezwungen, die gemeine Erklärung zu schreiben. Zwei Wochen lang hatte sie sich geweigert, hatte immer wieder gesagt: »Laßt mir meinen Sohn …« Man hatte sie gefoltert, geschlagen, und schließlich hatte sie es nicht mehr ausgehalten und nachgegeben.

Hinterher hatte sie nach ihm gesucht, aber hartherzige Bösewichte hatten ihn ins Waisenhaus gesperrt. Nun weinte sie nachts und dachte an ihn. Sie dachte unentwegt an ihn. Eines Tages würden sie sich begegnen und einander sofort erkennen.

Er ertappte sich dabei, daß er schon wurde wie die anderen Waisenkinder. Sie erfanden süße Märchen über ihre wunderschönen, unglücklichen Mamas und glaubten sogar daran. Wollte er wirklich genauso werden?

Die Tränen waren getrocknet. Er würde nie wieder weinen. Weswegen? Wen sollte er bedauern? Das Miststück, das ihn verlassen hatte, als er klein und hilflos war? Die ganze Welt bestand aus solchen Miststücken und Schweinen. Hassen, zertreten, vernichten, stark und hart werden … So wie man mit ihm als Baby kein Mitleid gehabt hatte, so würde auch er mit niemandem Mitleid haben. Er würde groß und stark werden und es ihnen allen zeigen.

Nur für einen Menschen empfand er keinen Haß, für Onkel Sachar. Aber auch noch keine wirkliche Zuneigung. Kolja ließ nichts Warmes, Lebendiges in seine vereisende Seele. Er fürchtete, sich weh zu tun. Wer weiß, vielleicht würde der nette Onkel den kleinen Skwosnjak auch nur »eine Stunde lang« liebhaben?

Neuntes Kapitel

»Das ist kein Sommer, das ist ein richtiger Atomwinter«, sagte Tanja Sokownina, die in einer grauen Wildlederjacke, über die sie obendrein noch ein riesiges Wolltuch von Veras Mutter geworfen hatte, in Veras Küche saß.

»Der Sommer hat noch gar nicht angefangen, es ist erst Ende Mai.« Vera goß sich und ihrer Freundin Tee ein. »Und wir beide müssen sowieso bis August in Moskau hocken. Du wirst ja deine Dissertation kaum auf der Datscha zu Ende schreiben wollen. Wenn es kalt ist, tut es einem wenigstens nicht so leid, daß man den Sommer versäumt.«

»Na, ich weiß nicht.« Tanja seufzte. »Bei dieser Kälte kann ich nicht leben, geschweige denn arbeiten. Ich sitze den ganzen Tag am Computer und habe drei Pullover übereinander, wie eine Zwiebel. Das warme Wasser ist bis Juli abgestellt, man kann zum Aufwärmen nicht einmal ein heißes Bad nehmen. Apropos – habt ihr warmes Wasser?«

»Nein, das haben sie bei uns auch abgestellt.«

»Na bitte.« Tanja seufzte erneut. »Ich hatte so gehofft, bei dir mal wieder richtig duschen zu können. Ich hab's satt, immer mit Töpfen und Schöpfkellen zu hantieren. Überhaupt ist alles scheußlich, Vera. Die Wohnung ist der reinste Schweinestall, es ist kein Geld da, und, wie meine weise Schwiegermutter immer sagt, alles tropft und fließt, aber nichts verändert sich. Kein einziger Wasserhahn, kein einziger Hocker im Haus ist noch ganz. Und ich schreibe an meiner Dissertation ...«

»Aber Hocker und Wasserhähne sind doch Männersache«, bemerkte Vera, »damit hast du nichts zu tun. Darum sollte sich Nikita kümmern.«

»Kannst du dir meinen Nikita mit einem Schraubenzieher in der Hand vorstellen?« Tanja lacht spöttisch. »Ach, alles Quatsch. Ich hab einfach Depressionen, eine Schaffenskrise. Weißt du, diese englischen Schafe machen mich total fertig.«

»Welche Schafe?« fragte Vera verständnislos.

»Na, die aus dem Reagenzglas.« Tanja stand auf und lief mit einer Zigarette in der Hand in der Küche auf und ab.

»Ach so, die, die sie aus Stammzellen gezüchtet haben«, erinnerte sich Vera. »Das kam vor kurzem im Fernsehen, und in der Zeitung stand, diese Entdeckung würde die Welt verändern.«

»Die Welt verändert in der Regel nicht eine geniale Entdeckung, sondern die uralte menschliche Dummheit, die aus jeder Entdeckung eine Menschenfresser-Axt macht.« Tanja drückte die Zigarette aus und zündete sich sofort eine neue an. »Ich beschäftige mich seit zehn Jahren mit der DNS. Je mehr ich weiß, desto weniger verstehe ich. Jeder gewissenhafte Forscher stößt früher oder später mit der Nase auf ein Wunder, auf Gottes Plan. Aber nicht jeder hat den Mut, sich das einzugestehen.«

»Ich habe gehört, also, das hat irgendein berühmter Science-Fiction-Autor im Fernsehen gesagt, wenn die Engländer seelenruhig der ganzen Welt von dem geklonten Schaf erzählen, dann wachsen dort garantiert schon geklonte Jungs heran, künftige Supersoldaten …«, sagte Vera.

»Vorerst nur Frösche und Ratten. Jungs bislang noch nicht, Gott sei Dank. Aber das wird bald kommen. Jedes Paar kann sich Zellen seines Kindes konservieren lassen, auf Vorrat, für alle Fälle. Wenn dem Kind etwas zustößt – bitte sehr, dann nimmt man eine Reservezelle und züchtet daraus einen Klon. Man könnte die ganze Welt scharenweise mit identischen Menschen bevölkern. Aber wer entscheidet: Der hier wird geklont, der paßt, dieser dagegen nicht? Das ist Ketzerei, ungemein gefährlich. Das Unwiederholbare wiederholen! Die besten Muster auswählen und Menschen abstempeln … Schrecklich! Vermutlich würden sich die Idioten in unglaublicher Zahl vermehren.«

»Wieso?«

»Weil nur ein selbstverliebter Schwachkopf sich für so vollkommen halten kann, daß er unbedingt kopiert werden muß. Und meine Dissertation, das ist auch Ketzerei.«

»Aber darin geht es doch gar nicht darum.« Vera stand auf und schaltete den Wasserkocher noch einmal ein.

»Doch, natürlich! Heutzutage dreht sich die gesamte Mikrobiologie darum! Ebenso wie die Kybernetik, die Physik ... Hast du Kasparows Gesicht gesehen, nachdem ein Computer ihn im Schach geschlagen hatte? Sie haben ein Gehirn konstruiert, das stärker ist als das des Schachgenies. Und das Genie weint wie ein Kind. Die gesamte moderne Wissenschaft ist der Selbstmord des menschlichen Verstands. Nein, nicht sein Selbstmord – seine Selbstvernichtung! Künstlicher Verstand, künstliche Zellen ... Wozu? Gott hat bereits alles erschaffen, lebendig, natürlich, unendlich vielfältig – besser kann man es nicht machen! Der ganze sogenannte wissenschaftliche Fortschritt ist eine Entwicklung zurück zur Axt der Kannibalen!«

«Na, jetzt übertreibst du aber!« Vera schüttelte den Kopf. »So schlimm ist es nun auch wieder nicht. Man kann den wissenschaftlichen Fortschritt nicht aufhalten.«

»Wenn erst identische Bio-Idioten mit Laserpistolen in der Hand im Gleichschritt losmarschieren, dann kommt er ganz von selbst zum Stillstand, der wissenschaftliche Fortschritt«, knurrte Tanja.

Vera hatte den Eindruck, als habe Tanja in den zwei Wochen, seit sie sich das letztemal gesehen hatten, noch mehr abgenommen.

In der Schule hatten sie beide nur »der Dicke und der Dünne« geheißen, wie bei Tschechow. Sie waren seit der ersten Klasse befreundet und in allem grundverschieden. Tanja, eine schlanke, ausdrucksvolle Brünette mit schwarzen Augen im schmalen, feingliedrigen Gesicht, galt als schönstes Mädchen der Klasse. Sie war stets die Anführerin, sie hatte einen starken, männlichen Charakter und geriet ständig in alle möglichen Konflikte, weil sie immer wieder versuchte, jedem Idioten zu beweisen, daß er ein Idiot war, obgleich sie wußte, daß das unsinnig und gefährlich war. Wenn sie etwas anfing, führte sie es zu Ende, egal, was es sie kostete.

Seit ihrem vierzehnten Lebensjahr war die Biologie das wichtigste in ihrem Leben.

»Wenn ich mal heirate«, sagte sie, »dann nur jemanden, der genau so ein Wissenschaftsfanatiker ist wie ich. Jeder normale Mann würde mir am zweiten Tag davonlaufen. Aber wahrscheinlich werde ich eine alte Jungfer.«

Tanja heiratete mit neunzehn. Nikita Loginow, Kernphysiker und zehn Jahre älter als sie, glich auf geradezu lächerliche Weise dem zerstreuten Professor aus alten Filmkomödien: zerzauster Haarschopf, starr in die Ferne gerichteter Blick, zerknittertes Jackett. Dauernd verlor er Brille, Uhr, Handschuhe, Regenschirm und Notizbuch. Bei ihnen zu Hause herrschte stete Unordnung, sie ernährten sich von belegten Broten, Tee und Kaffee, lebten aber nun schon seit elf Jahren glücklich zusammen und waren ein Herz und eine Seele.

Tanja arbeitete inzwischen in einem Institut für Mikrobiologie und war ungeachtet ihrer erst dreißig Jahre bereits eine namhafte Wissenschaftlerin. Die beiden hatten eine Tochter, Sonja, zehn Jahre alt. Tanjas wissenschaftliche Arbeit nahm faktisch ihre gesamte Zeit in Anspruch, und sie hatte permanent ein schlechtes Gewissen, daß ihre Tochter aufwuchs wie Gras auf der Wiese, ohne jede Aufsicht.

»Du bist bloß erschöpft, Tanja. Wann ist deine Verteidigung?« fragte Vera.

»In vier Wochen. Und übermorgen muß ich nach Helsinki fliegen, zu einer wissenschaftlichen Konferenz. Einen Vortrag halten«, erwiderte Tanja düster. »Das Kind tut mir leid. Die Mama Wissenschaftlerin, der Papa Wissenschaftler … Wie Sonja immer sagt: Zwei totale Irre. Ich muß nach Helsinki und Nikita nach Armavir, eine Anlage testen. Beide zur selben Zeit, verstehst du? Und meine Schwiegermutter geht ins Krankenhaus zum Durchchecken.«

Vera begriff, daß die Ursache der Depressionen ihrer Freundin nicht in schöpferischen Problemen und der Sackgasse des wissenschaftlichen Fortschritts lag. Tanja erzählte, sie müsse Sonja nun auf die Datscha zu Nikitas Schwester bringen, mit der weder Tanja noch Sonja besonders gut auskamen. Das Knäuel der zu erwartenden Probleme anschließend wieder zu lösen würde ein ganzes Jahr dauern. Tanja würde sich Klagen anhören müssen, daß ihre Tochter schlecht erzogen sei und daß niemand die Opfer zu würdigen wisse, die sie, die arme kranke Lidija Loginowa, für die chaotische Familie ihres Bruders ständig bringe.

»Laß sie doch bei mir«, schlug Vera vor.

»Du wirst nicht in Ruhe arbeiten können, sie will sich dauernd unterhalten, kluge Gespräche führen über alles auf der Welt.«

»Meine Arbeit ist ziemlich mechanisch. Ich übersetze schließlich keine schöngeistige Literatur. Und Mama würde sich auch freuen.«

»Na, mich mußt du nicht lange überreden. Sonja ginge es bei dir natürlich besser als bei den Verwandten auf der Datscha. Und ich wäre auch ruhiger ... Aber es ist doch eine Schande, dauernd sein Kind irgendwohin abzuschieben. Wie eine Kuckucksmutter. Wenn ich sie mitnehmen könnte nach Helsinki ...«

»Hör auf, Tanja, bring Sonja her, und mach dir keine Gedanken. Ich sage doch, ich tu es gern.«

In der Schule hatten alle geglaubt, Vera würde einmal eine gute Ehefrau und Mutter, sie würde früh heiraten, und in ihrer Wohnung würde es immer nach frischgebackenen Piroggen duften. Hätte sie nicht mit fünfzehn Stas kennengelernt, wäre es vermutlich auch so gekommen. Aber es hatte sich anders gefügt, und nun besaß sie mit dreißig ein großes, brachliegendes Potential an Zärtlichkeit. Sie konnte nicht nur für sich allein leben, sie brauchte jemanden, um den sie sich kümmern, den sie bemuttern und bekochen konnte. Darum nahm sie Tanjas Tochter gern hin und wieder zu sich. Auch das Mädchen mochte sie sehr.

»Aber sei ein bißchen streng mit ihr, laß dir von ihr nicht auf der Nase rumtanzen«, sagte Tanja seufzend.

Besser, ich wäre taub, dachte Wolodja, taub und blind.

Er war in das halbleere kleine Café nur gegangen, um sich aufzuwärmen und einen Happen zu essen. Doch wie gewohnt lauschte er dem Gespräch am Nebentisch.

»Ach, weißt du, solche Sachen mache ich nicht gern. Wird natürlich besser bezahlt, aber ich hab auch so genug«, sagte ein dicker, aufgedunsener Mann um die Vierzig in hellem Jackett und mit einem massiven Goldring am kleinen Finger.

»Hör mal, Kusja, es ist wirklich wichtig. Für mich persönlich.«

Ein durchtrainierter junger Mann mit niedriger, pickliger Stirn, ausrasiertem Hinterkopf und großen, hervorquellenden blassen Augen flehte seinen Gesprächspartner förmlich an.

»Wenn kein Kind da wäre, dann würd ich's sofort machen, keine Frage.« Der Dicke seufzte. »Du kennst mich doch.«

Vor ihnen auf dem Tisch standen Unmengen Speisen und eine Halbliterflasche Fünfsternekognak.

»Um das kleine Biest würde ich mich selber kümmern. Es ist wichtig, Kusja. Sonst bin ich im Arsch. Ich hab's versprochen.«

Das Gespräch am Nebentisch nahm Wolodja so gefangen, daß er seine bescheidenen Beefsteaks ganz vergaß.

»Wer ist da schon noch« – der Junge zählte an den Fingern ab –, »die gelähmte Oma, die versoffene Mutter und der kleine Bastard. Dem kann doch alles mögliche zustoßen. Er könnte zum Beispiel aus dem Fenster fallen. Oder er treibt sich auf der Straße rum und wird überfahren. Oder er sammelt im Müll irgendwas Faules auf, frißt es und krepiert dran. Er ist ja erst fünf, noch kein Funken Grips. Und ständig hungrig, wie ein streunender Hund. Und keiner paßt auf ihn auf.«

»Na schön, aber wenn sie nun genauer nachhaken? Irgendein übereifriger Bulle? Nein, Pickel, ich kann nicht.« Der Dicke schüttelte den Kopf. »Red nicht weiter auf mich ein.«

»Mensch, Kusja! So eine Wohnung, die da verkommt! Mitten im Zentrum, direkt an den Patriarchenteichen, Fenster zum Boulevard. Es tut mir in der Seele weh, wenn ich nur daran denke. Wie das alles verlottert – ein Gestank, ein Dreck überall, die Oma macht unter sich, die Mutter liegt besoffen rum. Ist doch einfach ungerecht, wenn in so einer Hütte mitten im Zentrum solches Pack wohnt.«

Die Flasche leerte sich allmählich, die Stimmen am Nebentisch wurden immer lauter.

»Warum hab ich mich bloß so vollaufen lassen?« fragte Kusja nachdenklich. »Ob ich mein Auto lieber stehenlasse?«

Der Picklige winkte ab. »Ach was, trink einen starken Kaffee. Ist doch nicht weit. Also, sind wir uns einig?«

Warum bin ich hergekommen? dachte Wolodja wehmütig.

Draußen schrillte nervös die Alarmanlage eines Autos. Der Dicke sprang auf und rannte hinaus.

Wolodja saß am Fenster. Er hob nur leicht den Vorhang an und sah, wie der dicke Kusja zu einem nagelneuen gelben Taurus rannte, einmal um ihn herumlief, die Tür öffnete und die Alarmanlage ausschaltete.

»Wahrscheinlich eine Katze. Oder Kinder, die sich einen Spaß machen«, sagte er, als er zurück war.

Er atmete schwer; noch einige Minuten nach dem kurzen Sprint zum Auto und zurück ging sein Atem rasselnd und heiser pfeifend. Doch das hörte Wolodja nicht mehr. Er rief die Serviererin, zahlte und verließ das Café.

Der unbekannte fünfjährige Junge würde noch eine Weile leben. Wenn auch in Schmutz und hungrig, aber er würde leben. Und das Böse mußte bestraft werden.

Bei der Explosion des vor einem kleinen Café in Sokolniki geparkten gelben Taurus kam kein Passant zu Schaden. Die Insassen wurden in Stücke gerissen. Die Karosserie blieb unversehrt. Die Identität der Opfer konnte festgestellt werden. Am Steuer saß Genrich Kusko, in bestimmten Kreisen bekannt als Kusja, ein illegaler Immobilienmakler, der raffiniert und skrupellos mit Wohnungen dealte. Sein Beifahrer Alexander Dementjew war zweifach vorbestraft und Mitglied einer kriminellen Vereinigung.

Die Serviererin beschrieb einen kleinen, hageren jungen Mann, der am Nebentisch gesessen hatte, als die beiden Männer, die später bei der Explosion umkamen, aßen und Kognak tranken.

»Er wirkte seltsam. Wissen Sie, so … So konzentriert, und er hat auch kaum was gegessen. Kurz nachdem draußen die Alarmanlage eines Autos ausgelöst worden war, hat er gezahlt und ist gegangen.«

»Haben Sie zufällig gehört, worüber die beiden Männer gesprochen haben?« fragte Major Uwarow.

»Vermutlich über Geschäfte.« Sie zuckte gleichgültig die Achseln. »Wissen Sie, es ist nicht meine Art, Gespräche von Gästen zu belauschen.«

»Wir haben aber auch ein Glück mit diesem Pyrotechnik-Genie«, sagte Hauptmann Malzew seufzend. »Vielleicht ist das Schicksal, was meinst du, Jura? Immer wenn wir Dienst haben, gibt es irgendwo in der Stadt eine raffinierte Explosion.«

»Wenn der Kleine Profi ist und im Auftrag arbeitet, warum setzt er sich dann im Café neben sein potentielles Opfer? Wozu denen und der Serviererin unnötig auffallen?«

»Vielleicht ist er ja kein Profi?« Malzew kniff die Augen zusammen.

»So eine Sprengvorrichtung und kein Profi?« Major Uwarow lachte. «Nein, Goscha. Das hier war irgendwas Persönliches. Weißt du, wie viele Leute dieser Kusja reingelegt hat? Wie viele Obdachlose und Selbstmörder ihm ihr Schicksal zu verdanken haben? Und man konnte ihm nichts beweisen, er hatte eine saubere Weste.«

»Ich fahre nirgendwohin«, wiederholte Xenia Kurbatowa, schüttelte starrsinnig den Kopf und schlug sich mit der Faust aufs Knie.

Anton sah, daß seine Mutter am Rande der Hysterie war. Seit Tagen aß sie nicht, rauchte unentwegt und war um zehn Jahre gealtert.

»Mama, hör mich in Ruhe an, bitte.«

»Warum hast du das getan?«

»Herrgott, Mama, warum quälst du dich und mich? Ich konnte Denis einfach nicht in eine Kühlbox legen lassen, in einen Zinksarg, in den Frachtraum. Verstehst du das nicht?«

Anton merkte, daß er anfing zu schreien, und bemühte sich um Beherrschung.

»Warum hast du Denis verbrennen lassen? Ich habe nicht einmal von ihm Abschied nehmen können, das ist grausam, Junge.«

Das wiederholte sie mehrmals am Tag, sie konnte über nichts anderes reden. Anton hatte mit seiner Tante, der Schwester seines Vaters, die in Alexandrow wohnte, bereits verabredet, daß diese ihre Schwägerin wenigstens für einen Monat zu sich nehmen würde. Die Tante besaß ein eigenes Haus mit Garten, und Anton hoffte, daß seine Mutter im Grünen ein wenig zu sich kommen würde.

Er konnte sie nicht allein lassen, und so waren ihm die Hände gebunden. Er spürte: Die Chance herauszufinden, was Denis ihm vor seinem Tod mitteilen wollte, wurde mit jedem Tag geringer. Vor allem war er nicht sicher, ob diejenigen, die Denis' Ermordung in Auftrag gegeben hatten, sich damit begnügen würden. Rache war ein heftiges, elementares Gefühl, und man wußte nie, welche Taten es provozierte. Womöglich wollten die betrogenen Türken nicht nur mit dem hinterhältigen Betrüger abrechnen, sondern auch mit seinen Angehörigen?

Anton füllte einen Teller mit kräftiger Hühnerbouillon und stellte ihn in die Mikrowelle. Während die Bouillon sich erwärmte, schnitt er Dill und Petersilie klein.

»Was machst du da? Ich will nichts essen«, sagte seine Mutter und zündete sich die nächste Zigarette an.

Die Mikrowelle klingelte. Anton verbrühte sich an dem heißen Teller fast die Hände, gab die frischen Kräuter in die Bouillon, stellte sie seiner Mutter hin, nahm ihr behutsam die Zigarette aus der Hand und drückte sie aus.

»Nur ein paar Löffel, Mama, bitte, mir zuliebe.«

Sie schluckte folgsam ein wenig Bouillon, Anton fütterte sie wie ein kleines Kind.

Xenia konnte einfach nicht weinen. Sie wußte, daß Tränen Erleichterung bringen würden. So war es gewesen, als ihr Mann gestorben war. Die Tränen waren reichlich geflossen, und mit den Tränen war auch der Kummer aus ihrer Seele geströmt.

Sie hatte sich nie für eine starke Frau gehalten. Alles im Leben war ihr mühelos zugefallen. Sie war hübsch, hatte das Glück gehabt, in einer gutsituierten Familie geboren zu sein, ihr Vater war Beamter im Außenministerium, ihre Mutter unterrichtete am Institut für Internationale Beziehungen. Ihre Eltern liebten einander und vergötterten die einzige Tochter, die klug und schön war. Mit vier Jahren bekam sie den ersten Klavierunterricht. Die Lehrer verhießen ihr zwar keine große Zukunft, versicherten aber, das Mädchen sei begabt und fleißig und könne eine gute Pianistin werden.

Als sie im vierten Jahr am Konservatorium studierte, lernte sie Wladimir Kurbatow kennen. Der eher kleine, untersetzte Wolodja mit der frühen Glatze verdrängte in einem Jahr hartnäckigen Werbens alle anderen Verehrer. Er war zehn Jahre älter als Xenia und strahlte Ruhe und Sicherheit aus. Er las ihr jeden Wunsch von den Augen ab und liebte sie treu und zärtlich. Er war ordentlich, diszipliniert und zuverlässig – der ideale Ehemann.

Sie heirateten. Xenia beendete ihr Studium, und gleich darauf wurde Anton geboren. Sie vergaß die Musik fast völlig, sie war gern Mutter, Ehefrau und eine gute Hausfrau. Ein knappes halbes Jahr nach Antons Geburt wurde sie erneut schwanger.

Das war 1968. KGB-Major Wladimir Kurbatow wurde nach Prag geschickt. Nach den bekannten Ereignissen mußte der Lehrkörper an der hochexplosiven Prager Universität gestärkt werden. Neue Kader wurden gebraucht, zuverlässig und wachsam. Xenia interessierte sich nicht für Politik. Sie hatte sich schnell daran gewöhnt, die Welt mit den Augen ihres Mannes zu sehen.

Denis wurde in Prag geboren. Xenia arbeitete nicht, sie saß mit den Kindern zu Hause, hielt die Vierzimmerdienstwohnung blitzblank und ging gern in den sauberen Prager Geschäften einkaufen, die denen in Moskau in Sachen Angebot und Qualität weit überlegen waren. Sie lernte rasch Tschechisch, begeisterte sich fürs Kochen und strickte abends vorm Fernseher hübsche Pullover für ihren Mann und die Söhne. Ihr Leben floß im großen und ganzen ruhig und gemächlich dahin, die Söhne wuchsen heran, waren gesund und verständig. Die Jahre verflogen unbemerkt. Doch dann stürzte in einem einzigen Augenblick alles ein, zusammen mit der Berliner Mauer. Sie mußten zurück nach Moskau. Wladimir bekam Probleme mit der Arbeit. Das Geld reichte plötzlich hinten und vorn nicht. Doch das schlimmste – Oberst Kurbatow fand sich in dem neuen

Wertesystem nicht zurecht. Die Organisation, der er sein Leben und sein Herz geweiht hatte, bezeichnete man nun öffentlich als Henkersbande, die Medien tönten von den »Kerkern der Lubjanka«, frühere Feinde der Sowjetmacht wurden zu Helden und Märtyrern erklärt. Das heilige Wort »Tschekist« wurde zum Schimpfwort. Seine Söhne, beide Studenten, verschlangen die Bücher von Solshenizyn, Sacharow und anderen ideologischen Gegnern. Wenn er ihnen die scheußlichen, verleumderischen Schmähschriften aus der Hand riß, lachten sie herablassend und redeten ihm zu, er solle sich nicht aufregen.

Wladimir Kurbatow war in gewissem Sinne ein zutiefst religiöser Mensch. Sein Gott war von Kindheit an die Sowjetmacht gewesen. In der Nacht, als die triumphierende Menge das Denkmal des großen Tschekisten Felix Dzierżyński vom Sockel stürzte, betrank sich der Oberst zum erstenmal im Leben bis zur Bewußtlosigkeit, und gegen Morgen jagte er sich eine Kugel in den Kopf.

Xenia glaubte damals, sie würde den Selbstmord ihres Mannes nicht überleben. Auch für sie war die Welt zusammengebrochen. Doch allmählich wurde sie damit fertig, das Leben mußte weitergehen. Und dafür brauchte sie Geld. Sie erinnerte sich an ihr Klavier, telefonierte unter ihren ehemaligen Kommilitonen herum und fand mit deren Hilfe eine Stelle als Musiklehrerin in einem privaten Gymnasium.

Nach und nach lief das Leben wieder in geregelten Bahnen, wenn auch nicht mehr so satt, ruhig und gutsituiert wie zuvor.

Xenia war immer wieder verblüfft, wie sehr sich die Zeiten gewandelt hatten. Beide Söhne pfiffen auf ihren elitären Diplomaten-Abschluß und widmeten sich zweifelhaften Geschäften. Das hatte ihr zwar stets ernsthafte Sorgen bereitet, doch auf ein weiteres Unglück in ihrer Familie war sie nicht gefaßt gewesen.

»Komm, Mama, ich bring dich ins Bett. Du mußt schlafen«, hörte sie ihren älteren Sohn sagen.

Er hatte erreicht, daß sie den ganzen Teller Bouillon aß, und hielt ihr nun zwei kleine Tabletten hin.

»Hier, nimm das bitte, das ist Seduxen.«

Folgsam spülte sie die Tabletten mit kaltem Tee hinunter, sah Anton mit leeren, abwesenden Augen an und fragte: »Warum hast du das getan? Warum hast du Denis verbrennen lassen?«

Anton schwieg. Er hakte sie unter und führte sie ins Zimmer.

»Zieh dich aus und leg dich hin. Wir müssen morgen früh aufstehen.«

Als sie im Bett lag, schloß er leise die Tür hinter sich, setzte sich in die Küche, zündete sich eine Zigarette an und bemerkte, daß seine Hände zitterten.

»Ich muß Mama einem guten Psychiater vorstellen«, sagte er flüsternd zu sich selbst. »Sobald das alles vorbei ist, kümmere ich mich um einen anständigen Spezialisten.«

Zehntes Kapitel

Sachar kam jede Woche, holte Kolja ab und nahm ihn mit in die Stadt. Die erste Zeit gingen sie zusammen ins Kino, später, als es wärmer wurde und nach Frühling roch, unternahmen sie lange Spaziergänge und aßen in Restaurants. Manchmal trafen sie dort Bekannte von Sachar, mit Tätowierungen auf den Armen und Goldzähnen. Hin und wieder waren auch Frauen dabei, die Kolja unglaublich schön vorkamen. Sie trugen nur ausländische Sachen, in ihren Ohren und an den Fingern funkelten Edelsteine.

Die Gespräche waren für Kolja meist unverständlich. Sachar sprach mit jedem anders. Mit dem einen kurz und abgehackt, als erteile er ihm Befehle. Andere verhöhnte er, quasi im stillen. Sein Gegenüber merkte es nicht, Kolja jedoch spürte es immer.

Nur einen einzigen Menschen behandelte er wie seinesgleichen.

Als sie eines Tages ins Restaurant »Praga« kamen, entdeckte Kolja an einem hinteren Tisch einen populären Sänger, den er aus dem Fernsehen kannte. Er trat bei diversen Feiertagskonzerten auf und sang Lieder über die Partei, über Lenin und anderen ideologischen Schmus. Seine Stimme tönte dauernd aus dem Radio, auch im Heim kannte ihn jeder, selbst der letzte Debile.

Sachar durchquerte den Saal und umarmte den Sänger wie einen alten Freund. Der Sänger lächelte Kolja freundlich an, drückte ihm die Hand, kramte in den Taschen seines teuren Jacketts, förderte ein kleines ausländisches Klappmesser mit mehreren Klingen zutage und reichte es dem Jungen.

»Hier, Kleiner.«

Dieses schöne und praktische Messer war für Skwosnjak viele Jahre eine Art Talisman.

Mit dem Sänger redete Sachar nicht über Geschäfte. Sie lachten, erzählten sich Witze, und der Sänger warf mit im ganzen Land berühmten Namen um sich wie mit Sonnenblumenschalen. Zum Abschied tätschelte er Kolja zärtlich die Wange.

»Ist der Sänger dein Freund?« fragte Kolja anschließend Sachar.

»Beinahe.«

»Ist er auch ein Dieb?«

»Nein. Er ist einer der reichsten Männer in Rußland. Er muß mit den Dieben gut Freund sein.«

»Und wenn nicht?«

»Dann wird er arm.«

»Wieso? Er kann sich doch solide Schlösser einbauen und eine Stahltür.«

Sachar lachte leise und schüttelte den Kopf.

»Schlösser kann man aufbrechen, Türen aufsprengen, und überhaupt gibt es allerhand Möglichkeiten ... Aber wenn jeder weiß, daß er mit mir im Restaurant sitzt, dann läßt man ihn in Ruhe.«

»Weiß das denn jeder?« fragte Kolja erstaunt.

»Die es wissen müssen, schon.«

Im Sommer wurden die Heimkinder in ein Ferienlager bei Moskau geschickt. Das Leben dort unterschied sich vom normalen Heimalltag nur dadurch, daß sie keinen Unterricht hatten und einen Teil des Tages im Freien verbrachten. Aber sonst – dieselben Kinder, dieselben Erzieher.

Die Gegend war sumpfig, die Mücken waren eine Plage. Wenn es regnete, wußten die Kinder nichts mit sich anzufangen. In Moskau hatten sie wenigstens einen Fernseher, hier wurden nicht einmal Kinofilme gezeigt. Lesen waren diese Kinder nicht gewohnt, in einem geschlossenen Raum miteinander spielen konnten sie nicht lange. Das endete meist mit Prügeleien und Wutanfällen.

Hin und wieder baten die Erzieher Skwosnjak um Hilfe. Wenn er wollte, vermochte er einen brüllenden Schlafsaal in drei Minuten zu bändigen. Aber er hatte keine Freude daran. Macht über geistig Zurückgebliebene befriedigte seine Eitelkeit nicht mehr.

Sachar kam einmal in der Woche und brachte ihm frisches Obst vom Markt, aber er hatte es immer eilig. Hier konnten sie nicht in Ruhe miteinander reden wie in Moskau. Kolja sehnte das Ende des langweiligen, sinnlos vertanen, verregneten, mückenreichen Sommers herbei.

Anfang September kehrten die Kinder zurück nach Moskau, und Kolja atmete erleichtert auf.

In den kurzen Herbstferien nahm Sachar ihn mit Einverständnis der Direktorin zu sich. Er wohnte inzwischen woanders, in einer separaten Zweizimmerwohnung.

Manchmal ging er für den ganzen Tag aus dem Haus, zweimal kam er erst gegen Morgen wieder. Er ließ Kolja immer etwas zu essen im Kühlschrank, in glänzenden kleinen Töpfen aus einem Restaurant.

Kolja sah fern oder machte es sich mit den »Drei Musketieren« und dem »Grafen von Monte Christo« auf dem Sofa gemütlich.

»Man muß seinem Gehirn ständig Nahrung bieten«, sagte Sachar, »sonst verkümmert es. Lies nur, lies die Geschichte von diesem Grafen. Da kannst du was lernen.«

Eines Abends bekam Sachar Besuch. Ein Kleiner, nicht viel größer als Kolja, mit plattem, dunklem Gesicht, kahlgeschorenem Kopf und Schlitzaugen, die Kolja von Kopf bis Fuß musterten, als tasteten sie ihn ab, als röntgen sie jeden einzelnen Knochen.

Und ein Langer, Schmächtiger mit grauem Hängeschnurrbart. Den hatte Kolja schon mal gesehen, im Restaurant. An der rechten Hand fehlten ihm zwei Finger – Ringfinger und kleiner Finger waren nur kurze Stummel.

»Du bleibst nicht hier«, sagte Sachar finster, »geh schlafen. Es ist schon spät.«

Das geschah zum erstenmal. Normalerweise durfte er bei Erwachsenengesprächen dabeisein, mußte sich nur still verhalten und durfte sich nicht einmischen. Nun aber schickte Sachar ihn ins Bett.

Na schön, ging er eben schlafen. Doch die Plattenbauwände waren dünn, und die Liege stand direkt an der Wand zur Küche. Man bekam alles mit, mußte nicht einmal das Ohr an die Wand legen. Kolja wusch sich rasch, putzte sich die Zähne und huschte ins Zimmer. Ein Stück vom Gespräch hatte er natürlich schon verpaßt. Nun hörte er Sachar sagen: »Nein, ich bleibe dabei. Er sitzt eh schon im Knast, von Geburt an. Und hat seinen Paragraphen weg fürs ganze Leben.«

»Das läßt sich ändern.« Die hohe Stimme mit dem leichten Akzent gehörte dem Schlitzäugigen.

»Aber wozu denn?« Der Fingerlose lispelte ein wenig. »Wo findet man schon so einen Fensterkletterer? Solange er als debil gilt, kann ihm keiner was.«

Der Fingerlose ging zu hastigem Flüstern über, und Kolja verstand nichts mehr. Aber er wußte nun, daß es um niemand anderen ging als um ihn selbst.

»Nein.« Sachar hieb mit seiner schweren Faust auf den Tisch.

Wieso streiten sie mit ihm? fragte sich Kolja beunruhigt. Er ist schließlich der Chef! Ein »Nein« von ihm reicht doch. Und er hat schon zweimal nein gesagt.

»Wie du willst«, sagte der Schlitzäugige gelassen, und Kolja hörte, wie ein Hocker zurückgeschoben wurde.

Sie gehen, begriff Kolja, sie sind sich nicht einig geworden.

»Warte, Mongole.« Sachars Stimme klang beinahe bittend.

»Entscheide dich, Sachar, und zwar jetzt gleich.« Sie setzten sich wieder. »Er ist nicht dein Sohn. Adoptieren kannst du ihn auch nicht. Ein Dieb hat keine Familie. Und der Junge, das wäre schon Familie. Was wird aus ihm, wenn du mal geschnappt wirst?« Der Mongole sprach ruhig und vernünftig. »Du willst, daß ich ihn zehn Jahre lang ausbilde. Und ich will, daß er in ein Fenster einsteigt. Ein einziges Mal. Ich will was zurückholen, das mir gehört. Dabei soll er mir helfen.«

Sachar gab nach.

Als die Männer gegangen waren, kam er leise zu Kolja ins Zimmer und setzte sich zu ihm aufs Bett. Er roch stark nach Tabak und Alkohol.

»Du schläfst doch gar nicht, oder?« fragte er flüsternd.

»Nein«, antwortete Kolja und öffnete die Augen.

»Der Schlitzäugige kann mit einem einzigen Schlag einen Menschen töten, ohne jede Waffe«, begann Sachar. »Er ist nie krank, er kommt tagelang ohne Essen und ohne Schlaf aus. Niemand kann ihn schlagen, er kommt dem anderen immer zuvor. Er ist der freieste Mensch, den ich kenne. Er ist frei von sich selbst. Verstehst du mich, Skwosnjak?«

»Ja.« Der Junge nickte im Dunkeln.

«Ich bin ein Dieb«, fuhr Sachar fort, »und ich halte mich an unseren Diebeskodex. Ich werde nie eine Familie haben. Das darf ich nicht. Manche von uns, die machen in ganz Rußland Kinder und vergessen sofort ihren Namen. Aber ich bin anders. Ich hab mir immer einen Sohn gewünscht, einen Jungen wie dich. Ich kann dich nicht adoptieren, auch wenn ich das sehr gern möchte. Ich bleibe nie lange am selben Ort, mich kann jeden Moment einer am Arsch kriegen, entweder die Bullen oder die eigenen Leute. Ich will nicht, daß du ewig in der Scheiße sitzt. Der Mongole hat versprochen, dir vieles beizubringen. So wie er wirst du nie werden. So muß man geboren sein. Aber du kannst frei werden. Und das wird dein wichtigstes Kapital fürs ganze Leben sein. Aber nichts ist umsonst, Skwosnjak. Damit der Mongole dich ausbildet, mußt du ihm helfen. Bei einem Bruch. Verstehst du?«

Der Junge nickte rasch, und Sachar sah im Dunkeln seine Augen funkeln.

»Möchtest du ein Dieb werden, Kleiner?« fragte er leise.

»Ja.«

»Warum?«

»Das gefällt mir.«

Sachar hustete heiser, ging in die Küche, kam mit Papirossi zurück und zündete sich eine an.

»Du meinst, das bedeutet Restaurants, tolle Weiber, viel Geld und keine Arbeit? Du meinst, das ist ein schönes, leichtes Leben?«

Tief gebeugt und mit gesenktem Kopf saß er da und kam Kolja auf einmal sehr alt, müde und hilflos vor.

»Nein«, sagte der Junge langsam, »das denke ich nicht. Ich möchte ein Dieb werden, weil ich alle hasse.« Er schwieg eine Weile und sagte dann ganz leise: »Alle außer dir.«

Den Rest der Nacht lag Kolja wach. Er starrte an die Decke und dachte an den bevorstehenden Einbruch. Er war gerade elf Jahre alt, und er würde bereits bei einem Einbruch mitmachen, einer ernsten und gefährlichen Sache.

Er würde über eine Feuerleiter in den dritten Stock hinaufklettern und durch ein kleines Lüftungsfenster in eine Wohnung einsteigen. Dann sollte er ganz schnell und leise in den Flur laufen und die Wohnungstür öffnen. Der Rest ging ihn nichts an. Sobald die Männer drin waren, würde er rausgehen und verschwinden. Sachar würde draußen im Auto auf ihn warten. Das war alles.

Der kleine Skwosnjak war keineswegs aufgeregt, schon gar nicht feige. Er bedauerte, daß er nicht in der Wohnung bleiben und alles miterleben würde.

»Du läufst gleich weg«, wiederholte Sachar mehrmals, »sofort. Verstanden? Sollte plötzlich jemand aufwachen, dann kriegst du das mit. Es wird still sein, und die Wohnung ist groß. Sie schlafen im Schlafzimmer. Wenn du Schritte hörst oder ein Geräusch, hast du genug Zeit und kannst in den Flur rennen. Vor allem mußt du ganz leise sein, und mach auf keinen Fall Licht. Höchstens mal kurz das Türschloß anleuchten, mit der Taschenlampe. Aber nur eine Sekunde.«

»Und wieviel Leute sind in der Wohnung?« fragte Kolja.

»Zwei. Ein Mann und eine Frau.«

»Jung?«

»Die Frau ist jung, der Professor ist über fünfzig.«

»Die Wohnung gehört einem Professor?«

»Ja. Er ist Archäologe. Erforscht den alten Orient.«

»Und die Frau?«

»Weiß ich nicht. Schlaf jetzt.«

»Holst du mich raus aus dem Heim?« fragte der Junge leise.

»Ja.«

»Und dann werde ich bei dir leben?«

»Nein. Du wirst in einem anderen Internat leben, mit normalen Kindern zusammen. In einer Sportschule. Der

Mongole unterrichtet dort Ringkampf. Und ich nehme dich in den Ferien und am Wochenende zu mir.«

»Wenn du mich nicht adoptierst, dann erlauben sie dir das nicht.«

»Doch. Schlaf jetzt. Du hast einen schweren Tag vor dir, das heißt, eine schwere Nacht.«

Am nächsten Morgen veranstaltete Sachar mit ihm eine Art Probe. Er ließ Skwosnjak vom Balkon durchs Lüftungsfenster in die Küche einsteigen. Zweimal. Das war kinderleicht.

Am Tag schickte Sachar ihn ins Bett. Kolja merkte ihm an, daß er aufgeregt war. Er lief in der Küche auf und ab, rauchte, rührte aber keinen Tropfen Alkohol an. Er kochte sich Kaffee und legte Wyssozki auf. Beim Gesang der heiseren Baßstimme döste Kolja im Zimmer ein.

»Du lebst in ’nem wilden, verzauberten Wald, und kein Weg führt dich je wieder raus ...«, tönte es vom Tonband.

Um zwei Uhr nachts verließen sie das Haus. Um die Ecke, im Nachbarhof, wartete ein nagelneuer beigefarbener kleiner Shiguli. Am Steuer saß ein Mann, den Kolja nicht kannte, blutjung, stupsnasig, auf dem Kopf eine tief in die Stirn gezogene Ledermütze. Neben ihm saß der Mongole, hinten der Fingerlose.

Nach einer kurzen Fahrt hielten sie in einem stillen Hof vor einem sechsstöckigen Haus mit Säulen und Türmchen. Nur der Mongole und Kolja stiegen aus.

»Siehst du, die Leiter führt direkt am Fenster vorbei. Das Fenster ist offen. Da ist die Küche. Paß vor allem auf, daß du keinen Lärm machst, wenn du runterspringst. Bevor du in den Flur gehst, schau dich um, die Augen müssen sich erst an die Dunkelheit gewöhnen. Und alles ganz, ganz leise. Verstanden?«

Kolja nickte.

»Hast du Angst?« Im blassen, diffusen Licht der Taschenlampe saugten sich die Schlitzaugen an Koljas Gesicht fest.

»Nein«, antwortete der Junge leise.

»Hier, die Taschenlampe.« Der Mongole schob ihm einen kleinen Metallquader in die Hand, kaum größer als eine Streichholzschachtel.

Es war sehr kalt und feucht. Kolja zog die Jacke aus und fröstelte unwillkürlich. Der Mongole nahm ihm die Jacke ab, hob ihn mühelos auf die hohe Feuerleiter und verschwand in der Dunkelheit. Kolja hörte das Auto anspringen.

Nun war er allein. Die vereisten Eisensprossen versengten ihm sofort die Hände. Er kletterte rasch los, bemüht, das Brennen in den Händen zu ignorieren.

Plötzlich knackte eine Sprosse unter seinen Füßen verräterisch. Er begriff: Er konnte jederzeit abstürzen. Ein eiskalter Windstoß fuhr ihm ins Gesicht. Über ihm klappte ein Fenster. Ihn durchzuckte der idiotische Gedanke, daß man ihn von dort oben, aus dem dunklen Küchenfenster, bemerkt und das Fenster geschlossen hatte. Aber sofort ärgerte er sich über sich. Das war der Wind, nur der Wind.

Er hob den Kopf, schaute hinauf und stellte fest: Das Schwierigste lag noch vor ihm. Für einen kurzen Augenblick würde er freihändig auf dem glitschigen Sims balancieren müssen. Er mußte eine Hand von der Leiter lösen und mit der anderen nach dem Fensterrahmen greifen. Diese Sekunde konnte ihn das Leben kosten.

Er mußte vor allem ruhig bleiben, durfte die panische Angst vor dem Abgrund unter dem dritten Stock nicht in sein Herz lassen. Dann würde jede Bewegung präzise sein. Nur nicht nach unten schauen ... Nur nicht hinschauen ...

Das eisige Simsblech gab leicht nach und federte unter ihm. Im nächsten Augenblick zwängte er sich schon leicht und geschickt durch das kleine Fenster.

Er roch die Wärme der fremden Küche. Unterm Tisch stand eine breite Holzbank. Er setzte sich einen Augenblick darauf, um zu verschnaufen, da vernahm er ein trockenes, rasches Klappern, ganz in der Nähe. Eine Schreibmaschine. Das erschreckte ihn nicht, im Gegenteil, es spornte ihn an. Der Professor schlief also nicht, er verfaßte einen wissenschaftlichen Aufsatz. Aber nicht mehr lange. Das klägliche Heimkind Kolja Skwosnjak wußte, was in ein paar Minuten mit dem Professor geschehen würde, der Professor selbst hingegen wußte es nicht. Also war Kolja Skwosnjak stärker und bedeutender.

Der Inhaber der schicken Wohnung hatte alles: Mutter, Vater, Großmütter und Großväter. Hatte vergnügt vor sich hin gelebt, das Schwein, und war Professor geworden. Doch gleich würde Kolja Skwosnjak die Tür dieser stillen, sauberen Wohnung öffnen, und dann würde es dem Professor übler ergehen als in seinen schlimmsten Alpträumen.

Skwosnjak verspürte plötzlich den Wunsch, wenigstens einen kurzen Blick auf den Professor zu werfen. Er kniff die Augen zusammen und ballte die Fäuste, um die brennende Neugier zu bezwingen. Das war schwerer, als nicht vom rutschigen Sims zu fallen. Aber er schaffte es.

Seine Augen hatten sich inzwischen an die Dunkelheit gewöhnt; er schlich auf Zehenspitzen aus der Küche und stand in einer breiten Diele. Seine Turnschuhe glitten fast lautlos übers Parkett, nur die Dielen knarrten ein wenig. Er holte die Taschenlampe hervor und richtete ihren Strahl kurz auf die Wohnungstür.

Die Schreibmaschine klapperte noch immer. Mit dem englischen Schloß wurde Skwosnjak schnell fertig.

Drei Männer kamen in die Wohnung: der Mongole, der Fingerlose und der stupsnasige Bursche, der am Steuer gesessen hatte. Wortlos ließen sie Kolja hinaus und schlossen leise die Tür hinter ihm.

Das Auto wartete um die Ecke. Sachar saß rauchend auf dem Rücksitz, Skwosnjak setzte sich neben ihn. Die Heizung lief.

»Ist dir kalt?« fragte Sachar und legte den Arm um ihn.

»Ach, halb so schlimm.« Der Junge winkte ab. »Die Feuerleiter ist verrostet, sie wär beinahe durchgebrochen. Der Professor hat übrigens nicht geschlafen. Er hat auf der Schreibmaschine getippt.«

»Hat er dich gesehen?«

»Nein.«

»Na schön. Ist sowieso egal.«

»Warum?«

Kolja wußte schon, warum. Aber er wollte es bestätigt bekommen.

»Der Mongole hinterläßt keine Zeugen«, antwortete Sachar leise. »Er macht selten einen Bruch. Sehr selten. Aber wenn, dann gibt es hinterher nie Zeugen. Hier hat er irgendein persönliches Interesse. Der Professor hat eine tibetische Götterfigur in seiner Wohnung, eine Art Talisman. Der Mongole sagt, die gehört ihm.«

»Sie bringen also den Professor und seine Frau um?« fragte Kolja nachdenklich.

Sachar nickte. »Höchstwahrscheinlich.«

»Und dieser Gott, ist der aus Gold?«

»Ich weiß nicht. Der Mongole will ihn für sich haben, nicht zum Verkaufen.«

»Ist der Mongole größer als du?« fragte Kolja vorsichtig.

»Wie soll ich sagen?« Sachar zuckte die Achseln. »Ich halte mich an den Kodex, und der Diebeskodex ist eisern. Ich kann vieles tun, bin aber auch vielen etwas schuldig. Der Mongole ist niemandem was schuldig. Er ist ganz für sich. Und noch eins. Für mich gibt es eine Grenze. Die habe ich mir selbst gesetzt. Ich könnte zum Beispiel nie eine Frau, einen Greis oder ein Kind töten. Ich kann es einfach nicht und Punkt. Das ist gegen meine Natur. Der Mongole dagegen, der kann das. Er hat vor nichts und niemandem Angst. Vor allem nicht vor sich selbst. Verstehst du?«

Kolja nickte.

Ich möchte werden wie der Mongole, nicht wie du, dachte er. Aber das sagte er nicht laut.

Es verging ein halbes Jahr. Eine gewisse Maria Sidorowa beantragte die Vormundschaft für den 1963 geborenen Nikolai Koslow. Geregelt wurde das Ganze durch simple Bestechung. Im späten Frühjahr wurde Kolja aus dem Heim abgeholt.

Während Maria Sidorowa noch die medizinisch-bürokratischen Formalitäten abarbeitete, lief der Junge ihr weg. Kein Wunder – Oligophrene neigen häufig zum Vagabundieren. Man suchte nach dem Waisenjungen, aber er blieb spurlos verschwunden.

Im Herbst wurde im Internat der Dynamo-Sportschule ein Neuer angemeldet. Er hieß Nikolai Sacharow und war zwölf Jahre alt. Den Unterlagen zufolge waren seine Eltern ein Jahr zuvor bei einem Autounfall ums Leben gekommen.

Sachar hatte entschieden, daß von dem ungerechten Urteil, von Koljas beleidigender Diagnose keine Spur bleiben durfte. Es genügte ihm nicht, die Diagnose einfach aufheben, für einen Irrtum erklären zu lassen, obwohl auch das problemlos möglich gewesen wäre – gegen ein Schmiergeld. Er wollte das Wort »Oligophrenie« für immer aus dem Lebenslauf des Jungen tilgen.

Kluge Menschen redeten auf ihn ein, daß der Junge es mit dieser Diagnose nur leichter haben würde. Er hätte keine Probleme mit dem Wehrdienst, und auch Strafen fielen für Idioten immer milder aus. Aber Sachar blieb stur und beharrte auf seinem Willen. Wer weiß, was der Junge später einmal machen wollte? Die Diagnose würde seine Möglichkeiten einschränken. Vielleicht wollte er mal studieren? Warum denn nicht? Bei seinem Verstand war das durchaus drin. Er sollte werden, was er wollte. Aber schwachsinnig, und sei es auch nur auf dem Papier – das würde er nie sein.

Der Mongole kümmerte sich nun ernsthaft um Koljas Ausbildung. In der Turnhalle des Internats gab er ihm abends Privatunterricht. Er lehrte ihn Karate und Judo, verlangte, er dürfe kein Fleisch essen, nicht rauchen und keinen Alkohol trinken, erzählte ihm von den geheimen Methoden der tibetischen Medizin und weihte ihn in die Grundlagen des autogenen Trainings, der Meditation und sogar der fernöstlichen Magie ein.

Der Mongole war keineswegs Buddhist oder Zen-Buddhist. Er hatte sich eine Art eigene Lehre geschaffen, die sich im wesentlichen auf die Kunst des physischen Überlebens, auf die Erhaltung des eigenen extrem starken, perfekten Organismus beschränkte.

»Der Mensch ist ein schwaches Tier«, sagte der Mongole. »Der Grund deiner Schwäche liegt in dir selbst. Das Wichtigste, was dir die Kraft raubt, ist das Mitgefühl mit einem anderen Menschen. Wenn du für einen anderen Mitgefühl empfindest, gibst du ihm einen Teil deiner eigenen Energie. Deine Energie ist das Wertvollste, was du besitzt.«

An den Wochenenden holte Sachar Kolja zu sich und erzog ihn auf seine Weise. »Laß dich nie in Gegenwart anderer gehen. Klage nie und gib nicht an. Lerne dulden und schweigen, rede nichts Überflüssiges. Jedes deiner Worte muß Gold wert sein.«

Als Kolja fünfzehn geworden war, kam Sachar wieder einmal ins Gefängnis, diesmal für ganze fünf Jahre. Nach seiner Rückkehr erkannte er seinen Schützling nicht wieder. Er war ein starker junger Wolf, vom Mongolen erzogen und ausgebildet. Er beherrschte sämtliche Kampfsportarten, konnte mit der Handkante einen Ziegelstein zertrümmern, ganz zu schweigen von menschlichen Knochen. In seinen grauen nordischen Augen glitzerte dasselbe eisige Feuer wie in den schwarzen orientalischen Schlitzaugen des Mongolen.

Von einem Studium konnte nicht die Rede sein. Der Mongole hatte ihn in all den Jahren aktiv an verschiedensten

Dingen beteiligt, und selbst der hartgesottene Sachar schluckte, als er hörte, daß Skwosnjak bereits vier Tote auf dem Konto hatte. Und das schlimmste: Das Töten machte ihm Spaß. Sachar dachte: Der Junge rächt sich für die Kränkungen, die er als Kind erlitten hat. Das geht vorbei, er wird bald begreifen, daß am Töten nichts Gutes ist.

»Kolja, ein ehrlicher Dieb läßt sich nur im äußersten Notfall auf Mord ein«, sagte Sachar und kippte noch ein Glas Wodka. »Trink doch einen Schluck mit mir, Junge.«

Sie saßen in einer intimen Ecke im Restaurant »Praga«.

Kolja aß, geschickt mit Stäbchen hantierend, eine gelbliche, durchsichtige Nudelsuppe mit Muscheln.

»Trinken ist schädlich«, sagte er, ohne den Blick zu heben.

»Hör nicht auf den Mongolen, Junge. Trink einen Schluck mit mir. Laß uns zusammensitzen wie normale Menschen. Und iß lieber mit der Gabel als mit diesen Dingern, das ist bequemer. Du bist doch kein Chinese.«

Kolja lächelte »Aber das Essen ist chinesisch, da sind Stäbchen sehr bequem. Probier es ruhig mal, so, du mußt sie zwischen die Finger klemmen.«

»Wozu, Junge?« Sachar verzog das Gesicht. »Ich mag das nicht. Du bist inzwischen richtig erwachsen geworden. Hör mir zu. Umbringen ist in Ordnung, wenn derjenige es verdient hat. Auch bei einer unfairen Auseinandersetzung kommt so was mal vor oder schlimmstenfalls im Suff. Oder wenn du deine Haut retten mußt, dann ist es auch in Ordnung. Aber einfach so, für nichts... Das verstehe ich nicht.« Er schüttelte heftig seinen kahl werdenden Kopf. »Das ist Mist, Junge.«

»Man darf keine Zeugen hinterlassen.« Kolja wischte sich ordentlich mit einer Serviette den Mund ab.

»Der Mongole. Das ist seine Schule.« Sachar lachte bitter. »Ich wollte, daß er dir das Kämpfen beibringt, damit du dich schlagen kannst wie keiner sonst. Aber er hat dir die Seele ausgesaugt, der Hund.«

Über das tiefrote, aufgedunsene Gesicht des alten Diebes rann der Schweiß. Er knöpfte den Kragen auf, er schwitzte. Er verspürte sogar ein Stechen im Herzen.

»Keine Sorge.« Kolja lachte gelassen. »Er hat mir nichts ausgesaugt. Es gibt keine Seele. Das erzählen die Leute bloß, weil sie Angst haben vorm Sterben. Aber sie haben trotzdem Angst.«

Darauf erwiderte Sachar nichts, er winkte nur ab, goß sich sein Glas randvoll, kippte es schwungvoll hinunter und roch an einem Brotkanten.

Die Sängerin rief ins Mikro: »Damenwahl!«

Eine hübsche Blondine kam an ihren Tisch und forderte Skwosnjak auf. Galant reichte er der Dame die Hand.

Nachdenklich rauchend, schaute Sachar zu, wie Kolja, den Arm um die Hüfte der Schönen gelegt, sich langsam zwischen den Tanzenden bewegte.

»Kolja, Kolja – die Frauen mögen dich also auch! Du wirst es mal weit bringen, Skwosnjak«, murmelte Sachar vor sich hin.

Elftes Kapitel

Ilja Golowkin rannte mit Blumensträußen in der Hand durch Moskau. In seiner nagelneuen Aktentasche lagen mehrere Flakons französisches Parfüm und weiße Kuverts mit ein, zwei Hundertdollarscheinen. Aus seinem Mund flossen zahllose rührende Geschichten und hochtrabende Komplimente. Immer wieder sagte er: »Wunderschönes Fräulein, nur Sie können mir helfen!«

Der bescheidene Chefeinkäufer hatte in einer Woche fünf Kilo abgenommen, seine Augen funkelten, seine Glatze glänzte und duftete nach teurem Rasierwasser. Den billigen dunkelblauen Anzug hatte er gegen einen teuren hellgrauen ausgetauscht. Seine Krawatte war mit glitzernden Silberpünktchen übersät.

Golowkin war kaum wiederzuerkennen.

Die wunderschönen Fräulein in verschiedenen Ämtern halfen ihm tatsächlich, nachdem sie, den Blick verschämt gesenkt, ein Fläschchen Parfüm oder ein Kuvert mit Geld in der Schreibtischschublade verstaut hatten. Er fand heraus, daß auf den Namen Kurbatow die Firma Star-Service registriert war, die Immobilienkäufe in Tschechien vermittelte. Das war schon »wärmer«. Allerdings stimmten die Initialen nicht überein. Der Mann, der in Prag erschossen worden war, hieß Denis Wladimirowitsch Kurbatow, der Inhaber der Firma Anton Wladimirowitsch Kurbatow. Zudem existierte die Firma nicht mehr.

An einem düsteren, feuchten Abend traf sich Golowkin mit Skwosnjak auf einer Bank in einem stillen Hof, übergab ihm wieder einmal drei Millionen russische Rubel und berichtete über seine Erfolge.

Skwosnjak steckte den Packen Geldscheine achtlos in seine Jeansjacke und sagte nachdenklich: »Das ist sein Bruder. Derselbe Familienname, derselbe Vatersname. Finde die Adresse raus.«

»Unmöglich.« Golowkin schüttelte den Kopf. »Das hab ich schon versucht. Es gibt nur eine Telefon- und eine Faxnummer. Die Firma existiert allerdings nicht mehr, die Nummer gehört jetzt anderen Leuten.«

»Aber warum ist er in das Reisebüro gegangen?« fragte Skwosnjak unvermittelt. »Wollte er vor lauter Freude eine Reise auf die Kanaren buchen?«

»Ja«, bekannte Golowkin, »das überlege ich auch die ganze Zeit – was wollte er in dem Reisebüro?«

»Was hättest du zum Beispiel an seiner Stelle getan?«

»Ich?« fragte Golowkin verwirrt. »Na, bestimmt keine Reise auf die Kanaren gebucht. Ich wäre vor allem erst einmal aus Prag verschwunden. Noch in derselben Nacht.«

»Richtig.« Skwosnjak nickte. »Aber das hat er nicht getan. War ihm womöglich etwas noch wichtiger als eine Million Dollar?«

»Nein.« Golowkin schüttelte den Kopf. »Wohl kaum. Es sei denn …«

»Es sei denn, er wurde verfolgt, hat versucht, denjenigen abzuhängen, und es nicht geschafft«, sagte Skwosnjak leise. »In der Stadt kann man schließlich leichter untertauchen. Er konnte nicht unbemerkt wegfahren. Deshalb hat er es nicht getan. Hab ich recht?«

»Ja«, bestätigte Golowkin, »du hast wie immer recht.«

»Aber er hat es nicht geschafft«, fuhr Skwosnjak fort, »er hat am Ende doch seine Kugel abgekriegt. Wir beide haben das weder getan noch den Auftrag dazu gegeben. Also hat er noch jemanden verärgert.«

»Du meinst, das Geld hat derjenige, der ihn umgebracht hat?« fragte Golowkin flüsternd.

»Würdest du mit einer Million durch Prag rennen?« antwortete Skwosnjak mit einer Gegenfrage. »Er hat die Kohle irgendwo in Prag versteckt. Das sagt mir mein Gespür.«

»Und was bringt uns das?« Golowkin seufzte. »Außer Kurbatow weiß niemand Bescheid. Und er kann es nicht mehr sagen. Vielleicht hat er es ja noch jemandem mitteilen können, aber das glaube ich kaum …«

Die stahlgrauen Augen blickten ins Dunkel und wirkten wie bodenlose schwarze Löcher. Skwosnjak schwieg, und dabei wurde Golowkin ganz mulmig. Die Pause wurde langsam unerträglich. Golowkin zündete sich eine Zigarette an und mußte sofort husten. Dann sagte er: »Ich habe doch unter der Nummer angerufen, aber da blafft eine junge Frauenstimme: ›Hier ist keine Firma mehr. Das ist eine Privatwohnung. Bitte streichen Sie die Nummer, und rufen Sie nie wieder an!‹ Sie ist offenbar total genervt von den dauernden Anrufen. Vor kurzem wurden übrigens in vielen Bezirken die Nummern geändert. Ach ja – Telefon- und Faxnummer der Firma Star-Service waren identisch. Ich habe ein Testfax abgeschickt, irgendein Werbeblatt, und das Gerät hat gemeldet, daß das Fax empfangen wurde.«

»Na schön.« Skwosnjak stand auf und gab damit zu verstehen, daß das Gespräch beendet war. »Besorg mir die Adresse der Wohnung, wo du nicht mehr anrufen sollst.«

»Ich versuch's.« Golowkin nickte. »Aber wozu?«

»Für alle Fälle«, erwiderte Skwosnjak und verschwand in der Dunkelheit.

Wieder allein, zündete sich Golowkin erneut eine Zigarette an.

Er will den zweiten Kurbatow finden. Aber wozu dann die Leute, denen man zufällig diese Nummer zugeteilt hat? Nein, in diesem Fall konnte Golowkin Skwosnjaks Logik nicht folgen.

Es hatte wieder angefangen zu nieseln. Der teure neue Anzug würde selbstverständlich nicht färben, trotzdem hatte Golowkin keine Lust, naß zu werden. Doch er hatte wieder keinen Schirm dabei. Wirklich gemein!

Golowkin stand auf, trat die halb aufgerauchte Zigarette aus und eilte zur Metro.

Wolodja rutschte auf einer Bananenschale aus. Als er aufstand, entdeckte er, daß ein Hosenbein am Knie zerrissen war, das Knie blutete und die bis aufs Blut aufgescheuerten Hände schmutzig waren. Schmerz verspürte er nicht, nur Ärger und Ekel vor seinen eigenen schmutzigen Händen.

Na gut, es war ohnehin Zeit, nach Hause zurückzukehren. Wieder ohne Resultat. Der Mann, mit dem der Dicke gesprochen hatte, war plötzlich in der Dunkelheit verschwunden. Mit ihm hatte sich der Dicke schon dreimal getroffen. Sein Gesicht hatte Wolodja nicht erkennen können. Er hatte nur eine Silhouette ausgemacht, nicht sehr groß, untersetzt und leichte, geschmeidige Bewegungen.

Der Unbekannte traf sich mit dem Dicken stets in der Dämmerung und wählte dafür menschenleere Orte, stille Höfe mit unbeleuchteten Bänken. Ganz offensichtlich war der Mann auf der Flucht. Er verschwand spurlos in der Dunkelheit und tauchte aus dem Nichts auf. Wie ein Lufthauch, ein Skwosnjak! Das Wort kam ihm ganz unwillkürlich in den Sinn.

Wolodja befürchtete, daß jede Begegnung des Banditen mit dem Dicken die letzte sein könnte. Also durfte er Golowkin nicht aus den Augen lassen. Wolodja nahm Urlaub, gestattete sich höchstens vier Stunden Schlaf am Tag und aß fast nichts. Von sechs Uhr morgens an folgte er Golowkin wie ein Schatten.

Er wagte sich nicht zu nahe heran, denn er wußte, wie sich das Gespür schärfte, wenn man ständig unbemerkt, unerkannt bleiben mußte. Falls dem Banditen Wolodjas Beschattung auffiel, würde er ihn töten, und das Böse bliebe ungestraft – das schlimmste, übelste Böse.

Ein Foto vom Kopf der Bande hing seit anderthalb Jahren in den Schaukästen vor allen Bezirksrevieren der Miliz.

»Fahndung nach einem gefährlichen Verbrecher. Ca. 1,75 Meter groß, normale Figur. Keine besonderen Kennzeichen.«

Eine Stecknadel im Heuhaufen!

Die Scheibe des Schaukastens vor dem Milizrevier in Wolodjas Nähe war kaputt, und Wolodja hatte das Plakat mit dem Foto klammheimlich abgemacht und trug es immer bei sich. Das Papier war in seiner Tasche schon ganz brüchig geworden.

Damit ein Gesicht auf einem Foto wiedererkennbar war, mußte es irgend etwas Individuelles, Besonderes haben. Doch das Gesicht des Banditen Skwosnjak auf dem Foto hatte nichts Besonderes, Auffälliges. Es war ein ganz normales Gesicht, durchaus sympathisch, gerade Nase, harter, männlicher Mund. Solche gab es viele. Wenn man ihm auf der Straße begegnete, würde er einem kaum auffallen. Wolodja hatte schon vor langer Zeit in einem Interview mit einem Milizoberst gelesen, daß die Täterfotos in den Schaukästen selten dazu beitrugen, jemanden zu fassen. Sie wirkten mehr auf den Täter selbst, sorgten für zusätzlichen psychischen Druck.

Doch Wolodja sah sich das Foto so oft und so lange an, daß ihm schien, er würde Skwosnjak selbst im Dunkeln erkennen. Aber dafür müßte er näher an ihn herankommen, und das war zu gefährlich.

Zwölftes Kapitel

Der Mongole hatte ihm beigebracht, die Fingerspitzen mit einem speziellen Klebstoff zu versiegeln. Das verhinderte Fingerabdrücke. Der Kleber ließ sich anschließend mit Spiritus mühelos entfernen. Man durfte nur nicht vergessen, sich ständig einzucremen, sonst wurde die Haut vom Kleber und vom Spiritus zu trocken, und die Finger verloren ihre Geschmeidigkeit und Sensibilität.

Es war das Jahr 1981. Skwosnjak war achtzehn geworden, und der Mongole wollte seine Volljährigkeit auf seine Weise begehen.

Die Wohnung gehörte einem Bademeister, den der Mongole seit vielen Jahren kannte. Der kleine, dicke Moskauer Georgier Irakli betätigte sich neben seiner Arbeit in der Banja als Hehler, besonders von Antiquitäten. Am Tag zuvor hatte er den Mongolen mächtig über den Tisch gezogen und ihm einen mehrteiligen Smaragdschmuck – Ohrringe, einen Ring und einen Anhänger – zu einem Drittel des realen Preises abgekauft. Er hatte dem Mongolen wortreich versichert, die Sachen seien nicht echt. Der Mongole hatte ihm nicht widersprochen. Skwosnjak, der dabeisaß, wußte sofort: Die Stunden des Bademeisters sind gezählt. Als sie gegangen waren, hatte der Mongole draußen zu ihm gesagt: »Übermorgen schickt er seine Frau mit den Kindern nach Kutaïssi. Dann zieht seine Geliebte bei ihm ein. Er wird die Klunkern nicht weiterverkaufen, er wird sie selber behalten. Vielleicht schenkt er sie ja seiner Geliebten, aber die läuft damit schon nicht weg. Dazu wird sie nicht mehr kommen.«

Skwosnjak wunderte sich ein bißchen, als er erfuhr, daß sie zu zweit zu dem Bademeister gehen würden – der Mongole und er. Aber er stellte keine Fragen – das schätzte der Mongole nicht.

Um Mitternacht klingelten sie an der Wohnungstür. Der Bademeister ließ sie ein. Er trug ein schmuddeliges weißes T-Shirt und geblümte weite Satinunterhosen. Im Zimmer dröhnte laut fröhliche Unterhaltungsmusik.

»Ich hab euch gar nicht erwartet, aber kommt doch rein, liebe Gäste.« Er wies mit einladender Geste auf die Küche.

»Wer ist das, Irakli?« rief eine Frauenstimme aus dem Zimmer.

»Geh rein, Skwosnjak, begrüß die Dame«, flüsterte der Mongole.

Irakli protestierte empört.

»He, Skwosnjak, da darfst du nicht rein! Was soll das, Mongole?«

Doch er bekam keine Antwort. Mit einer raschen Bewegung riß der Mongole ihm den rechten Arm auf den Rücken, so daß die Gelenke knackten.

»Wo sind die Klunkern?« fragte der Mongole freundlich und trat dem Bademeister mit dem Knie so heftig in die Seite, daß dessen Niere sich löste.

»Ich geb dir alles«, keuchte Irakli, »bring mich nicht um, ich geb dir ja alles.«

Kolja war neugierig auf die Frau, die er in wenigen Minuten töten würde.

»Sie weiß bestimmt nichts, du mußt nicht lange mit ihr reden«, hatte der Mongole noch im Lift zu ihm gesagt.

Die Frau lag splitternackt auf der Liege. Als ein ihr unbekannter junger Mann hereinkam, stieß sie einen erschrokkenen Schrei aus und zog hastig die Decke über sich.

»Wer bist du, Junge? Du darfst hier nicht rein. Geh sofort raus!«

»Ich darf«, sagte Skwosnjak lächelnd.

Sie war sehr hübsch. Kurze helle Locken, kräftige, volle Lippen, üppige Brüste. Eine tolle Szene, dachte Kolja, wie in einem amerikanischen Film. Unwillkürlich mimte er den Filmbösewicht und versetzte der Schönen träge einen Schlag in die Magengrube. Während sie wie ein Fisch mit offenem Mund nach Luft schnappte, beugte er sich zu ihr herunter, packte sie an den Haaren und flüsterte ihr zärtlich ins Ohr: »Wo hat dein Hammel seine Geheimverstecke?«

Sie sah ihn aus hervorquellenden Augen an und wirkte schon nicht mehr so hübsch. Ihr Gesicht war rot angelaufen, der Mund weit offen. Sie bekam noch immer nicht richtig Luft.

»Wenn du's nicht weißt, mach ich dich gleich kalt.«

Sie kannte die Geheimverstecke nicht. Aber auf der Anrichte lag ein Häufchen ihres eigenen Schmucks – Ohrringe mit großen blauen Saphiren, zwei Ringe, eine antiker mit einem Brillanten und ein moderner mit einem Saphir, passend zu den Ohrringen, außerdem eine goldene Uhr mit dickem Goldarmband.

»Nimm nur, nimm alles, aber bring mich nicht um. Ich habe einen kleinen Sohn, er ist erst zwei. Und eine kranke Mutter. Bring mich nicht um«, murmelte sie.

»Wie sieht's aus bei dir?« hörte Skwosnjak den Mongolen fragen.

Die Frau wollte aufstehen. Skwosnjak, kaum hatte er ihre Regung gespürt, hieb ihr die Handkante gegen die Kehle und sagte leise: »Ich bin fertig.«

Er staunte, wie schnell das Leben im menschlichen Körper erlosch. Ein einziger Schlag, und es war dahin. Das ging so rasch und mühelos wie einen Fisch betäuben oder einem Huhn den Hals umdrehen.

Er tat es noch dreimal. Zwei kräftige junge Männer und ein vierzehnjähriger Junge. Mit allen wurde er spielend fertig, erledigte sie mit einem Handkantenschlag gegen die Kehle. Sie wehrten sich nicht einmal, als wüßten sie, daß es sinnlos wäre. Und alle flehten sie um Gnade, hofften bis zur letzten Sekunde, hätten alles gegeben, was sie besaßen, um am Leben zu bleiben.

Fremdes Leben war so zerbrechlich – und es war ein süßes Gefühl, Macht darüber zu besitzen. Ein Schlag, und es war vorbei.

Doch der fünfte Mord fiel ihm schwer.

Den fünften mußte er erschießen, und zwar so, daß er bis zum letzten Moment nichts ahnte. Hätte er es auch nur eine Sekunde vor dem Schuß geahnt, wäre er selbst, Skwosnjak, eine Leiche gewesen.

Der fünfte war der Mongole.

Skwosnjak war inzwischen zwanzig und konnte alles allein, mußte aber dem krummbeinigen kleinen Mann folgen wie ein riesiger starker Bär einem alten Zigeuner auf dem Jahrmarkt. Wenn der Herr pfiff, mußte der Bär tanzen. Zuckte der Herr mit der Wimper, riß der Bär jeden in Stücke.

Der Haß in Skwosnjak wuchs langsam, vorsichtig, doch eines Tages erfüllte er sein ganzes Wesen. Und er bekam Angst – der Mongole sah alles, sobald er etwas ahnte, würde er ihn töten. Dem Mongolen konnte man nichts vormachen.

Skwosnjak fand, er habe seine Schuld dem Mongolen gegenüber abgetragen. Nun konnte er selbst eine kleine Truppe zusammenstellen und leben, wie es ihm gefiel, nach eigenem Gutdünken töten und sich nehmen, was er wollte – nicht mehr heimlich, verborgen vor den Schlitzaugen.

Sachar war aus dem Lager zurück, und es gab in ganz Rußland keinen ernstzunehmenden Kriminellen, der nicht schon bei der erfahrenen Autorität Rat und Hilfe gesucht hätte. Sachar schlichtete die gefährlichsten Streitfälle, er hatte fast immer das letzte Wort. An Aktionen beteiligte er sich nur noch mit Ratschlägen, ansonsten lebte er bescheiden, wie es sich für einen gesetzestreuen Dieb gehörte.

Skwosnjak registrierte, daß Sachar nicht mehr so hart war wie früher. Immer häufiger kam ihm das sinnlose Wort »Gewissen« über die Lippen. Mitunter bereute er im Suff alte Sünden, sprach von Seele und von Gott.

»Ich traue niemandem, mein Sohn. Niemandem. Wenn ich mal tot bin, dann werden die jungen Wölfe sich gegenseitig auffressen. Dann kommt eine neue Zeit. Die Zeit der Gesetzlosigkeit. Niemand wird sich mehr an das alte Diebesgesetz halten, die Neuen werden sich alles erlauben. Aber das darf nicht sein. Wenn das einer so macht, noch einer – dann fließt Blut, viel Blut. Sie werden darin selber ertrinken. Halt dich fern von den Kriminellen, mein Sohn. Traue niemandem. Bleib für dich, du bist stark genug dafür. Ich hatte mir für dich ein ganz anderes Los gewünscht. Du solltest studieren, eine gute Frau heiraten, Kinder haben ... Und ich so was wie Enkel. Weißt du, wie gern ich Enkel hätte? Nein, das weißt du nicht, das verstehst du nicht. Und nun wirst du es auch nie mehr verstehen. Es ist zu spät. Du kannst den eingeschlagenen Weg nicht mehr verlassen. Ich bin selber schuld, ich selbst hab dich damals ins Fenster einsteigen lassen. Ich wollte nur das Beste ... Ich hab den Mongolen nicht durchschaut, sein verdorbenes Wesen ...«

Skwosnjak hörte sich die langen, trunkenen Monologe geduldig an und dachte dabei, daß er selbst nie so tief sinken würde. Sachar war eine Memme geworden.

»Du solltest nicht so viel trinken, Sachar«, sagte er, »das schadet dir.«

»Ja, mein Sohn, mach ich nicht.« Er kippte ein weiteres Glas. »Noch ehe ich recht zu mir gekommen bin, ist das Leben schon vorbei. Nun bin ich alt, nicht an Jahren, aber meine Seele ist alt und meine Haut. Das Diebesleben ist kurz, und eines Tages muß man sich verantworten, später …«

»Vor wem denn?« fragte Skwosnjak mürrisch. »Da ist keiner. Nur Leere.«

»Woher willst du das wissen? Werd erst mal alt, leb ein ganzes Leben. Und bring keinen mehr um, mein Sohn. Sie erscheinen dir später im Traum, wenn du mal alt bist.«

»Nein, das werden sie nicht.«

Diese Gespräche ärgerten und ermüdeten Skwosnjak. Aber er blieb geduldig. Sachar war der einzige Mensch auf der Welt, für den er wenn nicht Zuneigung, so doch eine kindliche Dankbarkeit empfand, ein eigentümliches, warmes Gefühl tief im Herzen.

Anderen gegenüber war Sachar wie immer – hart, keinen Widerspruch duldend. An erster Stelle stand für ihn der unerschütterliche Diebeskodex, und jeder, der ihn verletzte, verdiente Bestrafung.

Über den Mongolen hatten sich schon viele bei ihm beschwert. Er hatte viele gekränkt. Doch Sachar rührte seinen alten Freund nicht an. Obwohl er selbst ihm vieles nicht verzeihen konnte, rührte er ihn nicht an. Skwosnjak wußte den einzigen heimlichen Grund dafür: Angst. Sachar hatte Angst vor dem Mongolen, und diese Angst enthielt mehr Mystik und Aberglauben als Logik. Obwohl – es lag auch eine gewisse Logik darin.

»Wenn ich bloß daran denke, daß man ihn in die Schranken weisen müßte, steht er schon wie aus dem Erdboden gestampft vor mir und macht mich mit einem Schlag kalt«, sagte Sachar eines Tages zu Skwosnjak. »Aber man muß ihn aufhalten. Er ist ja kein Mensch mehr, er ist eine Maschine.«

Das konnte der Mongole nicht gehört haben. Das war ausgeschlossen. Dennoch stand er ein paar Tage später vor Skwosnjak, wie immer urplötzlich, und sagte leise: »Es gibt was zu bereden.«

Skwosnjak wunderte sich nicht, als er den neuen Befehl seines krummbeinigen Herrn vernahm. Er hatte damit gerechnet. Und er wußte schon, was er tun würde.

Der Mongole hatte eine kleine Schwäche. Er liebte Rituale, theatralische Effekte. Er hätte das Ganze auch selbst erledigen können, aber er wandte sich an Skwosnjak. Er wollte ein schönes Schauspiel, wollte sich berauschen an seiner absoluten Macht. Na, sein Schauspiel sollte er haben.

Skwosnjak hielt dem durchdringenden Blick der Schlitzaugen stand – er zwang sich einfach, in diesem Moment zu denken und zu fühlen, wie der Mongole es wollte. Und der Mongole schöpfte bis zum letzten Augenblick keinen Verdacht.

Im April wurde Skwosnjak einundzwanzig.

»Ich möchte gern zu dritt in aller Stille feiern«, sagte er zu Sachar.

»Der Dritte ist der Mongole?«

»Wer sonst? Ein bißchen an die alten Zeiten zurückdenken. Wenn schönes Wetter ist, können wir ja rausfahren ins Grüne, angeln, ein Feuer machen. Das magst du doch.«

»Gut, mein Sohn. Wenn du das möchtest, machen wir das. Einundzwanzig – da ist man nach englischem Gesetz volljährig.«

Das Wetter war prächtig. Sachar fuhr selbst. Sein bescheidener Niwa war genau das Richtige für die Waldwege der Moskauer Umgebung. Skwosnjak saß neben Sachar, der Mongole hinten. Während der ganzen Fahrt spürte Skwosnjak dessen Blick, und er gestattete sich nicht einmal, daran zu denken, was in einer halben Stunde geschehen würde.

An einem morastigen kleinen Fluß beschlossen sie anzuhalten. Sie stiegen aus.

»Fische gibt's hier bestimmt nicht, aber es ist ein schönes Plätzchen«, sagte Sachar.

»Los!« flüsterte der Mongole nur mit den Lippen.

Sachar stand mit dem Rücken zu ihnen und reckte sich genüßlich, wobei seine Gelenke knackten.

»Diese Luft!«

Im selben Augenblick ploppte trocken ein Schuß.

Der Mongole fiel ins Gras, die Schlitzaugen starrten in den klaren Aprilhimmel. Skwosnjak ging zu ihm und schaute in die furchterregenden, alles sehenden Augen. Nun waren sie nicht mehr furchterregend. Sachar beugte sich hinunter und schloß sie mit seiner großen, tätowierten Pranke.

Sie schleiften den Leichnam zum Fluß und warfen ihn ins Wasser.

»Der taucht nicht wieder auf«, sagte Sachar, »der Fluß ist sumpfig wie ein Moor.«

Sie setzten sich ins Gras. Sachar zündete sich eine Zigarette an und sagte kaum hörbar: »Danke, mein Sohn.«

»Du hast es gewußt?« fragte Skwosnjak. »Du hast gewußt, warum wir den Ausflug machen?«

»Ja.« Sachar lachte verlegen. »Ich war mir nur nicht sicher, wie du dich entscheiden würdest. Das war deine Entscheidung, nur deine, mein Sohn. Danke ...«

Dreizehntes Kapitel

Sonja saß im Nachthemd auf dem Küchensofa. Vera hatte ihr eine warme Strickjacke um die Schultern gelegt. Es war fast Mitternacht, draußen fiel ein kalter Regen.

»Mit meinen Eltern kann ich nie so zusammensitzen und reden. Mama tut zwar, als ob sie zuhört, aber ich sehe an ihren Augen: Sie denkt an ihren eigenen Kram. Und Papa, der kann überhaupt nicht zuhören, der sagt immer nur ›Hmhm!‹.«

»Ach, du armes Mädchen!« Vera schüttelte den Kopf. »Was du dich immer über deine Eltern beklagst! Man könnte meinen, es geht dir schlecht.«

»Nein, das sage ich ja gar nicht. Mama versteht eben bloß meine Schulprobleme nicht. Sie hat auf alles nur eine Antwort: Lies vernünftige Bücher, benutze deinen Kopf, und verplempere deine Zeit nicht mit Blödsinn.«

»Na ja, da hat sie doch ganz recht«, meinte Vera lächelnd. »Es ist wirklich schade, seine Zeit mit Blödsinn zu verplempern.«

»Und wenn man dem Blödsinn und Mist nun mal nicht ausweichen kann?« Sonja seufzte tief. »Weißt du, wie kompliziert die Verhältnisse in unserer Klasse sind?«

Das Mädchen ging in dieselbe Englisch-Spezialschule, die bereits Tanja und Vera besucht hatten. Mitte der siebziger Jahre waren Kinder dort nur nach einer schwierigen Prüfung aufgenommen worden. Natürlich hatte es auch viele »mit Beziehungen« gegeben. Die Schule galt als eine der besten in Moskau, dorthin schickten Minister, bekannte Schauspieler und Parteifunktionäre ihre Kinder und Enkel. Aber es gab auch einen großen Prozentsatz von Kindern aus ganz normalen Familien. In der Schulgarderobe hingen neben düsteren karierten Mänteln aus dem Kinderkaufhaus kanadische Schafpelze und farbenfrohe Daunenjacken. In der großen Pause holten die Kinder ihre Pausenbrote aus der Tasche. Bei dem einen war bestenfalls Fleischwurst drauf, ein anderer aß jeden Tag schwarzen Kaviar, Lachs und die besonders rare und begehrte Räuchersalami. Aber die Wurst und die Schafpelze waren nicht das entscheidende. Manche Lehrer zerflossen förmlich vor überschwenglicher Hochachtung und übertrugen die Bewunderung für die berühmten Eltern auf deren Kinder. Vera erinnerte sich bis heute, wie die Literaturlehrerin in der achten Klasse, als sie die Aufsätze zurückgab, einmal gesagt hatte: »Wanjas Großvater ist Verdienter Schauspieler des Volkes, trotzdem ist Wanja ein ganz normaler Junge. Achtundzwanzig Rechtschreibfehler im Aufsatz. Aber für den Inhalt eine Eins. Wanja hat Petschorin ganz richtig als überflüssigen Menschen charakterisiert, als typischen Vertreter der parasitären Adelsschicht, und herausgearbeitet, daß seine Enttäuschung aus seiner fehlenden klaren gesellschaftspolitischen Haltung resultiert.« Diese Geschichte wurde zur Anekdote. Der arme Wanja bekam seitdem immer wieder zu hören: »Nein, so was, der Enkel eines Verdienten Schauspielers des Volkes, und trotzdem ein ganz normaler Junge!«

Natürlich passierten auch weniger lustige Geschichten. Doch im Grunde wurden sie nie in Kinder erster und zweiter Klasse unterschieden. Die Zensuren wurden nach Leistung verteilt, nicht nach Stellung der Eltern. Die Kinder und Enkel von Ministern verzehrten ihr Pausenbrot mit Kaviar still und bescheiden oder zusammen mit ihrem Banknachbarn, auf dessen Brot simpler Schmelzkäse war – der dem an erlesene Spezialitäten gewöhnten Kind mitunter besser schmeckte als Kaviar.

Aber das alles war Vergangenheit.

Heutzutage konnte man einen Platz in der Englisch-Schule einfach kaufen. Damit ein Kind angenommen wurde, mußte man ein Jahr zuvor zwei, drei Lehrer der Schule für Nachhilfestunden engagieren und dafür sorgen, daß am Ende des Jahres jeder mindestens zweitausend Dollar verdient hatte.

Hatten die Eltern einen direkten Draht zum Direktor oder dessen Stellvertreter, verminderte sich der Einstiegsbetrag um die Hälfte. Dann drückte man dem Betreffenden nur ein Kuvert mit zwei-, dreitausend Dollar in die Hand, und das Kind bestand die Aufnahmeprüfung. Aber dafür brauchte man selbstverständlich eine persönliche Empfehlung.

Später hingen die Zensuren der Kinder von den Geschenken ab, die die Eltern den Lehrern zu Feiertagen machten, zum Ersten Mai und zum Lehrertag, zu Ostern und zu Weihnachten.

Daß Sonja die Aufnahmeprüfung ohne Bestechung bestanden hatte, war eine erstaunliche Ausnahme. Zwei der

Lehrerinnen in der Prüfungskommission erinnerten sich noch an ihre Mutter, die kluge, begabte Tanja Sokownina. Doch Tanja bedauerte schon bald, daß sie ihre Tochter auf ihre geliebte Spezialschule geschickt hatte. Die Lehrer waren fast komplett neu, das Niveau sank stetig.

Sonjas Klassenkameraden wurden im Ford oder BMW von der Schule abgeholt. Sonjas Eltern besaßen kein Auto. Das tägliche Taschengeld dieser Kinder war höher als das Monatseinkommen eines Arztes oder Ingenieurs. Sonjas Eltern konnten ihr höchstens fünfzig Rubel am Tag mitgeben, das reichte gerade für ein Glas Saft und ein Stück Kuchen in der Schulkantine.

Die Kinder liehen einander Geld gegen Prozente, führten Buch darüber und veranstalteten regelrechte Rivalenkämpfe wie unter Banditen. Ihre Umgangssprache bestand aus Obszönitäten und Kriminellenjargon. Sonja erzählte, als ein Junge im Kartenspiel verloren hatte, mußte er dafür im Supermarkt einen Karton »Kinderüberraschungen« stehlen. Natürlich wurde er erwischt, aber er rief seinen Papa an, dem mehrere Läden gehörten, der Papa kam sofort, schmierte alle gut, und man ließ den Jungen laufen.

»Wie kann man jemanden nur zu so etwas zwingen?« Vera war entsetzt. »Wie kann man einen normalen Menschen zum Stehlen zwingen?«

»Kapierst du nicht« – Sonja runzelte ärgerlich die Stirn –, »der Vater von dem Jungen, der beim Kartenspiel gewonnen hat, der gehört zur Schutztruppe.«

»Er ist Wachmann?«

»Er ist Bandit«, erklärte Sonja geduldig, »und zwar genau in der Bande, die vom Vater des anderen Jungen Schutzgeld kassiert. Verstehst du jetzt?«

»Ungefähr.« Vera seufzte.

»In meiner Schule kann man die Gesetze der Verbrecherwelt studieren. Da sammle ich Erfahrungen, von denen habt ihr beide, du und Mama, keine Ahnung.«

»Was denn für Erfahrungen, Sonja?«

»Na, ich hab dir doch erzählt, daß ich Kriminalistin werden will. Ich werde Verbrecher fangen. Und die kann ich jetzt schon mal studieren.«

»Du meinst also, die meisten deiner Mitschüler werden Banditen? Übertreibst du da nicht?«

»Es würde mich sehr freuen, wenn sich herausstellen sollte, daß ich mich irre«, sagte das Mädchen abgeklärt und seufzte.

Äußerlich hatte Sonja erstaunliche Ähnlichkeit mit ihrer Mutter – sie war genauso dünn, schwarzäugig, hatte das gleiche glatte, schulterlange kastanienbraune Haar. Aber sie war bedeutend erwachsener, als ihre Mutter es mit zehn gewesen war. Während Vera ihr zuhörte, dachte sie plötzlich, daß das Mädchen in gewisser Hinsicht das Leben besser kannte als ihre Eltern. So komisch das klang – das Leben von Sonjas Eltern schien wesentlich einfacher und gemütlicher als das der Zehnjährigen.

»Hör mal, es ist schon nach eins!« rief Vera nach einem Blick auf die Uhr erschrocken. »Ab ins Bett, sofort! Aber Zähne putzen nicht vergessen.«

Im Zimmer brannte eine Nachttischlampe. Sonja schlief auf dem Sofa. Vera sah unterm Kopfkissen ein kleines Puppenbein herauslugen.

»Sag bloß keinem, daß ich noch mit Puppen spiele«, murmelte Sonja, kroch unter die Decke und drückte das dralle Gummipüppchen mit dem Spitzenhäubchen an sich.

Vierzehntes Kapitel

»Hallo, Sachar. Entschuldige, daß ich so lange nicht da war. Keine Zeit. Schön hast du's hier, die Vögel singen, die Vergißmeinnicht blühen. Ich hab das ewige Rumrennen satt, aber ich kann nicht aufhören. Weißt du, wie ich mich fühle?

Wie ein Hamster im Laufrad. Der Hamster dreht mit den Pfoten das Rad, erst langsam, dann immer schneller und schneller, bis man nur noch einen braunen Fleck erkennt. Er rennt und rennt, bis er am Herzschlag stirbt. Aber ich hab ein kräftiges Herz. Ich halte das aus. Na, ich werd mal ein bißchen gießen, damit die Blumen nicht eingehen.«

Skwosnjak stand von der kleinen Bank auf und schlenderte die schmale Allee zwischen den Grabeinfriedungen entlang. Von einem ovalen Emailleschild auf dem schneeweißen Marmorgrabstein blickte ihm ein noch nicht alter, vollkommen kahlköpfiger Mann nach.

»Sacharow Gennadi Borissowitsch, 1928–1987« stand in goldenen Lettern auf dem Marmor.

Über dem Friedhof lärmten die Krähen und zwitscherten fröhlich die Spatzen. Hell leuchtete in der warmen Morgensonne die goldene Kuppel der Friedhofskapelle. Hier war die Totenmesse für den von der Kugel eines Scharfschützen getöteten Sachar gelesen worden. Den Scharfschützen hatte Skwosnjak später ausfindig gemacht und erledigt. Der Auftraggeber aber war ihm entwischt.

Einmal im Jahr besuchte Skwosnjak auf jeden Fall das Grab, allerdings nie am Geburtstag oder am Todestag. Hierher kam er, wenn er am Ende war. Wenn er mit keinem Lebenden mehr ruhig und offen reden konnte. Sachar hatte gern gesagt: »Klage nie, nicht einmal über Müdigkeit. Zeig nie, daß es dir schlecht geht. Wenn du stark sein willst, mußt du dulden und schweigen lernen. Niemand darf wissen, was du fühlst, woran du denkst, welche Krankheiten und Schwächen du hast. Wenn du erst anfängst zu quatschen, kriegst du gar nicht mit, wie du dich auslieferst. Und das darfst du nicht. Für dich geht's schließlich nicht mehr um Knast, du kriegst gleich die Todesstrafe.«

Jeder Mensch sprach gern über sich, wollte, daß man ihm zuhörte, ihn verstand, wollte sich beklagen oder brüsten. Skwosnjak sah: Selbst die Stärksten wurden weich – im Suff, vor Frauen oder vor Leuten, die sie für ihre Freunde hielten. Und das ging stets übel aus.

Skwosnjak selbst gestattete sich das nie. Natürlich ging auch ihm manchmal etwas richtig schief. Aber immer durch fremde Dummheit. Manchmal erwies sich eine Panne von gestern am nächsten Tag als Glück. Ein kluger Mensch hatte immer oder fast immer Glück. Wie zum Beispiel vor einem Jahr, als er für eine Woche allein nach Antalya gefahren war, erstens, um Urlaub zu machen, im Meer zu baden, und zweitens, um Kontakt zu türkischen Drogenhändlern aufzunehmen, auf die er durch einen guten Tip gestoßen war. Geld konnte man nie genug haben. Von türkischer Seite empfing ihn die hünenhafte Schwedin Karolina. Die heißeste, unermüdlichste Stute, die er je getroffen hatte.

Die erste Partie Ware, ein Pfund Heroin, sollte er von einem Kurier auf dem Flughafen bekommen. Ein Foto des Kuriers hatten die Türken per Fax geschickt und mitgeteilt, daß er nicht bezahlt werden mußte, er sei nur für den einmaligen Gebrauch und könne anschließend erledigt werden. Wie und wo, das war Skwosnjaks Sache. Doch der Einmalkurier verschwand zusammen mit der Ware, und damit war auch der Vorschuß futsch, den die Türken für die Ware bekommen hatten. Später wurden die Türken geschnappt. Karolina als erste, von Interpol. Skwosnjak hatte einen Bericht darüber im Fernsehen gesehen. Er schaute sich den Kriminalreport im Fernsehen möglichst immer an, die russischen Beiträge ebenso wie die aus dem Ausland.

Der Fall erregte großes Aufsehen, die türkischen Behörden machten daraus einen Schauprozeß. Skwosnjak begriff, welches Glück er gehabt hatte. Wer weiß, wie die Sache für ihn ausgegangen wäre, hätte er da mit dringehangen. Die Türken wollten ja nach der Geschichte mit dem verschwundenen Kurier weiter mit ihm zusammenarbeiten. Sie meinten: Pannen kommen bei jedem mal vor. Der Kurier war dein Landsmann, vielleicht findest du ihn ja, dann gehört die ganze Ware dir. Aber er hatte damals lieber die Finger davon gelassen. Auch nach dem Kurier suchte er nicht, er spürte, daß er mit den Türken Schluß machen mußte. Wenn ihnen solche Pannen passierten, war von ihnen alles mögliche zu erwarten. Diese weise Vorsicht hatte Sachar ihm beigebracht.

Nur ein kleiner Fehler war ihm unterlaufen. Die Schwedin hatte einen Fotofimmel. Er mußte sie in zig verschiedenen Posen knipsen, doch ein paarmal hatten sie sich auf ihre inständige Bitte auch zusammen fotografieren lassen, und einmal hatte sie ein Polaroid von ihm geschossen, zur Erinnerung. Eigentlich hätte er vor seiner Abreise die Fotos suchen und vernichten müssen. Er hatte es nicht getan, war zu faul gewesen, schlaff geworden von der Sonne. Allerdings wußten weder die Türken noch Karolina seinen Namen, auch nicht seinen Spitznamen. Vermutlich besaß die heißblütige Schwedin eine große Sammlung Männerfotos, und die würden sie wohl kaum alle überprüfen.

Skwosnjak ging zum Zaun, vor dem sich zerbrochene trokkene Kränze türmten, und drehte den Messinghahn an dem rostigen Rohr auf, das aus der Erde ragte. Bevor er das Literglas unter den eiskalten Strahl stellte, hielt er seine Hände darunter, trank einen Schluck und spülte sich das Gesicht ab.

»Hallo – ein alter Bekannter!« hörte er eine heisere Stimme hinter sich.

Bevor er sich umdrehte, stellte er das Glas auf die Erde, um die Hände frei zu haben.

»Bleib ruhig, echt mal, ich bin's nur, Kljatwa!« Der große dünne Mann im schwarzen Baumwollkittel lächelte, seine Goldzähne funkelten.

Kljatwa war keine Gefahr. Er war seit vielen Jahren Totengräber auf diesem Friedhof, und Totengräber sind ein vorsichtiges Volk. Sie wissen, was ein Menschenleben wert ist.

»Von den Bullen war jemand hier und hat nach dir gefragt«, teilte er, noch immer lächelnd, mit, »haben wohl einen Tip gekriegt wegen Sachar oder sind selber drauf gekommen. Jedenfalls, laß dich demnächst lieber nicht hier blicken.«

Skwosnjak sagte nichts, hob das Glas auf und drehte den Wasserhahn zu.

»Schaust du noch bei mir rein?« fragte Kljatwa, der neben Skwosnjak den Weg entlanglief. »Dann erzähl ich dir ein paar Neuigkeiten, und überhaupt können wir ein bißchen quatschen. Ich bin jetzt Steinmetz.«

Skwosnjak nickte. »Ich komme vorbei.«

In der Werkstatt stand in einem kleinen Verschlag ein ramponierter runder Tisch, darauf ein Teller mit aufgeschnittenen Tomaten, Brot und Wurst. Kljatwa zwinkerte Skwosnjak zu und holte aus einem Schränkchen eine angefangene Flasche Smirnow-Wodka.

»Schon am frühen Morgen?« fragte Skwosnjak spöttisch und setzte sich auf einen wackligen Hocker.

»Dann kann ich besser arbeiten.« Kljatwa zuckte die Achseln. »Ein Leben ist das jetzt, lauter junge Leichen, und du weißt ja, ich leide immer mit« – er schniefte –, »mit jedem einzelnen leide ich mit, als wär ich mit ihm verwandt. Neulich war eine Frau hier, kultiviert, nettes Gesicht. Bestellt einen Grabstein für ihren Sohn und weint keine einzige Träne. Na, meine Liebe, denke ich, du wirst auch bald den Himmel verrußen. Die vor Kummer heulen, die leben länger. Aber die alles in sich reinfressen, die verbrennen von innen. Schade, daß du nicht mit mir trinken kannst.« Er holte geräuschvoll Luft, goß sich ein Wasserglas voll Wodka, kippte es mit einer raschen, gierigen Bewegung hinter und zündete sich eine Zigarette an. »Der ihren jüngsten Sohn haben sie im Ausland umgebracht, der Ältere hat die Urne hergeschafft. Gut, wenn man zwei Kinder hat. Wenn ich geheiratet hätte, dann hätte ich mir gleich drei angeschafft.

Für alle Fälle. In diesen Zeiten! Hier, kuck dir bloß mal meine Aufträge an! Alle Jahrgang fünfundsechzig, siebzig.«

Skwosnjak wußte, daß Kljatwa nur schwadronierte. Er empfand keineswegs Mitleid mit den jungen Toten. Es waren schon viele durch seine Hände gegangen. Solche, die mit Tränen und Orchester begraben wurden, und solche, die spät in der Nacht eingebuddelt wurden, in fremden Gräbern. Ein bißchen Erde drauf, und am nächsten Tag wurde der Sarg mit dem legalen Toten darüber gesenkt.

Bei dem halbtrunkenen Gejammer seines alten Bekannten erholte sich Skwosnjak. Ganz entspannt saß er da, hatte sogar die Augen geschlossen. Solch leeres Geschwätz eines ungefährlichen, vertrauten Menschen war für ihn wie Meeresrauschen oder Blätterrascheln. Man mußte nicht zuhören, war aber auch nicht ganz allein.

»Hier, schau mal, was für ein sympathischer Bursche, Denis Wladimirowitsch Kurbatow, sieht gar nicht aus wie ein Krimineller. War offenbar trotzdem ein Auftragsmord.« Kljatwa hielt Skwosnjak ein Foto vor die Nase, das die Mutter gebracht hatte, damit der Steinmetz es auf Emaille übertrug und am Grabstein befestigte.

Skwosnjak öffnete die Augen. Lange und aufmerksam betrachtete er das Foto. Er hatte ein exzellentes Gedächtnis für Gesichter. Dies hier hatte er schon einmal gesehen, ganz sicher. Das hatten die Türken vor einem Jahr gefaxt. Damals war er also mit dem Heroin entwischt, und nun hatte er sich die Million unter den Nagel gerissen. Wie das Leben so spielte. Nicht zufällig war ihm heute an Sachars Grab die alte Geschichte mit den Türken eingefallen.

»Sag bloß, du kennst den?« fragte Kljatwa.

»Ich hab ihn wohl schon mal gesehen«, bestätigte Skwosnjak gleichmütig. »Hör mal, du hast doch bestimmt auch die Adresse und Telefonnummer. Wer einen Grabstein bestellt, füllt einen Auftragsschein aus.«

»Was denn, ist er wirklich ein Bekannter von dir?« Kljatwa kniff die Augen zusammen.

Skwosnjak stand auf und sah dem Steinmetz einige Sekunden lang in die Augen.

»Aber ich … Nein, hab ich nicht, echt. Was soll ich mit der Adresse? Ich mach die Arbeit, und dafür krieg ich mein Geld. Der Direktor« – Kljatwa hickste laut –, »der hat das alles, die ganzen Dokumente für die Grabstelle, die Adresse und so. Ich hab nur das hier – Foto, Name, Daten …«

»Schon gut«, sagte Skwosnjak leise.

Er wußte: Kljatwa log nicht, warum sollte er? Den Auftrag erledigte er vermutlich schwarz, ohne Auftragsschein.

»Haben sie die Urne schon beigesetzt?«

Kljatwa nickte. »Vor zwei Tagen. Zu zweit, die Mutter und der ältere Bruder. Sonst keiner. Den Grabstein hat die Mutter bestellt. Der Bruder war nicht mit. Sie haben hier eine Grabstelle, da liegt der Vater.«

»Wo denn genau? In welchem Abschnitt, weißt du das noch?«

Kljatwa nannte ihm auf Anhieb die Koordinaten der Grabstelle.

»Hast du diesen Bruder auch gesehen?« fragte Skwosnjak beiläufig.

»Nur kurz, von weitem. Ich sag doch, bei mir in der Werkstatt war nur die Mutter.«

»Sehen die Brüder sich ähnlich?«

»Na ja, ein bißchen schon. Ich glaube, der Ältere hat längere Haare. Aber sonst – den einen kenne ich ja nur vom Foto, und den anderen, der noch lebt, den hab ich, wie gesagt, nur kurz von weitem gesehen.«

»Na schön.« Skwosnjak zuckte leicht mit dem Kopf. »Wann ist denn der Grabstein fertig?«

»Frühestens in vier Wochen.«

»Na dann, mach's gut, Kljatwa.«

»Du gehst schon? Wir haben doch gar nicht richtig zusammengesessen. Ach ja – soll ich unsere Leute von dir grüßen oder wie?«

»Nicht nötig.«

»Und du, wohnst du zur Zeit in Moskau oder wo?«

Skwosnjak sah Kljatwa noch einmal in die Augen, und der biß sich auf die Zunge. Die letzte Frage war überflüssig gewesen.

Ohne ein weiteres Wort schloß Skwosnjak leise die Tür hinter sich. Doch er hatte es nicht eilig, den Friedhof zu verlassen, er ging in die leere, halbdunkle Kapelle. Die Morgenmesse war zu Ende, alte Frauen in Kittelschürzen und mit Kopftüchern fegten den Boden, sammelten Kerzenstummel ein, kratzten heruntergetropftes Wachs ab und redeten dabei leise miteinander.

Skwosnjak kaufte zwei der dicksten, teuersten Kerzen. Die eine stellte er vor der Allerheiligen-Ikone auf, für das Seelenheil des verstorbenen Gottesknechts Sachar.

»Danke, Sachar«, murmelte er, »ich hab dich heute nicht umsonst besucht. Vielleicht war's ja nur Zufall, aber vielleicht war's auch ein Geschenk für mich von deiner Seele.«

Die zweite Kerze stellte er vor der Ikone des heiligen Nikola auf, für seine eigene Gesundheit.

Skwosnjak glaubte nicht an Gott, war aber auch kein Atheist. Die Kerzen kaufte er eher aus Aberglauben – er spürte, daß es da eine gewisse Macht gab, die man respektieren, mit der man sich gut stellen und der man dankbar sein mußte, wenn einem im stürmischen Strom des Lebens ein plötzliches Banditenglück widerfuhr.

Der verstorbene Sachar hatte sich für orthodox gehalten. Er war zwar nicht zur Beichte gegangen und hatte nie das Abendmahl empfangen, aber in der Fastenzeit aß er kein Fleisch, und zu Ostern schickte er stets jemanden aus seiner Gefolgschaft nach Osterkuchen und gefärbten Eiern.

Wieder allein, wurde der Steinmetz Kljatwa schlagartig nüchtern, trat zum Telefon, nahm den Hörer ab, zögerte eine Weile, legte wieder auf und murmelte vor sich hin: »Schütz dich selbst, dann schützt dich Gott«, setzte sich hin und rauchte eine Zigarette. Dann ging er hinaus und schlenderte über den Friedhof. Als er zurück war, nahm er erneut den Telefonhörer ab, wählte eine Nummer, die er auswendig kannte, und sagte ein paar Worte, den Hörer mit der Hand abschirmend.

Anton Kurbatow war aus Alexandrow zurückgekehrt und fühlte sich vollkommen zerschlagen. Vor zwei Tagen hatte er seine Mutter zur Tante gebracht, nachdem sie die Urne beigesetzt und den Grabstein in Auftrag gegeben hatten. Aber er war unruhig, fürchtete, er habe zuwenig Geld dagelassen und sei überhaupt zu früh abgereist. Er mußte sie besuchen, mußte sehen, wie es ihr ging.

Am Abend zuvor hatte Olga ihn zu überreden versucht, zusammen nach Alexandrow zu fahren.

»Du wolltest mich doch schon lange deiner Mutter vorstellen. Das wäre eine passende Gelegenheit.«

Anton hatte nie den Wunsch geäußert, Olga seiner Mutter vorzustellen. Und die Gelegenheit war keineswegs passend.

»Mutter ist im Moment nicht in der Verfassung, jemanden kennenzulernen«, sagte er sanft. »Lieber später, ein andermal.«

»Aber Anton!« Olga lächelte. »Ich bin doch für dich keine Fremde. Ich weiß, was für ein Kummer euch zugestoßen ist. Ebendarum will ich sie kennenlernen, ich will helfen. Ich habe eine gute Aura. Ich werde deine Mutter rasch wieder aufheitern.«

Anton wollte sagen, daß es ziemlich schwierig sein dürfte, eine Frau, die gerade ihren Sohn verloren hat, aufzuheitern, schwieg aber.

Olga wollte ihn unbedingt begleiten, sie hoffte, auf diese Weise ihr augenblickliches Zusammenleben in sichere eheliche Bahnen zu lenken. Taktisch gesehen, war das völlig richtig. Nur einen sehr vertrauten Menschen nahm man in einer solchen Situation mit zu seiner Mutter. Natürlich war Olga längst mehr als eine zufällige Freundin. Er war ihr unheimlich dankbar und so weiter. Doch feste Ehebande mit ihr zu knüpfen, hatte er vorerst nicht geplant.

»Na schön, morgen früh sehen wir weiter«, sagte er, um das Gespräch zu beenden.

»Weck mich unbedingt, sonst bin ich beleidigt!«

Olga hatte einen festen Schlaf, besonders morgens. Anton stand um sieben auf, wusch sich und zog sich an, bemüht, keinen Lärm zu machen. Sie wachte trotzdem auf. Er schnürte sich bereits im Flur die Turnschuhe zu.

»Schlaf weiter, ich bin gegen vier zurück.« Er ging noch einmal ins Zimmer und strich ihr über das zerzauste rote Haar.

Sie tat, als sei sie nicht gekränkt.

Die Mutter sah furchtbar aus. Nicht nur, weil sie abgemagert und eingefallen war. Zum erstenmal erblickte Anton seine Mutter ungepflegt, in einem speckigen Flanellkittel und gestopften Schlappen. Solange er denken konnte, war seine Mutter nicht einmal zum Bäcker gegangen, ohne sich die Lippen anzumalen und das Gesicht zu pudern. Sie kleidete sich schlicht und teuer, alles mußte in Farbe und Stil zusammenpassen. Ihr Haar war stets frisch gewaschen und sorgfältig frisiert, Strähne für Strähne, und immer war sie umgeben von einem Hauch teuren Parfüms. Hier in Alexandrow aber saß in dem stillen kleinen Garten im Liegestuhl eine Greisin, die stumpfsinnig vor sich hin starrte, rauchte und nicht merkte, daß ihr die Asche auf die Knie fiel.

Es war ein wunderschöner, sonniger Tag, die Vögel zwitscherten, die blühende Traubenkirsche strömte einen sanften Duft aus.

»Sie ißt fast nichts«, sagte Tante Natascha leise zu Anton, als sie auf der Veranda Tee tranken. »Ich füttere sie wie ein kleines Kind. Morgens ein Schälchen Haferbrei, mit viel Zureden ... Das ist alles. Sie wäscht sich nicht, putzt sich nicht die Zähne. Wenn ich sie daran erinnere, sagt sie: ›Ja, gleich‹, und bleibt weiter so sitzen.«

»Entschuldige, daß ich dir das alles aufbürde, Tante Natascha«, sagte Anton, wobei er die Tante nicht ansah, »sobald ich meine Probleme geklärt habe, hole ich sie wieder nach Hause.«

»Ach, schon gut.« Natascha seufzte. »Damit werd ich schon fertig. Aber sie muß zum Arzt, zu einem guten Psychiater.«

Anton nickte. »Ja, unbedingt. Ich kümmere mich um einen anständigen Spezialisten.«

»Anton!« rief die Mutter mit schwacher Stimme aus dem Garten. »Komm mal her.«

Er hockte sich vor sie und nahm ihre Hände in seine. Er fürchtete, sie würde gleich wieder fragen: »Warum hast du das getan?« Sie sah ihren Sohn lange traurig an, dann sagte sie: »Du solltest heiraten, Anton, mir einen Enkel bescheren, einen Jungen. Er soll Denis heißen.«

»Gut, Mama.« Er lächelte.

»Hast du jemanden?«

»Ja, natürlich.«

»Heirate, such nicht zu lange.«

Das war das erste sinnvolle Gespräch seit zwei Wochen, und Anton war sehr erleichtert. Er half seiner Tante beim Kartoffellegen, reparierte den Gartenschlauch und erledigte noch dies und das. Bevor er wieder wegfuhr, nahm er seine Mutter bei den Händen, führte sie zum Waschbecken im Hof und brachte sie dazu, sich zu waschen und sich die Zähne zu putzen; dann bürstete er ihr mit einer Massagebürste ordentlich das dichte kurze Haar.

Beim Abschied gab er der Tante hundert Dollar. Sie wurde verlegen.

»Das ist zuviel, Junge, du hast sie doch erst vor zwei Tagen hergebracht. Ich hab noch keine Kopeke für sie ausgegeben, sie ißt ja nichts.«

»Tante Natascha, das nächste Mal komme ich erst in einer Woche. Vielleicht nehme ich Mama dann gleich mit. Wenn ich meine Angelegenheiten bis dahin erledigt habe. Auf jeden Fall bin ich nächsten Sonnabend wieder hier. Früher schaffe ich es nicht.«

»Schon gut, mach dich nicht verrückt. Ich komme zurecht.«

Als er nach Hause kam, stand Olga am Herd. In einer kurzen Kittelschürze und mit einem eigenartigen Turban auf dem Kopf rührte sie in einem Topf.

»Ich mache einen georgischen Bohnentopf.« Sie hielt ihm die Wange zum Kuß hin. »Ein richtiges Lobio, das ist eine Wissenschaft für sich. Hör mal, weißt du, wie spät es ist? Halb elf! Und wann wolltest du zurück sein?«

»Entschuldige, ich hab mich mit der Zeit vertan.« Er küßte sie noch einmal so zärtlich wie möglich.

Wirklich, was war verkehrt an Olga? Warum konnte er ihre Gegenwart nicht länger als drei Tage ertragen? Sie duldete alles, verzieh ihm alles, kochte ihm Lobio. Hatte sich einen raffinierten Turban um den Kopf gewickelt.

»Was hast du da auf dem Kopf?« fragte er.

»Eine spezielle Packung für die Haare. Ich möchte schön sein für dich, mein Glück, nur für dich.«

Sie fragte nicht einmal, wie es seiner Mutter ging. Aber warum sollte sie das interessieren?

»Du bist auch so schön.« Anton griff zum Telefon.

Noch nie hatte sich unter dieser Nummer eine Männerstimme gemeldet. In der Wohnung lebten offenbar nur Frauen. Die ältere war am strengsten. Mit ihr zu reden hatte keinen Sinn. Die Junge war etwas sanfter, hatte aber die Anrufe natürlich ebenfalls satt. Manchmal ging ein Kind ran.

Jetzt war besetzt. Anton wartete eine Weile, dann wählte er erneut. Die Kinderstimme sagte: »Hallo, wer spricht da?« Wenn er wüßte, wie die junge Frau hieß, könnte er sie ans Telefon bitten, so aber mußte er wohl oder übel auflegen. Er konnte schließlich nicht einem Kind alles erklären!

Anton beschloß, jeden Abend anzurufen. So lange, bis die junge Frau mit der traurigen Stimme abnahm. Irgendwie hatte er das Gefühl, daß er am besten mit ihr redete. Er würde sie dazu bringen, ihn anzuhören, und ihr alles von A bis Z erzählen. Was kostete es sie schon, das Fax aus Prag zu suchen? Wenn es nicht inzwischen verlorengegangen war …

»Anton, was sind das für Albernheiten? Du wählst dreimal dieselbe Nummer und sagst nie etwas.« Olga lachte spöttisch und zauste ihm das Haar. »Hast du vielleicht eine neue Liebe?«

»Nicht doch, Olga, was für eine Liebe? Da ist bloß entweder besetzt, oder die Verbindung bricht ab.«

»Laß mich mal wählen.«

»Nicht nötig. Wahrscheinlich irgendwas mit der Leitung.« Anton ging ins Bad.

»Aber nicht so lange«, mahnte Olga, »ich hab schon alles fertig, und vor dem Essen möchte ich mir noch die Haare waschen – du willst schließlich nicht, daß ich mich mit diesem Turban an den Tisch setze.

Er antwortete nicht. Es war ihm egal, in welchem Aufzug sie am Tisch saß.

Abends um halb sieben stieg der Steinmetz Wjatscheslaw Wolobujew, genannt Kljatwa, nüchtern und in einem ordentlichen Jeansanzug in seinen kleinen hellblauen Shiguli, fuhr zum Friedhofstor hinaus und nahm die Ausfahrt in Richtung Allunionsausstellung. Er kurvte eine Weile zwischen den gleichförmigen Neubauten hinter dem Ausstellungsgelände umher, parkte schließlich in einem Hof, ging ein paar Häuserblocks zu Fuß und verschwand in einem Hauseingang.

Die winzige Einzimmerwohnung wirkte trostlos und unbewohnt. Kaum Möbel, nur ein Büroschreibtisch und ein paar Stühle. In der Küche gab es keinen Herd, auf einem polierten Schränkchen stand ein schneeweißer Tefal-Wasserkocher.

Hier lebte niemand. Die Wohnung war ein konspirativer Treff und gehörte einer Abteilung des Innenministeriums.

Kljatwa füllte den Wasserkocher, schaltete ihn ein, nahm eine Büchse löslichen Kaffee, Zucker und zwei Tassen aus dem Schränkchen und sah auf die Uhr. Der Mann, auf den er wartete, verspätete sich nie. Kljatwa dagegen hatte immer Probleme, exakt zur verabredeten Zeit zu kommen – er erschien entweder zu früh oder zu spät. Diesmal war er ganze zwanzig Minuten zu früh da, obwohl er die Zeit selbst festgelegt hatte. Na, auch gut, konnte er einen Kaffee trinken und noch einmal in Ruhe nachdenken.

Als er heute morgen die vertraute Silhouette am Zaun entdeckt hatte, war er zunächst geradezu erstarrt. Sein erster Gedanke war gewesen: Schnell anrufen. Doch dann hatte er sich ausgemalt, wie die Miliz seinen Friedhof von allen Seiten umstellte. Und es war nicht einmal gesagt, daß sie ihn wirklich schnappen würden. Wenn Skwosnjak entwischte, würde er umgehend herausfinden, wer ihn verpfiffen hatte. Dann war Kljatwa ein toter Mann. Sollte aber ein Wunder geschehen und Skwosnjak gefaßt werden, dann würden ihn die eigenen Leute erledigen. Nein, er durfte nicht gleich losrennen und anrufen. Das war Selbstmord.

Er hatte einige Augenblicke dagestanden und überlegt, was er, seit fünf Jahren Milizinformant, in dieser Situation tun sollte. Und beschlossen, es ganz schlau anzustellen, wie im Spionagefilm. Er hatte Skwosnjak angesprochen, zu sich eingeladen, mit ihm geredet, ihn quasi gewarnt, daß die Bullen über den Friedhof Bescheid wußten, und ihm damit gezeigt, daß er ihm vertrauen könne. Er hatte sogar versucht, ihn auszufragen, wo er wohnte und so. Ganz vorsichtig natürlich. Ein Mann wie Skwosnjak, wenn man dem eine unbedachte Frage stelle, der brachte einen ins Grab, so schnell konnte man gar nicht kucken. Der erledigte einen mit dem kleinen Finger, der Hund.

Aber es hatte besser geklappt, als Kljatwa erwartet hatte. Skwosnjak hatte sich plötzlich für diese Kurbatows interessiert, für die Toten wie für die Lebenden. Kljatwa hatte nur so von der Frau mit den trockenen Augen angefangen, bloß um irgendwas zu reden. Mit Skwosnjak war nicht gut schweigen, da wurde ihm immer ganz mulmig. Und dann hatte er auf einmal auf die Kurbatows angebissen. Hatte alles wissen wollen, sogar Adresse und Telefonnummer. Schade, daß er die nicht besaß. Er hätte sie ihm ohne Zögern gegeben. Wäre ein prima Köder gewesen. Aber egal, so war's auch nicht schlecht. Ganz klar, Skwosnjaks Interesse war echt gewesen. Wie das Leben manchmal so spielte! Nun konnte man mit Hilfe des Kurbatows, der noch lebte, Skwosnjak fangen. Und er, Kljatwa, war fein raus. Skwosnjak hatte ihn gesund und munter verlassen und obendrein noch einen Köder geschluckt. Dafür würden sie Kljatwa nicht nur verzeihen, daß er nicht gleich angerufen hatte, dafür würden sie ihm noch eine Prämie zahlen. Jawohl, er verdiente eine Prämie für sein schlaues Vorgehen und für die wertvolle Information.

Kljatwa trank genüßlich einen Schluck Kaffee und zündete sich eine Zigarette an. Er war so in Gedanken versunken, daß er das leise Knirschen im Türschloß nicht hörte. Im nächsten Augenblick war sein Gesicht in namenlosem Entsetzen verzerrt. Er konnte nicht einmal mehr Luft holen, geschweige denn schreien. Seine Kehle wurde mit einem einzigen harten Handkantenschlag zertrümmert.

»Er ist weggelaufen!« Sonja weinte, an Matwejs Leine nestelnd. »Da war eine Promenadenmischung, die beiden haben gespielt, und ich hab geschaukelt, gar nicht lange. Und auf einmal war Matwej weg. Ich bin rumgelaufen und hab ihn gesucht …«

»Beruhige dich, Sonja, hör auf zu weinen.« Vera wischte ihr mit einem Taschentuch die Tränen ab. »Das ist schon öfter vorgekommen. Manchmal findet Matwej eine Freundin und läuft weg, aber er ist immer zurückgekommen. Er kennt den Weg nach Hause. Außerdem hängt an seinem Halsband ein Schild mit unserer Telefonnummer … O Gott! Die Nummer stimmt ja nicht mehr! Ich hab vergessen, ein neues Schild machen zu lassen.«

»Siehst du.« Sonja schluchzte. »Er wird sich verlaufen, dann nimmt ihn jemand mit und kann uns nicht einmal erreichen. Und wenn er überfahren wird? Ich bin schuld! Ich hätte ihn nicht ohne Leine rumlaufen lassen dürfen. Komm, wir suchen ihn zusammen.«

»Klar, das machen wir. Du bist nicht schuld. Matwej ist ein Jagdhund, er braucht Auslauf; wenn man ihn nicht von der Leine läßt, kann er krank werden.«

Vera stopfte sich das T-Shirt in die Jeans, zog weiche Wildlederschuhe an, nahm Sonja an die Hand und ging mit ihr hinaus.

Vera und Sonja liefen durch alle umliegenden Straßen, fragten Passanten, riefen einzeln und im Chor: »Matwej! Matwej!« Aber den Hund fanden sie nicht. Ab und zu sagte jemand, er habe gerade einen Irischen Setter vorbeilaufen sehen, er sei im Hof da drüben verschwunden.

Inzwischen war es dunkel. Sie mußten nach Hause gehen. Vera war sehr besorgt – erstens, weil sie die Telefonnummer am Halsband nicht erneuert hatte, und zweitens, weil ihr Haus seit kurzem eine Eisentür mit Wechselsprechanlage hatte. Früher war Matwej nach Hause gelaufen, hatte mit der Pfote die Tür geöffnet, war in sein Stockwerk gerannt und hatte vor der Wohnungstür gebellt. Nun aber würde er nicht mehr ins Haus kommen.

»Bitte, laß uns noch ein bißchen suchen!« Sonja wollte nicht ohne den Hund nach Hause.

»Gut!« willigte Vera seufzend ein. »Noch eine Runde um den Hof, aber dann ist Schluß.«

»Und morgen stehe ich ganz früh auf und suche weiter!«

Sie machten eine Runde, dann noch eine, liefen abermals mehrere umliegende Straßen ab.

»O Gott, Mama dreht bestimmt schon durch!« sagte Vera plötzlich. »Schluß jetzt, ab nach Hause, sofort.«

Vera spülte Sonja mit Wasser aus einer Schöpfkelle ab und versuchte noch immer, sie und sich selbst zu beruhigen.

»Wir bekommen ihn schon wieder, das spüre ich. Wir hängen überall Zettel auf, ich drucke gleich dreißig Stück aus, dann wird ihn jemand finden und anrufen.«

»Geht Matwej denn mit einem Fremden mit? Er ist schließlich ein Rassehund, und die sind teuer. Vielleicht hat ihn ja ein Penner entführt und will ihn auf dem Markt verkaufen?« Sonja saß zusammengekrümmt in der Wanne, ganz klein, dünn und sehr unglücklich.

»Das glaube ich nicht.« Vera wickelte Sonja in ein Frotteebadetuch. »Matwej ist zwar gutmütig, aber mit einem Fremden würde er nicht mitgehen.«

»Und wenn ihn ein guter Mensch findet und ihn uns zurückgeben will?«

»Er kann unterscheiden, wer ein guter Mensch ist und wer nicht.« Vera lächelte traurig.

Sonja schlüpfte unter die Decke, preßte ihre Puppe an sich und flüsterte: »Ich bin schuld. Das verzeihe ich mir nie!«

»Schlaf, meine Kleine, du bist überhaupt nicht schuld.«

Vera küßte sie auf den dunklen, seidigen Haarschopf. »Schlaf jetzt. Der Morgen ist klüger als der Abend.«

Eigentlich waren weder Vera noch ihre Mutter große Hundeliebhaber. Mit acht Jahren hatte Vera auf der Straße einen winzigen Welpen aufgelesen. Er war halbtot vor Hunger, eine Pfote war gebrochen. Die Mutter erlaubte ihr, den Hund zu behalten, bis er wieder gesund war, »und dann«, sagte sie, »bringen wir ihn irgendwo unter. Ein Hund hat uns gerade noch gefehlt bei meinen anderthalb Stellen! Wer soll denn mit ihm spazierengehen? Das ist doch wie ein kleines Kind!«

Der Welpe kam rasch zu Kräften. Nach einem Monat war er rund und flauschig, die Pfote war wieder in Ordnung, er hinkte nur noch ein wenig. Vera nannte den Hund Kusja, in der Tierklinik bekam er alle nötigen Impfungen, und man sagte ihnen, er sei ein gutes, gesundes Tier, eine Promenadenmischung mit einem Anteil Airedaleterrier. Auch ausgewachsen würde er relativ klein bleiben, kaum größer als ein Bologneser.

Natürlich brachten sie Kusja nirgendwohin. Er war ein kluger, sanfter Hund, sehr verständig – nach zwei, drei ernsthaften Auseinandersetzungen hatte er begriffen, daß er keine Hausschuhe zerbeißen durfte, und eines Tages gehörte er ganz zur Familie.

In der Wohnung gegenüber lebte ein streitsüchtiges, stark trinkendes Ehepaar. Die beiden verlagerten ihre Kräche regelmäßig ins Treppenhaus, schrieen sich an, prügelten sich, anschließend vertrugen sie sich wieder, tranken zur Versöhnung miteinander, und dann ging es von vorn los.

Wie die meisten Hunde konnte Kusja Betrunkene nicht leiden. Wenn er den lauten Nachbarn begegnete, bedachte er sie mit schrägen, unfreundlichen Blicken, und wenn sie sich besonders stürmisch aufführten, knurrte er und fletschte die Zähne.

Eines Tages kam Vera mit Kusja vom üblichen Abendspaziergang zurück. Kusja war ohne Leine. Auf dem Treppenabsatz war der betrunkene Nachbar dabei, seiner Angetrauten die restlichen Haare auszureißen, und sie traktierte ihren teuren Gatten mit einem Schrubber.

Vera nahm Kusja auf den Arm. An die Wand gepreßt, wollte sie zu ihrer Tür schlüpfen, doch der Schrubber der Betrunkenen traf ihre Schulter. Augenblicklich sprang Kusja von ihren Armen. Er konnte nicht hinnehmen, daß jemand sein Frauchen mit einem Stock schlug. Seine Nackenhaare waren gesträubt. Mit wildem Bellen stürzte er sich auf die tobende Nachbarin und schlug seine Zähne in ihr Bein. Sie kreischte auf und schleuderte Kusja mit solcher Wucht von sich, daß das kleine, flauschige schwarzweiße Knäuel übers Treppengeländer flog und vom vierten Stock hinunterstürzte.

An den Rest erinnerte Vera sich nicht. Noch nie hatte sie so furchtbar geweint. Heulend rannte sie die Treppen hinunter, fiel mehrmals hin, schlug sich das Knie auf. Ihre Mutter lief hinterher, konnte sie aber nicht einholen.

Lange bemühte sich die Mutter vergebens, Vera aus ihrem Schockzustand herauszulösen, und schwor sich, nie wieder ein Tier ins Haus zu nehmen.

»Tiere sind allem so hilflos ausgeliefert – grausamen Menschen, Autos, selbst Krankheiten. Und überhaupt, ein Hundeleben ist so kurz, und man hängt doch an so einem Tier fast wie an einem Kind«, sagte sie. »Ich will nicht, daß wir beide so etwas noch einmal durchmachen.«

Viele Jahre später kam Vera eines Abends von der Arbeit nach Hause. Es war Februar und bitterkalt. Unter einer Straßenlampe wuselte ein rotbraunes Knäuel herum. Als es Vera entdeckte, stürmte es auf sie zu, wedelte freudig mit dem Schwanz und sprang an ihr hoch.

»Du verwechselst mich, Kleiner«, sagte Vera seufzend und schwor sich unerbittlich: Nein!

Aber sie wußte: Sie konnte diesem durchgefrorenen braunen Glück nicht entrinnen. Sie redete sich und dann ihrer

Mutter ein, sie würden den Hund nur eine Weile behalten, bis sich die Besitzer gefunden hätten. Er war schließlich ein Rassehund, irgend jemand suchte ihn bestimmt und machte sich Sorgen. Und man konnte ihn doch nicht einfach draußen auf der Straße lassen, bei Frost, er war ein Haustier, das sah man.

Am nächsten Morgen hängten sie Zettel aus: »Irischer Setter zugelaufen ...« Bekannte rieten ihnen, sich an eine spezielle Agentur zu wenden. Sie warteten fast vier Wochen. Niemand meldete sich. Das gutherzige Mädchen in der Agentur sagte zu ihnen: »Den sucht niemand. Behalten Sie ihn.«

»Aber er ist keine Promenadenmischung, das ist ein Rassehund«, wandte Vera unsicher ein. »So ein Tier ist doch teuer.«

»Sie haben ihren Spaß gehabt und ihn dann ausgesetzt.« Das Mädchen seufzte. »So ergeht es vielen Hunden, auch reinrassigen.«

Der Tierarzt erklärte, der Hund sei höchstens ein halbes Jahr alt, ein reinrassiger Irischer Setter, er brauche viel Auslauf und müsse auf die Jagd gehen.

»Auf die Jagd – das hat uns gerade noch gefehlt!« rief Veras Mutter.

Der reinrassige Matwej war bei weitem nicht so klug und verständig wie die Promenadenmischung Kusja und verlangte viel mehr Aufmerksamkeit. Dauernd mußte man mit ihm spielen, mit ihm reden – er war wie ein launisches Kind. Hin und wieder bekam er einen Rappel, schnappte sich einen Schuh oder eine Socke und raste durch die Wohnung, wobei er alles, was ihm in den Weg geriet, herunterriß. Er zerknabberte einen ganzen Berg guter Schuhe, verstand kein Schimpfen und kein freundliches Zureden, und schlagen konnte ihn weder Vera noch ihre Mutter.

Wenn in seiner Hundeseele Urinstinkte erwachten, wälzte er sich in verfaultem Fleisch, das er im Hof auf dem Müll fand, um seinen Geruch zu verändern und so einen vermeintlichen Feind zu täuschen. Dann steckte Vera den Hund in die Badewanne, mühsam gegen die Übelkeit ob des unglaublichen Gestanks ankämpfend.

Probleme und Sorgen gab es mit Matwej jede Menge. Von Anfang an, als klar war, daß der Hund im Haus bleiben würde, hatte Vera sich geschworen: Ich werde mein Herz nicht zu sehr an ihn hängen. Er ist ein so vertrauensseliger Dummkopf, er möchte sich mit allen Hunden der Welt anfreunden, zudem brodeln in ihm die Leidenschaften des jungen Rüden, ihm kann alles Mögliche zustoßen …

Und nun war es passiert. Der Hund war weg, diesmal wirklich, das spürte Vera. Sie stellte sich vor, wie er von einem Auto überfahren wurde, wie andere Hunde ihn totbissen, wie er in Panik durch die nächtliche Stadt rannte, sich in Spuren und Gerüchen verirrte und nicht nach Hause fand.

Vera ging leise in die Küche, holte die Zigaretten aus ihrem Geheimversteck und rauchte am offenen Fenster. Sie rauchte äußerst selten und stets so, daß ihre Mutter es nicht sah.

Es war eine warme, stille Nacht, die Blätter der hohen alten Pappeln vorm Fenster rauschten sanft. Hin und wieder ertönte betrunkenes Grölen und Lachen. Vera wurde auf einmal wehmütig, sie fühlte sich vollkommen einsam und schutzlos. Sie hätte gern mit jemandem geredet, ihren Kummer wegen Matwej mit jemandem geteilt.

Sie wollte schon zum Telefon greifen, Stas Selinski schlief um diese Zeit noch nicht. Aber vermutlich würde sie sich nach einem Gespräch mit ihm noch mieser fühlen. Stas war die falsche Adresse, wenn man sich ausheulen wollte. Er ertrug kein Klagen und keine Tränen. Überhaupt gab es nur wenige Menschen, bei denen man sich ohne Scham ausheulen konnte. Diese Rolle übernahm häufig Vera selbst. Sie verstand sich darauf, andere mühelos und sanft zu trösten, sie konnte sich in fremde Probleme hineinversetzen, bei ihr brauchte man sich nicht zu genieren. Stas erzählte ihr stets von seinen Affären mit anderen Frauen und kam gar nicht auf den Gedanken, daß ihr das unangenehm sein könnte.

Vera fand immer, ihre eigene Liebe sei wichtiger als seine fehlende Liebe, seine seelische Grobheit. Auch wenn er sie nicht liebte, bescherte er ihr doch dieses wunderbare, geheimnisvolle Gefühl, das mit Worten nicht zu erklären ist, das alles ringsum heller, bedeutender erscheinen läßt.

Vera war sich bewußt, daß sie wahrscheinlich gar nicht mehr Selinski liebte, sondern vielmehr ihre eigenen kindlichen, romantischen Phantasien, als sie mit ihren sechzehn, siebzehn Jahren eine komplizierte »erwachsene« Affäre mit einem »erwachsenen« Mann hatte.

Doch seit ihrer letzten Begegnung sah Vera ihren angebeteten Stas mit völlig anderen Augen. Er war ein feiger, geldgieriger, selbstverliebter Weiberheld – mehr nicht. Das war öde und widerlich.

Alle, die Vera kannten, bestaunten ihre Geduld und ihre Sanftheit. Sie war kein bißchen nachtragend, sie verzieh leicht. Es war ihr peinlich, von einem anderen schlecht zu denken, ihm Betrug und dreisten Eigennutz zu unterstellen. Sie konnte nicht fordern, handeln, auf ihre legitimen Rechte pochen. Vera war leicht zu betrügen, und es gab genügend Menschen, die das mit Freude taten.

Viele Male war sie für schwere Übersetzungsarbeiten nicht ausreichend oder gar nicht bezahlt worden, war mit Versprechungen abgespeist, mit dem Hinweis auf momentane Schwierigkeiten vertröstet worden. Sie war eine sehr gute Simultandolmetscherin, für Englisch ebenso wie für Französisch. Zudem war sie pünktlich, pflichtbewußt und korrekt. Es kam vor, daß sie ohne jeden Vertrag engagiert wurde oder daß der Vertrag gefälscht war; sie rackerte sich ab bei Geschäftsverhandlungen, bearbeitete Berge komplizierter, langweiliger Dokumentationen, und wenn es Zeit wurde für die Abrechnung, verschwanden die Auftraggeber plötzlich oder klagten über unvorhergesehene Schwierigkeiten und die schlechten Zeiten und appellierten an ihr Mitgefühl und ihr Verständnis. Am Ende hatte sie bestenfalls einen kläglichen Vorschuß bekommen, etwa ein Zehntel dessen, was sie eigentlich hätte verdienen müssen.

Manche, die sie einmal betrogen hatten, kamen auf den Geschmack und wandten sich ein zweites Mal an sie. Warum nicht? Wenn sich dieses Dummchen so leicht übers Ohr hauen und mit einem Zehntel abspeisen ließ, warum sollte man das nicht ausnutzen? Vera willigte ein, aber nicht, weil sie dumm war. Dummheit und Kultiviertheit sind verschiedene Dinge, auch wenn manche beides gern gleichsetzen.

Die Auftraggeber wiegten sich in der Illusion, sie könnten Veras Gutmütigkeit und Vertrauensseligkeit endlos ausnutzen. Doch auch ihre Geduld hatte Grenzen, und das demonstrierte sie mitunter ganz überraschend. Die stille, wehrlose, hilfsbereite »kostenlose« Vera sagte eines Tages: Schluß, Kinder. Ihr verhaltet euch unanständig, ich hab die Nase voll von euch.

Natürlich gab es haufenweise arbeitslose Übersetzer, aber real beherrschte die Hälfte davon die Sprache gerade mal auf Schulniveau, und die andere Hälfte verlangte zweihundert Dollar für sechs Stunden Simultandolmetschen und acht Dollar pro übersetzte Seite.

Die Auftraggeber boten Vera doppelt soviel Geld an, dreimal soviel, fünfmal soviel, rechtfertigten sich, entschuldigten sich, überschütteten sie mit Komplimenten, drohten und forderten. Alles vergebens. Wenn sie einmal nein gesagt hatte, dann war sie weder mit Geld noch mit Versprechungen oder Drohungen davon abzubringen.

Es ging nicht einmal um das Geld, obwohl Vera natürlich wie jeder normale Mensch welches brauchte. Es war ihr einfach zuwider. Sie glaubte und rechtfertigte bis zum letzten, oft entgegen jeder Logik. Doch wenn sie einem Menschen einmal nicht mehr traute und ihn nicht mehr respektierte, dann brach sie jeden Kontakt mit ihm ab.

Allerdings glaubte Vera, diese ihre »Hinterhältigkeit« betreffe nur die Arbeit, berufliche Beziehungen, mitunter Bekannte, niemals jedoch den lieben Selinski. Stas würde sie immer dulden, ihm würde sie alles verzeihen, niemals würde sie aufhören, ihn zu lieben.

Nun war sie überrascht von sich. Es wäre logischer gewesen, ihn nach so vielen Jahren »komplizierter« Beziehung zu hassen, unter widersprüchlichen Gefühlen zu leiden, innerlich eine echte Seifenoper durchzumachen, mit Leidenschaften, Kampf zwischen Liebe und Haß, zu heulen, ins Kissen zu beißen. Statt dessen empfand sie einfach Überdruß. Sie mochte ihn nicht anrufen, nicht nur jetzt, nein, überhaupt nie mehr.

Liebte sie ihn tatsächlich nicht mehr? Was für ein Glück, nach fünfzehn Jahren … Nun war sie frei von dieser belastenden, demütigenden, unnützen Liebe. Und? Was sollte sie jetzt mit dreißig mit ihrer lang ersehnten Freiheit anfangen? Sich an eine Partneragentur wenden? Eine Annonce aufgeben? »Blondine, Moskauerin, 30/157/59, keine finanziellen und Wohnraumprobleme, möchte anständigen Mann für ernsthafte Beziehung kennenlernen«?

Vera drückte ihre Zigarette aus. Sie mußte ins Bett. Da klingelte das Telefon.

»Guten Tag. Entschuldigen Sie den späten Anruf«, sagte eine angenehme Männerstimme, »bitte legen Sie nicht gleich auf, und sagen Sie nicht, ich hätte mich verwählt.«

»Wen wollen Sie denn sprechen?« fragte sie.

»Ich möchte Sie sprechen«, antwortete der Unbekannte, »nur Sie können mir helfen.«

»Wissen Sie, wie spät es ist?«

»Ja, ich weiß. Und ich bitte nochmals um Entschuldigung. Bitte hören Sie mich an. Die Sache ist die, daß Ihre Nummer vor kurzem einer Firma gehörte.«

»Ja, Star-Service, das bekomme ich zwanzigmal am Tag erzählt.«

»Ich verstehe, daß diese Anrufe Sie nerven.« Der junge Mann seufzte. »Wahrscheinlich kriegen Sie auch Faxe?«

»Wer sind Sie, und was wollen Sie?« fragte Vera gereizt.

»Ich bin der ehemalige Inhaber der Firma Star-Service«, sagte der nächtliche Anrufer nach einer langen Pause leise.

»Sie wollen sich wohl über mich lustig machen, ja?« Vera warf den Hörer auf die Gabel.

Nach einer Minute klingelte das Telefon erneut.

Das ist ja wie in dem blöden Witz, fiel Vera ein. In einer Wohnung rufen den ganzen Tag und bis in die Nacht irgendwelche Leute an und fragen nach einem gewissen Iwan. Gegen Morgen, das Opfer ist schon völlig zermürbt, sagt ein Anrufer höflich: »Guten Tag, hier ist Iwan. Entschuldigen Sie, hat jemand angerufen und nach mir gefragt?«

Vera legte ein Kissen aufs Telefon und ging ins Bett. Morgen würde sie ganz früh aufstehen müssen und sich ernsthaft um die Suche nach Matwej kümmern. Nein, nicht morgen. Heute.

Sechzehntes Kapitel

Major Juri Uwarow hörte den knappen Worten der beiden Sachverständigen zu, die den Leichnam des Informanten Wolobujew untersuchten, und überlegte, daß er dem Mörder durchaus auf der Treppe oder im Hauseingang hätte begegnen können. Aber soviel Glück hatte er nicht gehabt, er war ihm nicht begegnet. Vermutlich war der Mörder über den Dachboden verschwunden. Ja, so etwas hatte der Major in all seinen Dienstjahren noch nicht erlebt. Das war der Gipfel der Dreistigkeit – einen Informanten in einer konspirativen Wohnung zu töten, ein paar Minuten bevor er, der leitende Ermittler Uwarow, sich mit ihm treffen sollte.

Am Vormittag hatte der Informant ihn auf dem Pager angerufen und eine Nachricht hinterlassen – wir müssen uns treffen, gleich heute. Uwarow wußte: Es mußte etwas

Außerordentliches passiert sein. Wolobujew ergriff äußerst selten selbst die Initiative.

Konnte der Mörder von seinem Anruf erfahren haben? Wenn ja – wie? Hatte Wolobujew in seinem Beisein telefoniert? Ausgeschlossen. Das hätte er niemals getan.

Der Mörder könnte das Gespräch von draußen mitgehört haben. Ja, gut möglich. Es war ein warmer Tag, das Fenster der Werkstatt stand offen. Aber andererseits – die Nachricht des Graveurs hätte für sonstwen bestimmt sein können. Vielleicht eine Verabredung mit seiner Geliebten. Der Text war völlig neutral gewesen und lieferte einem Außenstehenden keinerlei Informationen. Nur die Zeit. Das Treffen war für neunzehn Uhr dreißig verabredet.

»Wieso versteife ich mich so auf den Anruf?« murmelte Uwarow.

»Redest du mit mir, Jura?« fragte Hauptmann Malzew.

»Mit dir auch... Was meinst du, kann der Mörder gehört haben, wie Kljatwa die Nachricht hinterließ? Ja oder nein?«

»Er könnte ihm einfach gefolgt sein ...«

»Aber woher wußte er, daß niemand in der Wohnung sein würde? Warum hat er ihn nicht im Hauseingang überfallen? Das wäre logischer gewesen.«

Malzew zuckte die Achseln. »Konnte er offenbar nicht.«

»So einer kann alles«, meldete sich der ältere Sachverständige Gontscharenko. »Ihr müßt nach einem Karatemeister suchen. Und zwar nach einem Supermeister.«

Der Sachverständige zog die Gummihandschuhe aus und ging ins Bad, sich die Hände waschen.

»Irgend jemand kam zusammen mit Kljatwa ins Haus, und das hat den Mörder abgeschreckt«, mutmaßte Malzew. »Doch ein normaler Killer wäre danach nicht in die Wohnung hochgegangen, auf keinen Fall. Selbst wenn derjenige ihn nicht bemerkt hätte.«

»Ein normaler Killer ...« Major Uwarow zündete sich eine Zigarette an und starrte auf das staubige, seit dem letzten

Jahr nicht geputzte Fenster. »Irgendein Irrer, ein Karatemeister, erledigt meinen Informanten direkt vor meiner Nase. Was soll das – persönliche Rache an mir? Eine Demonstration, wie cool er ist? Oder ein Akt von Banditengerechtigkeit?«

»Jura, er wollte sich nicht rächen und auch nichts demonstrieren«, sagte Malzew leise. »Er mußte Kljatwa rasch aus dem Weg räumen. Ihn zum Schweigen bringen. Er hatte es eilig, Jura, sehr eilig.«

»Na schön, aber wenn ich nun in der Wohnung gewesen wäre? Hätte er dann etwa uns beide erledigt?«

»Tja, vermutlich.« Uwarow zuckte die Achseln. »Vielleicht wollte dein Kljatwa dir ja etwas über diesen Karatemeister erzählen? Vielleicht war der bei ihm auf dem Friedhof. Einer seiner gewichtigen alten Bekannten, einer, nach dem gefahndet wird.«

»Weißt du was, Goscha, fahr mal auf den Friedhof, aber schnell!« Uwarow leckte sich nervös die Lippen. »Weißt du, wo das Grab von Sachar ist? Sieh mal nach, ob da vielleicht frische Blumen stehen.«

Uwarow und Malzew hatten einmal in einer Sondereinsatzgruppe zusammengearbeitet, die sich von den ersten Einbrüchen an mit Skwosnjaks Bande befaßte. Diese Einbrüche hatten von Anfang an eine ungewöhnliche, untypische Handschrift offenbart. Grob gesagt: Die Menge der Beute stand in keinem Verhältnis zur Brutalität und Professionalität der Täter.

Die Wohnungen, die sie auswählten, zeichneten sich nicht durch besonderen Reichtum aus, es gab darin ganz offenkundig keine Geheimverstecke mit Dollarpacken, keine Antiquitäten, keinen vererbten Brillantschmuck. Die Opfer starben wegen einer Handvoll Null-acht-fünfzehn-Schmuck, geringer Geldsummen und was sich sonst noch in einem mäßig begüterten Durchschnittshaushalt fand.

Zugleich war klar: Die Bande arbeitete professionell, wahrte eine eiserne Disziplin und hatte einen klugen Anführer. Jungs von solchem Format hätten auch Größeres bewältigt. Warum versuchten sie sich nicht an reicheren Wohnungen? Wollten sie nur wenig, aber das schnell? So handelten entweder Drogensüchtige, die für eine Portion Stoff zu allem bereit sind, oder Irre, die an der Tat selbst Spaß haben.

Später stellte sich heraus, daß es in der Bande keinen einzigen Drogensüchtigen gab. Das heißt, anfangs schon, einen einzigen, aber als das herauskam, erledigte der Boß ihn umgehend. Mit bloßen Händen, vor den Augen der anderen – als Lehre, damit so etwas nicht einriß. Einen anderen beseitigte er, weil er die eigenen Leute bestohlen hatte. Außerdem kam heraus, daß sie Durchschnittswohnungen auswählten, weil das schneller ging und ungefährlicher war. Der Anführer war äußerst vorsichtig, er bedachte im voraus diverse Unwägbarkeiten. Bei Wohnungen mit Stahltür und Alarmanlage gab es davon wesentlich mehr.

Nach der Serie von Wohnungseinbrüchen stieg die Bande um auf Schutzgelderpressung und Schuldeneintreibung. Doch auch hier war Vorsicht oberstes Prinzip. Sie hätten sich größere Strukturen vornehmen können, doch das taten sie nicht, ihr Anführer achtete strikt darauf, daß sie nie den Interessen krimineller Autoritäten in die Quere kamen.

»Lieber wenig, aber das garantiert, als viel, aber mit großem Risiko«, zitierten die verhafteten Komplizen ihren Anführer.

Die Bande war bemüht, im stillen zu agieren, sie arbeitete mit niemandem zusammen und geriet mit niemandem in Konflikte, klug vermied sie Kompetenzstreitigkeiten, die in der komplizierten Welt der Kriminellen häufig vorkommen und oft blutig enden. Daran spürte man den Einfluß der alten Kriminellenschule, des Diebeskodex vergangener Zeiten. Mit einem Unterschied: Die Bande tötete sämtliche Zeugen, und das mit der Brutalität von Psychopathen.

Der erste Verhaftete, Wadim Kaschin, Spitzname Kascha, packte fast sofort aus, obwohl man ihn nur zufällig und wegen eines ganz anderen Falles geschnappt hatte. Doch offenbar war irgend etwas in ihm gebrochen, oder die mit grauem Isolierband umwickelten Toten erschienen ihm nachts im Traum …

Seine Aussagen lasen sich wie ein mehrbändiger Thriller. Er schilderte die Einbrüche und Morde ausführlich, plastisch und mit bitteren Tränen der Reue. Zugleich beteuerte er, nichts über den Anführer zu wissen. Andere weinten nicht, sondern beschuldigten sich gegenseitig. Inzwischen verbüßten sie alle langjährige Strafen in Lagern mit verschärften Haftbedingungen. Allerdings hatte keiner von ihnen die Todesstrafe bekommen. Man verschonte sie wegen ihres Anführers, denn den Mann mit dem Spitznamen Skwosnjak konnte niemand außer ihnen identifizieren.

Die verhafteten Banditen wußten jedoch nichts über ihren Boß, weder Vor- noch Familiennamen noch sein Alter. Er nahm immer selbst Kontakt auf, kam und ging wie ein Gespenst.

Und wie es sich für ein Gespenst gehört, besaß er keinerlei besondere Kennzeichen. Fingerabdrücke hatte er in den ausgeraubten Wohnungen nicht hinterlassen, und wenn doch, so waren sie bislang nicht zu identifizieren. Offensichtlich war er bisher nicht vorbestraft. Es gab also keinen einzigen realen Anhaltspunkt.

Nur ein unscharfes Foto, eine Vergrößerung von einem Gruppenfoto, das Skwosnjak zusammen mit drei anderen Mitgliedern der Bande zeigte. Auch das war ein Wunder, daß Skwosnjak sich in dem kleinen Café überhaupt hatte fotografieren lassen und der Film erhalten geblieben war.

Außerdem war bekannt, daß er einmal sehr eng befreundet gewesen war mit dem inzwischen verstorbenen Kriminellen Sachar, einer Autorität der alten Schule, daß er die Erinnerung an ihn hochhielt und hin und wieder sein Grab besuchte. Ja, und natürlich, daß er Karate beherrschte. Das war eigentlich schon alles.

Bei den Kriminalisten hatte sich sogar eine Art geflügeltes Wort etabliert: Auf Skwosnjak stoßen. Was etwa das gleiche hieß wie die Stecknadel im Heuhaufen suchen oder den Wind im Feld.

Die vergebliche Suche nach Skwosnjak kostete viel Zeit und Kraft, die akribische Ermittlungsarbeit führte jedesmal in eine Sackgasse. Aber immer blieb die Hoffnung, daß Skwosnjak früher oder später selbst auftauchen, einen Fehler machen oder die Nerven verlieren würde.

Schließlich existierte kein Mensch, und sei er noch so vorsichtig, erfahren und schwer zu fassen, im leeren Raum, er mußte irgendwo übernachten, sich irgendwie ernähren, er kam unausweichlich mit Menschen in Kontakt. Irgendwann einmal würde ihm ein Fehler unterlaufen. Und jemand, der ihn gesehen oder gehört hatte, würde es ausquatschen, irgend jemand würde Schiß bekommen und ihn verraten. Große Kriminelle, die nie gefaßt wurden, sind in der Geschichte der internationalen Kriminalistik selten. Undenkbar, daß Skwosnjak einst in einer Reihe stehen würde mit dem berühmten Londoner Jack the Ripper, daß sein Name ein ewiges Geheimnis bleiben und er selbst zu einer blutigen Legende werden könnte.

Major Uwarow war es nicht gewohnt, sich auf seine Intuition zu verlassen. Er mußte alles genau einordnen, eine klare, logische Kette konstruieren, erst dann zog er seine Schlüsse. Allerdings gab es ein intuitives Gefühl, das sich bei ihm ziemlich selten meldete und dem er darum vertraute. Für sich definierte er diese besondere kriminalistische Unruhe als »ein Jucken im Gehirn«. Und nun, während er seinen Freund und Kollegen Malzew vom Friedhof zurückerwartete, spürte er dieses »Jucken im Gehirn«.

Vor zwei Stunden hatte eine junge Mutter, die im selben Haus wohnte, im vierten Stock, nach einem Blick auf ein

Foto von Wolobujew gesagt: »Klar hab ich den gesehen! Mein Kinderwagen war im Fahrstuhl eingeklemmt, zwischen den Türen. Ging nicht vor und nicht zurück. Da kam er zum Glück ins Haus und hat mir geholfen.«

»Wann war das?« fragte Uwarow.

Die Frau zuckte die Achseln. »Gegen sieben, genau kann ich das nicht sagen. Wissen Sie, ich hatte meine Uhr zu Hause vergessen, und außerdem war ich sehr nervös, das Kind weinte ...«

»Und sonst haben Sie niemanden gesehen?«

»Nein. Außer uns war niemand im Treppenhaus.«

Als Uwarow nun in seinem Büro in der Petrowka saß und einen inzwischen kalten starken Tee schlürfte, überlegte er, daß bislang alles ziemlich logisch war. Dem Karatemeister war es egal, wo er Wolobujew tötete. Malzew hatte recht, es ging ihm nicht um Rache oder um irgendeine Demonstration. Er hätte ihn auch im Hausflur erledigen können, aber da hatte die Frau mit dem Kind gestört. Deshalb hatte er es riskiert, in die Wohnung hinaufzugehen.

Er hatte das Telefongespräch gehört, er wußte die Zeit, ihm war klar, daß Wolobujew sehr früh dran war, und kalkulierte, daß derjenige, mit dem er verabredet war, kaum noch früher gekommen war.

Hauptmann Malzew kam ins Büro gestürmt, klitschnaß, keuchend und gut gelaunt.

»Es gießt wie aus Eimern«, verkündete er, während er sich an seinen Schreibtisch setzte. »Hör mal, du wirst lachen, aber auf Sachars Grab stehen tatsächlich frische Blumen. Vier weiße Rosen.«

»Na, da gibt's erst mal nichts zu lachen«, sagte Uwarow leise, bemüht, gelassen zu bleiben. »Sachar war ein berühmter Mann. Viele erinnern sich an ihn und halten ihn in Ehren.«

»Stimmt.« Malzew nickte und öffnete mit der Geste eines Zauberkünstlers einen schäbigen alten Aktenkoffer. »Aber die Kerzenverkäuferin in der Friedhofskapelle, eine relativ junge Frau mit guten Augen, hat heute in der Kapelle nach der Morgenandacht den hier gesehen.« Er schob dem Major das Foto von Skwosnjak hin.

»Mädchen, ich habe doch gesagt, du sollst mich nicht anrufen, ich habe eure Nummer, wenn es irgendwelche Neuigkeiten gibt, rufe ich selbst an«, sagte eine hohe Männerstimme gereizt.

»Entschuldigen Sie bitte, vielleicht sehen Sie doch einmal nach, vielleicht hat sich ja inzwischen etwas ergeben?«

»Was heißt hier inzwischen? Du hast vor einer halben Stunde erst angerufen. Ich habe schon gesagt, euer Hund ist nicht unter den als tot gemeldeten. Das ist alles. Mehr ist bisher nicht bekannt.«

»Entschuldigen Sie«, flüsterte Sonja in den Hörer, aus dem bereits das Freizeichen tutete.

Heute morgen hatte Veras Mutter bei der Auskunft die Nummer eines Tiersuchdienstes erfragt – eine Genossenschaft mit dem vielversprechenden Namen »Otrada«, Freude.

Erst hatten sie in den Höfen der Nachbarschaft Zettel geklebt, dann war Veras Mutter zum Dienst in die Poliklinik gegangen, und Vera und Sonja waren nach Bibirjowo gefahren, wo sie sich in der Metrostation, neben einem geschlossenen Kiosk, mit dem Agenten des Suchdienstes treffen sollten. Es war ein dicker Mann um die Fünfzig in einem fleckigen Anzug. Vera dachte, der Agent würde mit ihnen in ein Büro gehen, doch er zog eine dicke Mappe aus der Tasche und breitete auf der schmalen Kiosktheke einen Haufen Papiere aus.

»Legen wir erst einmal den Umfang der Suche fest: Wohngebiet, Kreis, Stadt oder ganzes Gebiet.«

»Was ist denn besser?« fragte Sonja.

»Am besten natürlich im ganzen Gebiet«, sagte Vera.

Der Agent füllte eine Spalte aus und wühlte erneut in seinen Papieren.

»Nun die Suchgebiete. Ich zähle auf, und Sie sagen ja oder nein. Also, Müllgruben.«

»Ich weiß nicht«, sagte Vera verwirrt, »kommt ganz drauf an ...«

»Gut«, meinte der Agent, »dann lassen wir die lieber drin.« Er machte ein Kreuz. »Weiter. Koreanische Restaurants.«

»Wozu denn das?« fragte Sonja erstaunt.

»Sie fangen Hunde für ihre Nationalgerichte«, erklärte der Agent kaltblütig. »Drinlassen?«

»Ja«, antworteten Vera und Sonja im Chor. »Für alle Fälle«, setzte Vera leise hinzu.

Dann folgten Pelzateliers, wo aus Hunden Mützen gemacht wurden, Vivarien und der Vogelmarkt. Neben jedem Punkt machte der Agent ein Kreuzchen.

»So, nun rechnen wir mal zusammen, was wir da haben.« Er holte einen winzigen Taschenrechner hervor und verkündete nach einer Weile: »Einhunderttausendzweiundachtzig Rubel. Sie können auch in Dollar zahlen, nach Tageskurs.«

»Aber ich habe nur dreitausend bei mir«, sagte Vera ratlos.

»Gut.« Der Agent nickte. »Geben Sie her. Mal sehen, was wir dafür unternehmen können.«

Vera und Sonja verabschiedeten sich von dem Agenten und gingen nach Hause. Vera hatte keinen einzigen Rubel mehr im Portemonnaie, nur die Quittung des Suchdienstes und ein paar Metrochips.

Obwohl der Agent gesagt hatte, daß sie ihn nicht anrufen sollten, wählte Sonja immer wieder die Nummer, die auf der Quittung stand. Sie bekam jedesmal dasselbe zu hören: »Wir haben noch keine Informationen. Unter den als tot gemeldeten ist er nicht.«

»Wenigstens etwas«, seufzte das Mädchen und legte auf.

Vera verbrachte den restlichen Tag am Computer. Sonja ging ein bißchen raus, durchs offene Fenster vernahm Vera, wie sie im Hof klagend rief: »Matwej! Matwej!«

Als am Abend Veras Mutter von der Arbeit kam, hörte sie sich die Geschichte von dem Treffen mit dem Agenten an und war empört.

»Ein Glück, daß du nur dreitausend bei dir hattest. Das ist doch ein Gauner und kein Agent.«

»Aber Mama, er hat mir schließlich eine Quittung gegeben«, widersprach Vera, »und die Telefonnummer haben wir von der Auskunft.«

»Schon gut.« Nadeshda seufzte. »Mehr können wir ohnehin nicht tun.«

Ohne Matwej war es in der Wohnung ungewohnt still. Vera saß bis drei Uhr nachts an ihren Übersetzungen. Nach Mitternacht ging sie nicht mehr ans Telefon, obwohl es mehrmals klingelte. Sie wußte: Das ist wieder diese verdammte Firma. Wie oft waren sie oder Sonja heute zum Telefon gerannt, in der Hoffnung, daß jemand Matwej gefunden hatte …

Beim Einschlafen überlegte Vera, daß die Chance, ihn zu finden, mit jedem Tag geringer wurde. Sie würden sich nie wieder einen Hund anschaffen. Niemals, um keinen Preis.

Am Morgen erwachte sie von Sonjas freudigem Schrei: »Vera! Steh auf! Er hat sich angefunden!«

Sonja stand im Nachthemd vor ihr, das Telefon in der Hand. Vera nahm den Hörer.

»Guten Tag«, sagte eine tiefe Männerstimme, »ist Ihnen ein roter Irischer Setter entlaufen, ein Rüde?«

»Ja, das sind wir«, sagte Vera, die ihr Glück noch gar nicht fassen konnte, leise. »Sagen Sie, trägt er ein Schild um den Hals mit einer Telefonnummer?« Sie nannte ihre alte Telefonnummer.

»Ja. Möchten Sie den Hund gleich abholen? Wie heißt er übrigens?«

»Matwej. Ja, wir kommen, wohin Sie wollen, wann immer es Ihnen paßt.«

»Ich erwarte Sie in einer halben Stunde vor dem Feinkostladen an der Ecke. Wissen Sie, wo das ist? Gegenüber ist ein Fotoatelier.«

»Ja, natürlich! Vielen herzlichen Dank. Verzeihen Sie, wie heißen Sie?«

»Fjodor. Und Sie?«

»Vera.«

Matwej zerrte an der Leine, jaulte aufgeregt und wedelte wie wild mit seinem langen, buschigen Schwanz. Vor Freude nahm Vera den nicht sehr großen hageren Mann um die Dreißig namens Fjodor gar nicht recht wahr. Zumal sie keine Brille aufhatte.

»Wissen Sie, er hat die ganze Zeit kaum gefressen. Er war sehr aufgeregt.«

»Wir auch«, sagte Sonja seufzend. »Wir sind Ihnen sehr dankbar.«

Vera holte zwei Hunderter aus ihrer Tasche.

»Das ist für Sie. Vielen Dank.«

»Nicht doch, Vera!« Die Stimme des jungen Mannes klang aufrichtig gekränkt. »Wie kann man dafür Geld nehmen?«

»Aber ich habe doch auf dem Zettel einen Finderlohn versprochen.«

»Wir würden gern mehr geben, aber wir haben uns gestern an einen Suchdienst für entlaufene Tiere gewandt«, erklärte Sonja, »und die haben uns dreitausend abgeknöpft.«

»Seien Sie so gut und stecken Sie das Geld wieder ein«, bat der junge Mann freundlich, »ich bin schließlich kein Suchdienst. Wie heißen Sie übrigens, kleines Fräulein?« wandte er sich an Sonja.

Das Mädchen stellte sich vor, und er gab ihr die Hand wie einer Erwachsenen.

»Sehr angenehm.«

»Wie haben Sie ihn eigentlich gefunden?« fragte Vera, wobei sie versuchte, Matwejs freudiger Schnauze auszuweichen.

Der Hund hatte ihr die Vorderpfoten auf die Schultern gelegt und leckte ihr das Gesicht, leise winselnd vor Glück.

»Vorgestern abend bin ich an der Baustelle hinterm Boulevard vorbeigekommen. Da sind manchmal Hundehochzeiten, wissen Sie. Auf einmal kam ein roter Setter angerannt, und ihm hinterher zwei riesige wütende Rüden, die wollten offenbar mit ihm ein Hühnchen rupfen. Ich entdeckte das Halsband mit dem Schild und begriff sofort, daß der Hund jemandem gehörte. Ich rief ihn zu mir, ich pfiff einfach und sagte: Komm mit, armer Kerl. Und die beiden Rüden habe ich weggejagt.«

»Siehst du, Vera, du hattest recht. Matwej kann unterscheiden, ob jemand ein guter Mensch ist oder nicht«, unterbrach ihn Sonja. »Sie sind ein sehr guter Mensch, Fjodor!«

»Danke schön«, sagte er lächelnd. »Freut mich zu hören. Dann rief ich immer wieder die Nummer an, die auf dem Schild stand, aber da meldete sich niemand.«

Matwej wollte indessen nach Hause, er zerrte ungeduldig an der Leine. Vera konnte ihn kaum halten.

»Haben Sie auch einen Hund?« fragte sie. Sie hatte eben erst bemerkt, daß an Matwejs Halsband eine solide Lederleine befestigt war.

»Nein. Die Leine hab ich mir von meinen Nachbarn geborgt. Die haben mich auch auf Ihren Zettel aufmerksam gemacht. Darauf stand eine andere Telefonnummer, und da war mir klar, daß die auf dem Schild nicht mehr stimmte. Gestern abend wollte ich nicht mehr anrufen, es war schon spät. Also habe ich mich gleich heute früh gemeldet. Ja, das ist eigentlich schon die ganze Geschichte.«

»Wir haben vor kurzem eine neue Nummer bekommen, und ich habe es noch nicht geschafft, ein neues Schild machen zu lassen.«

Fjodor hatte breite Schultern und hielt sich sehr gerade. Trotz seiner Magerkeit und obwohl er keine ausgeprägten Muskeln besaß, strahlte er eine geschmeidige, animalische Kraft aus. Die schwarzen Jeans, die Turnschuhe, das sportliche Polohemd – alles war neu und offenkundig teuer. Das kurze dunkelblonde Haar sah aus wie frisch geschnitten. Er wirkte überhaupt irgendwie nagelneu, strahlend, blank gescheuert. Das glattrasierte Gesicht war unauffällig, regelmäßig, offen und von sympathischer Naivität. Ein Dutzendgesicht. Die sanften grauen Augen sahen Vera freundlich und fröhlich an.

»Ihr Matwej ist bestimmt hungrig wie ein Wolf«, sagte Fjodor, »kommen Sie, ich begleite Sie nach Hause.«

Nach fünf Minuten waren sie da.

»Sie sehen Ihrer Mama überhaupt nicht ähnlich, Sonja. Die dunklen Haare haben Sie wohl vom Papa geerbt?«

»Nein, von meiner Mama. Vera ist Mamas Freundin. Ich wohne im Moment bei ihr, meine Mama ist auf einer wissenschaftlichen Konferenz im Ausland, und Papa ist auch auf einer Dienstreise. Haben Sie Kinder?«

»Noch nicht …«

»Das ist gut.« Sonja nickte.

»Warum?«

»Wenn Sie ein Kind hätten und Sie hätten den Hund mit nach Hause gebracht, dann hätte es sich nicht von Matwej trennen wollen«, erklärte Sonja ernsthaft.

»Ehrlich gesagt, ich hatte kurz den unschönen Gedanken, euren Matwej selbst zu behalten. Er gefällt mir sehr. Und dann war unter der Telefonnummer sowieso nie jemand zu erreichen. Da habe ich gedacht, offenbar will den Hund keiner, und ich habe weder Frau noch Kinder noch einen Hund. Ich bat die Nachbarn um eine Leine, und da erzählten sie mir von eurem Zettel. Ich hab mir vorgestellt, daß jemand nach ihm sucht, ihn vermißt, sich Sorgen macht, und hab mich geschämt.«

»Wissen Sie, wir haben ihn auch gefunden, vor anderthalb Jahren.« Und Vera erzählte, wie sie zu Matwej gekommen waren.

»Da haben Sie Glück gehabt. Ein toller Hund.« Fjodor sah Vera in die Augen, und sie registrierte flüchtig, daß ihr das angenehm war.

Sie standen bereits eine ganze Weile vor ihrer Haustür. Matwej zerrte an der Leine, er wollte nach Hause.

»Ich bin auch hungrig«, sagte Sonja, hockte sich vor Matwej und nahm die Hundeschnauze in ihre Hände, »aber ich benehme mich anständig.«

»Halte ich Sie auf?« Fjodor lächelte schuldbewußt. »Wenn ich Sie richtig verstanden habe, haben Sie noch nicht einmal gefrühstückt. Ich ehrlich gesagt auch nicht ... Gleich als ich aufgewacht bin, habe ich Sie angerufen.«

»Dann kommen Sie doch mit hoch, frühstücken wir zusammen!« schlug Vera zu ihrer eigenen Überraschung vor.

»Danke, da sage ich nicht nein.«

Das klang schlicht und natürlich, jede Peinlichkeit war wie weggeblasen.

Sie gingen hinauf in die Wohnung. Veras Mutter war bereits fort zur Arbeit, sie wußte noch nicht, daß Matwej sich wieder angefunden hatte. Vera rief als erstes in der Poliklinik an und ließ ihrer Mutter die freudige Nachricht übermitteln.

Während Vera ihr berühmtes Omelett mit Tomaten und geröstetem Schwarzbrot briet, machte Sonja das Frühstück für Matwej: Sie übergoß Haferflocken mit heißer Fleischbrühe und gab kleingeschnittenes Fleisch dazu. Der Hund schaute zu, ließ kein Auge von Sonja, zappelte mit den Vorderpfoten und leckte sich ungeduldig die Schnauze.

Fjodor ging sich die Hände waschen, und als er kurz darauf aus dem Bad zurückkam, fragte er: »Haben Sie Werkzeug im Haus? Schraubenzieher, Flachzange?«

»Wieso?« fragte Vera erstaunt.

»Der Wasserhahn tropft, er muß repariert werden.«

»So einen Gast könnten wir auch mal gebrauchen«, sagte Sonja seufzend, »bei uns zu Hause tropft alles.«

»Frühstücken wir lieber erst einmal.« Vera stellte drei Teller auf den Tisch und drehte die Flamme unter der Pfanne ab. »Das Omelett muß heiß gegessen werden, sonst fällt es zusammen und schmeckt nicht mehr so gut.«

»In Ordnung. Aber danach repariere ich den Wasserhahn. Ich kann es nicht leiden, wenn irgendwas tropft.«

»Sie sind nicht zufällig Klempner, Fjodor?« fragte Sonja und setzte sich an den Tisch.

»Nein.« Er schob sich ein Stück Schwarzbrot in den Mund.

»Sondern?«

»Ich arbeite beim Wachschutz einer kleinen Firma.«

»Im Ernst? Und warum haben Sie dann keinen kahlgeschorenen Quadratschädel und keine kiloschweren Muskeln?« Sonja sah ihn neugierig an.

»Weil das absolut nicht nötig ist.« Er nahm ein Stück Omelett auf die Gabel und kaute langsam. »Vera, Sie kochen wundervoll.«

»Eigentlich kann ich fast gar nicht kochen.« Sie lächelte. »Aber ein paar Dinge gelingen mir ganz gut.«

»Ein Wachmann braucht viel Muskeln und wenig Gehirn«, erklärte Sonja kategorisch.

»Keineswegs.« Fjodor schüttelte den Kopf. »Im Gegenteil. Und was machen Sie, Vera?«

»Ich bin Übersetzerin.«

Unaufdringlich fragte er Vera nach ihrer Arbeit und ihrem Privatleben. Er schien soviel wie möglich über sie erfahren zu wollen.

Nach dem Kaffee fiel ihm der Wasserhahn wieder ein, und trotz Veras Protest ließ er sich den Werkzeugkasten geben.

»An Ihrer Waschmaschine holt man sich einen elektrischen Schlag, und der Lichtschalter ist auch kaputt. Machen Sie Ihre Arbeit, ich repariere inzwischen alles«, sagte er.

»Das ist mir peinlich, Fjodor. Nicht genug, daß Sie unseren Hund gefunden haben ...«

»Ehrenwort, Vera, das macht mir Spaß. Ich erledige gern solche Arbeiten im Haus. Übrigens, ich glaube, da summt Ihr Fax. Kümmern Sie sich nicht um mich.« Er berührte behutsam mit den Fingerspitzen ihre Hand und sagte ganz leise: »Wie schön, daß Sie nicht verheiratet sind.«

Vera spürte, daß sie errötete.

»Ich gehe runter!« rief Sonja. »Da ist ein Mädchen, das ich vorgestern kennengelernt habe.«

»Gut. Aber nicht so lange«, antwortete Vera.

Aus dem Fax quoll eine neue Portion Umweltschutzaufrufe. Bevor Vera sich an ihren Schreibtisch setzte, ging sie zum Spiegel. Nein, ihr Gesicht glühte nicht, die Wangen waren nur leicht gerötet. Sie fuhr sich mit der Bürste durchs Haar. Aus dem Bad drang leises Klirren. Stas Selinski wäre es nie in den Sinn gekommen, in ihrer Wohnung etwas zu reparieren ...

»Setz dich an deine Arbeit«, sagte Vera zu ihrem Spiegelbild, seufzte, setzte sich an den Tisch und schaltete den Computer ein.

Es hatten sich eine Menge Texte angesammelt, und nach ein paar Minuten dachte sie an nichts anderes mehr als an ihre Übersetzungen.

»Ist das was Ökologisches?« hörte sie Fjodor hinter sich fragen und zuckte zusammen.

Er war lautlos ins Zimmer getreten, nun stand er hinter ihr, die Hände auf ihrer Stuhllehne, und schaute auf den Bildschirm, auf dem russische Textzeilen leuchteten. Vera drehte sich um und sah ihn von unten herauf an.

»Ja, das sind Materialien für eine Umweltkonferenz.«

Er stand ganz dicht hinter ihr. Durch das dünne T-Shirt spürte sie, daß er eine intensive Wärme ausstrahlte, als hätte er sich beim Reparieren der Waschmaschine selbst mit Strom aufgeladen.

Wir sind ganz allein, dachte sie, und ich kenne ihn überhaupt nicht ...

»Im Bad tropft und blitzt nun nichts mehr«, sagte er leise, »und ich finde keinen Vorwand mehr, um wenigstens noch ein bißchen bei Ihnen zu bleiben.«

Vera wußte nicht, was sie darauf erwidern sollte. Noch vor zwei Tagen hatte sie überlegt, ob sie sich an eine Partnervermittlung wenden sollte. Natürlich nicht im Ernst, aber die alberne Idee war immerhin kurz aufgetaucht. Und das war ein schlechtes Zeichen, besonders wenn man dreißig war und tatsächlich niemanden hatte. Und auf einmal – bitte sehr, ein wunderbarer junger Mann, wie auf Bestellung: ruhig, häuslich, allein; er hatte Matwej gefunden, im Bad alles repariert, sah sie zärtlich an und mochte nicht weggehen. Aber er war irgendwie ... Völlig fremd, von anderer Art. Nicht einmal deshalb, weil er Wachmann war. Er war einfach fremd und Punkt.

In Wirklichkeit wollte sie jetzt keine neuen Aufregungen, keine Beziehung, sie mußte erst einmal mit ihrer unnützen alten Liebe fertig werden. Die war zwar eigentlich vorbei, trotzdem mußte sie alles erst verarbeiten. Vera empfand eine innere Leere. Leere und Leichtigkeit. Und überhaupt hatte sie keine Zeit, sie hatte eine Menge zu tun.

Aber sie konnte ihn schließlich nicht rauswerfen. Das war unhöflich.

»Ich weiß einen Vorwand!« Vera lächelte. »Kaffee haben wir schon getrunken, jetzt mache ich Ihnen einen Tee.«

»Haben Sie auch mal frei?« fragte er, als Vera ihn in den Flur brachte.

»Im Prinzip schon. Aber im Moment habe ich sehr viel zu tun.«

»Und wenn ich Sie einlade?« fragte er vorsichtig und unsicher.

»Kommt drauf an, wohin.«

»Ins Kino geht man nicht mehr. Aus dem Diskoalter sind wir beide raus. Die Theater sind alle auf Gastspielreisen. Bleibt nur ein Restaurant oder ein Café. Ich hole Sie morgen abend ab, gegen sieben.«

Vera wunderte sich, daß von Matwej gar nichts zu hören war. Er war vor einer Stunde, nachdem er seine Schüssel blank geleckt hatte, im Zimmer verschwunden und hatte sich unterm Tisch verkrochen. Normalerweise kam er immer in den Flur gerannt, wenn er dort Stimmen hörte.

»Matwej«, rief Vera, «komm her, dich verabschieden.«

Matwej kam zögernd in den Flur getrottet.

»Mach's gut, Matwej, bleib gesund, und paß auf, daß du nicht mehr verlorengehst.« Fjodor zauste ihm den Nacken.

Statt freundlich mit dem Schwanz zu wedeln, was er normalerweise tat, wenn ein Gast ging, zuckte Matwej mit dem Kopf, bleckte die Zähne und schmiegte sich an Veras Bein, als suche er Schutz. Vera merkte erstaunt, daß er zitterte und den Schwanz zwischen die Hinterpfoten geklemmt hatte.

»He, Matwej« – Vera schüttelte den Kopf –, »schämst du dich nicht? Er hat dich aufgelesen, dir das Leben gerettet. Und du?«

Der Hund warf einen unguten Blick auf Fjodor und hörte nicht auf zu zittern.

»Er hat wirklich einiges durchgemacht. Ich verzeihe ihm alles.« Fjodor lächelte. »Wäre er nicht weggelaufen, hätte ich Sie nie kennengelernt. Bis morgen, Vera. Ich hole Sie gegen sieben ab.«

Matwej hörte erst auf zu zittern, als die Tür hinter Fjodor zugefallen war.

Siebzehntes Kapitel

Anstelle des grauen Mantels trug Wolodja diesmal ein kariertes Cowboyhemd mit hochgekrempelten Ärmeln, auf dem Kopf eine Jeansmütze mit langem Schirm. Außerdem hatte er sich eine runde Brille mit schmalem dunklem Rahmen und Fensterglas gekauft sowie Bart und Schnurrbart in seiner dunkelblonden Haarfarbe. Die altmodische Brille, Schnurrbart und Bärtchen ließen ihn aussehen wie einen wissenschaftlichen Mitarbeiter aus der Provinz. So würden ihn weder der Dicke noch sein Bekannter erkennen, selbst wenn sie ihn früher bemerkt haben sollten.

Heute trafen sie sich wieder auf einer Bank in einem stillen Hof, diesmal in der Nähe der Metrostation Nowoslobodskaja. Woldoja ging ganz dicht heran. Trotzdem konnte er den jungen Mann nicht richtig sehen. Die Abenddämmerung wurde dichter. Er durfte es nicht länger aufschieben. Diese Begegnung konnte die letzte sein.

Wolodja schlenderte langsam an der bewußten Bank vorbei.

»Entschuldigen Sie bitte«, wandte er sich an zwei alte Frauen, die auf dem Weg zu einem Hauseingang waren, »können Sie mir vielleicht sagen, wo hier die Belopolski-Gasse ist?«

Die beiden Alten überlegten fieberhaft und diskutierten, was das für eine Gasse sein könnte.

»Was genau suchen Sie denn dort? Was für eine Institution?«

»Ich suche die Nummer siebzehn. Ich will zu Bekannten.«

»Vielleicht haben Sie die Adresse falsch aufgeschrieben?« fragte eine der Greisinnen mitfühlend.

Sie hatten es nicht eilig und wollten dem verirrten Provinzler aufrichtig helfen. Wolodja hielt ihr einen Zettel mit der Adresse hin, die er am Vorabend erfunden und aufgeschrieben hatte. Während die beiden Frauen die kleinen

Buchstaben entzifferten, wandte er vorsichtig den Kopf, um sich das Gesicht von Golowkins Bekanntem anzuschauen. Es lag noch immer im Schatten, doch er konnte immerhin erkennen, wie ein dicker Packen kreuzweise mit Papierstreifen umwickelter Banknoten aus der Hand des Dicken in die Tasche des jungen Mannes wechselte.

»Wenden Sie sich doch an den Milizposten dort an der Ecke, der weiß hier besser Bescheid«, rieten ihm die Omas und verschwanden im Hauseingang, noch immer laut überlegend, wo diese Belopolski-Gasse sein könnte.

Wolodja blieb noch eine Weile stehen und tat, als studiere er die Adresse auf dem Zettel. Dann blickte er sich verwirrt um. Außer den beiden Männern auf der Bank war niemand auf dem Hof. Er wartete noch einen Augenblick, dann ging er entschlossen auf sie zu.

»Entschuldigen Sie bitte, können Sie mir vielleicht helfen?«

Stahlgraue Augen starrten ihn an. Ihm stockte das Herz. Endlich konnte er das Gesicht sehen. Nun hatte er keinen Zweifel mehr. Der Mann auf der Bank neben Golowkin war Skwosnjak.

Wolodja hatte nicht erwartet, daß er so nervös reagieren würde, und erschrak: Womöglich würde seine Stimme zittern und ihn verraten? Aber das konnte man auf die Verwirrung und Erschöpfung des verirrten Provinzlers schieben.

»Wissen Sie vielleicht zufällig, wo hier in der Nähe die Belopolski-Gasse ist?«

»Wir sind nicht von hier«, knurrte Golowkin und wandte sich ab.

»Entschuldigung«, murmelte Wolodja verwirrt.

Der Hof war ringsum von niedrigen Vorkriegsbauten umschlossen. Ohne sich umzudrehen, überquerte Woldodja den Spielplatz. Von der Bank aus konnte man nicht sehen, wie der Provinztrottel, statt den Hof zu verlassen, in einem Hauseingang verschwand.

Er hatte es furchtbar eilig, ihm zitterten die Hände. Die beiden konnten sich jeden Moment trennen. Er blieb auf einem Treppenabsatz am offenen Fenster stehen, nahm die Mütze ab, riß sich schnell Bart und Schnurrbart herunter, streifte das Cowboyhemd über den Kopf und trug nun nur noch ein blaues T-Shirt.

Im Treppenhaus brannte Licht. Das Fenster ging zum Hof hinaus. Die beiden Silhouetten auf der Bank waren gerade noch zu erkennen. Als Woldoja sah, daß sie aufstanden, rannte er wie der Blitz hinunter auf die Straße.

Je weniger Zeit bis zur Konferenz blieb, desto mehr Texte gingen ein. Vera stürzte sich kopfüber in die Arbeit. An Fjodor dachte sie kaum. Na schön, da war ein junger Mann aufgetaucht, hatte Matwej zurückgebracht, im Bad alles repariert. Na schön, Vera gefiel ihm. Und weiter? Kaum anzunehmen, daß sich daraus irgend etwas ergeben würde. Vermutlich hatte er längst vergessen, daß er Vera ins Restaurant eingeladen hatte, und würde nie wieder auftauchen.

Punkt sieben klingelte es an der Tür. Nicht unten an der Wechselsprechanlage, sondern direkt an der Wohnungstür.

»Fjodor? Was für ein Fjodor?« hörte Vera ihre Mutter im Flur fragen.

»Das ist der, der Matwej gefunden hat!« erklärte ihr Sonja.

Fjodor trug einen leichten hellen Anzug und duftete nach gutem Rasierwasser. In der Hand hielt er einen großen Strauß weißer Rosen. Wieder wirkte er nagelneu und blitzsauber.

»Sie sind noch nicht fertig, Vera?« Er küßte allen drei Damen galant die Hand, zuerst Nadeshda, zum Schluß Sonja, womit er das Mädchen ziemlich verwirrte.

»Donnerwetter«, murmelte das Mädchen, »wie ein Bräutigam, echt!«

Er sah wirklich aus wie ein Bräutigam. Den Blumenstrauß gab er Veras Mutter.

»Danke«, sagte sie lächelnd, »auch für Matwej und für die Waschmaschine.«

Vera verschwand in ihrem Zimmer, sich umziehen. Sie empfand plötzlich eine fröhliche Schadenfreude: Sie ging mit einem fremden Mann ins Restaurant, um Selinski zu ärgern.

Das hast du davon, Selinski! Du kannst endlos heiraten und dich scheiden lassen, und ich soll dir treu bleiben? Du meinst, ich gefalle niemandem? O doch, und ob! Übrigens ist dieser Fjodor auf seine Weise sehr charmant, dachte sie, während sie ein langes Kunstseidenkleid anzog und sich das Haar kämmte.

Das lange, leicht taillierte Kleid und die Sandalen mit den hohen Absätzen machten sie größer und schlanker.

Fjodor wartete in der Küche, er saß mit ihrer Mutter und Sonja am Küchentisch und unterhielt sich artig mit ihnen.

»Aber bitte nicht zu spät«, sagte Veras Mutter, als sie Vera zum Abschied küßte, und flüsterte ihr ins Ohr: »Ein sehr netter junger Mann!«

Fjodor führte sie in ein kleines Restaurant ganz in der Nähe.

Die Tische waren durch kleine, mit echtem Efeu bewachsene Gitter voneinander getrennt. Der Kellner, dessen Schnurrbart in Form und Farbe eine exakte Kopie seiner schwarzen Fliege war, brachte die Karte.

Vera erinnerte sich, daß sie das letztemal bei Verhandlungen mit irgendwelchen Belgiern in einem Restaurant gewesen war. Überhaupt dachte sie bei Restaurants vor allem an Arbeit. Sie konnte sich nicht erinnern, wann sie mal einfach so in einem Restaurant oder Café gesessen hatte, nicht als Dolmetscherin.

»Was wollen Sie trinken?« fragte der Kellner.

»Vera, das ist eine Frage an Sie. Ich trinke nicht«, sagte Fjodor lächelnd.

Auch noch Nichttrinker, gratulierte Vera sich im stillen. Was für ein Glück!

»Für mich bitte trockenen Weißwein, nur ein Glas.«

Sie bestellten jeder ein Störschaschlik. Vera holte ihre Zigaretten aus der Tasche und zündete sich eine an.

»Komisch, daß Matwej sich so schlecht benimmt«, sagte sie. »Heute ist er nicht mal rausgekommen, um Sie zu begrüßen.«

»Wissen Sie, vermutlich erinnere ich ihn an die schlimmsten Minuten seines Lebens«, sagte Fjodor nachdenklich.

»Aber Sie haben ihn doch gefunden und vor den Rüden gerettet.«

»Trotzdem bin ich für ihn ein Fremder. Er wollte nach Hause, zu seiner Familie. Er war nervös, ist ständig hin und her getigert, wollte nicht fressen. Diesen Ausnahmezustand hat er in gewissem Maße auf mich übertragen, darum will er mich nicht sehen, er will nicht an seine Erlebnisse erinnert werden.«

»Deuten Sie da die Hundepsyche nicht zu kompliziert? Sie analysieren ja Matwej quasi nach Freud«, sagte Vera lachend. »Dabei ist er bloß ein verwöhnter, verzogener Hund.«

»Wie gesagt, Vera, diesem Hund verzeihe ich alles, ich werde ihm ewig dankbar sein. Wenn er nicht gewesen wäre, hätte ich Sie nie kennengelernt. Und nun lebe ich mit dem ständigen Gefühl eines Feiertags im Herzen. Wissen Sie, so etwas ist mir noch nie passiert. Ich bin heute morgen aufgewacht und war glücklich bei dem Gedanken, daß es Sie gibt und daß ich Sie heute sehen werde.

»Ist das Ihr Ernst?« Vera neigte den Kopf ein wenig zur Seite und sah ihn aufmerksam an.

Sie hatte keine Brille auf und kniff deshalb die Augen zusammen.

»Wieso sollte ich das sagen, wenn ich es nicht ernst meinte? Überlegen Sie doch selbst – wieso? Was hätte ich davon?«

»Sie übertreiben vermutlich, aber ich höre es trotzdem gern.«

»Aber ich übertreibe nicht.« Er langte über den Tisch und berührte Veras Hand. »Ich bin es einfach gewohnt, die Dinge beim Namen zu nennen. Als ich Sie zum erstenmal sah, ist mir regelrecht schwindlig geworden. Ich hatte nur eine Angst: Vielleicht sind Sie ja verheiratet? Doch dann hätte ich Sie eben entführt, geraubt, mir irgend etwas einfallen lassen.«

Vera entzog sich vorsichtig seiner heißen Hand. Nicht, daß ihr dieser Fjodor gar nicht gefiel. Nein, er gefiel ihr, aber er machte ihr auch ein bißchen Angst, schüchterte sie ein, und sie verstand nicht, wodurch eigentlich. Zudem hatte sie fast ihren gesamten Vorrat an starken Gefühlen bereits für einen anderen aufgebraucht.

»Sie wirken wie vereist. Sie sind bestimmt einmal sehr verletzt worden, ja?« fragte er und sah sie fragend an.

»Wie kommen Sie darauf? Nein, mich hat niemand gekränkt. Ich bin generell nicht sehr emotional«, log Vera.

»Trotzdem glaube ich, daß Ihnen jemand weh getan hat. Das wird nicht mehr vorkommen. Das verspreche ich Ihnen. Solange ich an Ihrer Seite bin, wird Ihnen niemand weh tun. Ich sehe doch, Ihnen hat jemand weh getan, hat Sie nicht so geliebt, wie Sie es verdienen.«

»Wie verdiene ich es denn?« Vera nippte an dem herben Wein.

Irgendwas stimmt hier nicht, dachte sie, er redet wie in einer Fernsehserie. Aber ich höre es trotzdem gern. Wenn ich ehrlich bin – so etwas hat mir noch nie jemand gesagt. Klingt zwar ein bißchen nach kitschiger Pathetik, doch solche plötzlichen Gefühle lassen sich tatsächlich schwer in Worte fassen. Vielleicht habe ich bloß keine Ahnung? Vielleicht bin ich ja wirklich vereist? Und um aufzutauen und zu mir zu kommen, brauche ich so eine schöne Romanze. Ich hatte noch keinen Mann außer Stas. Jedesmal wenn ich mit einem anderen kurz vor einer ernsten Beziehung stand, tauchte Stas auf, erklärte, ohne mich sei er verloren, zwischen uns solle nun alles anders werden, und ich glaubte ihm.

Der Kellner hatte inzwischen den Tisch mit Vorspeisen vollgestellt – Lachs, schwarzer Kaviar, Riesengarnelen. Angesichts dieser Pracht stieß Vera einen leisen Pfiff aus,

»Verdient man beim Wachschutz so viel?«

»Was soll ich sagen? Kommt drauf an, wen man bewacht. Ich verdiene so mittel. Aber heute habe ich etwas zu feiern.«

»Geburtstag?«

Er lachte fröhlich und ansteckend.

»Nein, Geburtstag habe ich im Januar. Mein Anlaß sind Sie, Vera. Ich habe immer davon geträumt, eine Frau wie Sie zu treffen, mit solchen Haaren, solchen Augen, mit einem solchen Lächeln. Aber nicht das ist entscheidend, nicht das Äußere, sondern etwas ganz anderes. Ich fühle einfach: Sie sind meine Frau.«

»Oho! Was Sie nicht sagen! Genau meine Größe, mein Schnitt. Bitte einwickeln!«

Diesmal lachte er nicht. Er heftete seine Augen auf Vera, und sie spürte darin etwas Hartes, Unangenehmes.

»Habe ich Sie gekränkt, Fjodor? Verzeihen Sie.«

»Nein, Vera, Sie können mich nicht kränken. Ich verstehe ja, es fällt Ihnen schwer zu glauben, daß ich mich so auf Anhieb in Sie verliebt habe, aber ich kann nichts dagegen tun. Wahrscheinlich sind Sie ein gebranntes Kind, doch das ist nicht meine Schuld. Auch ich bin ein gebranntes Kind, ich habe so manches mitgemacht, das Sie sich gar nicht vorstellen können. Ich weiß, wir beide sind sehr verschieden. Ich habe nicht studiert, bin ohne Vater aufgewachsen, meine Mutter war Geschirrspülerin in einer schmuddeligen Kantine, ich habe mein Leben lang nur Schmutz zu sehen gekriegt, Gemeinheit, Verrat, betrunkene Visagen. Sie dagegen sehen aus wie ein Engel, darum lachen Sie mich bitte nicht aus.«

Stas hat auch mal zu mir gesagt, ich sähe aus wie ein Engel, genauer, wie ein Rembrandtscher Cherubim. Fjodor hat von einem gewissen Rembrandt, der Mitte des siebzehnten Jahrhunderts in Holland lebte, bestimmt nie etwas gehört. Unsinn, so ungebildet ist er nicht, und er ist schon gar nicht dumm.

»Ich bin auch ohne Vater aufgewachsen«, sagte Vera ernst, »und studiert oder nicht, das spielt dabei keine Rolle. Doch je älter man wird, desto weniger glaubt man an ernsthafte Gefühle, besonders wenn sie so plötzlich entstehen. Ich lache Sie nicht aus, ganz und gar nicht. Aber sagen Sie – Sie sind anscheinend leicht zu kränken?«

»Na ja, ein bißchen.« Er lächelte sanft und goß sich einen Tropfen Wein in sein leeres Glas. »Trinken wir Brüderschaft?«

Vera nickte. »Ja.«

Er stand auf, trat ganz dicht vor sie und beugte sich zu ihr hinunter. Nach einem raschen Schluck aus seinem Glas berührte er mit den Lippen Veras Mund. Wieder verspürte Vera einen Anflug von etwas Heißem, Angespanntem, Bedrohlichem, aber zugleich auch Schwindelerregendem.

Ich bin schon ganz menschenscheu geworden durch meine Treue zu Stas, dachte sie, dabei liebt mich der gute Stas nur, wenn ich ihm entgleite. Warum ihm also nicht für immer entgleiten? Das wäre eine passende Gelegenheit … Warum sich Gedanken machen, was daraus wird?

»Gehen wir noch ein Stück spazieren?« fragte Fjodor, als sie das Restaurant verließen. »Bis zu Ihrem Haus sind es nur ein paar Schritte, und ich möchte mich noch nicht von Ihnen trennen.«

»Es ist schon spät.«

»Wenigstens bis zum Boulevard, dann kehren wir gleich um. Ein bißchen frische Luft vorm Schlafengehen ist gesund.«

»Na schön, bis zum Boulevard und zurück.«

Auf der Hauptstraße waren Bauarbeiten im Gang. Vera hatte keine Brille auf und sah im Dunkeln sehr schlecht. Sie stolperte, knickte um, und knackend brach ein Absatz ab.

»Tut es sehr weh?« Fjodor hockte sich vor sie, sie stand auf einem Bein und stützte sich auf seine Schulter.

»Es geht, ist ja nicht mehr weit, mit deiner Hilfe humple ich schon irgendwie nach Hause«, antwortete Vera, das Gesicht vor Schmerz verzerrt. »Schade um die Sandaletten. Meine Ausgehschuhe.«

»Bis zu mir ist es näher«, sagte Fjodor. »Und humpeln mußt du nicht.« Er hob sie mühelos auf den Arm.

Vor Überraschung wußte Vera nicht, wie sie reagieren sollte. Sie staunte, daß er sie ohne die geringste Anstrengung trug – sie war nicht gerade ein Leichtgewicht.

»Danke, aber ich muß trotzdem nach Hause«, sagte Vera leise, »und setz mich lieber wieder ab. Ich bin schwer, du hebst dir noch einen Bruch.«

»Ach wo!« Er strich mit seinen Lippen leicht über ihre Wange. »Eine liebe Last ist nie zu schwer. Der Absatz muß repariert werden, dazu muß ich hämmern, und bei dir schlafen schon alle, außerdem hast du kaum den richtigen Kleber im Haus und die passenden Nägel. Es tut dir doch leid um die Schuhe.«

»Aber dazu müssen wir den Absatz erst mal finden, du mußt mich also auf jeden Fall absetzen. Das ist doch wirklich lächerlich. Ich bin schließlich kein Kind mehr und alles andere als ein Däumelinchen.«

Er setzte sie behutsam ab, bückte sich und suchte nach dem Absatz. Vera humpelte mühsam, auf seine Schuler gestützt.

Fjodor wohnte tatsächlich ganz in der Nähe. Die Gasse parallel zum Boulevard bestand aus gleichförmigen neungeschossigen Plattenbauten.

Langsam und mühselig stiegen sie hinauf in den vierten Stock. Als er den Schlüssel zückte und die Tür aufschloß, wurde Vera ganz mulmig zumute. Sie wäre am liebsten geflohen, sie hatte das Gefühl, wenn sie die Schwelle überschreite, überschritte sie damit etwas Wichtiges, Ernsthaftes in sich selbst. Sie wußte nicht recht, ob das gut war oder schlecht – vielleicht war es ja überhaupt wunderbar, und sie brauchte keine Angst zu haben.

»Na, was stehst du da wie angewurzelt?« fragte er, als er ihre Unentschlossenheit spürte. »Komm rein, genier dich nicht.«

Fjodor zog sie regelrecht in die Wohnung, nicht direkt mit Gewalt, aber ziemlich energisch, und setzte sie in einen Sessel.

Vera sah sich um. Eine winzige Einzimmerwohnung. Die Küche ging direkt vom Zimmer ab. Nur wenig Möbel: ein Couchtisch, ein kleiner tragbarer Fernseher, zwei Sessel, eine niedrige breite Liege mit einer karierten Decke, ein kleiner polierter 60er-Jahre-Schrank. Die Wohnung kam Vera irgendwie seltsam vor, unbewohnt.

Im Restaurant hat er seelenruhig zweihundert Dollar hingeblättert, aber seine Behausung wirkt richtig ärmlich. Vielleicht ist das nur eine Zweitwohnung? Vielleicht hat er Frau und Kinder, und hierher führt er nur solche Dummchen wie mich?

»Ich mag nichts für die Wohnung kaufen, solange ich allein bin«, sagte Fjodor, als hätte er ihre Gedanken gelesen, »ich mag sie nicht. Ich halte mich hier möglichst selten auf. Nur zum Übernachten.«

Er warf sein Jackett ab, kniete sich vor sie und öffnete die Riemchen ihrer Sandaletten. Dann tastete er vorsichtig Fuß und Knöchel ab.

»Tut das weh? Versuch mal die Zehen zu bewegen.«

»Hast du etwa eine medizinische Ausbildung?« fragte Vera erstaunt.

»Nein. Aber ich verstehe was von Verletzungen. Du hast eine kleine Zerrung. Wir machen nachher eine Alkoholkompresse. Ist nicht weiter schlimm. Was für ein kleiner Fuß, wie bei einem Kind.« Er hielt ihren Fuß in der Hand, und plötzlich legte er seine Lippen darauf und küßte ganz langsam jeden einzelnen Zeh, den Spann, den Knöchel.

Vera erstarrte. So etwas hatte sie noch nie erlebt. Sie hatte davon gelesen, es im Kino gesehen. Stas Selinski tat so etwas nie. Seine Zärtlichkeiten waren derb, immer ein wenig träge und herablassend. Und andere Männer kannte Vera nicht.

»Nicht, Fjodor, wir wollen nichts überstürzen, ich gehe jetzt lieber nach Hause …«, sagte sie leise.

»Wir überstürzen doch nichts.«

Er kniete noch immer vor ihr. Seine Lippen glitten kitzelnd und zärtlich über ihre nackten Beine. Ihr leichtes Kunstseidenkleid hatte vorn viele kleine Knöpfe. Er öffnete langsam einen nach dem anderen.

Er strahlte eine eigentümliche, bestrickende Energie aus. Eine animalische Anziehungskraft, dachte Vera, ich empfinde doch nichts für ihn, er ist ein vollkommen Fremder …

Aber sie wollte sich nicht mehr wehren und nicht mehr nachdenken. Vera schloß die Augen und löste sich in heißer, sanfter Schwerelosigkeit auf.

Achtzehntes Kapitel

Juri Uwarow schlug die laufende Mappe der mehrbändigen Akte auf. Er kannte fast jede Zeile der Ermittlungsunterlagen. Hinter diesen Zeilen standen schlaflose Nächte, ein Kaleidoskop von Personen, Vernehmungen, Tränen, die toten Augen der von Skwosnjaks brutaler Bande Ermordeten.

Wie viele Kilometer waren Ermittler und operative Einsatzkräfte kreuz und quer durch Moskau gefahren und gelaufen – und immer waren es Sackgassen gewesen.

Skwosnjak hatte einen Informanten getötet, der vermutlich etwas über ihn mitteilen wollte. Und nun war alles aus.

Nun konnten sie den Wind im Feld suchen. Es war, als ob dieser Mann aus der Luft käme, sich von Luft ernährte, nirgends wohnte und mit niemandem schlief. Er hatte keinerlei Kontakte. Ein ganzer Stab von Informanten war darauf angesetzt und hatte bislang nichts herausgefunden.

Uwarow steckte sich eine Zigarette an und tigerte in seinem Büro von einer Ecke in die andere. Na schön, keine Bekannten, keine Verwandten, keine Frauen. So etwas kam vor. Aber niemand konnte sich von Luft ernähren. Man brauchte auf jeden Fall Geld, wenn man so lange auf der Flucht war. Irgend jemand mußte ihn damit versorgen. Den Schatzmeister der Bande hatten sie nie ermittelt. Es hatte mehrere Kandidaten für diesen ehrenvollen Posten gegeben, doch die waren alle weggefallen. Die Banditen selbst beteuerten, sie hätten nie einen Schatzmeister gehabt. Dafür hatten sie vermutlich gute Gründe ... Aber vielleicht gab es wirklich keinen Schatzmeister?

Trotzdem blieb vieles offen.

Einer der Geschädigten, ein Junge, der bei seiner Rückkehr von der Armee seine ganze Familie ermordet aufgefunden hatte, glaubte einen aus der Wohnung gestohlenen Gegenstand wiedererkannt zu haben. Eine antike goldene Taschenuhr.

Der Junge hatte sofort den zuständigen Staatsanwalt Klimenko angerufen. Doch Klimenko hatte die Uhr von Anfang an nicht ernst genommen. Ein solcher Gegenstand konnte nicht einfach so in einem Antiquitätengeschäft am Arbat auftauchen. Das war zu simpel.

Der Staatsanwalt behielt recht. Die Uhr hatte eine alleinstehende Oma gebracht, Serafima Saslawskaja. Sie gehörte ihr. Der Junge hatte sich geirrt. Schließlich gab es viele ähnliche Dinge, selbst wenn sie antik und selten waren.

Die Saslawskaja wurde trotzdem für alle Fälle überprüft. Aber das wäre nicht nötig gewesen. Sie hatte tatsächlich niemanden. Sie bekam nie Besuch. In einer Gemeinschaftswohnung wußte man solche Dinge genau. Nur äußerst selten ließ sich mal ihr Großneffe blicken. Auch den hatten sie unter die Lupe genommen – für alle Fälle. Der stille, bescheidene Chefeinkäufer einer Makkaronifabrik lebte von seinem kargen Gehalt, trug seine Schuhe, bis sie Löcher hatten, sein Anzug war vom Alter speckig. Also wieder eine Sackgasse.

Und wenn dieser Junge sich nun doch nicht geirrt hatte? Immerhin hatte er die Uhr sogar gekauft, die Ausgabe nicht gescheut. Offenkundig war er sich sicher, daß sie aus der Wohnung seiner Eltern stammte.

Noch ein Umstand war interessant. Das heißt, es war eher ein Gerücht, Gerede. Eine Nachbarin der Saslawskja hatte einen Bruder, einen zweiundachtzigjährigen pensionierten Kunstwissenschaftler. Als die Ermittlungen liefen, war der Greis bereits ein halbes Jahr tot. Die Nachbarin behauptete, die Saslawskaja hätte ihm ein Bild gebracht – sie wollte wissen, ob es ein Original war oder eine Fälschung. Dieses Bild habe auf den Alten angeblich einen unauslöschlichen Eindruck gemacht. Angeblich hatte er seiner Schwester erzählt, er hätte vor kurzem ein unschätzbares Chagall-Original aus dessen Witebsker Periode in der Hand gehalten.

Ein Chagall war bei einem der Wohnungseinbrüche gestohlen worden. Serafima Saslawskaja aber versicherte, ein Bild mit einem schwebenden Pärchen und einer lächelnden Katze nie gesehen zu haben, und zu dem Kunstwissenschaftler habe sie ein Stück von einem alten Gobelin gebracht. Überprüfen ließ sich das nicht – weder damals noch jetzt.

Die Saslawskaja war vor einem Jahr gestorben, sie hatte nichts mehr ins Antiquitätengeschäft gebracht, der einzige Neffe erschien nicht zur Beerdigung, er war auf einer Dienstreise.

Uwarow begriff, was ihm keine Ruhe ließ: der Wunsch, sich mit diesem Neffen zu unterhalten, dem bescheidenen

Chefeinkäufer der Makkaronifabrik, diesem Herrn Golowkin. Zu den beiden vagen Anhaltspunkten, der antiken Uhr und dem Chagall, hatte sich wie von selbst noch ein dritter gefügt. Eines der Bandenmitglieder, allerdings keiner von denen, die sie gefaßt hatten, sondern jemand, der von Skwosnjak wegen Drogen getötet worden war, hatte einmal, vor langer Zeit und nur ein paar Monate, als Expedient in der Makkaronifabirk in Sokolniki gearbeitet. Damals hatten sie das für Zufall gehalten. Das heißt, sie hatten es nicht weiter beachtet.

Außerdem nahm Uwarow sich vor, Skwosnjaks Kindheit noch einmal nach dem verstorbenen Dieb Sachar zu durchleuchten. Es mußte vieles geben, was sie verband. Niemand besuchte das Grab eines Fremden. Vielleicht reichte Skwosnjaks rührende Anhänglichkeit an Sachar in die Kindheit zurück.

Sachars Grab war Skwosnjaks einzige bekannte Schwäche, gegen jede Vernunft besuchte er es. Obwohl er wußte, daß das riskant war. Auch jetzt war er dort gewesen. Allerdings hatte er den Zeugen sofort beseitigt.

Schon das letztemal hatten sie versucht, da anzusetzen, und herausgefunden, daß Sachar Mitte der siebziger Jahre mit einem fixen Jungen von zehn, zwölf Jahren herumgezogen war. Doch wer der Junge war, woher er kam und wo er später abgeblieben war, das ließ sich nicht feststellen. Zu viele Jahre waren inzwischen vergangen.

Golowkins Frau Raïssa war zu ihrer Freundin auf die Datscha gefahren, ohne ihrem Mann ein Wort zu sagen. Sie hätte bereits vor einer Woche fahren können, hatte aber gezögert, als warte sie auf etwas oder als hocke sie absichtlich von früh bis spät in der Wohnung, um ihren Mann zu ärgern. Sie hatte Schulferien und nichts zu tun. Golowkin harrte ungeduldig auf den Moment, da seine Angetraute endlich aufbrach.

Sie verbrachte den Sommer immer in Powarowo an der Leningrader Chaussee, sechzig Kilometer entfernt von Moskau. Ihre engste Freundin besaß dort in einer Genossenschaft ein Sechshundert-Quadratmeter-Grundstück mit einem kleinen Haus.

Raïssa konnte jeden Moment ohne Vorwarnung bei ihrem Mann in Moskau auftauchen. Besonders gern tat sie das spätabends, und jedesmal wenn sie die Wohnung betrat, untersuchte sie penibel jede Ecke, schnüffelte herum, um herauszufinden, ob in ihrer Abwesenheit Frauen dagewesen waren. Golowkin hatte den Eindruck, sie war regelrecht enttäuscht, daß sie nie Spuren von gemeinem Ehebruch fand.

In den zwanzig Jahren, die sie nun zusammen lebten, hatte er seine Frau tatsächlich nie betrogen. Na ja, fast nie. In seiner Jugend war auf Dienstreisen hin und wieder schon etwas vorgekommen, aber das war stets zufällig und öde gewesen. Die flüchtige Liebe des langweiligen, geizigen Dienstreisenden lockte nur vulgäre Hotelschlampen oder Frauen, die jegliche Hoffnung verloren hatten – einsam, häßlich, mit wehmütigen, flehenden Augen und reizloser Unterwäsche. Bei ersteren bestand immer das Risiko, sich eine scheußliche Geschlechtskrankheit einzufangen, mit letzteren fühlte Golowkin sich gehemmt und unbehaglich, irgendwie schuldig.

Manchmal begegneten Golowkin Frauen, bei denen ihm der Atem stockte. Es zog ihn zu grazilen, zerbrechlichen, hellhaarigen mit blauen Augen, weißer Haut, schlanken Armen und Beinen. Er mochte engelhafte, ätherische Wesen mit durchsichtigen Fingerchen.

Früher einmal, in grauer Vorzeit, hatte seine Raïssa genauso ausgesehen. Wer konnte ahnen, daß sie sich im Laufe der Jahre zum dicken, groben Monster mausern würde? Ihre Augen waren von Fett verquollen und nicht mehr blau, sondern trübgrau. Ihre Haut war rauh und rot geworden, auf der Oberlippe wuchsen gar stachlige helle Barthaare. Wäre sie nach einer Entbindung so aufgegangen – na schön, das war bei vielen so. Aber nein, sie hatte nie ein Kind geboren. Irgendwas war mit ihrer Gesundheit von Anfang an nicht in Ordnung, und deshalb blieben sie kinderlos. Auch das verdroß Golowkin natürlich, aber nicht sehr. Doch nun, im Alter, verlangte es ihn nach erhabener Liebe.

In Moskau gestattete sich Golowkin selbstverständlich solche Freiheiten nicht einmal in Gedanken. Erst aus Angst vor seiner wachsamen Gattin, später aus Geiz und Vorsicht.

Doch nun, zu Beginn des Sommers allein in der leeren Wohnung, verspürte er eine heiße, jugendliche Unruhe. Nachts fand er keinen Schlaf bei dem Gedanken, daß die Jahre verrannen und das Geld zu Ende ging.

Das sommerlich herausgeputzte Moskau schillerte im Juni geradezu von Schönheiten aller Art. Auch grazilen, hellhäutigen, solchen, bei denen Golowkin seit seiner Jugend einen Kloß im Hals bekam.

Als nüchterner, vernünftiger Mann hoffte Golowkin mit seinen sechsundfünfzig Jahren natürlich nicht auf reine, wahre Liebe. Aber wenigstens ein Abenteuer, eine Illusion von Liebe – hatte er das nicht verdient?

In der Nähe seines Hauses befand sich ein gemütliches, ziemlich teures Café. Dorthin ging Golowkin in letzter Zeit häufig essen. Tagsüber war es fast leer, doch abends drang Musik aus der offenen Tür auf die Straße hinaus, und durch die leichten Vorhänge schimmerten verlockende, schlanke Silhouetten. Er hatte sich nie entschließen können, am Abend dort hineinzugehen – das verbot ihm seine alte, in Jahren erworbene Vorsicht. Aber nun hatte er nichts mehr zu verlieren.

Glattrasiert, in einem teuren sandfarbenen Sommeranzug, die Glatze parfümiert, verließ Golowkin um neun Uhr abends das Haus und steuerte mit jugendlichem, federndem Gang auf das Café zu.

Er entdeckte beinahe sofort, wonach er suchte. An einem Tisch saßen zwei schlanke Blondinen, nicht älter als zwanzig. Sie tranken Kaffee, rauchten und kicherten. Die eine hatte kurzes Haar wie ein Junge, der anderen fiel das platinblonde glatte Haar bis auf die Hüfte, und sie schüttelte es hin und wieder lässig.

Golowkin setzte sich an den Nebentisch, beobachtete die Mädchen verstohlen und redete sich selbst ein, die beiden seien keine banalen Nutten, sondern anständige, kultivierte Studentinnen, die auf eine Tasse Kaffee gekommen waren.

Die mit den langen Haaren warf Golowkin einen freundlichen, nicht uninteressierten Blick zu. Er rief die Serviererin heran und bestellte einen Krabbencocktail und einen leichten Weißwein.

»Und bitte eine Flasche Sekt für den Tisch nebenan.«

Die Serviererin nickte verstehend. Alles lief bestens. Nun sahen bereits beide Mädchen interessiert zu Golowkin. Als der Champagner auf ihrem Tisch stand, lächelten sie.

»Setzen Sie sich doch zu uns!«

Er bestellte für die beiden ebenfalls Krabbencocktail, außerdem Eis mit Schlagsahne (nur für die Mädchen, er selbst mochte nichts Süßes).

Die Langhaarige stellte sich als Alissa vor, die andere als Marina. Golowkin küßte beiden die Hand.

Die Mädchen waren tatsächlich Studentinnen, beide studierten an der Geisteswissenschaftlichen Universität und waren ins Café gekommen, um »nach einer Prüfung ein bißchen auszuspannen«.

»Richtig, es ist ja Juni, Prüfungszeit«, erinnerte sich Golowkin.

Sie erklärten, sie seien beide aus Moskau, lebten bei ihren Eltern und wollten Kunstwissenschaftlerinnen werden. Der derbe ukrainische Akzent der jungen Moskauerinnen irritierte ihn nicht, auch die Jargonausdrücke, mit der ihre Rede durchsetzt war, ignorierte er. Ihre blauen Augen, ihre weißen Zähnchen, ihr fröhliches Lachen machten ihn schwindlig und jagten ihm Schauer über den Rücken.

Ich muß mich für eine entscheiden, dachte er, vom ersten Schluck Weißwein bereits angetrunken, schade, daß ich keinen Freund habe, mit dem ich dieses Fest teilen könnte.

Nach dem Café willigten die beiden rasch ein, Golowkin nach Hause zu begleiten. Alle beide.

Unterwegs kaufte er Obst, eine große Schachtel Pralinen, die teuersten Zigaretten und eine Flasche Sekt.

Die Mädchen beobachteten aufmerksam, wie er die Brieftasche aus der Innentasche des Jacketts nahm, sie öffnete und wieder zurücksteckte. Doch das fiel Golowkin nicht auf. Die beiden hatten so wunderschöne blaue Augen!

Als sie in sein Haus gingen, legte er seinen Arm erst um Alissas Taille, dann um die von Marina und bekam einen ganz trockenen Mund.

Wieso eigentlich nur eine? Warum nicht alle beide? Ich habe mir so lange nichts gegönnt ....

In der leeren Wohnung schauten die Mädchen sich um, als wären sie hier zu Hause, setzten sich in Sessel, rauchten und zwitscherten fröhlich, während er den Couchtisch deckte. Schließlich war der Sekt geöffnet.

»Auf unsere Bekanntschaft!« sagte Golowkin und stieß mit seinen Gästen an.

»Ich könnte einen Kaffee gebrauchen«, sagte Marina sehnsüchtig, »sonst schlafe ich gleich ein ...«

»Ja« – Alissa lächelte –, »machen Sie einen Kaffee, kümmern Sie sich ein bißchen um uns Mädchen.«

Golowkin verschwand in der Küche. Als er mit drei dampfenden Kaffeetassen auf einem Tablett zurückkam, saßen die Mädchen noch immer rauchend und fröhlich zwitschernd da. Der Sekt war bereits eingeschenkt.

»Auf deine Gesundheit, Ilja!« Marina küßte ihn schmatzend auf die Glatze.

Sie stießen an.

»He, Ilja, nicht nur einen Schluck!« Alissa streichelte sein Knie. »Das geht nicht. Komm, trink aus, auf die Gesundheit muß man das ganze Glas austrinken, sonst wird man krank.«

Golowkin leerte sein Glas. Ihn schwindelte noch heftiger, außerdem verspürte er auf einmal eine merkwürdige Schwäche. Unversehens saß Marina auf seinem Schoß. Sein Blick wurde trübe, er konnte sich kaum noch rühren. Aber das wollte er auch gar nicht.

»Ach du, mein Katerchen, mein Alterchen«, flüsterte ihm Marina ins Ohr und kitzelte es mit ihren spitzen, grellrosa lackierten Fingernägeln sanft.

Alissa war indessen ins Nebenzimmer gehuscht, durchwühlte flink sämtliche Schubfächer und Regale der polierten Anbauwand, schüttete Raïssas billigen Schmuck in ihre Handtasche, untersuchte den Inhalt von Golowkins nagelneuem Aktenkoffer, fand dort jedoch nur eine unangebrochene Flasche Herrenparfüm und Schachteln mit Schweizer Pralinen, fluchte leise, nahm aber auch das.

Golowkin wußte nicht recht, ob er sich wohl fühlte oder im Gegenteil. Die schlanke Marina auf seinem Schoß kam ihm plötzlich unglaublich schwer vor, als wiege sie eine ganze Tonne. Übrigens war sie längst von seinem Schoß gesprungen und zog ihm behutsam das Jackett aus.

»So, mein Katerchen, so, mein Süßer«, redete sie auf ihn ein, während sie geschickt seine Taschen durchwühlte. »Jetzt geht's in die Heia, uns fallen ja schon die Augen zu.«

Golowkins Brieftasche verschwand in der weißen Lackhandtasche. Er merkte nichts davon. Er war furchtbar müde, sein Körper fühlte sich an, als sei er aus Watte, er sank in einen schwarzen, zitternden Nebel, und durch den Nebel drang aus weiter Ferne ein undeutliches Flüstern, in dem er die Worte zu hören glaubte: »Das war's, los, wir hauen ab ...«

Golowkin versuchte aufzustehen oder wenigstens zu schreien, doch statt eines Schreis drang nur ein schwaches Stöhnen aus seiner Kehle. Die Wohnungstür klappte, doch das bekam er nicht mehr mit.

Neunzehntes Kapitel

Ein erneuter Anruf holte Vera aus dem Bett. Sobald die Tür hinter ihrer Mutter und Sonja zugefallen war, hatte Fjodor sich mit einer Gier auf sie gestürzt, die sie zugleich erschreckte und betörte.

Seit jenem ersten Abend in seiner kleinen Wohnung waren erst ein paar Tage vergangen, und Vera dünkte es, als hätten sie und Fjodor seitdem ununterbrochen Liebe gemacht. Sobald sie allein waren, wollte er sie.

Als hätte er jahrelang keine Frau angerührt. So gierig, so ausgehungert wirkt er, dachte Vera.

»Ich liebe dich so und will dich immerzu, bis zum Wahnsinn«, sagte er, während er erneut geschickt ihr und sich die Kleider vom Leib riß.

Nicht, daß das Vera nicht gefallen hätte. Aber in ihrer plötzlichen Liebe lag etwas düster Animalisches. Sie hatte sich schon mehrfach gefragt: Die Leidenschaft würde mit der Zeit nachlassen – was, wenn sich dann plötzlich herausstellte, daß sie nicht miteinander reden konnten? Man konnte ja nicht ausschließlich im Bett kommunizieren.

Als im Flur das Telefon klingelte, war sie sogar froh. Sie hatten sich erst vor ein paar Minuten voneinander gelöst. Sie fühlte sich erschöpft und ausgelaugt. Er aber war willens, noch einmal von vorn anzufangen, seine Hände streichelten bereits ihre Hüften, fuhren sanft und langsam über ihre Brust, seine Lippen kitzelten ihren Bauch. Sie schlüpfte rasch unterm Laken hervor und zog ihren Morgenmantel über.

»Nein. Da sind Sie falsch verbunden. Hier ist nicht die Firma Star-Service. Bitte streichen Sie diese Nummer, und rufen Sie nie wieder an«, spulte Vera den Text ab, der ihr schon zum Hals heraushing.

Anschließend ging sie nicht ins Zimmer zurück, sondern in die Küche, setzte sich hin und zündete sich eine Zigarette an. In letzter Zeit rauchte sie ziemlich viel, besonders seit sie den Nichtraucher Fjodor kennengelernt hatte. Früher hatte eine Schachtel Zigaretten, die sie immer hinten im Küchenschrank versteckte, eine ganze Woche gereicht. Nun rauchte sie mindestens zehn Zigaretten am Tag und versteckte sich dabei nicht mehr vor ihrer Mutter, die knurrte, den Kopf schüttelte und meinte, sie hätte Prügel verdient.

Lautlos wie ein Gespenst stand Fjodor plötzlich in der Küche. Er hatte überhaupt die unangenehme Gewohnheit, lautlos aufzutauchen, eine Weile schweigend dazustehen und einen zu beobachten, bevor man es bemerkte. Vera sah ihn an und lächelte.

»Sie sind gleich zurück« – sie meinte ihre Mutter und Sonja –, »wir müssen uns anziehen.«

»Vera« – er trat zu ihr und strich mit der Hand über ihre Wange –,«heiratest du mich?«

Sie war verwirrt. Auf diese Frage war sie in keiner Weise vorbereitet.

»Ich weiß, wir kennen uns noch zuwenig, aber es ist doch eigentlich alles klar«, sagte er mit leiser, sanfter Stimme. »Ich kann ohne dich nicht leben. Vielleicht bist du dir noch unsicher über deine Gefühle, aber ich bin dir nicht gleichgültig, nicht wahr?«

»Nein, Fjodor, du bist mir nicht gleichgültig.« Sie lächelte erneut.

Nach dieser Vielzahl stürmischer Umarmungen klang »nicht gleichgültig« ziemlich albern.

»Wir könnten die erste Zeit auch bei mir wohnen. Ich weiß, da ist wenig Platz, aber man sollte seine Ehe nicht in einer Wohnung mit den Eltern beginnen. Wir können deine Mama ruhig jeden Tag besuchen oder sie uns. Und dann tauschen wir meine Wohnung gegen eine Zweizimmerwohnung. Das Geld für den Wertausgleich habe ich. Und wenn wir ein Kind bekommen …«

»Du möchtest, daß ich ein Kind bekomme?« fragte Vera langsam.

»Sehr. Nicht nur eins, sondern zwei. Oder noch besser drei. Aber das sehen wir später.«

Er sprach, als hätte sie eingewilligt. Er hatte für sie beide bereits alles entschieden. Er machte sich ihretwegen keine Illusionen, verlangte von ihr nicht sofort überschäumende Freude. Und das verblüffendste: Während seines Monologs stand er am Abwaschbecken und spülte Geschirr. Fast nackt, nur in Unterhosen.

Wo findest du so einen noch mal? dachte Vera irgendwie müde und abwesend. Willst du ein einsames Alter mit nichts als der Erinnerung an die unerwiderte Liebe zu Stas? Willst du dir ein Leben lang Vorwürfe machen, weil du den wunderbaren, herzensguten, fürsorglichen Fjodor abgewiesen hast? Er ist natürlich ein bißchen primitiv und ungebildet. Aber das ist nicht seine Schuld. Wir hatten, wie Mama sagt, eben nicht die gleiche Kinderstube. Dafür ist er kein bißchen infantil, er ist nicht verwöhnt, er wird bestimmt ein guter Vater. Er ist gerade erst in meinem Leben aufgetaucht, und schon spürt man den Mann im Haus. Nichts tropft mehr, alle Haken, alle Griffe an den Küchenschubladen sind an ihrem Platz. Er hat einen Tefal-Boiler gekauft und ihn eigenhändig im Bad installiert. Nun haben wir kein Problem mehr mit dem heißen Wasser. Er spült das Geschirr, kauft alle möglichen Delikatessen. Was will ich mehr? Und vor allem scheint er mich wirklich zu lieben.

»Ich rede mit deiner Mutter, und dann gehen wir so bald wie möglich aufs Standesamt«, fuhr er fort, während er Löffel und Gabeln abtrocknete.

Ihre Antwort schien ihn gar nicht zu kümmern. Er fragte nicht einmal, ob sie einverstanden war. Als wäre ihr Einverständnis ohnehin klar.

»Gut«, sagte Vera, »ich denk drüber nach.«

Sie stand auf und ging ins Bad.

»Ich komme mit.« Er räumte das Besteck ordentlich in die Schublade. »Du weißt doch, ich wasche dich gern wie ein kleines Kind.«

Wie lange mag diese Idylle wohl anhalten? fragte sich Vera.

Als sie zusammen unter der Dusche standen, hörten sie trotz des rauschenden Wasserstrahls erneut das Telefon im Flur schrillen.

»Selbst ich hab schon die Nase voll von dieser verfluchten Firma, für die hier dauernd Anrufe kommen«, sagte Fjodor, der ihr zärtlich Schultern und Rücken mit Seifenschaum einrieb. »Wie hieß sie doch gleich?«

»Star-Service.«

Seine Hände erstarrten für Sekunden. Vera strich sich das nasse Haar aus dem Gesicht. Die grauen Augen waren ganz nah. Sie entdeckte darin einen seltsamen, ganz neuen Ausdruck – irgendwie gehetzt oder bekümmert. Wasser rann Fjodor übers Gesicht, und einen kurzen Moment kam es ihr vor, als weinte er beinahe. Er biß sich sogar auf die Unterlippe. Das wirkte ein bißchen theatralisch, aber fiel einem so etwas auf, wenn man zu zweit nackt unter der Dusche stand?

»Was hast du?«

»Nichts ... Gar nichts. Lassen wir das.« Er drehte das Wasser ab und rieb Vera behutsam mit dem Handtuch trocken.

»Wenn du mich weiter so verwöhnst, wird es dir irgendwann noch leid tun«, sagte sie lächelnd.

»Star-Service«, sagte er leise, wie zu sich selbst, und biß sich erneut auf die Lippe.

»Was ist los, Fjodor? Du hast den Namen dieser unglückseligen Firma schon hundertmal gehört. Warum reagierst du darauf plötzlich so komisch?«

»Natürlich wußte ich, daß eure Nummer mal einer Firma gehört hat. Aber auf den Namen habe ich nie geachtet, da habe ich nicht hingehört. Hätte ich dich bloß nicht danach gefragt! Nein! Besser, ich wüßte nicht, welche Firma ...«

»Warum?« fragte Vera erstaunt.

»Reden wir nicht darüber. Ich kann nicht ... Es tut zu weh.«

»Mein Gott, Fjodor, was ist los? Worüber willst du nicht reden? Warum tut das weh?«

»Nein, Vera. Achte nicht weiter darauf ... Schluß, vorbei.«

»Wie du meinst.« Vera zuckte die Achseln. »Trinken wir erst mal Tee.«

Sie schaltete den Wasserkocher ein und ging sich anziehen.

Er ist wirklich komisch, dachte Vera, während sie sich das nasse Haar mit einer Massagebürste kämmte. Wir kommen nicht nur aus verschiedenen Kinderstuben, wir kommen von verschiedenen Planeten ... Sonja sind an ihm sogar Kriminellenmanieren aufgefallen. Na ja, das Kind spielt Detektiv. Und ich, was spiele ich? Wenn wir zusammen sind, scheint alles wunderbar. Aber sobald wir uns für ein paar Stunden trennen, verspüre ich einen unangenehmen Nachgeschmack, als hätte ich mich an etwas Leckerem, aber sehr Ungesundem übergessen. Sodbrennen, ein widerlicher Geschmack im Mund ... Will ich ihn eigentlich heiraten oder nicht? Will ich wirklich immer mit ihm zusammen sein, ständig? Jeden Morgen neben ihm aufwachen? Ein Kind von ihm zur Welt bringen oder sogar zwei? Genau das habe ich mir immer gewünscht, aber mit einem anderen, mit Stas. Mit dem schwachen, feigen Stas, der sich selbst so vergöttert, daß ihm die Knie zittern, der mich wegen jedes hübschen Frätzchens fallenläßt, der zwei Söhne hat und nicht einmal weiß, wann sie Geburtstag feiern. Ich weiß es – er nicht.

Vera nahm einen luftigen langen Rock und eine cremefarbene ärmellose Bluse aus dem Schrank. Als sie den Gürtel schloß, stellte sie freudig erstaunt fest, daß er locker an ihr hing, obwohl er noch vor kurzem ihre Taille fest umspannt hatte. Sie war in diesen Tagen schlanker und schöner geworden. Sie hatte etwas ganz Neues an sich. Vielleicht, weil sie sich zum erstenmal wirklich begehrt und geliebt fühlte? Weshalb also sollte sie auf dieses Glück verzichten? Für die vage Hoffnung, daß der liebe Stas sich endlich zu ihr herabließ? Nein, die Hoffnung war längst passé, geblieben war nur Sehnsucht, Demütigung und Erschöpfung.

Sie schraubte ihr Lieblingsparfüm »Lulu« auf, betrachtete sich im großen Spiegel und spürte, daß sie sich wünschte, Stas könnte sie jetzt sehen. Sie sah umwerfend aus. Noch nie hatte sie sich selbst so gefallen.

»Vera! Der Tee ist längst fertig!« rief Fjodor aus der Küche.

Er deckte den Tisch immer sehr schön, selbst für ein einfaches Teetrinken. Hauchdünne Scheiben eines süßlichen französischen Käses fächerartig auf einem Teller angeordnet, in einem Korb englische Cracker, in einer Schale Konfitüre. Nur für sie gab er sich solche Mühe. Und sie Undankbare ... Wieder wirkte er sonderbar. Er wandte den Blick ab, seufzte.

»Fjodor, willst du mir nicht doch erklären, wieso dich der Name dieser blöden Firma plötzlich so aufregt?« fragte Vera und nahm einen Schluck von dem starken süßen Tee.

»Das ist eine lange Geschichte«, sagte er düster. »Ich weiß nicht, ob ich sie dir erzählen soll ...«

»Na, wenn du nun schon mal damit angefangen hast ...« Vera lächelte. »Du willst sie doch erzählen.«

»Nein, das will ich nicht.« Er hob ruckartig den Blick. »Und überhaupt, vergiß es. Niemand ist schuld an diesem Zufall.«

»Was für ein Zufall?«

»Daß deine Telefonnummer vor kurzem dieser verfluchten Firma gehört hat.«

»Was ist denn das für eine Firma? Was ist ihr Geschäft? Auftragsmord? Organhandel?«

»Lebende Ware«, sagte er kaum hörbar. »Die Firma Star-Service hat mit Mädchen gehandelt. Sie brachten sie ins Ausland, in die Türkei, nach Deutschland, nach Schweden und dann nach Tschechien, unsere Mädchen.«

»Ich weiß, du hältst mich für ein romantisches Fräulein aus dem neunzehnten Jahrhundert, das beim Wort ›Prostitution‹ in Ohnmacht fällt.« Vera lachte spöttisch.

Er schluckte krampfhaft.

»Ich bitte dich sehr, darüber keine Witze zu machen. Vor zwei Jahren haben sie meine Schwester in den Nahen Osten verkauft.«

»Ach so ... Verzeih mir, um Himmels willen. Du hast nie erwähnt, daß du eine Schwester hast.«

»Ich weiß auch gar nicht, ob ich noch eine habe. Ob sie noch lebt. Sie hatte die Armut satt und hat sich von einer Annonce anlocken lassen: ›Arbeit im Ausland ...‹ Ich halte dich nicht für ein Fräulein aus dem neunzehnten Jahrhundert, Vera. Aber du hast nie mit dem wirklichen Schmutz des Lebens zu tun gehabt. Du weißt vieles nicht, Gott sei Dank. Ich möchte nicht, daß du damit in Berührung kommst. Und nun dieser dumme Zufall. Diese Firma ist schon mehrfach verschwunden und wieder aufgetaucht. Ich habe sie gesucht, so gut ich konnte. Ich habe meine Schwester gesucht. Nur sie wissen, wo sie ist.«

»Moment mal, wieso glaubst du, daß es wirklich diese Firma ist? Wenn sie immer wieder verschwindet und neu auftaucht, kann sie zehnmal ihren Namen gewechselt haben«, unterbrach ihn Vera.

»Schon möglich ... Aber ich muß das überprüfen. Ich muß mit dem Mann reden, der hier angerufen und sich als

Inhaber der Firma ausgegeben hat. Erinnerst du dich, du hast mir davon erzählt. Er hat angerufen in der Nacht, als Matwej verschwand. Du hast noch gesagt, das hätte dich an den Witz mit den Telefonstreichen erinnert.«

»Vielleicht war es ja wirklich ein Telefonstreich.«

»Nein, ich bin mir sicher, das war er. Der Inhaber. Ich weiß sogar, wie er heißt. Anton Kurbatow. Aber außer seinem Namen und dem der Firma weiß ich nichts … Vera ….« – er nahm ihre Hand und küßte die Handfläche –, »dieser Mann wird auf jeden Fall versuchen, an die Informationen zu gelangen, die auf deinem Fax gelandet sind. Er wird dir sonstwas vormachen. Er braucht diese Dokumente. Mehr noch, du könntest für ihn eine gefährliche Zeugin sein.«

»Moment mal, übertreibst du da nicht? Ich habe nichts davon gelesen, höchstens flüchtig überflogen. Soweit ich verstanden habe, ging es dabei um Immobilienhandel. Und überhaupt werfe ich diese Faxe immer weg.«

»Wie – du wirft sie weg?!« Er griff erneut nach ihrer Hand.«

»Du bist aber komisch.« Vera zuckte die Achseln. »Sieh dir doch meinen Schreibtisch an, der ist ohnehin voller Papier. Da haben mir fremde Faxe gerade noch gefehlt. Und dein Kurbatow muß doch kapieren, daß ich als völlig Fremder mit seinen Dokumenten nichts anfangen kann. Also von wegen ›gefährliche Zeugin‹ – das ist wohl übertrieben …«

»Und simple Neugier? Du schließt das vielleicht aus, aber Kurbatow bestimmt nicht. Immerhin besteht die Möglichkeit, daß du dir einige Seiten angesehen, etwas davon in Erinnerung behalten hast. Es kann nicht sein, daß du dich an überhaupt nichts erinnerst.«

»Du interessierst dich für diese albernen Faxe ja mehr als die ehemaligen Firmenchefs. Oder hoffst du, daß in irgendeinem dieser zufälligen Papiere eine Information über deine Schwester auftaucht? Übrigens – wie heißt sie eigentlich?«

»Natascha. Sie ist gerade achtzehn. Ein naives, nettes Mädchen, hat jedem vertraut … Irgendwie war sie dir sehr ähnlich …«

»Und wo warst du, als deine Schwester diesen Verbrechern in die Hände fiel?«

»Ich war in Tschetschenien«, sagte Fjodor kaum hörbar.

»In Tschetschenien?!« Vera zog mechanisch eine Zigarette aus der Schachtel. »Hör mal, ich weiß absolut nichts über dich. Du willst mich heiraten, erzählst mir aber nichts von dir.«

»Ich werde dir schon noch von mir erzählen. Später, nicht jetzt. Jetzt möchte ich, daß du verstehst: Die Leute, die hier dauernd anrufen, sind gefährlich. Aber ich bin bei dir, du mußt nur auf mich hören und mir nicht widersprechen. Glaub mir, es gibt Dinge, von denen ich mehr verstehe. Vertrau mir einfach. In Ordnung?«

»Ich werd mich bemühen.« Vera zuckte die Achseln. »Aber wenn sie wirklich mit ›lebender Ware‹ handeln, dann ist das in erster Linie Sache der Miliz und der Staatsanwaltschaft. Ich hoffe, du hast nicht vor, auf eigene Faust zu ermitteln?«

»Ach, du bist ja so naiv, meine liebe Vera.« Er schüttelte den Kopf. »Meinst du wirklich, die Miliz und die Staatsanwaltschaft wüßten nicht Bescheid? Die leben doch von solchen Firmen. Die Miliz ist mit Haut und Haar gekauft, und die Staatsanwaltschaft genauso. Diese Schweine haben überall ihre Leute.«

»Übertreibst du da nicht?« fragte Vera erneut. »Wenn das so eine super Mafiabande ist, warum müssen sie dann ständig untertauchen? Und warum lassen sie zu, daß wichtige Dokumente in fremde Hände gelangen? Das ist doch unlogisch …«

»Verbrechen hat keine Logik. Jede kriminelle Handlung ist generell unlogisch.«

»Beschäftigst du dich in deiner Freizeit mit Kriminologie?« fragte Vera rasch. »Oder warum bist du so gut informiert?«

»Ich arbeite beim Wachschutz«, erklärte er ungerührt. »Also muß ich ein bißchen was von Kriminologie und Kriminalistik verstehen.«

»Mag sein, daß du was davon verstehst, wenn du weißt, daß das verschiedene Wissenschaften sind, aber was die Logik angeht, da bin ich anderer Ansicht.« Vera schüttelte den Kopf. »Ein Verbrecher muß klug sein, sonst wird er schnell gefaßt.«

»Sie werden nicht gefaßt, weil sie jeden zufälligen Zeugen beseitigen«, sagte Fjodor leise. »Das letztemal, als Star-Service aus einem Büro ausgezogen und eine andere Firma dort eingezogen war, wurde die Direktionssekretärin nach einem Monat ermordet. Sie hatte auch Star-Service-Faxe empfangen. Du mußt mir das natürlich nicht glauben. Aber ich möchte, daß du begreifst: Das ist eine sehr ernste Angelegenheit. Diese Leute sind brutal, Vera. Ich habe ihretwegen meine Schwester verloren und möchte nicht auch noch meine Braut verlieren. Was für ein unglaublicher, ungeheuerlicher Zufall, daß ausgerechnet du ihre Nummer bekommen hast! Das ist Schicksal ...«

»Gut« – Vera nickte –, »sagen wir, du hast mich überzeugt. Was weiter? Nicht mehr ans Telefon gehen? Das Fax ausschalten und nicht mehr arbeiten?«

»Erstens mußt du die Papiere durchsehen, alles raussuchen, was du nicht weggeworfen hast, und beiseite legen. Wenn noch mal jemand anruft, der sich als Inhaber der Firma ausgibt, redest du ganz ruhig mit ihm. Falls er fragt, ob du noch irgendwelche Papiere aufgehoben hast, sagst du ja. Aber du hättest sie nicht gelesen.«

»Und wenn er nicht mehr anruft?«

»Er wird anrufen«, sagte Fjodor überzeugt, »das spüre ich.«

»Wenn die Sache so gefährlich ist, sollte ich dann nicht lieber sagen, ich weiß nichts? Ich hätte keine Papier von ihnen, hätte alles weggeworfen? Das ist schließlich die reine Wahrheit.«

»Meine liebe Vera« – er seufzte tief –, »du und ich, wir kennen Begriffe wie Wahrheit und Lüge. Die Leute, denen die Firma Star-Service gehört, haben andere Regeln. Ich verstehe, du möchtest in das alles nicht reingezogen werden. Aber du steckst schon mittendrin. Du hast ihre Telefonnummer. Du besitzt Informationen. Meinst du, diese ewigen Anrufe hätten keinen Grund? Nein, Mädchen, das gibt es nicht. Wir müssen handeln, schnell und klug. Wenn der Inhaber der Firma anruft, versprichst du ihm, die Papiere rauszusuchen, und verabredest dich mit ihm.«

»Mein Gott, Fjodor, was sollen diese Spionspielchen?«

»Wie oft soll ich es noch sagen – das ist kein Spiel! Zu der Verabredung gehen wir zusammen.«

Zwanzigstes Kapitel

Stas Selinski gefiel nicht, wie Vera am Telefon mit ihm geredet hatte. In ihrer Stimme, ihrem Tonfall hatte etwas ganz Neues gelegen.

»Nein, heute kann ich nicht. Viel zu tun.«

Das sagte sie in letzter Zeit häufig, aber immer war die gewohnte Erregung herauszuhören, die sie verriet. In Wirklichkeit freute sie sich, daß er anrief. Daß sie keine Zeit habe, sagte sie nur, um sich wichtig zu machen – die üblichen Weibertricks, damit kannte Stas sich aus.

»Vera, mein Sonnenschein, du solltest nicht soviel arbeiten, ab und zu muß man auch mal ausspannen.«

»Stimmt«, sagte Vera, »aber jetzt habe ich viel zu tun.«

Er hatte nicht gleich begriffen, was genau ihn so irritierte, doch dann wurde ihm klar: Sie war vollkommen ruhig gewesen. Sein Anruf, sein Wunsch, sie zu sehen, hatte bei Vera nicht die geringste Reaktion ausgelöst. Und vor allem – sie hatte zum erstenmal entschieden abgelehnt, sich mit ihm zu treffen, selbst zärtliche Überredungsversuche waren verpufft.

Dabei wollte er ihr so gern sein Herz ausschütten, wollte sich wieder als der Einzige, bedingungslos Geliebte fühlen. Er macht gerade eine finstere Zeit durch. Seine derzeitige Ehefrau veranstaltete ein widerliches Gerangel um die Wohnung, seit drei Tagen krachten sie sich unentwegt, und Stas hätte die Wände hochgehen mögen.

Vielleicht sollte ich wirklich Vera heiraten und mich damit zufriedengeben? dachte er. Er lag auf der Couch, starrte an die Decke und hörte seine Frau am Telefon mit ihrer Freundin erörtern, wie sie ihm einen Teil der Wohnfläche entreißen werde, auf die sie nicht das geringste Recht hatte. Sie sprach absichtlich laut, sie wußte genau, daß er alles hörte.

Worauf spekuliert sie? dachte Stas. Will sie mich einschüchtern? Mich nervlich fertigmachen? Sie wird keinen einzigen Quadratmeter bekommen ... Obwohl, bei ihrer Habgier – sie bringt's fertig und engagiert irgendwelche Banditen. Mein Gott, warum zieht es mich immer zu solchen gemeinen Biestern?

Stas hielt sich für einen komplizierten, widersprüchlichen Menschen.

Er war ein Einzelkind und der einzige Enkel und Neffe. Er war umgeben von zahlreichen Großmüttern, Großvätern, Tanten und Onkeln aufgewachsen – einziges Kind unter einer Vielzahl entzückter Erwachsener, das allerwichtigste Kind der Welt, das allerschönste, genial, die ganze Freude und der ganze Stolz der Familie.

Mit drei Jahren nahm er einmal den Mund voller Milch und spuckte seiner Mama eine Milchfontäne ins Gesicht. Die Mama lachte, wischte sich mit einem Geschirrtuch das Gesicht ab und küßte den Jungen auf die Stirn.

»Ach, mein kleiner Sonnenschein! Mein süßer kleiner Schlingel!«

Mit sechs band er ein Ende der Wäscheleine am Gürtel von Großmutters Schürze fest, das andere am Türgriff. Großmutter erschrak, schrie auf und zuckte zusammen, weil sie nicht begriff, warum die Tür hinter ihr zuklappte und was da von hinten an ihr zerrte.

»Ach, was hat der Junge für einen originellen Humor!« sagte die Großmutter gerührt.

Als er mit zehn seine warmen Schuhe nicht anziehen wollte und sie nach der Tante warf, beschwichtigte sie ihn: »Sei doch nicht so nervös, Stas, beruhige dich, mein Junge!«

Seit seiner frühesten Kindheit sorgten sich alle um seine Nerven. Als er geboren wurde, hatte der Doktor unvorsichtigerweise gesagt, der Kleine dürfe nicht zu heftig weinen. »Lassen Sie nicht zu, daß er schreit, bis er sich verkrampft!« So entstand in der Familie der Mythos von der besonderen nervlichen Anfälligkeit des Jungen. Er wurde ständig auf dem Arm getragen, von der ganzen großen, lauten Familie bemuttert, durfte sich alles erlauben, und die Überzeugung, daß alle um ihn herum ihm etwas schuldig seien, setzte sich in ihm fürs ganze Leben fest.

Mit zunehmendem Alter holte er sich zwar gehörige Beulen, gab aber dennoch seine glückliche, wenngleich gefährliche Illusion nicht auf. Doch er lernte die Menschen einzuschätzen. Er wußte sofort, bei wem er sich seine Launen erlauben, der verwöhnte Prinz sein durfte und bei wem nicht.

Bis er dreißig war, lief alles wunderbar. Er sah gut aus, war geistreich, schrieb talentierte Gedichte. Er ging mit dem leichtfüßigen Schritt des Siegers durchs Leben, und darauf beruhte auch ein Teil seines männlichen Charmes. Wenn er bewundert wurde, blühte er auf. Traf er auf Gleichgültigkeit, litt er darunter nicht sonderlich. Der wichtigste Maßstab für den Wert eines anderen Menschen war für Stas Selinski dessen Fähigkeit, Stas Selinski zu bewundern. Wer das nicht konnte oder wollte, war dumm und langweilig.

Stas war von Kindheit an daran gewöhnt, von allem das Beste zu bekommen. Als er ein erwachsener Mann war, spiegelte sich das auch in seinen Beziehungen zu Frauen.

Stas heiratete ausschließlich Schönheiten, und zwar solche, die allseitige Bewunderung weckten. Sein Geschmack war nicht gerade originell. Er mochte lange Beine, üppige Brüste und Puppengesichtchen.

In seiner Jugend, Ende der Siebziger, Anfang der Achtziger, war das Flair von Boheme und Poesie nicht weniger reizvoll als heute der ordinäre Geruch nach Geld. An Schönheiten mangelte es nie. Doch die Mädchen mit den Beinen und dem Gesicht eines Sexidols verlangten selbst Bewunderung und Anbetung und waren ebenso launenhaft und verwöhnt wie Stas.

Die Zeit verging, das Leben veränderte sich. Mitte der Neunziger ließ erhabene Poesie die Schönheiten kalt. Sie verlangten Pelze und Brillanten und Reisen auf die Kanaren.

Stas war verblüfft, mit welcher Leichtigkeit er aufgehört hatte, Gedichte zu schreiben. Heutzutage konnte man sich weder Inspiration noch Traurigkeit erlauben. Um ein Sieger zu bleiben, mußte man Geld verdienen.

Das erwies sich als schwierig, widerlich und äußerst prosaisch. Stas mußte ständig seinen Egoismus unterdrücken, sich mit kalten, zynischen Leuten abgeben, mehr noch – er war von ihnen abhängig. Der enorme Selbsterhaltungstrieb, Rettung vieler ausgeprägter Egoisten, half auch Stas. Er paßte sich an, lernte, ein anderer zu sein – aber nur äußerlich. Innerlich blieb er der verwöhnte, begabte, hypersensible Stas, den alle bewundern mußten.

Und nun, da die Großmütter und Tanten nicht mehr lebten und seine Eltern alt und krank waren und nicht mehr die Kraft hatten, ihn wie früher zu bewundern, stellte Stas auf einmal fest, daß er außer der quasi als Reserve stets greifbaren Vera keinen einzigen Menschen hatte, der für ihn die innigen Gefühle hegte, an die er von klein auf gewöhnt war.

Seine Frau schrie im Flur. Diese seine letzte Schönheit hatte außer Beinen, Brüsten, der Bissigkeit einer Bulldogge und einem Metzger-Papa in Kriwoi Rog absolut nichts vorzuweisen. Sie waren seit zwei Jahren verheiratet.

Sie hatte Stas ausschließlich wegen des Wohnrechts in Moskau und der schönen Dreizimmerwohnung im Zentrum geheiratet. Von Liebe war nie die Rede gewesen. Er hatte sich wie immer eingeredet: Beine und Brüste sind ausreichend, es genügt, wenn sich auf der Straße jeder nach ihr umdreht. Im Gegensatz zu seinen früheren Frauen verstand Inna sich jedoch nicht zu kleiden und zu schminken. Sie besaß keinen Geschmack und kein Gefühl für das richtige Maß, wie eine Elster bevorzugte sie schreiend Schillerndes. Die dicke Schicht Make-up wirkte auf ihrem derben, breitknochigen Gesicht vulgär. Und dieser enorme Haß, diese gierigen, kalten Augen, diese brutale, hemmungslose Härte! Das schlimmste war, daß Inna in letzter Zeit häufig zur Flasche griff. Nichts war so widerwärtig wie eine betrunkene Frau.

Stas stand abrupt auf, ohne Inna zu beachten, die ihr Telefonat beendet hatte und ihm etwas ins Gesicht schrie, ging ins Bad, schloß sich ein und stellte sich unter die Dusche.

Vera war bei weitem kein Sexidol, nach ihr drehte sich auf der Straße kein Mann um. Vor fünfzehn Jahren hatte sie ausgesehen wie ein gelber Plüschteddy, weich und rührend mit ihren kindlichen Grübchen auf den Wangen und ihrem strahlenden, bewundernden Lächeln. Er wußte selbst nicht, warum er sie ins Bett gezerrt hatte. Damals auf der Datscha hatte er nicht einmal daran gedacht, daß sie noch keine sechzehn war, ein halbes Kind, und noch zur Schule ging.

Erst hinterher, als er feststellte, daß er ihr die Unschuld geraubt hatte, als er ihre Tränen sah und von ihr eins in die Fresse gekriegt hatte, war er zur Besinnung gekommen und furchtbar erschrocken. Wenn sie es nun Mama und Papa erzählte? Vor Schreck hatte er lauter Blödsinn gestammelt – aus Angst und Verwirrung, aus Mitleid mit sich und mit ihr. Und sie hatte alles für bare Münze genommen.

Er hatte selbst nicht erwartet, daß diese Geschichte sich so lange hinziehen würde. Er hatte die unangenehme Situation geschickt in eine andere, weniger gefährliche Bahn gelenkt und eine lockere, zu nichts verpflichtende Affäre mit dem »Plüschteddy« angefangen. Aber er konnte sie doch schließlich nicht heiraten! Davon sprach sie auch nie. Sie gab sich damit zufrieden, daß er, der kostbare Stas, kam und ging, wann es ihm paßte.

Er merkte gar nicht, wie er sich allmählich an sie gewöhnte, und wenn in ihrem Leben andere Männer auftauchten, erschrak er. Vera war sein Eigentum, sein Hinterland. Doch das konnte ja nicht ewig so weitergehen. Sie war dreißig. Sie wünschte sich eine normale Familie, ein Kind.

Übrigens war sie inzwischen viel schöner geworden. Weich, angenehm mollig – natürlich kein Model, aber viele Männer mochten das. Eine blauäugige Blondine mit zarter, durchsichtiger Haut, mit üppiger, fester Brust, zudem besaß sie einen ausgezeichneten Geschmack, sie verstand sich zu kleiden und zu schminken, hatte ein Gefühl für Stil und für das richtige Maß.

Stas schäumte sich den Kopf mit Shampoo ein und sinnierte, daß er wahrscheinlich eine Macke hatte mit seinen Schönheiten. Selbst Vera, die ihm so vertraut war, beurteilte er wie eine Ware, wie ein Rennpferd. Andererseits – das war eben normale männliche Eitelkeit, so alt wie die Welt. Sonderbar war etwas anderes: Erwog er tatsächlich, Vera zu heiraten?

Ohne sich diese Frage beantwortet zu haben, stieg Stas aus der Wanne, schaltete den Fön ein, legte sich sorgfältig das Haar und bürstete den kurzen, harten Bart. Schließlich war er bald vierzig, er hatte zwei Söhne, die er kaum kannte. Ebensowenig wie sie ihn. Die Trennung von den Müttern war so unschön und mit so heftigem Streit verlaufen, daß ihre Beziehung sich auf die Alimente beschränkte. So gesehen, hatte er keine Kinder. Und auch keine Frau mehr. Es wäre doch wirklich albern, diese Metzgertochter aus Kriwoi Rog, die ihm ein Stück Wohnfläche entreißen wollte, als seine Frau anzusehen.

Er nahm sein letztes sauberes Hemd aus dem Schlafzimmerschrank. Man sollte keinen hübschen Kleiderständer heiraten, sondern eine Frau, die einem die Hemden wusch und bügelte.

Stas ging zur Metro. Er war überzeugt, daß Vera zu Hause war. Wo sollte sie sonst sein? Nein, er hatte noch keine bestimmte Entscheidung getroffen. Er mußte sich lediglich versichern, daß alles in Ordnung war. Daß sie niemanden hatte außer ihm. Daß er ihr Einziger war. Daß er jederzeit auf sie zählen könnte.

Unterwegs kaufte er eine langstielige zartrosa Rose. Mit Geld war er in letzter Zeit klamm, einen ganzen Strauß konnte er sich nicht leisten. Aber eine einzelne Blume, das war sehr elegant. Er verwöhnte Vera sowieso selten mit Blumen. Sie würde sich unsäglich freuen.

»Stas?« fragte Vera hinter der Tür.

Sie schien zu überlegen, ob sie ihm öffnen sollte oder nicht. Das war neu.

»Vielleicht läßt du mich lieber rein, Vera?«

Das Schloß klackte. Die Tür ging auf. Er umarmte sie, küßte sie zärtlich auf die Schläfe. Sie roch nach »Lulu«, diesen Duft kannte er gut. Warum trug sie ihn zu Hause? Sie war auch gar nicht häuslich angezogen: ein langer Rock aus hellbeigem Chiffon, eine ärmellose cremefarbene Seidenbluse. Alles in zarten Pastelltönen, die perfekt zu ihren hellen Haaren und Augen paßten.

Der Setter Matwej sprang hoch und wedelte mit dem Schwanz. Er freute sich immer über Stas.

»Ich hatte große Sehnsucht. Bist du allein?«

Sie wich zurück, nahm seine Hand von ihrer Taille.

»Stas, ich …«

»Sag bloß nicht, daß du viel zu tun hast, und laß mich nicht hier im Flur rumstehen.« Er versuchte zu lächeln, doch das Lächeln geriet irgendwie gummiartig.

»Ich bin nicht allein, Stas.«

»Deine Mama ist zu Hause?«

»Nein. Mama ist mit Sonja beim Zahnarzt. Sonja hat Probleme mit einem Zahn, der Milchzahn ist noch nicht ausgefallen, und der neue kommt schon durch, es ist alles entzündet … Stas, ich werde heiraten.«

Das kam so urplötzlich, daß Stas es zuerst überhörte.

»Ach, Tatjana hat also wieder mal Sonja bei dir abgeladen? Was ist denn mit ihrem Zahn?«

Auf einmal spürte er von hinten einen Blick auf sich lasten. Endlich hatte er kapiert, wollte es aber nicht glauben.

»Na, dann mach uns mal bekannt … Ich bin schließlich kein Fremder«, stammelte er, und sein Gesicht verzog sich erneut zu einem gummiartigen Lächeln.

»Gut« – Vera nickte –, »komm rein. Ich koche gleich Kaffee.«

Er ging zur Küche. Plötzlich stand ein nicht sehr großer Mann mit kurzem dunkelblondem Haar vor ihm.

»Macht euch bekannt, das ist Fjodor, das ist Stas …«

Stas streckte mechanisch die Hand aus. Es folgte ein kühler Händedruck. Etwas an diesem durchschnittlichen, durchaus sympathischen Gesicht kam ihm merkwürdig bekannt vor. Kein übler Kerl, etwas über dreißig, kurze Haare, kräftige, aber nicht übermäßig breite Schultern. Irgendwo hatte Stas ihn schon mal gesehen. Ungute Augen. Eiskalt und durchdringend. Aber Stas war natürlich voreingenommen. Wieso sollte dieser Bursche ihm sympathisch sein? Wollte Vera ihn wirklich heiraten? Warum so schnell? Vor einer Woche hatte es noch keinen Fjodor gegeben. Stas hatte sie doch vor einer Woche besucht, und da war sie gewesen wie immer, seine Vera …

Sie saßen in der Küche und schwiegen. Stas holte seine Zigaretten hervor, bot Vera eine an, sie griff zu, und Stas bemerkte, daß ihre Hand leicht zitterte.

Sie ist genauso aufgeregt wie ich, dachte er, die Situation ist für sie vollkommen ungewohnt. Aber dieser Kerl ist ganz ruhig, die Augen eiskalt … Wo habe ich ihn bloß schon mal gesehen? Ob ich ihn frage?

Er hielt Fjodor die Zigaretten hin. Der lehnte ab. Schüttelte stumm den Kopf.

»Sie rauchen nicht?«

»Nein.«

»Entschuldigen Sie, Fjodor, sind wir uns schon mal irgendwo begegnet?«

»Nein.«

Stas kam sich vor wie ein Idiot. Er sollte aufstehen und gehen.

Dieser Fjodor wirkte ziemlich unkultiviert. Gleich würde er mit der Zunge schnalzen und zu ihm sagen: »He, Alter, komm mal mit raus!« Würde ihm womöglich die Fresse polieren. So einem war das zuzutrauen. Und wenn Vera bloß deshalb den erstbesten heiraten wollte, um ihn, Stas, zu ärgern? Wenn es so war, dann war noch nicht alles verloren. Sie liebte ihn schließlich seit fünfzehn Jahren. Und den da kannte sie noch keine Woche.

»Wann ist denn die Hochzeit?« fragte er und sah Vera an.

»Fjodor hat mir eben erst einen Antrag gemacht« – Vera wurde rot –, »vor einer halben Stunde.«

Sie konnte sich nicht mit einem Scherz herausreden oder ihm etwas vorschwindeln. Sie sagte wie immer die Wahrheit.

Plötzlich wußte Stas: Sie liebte diesen Fjodor nicht, er war erst vor kurzem aufgetaucht, rein zufällig. Vielleicht war er gar ein Betrüger? Vielleicht ging es ihm um Wohnrecht und Wohnraum? Immerhin besaß Vera eine passable Zweizimmerwohnung im Zentrum.

Ich muß mich erinnern, wo ich ihn schon mal gesehen habe. Eine zufällige Begegnung? Aber warum kommt mir sein Gesicht dann bekannt vor? Ich habe doch ein schlechtes Personengedächtnis.

»Ich bin also eine halbe Stunde zu spät«, sagte er nachdenklich.

»Nein, fünfzehn Jahre«, entgegnete Vera leise.

Fjodor saß stumm da, wie eine Wachsfigur, und schaute Stas aus seinen unangenehmen grauen Augen an. Den fröstelte unter diesem Blick.

»Na, Kinder, ihr seht aber gar nicht aus wie glücklich Verliebte.« Stas stand auf. »Vera, kann ich dich einen Augenblick sprechen? Entschuldigen Sie, Fjodor, ich muß mit Vera allein reden.«

Auch diesmal blieb Fjodor stumm, nickte nur leicht mit dem Kopf. Stas ging mit Vera ins Zimmer und schloß die Tür.

»Bist du verrückt geworden?« flüsterte er und preßte Veras Kopf an seine Brust. »Das geht doch nicht, mein Mädchen! Wer ist er? Wo kommt er her? Du liebst ihn gar nicht, und bestimmt weißt du nichts über ihn.«

»Hör auf, Stas, bitte.« Ihre Stimme zitterte, sie fing bitterlich an zu weinen, wie ein Kind. »Ich kann so nicht weitermachen. Du hast mich genug gequält, ich will eine normale Familie, ein Kind, und zwar mit einem Vater. Ich weiß, wie schlecht es ist ohne Vater. Ich werde langsam alt, ich habe schon Falten um die Augen, und er liebt mich, trägt mich auf Händen. Er ist so fürsorglich und häuslich, er repariert alles, mit ihm habe ich meinen Frieden ...«

»Kennt deine Mama ihn schon?«

»Ja, er gefällt ihr, er ist sehr nett. Natürlich ist er ein bißchen anders ... Seine Mama war Tellerwäscherin in einer Kantine, hat getrunken und besoffene Kerle mit nach Hause gebracht, sie haben in einer Art Keller gewohnt. Er arbeitet beim Wachschutz, hat keine Ausbildung außer zehn Klassen, Armee und Tschetschenien. Er redet wie in einer Fernsehserie.«

»Moment mal, er war in Tschetschenien?« Stas war entsetzt. »Auch das noch. Trotzdem, ich hab ihn schon mal irgendwo gesehen. Im Moment bin ich nervös und kann mich nicht erinnern. Aber es fällt mir bestimmt wieder ein. Es ist wichtig, das spüre ich. Hör mal, meinst du nicht, daß er nur spielt? Du sagst ja selbst, er redet wie in einer Fernsehserie.«

»Ach Stas, ist das denn entscheidend? Ja, er stammt aus völlig anderen Kreisen. Na und? Ich werde mich an ihn gewöhnen und ihn lieben. Mir hat noch nie jemand einen Heiratsantrag gemacht, niemals. Und ich bin schon dreißig.«

»Willst du damit mich überzeugen oder dich selbst?« fragte Stas leise und nahm ihr Gesicht in seine Hände.

»Ich weiß nicht ...«

»Kennst du wenigstens seinen Familiennamen?«

»Nein ...«

»Hör mal, Vera, vielleicht läßt du diesen Fjodor lieber sausen? Er gefällt mir nicht.«

»Das wär ja auch komisch.« Vera lachte unter Tränen. »Schließlich will ich ihn heiraten, nicht du.«

»Nein, das meine ich nicht ... Das ist doch Blödsinn, was wir beide da machen, ich heirate dauernd Zicken, und nun willst du mit dem erstbesten aufs Standesamt. Er ist bestimmt ein Hochstapler. Wenn du willst, mache ich dir einen Heiratsantrag, ja? Soll ich? Wir werden heiraten, eine richtige Familie gründen, ein Kind haben. Du liebst ihn doch nicht. Du liebst mich, das weißt du selbst. Ich bin schuld, ich habe mich dir gegenüber immer wie ein Schwein benommen.«

»Schluß jetzt!« Sie wischte sich die Tränen ab. »Das hatten wir alles schon. Jedesmal wenn irgend jemand sich ernsthaft für mich interessiert, verdirbst du alles. Erinnerst du dich an Andrej Sacharow, damals im zweiten Studienjahr? Und dann der andere, wie hieß er noch? Der Physiker Wolodja, den ich bei Tanja kennengelernt hatte ... Jeden hast du mir madig gemacht, warst auf einmal ganz zärtlich. Und nach zwei Wochen kam das nächste Model, und du ... Nein, Stas. Es reicht. Du hast zwei Söhne, hattest an die zwanzig Ehefrauen und Geliebte, du liebst nur dich selbst, du kannst kein Ehemann und Vater sein, du bist selber ein verwöhntes, schwieriges Kind. Und überhaupt – ich glaube dir nicht mehr. Ich bin es leid.«

»Vera, ich liebe dich sehr«, flüsterte er, preßte sie an sich und streichelte ihren Kopf. »Ich war ein Idiot. Ich brauche niemanden außer dir. Glaub mir ein letztes Mal, und laß uns heiraten.«

Die Tür ging lautlos auf. Auf der Schwelle stand Fjodor.

»Kommst du bald, Vera?« fragte er ruhig, als sähe er gar nicht, daß die beiden eng umschlungen mitten im Zimmer standen.

Was für ein Schwachsinn, dachte Stas, ich kann mich doch schließlich nicht mit diesem Wachmann prügeln! Der legt mich im Nu aufs Kreuz. Aber der zieht nicht so leicht wieder ab, das ist ein anderes Kaliber als der Philologe Andrej und der Physiker Wolodja. Der ist beinhart. Mein Gott, was tun?

»Ich ruf dich an, Stas«, sagte Vera leise und sah ihn mit trockenem, hoffnungslosem Blick an. »Geh jetzt ... Ich ruf dich an, wir treffen uns und reden in Ruhe über alles. Aber jetzt geh. Und du, Fjodor ... Verzeiht mir. Alle beide. Seid mir nicht böse ... Ich muß eine Weile allein sein.«

»Gut.« Fjodor nickte. »Ich verstehe. Du mußt eine Weile allein sein. Wir gehen. Alle beide. Ich komme morgen wieder.«

Sie verließen die Wohnung zusammen.

»Hör mal, vielleicht gehen wir noch irgendwohin und reden im guten miteinander?« schlug Fjodor plötzlich vor.

»Worüber?« fragte Stas mürrisch. »Worüber sollten wir miteinander reden? Über Vera?«

»Zum Beispiel.« Der frischgebackene Bräutigam nickte. »Weißt du, sie hat mir nämlich von dir erzählt. Du hast sie fünfzehn Jahre gequält. Wenn wir beide nun heiraten, wo ist die Garantie, daß sie nicht wieder zu dir rennt, sobald du sie rufst?«

»Na, weißt du« – Stas schüttelte den Kopf –, »die Garantie kann dir keiner geben.«

»Richtig. Keiner außer dir. Deshalb müssen wir miteinander reden.«

»Also schön, was willst du von mir?« fragte Stas müde. »Daß ich verschwinde? Entschuldige, das kann ich nicht. Trotzdem – wo kann ich dich schon mal gesehen haben? Erinnerst du dich nicht?«

»Doch« – Fjodor nickte –, »ich erinnere mich genau. Nirgends. Niemals. Ich hab eben ein Durchschnittsgesicht.«

Sie hatten längst das Haus verlassen und waren auf dem Weg zur Metro.

Will er etwa bis zu mir nach Hause mittrotten? dachte Stas gereizt. Ich kann mich doch nicht mit ihm prügeln, also wirklich!

»Ich laß dich sowieso nicht in Ruhe«, verkündete Fjodor, als habe er Stas' Gedanken gelesen. »Natürlich polier ich dir nicht die Fresse. Das wäre dumm. Wenn Vera erfährt, daß ich dich auch nur angerührt habe, dann hast du gewonnen. Am besten, du begreifst selber, daß ich nicht aufgeben werde. Du bist doch verheiratet, soviel ich weiß.«

»Wohin mußt du?« fragte Stas seufzend, als sie mit der Rolltreppe unten angekommen waren.

»In dieselbe Richtung wie du. Ich hab doch gesagt, ich laß dich nicht in Ruhe.«

Der Zug fuhr ein.

Wahrlich, Einfalt ist schlimmer als Diebstahl, dachte Stas, während er einstieg. Was soll ich nur mit ihm machen? Mit nach Hause nehmen?

»Hör mal, begreifst du nicht, daß das Veras Entscheidung ist, nicht unsere?« versuchte Stas geduldig zu erklären.

Sie standen im halbleeren Waggon nebeneinander und hielten sich an der oberen Haltestange fest. Stas überragte Fjodor um einen halben Kopf und schaute auf ihn herab, ein wenig hochmütig.

»Das scheint dir nur so«, sagte Fjodor und lachte abfällig. »Wenn du ein bißchen drüber nachdenkst, leuchtet dir das bestimmt ein. Das müssen wir beide entscheiden, nicht sie. Wenn du nicht mehr bei Vera auftauchst, dann heiratet sie mich. Sie wünscht sich schließlich wie jede normale Frau eine Familie, ein Kind ...«

»Und wenn ich auftauche?« fragte Stas düster.

»Du hast ihr auch so schon das Leben kaputtgemacht. Sie hat dir doch klar und deutlich gesagt: Du kommst fünfzehn Jahre zu spät. Wie oft hättest du sie in dieser Zeit heiraten können? Wieso willst du es jetzt unbedingt? Du meinst, ich passe nicht zu ihr, ja? Bin zu primitiv?«

»Ich meine überhaupt nichts!« entgegnete Stas wütend. »Ich muß hier raus. Mach's gut, Fjodor.«

Sie stiegen zusammen aus.

»Hör mal, Fjodor, ich hab dich nicht zu mir eingeladen«, sagte Stas, als sie auf sein Haus zugingen.

»Schon klar« – Fjodor nickte –, »du hast eine Frau und überhaupt ... Also, wie lautet deine Entscheidung?«

»Mein Gott, verstehst du denn nicht, Vera ist kein Gegenstand, über den man entscheiden kann. Geh nach Hause, Fjodor.«

»Du läßt dich garantiert nicht scheiden«, sagte Fjodor ungerührt. »Du wirst eine Weile um sie rumscharwenzeln und dich dann wieder mal in die Büsche schlagen. Hast du gar kein Mitleid mit Vera?«

»Ich lasse mich scheiden«, knurrte Stas. »Und überhaupt, wieso sollte ich das mit dir erörtern?« Er trat ins beleuchtete Treppenhaus.

»Ist deine Frau jetzt zu Hause?« fragte Fjodor neben ihm plötzlich.

»Ja, ist sie. Wieso?«

»Hast du den Mumm, ihr jetzt gleich zu sagen, daß du dich von ihr scheiden läßt? Beweise wenigstens einmal, daß du ein richtiger Mann bist. Beweise es. Dann verschwinde ich.«

»Wenn du es genau wissen willst: Ich hab ihr das längst gesagt. Wir sind schon dabei, uns zu trennen, nur daß sie nicht so einfach geht. Erst will sie sich ein Stück von der Wohnung schnappen. Sie packt genauso zu wie du. Beinhart.«

Diese Worte schien Fjodor überhört zu haben. Von oben, von einem Treppenabsatz zwischen den Etagen, drang Lachen. Dort saß wie immer eine fröhliche Gruppe Teenager.

»Sag mal, vielleicht bist du ja ein Irrer?« fragte Stas gequält. »Entschuldige, aber wie du dich benimmst, das ist einfach nicht normal.«

»Nein« – Fjodor lächelte gutmütig –, »ich bin kein Irrer. Ich liebe Vera und möchte, daß alles menschlich zugeht. Ich will Klarheit, verstehst du? Ihr Studierten, ihr müßt immer alles komplizierter machen. Aber ich bin ein einfacher Mann, ich bin für Klarheit.«

Ein Mädchen in einem superkurzen giftgrünen Lackrock und in Sandalen auf turmhohen Plateausohlen kam die Treppe heruntergerannt und wäre beinahe gegen die beiden vorm Fahrstuhl stehenden Männer geprallt.

»Tag«, warf sie Stas zu und rannte hinaus auf die Straße.

Stas kannte sie seit ihrem Windelalter, sie wohnte ihm gegenüber. Er erinnerte sich nur nie an ihren Namen – Ira oder Sweta …

Der Fahrstuhl kam. Stas hatte gar nicht bemerkt, daß sein aufdringlicher Begleiter auf den Knopf gedrückt hatte. Sie stiegen zusammen ein.

»Hörst du damit vielleicht irgendwann mal auf?« fragte Stas. »Hast du nicht verstanden: Ich lade dich nicht zu mir ein.«

»Das hab ich verstanden.« Fjodor nickte. »Du lädst mich nicht ein.«

Er hatte die Hände in die Taschen gesteckt. Seine Augen waren ganz nah und schauten Stas kalt und spöttisch an.

Macht er sich etwa über mich lustig? dachte Stas. Ich kann doch nicht die Miliz anrufen, wenn er mir in die Wohnung folgt! Noch nie habe ich mich so sehr wie ein Idiot gefühlt. Noch nie ...

Der Fahrstuhl hielt im vierten Stock. Stas holte schweigend den Schlüssel aus der Tasche, öffnete die Tür, betrat die Wohnung und wollte, ohne den zwei Schritte entfernten Fjodor anzusehen, die Tür sofort zuschlagen, wobei er vor lauter Nervosität vergaß, den Schlüssel aus dem Schloß zu ziehen.

Fjodor stellte einen Fuß in die Tür. Erst jetzt merkte Stas, wie stark dieser aufdringliche Einfaltspinsel war. Stas wurde bleich.

»Du willst mich also unbedingt besuchen, ja?« fragte er mit gequältem Lächeln.

»Wenn ich etwas will, warte ich nicht erst auf eine Einladung«, erwiderte Fjodor leise, beinahe flüsternd.

Die reglosen grauen Augen starrten Stas an, und der wandte unwillkürlich den Blick ab.

»Na schön« – er zuckte die Achseln –, »komm rein.«

»Danke.« Fjodor lachte spöttisch. »Ein andermal gern.«

Er zog seinen Fuß weg und warf die Tür zu, direkt vor Stas' Nase. Ein paar Sekunden lang stand Stas da, als hätte ihn jemand auf der Schwelle seiner eigenen Wohnung mit eiskaltem Wasser begossen. Er begriff selbst nicht, warum er so zitterte. Sogar seine Zähne klapperten.

Stas bemerkte nicht, daß der Schlüssel, der eben noch von außen im Schlüsselloch gesteckt hatte, nun verschwunden war.

Er war generell ziemlich zerstreut und vergaß seinen Schlüssel oft, besonders wenn ihn gerade ernste Probleme beschäftigten. Das Sicherheitsschloß schnappte zu, und der Schlüssel steckte draußen, bis ein Nachbar klingelte und sagte: »Ihr Schlüssel steckt draußen« oder seine Frau schimpfte: »Bist du total verrückt! Man wird uns noch ausrauben!«

»Was für ein Schwachsinn«, sagte er absichtlich laut zu sich selbst und schaltete das Licht im Flur ein.

Tief in der Nacht erwachte Stas Selinski in kaltem Schweiß. Ihm war wieder eingefallen, wo, wann und unter welchen Umständen er Veras frischgebackenen Bräutigam schon mal gesehen hatte.

Einundzwanzigstes Kapitel

Bei Golowkin zu Hause ging niemand ans Telefon. In der Makkaronifabrik hieß es, der Chefeinkäufer sei seit drei Tagen nicht zur Arbeit gekommen, obwohl er weder Urlaub habe noch auf Dienstreise sei. Der Direktor war deshalb sehr besorgt.

»Ilja Andrejewitsch arbeitet schon lange bei uns, er ist pünktlich und zuverlässig. Wenn er krank geworden wäre, hätte er auf jeden Fall angerufen und Bescheid gesagt.«

»Vielleicht ist jemand in seiner Familie krank geworden?« mutmaßte die bei dem Gespräch anwesende ältere Sekretärin.

»Ilja hat nur seine Frau. Und er hat mal gesagt, daß sie ein, zwei Sommermonate immer auf der Datsche einer Freundin verbringt. Ich weiß nicht genau, wo ...« Der Direktor seufzte.

Die Adresse der Datscha festzustellen war kein Problem. Raïssa Golowkina wurde nach Moskau beordert.

»Schöne Bescherung!« knurrte Hauptmann Malzew, als sie in Golowkins Wohnung dessen Leichnam fanden.

»Sieht aus wie eine Clophelinvergiftung«, stellte der Gerichtsmediziner fest.

Während sie die Wohnung untersuchten, Fingerabdrücke von den Flaschen sowie den zum Teil mit grellrotem Lippenstift beschmierten Gläsern und Kaffeetassen nahmen, wiederholte Raïssa immer wieder: »Na bitte! Das hat er nun davon! Ich hab immer gewußt, daß das mal so enden würde!«

Die Spuren eines hastigen Raubes waren offenkundig.

»In letzter Zeit war Ilja außer Rand und Band«, erzählte die Witwe. »Er hat sich zwei teure Anzüge gekauft, Schuhe für fünftausend Rubel, Krawatten. Früher hat er einen Anzug zehn Jahre getragen, und wenn er sich mal einen neuen kaufte, dann mußte er möglichst billig sein. Wir mußten jede Kopeke zweimal umdrehen, bei den Preisen heutzutage!«

»Sie meinen also, Ihr Mann hatte in letzter Zeit plötzlich Geld?« erkundigte sich Malzew.

»Wovon soll er das denn sonst gekauft haben?« fragte Raïssa zurück. »Doch nicht von seinem Gehalt! Er ging auf einmal sogar in Restaurants!«

»Wissen Sie vielleicht, in welche genau?«

»Woher denn?« Raïssa schürzte sarkastisch die Lippen. »Mich hat er nie mitgenommen.«

»Entschuldigen Sie, woher wissen Sie dann davon?«

»Die Nachbarin hat ihn gesehen ...«

Später fand sich noch eine weitere Nachbarin, die gesehen hatte, wie Golowkin vor vier Tagen in Begleitung zweier Mädchen von eindeutiger Art nach Hause gekommen war. Mit Freuden beschrieb die Nachbarin die beiden Blondinen.

Eine hatte kurze Haare, die andere lange, beide trugen Röcke bis knapp über den Po und waren stark angemalt. Sonnenklar, was das für Mädchen waren! Und Golowkin kam nicht bloß so mit ihnen ins Haus – er hatte beiden den Arm um die Hüfte gelegt, und er trug einen teuren hellen Anzug.

Sie fanden heraus, in welchem Café der bescheidene Golowkin jenen verhängnisvollen Abend verbracht hatte, kurz darauf wurden zwei blutjunge Mädchen aus dem Gebiet Brjansk, die in Moskau auf »Gastspiel« waren, wegen Mordverdachts verhaftet. Schluchzend erklärten beide, sie hätten den alten Mann nur ruhigstellen wollen, damit er sie nicht belästigte. Woher sollten sie wissen, wieviel Clophelin man dafür braucht? Sie seien schließlich keine Apothekerinnen.

Es schien alles klar. Den grauhaarigen Alten hatte der Hafer gestochen. Lehrreiche Geschichten wie diese passierten häufig, waren jedoch niemandem eine Lehre.

Dafür war die Geschichte ein Leckerbissen für ein Team der Sendung »Straßenpatrouille«. Die Journalisten stürzten sich wie die Geier darauf und filmten die schluchzenden Mädchen.

»Wer die Mädchen erkennt und ebenfalls ihr Opfer geworden ist, den bitten wir anzurufen unter der Nummer …«, sagte der Moderator.

Auf diese Weise erfuhr ganz Rußland den Namen des Ermordeten – Ilja Golowkin.

Der gründliche Uwarow hatte beim Staatsanwalt die Genehmigung für eine Haussuchung in der Wohnung des Opfers erwirkt. Der plötzliche Wandel in der Lebensweise des bescheidenen Chefeinkäufers interessierte ihn sehr.

In der Wohnung wurde ein Geheimversteck gefunden. Unter dem abgenutzten Couchbezug war eine Vertiefung in den Schaumgummi geschnitten. Dort lagen in einer geräumigen Damenkosmetiktasche siebenundzwanzigtausend Dollar und dreihunderttausend Rubel. Offenkundig war der Bezug viele Male aufgetrennt und wieder zugenäht worden.

Als Raïssa das Versteck und dessen Inhalt sah, stöhnte sie klagend auf und griff sich ans Herz.

»Dieser Mistkerl, dieses Schwein ... Jede Kopeke haben wir zweimal umgedreht ... Uns von Makkaronis ernährt ... An Brot gespart, an Seife«, lamentierte die untröstliche Witwe, die immer blasser wurde und still in einen Sessel sank.

Ein weiterer Fund ließ auch Major Uwarow aufstöhnen. In der untersten Schreibtischschublade war eine Art doppelter Boden eingepaßt, ein simples Stück Sperrholz. Darunter lag in einem alten Kissenbezug ein Bild, bei dem jeder, der nur ein wenig von Malerei verstand, sofort erkannt hätte: ein Chagall.

Rotwangige Verliebte schwebten über den Spielzeugdächern des alten Witebsk in den Wolken. Eine dicke, gestreifte Katze mit menschlichem Gesicht lächelte zärtlich und listig.

»Warum bist du so sicher, daß Skwosnjak sich die ›Straßenpatrouille‹ ansieht?« fragte Malzew, den Blick auf Uwarows versteinertes Gesicht gerichtet.

»Ich hätte sie wegjagen sollen«, zischte der Major, »nun ist alles aus. Ich komme mir vor wie ein Vollidiot. Wir haben ihn selber übers Fernsehen gewarnt: He, Skwosnjak, dein Schatzmeister ist tot, bleib, wo du bist, und versuch nicht, mit ihm Kontakt aufzunehmen.«

»Wer konnte das denn ahnen?« Malzew seufzte.

»Bitte legen Sie nicht auf! Glauben Sie mir, es ist sehr wichtig. Hören Sie mich einfach an.« Die Stimme klang dumpf und irgendwie schicksalsergeben.

»Ich höre«, sagte Vera.

»Danke.« Sie vernahm ein erleichtertes Aufseufzen. »Beantworten Sie mir bitte zunächst eine Frage: Haben Sie ein Faxgerät?«

»Ja.«

»Und die Nummer ist identisch mit der Telefonnummer?«

»Ja.«

Der Anrufer schwieg eine Weile. Dann sprach er hastig und sehr erregt.

»Vor zehn Tagen wurde mein Bruder in Prag ermordet. Ich weiß, daß er ein paar Minuten vor seinem Tod ein Fax an mich geschickt hat. An Ihre Nummer. Ein Versehen. Ich mußte die Firma schnell schließen, dabei wurde auch das Telefon abgeschaltet. Mein Bruder war zu der Zeit in Prag und wußte das nicht, ich hatte es ihm noch nicht mitteilen können. Jedenfalls kann ich nun nur von Ihnen erfahren, was mein Bruder mir vor seinem Tod sagen wollte. Verstehen Sie, wie wichtig das für mich ist?«

»Natürlich verstehe ich das. Es ist nur so – die Faxe, die hier für Ihre Firma ankommen, die werfe ich weg. Ich habe genug eigenen Papierkram.«

»Das Fax meines Bruders unterschied sich von den anderen. Er hat es per Hand geschrieben, auf tschechisch. Vielleicht ist es Ihnen aufgefallen? Vielleicht erinnern Sie sich daran? Normalerweise schreibt ja kaum jemand mit der Hand ...«

»Das kann ich Ihnen jetzt nicht sagen. Ich müßte bei meinen Papieren nachsehen, müßte versuchen, mich zu erinnern. Ich bitte nochmals um Entschuldigung, aber ich bekomme unglaublich viele Texte geschickt, in verschiedenen Sprachen.«

»Trotzdem muß Ihnen ein handgeschriebenes Fax doch aufgefallen sein.«

»Ich verspreche Ihnen, ich sehe nach. Wie kann ich mich mit Ihnen in Verbindung setzen?«

»Leider gar nicht. Wenn Sie erlauben, werde ich Sie wieder anrufen. Ich heiße Anton Kurbatow. Verzeihung – und wie heißen Sie?«

»Vera.«

»Sehr angenehm. Glauben Sie mir, ich würde Sie nicht wegen einer Lappalie behelligen. Also, darf ich Sie noch einmal anrufen?«

»Ja, selbstverständlich.«

Diese scheußliche Geschichte hätte Stas gern für immer vergessen. Das war ihm in den drei Jahren auch fast geglückt. Nur hin und wieder tauchte die schwüle Augustnacht, das halbdunkle fremde Treppenhaus, der Gestank nach Katzenurin und seine eigene klebrige Angst aus seinem Gedächtnis auf.

Begonnen hatte das Ganze völlig harmlos. Er hatte lediglich eine flüchtige Affäre mit der Frau eines Freundes angefangen. Genaugenommen hatte sie die Initiative ergriffen, Marina. Er selbst hätte sich nicht getraut. Er war mit ihrem Mann Shenja Wedenejew nicht nur befreundet, sie waren auch Geschäftspartner. Sie verband sehr vieles – die gemeinsame Jugend, das Studium, das gemeinsame Geschäft.

Shenja war lange Junggeselle geblieben, auf der Suche nach der Richtigen, und heiratete schließlich eine derartige Kanaille, daß selbst der erfahrene Stas nur staunte.

Ende der Achtziger, als in Rußland die ersten pompös ausgerichteten Schönheitswettbewerbe stattfanden, wurde die neunzehnjährige Marina Nikolajewa »Miss Charme« von Moskau. Nach einem halben Jahr errang sie den Titel »Miss Liebreiz« von ganz Rußland. Dann folgte ein Auftritt als Model in einer Tamponwerbung. Damit endete die Karriere der »Miss«.

Schönheitswettbewerbe und Werbeaufnahmen waren enorm anstrengend, physisch wie moralisch. Marina aber war faul und nicht sonderlich ehrgeizig. Sie konnte tagelang auf der Couch liegen, die langen, genialen – wie ihr Mann Shenja sagte – Beine angezogen, Erdbeermark oder Heilschlamm vom Toten Meer auf dem Gesicht, eine Zigarette zwischen den Zähnen und den Telefonhörer am Ohr. Dem jungen Ehemann war es ein Rätsel, was man stundenlang am Telefon erörtern konnte, wenn man sein Leben mit absolutem Nichtstun verbrachte.

Das einzige, was Marina veranlassen konnte, sich vom Telefon zu lösen und sich die Maske vom Gesicht zu waschen, war Sex.

Marinas Unersättlichkeit war für jeden augenfällig. Sie hatte eine Art, sich zu bewegen, die Schultern zu heben, die Worte zu dehnen, daß vielen ganz schwindlig wurde. Zum Beispiel Stas.

Bereits in den Flitterwochen betrog sie ihren jungen Ehemann. Sie tat es so elegant und mit einer solchen Leichtigkeit, daß man sie dafür unmöglich verurteilen konnte. Zudem, wie das häufig der Fall ist, wußten alle rundum Bescheid, bis auf den Ehemann. Shenja selbst verharrte in glücklicher Unwissenheit, und niemand verspürte den Wunsch, ihm die Augen für die bittere Wahrheit zu öffnen.

Rasch war die Reihe auch an Stas. Kaum fuhr Shenja für eine Woche auf Dienstreise, hielt Stas auf einmal den Schlüssel zu der Wohnung in der Hand, in der die schöne Marina, die »genialen« Beine angezogen, auf der Couch lag.

Natürlich fühlte Stas sich unbehaglich. Aber er war schließlich nicht der erste und nicht der letzte. Außerdem – die offene Aufforderung der Schönen auszuschlagen wäre irgendwie unmännlich gewesen.

Gegen ein Uhr nachts betrat Stas das Treppenhaus des alten Hauses, den Schlüssel zu Shenjas Wohnung in der Faust. Der Fahrstuhl war kaputt, Stas stieg zu Fuß hinauf in den fünften Stock. Bald hörte er von oben vorsichtige Schritte. Mehrere Personen kamen die Treppe herunter. Sie liefen schnell, aber ganz leise. Bemüht, keinen Lärm zu machen. Klar, es war ja schon spät, sie wollten niemanden wecken.

Auf dem Absatz zwischen zweitem und drittem Stock stieß Stas mit vier jungen Männern zusammen. Zwei trugen große Sporttaschen, der dritte balancierte auf ausgestreckten Armen einen Karton von einer Stereoanlage oder ähnlichem. Der vierte war ohne Gepäck.

Stas trat höflich beiseite und ließ die Prozession vorbei. Er schaute den Männern nicht ins Gesicht. Was gingen sie ihn an? Wenn man sich nachts zu einer fremden Frau in eine fremde Wohnung schleicht, starrt man die Leute, die einem begegnen, nicht an. Doch der vierte, der den Schluß bildete, verharrte einen Augenblick und starrte seinerseits Stas an. Es war ein unguter Blick, und Stas dachte noch: Ist das vielleicht Shenjas Nachbar? Vielleicht hatte der ihn schon einmal gesehen, als er Shenja besuchte, und wunderte sich jetzt, was er mitten in der Nacht hier wollte, zumal der Hausherr auf Dienstreise war?

Das Licht im Treppenhaus war ziemlich hell. Unwillkürlich schaute Stas dem Mann ins Gesicht. Ein vollkommen unauffälliges Gesicht.

Ohne recht zu wissen, warum, ging Stas nicht sofort zu Shenjas Wohung, sondern stieg eine Etage höher und verharrte dort auf dem Treppenabsatz. Unten war die Haustür längst zugeklappt. Er hörte ein Auto wegfahren.

Vorsichtig, auf Zehenspitzen, lief Stas hinunter, wartete noch ein paar Sekunden und lauschte verstohlen, bis er schließlich den Schlüssel ins Schloß steckte.

Die Tür war nicht abgeschlossen. Im Flur war es dunkel.

»Marina!« rief er leise.

Niemand antwortete. In der Wohnung herrschte eine eigentümliche, tiefe Stille. Aus der spaltbreit offenen Schlafzimmertür drang ein schmaler Lichtstreifen.

Vielleicht ist sie eingeschlafen? dachte Stas und schaute vorsichtig ins Schlafzimmer.

Im Zimmer lag alles drunter und drüber. Der Kleiderschrank stand sperrangelweit offen, die Kommodenschubladen waren herausgezogen, auf dem Fußboden waren bunte Kleidungsstücke verstreut. Marina saß mitten im Zimmer, mit einem breiten grauen Band an einen Stuhl gefesselt. Ihr Kopf baumelte hilflos im Nacken. Auf ihrem hellblauen chinesischen Seidenkimono schimmerten häßliche braune Flecke, die Stas sofort als Blut erkannte. Die besondere schlaffe Haltung, die unnatürliche Neigung ihres Kopfes ließen keinen Zweifel: Marina war tot.

Seine Kehle krampfte sich zusammen. Er konnte von klein auf kein Blut sehen. Er preßte die Hand vor den Mund, denn er spürte, daß er sich jeden Moment übergeben mußte. Gleich hier, auf den Schlafzimmerteppich, vor der toten Frau ... Er rannte aus der Wohnung, ohne sich umzuschauen, von Krämpfen gewürgt, die Hand auf den Mund gepreßt.

Er wohnte ganz in der Nähe, nur zwei Häuserblocks entfernt. Unterwegs warf er im Laufen mechanisch den Schlüssel, den er noch immer in der schweißnassen Faust hielt, in einen Müllcontainer.

Als er im Bademantel in seiner Küche saß und darauf wartete, daß das Wasser kochte, verspürte er Schwäche und Schwindel. Er steckte sich eine Zigarette an, inhalierte einen tiefen Zug und begriff plötzlich, daß die vier Männer, die er auf der Treppe getroffen hatte, die Einbrecher waren. Sie hatten Marina getötet. In ihren Sporttaschen war verstaut, was sie in der Wohnung gestohlen hatten. Und der Mann ohne Gepäck war das Oberhaupt der Bande. Er hatte Stas durchdringend angesehen, ihn als potentiellen Zeugen taxiert und überlegt, ob er ihn gleich an Ort und Stelle umlegen sollte.

Der Gedanke, die Miliz und den Notarzt zu rufen, war ihm weder in Shenjas Wohnung noch später gekommen. Schließlich hätte man ihn sofort gefragt: Was wollten Sie denn zu so später Stunde dort?

Marina wurde am nächsten Tag gefunden. Eine ihrer Telefonfreundinnen hatte Alarm geschlagen. Sie war mit Marina verabredet, sie wollten zusammen in die Sauna. Die Freundin sollte Marina um zehn abholen.

Die Tür war noch immer offen. Als das Mädchen die Wohnung betrat, rannte sie im Gegensatz zum sensiblen Stas nicht davon. Sie versuchte Marinas Puls zu fühlen, dann rief sie den Notarzt und die Miliz an.

Shenja erzählte Stas später unter Tränen, Marina habe noch eine Zeitlang gelebt. Die Einbrecher hatten ihr mehrere Stichwunden zugefügt, dabei aber nicht das Herz getroffen. Die Ärzte sagten, sie sei verblutet. Wäre sie ein paar Stunden eher gefunden worden, hätte sie gerettet werden können.

Zur Beerdigung der Frau seines Freundes ging Stas nicht, er erklärte, er sei krank. Er fühlte sich tatsächlich krank und unglücklich. Er versuchte sich damit zu trösten, daß er in jener Nacht rein zufällig in der Wohnung gewesen war. Und wenn Shenja von den Abenteuern seiner Frau erfahren hätte, würde ihn das nur zusätzlich verletzt haben. Und überhaupt – die Tote war ein lockeres Früchtchen gewesen, ein richtiges Flittchen, auch wenn man Toten nichts Schlechtes nachsagen soll.

Er beschränkte seinen Kontakt mit Shenja auf das Allernotwendigste, es fiel ihm schwer, ihm in die Augen zu sehen. Unter einem fadenscheinigen Vorwand zog er sich sogar aus dem erfolgreichen gemeinsamen Geschäft zurück.

In Moskau kursierten unterdessen Gerüchte über eine brutale Bande von Einbrechern. Aus dem Kriminalreport erfuhr Stas, daß sie bei einem Einbruch gleich drei Menschen getötet hatten – Großmutter, Grovater und deren zehnjährigen Enkel. Die Opfer waren mit Klebeband an Stühle gefesselt, genau wie Marina. Na und? Das mußten nicht unbedingt dieselben Männer gewesen sein, die Stas auf der Treppe gesehen hatte. Schließlich konnte er doch jetzt nicht zur Staatsanwaltschaft gehen und von den vier Männern erzählen! Das wäre Wahnsinn. Besser, er vergaß das Ganze.

Shenja verschwand nach Kanada. Die Gerüchte über die Bande verstummten. Immer seltener träumte Stas von der an den Stuhl gefesselten Frau und den riesigen braunen Flecken auf der zarten hellblauen Seide. Doch das junge, grauäugige Gesicht des Mannes, der ohne Gepäck die Treppe heruntergekommen war, das konnte er nicht vergessen.

Und wenn er sich mein Gesicht auch gemerkt hat? dachte Stas dann entsetzt, verscheuchte diesen idiotischen Gedanken jedoch jedesmal gleich. Ich erinnere mich an ihn, weil das Ganze für mich ein echter Schock war. Das war es für ihn nicht. Für einen Verbrecher ist Mord etwas ganz Normales.

Und nun, drei Jahre später, erwachte Stas in kaltem Schweiß, sprang aus dem Bett und tigerte durchs Zimmer. Er hatte wieder von dem Durchschnittsgesicht mit den grauen Augen geträumt.

Veras unverschämter, eigenartiger, ein wenig primitiver Bräutigam war der Einbrecher von damals. Das wußte Stas mit so erschreckender Klarheit, daß es vergebens gewesen wäre, sich einzureden, er habe sich geirrt.

»Was tun? Mein Gott, was tun?« wiederholte er stumpfsinnig immer wieder, während er in Unterhosen im Zimmer auf und ab lief. Und wenn der Mörder mich auch erkannt hat? Nein, unmöglich. Ausgeschlossen. Er hat ja gar nicht gewußt, daß ich ausgerechnet in diese Wohnung wollte. Und das Ganze ist drei Jahre her.

Aber was wollte er von Vera? Er war ein Einbrecher und Mörder. Wenn er nun Vera umbrachte? Hatte sie wirklich keine Ahnung? Nein, natürlich hatte sie keine Ahnung … Was sollte er nur tun? Es ihr sagen? Er müßte ihr zu vieles erklären. Sie würde ihm nicht glauben, würde ihn für übergeschnappt halten.

Zur Miliz gehen? Und die alte Geschichte beichten? Dafür gab es schließlich einen Paragraphen. Unterlassene

Hilfeleistung oder so was. Damit wäre sein ganzes Leben im Eimer. Das ganze Leben!

Seine Frau schlief im Nebenzimmer tief und fest. Ohne Licht zu machen, tigerte Stas weiter wie ein gefangenes Tier von einer Zimmerecke in die andere.

Als es draußen bereits hell wurde, nahm Stas zwei Schlaftabletten. Er mußte das Ganze mit klarem Kopf noch einmal überdenken. Er durfte keine überstürzten Entscheidungen treffen. Und um einen klaren Kopf zu haben, brauchte er wenigstens ein bißchen Schlaf.

Er wickelte sich in eine Decke, rollte sich zusammen und schlief sofort ein. Zwanzig Minuten später öffnete jemand lautlos die Wohnungstür.

Zweiundzwanzigstes Kapitel

Der dicke Junge hielt eine mit Wasser gefüllte Shampooflasche aus Plastik in der Hand.

»Wehe, du spritzt mich naß!« sagte Sonja drohend.

»Was ist denn dann?« erkundigte sich der Junge.

Er war einen halben Kopf kleiner als sie und bestimmt ein Jahr jünger. Sonja maß ihn mit einem hochmütigen Blick und sagte leise: »Wenn du mich naß spritzt, kriegst du eine gefeuert!«

»Pah, erst kriegst du von mir eine gefeuert, und wie! So, daß du in den nächsten Hof fliegst! Dürre Bohnenstange!«

»Was hast du gesagt?« Sonja runzelte drohend die Stirn und trat auf den Jungen zu.

Augenblicklich richtete er den Strahl seiner Spritzflasche auf sie.

»Na warte, jetzt kannst du was erleben! Du Fettwanst, du kleine Bockwurst!« Sonja packte ihn am Gummibund seiner Shorts und holte aus.

Aber sie schlug nicht zu. Sie konnte generell niemanden schlagen, der schwächer war als sie. Der Junge war zwar dick, aber eindeutig schwächer als sie.

»Wenn du mir die Hose zerreißt, macht meine Mutter die ganze Woche Theater«, sagte der Junge friedfertig. »Hau mich lieber, aber mach mir nicht die Hose kaputt.«

Sonja ließ den Hosengummi los.

»Schon gut, geh spielen. Ich hab heute meinen guten Tag.«

»Ist ja keiner da zum Spielen.« Der Junge zuckte die Achseln. »Von unserm Hof sind alle verreist. Es ist stinklangweilig! Alle sind im Ferienlager oder mit den Eltern am Meer. Ich fahr demnächst zu meiner Tante nach Puschkino. Wohnst du bei den Saltykows in Wohnung siebenundvierzig?«

»Ja.«

»Bist du mit ihnen verwandt?«

»Vera ist die Freundin meiner Mama. Noch aus der Kindheit«, erklärte Sonja.

»Und wie heißt du?«

»Sonja.«

»Und ich Wadik. Hör mal, soll ich dir mein Nest zeigen?«

»Klar.« Sonja nickte.

»Kannst du auf eine Pappel klettern?«

»Kein Problem.« Sonja schaute zu der riesigen Pappel hinten im Hof. »Da ist also dein Nest, ja?«

»Hm. Hast du Geld dabei?«

»Hab ich. Wieso?«

»Komm, wir laufen zum Kiosk und holen uns ein Eis, dann klettern wir auf die Pappel, essen da oben unser Eis und beobachten die Straße. Das ist echt toll!«

Ihr Geld reichte nur für eine Portion Eis. Sie kletterten rasch die dicken Äste der ausladenden Pappel hinauf, machten es sich bequem und leckten abwechselnd am Eis. Auf einem Baum sitzen und Eis essen war wirklich toll.

»Soll ich dir ein Geheimnis verraten?« fragte Wadik mit gespielter Gleichgültigkeit.

»Erzähl mal.« Sonja nickte und leckte einen langen Tropfen von der Waffel.

»Fällst du dann auch nicht vom Baum?« Wadik kniff die Augen zusammen.

»Paß auf, daß du selber nicht runterfällst!«

»Ich hab gesehen, wie euer Matwej entführt wurde«, flüsterte Wadik, die klebrigen Lippen dicht an Sonjas Ohr.

»Was murmelst du da?« fragte Sonja. »Wer hat ihn entführt? Wann?«

»Als ihr dachtet, er wäre weggelaufen.« Wadik schürzte vielsagend die Lippen. »Ich hab hier auf dem Baum gesessen. Ich hab dich beobachtet. Und die Straße. Kuck, von hier kann man alles sehen, was hinterm Haus passiert.«

Tatsächlich war der von dem alten vierstöckigen Gebäude mit dem Torbogen begrenzte Teil der Straße von der Pappel aus gut einzusehen.

»Also«, fuhr Wadik fort, »du hast dich auf die Schaukel gesetzt, und Matwej hat mit einer Promenadenmischung gespielt. Dann ist er in den Torbogen gelaufen. Das konntest du von der Schaukel aus nicht sehen. Und auf einmal war da ein Mann mit einer Leine. Eh, ißt du nun das Eis oder nicht? Das schmilzt doch.«

»Du kannst es allein aufessen, ich mag nicht mehr.« Sonja gab Wadik die Eiswaffel. »Was für ein Mann?«

»So ein Junger, in Jeans. Kein Penner oder Säufer. Sah anständig aus. Aber Matwej hat sich gewehrt, er wollte nicht mitgehen. Mann, hat der ihn gezogen, schlimm!«

»Komm, erzähl mal, wie sah der Mann aus?« flüsterte Sonja.

»Na, ganz normal.« Wadik zuckte die Achseln. »Hab ich doch schon gesagt, jung, in schwarzen Jeans.«

»Wieso bist du nicht früher zu uns gekommen und hast uns das erzählt? Wir haben überall gesucht, den ganzen Hof zusammengebrüllt, haben jeden gefragt. Und dann überall Zettel ausgehängt … Warum bist du nicht zu uns gekommen?

Du hast doch gewußt, wem der Hund gehört!« flüsterte Sonja erregt.

Vor Empörung stockte ihr der Atem, deshalb konnte sie nur flüstern.

»Na ja, ich ...«, stammelte Wadik, »ich dachte, vielleicht war das ja in Ordnung. Ein Bekannter oder so.«

»Ein Bekannter!« äffte Sonja ihn nach. »Der Hund wurde vor deinen Augen gestohlen!«

»Er hat ihn doch zurückgebracht. Ich wollte es euch gerade erzählen, da hab ich gesehen, er hat Matwej zurückgebracht. Und überhaupt, Mama hat gesagt: Misch dich nicht in fremde Angelegenheiten.«

»Ach, du!« Sonja seufzte. »Bleib ruhig auf deinem Baum sitzen!«

Sie kletterte ein Stück tiefer, hängte sich an einen dicken Ast, ließ ihn los und landete weich auf dem Boden.

»Aber denk dran, das ist ein Geheimnis!« rief Wadik ihr nach. »Ich hätte das auch für mich behalten können!«

Sonja rannte nach Hause, ohne sich umzudrehen.

Vielleicht hatte Fjodor ein Auge auf Vera geworfen und wollte sie auf diese Weise kennenlernen? überlegte sie. Aber warum den Hund entführen? Das ist doch gemein. Er hat geschwindelt, er habe ihn zufällig gefunden, ihn vor irgendwelchen Rüden gerettet. Und ich hab mich immer gewundert, warum Matwej solche Angst vor ihm hat.

Vera will ihn heiraten, dabei ist er ein Lügner! Ich muß es ihr erzählen. Mama würde das tun. Nein, sie würde es nicht erst Vera erzählen, sie würde Fjodor selbst ohne Umschweife fragen: ›Warum haben Sie das getan?‹ Und was würde dabei rauskommen? Nichts Gutes. Wenn er die ganze Geschichte mit Matwej tatsächlich eingefädelt hat, dann ist er ein hinterhältiger, grausamer Mensch. Mit so einem offen zu reden ist gefährlich, bei so einem muß man sehr vorsichtig sein.

Und was würde Papa tun? Papa würde gar nichts erzählen oder herausfinden wollen. Er würde mit so einem Menschen einfach nicht mehr reden. Papa sagt, einem Lumpen kann man nicht erklären, daß er ein Lump ist. Wenn jemand nicht selber begreift, daß er schlecht handelt, dann überzeugen ihn auch keine Worte.

Ein Aspirant von Papa hatte mal Geld gestohlen, und als Papa davon erfuhr, war er schrecklich niedergeschlagen und empört. Mama schlug vor: Sag ihm doch auf den Kopf zu, daß er ein Dieb ist. Und Papa hat geantwortet: Wozu? Mama meinte: Damit er sich schämt! Und Papa hat gesagt: Wenn er sich nicht geschämt hat, das zu tun, dann ist ihm Scham überhaupt fremd. Manche Menschen werden mit einem körperlichen Schaden geboren, und Gewissenlosigkeit ist auch eine Art angeborener Schaden. Das läßt sich nicht kurieren.

Bei jenem lange zurückliegenden Streit um den diebischen Aspiranten hatte sie das Wichtigste nicht begriffen: wer von beiden recht hatte. Wenn Mama redete, fand Sonja, daß sie recht hatte. Und wenn Papa ihr widersprach, gab sie innerlich ihm recht. Beide waren sehr überzeugend.

Sonja kam äußerlich nach ihrer Mama, vom Charakter her eher nach Papa. Von frühester Kindheit an zeigte sie Papas Zurückhaltung und Verschlossenheit. Sie war nie ein Plappermaul gewesen, tat sich schwer mit Gleichaltrigen. In alltäglichen Dingen war sie beinahe genauso zerstreut und vergeßlich wie ihr Vater, und sie spürte ebenso sicher wie er den leisesten Anflug von Falschheit bei Menschen. Dieses Gefühl verblüffte ihre Eltern, ja erschreckte sie mitunter.

Als sie vier Jahre alt war, brachte ein Bekannter einmal einen berühmten Filmregisseur mit zu ihnen. Der Regisseur flirtete eifrig mit dem hübschen, schwarzäugigen Kind. »Ein richtiges Wrubelgesicht, die Zartheit des Jugendstils ...«, sagte er. Als er ging, erklärte er, er wolle mit Sonja Filmaufnahmen machen. Jede andere Vierjährige wäre begeistert gewesen. Doch Sonja reagierte mürrisch und verschlossen.

Der Regisseur hielt sein Versprechen, nach einem Anruf vom Filmstudio kam ein Kleinbus von Mosfilm Sonja abholen.

»Ich will nicht«, erklärte Sonja der netten jungen Regieassistentin, als diese in die Wohnung kam. »Ich fahre nicht mit!«

»Aber warum denn nicht?« fragten erstaunt die Eltern und das Mädchen. »In einem Film mitspielen, das ist doch spannend!«

»Er gefällt mir nicht, dieser Mann …«

»Warum?«

»Er hat einen Plastikkopf! Er ist ein richtiger Plastikmensch, alles unecht«, erklärte das Mädchen.

Der Regisseur benahm sich in der Tat gekünstelt und manieriert. Er war stets auf seine Wirkung bedacht. Die Erwachsenen tolerierten das gelassen, viele bemerkten es nicht einmal.

Mit acht erkannte Sonja allmählich, daß Falschheit auch harmlos sein konnte – manchmal wollte jemand einfach nur gefallen und versuchte darum, besser zu erscheinen.

»Manchen Menschen ist es sehr wichtig, was für einen Eindruck sie auf andere machen«, erklärte ihr Papa, »sie denken dauernd daran, und das wirkt von außen manchmal komisch. Aber darüber darf man nicht lachen, nicht einmal innerlich, solche Menschen muß man bedauern, sie haben es sehr schwer …«

Sonja verstand, was Papa meinte, und lernte, fremde Schwächen zu tolerieren.

Fjodor war ihr von Anfang an durch und durch falsch vorgekommen. Aber sie wußte: Man durfte über solche Menschen nicht lachen. Die Sache war schließlich sonnenklar. Er war bis über beide Ohren verliebt in Vera, deshalb riß er sich so ein Bein aus. Er bemühte sich, seine Primitivität zu verbergen, seine innere Härte und seine Kriminellenallüren. Die roch Sonja nämlich dank ihrer Erfahrungen in der Eliteschule drei Meilen gegen den Wind. Die Eltern ihrer Klassenkameraden waren natürlich keine Mafiosi im üblichen Sinn. Das waren Leute in guten, teuren Anzügen, mit normalen, sogar angenehmen Umgangsformen. Aber in ihren Augen glitzerte etwas Beängstigendes, Raubtierhaftes, ihre Sprache war durchsetzt mit speziellen Ausdrücken, in ihren Autos dröhnte ganz spezielle Musik. Sonja hätte nicht exakt formulieren können, wodurch sich diese Leute so grundlegend von allen anderen unterschieden. Die brutalen animalischen Gesetze ihrer Welt verliehen ihren Gesichtern eben eine eigene Prägung. Jedenfalls erkannte Sonja sie stets auf Anhieb. Und genau diese Prägung hatte sie vom ersten Tag an bei Fjodor bemerkt.

Aus den Erwachsenengesprächen, denen Sonja stets aufmerksam folgte, wußte sie, daß Vera seit vielen Jahren Stas Selinski liebte und daß er »ihr Leben zerstört«. Sonjas Mama nannte Stas einen Mistkerl, Sonjas Papa sagte, Stas gehöre zur Spezies der klugen Dummköpfe. Er spielt so lange mit seinen Barbiepuppen, bis er Vera verliert, und das wird die größte Dummheit seines Lebens sein.

Sonja hatte den berühmten Stas schon oft gesehen. Vielleicht war er ja ein Mistkerl und ein kluger Dummkopf, aber er war normal, einer der Ihren. Er stammte aus derselben Welt wie Mama und Papa, Vera und die Freunde und Bekannten ihrer Eltern. Fjodor dagegen kam aus einer anderen Welt, fremd und feindlich. Es war Sonja unbegreiflich, wieso Vera das nicht wahrhaben wollte.

Natürlich würde es schlimm sein für Vera, wenn sie etwas so Häßliches über Fjodor erfuhr, aber Sonja mußte es ihr erzählen. Sie mußte schließlich wissen, wen sie da heiraten wollte! Solange es noch nicht zu spät war, solange er weg war und Vera an ihrem Computer saß, mußte sie ihr alles erzählen. Am Abend würde er wieder auftauchen und mit ihr ausgehen. Das durfte sie nicht zulassen! Vera mußte die Wahrheit erfahren, so schnell wie möglich!

Nachdem Sonja diesen vernünftigen Beschluß gefaßt hatte, beruhigte sie sich ein wenig, ging zur Haustür und drückte auf die Zahlen ihres Türcode.

Sie achtete nicht auf den großen, gebeugten Mann, der vor den Briefkästen stand. Doch er wandte sich um und kam geradewegs auf Sonja zu. Erst war sie nicht erschrocken, nur sehr erstaunt. Sie glaubte, er wolle pinkeln, hier im Hausflur, vor ihren Augen. Ein Obdachloser oder ein Verrückter, dachte sie ruhig. Sie trat zur Seite, zum Fahrstuhl, doch er folgte ihr und kam ganz dicht heran. Dann vernahm sie ein undeutliches, hastiges Flüstern: »Hab keine Angst, Kleine, hab keine Angst, komm her, faß mal an …«

Sonja schrie laut auf, rannte die Treppe hinauf, ihr Herz hämmerte wie wild, ihr wurde übel.

Oben im vierten Stock klackte das Schloß, die Tür ging auf. Als erster kam Matwej ihr entgegengestürmt, sprang an ihr hoch, leckte ihr das Gesicht und bellte drohend in Richtung Treppe. Kurz danach erschien auch Vera.

»Sonja, mein Sonnenschein, was ist passiert? Beruhige dich doch, mein Kind, was ist passiert?«

»Da … da«, konnte Sonja nur sagen und zeigte nach unten.

Doch dort war niemand mehr.

»Komm, wir gehen zur Miliz, auf unser Revier. Jetzt gleich«, sagte Veras Mutter barsch, die ebenfalls zu Hause war. »Gestern wurde ich zu einem kleinen Mädchen im Nachbarhaus gerufen, sie hat chronisches Asthma. Ihr ist das Gleiche passiert. Danach hatte sie einen heftigen Anfall.«

Sonja leerte in einem Zug eine Tasse kalten Tee mit Zitrone, beruhigte sich und ging mit Nadeshda zusammen zum Milizrevier gleich über die Straße.

»Guten Tag«, sagte Nadeshda zum Diensthabenden hinter der Glasscheibe. »In unserem Treppenhaus wurde gerade ein Mädchen belästigt, von einem Mann mit …« – sie stockte –, »mit entblößten Genitalien. Das ist nicht der erste Fall dieser Art, und ich würde gern mit jemandem sprechen und Anzeige erstatten. Sie müssen ihn fassen.«

»Dich hat er belästigt, ja?« Der Diensthabende sah Sonja an.

»Ja.« Sie nickte.

»Hat er dich angefaßt?«

»Nein. Nur mit mir gesprochen ... Was geflüstert.«

»Und dann?«

»Dann hab ich geschrien und bin die Treppe raufgerannt.«

»Ist er dir hinterhergerannt?«

»Ich weiß nicht. Ich hab mich nicht umgedreht. Er war ganz groß, dünn und gebeugt.«

»Gut, gehen Sie den Flur lang, rechts, Zimmer acht.«

Bevor Sonja sich auf den Weg machte, stellte sie sich auf Zehenspitzen und schaute auf den Tisch des Diensthabenden. Ein großes Foto hatte ihr Interesse geweckt, das dort unter Glas lag. Sie sah es auf dem Kopf stehend und mühte sich, es richtig zu betrachten.

»Entschuldigen Sie bitte«, fragte sie schließlich den Diensthabenden und zeigte auf das Foto, »wer ist das?«

»Ein Verbrecher.«

»Ist er gefährlich?«

»Sehr gefährlich.«

»Kann ich ihn mir mal genauer ansehen?« Sonja ließ nicht locker.

»Warum?«

»Na, er wird doch schließlich gesucht, oder?«

»Du magst wohl Krimis?« Der Diensthabende lächelte.

»Stimmt.« Sonja nickte. »Lassen Sie mich ihn bitte anschauen. Das Gesicht kommt mir irgendwie bekannt vor.«

»Hör auf, Sonja!« sagte Nadeshda stirnrunzelnd. »Belästige den Mann nicht mit Albernheiten. Komm jetzt.«

»Nein, ich muß ihn mir unbedingt ansehen, unbedingt!« Sonja wurde vor Aufregung ganz rot. »Was macht Ihnen das schon aus?«

»Draußen auf der Straße hängt er im Schaukasten«, sagte der Diensthabende achselzuckend, »da kannst du ihn dir ansehen, soviel du willst!«

Sonja rannte sofort hinaus auf die Straße zu dem staubigen, kaputten Schaukasten und war im nächsten Moment wieder zurück.

»Nein«, teilte sie mit, »dort hängt er nicht.«

»Nun zeig ihn doch dem Kind, Serjosha«, meldete sich ein junger Mann in Zivil, der vor dem Tresen stand und rauchte.

»Na schön, sieh ihn dir an.« Der Diensthabende holte behutsam das Foto unterm Glas hervor.

Sonja starrte wie gebannt auf das Foto, las mehrmals den kurzen Text, wobei sie konzentriert die Lippen bewegte, als wolle sie ihn auswendig lernen.

»Vielen Dank.« Sie gab dem Diensthabenden das Foto zurück.

»Und, hast du ihn erkannt?« fragte der Mann in Zivil lächelnd. »Hast du ihn schon mal irgendwo gesehen?«

»Das kann ich noch nicht genau sagen«, erwiderte Sonja ernst. »Ich muß nachdenken und ihn mir noch einmal genau anschauen. In Wirklichkeit, nicht auf dem Foto.«

In der Fahndungsabteilung saß eine beleibte, phlegmatische Frau um die Vierzig. Sie hörte sich Nadeshdas Bericht aufmerksam an, stellte ein paar Fragen an Sonja und erklärte dann seelenruhig: »Da sind Sie bei mir falsch. Gehen Sie in Zimmer fünf, gleich gegenüber.«

Zimmer fünf war abgeschlossen.

»Warten Sie im Flur«, sagte die Frau aus der Fahndungsabteilung, schloß ihr Büro ab und ging Mittag essen.

Sie warteten etwa zwanzig Minuten. Der schmale Flur war schmutzig und vollgeraucht, es gab weder Stühle noch Bänke, auf die man sich hätte setzen können. Nadeshdas Beine waren von der Hitze geschwollen; sie lehnte sich schwer an die Wand.

»Sie lassen uns absichtlich so lange schmoren«, knurrte sie. »Sie haben keine Lust, sich darum zu kümmern. Die Eltern des Mädchens mit dem Asthma waren auch bei der Miliz. Der eine hat gesagt, bei mir sind Sie falsch, der nächste ebenfalls, und dann mußten sie eine geschlagene Stunde warten. Da haben sie drauf gepfiffen und sind gegangen. Aber wir beide, Sonja, wir sind hartnäckig, wir werden warten. Das darf man nicht auf sich beruhen lassen. Hab ich recht?«

»Ja.« Sonja nickte zerstreut, in ihre eigenen Gedanken versunken.

»Wen hast du eigentlich auf dem Foto erkannt?« fragte Nadeshda.

»Ach, er sieht dem Vater eines Jungen aus meiner Klasse ähnlich«, log Sonja.

»Weißt du, mein Kind«, sagte Nadeshda leise, »es gibt Gesichter, bei denen denkt man immer, die hat man schon mal gesehen. Wenn er ein gefährlicher Verbrecher ist, wird man ihn kaum finden. Zumindest nicht nach einem Foto.«

»Ja, wahrscheinlich nicht.« Sonja nickte. »Das Mädchen mit dem Asthma – geht es ihr wieder besser?«

»Na ja, wie man's nimmt. Asthma ist faktisch unheilbar. Und dieses Mädchen leidet unter einer schweren Form, sie wird mit Kortison vollgestopft und ist deshalb sehr dick. Die anderen Kinder hänseln sie, in ihrer Klasse will niemand mit ihr befreundet sein, sie geniert sich, regt sich auf – das ist ein Teufelskreis. Asthmatiker dürfen sich nämlich nicht aufregen. Im Sommer ist ihr Asthma immer weniger schlimm, da muß sie nicht in die Schule, und die Kinder vom Hof sind alle verreist. In Gesellschaft Erwachsener fühlt sie sich sicherer. Und dann dieser Mistkerl! Seinetwegen geht es dem Mädchen wieder schlechter.«

Ein großer junger Mann in hellen Hosen kam auf Zimmer fünf zu und schloß die Tür auf. An seinem kleinen Finger entdeckte Sonja einen ellenlangen Fingernagel und einen massiven Goldring mit einem schwarzen Stein.

»Wollen Sie zu mir?« fragte er.
»Wahrscheinlich.«
»Kommen Sie rein.«

In dem winzigen Büro standen lediglich ein schäbiger Büroschreibtisch, ein Tresor und drei Stühle. Dennoch wirkte es furchtbar eng. Der Hausherr setzte sich an den Schreibtisch und schaltete einen vorsintflutlichen Ventilator auf der Fensterbank ein.

»Einsatzleiter Skworzow. Ich höre.«

Unter dem gleichmäßigen Surren des Ventilators erzählte Nadeshda noch einmal alles von vorn.

»Können Sie den Mann genauer beschreiben?« wandte sich Skworzow an Sonja.

Es gefiel ihr, daß der Einsatzleiter sie mit »Sie« anredete wie eine Erwachsene.

»Groß, dünn«, begann sie.

»Wie groß etwa?«

»Etwa eins achtzig.«

»Prima.« Der Einsatzleiter nickte lobend. »Und wie alt ungefähr?«

»Höchstens dreißig. Dunkle Haare, dünn und zerzaust. Wissen Sie, so wie die Haare von Obdachlosen aussehen, wenn sie lange nicht gewaschen und gekämmt sind. Gekleidet war er normal. Aber ich habe ihn mir eigentlich nicht so genau angeschaut.«

Ruhig, ohne die geringste Verlegenheit schilderte Sonja den Vorfall in allen Einzelheiten. Nadeshda registrierte, daß das Mädchen sich sehr rasch von seinem Schock erholt hatte. Zu rasch. Als seien ihre Gedanken inzwischen mit etwas anderem beschäftigt, das für sie wichtiger war.

»Wir werden ihn natürlich suchen. Wir werden tun, was möglich ist. Aber vorerst gibt es für solche Kerle noch keinen Paragraphen.«

»Wie bitte?« Nadeshda erhob sich vor Erregung. »Und Unzucht mit Minderjährigen?«

»Er hat das Kind ja nicht angefaßt«, erklärte ihr der Einsatzleiter kaltblütig. »Außerdem – Exhibitionisten sind nicht gefährlich, sie sind nicht aggressiv. Sie laufen lieber schnell weg.«

»Was heißt nicht gefährlich?!« Nadeshda stand endgültig auf und überragte den sitzenden Milizionär nun drohend. »Ich bin Kinderärztin, zuständig für diesen Stadtteil. Gestern wurde ich zu einem Kind gerufen, das nach der Begegnung mit so einem ›Ungefährlichen‹ einen schweren Asthmaanfall hatte. Und überhaupt – warum sollen sich Kinder so etwas ansehen müssen?«

»Nun, ich kann Sie natürlich gut verstehen.« Der Milizionär seufzte. »Ich gebe Ihnen vollkommen recht. Aber es gibt dafür keinen Paragraphen. Im Mai haben wir so einen Kerl vor einer Schule gefaßt. Die Kinder hatten ihn identifiziert. Und? Wir haben ihm anständig die Fresse poliert und ihn dann laufenlassen. Und er hat Anzeige gegen uns erstattet. Er verlangt Entschädigung für den moralischen und physischen Schaden. Keine Sorge, wir werden auch den hier fassen. Doch wir können nicht mehr tun als ihm die Fresse polieren.«

»Was für ein Schwachsinn!« Nadeshda lachte nervös. »Aber bemühen Sie sich trotzdem, ihn zu finden. Wenigstens, um ihm die Fresse zu polieren, wenn man sonst nichts weiter tun kann gegen solche Sauereien.«

Als sie das Revier verließen, stieß Sonja mit dem jungen Mann in Zivil zusammen, der den Diensthabenden gebeten hatte, ihr das Foto zu zeigen.

»Ah, die kleine Detektivin!« Er lächelte freundlich. »Mach's gut!«

Sonja lächelte zurück. »Auf Wiedersehen!«

Als die ältere Frau und das Mädchen gegangen waren, schaute der junge Mann noch einmal beim Diensthabenden vorbei und fragte ihn leise: »Sag mal, Serjosha, auf wen hat denn die Kleine da ein Auge geworfen, das hab ich nicht mitgekriegt?«

»Auf Skwosnjak«, erwiderte der Diensthabende gleichgültig.

Das große Interesse an Fotos von Verbrechern, nach denen gefahndet wurde, war den Männern nicht neu. Ständig fanden sich Leute, die »den da gerade eben gesehen« hatten. Fast immer irrten sie sich. Besondere Wachsamkeit offenbarten halbverrückte alte Omas und Opas, seltener Kinder zwischen neun und zwölf wie Sonja. Die Milizionäre betrachteten diese freiwilligen Helfer mit Ironie und nahmen sie selten ernst.

Der berühmte Skwosnjak wurde fast jeden Tag »erkannt«. Sie hatten das Fahndungsplakat mit seinem Foto sogar aus dem Schaukasten nehmen müssen, um nicht ständig von freiwilligen Helfern behelligt zu werden. Der gemeingefährliche Verbrecher hatte ein allzu durchschnittliches Gesicht. Er sah vielen Leuten ähnlich.

Dreiundzwanzigstes Kapitel

Die mollige kleine Blondine mit dem runden Kindergesicht verdarb Wolodja das ganze Spiel.

Er hatte gesehen, wie Skwosnjak den rotbraunen Setter der Blondine anlockte und gewaltsam entführte, wie die Blondine zusammen mit einem etwa zehnjährigen Mädchen nach dem Hund suchte. Sie liefen bis in die Nacht hinein durch die Straßen und riefen laut nach ihm. Dann hatte er den Zettel mit der Mitteilung über den entlaufenen Irischen Setter gesehen. Und bald darauf hatte er beobachtet, wie Skwosnjak in einem teuren Anzug die Blondine in ein Restaurant ausführte.

Wolodja ahnte: Sie ist ein Opfer. Ein potentielles Opfer von Skwosnjak. Er wollte irgend etwas von dieser Frau.

Sehr schnell fand er heraus, daß die Frau Vera hieß. So hatte seine Großmutter geheißen. Das weiche, runde Gesicht erinnerte ihn sogar an alte Jugendfotos seiner Großmutter. Davon wurde Wolodja vollends schlecht.

Es gelang ihm nie, Skwosnjak allein zu erwischen. Er konnte ihn nicht ständig verfolgen, ab und zu mußte er auch mal schlafen. Außerdem gab es Probleme mit seiner Arbeitsstelle. Seinen Urlaub und sämtliche Abbummeltage hatte er längst aufgebraucht. Er wurde in die Personalabteilung zitiert und vor ein Ultimatum gestellt: Entweder du arbeitest, wie es sich gehört, oder du kündigst. Kündigen wollte er nicht. Er mußte ja von irgendwas leben.

Wolodja hatte nicht damit gerechnet, daß er so kurz vorm Ziel plötzlich in eine Sackgasse geraten könnte. Er fand einfach keine günstige Gelegenheit. Er war schließlich kein professioneller Killer, und die einzige Waffe, mit der er umgehen konnte, war Sprengstoff. Natürlich hatte er bei der Armee auch schießen gelernt. Aber er war kein besonders guter Schütze gewesen, und vor allem: Den Sprengstoff stellte er selbst her, eine Pistole dagegen hätte er sich erst besorgen müssen.

Es ist lediglich ein gängiger Mythos, daß man in Moskau mühelos jede beliebige Waffe bekommt, von der Pistole bis zum Panzer, von der Handgranate bis zur Atombombe, Hauptsache, man zahlt. In Wirklichkeit war das nicht ganz so einfach, zumal für einen Einzelgänger ohne Kontakte und Beziehungen.

Auf den Schwarzmärkten wurde alles streng kontrolliert – von den Kriminellen ebenso wie von der Miliz. Da konnte man ganz schnell in eine üble Geschichte reingeraten, man kriegte zum Beispiel eine Waffe untergeschoben, die bei einem Kapitalverbrechen aufgetaucht war, und das wurde einem dann angehängt.

Natürlich hätte er Skwosnjak auflauern und ihn mit einem Messer erledigen können. Aber allein bei dem Gedanken an ein Messer, das in einen lebendigen Menschen eindrang, sei er auch noch so verhaßt und böse, wurde ihm übel. Er war doch kein Schlachter. Außerdem verfügte Skwosnjak über ein ausgezeichnetes Reaktionsvermögen und war stärker und gewandter als Wolodja. Und sterben wollte Wolodja auch nicht. Er wollte seine heilige Mission nicht ausführen, um schön zu sterben, sondern um in Ruhe weiterleben zu können.

Eine Ladung Sprengstoff, eine saubere, technische, für den Vollstrecker vollkommen ungefährliche Waffe, kam bei Skwosnjak nicht in Frage. Im Gegensatz zu den sonstigen Opfern von Wolodjas Gerechtigkeit fuhr er nicht Auto, er ging zu Fuß und benutzte öffentliche Verkehrsmittel. Skwosnjak in die Luft zu sprengen, ohne daß dabei andere Personen in Mitleidenschaft gezogen wurden, schien vorerst unmöglich.

Je länger Wolodja die Entwicklung der Ereignisse beobachtete, desto sicherer war er, daß die Blondine Vera seinen Schutz brauchte wie niemand sonst. Als spüre Skwosnjak die nahe Gefahr, benutzte er diese Frau als eine Art lebenden Schild. Sie war so etwas wie seine Geisel.

Am späten Abend gingen die beiden den leeren Boulevard entlang. Wolodja folgte ihnen lautlos, in der Tasche eine kleine Handgranate – er hatte mehrere derartige Granaten eigens für Skwosnjak konstruiert. Aber auf keinen Fall für die kleine, rundgesichtige Frau, die aussah wie seine Großmutter in ihrer Jugend. Ihr Absatz war abgebrochen, sie stützte sich auf Skwosnjaks Schulter und hinkte rührend auf einem Bein wie ein kleines Mädchen. Und bewahrte damit, ohne es zu wissen, einen Mörder vor dem sicheren Tod.

Eines Abends sah Wolodja Skwosnjak über den leeren Hof kommen. Doch wieder war er nicht allein. Neben ihm ging ein sympathischer, kultiviert aussehender Mann mit einem Bärtchen. Der verdiente keineswegs den Tod. Ihn nur deshalb zu töten, weil er neben Skwosnjak ging, wäre grausam und ungerecht gewesen.

Wolodja wurde allmählich klar, daß er keinen anderen Ausweg hatte, als mit Vera zu sprechen, sie zu warnen. Sie würde ihm natürlich nicht gleich glauben, aber er würde versuchen, sie zu überzeugen. Das war zwar riskant, doch er wußte: Wenn Vera, ihrer Mutter oder dem Mädchen Sonja etwas passierte, würde er, Wolodja, sich schuldig fühlen. Niemand außer ihm ahnte, in welcher furchtbaren Gefahr sich diese drei vollkommen unschuldigen Menschen befanden …

»Ist hier vielleicht bald mal Schluß mit der Lotterei? Habt ihr denn gar kein Gewissen?«

Nadeshda stand im Nachthemd in der Küchentür und sah Vera und Sonja drohend an.

»Es ist schon nach eins, und das Kind ist immer noch auf! Ab ins Bett! Alle beide! Sofort!«

»Mama, wir gehen gleich schlafen, reg dich nicht auf«, sagte Vera sanft.

»Ich warne dich als Ärztin: Das wird ein schlimmes Ende nehmen. Das Kind hatte heute genug Streß, schau sie dir an, sie ist ganz durchsichtig, nichts als riesige Augen.«

Wenn Mama als Ärztin sprach, dann war sie wirklich ernsthaft erbost. Aber Vera und Sonja waren mit ihrem Gespräch noch nicht zu Ende. Und das Gespräch war wichtig.

»Wir legen uns gleich schlafen.« Sonja stand sogar vom Küchensofa auf. »Siehst du, ich gehe mir schon die Zähne putzen. Ehrenwort.«

»Wenn ihr in fünf Minuten nicht im Bett seid, dann … Dann weiß ich nicht, was ich mit euch mache!« Nadeshda warf den beiden noch einen drohenden Blick zu und ging in ihr Zimmer.

»Ich finde, du solltest dich mit dem ehemaligen Besitzer der Firma treffen«, flüsterte Sonja eifrig, schaute zur Tür und setzte sich wieder mit angezogenen Beinen aufs Küchensofa.

»Und wenn er ein Bandit ist?« Vera lachte traurig.

»Aber wir waren uns doch einig: Die Geschichte von der betrogenen, als Sklavin verkauften Schwester ist eine dreiste, geschmacklose Lüge. Sogar ich weiß, daß das alles Märchen sind, diese Geschichten von den armen, unglücklichen Mädchen, die mit List und Tücke angelockt und zur Prostitution gezwungen werden. Das riecht nach Fernsehserie, das hast du selber gerade gesagt. Ach, ach! Ich sterbe, ich bin unschuldig! Böse Männer haben mich ins Unglück gestürzt! Lieber Bruder, rette mich!« Sonja warf die Arme hoch und verdrehte die Augen.

Das tat sie so ausdrucksvoll, daß Vera lachte.

»Da gibt's gar nichts zu lachen!« Sonja runzelte die Stirn. »Dein Fjodor ist ein Bandit. Ein Krimineller, verstehst du? Du hast mit denen bloß noch nie zu tun gehabt, aber ich beobachte sie jeden Tag.«

»Sonja, das Leben ist wesentlich komplizierter. Stell dir ein junges Mädchen vor, fast noch ein Kind, das sich verirrt hat, sich verlocken läßt von der Aussicht auf schnelles Geld und das schöne Leben im Ausland. Selbst wenn es ihre bewußte Entscheidung war, möchte ihr Bruder das nicht wahrhaben. Das kann man doch verstehen. Er sucht Schuldige, um seine Schwester zu rechtfertigen. Und Leute, die dieses schmutzige Geschäft betreiben, sind tatsächlich schuld ...«

»Kein normales Mädchen fällt auf so eine Annonce rein: Arbeit im Ausland. Was das heißt, weiß doch jeder. Sogar ich«, sagte Sonja mürrisch, ganz wie eine Erwachsene.

»Na schön«, seufzte Vera, »lassen wir die Schwester beiseite. Aber wenn dieser Wadik sich nun geirrt hat? Ihn mit jemand anderem verwechselt? In unserem Hof gibt es noch zwei Irische Setter. Vielleicht hat einer von denen irgendwas Scheußliches im Müll aufgelesen. Du weißt doch, das kommt bei Matwej auch manchmal vor. In ihm erwacht der

Jäger, und er will seine Beute um keinen Preis loslassen, und nach Hause kriegt man ihn auch nicht. Dein Wadik hat vielleicht beobachtet, wie jemand seinen starrsinnigen Hund nach Hause gezerrt hat. Genau so einen Hund wie Matwej, und der Besitzer sah von weitem aus wie Fjodor.«

»Und warum hat Matwej dann solche Angst vor ihm? Er zieht den Schwanz ein, zittert. Da paßt einfach zu viel zusammen.« Sonja schüttelte den Kopf. »Zu viel.«

»Aber außer Matwejs eingezogenem Schwanz haben wir bislang nichts Konkretes.« Vera lächelte. »Schließlich bist du nicht sicher, daß auf dem Milizfoto wirklich Fjodor war, oder? Du kannst nicht mit Sicherheit sagen: Ja, das ist er.«

»Nein.« Sonja schlug sich vor Ärger mit der Faust aufs Knie. »Das ist es ja, das kann ich nicht. Er sieht ihm sehr ähnlich. Verstehst du, wenn ich nicht vorher erfahren hätte, daß er Matwej entführt hat, dann wäre mir das Foto gar nicht aufgefallen.«

»Na siehst du, wir beschuldigen jemanden ohne den geringsten Beweis. Außer einem eingezogenen Hundeschwanz und Kriminellenallüren haben wir gar nichts. Die komplizierten Gefühle eines Hundes wollen wir nicht erörtern, davon verstehen wir beide nichts. Und was die Kriminellenallüren angeht – die haben mitunter auch Leute, die gar nichts mit Kriminellen zu tun haben. Das liegt in der Luft, das gilt irgendwie als schick. Zumal er ja auch in Tschetschenien war ...«

»Nein.« Sonja schüttelte den Kopf. »Er spielt nicht den Kriminellen. Im Gegenteil, er versucht das zu verbergen. Aber seine Augen ... Ich weiß nicht, wie ich das erklären soll ... Weißt du noch, wie wir mal im Zoo waren? Damals haben wir beide bemerkt, was für schreckliche leere Augen ein Bär hat, besonders, wenn er dich direkt ansieht. Du hast mir noch erzählt, daß der Bär ein ganz hinterhältiges und grausames Tier ist, obwohl er im Märchen immer als einfältig und gutmütig dargestellt wird. Du hast gesagt, ein Bär kann sogar jemanden töten, der ihn von klein auf gefüttert hat. Später hat Papa mir erzählt, wie sie auf einer Bohrstation mal ein Bärenjunges aufgezogen haben. Der kleine Bär war lieb und komisch, alle mochten ihn. Und als er groß war, hat er zwei Geologen zerfleischt, zwei, die ihn mit der Nuckelflasche gefüttert hatten.«

»Du meinst, Fjodor hat genau so einen schrecklichen Blick wie der Bär im Zoo?« Vera lächelte.

»Manchmal.«

»Na schön, Zeit zum Schlafengehen.« Vera seufzte. »Ich sehe zu, daß ich morgen dieses unglückselige Fax finde, falls ich es nicht weggeworfen habe. Wie auch immer – wenn Kurbatow anruft, verabrede ich mich mit ihm. Obwohl es bestimmt besser wäre, sich da rauszuhalten ... Aber weißt du, noch gibt es keinen Anlaß, über jemanden schlecht zu denken. Fjodor darf auf keinen Fall spüren, daß wir einen Verdacht gegen ihn haben. Wenn er wirklich ein Bandit ist, könnte ihn das aufschrecken. Und wenn nicht, dann würde es ihn sehr kränken. Hab ich recht?«

»Ja, das ist logisch.« Sonja nickte. »Außerdem bleibt uns sowieso nichts anderes übrig. Er wird schließlich nicht einfach so wieder verschwinden ...«

Vera konnte lange nicht einschlafen. Es war schon hell, und sie starrte noch immer an die Decke und grübelte.

Bis heute nacht hatte sie für Fjodor nichts empfunden als tiefe Dankbarkeit. Nun war noch Mitleid hinzugekommen.

Er hat eine schlimme Kindheit gehabt, war in Schmutz und Haß aufgewachsen, dann der Armeedienst in einer furchtbaren Einheit, schikaniert von Dienstälteren und sadistischen Vorgesetzten. Vera hatten die Haare zu Berge gestanden, als er von der Armee erzählte. Und dann Tschetschenien, wieder Schmutz und Haß. Davon mochte er nicht einmal reden ...

Alles in ihm war kaputt, und seine hochtrabende, operettenhafte Ausdrucksweise war durchaus verständlich. Er sehnte sich nach schönen Gefühlen, nach erhabener Liebe.

Die Geschichte mit der Schwester klang wirklich unglaubhaft, aber wenn Fjodor log, dann belog er vor allem sich selbst. Wem würde es nicht weh tun, sich einzugestehen, daß die einzige Schwester Prostituierte geworden war? Darum hatte er anfangs auch nichts von ihr erzählt.

Aus Sonja aber sprach schonungsloser kindlicher Maximalismus. Darin war sie ihrer Mutter ähnlich.

Er lügt nicht, er phantasiert einfach, schmückt die herbe Prosa des Lebens mit schönen, erhabenen Leidenschaften aus. Alles soll bunt sein, wie im Kino.

Wenn Star-Service wirklich eine Mafiafirma wäre, würden ihre Faxe nicht bei fremden Leuten landen. Vermutlich war es eher eine kleine Eintagsfirma, von denen es heutzutage viele gab. Die Leute machten Schulden und mußten schnell wieder schließen. Würde ein Bandit am Telefon etwa so mit ihr reden wie Kurbatow? Erklärungen abgeben, sich entschuldigen, bitten?

Natürlich sollte sie sich mit Kurbatow treffen. Und Fjodor lieber nichts davon sagen. Mit seiner Schwester hatte das bestimmt nichts zu tun. Aber er würde in seinem Übereifer nur Unheil anrichten. Sie mußte sich selbst ein Bild machen, sie mußte das Fax suchen. Da war wirklich mal ein seltsames Fax gekommen, nur eine Adresse und irgendwas mit Brunhilde …

Vera war das Fax aufgefallen, weil es handgeschrieben war, sie hatte sich sogar die Schrift angesehen, sich an ihr früheres Interesse für Graphologie erinnert. Sie mußte es suchen.

Es war ein klarer früher Morgen. Die Vögel zwitscherten eifrig. Die Sonne drang bereits durch die zugezogenen Vorhänge. Endlich fielen Vera die Augen zu.

In ihrem Kopf schwirrte ein Shakespeare-Zitat herum: »Sie liebte mich, weil ich Gefahr bestand; ich liebte sie um ihres Mitleids willen.« Vera lachte leise, sogar im Schlaf. Bei Shakespeare geht die Geschichte übel aus. Der arme leidgeprüfte Mohr erwürgt die schöne Desdemona. Obwohl sie ihn bedauert, ja sogar liebgewonnen hat.

Inna Selinskaja konnte nur mühsam die Augen öffnen. Die Lider waren schwer, in ihrem Kopf dröhnte es.

Wieso hab ich mich gestern so vollaufen lassen? fragte sie sich.

Es war längst Tag. Inna klappte die Lider auf und starrte einige Minuten lang stumpfsinnig vor sich hin, auf die zugezogenen blaßblauen Vorhänge. Draußen schien die Sonne. Sanfte bläuliche Sonnenflecke leuchteten auf dem hellen Parkett.

Nein, aus dieser schönen Wohnung würde sie nicht ausziehen. Bestimmt ließen sich Wege finden, Stas rauszuschmeißen. Natürlich würde sie dafür keine Kriminellen engagieren. So dumm war sie nicht, das würde sie zu teuer zu stehen kommen. Ein guter Anwalt konnte auch vieles bewerkstelligen. Das war zwar teuer, aber dafür würde ihr Vater ihr Geld geben.

Ein Anwalt würde immer noch weniger kosten als eine neue Wohnung. Und nach Kriwoi Rog wollte sie unter keinen Umständen zurück.

Sie hatte bei ihrem Vater schon mal vorgefühlt. Von Scheidung hatte sie noch nichts gesagt, nur daß sie eventuell bald Geld brauchen würde, ziemlich viel Geld. Für eine wichtige Sache. Ihr Vater war Gold wert. Er hatte sein Leben lang auf dem Markt mit Fleisch gehandelt und vor drei Jahren eine kleine Fleischerei mit eigenem Ladenverkauf aufgemacht.

Geld hatte ihr Vater jedenfalls, und für seine einzige Tochter geizte er damit nicht. Er würde natürlich rumknurren, von wegen: Du bist selber schuld, ich hab dich ja gleich gewarnt, dein Moskauer ist irgendwie komisch, ein Schlappschwanz, unzuverlässig, so viele Jahre älter, und dann hat er auch noch zwei Kinder am Hals. Du bist selber schuld, das hättest du dir früher überlegen müssen, du mußtest ihn ja unbedingt heiraten, nun sieh zu, wie du klarkommst. Aber am Ende würde er das Geld doch rausrücken.

Sie mußte sich also keine Sorgen machen. Es sah gar nicht so übel aus.

Ihre Freundin hatte einen guten Anwalt aufgetrieben, der sich mit Immobilien auskannte. Er erwartete Inna heute um halb vier in seinem Büro. Sie mußte aufstehen, einen starken Tee trinken und sich überhaupt in Ordnung bringen. Wirklich – warum hatte sie sich gestern so vollaufen lassen? Stas war schuld. War er eigentlich jetzt zu Hause oder nicht? Es schien still. Vielleicht war er schon weg?

Inna tastete nach ihrer Armbanduhr, die sie immer neben sich auf den Nachttisch legte.

»Mein Gott! Halb zwei!« sagte sie laut, stand auf und stieß mit ihrem nackten Fuß gegen eine leere Flasche.

»So was, bin ich denn total ausgetickt?« fragte sich Inna.

Es war eine Halbliterflasche Rasputin-Wodka. Das ganze Zimmer roch nach Wodka, als wäre jede Menge davon auf den Fußboden geflossen und habe das Parkett durchtränkt.

Rasputin habe ich weder gekauft noch getrunken, erinnerte sich Inna. Und ich kann nicht so betrunken gewesen sein, daß ich die Flasche auf den Boden geworfen habe. Oder bin ich wirklich ausgetickt?

Merkwürdigerweise tat ihr der Hals weh. Sie ging zu ihrer großen Frisierkommode. Seit sie zehn war, schaute sie jeden Morgen als erstes in den Spiegel. Wenn sie gut aussah, hieß das, der Tag würde gut verlaufen. Heute sah sie furchtbar aus. Die Nase geschwollen, die Augen zu Schlitzen verengt. Und so wollte sie zum Anwalt?

Sie drehte den Kopf ein wenig und schrie leise auf, so sehr tat der Hals weh. Hatte sie sich etwa im Schlaf verrenkt? Da entdeckte sie an der Seite, unterm Ohr, einen langen, schmalen blauen Fleck, ganz blaß, kaum zu sehen. Aber es war eindeutig ein blauer Fleck.

»Mein Gott, wo hab ich den denn her?« Sie war erschrokken. »Hab ich mich heute nacht etwa geprügelt? Oder hat mich jemand gewürgt? Blödsinn …«

Sie erinnerte sich vage, daß sie in der Nacht tatsächlich einen plötzlichen Schmerz verspürt hatte, aber schließlich war sie davon nicht aufgewacht. War das nur ein Alptraum gewesen? Aber woher stammte dann der blaue Fleck? Und warum hatte sie einen Kater wie ein notorischer Säufer? Soviel hatte sie nicht getrunken. Nein. Na schön, erst mal kalt waschen, Zähne putzen. Und dann einen starken Tee, eine große Tasse. Sie hatte fürchterlichen Durst, ihr Mund kam ihr vor wie eine Jauchegrube, die Zunge fühlte sich an wie Schmirgelpapier.

Inna ging in Richtung Bad, unterwegs warf sie einen Blick in das Zimmer, wo ihr Mann schlief. Seit zwei Wochen schliefen sie getrennt.

»Na so was! Er pennt noch.«

Sie wollte schon im Bad verschwinden, doch irgend etwas ließ sie stutzen.

»Stas!« rief sie. »Schläfst du noch oder was? Es ist halb zwei.«

Er lag auf der Seite, zur Wand gedreht, und rührte sich nicht. Inna trat zur Liege und begriff erst nicht, sie stand einen Moment mit offenem Mund da wie angewurzelt und hielt die Luft an. Von ihrem eigenen markerschütternden Schrei kam sie zu sich.

Aus dem Rücken ihres Mannes ragte der schwarze Plastikgriff eines Küchenmessers.

Herauszufinden, wie der aufgeweckte Junge hieß, den der Kriminelle Sachar vor über zwanzig Jahren mit sich herumgeschleppt hatte, schien so gut wie aussichtslos. Hauptmann Malzew befragte alte Informanten, Pensionäre der Kriminellenfront. Ihr Greisengedächtnis war kurz.

»Stimmt, Sachar hat sich mit einem Jungen abgegeben. Aber das ist so lange her ...«

Das hörte Malzew schon zum zehntenmal, doch den Namen des Jungen und sein genaues Alter wußte niemand.

»Ein guter Junge war das, ein ganz Stiller. Aus dem Kinderheim, glaub ich«, erinnerte sich der sechsundsiebzigjährige ehemalige Manager des Restaurants »Praga«. »Sachar hat sich eisern an das Diebesgesetz gehalten, darum konnte er ihn nicht adoptieren, obwohl er's gern getan hätte. Ich weiß noch, sie saßen mal zusammen mit ...« Er nannte den Namen eines populären Sängers, der nicht nur für sein stimmgewaltiges Talent bekannt war, sondern auch für seine enge Freundschaft mit Kriminellenautoritäten. »Sie haben öfter zusammen gegessen, und einmal war auch der Junge dabei. Nach einer Woche kamen sie wieder, ohne den Jungen, und sprachen über ihn, den Waisenjungen. Das hab ich behalten, ich dachte nämlich noch: Da sitzen zwei Männer, die man in ganz Rußland kennt, und überlegen, wie sie einer armen Waise helfen können. Daran hab ich später oft denken müssen; die heute, die bringen so was nicht fertig. Die engagieren sich zwar auch manchmal für Wohltätigkeit, aber so, daß es jeder sieht, daß es zehnmal im Fernsehen gezeigt wird und in allen Zeitungen steht.«

»Und wie hieß der Junge, wissen Sie das noch?« fragte Malzew.

»Kolja hieß er. An den Familiennamen erinnere ich mich nicht.«

Wenigstens etwas. Ein Waisenjunge Kolja, geboren zwischen 1960 und 1964 ...

Juri Uwarow kannte einen Fernsehjournalisten, der sich mit spektakulären, werbewirksamen Interviews einen Namen gemacht hatte. Ihre Bekanntschaft war unter traurigen Umständen zustande gekommen. Nahe Angehörige des Journalisten waren vor vier Jahren von der bewußten unseligen Bande getötet worden.

Der Journalist, ein harter, geschäftstüchtiger Mann, tat nie etwas einfach so, schon gar nicht, wenn es um seine Arbeit ging. Doch in diesem Fall hatte er zweifellos ein persönliches Interesse. Daß der Hauptschuldige am Tod seiner Angehörigen noch immer frei herumlief, ließ dem Journalisten keine Ruhe. Er war bereit, den Ermittlern zu helfen.

Interviewanfragen von ihm lehnte niemand ab, im Gegenteil, man zahlte ihm noch horrende Summen für die vierzig Minuten Sendezeit, in denen er jede beliebige Berühmtheit mit schwierigen, auch peinlichen Fragen löcherte. Mit dem Sänger war er seit vielen Jahren befreundet.

Der Sänger gab für sein Leben gern Interviews. Er war alt geworden und trat nur noch selten auf. Doch er lechzte noch immer nach der Liebe des Volkes, er hatte sich in den vielen Jahren daran gewöhnt.

Er galt nach wie vor als einer der reichsten Männer Rußlands, war inzwischen ein großer Geschäftsmann, sehnte sich aber dennoch nach seinem gewohnten Publikum. In den letzten Jahren waren seine Bewunderer vor allem ältere Leute, Kriegsveteranen und verdiente Produktionsarbeiter, Hausfrauen und kleine Parteifunktionäre Stalinscher Prägung. Doch nach einer Reihe spektakulärer Veröffentlichungen über die engen Kontakte des patriotischen Sängers zu hochangebundenen russischen Kriminellen war die Liebe des Volkes merklich abgekühlt. Seine prinzipientreuen, von der neuen Zeit gebeutelten Bewunderer konnten ihrem Liebling seine Geschäftstüchtigkeit und die Freundschaft mit Kriminellen nicht verzeihen.

Der Sänger sagte sich nicht von seinen kriminellen Freunden los, bemühte sich jedoch bei öffentlichen Äußerungen, das Bild der guten alten Kriminellen der Siebziger zu idealisieren und zu romantisieren. Er erzählte gern schöne Märchen darüber, was für originelle, großzügige, uneigennützige Menschen sie gewesen seien. Genau da setzte der Journalist an.

»Gennadi Sacharow hatte ein großes Herz, ich kenne niemanden, der so rein und gütig gewesen wäre wie er. Solche gibt es nicht mehr, besonders unter den Heutigen«, erzählte der Sänger vor laufender Kamera bei sich zu Hause, nachdenklich an seinem Kaffee nippend und Marlboro rauchend.

»Na, wir wollen mal nicht zu sehr schönfärben« – der Journalist runzelte die Stirn –, »der gute Mensch Gennadi Sacharow hatte immerhin eine umfassende kriminelle Vergangenheit.«

»Diese Seite seines Lebens interessierte mich nicht.« Der Sänger lehnte sich im Sessel zurück. »Gena war mein Freund.«

»Sie sagen, er war gütig, rein. Wie zeigte sich denn diese Güte und Reinheit? Die heutigen großen Unternehmer aus der Kriminellensphäre engagieren sich wenigstens für Wohltätigkeit, unterstützen Asyle, Kinderheime. Aber die von damals?«

»Die von damals unterstützten einzelne Menschen, Waisenkinder.«

»Jetzt erzählen Sie mir bloß nicht, Sacharow hätte eine Waise adoptiert!« Der Journalist winkte verächtlich ab.

»Beinahe«, sagte der Sänger mit seiner herzlichen, wohlklingenden Stimme. »1973 lernte Sacharow zufällig einen Jungen aus einem Kinderheim kennen, von da an holte er ihn an Wochenenden, Feiertagen und in den Ferien zu sich nach Hause, nahm ihn überallhin mit. Adoptieren konnte er ihn nicht, aus vielerlei Gründen, aber er wurde für den Jungen fast ein Vater, er liebte ihn wie einen eigenen Sohn.«

»Was Sie nicht sagen!« Der Journalist schüttelte den Kopf. »Tatsächlich? Haben Sie den Jungen selbst gesehen?«

»O ja.« Der Sänger lächelte. »Ich erinnere mich, ich habe ihm ein Federmesser geschenkt, das ich aus der Schweiz mitgebracht hatte. Kolja Koslow hieß er. 1973 war er zehn Jahre alt. Er lebte im Kinderheim, war Vollwaise, seine leibliche Mutter hat ihn gleich nach der Geburt verlassen. Und Gena hat ihm Wärme gegeben. Er hat ihm nicht nur Spielzeug und Schokolade geschenkt, er hat sein Herz in ihn investiert.«

»Und was ist später aus Kolja Koslow geworden, wissen Sie das?«

»Ehrlich gesagt, das weiß ich nicht, aber ich bin sicher, daß mit ihm alles in Ordnung ist. Gennadi hat sich um sein Schicksal gekümmert, also braucht man sich keine Sorgen zu machen. Aus diesem Jungen ist bestimmt etwas geworden.«

Als sie sich nach dem Interview im Flur verabschiedeten, sagte der Sänger mit gesenkter Stimme: »Weißt du, die Geschichte mit dem Jungen laß lieber weg. Ich hab da im Eifer des Gefechts seinen Namen genannt. Die Sache ist zwar lange her, aber wer weiß ...«

»Wie du meinst«, sagte der Journalist lächelnd.

Die Passage über den Waisenjungen Kolja Koslow wurde sorgfältig rausgeschnitten. Das wäre ohnehin geschehen, auch wenn der Sänger nicht ausdrücklich darum gebeten hätte.

Der Kreis wurde allmählich kleiner. Uwarows Mitarbeiter nahmen sich systematisch die Archive von Kinderheimen und Waisenhäusern vor, redeten mit alten Erziehern und Lehrern. Waisen mit dem Namen Kolja Koslow, geboren

1963, gab es über dreihundert. Deren Überprüfung konnte Monate dauern. Also versuchte Uwarow, die Sache von einem anderen Ende aufzurollen.

Sie wußten, daß Sacharow bis Juli 1973 in einer Gemeinschaftswohnung in Krasnaja Presnja gelebt hatte. Wenn er den Jungen schon vor seinem Umzug in eine eigene Wohnung mit nach Hause genommen hatte, erinnerten sich die Nachbarn aus der Gemeinschaftswohnung vielleicht an ihn.

Das Haus war längst abgerissen, doch die Adressen der ehemaligen Nachbarn ließen sich mühelos ermitteln. Dabei fanden sie heraus, daß in der Gemeinschaftswohnung auch eine Frau Kadotschnikowa gelebt hatte, die zwanzig Jahre in einem Kinderheim beschäftigt gewesen war, nämlich in einem Sonderheim für Waisen mit der Diagnose »Oligophrenie im Stadium der Debilität«.

Uwarow suchte sie selbst auf.

»Natürlich erinnere ich mich an Kolja Koslow«, sagte sie sofort, »ich war auch dabei, als er Sacharow kennenlernte. Ich hatte den Jungen fürs Wochenende mit nach Hause genommen. Sacharow und Kolja freundeten sich an, ich freute mich darüber und ließ Sacharow den Jungen an Wochenenden und in den Ferien zu sich nehmen. Ich kannte Sacharow ganz gut und hielt ihn für jemanden, dem man unbesorgt ein Kind anvertrauen konnte.«

Sie erzählte nicht, warum sie Kolja Koslow an jenem Wochenende mit nach Hause genommen hatte. Selbst nach zwanzig Jahren erinnerte sie sich nur ungern an das Kind, das sich vom Dach stürzen wollte, um sich an ihr zu rächen.

Uwarow wollte schon aufgeben. Wieder daneben. Unvorstellbar, daß der nicht zu erwischende Skwosnjak und der geistig zurückgebliebene Kolja Koslow ein und dieselbe Person sein sollten.

»Sagen Sie, unterschied sich der Junge irgendwie von den anderen?« fragte er ohne die geringste Hoffnung.

»O ja.« Frau Kadotschnikowa nickte. »Er hob sich deutlich von der übrigen Masse ab. Er wurde schnell zum Anführer.«

»Aber er war doch geistig behindert, oder? Ich meine, zu Ihnen kamen doch keine normalen, gesunden Kinder?«

»Kolja Koslow war vollkommen gesund und psychisch normal«, sagte sie nach einer langen Pause leise.

»Und die Diagnose?«

»Sind Sie als Milizmajor wirklich so naiv?« Die Kadotschnikowa seufzte. »Jedes dritte Kind, das von seiner Mutter im Stich gelassen wird, bekommt nach dem Säuglingsheim diese Diagnose verpaßt. Und jedes zweite davon ist in Wirklichkeit gesund. Mit den gesunden Kindern hatten wir Erzieher es schwer. Sie waren widerspenstig, verlangten besondere Aufmerksamkeit. Doch für besondere Aufmerksamkeit hatten wir weder die Zeit noch die Kraft. Wenn Kinder rebellierten, mußten wir sie ins Krankenhaus schicken. Dort bekamen sie Spritzen, Psychopharmaka. Am Ende waren sie genauso wie alle. Natürlich gab es auch Ausnahmen, aber die waren selten. Nur sehr starke Persönlichkeiten konnten sich behaupten, ihren Intellekt bewahren. Das erforderte einen enormen Willen und eine gewisse Schläue. Und wo sollte eine Waise die herhaben? Was ich Ihnen jetzt sage, ist vielleicht grausam. In meiner langjährigen Praxis habe ich selten, äußerst selten Waisenkinder gesehen, die ich guten Gewissens ohne die geringsten Abstriche als vollkommen normal bezeichnen könnte. Kolja Koslow war so eine Ausnahme.«

»War er auch mal im Krankenhaus?« fragte Uwarow rasch.

»Ja.« Frau Kadotschnikowa seufzte. »Einmal mußten wir ihn einweisen. Ich weiß nicht mehr, was er angestellt hatte, aber ohne Grund haben wir kein Kind dorthin geschickt. Nur im Extremfall, wenn wir allein nicht mit ihm fertig wurden. Bei Kolja kam das nur ein einziges Mal vor, danach nie wieder … Sagen Sie, ist er ein Krimineller geworden?«

»Wie kommen Sie darauf?«

»Na ja, Sie suchen doch in der Regel Kriminelle.«

»Nein.« Uwarow lächelte. »Wir suchen ihn aus einem anderen Grund.«

»Kolja wurde schon einmal von der Miliz gesucht«, sagte Frau Kadotschnikowa, »vielleicht finden Sie ja in Ihren Archiven noch etwas darüber. So um 1985, vielleicht auch eher, genau weiß ich das nicht mehr, wurde eine Vormundschaft für ihn beantragt. Er wurde aus dem Heim geholt, und wir haben uns sehr gefreut für den Jungen. Er gehörte wirklich nicht in unser Heim. Doch dann lief er weg. Die Vormundschaft war noch nicht einmal erteilt. Natürlich wurde nach dem Jungen gesucht, aber vergeblich. Was später aus ihm geworden ist, das weiß ich nicht.«

»Hatte Kolja Freunde unter seinen Klassenkameraden?«

»Er war der Anführer und hatte eine gewisse Zahl von Anhängern. Seine Truppe. Eine typische Erscheinung in Kindergruppen. Ein paar Jungen folgten ihm auf Schritt und Tritt. Als Freundschaft würde ich das nicht bezeichnen.«

»Erinnern Sie sich an Namen?«

»Das ist so lange her. Warten Sie, ich besitze noch ein Klassenfoto. Sie wurden fotografiert, als sie Pioniere wurden.«

Die Kinder hatten sich auf dem Hof des Heims vor einem Lenindenkmal aufgestellt. Auf einem Plakat an der Fassade des Schulgebäudes stand: »WIR SIND LENINS ENKEL!« Ein kleiner eherner Lenin streckte den überproportional langen Arm über die dritte Klasse aus.

Die Kindergesichter auf dem Gruppenfoto waren sehr klein und undeutlich. Wenn man nicht wußte, daß jeder dieser achtundzwanzig Jungen und Mädchen eine schreckliche Diagnose in der Akte mit sich herumschleppte, hätte man das nicht vermutet. Sie sahen aus wie ganz normale Kinder. Pionieruniform, nagelneue Halstücher. Ganz normale Schulkinder Anfang der siebziger Jahre. Uwarow besaß zu

Hause ein ähnliches Foto, das ihn mit seiner dritten Klasse vor einem Lenindenkmal zeigte, ebenfalls nach der Aufnahme in die Pionierorganisation.

»Das ist er, Kolja Koslow«, sagte die Kadotschnikowa.

Ein magerer Junge am Rand. Ein runder Kopf mit breiter Stirn, der Blick ein wenig mißtrauisch, ein regelmäßiges Gesicht. Selbstverständlich war es unmöglich, dieses Foto mit dem einzigen vorhandenen Foto des erwachsenen Skwosnjak zu vergleichen.

»Und das ist seine Truppe.« Frau Kadotschnikowa zählte fünf Jungen auf und zeigte auf jeden.

Sie standen neben ihrem Anführer, bildeten eine Art Ring um ihn. Uwarow schrieb sich die fünf Namen auf.

»Ich denke, für Sie dürften nur zwei von Interesse sein«, sagte Frau Kadotschnikowa.

»Warum?«

»Nun, der hier« – sie zeigte auf einen großen, fülligen Jungen –, »der lebt nicht mehr. Er ist mit achtzehn gestorben, hat sich mit Methylalkohol vergiftet. Er hat schon im Internat angefangen zu trinken, in der achten Klasse. Viele unserer Kinder sind in dieser Hinsicht erblich vorbelastet. Und diese beiden sind schwerbehindert. Der eine ist in der Psychiatrie Belyje Stolby, lebenslänglich, der andere in einer psychoneurologischen Anstalt bei Alexandrow. Ebenfalls lebenslänglich. Wissen Sie, als Kolja uns verlassen hatte, waren die fünf Jungen aus seiner Truppe in einer schwierigen Lage. Sie waren an ihre Sonderstellung gewöhnt, konnten sie aber nicht behaupten. Keiner der fünf war Kolja ebenbürtig an Intellekt und Charakterstärke. Die anderen ließen mit Lust ihre Wut über frühere Demütigungen an ihnen aus. Das endete mit schlimmen Nervenzusammenbrüchen, die Jungen mußten häufig ins Krankenhaus eingewiesen werden. Und dort … Sie verstehen. Jedenfalls haben nur zwei davon in ein normales Erwachsenenleben gefunden. Sascha Sergejew und Tolja Tschuwiljow.«

»Was können Sie mir über diese beiden Jungen erzählen?« fragte Uwarow.

»Ich erinnere mich kaum an sie. Das ist so lange her. Sascha Sergejew hob sich durch nichts von der Masse ab. Außer vielleicht dadurch, daß er, als er älter wurde, den Mädchen gefiel. Er war ein hübscher Junge. Was aus ihm geworden ist, weiß ich nicht. Er hat schon im Internat hin und wieder getrunken, aber nicht übermäßig, nicht mehr als normal.« Frau Kadotschnikowa lachte bitter. »Wenn man es überhaupt normal nennen kann, daß ein Vierzehnjähriger trinkt.«

»War er denn krank? Oder war es bei ihm genauso wie bei Kolja Koslow?«

»Sascha war wirklich krank. Aber wissen Sie, mit dieser Diagnose kann man ganz gut leben. Unter normalen Bedingungen werden solche Kinder meist vollwertige Mitglieder der Gemeinschaft. Sie sind praktisch veranlagt, diszipliniert und bewältigen jede Arbeit, die keine intellektuelle Anstrengung verlangt. Probleme haben sie dann, wenn sie selbständig Entscheidungen treffen müssen, logisch und abstrakt denken, ihr eigenes Handeln einschätzen. Ansonsten kommen sie zurecht. Aber was halte ich Ihnen hier einen Vortrag über Psychiatrie? Sehen Sie sich die heutigen Geschäftsleute an. Die sind doch total oligophren. Packen hart zu, haben hochentwickelte Instinkte, einen extrem unterentwickelten Intellekt, sind unfähig, mehr als einen Schritt im voraus zu bedenken, zeigen einen animalischen Pragmatismus und schwere moralische Störungen. Aber ich schweife ab … Zu Sascha Sergejew ist das alles. Tolja Tschuwiljow, der hob sich ab von der Masse. Ich denke, er war gesund. Ein sanfter, stiller Junge, der ruhigste und bravste aus Koljas Truppe. Als Koslow weg war, hatte Tolja es leichter als die anderen. Er hatte keine Anfälle, rebellierte nicht. Die Lehrer und Erzieher mochten ihn. Nach der achten Klasse ist er Schlosser geworden, glaube ich …«

»Was meinen Sie, mit welchem der beiden könnte Koslow noch befreundet sein?«

»Schwer zu sagen. Ich denke, eher mit Tolja. Aber wer weiß – inzwischen sind so viele Jahre vergangen ...«

Das weitere Schicksal der beiden Zöglinge des Sonderkinderheims aus Koljas Truppe hatte sich durchaus günstig gestaltet. Die psychiatrische Diagnose war bei beiden revidiert worden, was durch offizielle Gutachten von Ärztekommissionen belegt war.

Sergejew arbeitete in einer Autowerkstatt. Er trank, aber nicht übermäßig. War nicht vorbestraft.

Tschuwiljow hatte nach der Schule eine Schlosserlehre gemacht, dann als Klempner in drei verschiedenen Moskauer Wohngebieten gearbeitet. Er war ebenfalls nicht vorbestraft und trank gar nicht.

Vor einem Jahr hatte er bei seiner letzten Arbeitsstelle gekündigt und betätigte sich seitdem als Privatunternehmer. Er betrieb zwanzig Kilometer vom Stadtring entfernt ein kleines Restaurant.

»Klempner – das ist interessant«, sagte Uwarow nachdenklich. »Noch dazu einer, der nicht trinkt.«

Sehr bald stellte sich heraus, daß die meisten Wohnungen, in die Skwosnjaks Bande eingebrochen war, genau zu den Wohnungsverwaltungen gehörten, für die Tschuwiljow arbeitete. Auch zeitlich stimmte alles überein. Die festgenommenen Bandenmitglieder allerdings hatten die Frage, ob sie vor ihren Einbrüchen Tips bekommen hätten, kategorisch verneint.

»Wo wir am leichtesten reinkamen, da sind wir rein«, behaupteten Skwosnjaks Komplizen unisono.

Kaum anzunehmen, daß unbedingt sie alle den Tipgeber decken wollten. Vermutlich wußten sie einfach nichts von seiner Existenz. Nur Skwosnjak hatte mit ihm Kontakt gehabt.

Der ehemalige »Debile« Tschuwiljow war nicht nur mit Klorepataturen reich geworden. Aber beweisen ließ sich das nicht. Es gab keine Zeugen. Höchstens Skwosnjak …

Wahrscheinlich hatte Skwosnjak seinen alten Freund aus der Heimkindheit in aller Stille benutzt, ihn immer wieder ein wenig angefüttert, ihn als stille Reserve aufgespart, sozusagen für einen schwarzen Tag. Wenn das so war, dann würde er sich demnächst an Tschuwiljow wenden müssen, denn der bewußte schwarze Tag war nun mit dem Tod des Schatzmeisters Golowkin gekommen.

Was Sergejew anging, so ließ sich keinerlei mögliche Verbindung zwischen ihm und Skwosnjak oder jemandem aus dessen Bande herstellen.

»Also, wir nehmen uns Tschuwiljow vor, volles Programm«, sagte Uwarow noch am selben Vormittag bei der täglichen Besprechung der Einsatzgruppe. »Beschatten, Telefon abhören. Aber schön vorsichtig. Wir dürfen ihn nicht aufschrecken.«

Fünfundzwanzigstes Kapitel

Vor vierunddreißig Jahren hatte eine zwanzigjährige Packerin aus der Brotfabrik Nr. 5 in der Entbindungsklinik auf ihren Sohn verzichtet. Sie besaß kein Wohnrecht in Moskau. In der Personalabteilung der Brotfabrik lag eine Heftseite mit einer handschriftlichen Erklärung: Im Falle der Geburt eines Kindes verpflichtet sich die Packerin, ihren Platz im betriebseigenen Wohnheim zu räumen und an die Betriebsleitung keinerlei Ansprüche zu stellen.

Das Blatt war kein offizielles Dokument. Die Personalchefin nannte diese Erklärungen geistreich »Verhütungsmittel«. Sie hatten keinerlei juristischen Wert, übten aber ausreichend Druck aus auf die Psyche der jungen Arbeiterinnen aus der Provinz.

Mit einem Kind durfte man nicht im Wohnheim leben – das war gesetzlich verboten. Eine andere Arbeit bekam man ohne Moskauer Wohnrecht nicht. Auf Zeit Angeworbene durften ihren Arbeitsplatz nicht wechseln. Wenn ein junges Mädchen aus der Provinz nach einer zufälligen Liebesbeziehung nicht rechtzeitig abtrieb, blieb ihr nur ein Weg: zurück nach Hause, in die Gegend von Pensa oder Saratow, Abschied von der Traumstadt Moskau, vor Mama und Papa auf die Knie fallen und sich auf lange Einsamkeit gefaßt machen, auf das bösartige laute Getuschel des Provinzklatschs. Alleinstehende Mütter mit einem Moskauer Balg wurden in der Provinz verachtet und nicht geheiratet.

Manch eine brachte den Mut auf und ging mit dem Kind zurück nach Hause. Die Packerin Manja Astachowa nicht. Zu Hause in Adbassar im Gebiet Zelinograd trank und tobte die Mutter, der Vater war vor langer Zeit verunglückt – er war betrunken am Steuer seines Lasters eingeschlafen. Mit Lebensmitteln sah es in Adbassar schlecht aus, Butter und Fleisch gab es nur auf Marken. Die gesamte männliche Bevölkerung trank rund um die Uhr. Manja weinte eine Weile und zog es dann vor, ihren neugeborenen Jungen dem fürsorglichen sowjetischen Staat zu überlassen. Vielleicht hatte ihr Sohn ja Glück, wurde von anständigen Leuten adoptiert, wurde Moskauer, würde in einer richtigen Wohnung leben.

Die Ärzte versuchten lange, sie davon abzubringen – der Junge war gesund und kräftig, ein vollkommen normales Baby.

Tolja fühlte sich sehr früh als Waise, früher als viele seiner Altersgenossen. Sein zweites Grundgefühl neben dem Hunger wurde die Angst, allein zu sein. Wie mit einem Magneten zog es ihn hin zu einer Herde, zu einem Anführer. Auch wenn der Anführer grausam war und man für seinen Schutz bezahlen mußte. Tolja war zu allem bereit, Hauptsache, er blieb bei der Herde. Sein eigenes Ich hatte für ihn weder Wert noch Sinn. Niemand im ganzen Heim war Kolja Koslow so ergeben wie Tolja. Er redete ihm nach dem Mund, ahmte ihn in allem nach, sogar in den Gesten. Seinen Vorrat an bedingungsloser kindlicher Hingabe, mit dem Tolja von Geburt reichlich ausgestattet war und der unter glücklicheren Umständen seiner Mutter hätte zuteil werden können, verschwendete er nun an Kolja Skwosnjak.

Er dachte oft an seine Mutter, mal haßte er sie, mal versuchte er sie zu rechtfertigen. Als er älter wurde, begann er sie zu bedauern: Ihr Leben war so bitter verlaufen, daß die Ärmste auf ihr Kind hatte verzichten müssen. Kolja erklärte, das sei sentimentaler Quatsch, da gebe es nichts zu bedauern, und ging mit ihm eines Nachts ins Archiv und suchte seine Akte heraus.

»Miststücke sind sie, meine wie deine«, sagte er. »Hier, lies.«

Das war in der vierten Klasse. Tolja lernte auswendig, was ihn interessierte: »Astachowa, Maria Fjodorowna, geboren 1943, Wohnheim der Brotfabrik Nr. 5.«

Als Kolja aus dem Heim geholt wurde, weinte Tolja nächtelang. Er vermißte ihn wie einen leiblichen Bruder. Tolja fühlte sich schlecht und einsam im Heim, aber er bemerkte erstaunt, daß es ohne Koljas grausame Scherze, ohne seine hinterhältigen Demütigungen anderer Kinder und der Erzieher irgendwie leichter geworden war. Früher hatte er sich nicht einzugestehen gewagt, daß es ihm nicht gefiel, wenn jemand gezwungen wurde, Rotz aufzulecken. Aber niemals hätte er Kolja Skwosnjak verurteilt, nicht einmal tief im Innern hätte er je an seinem Anführer gezweifelt.

Über diese sonderbaren, widersprüchlichen Gefühle konnte er mit niemandem reden. Und allein fand er sich darin nicht zurecht. Aber er hatte ohnehin keine Zeit zum Nachdenken. Um allein, ohne Herde, ohne Anführer zu überleben, brauchte er viel Kraft.

Tolja überlebte, so gut er konnte. Er betrug sich gut, war still und folgsam, lernte fleißig. Wie viele andere seiner Klassenkameraden wollte er nach dem Heim nicht in eine Sonderberufsschule, sondern in eine ganz normale, wo normale Jugendliche ausgebildet wurden, er wollte einen Beruf lernen, ein Zimmer im Wohnheim und, wenn er Glück hatte – die Revision der Diagnose.

Nach der achten Klasse wurde er mit einer guten Beurteilung und einem Zeugnis voller Zweien an eine normale Berufsschule geschickt. Die Schule befand sich im Bezirk Presnja, und direkt hinterm Zaun lag der runde Ziegelbau der Brotfabrik Nr. 5.

Gleich am ersten Tag kroch Tolja, der das Ende des Unterrichts kaum abwarten konnte, durch ein Loch im Zaun hinüber auf das Gelände der Brotfabrik. Er schlenderte eine Weile zwischen Holzpaletten umher, sog den Duft nach heißem Brot ein und ging dann in die Packabteilung, wo Frauen in weißen Hemden und Hosen arbeiteten. Die Brote fielen auf ein Metallkarussell, die Frauen nahmen sie herunter und legten sie auf die Holzbretter fahrbarer Transportgestelle.

Tolja ging zu der Frau, die ihm am sympathischsten erschien, und stellte sich einfach neben sie.

»Was willst du, mein Junge, Brot?« fragte die Frau, ohne ihre Arbeit zu unterbrechen.

Er war so aufgeregt, daß er nicht einmal ofenfrisches Brot wollte.

»Arbeiten Sie schon lange hier?« platzte er schließlich heraus. »Ich meine, also … wie viele Jahre?«

»Lange, mein Junge, sehr lange. Zwanzig Jahre. Die ganze Zeit hier in der Packerei.« Die Frau seufzte.

Ihre Hände machten automatisch weiter. Tolja bemerkte, daß die grauen Segeltuchhandschuhe lauter Brandlöcher hatten, und dachte: Das Brot ist aber heiß.

»Kennen Sie zufällig …« Bevor er den Namen aussprach, nahm er einen tiefen Zug von der mit heißem Brot geschwängerten Luft. »Haben Sie vielleicht gehört ... Hier hat mal eine Maria Astachowa gearbeitet ...«

Die Hände der Frau hielten einen Augenblick inne, sofort türmten sich die heißen Brote auf dem Karussell.

»Astachowa, Astachowa ...« Die Hände in den durchlöcherten Handschuhen verrichteten erneut flink ihre Arbeit.

»He, Iwanowna«, rief die Frau einer Kollegin zu, einer rotnasigen, mageren Alten, »erinnerst du dich an die Astachowa?«

»An Manja?« rief die Alte zurück. »Klar erinnere ich mich an Manja Astachowa.«

Tolja erstarrte. Hielt die Luft an.

»Wer bist du denn?« Die Alte bewegte emsig die Hände in ebensolchen brandlochgesprenkelten grauen Handschuhen, wie die Kollegin sie trug. Sie konnte keinen Augenblick innehalten, die weißen Brotlaibe fielen unablässig auf das Karussell und mußten in die Transportgestelle gepackt werden, sonst gab es einen Stau, die Brote wurden eingedrückt, und die Kosten für den Verlust wurden den Packerinnen vom Lohn abgezogen.

Tolja ging um das Karussell herum und stellte sich neben die Alte, um nicht so laut schreien zu müssen.

»Ich bin ... Na ja, eine Art Verwandter.«

»Manja hatte keine Verwandten. Wie alt bist du denn?«

»Fünfzehn.«

»Also dreiundsechzig geboren, ja??«

Die Alte starrte ihn aus blassen kleinen Augen an, musterte ihn lange, schweigend und sehr aufmerksam. Dann wandte sie sich ab.

Vor Toljas Augen tanzten Brotlaibe und graue Handschuhe. Von den rasend schnellen Bewegungen und von der Hitze wurde ihm ganz schwindlig. Die Alte schien ihn vergessen zu haben. Er schaute ihr ins Gesicht. Es war derb, rot, sehr alt und häßlich.

»Komm her, mein Junge, nimm dir Brot, soviel du willst, und dann geh«, sagte sie schließlich. »Du hast hier nichts zu suchen.«

»Wo ist sie?« fragte Tolja ganz leise.

»Wozu willst du das wissen?«

»Ich will es wissen.«

Die Alte preßte die Lippen zusammen und wandte sich ab. Tolja beschloß, nicht lockerzulassen, nicht zu gehen. Er würde so lange hier stehenbleiben, bis sie mit der Sprache rausrückte. Sie wußte es doch. Ganz genau wußte sie es! Aber sie wollte es ihm nicht sagen.

»Klawa!« rief die Alte plötzlich, und Tolja zuckte vor Überraschung zusammen. »Was sitzt du da rum? Komm her, lös mich ab, ich bin fix und fertig, ich muß eine rauchen.«

Auf einer Bank am Fenster saßen zwei Frauen, tranken Milch aus der Tüte und aßen dazu frisches Brot, das sie gleich vom Laib abbissen. Die eine der beiden stand auf und kam gemächlich zum Karussell.

Die Iwanowna streifte die grauen Handschuhe ab und lief, ohne sich nach Tolja umzusehen, an den aufgereihten Transportgestellen vorbei zum Ausgang. Sie gingen hinaus. Sanft schien die abendliche Septembersonne. Ein Lastauto mit der blauen Aufschrift »Mehl« kam auf den Hof gefahren. Ein Verladearbeiter in schmutzigem weißem Kittel lief schwankend und vor sich hin singend vorbei, stieß mit der Schulter gegen Tolja, fluchte und verschwand in einer weißen Mehlwolke. Das Mehl wurde durch einen dicken Schlauch nach oben gepumpt, ins Mehllager. Der Schlauch schnaufte, als wäre er lebendig.

»Du siehst Manja ähnlich«, sagte die Iwanowna, holte eine zerdrückte Papirossypackung hervor, nahm eine Papirossa heraus, blies durch den Papierfilter und steckte sie an. »Sehr sogar. Wie heißt du denn?«

»Tolja.«

»Ein schöner Name. Sie wollte dich eigentlich Georgi nennen, die Manja. Wir waren Zimmernachbarinnen. Als sie aus der Entbindungsklinik zurückkam, da hörte die Milch lange nicht auf zu fließen. Sie hat sehr geweint, und dann fing sie an zu trinken. Einmal ist sie ins Entbindungsheim gegangen, betrunken, hat dort Krach geschlagen, bis die Miliz sie mitgenommen hat. Danach hat sie noch mehr getrunken, schlimmer als ein Kerl, in Schüben … Sie versprechen uns hier eine Wohnung; wenn man sieben Jahre im Betrieb gearbeitet hat, soll man angeblich eine kriegen. Kriegt man aber nicht. Jeder weiß das, trotzdem warten alle darauf. Auch Manja hat drauf gewartet, sie hat gesagt, wenn ich erst eine eigene Bleibe hab, dann hör ich sofort auf mit dem Trinken, dann suche ich meinen Sohn und hole ihn aus dem Heim … Als sie eines Tages von der Spätschicht kam, hat sie eine ganze Flasche Wodka getrunken und dann noch Portwein hinterher und ist aus dem Fenster gesprungen, aus dem vierten Stock. Ist ja eigentlich nicht sehr hoch, aber unten war Asphalt. Sie war sofort tot.«

Der dicke, gerippte Schlauch, der aus dem Laster nach oben führte, sah aus wie eine wohlgenährte, lebendige Schlange. Der Schlauch fauchte, die Verladearbeiter tauschten träge Flüche, stießen krachend gegen die Palettenwagen. Die Iwanowna trat die Papirossa aus, ging wortlos zurück in ihre Halle, zog die löchrigen Handschuhe an, und dann warfen ihre Hände erneut Brotlaibe auf die Transportgestelle. Genau wie vor einer Stunde, genau wie vor zwanzig Jahren, als sie noch jung und dumm war und auf der Suche nach einem besseren Leben nach Moskau kam. Aber immerhin war sie klüger als Manja Astachowa, sie hatte es geschafft, kein Kind zu bekommen und es dann im Kinderheim zu lassen, sie hatte nicht angefangen zu trinken, war nicht aus dem Fenster gesprungen, auf den vollgespuckten Asphalt des Wohnheimhofs. Und sie hatte auf ihre alten Tage immerhin ein Zimmer in einer Gemeinschaftswohnung erhalten, ihren einsamen Moskauer Winkel.

Seitdem vermied Tolja es, zu dem roten Ziegelbau der Brotfabrik zu schauen, und irgendwie konnte er danach lange kein Weißbrot essen. Nur Schwarzbrot – das wurde in dieser Fabrik nicht gebacken.

Sie hat mich also zweimal verlassen, dachte er, beim zweitenmal endgültig.

An der Berufsschule war es besser als im Heim. Dort lernte man einen Beruf, dort herrschte nicht die ständige Angst, ins Krankenhaus gebracht zu werden. Der Lehrausbilder, ein ehemaliger Partisan, mäßiger Trinker, ein ernster, gründlicher Mann, ging persönlich mit Tolja in die psychiatrische Betreuungsstelle, um sich zu erkundigen, wie man die Diagnose revidieren lassen konnte. Tolja mußte vor eine Ärztekommission, und die Diagnose wurde revidiert.

Nach der Lehre bekam Tolja eine Stelle als Klempner bei einer Wohnungsverwaltung, ein eigenes Zimmer und Wohnrecht in Moskau. An Manja Astachowa dachte er nie mehr. An Kolja Skwosnjak aber dachte er oft.

Und eines Tages tauchte Kolja auf.

An einem frühen Aprilabend saß Tolja rauchend auf einer Bank im Hof vor dem einstöckigen Bürogebäude der Wohnungsverwaltung, das Gesicht dem kühlen Frühlingswind ausgesetzt, und wartete, daß Katja aus der Buchhaltung Feierabend hatte. Er war so vertieft in seine Gedanken über Katja und sich, daß er den kräftigen, nicht sehr großen Jungen, der schon seit fünf Minuten neben ihm auf der Bank saß, nicht bemerkt hatte.

»Du bist also Klempner«, sagte der Bursche leise. »Reparierst Kloschüsseln.«

Tolja drehte sich um und erkannte Skwosnjak sofort.

»Kolja! Du? Wie hast du mich gefunden? Oder bist du zufällig hier?«

»Ich vergesse meine alten Freunde nicht«, entgegnete Skwosnjak lächelnd. »Na, erzähl mal, wie's dir so geht.«

An jenem Abend sprachen sie nicht lange miteinander. Katja kam heraus, und Skwosnjak verabschiedete sich und verschwand. Tolja hatte ihn überhaupt nichts fragen können, nicht einmal nach seiner Adresse oder seiner Telefonnummer, und fürchtete den alten Freund aus dem Heim wieder zu verlieren. Doch nach einer Woche tauchte Skwosnjak erneut auf, vollkommen überraschend. Eines Abends erschien er einfach bei Tolja zu Hause.

Tolja lebte in einer Gemeinschaftswohnung. Die drei anderen Zimmer wurden von drei Familien bewohnt, die eine Familie hatte eine gelähmte Oma, in der nächsten war der Mann Alkoholiker, die dritte hatte drei Kinder, eins davon noch ein Baby. Tolja und Katja wollten heiraten und warteten auf eine Wohnung. Beide wußten längst, daß sie, obgleich ihnen als Mitarbeitern der Wohnungsverwaltung eine Einzimmerwohnung zustand, diese nicht ohne Schmiergeld bekommen würden – die Warteliste war lang. Aber bis man die nötige Summe zusammen hatte, war man alt und grau.

Kolja Skwosnjak nahm regen Anteil an den Problemen seines Freundes und brachte ihm eines Tages tausend Rubel mit. Genau die Summe, die man der Verwaltungschefin geben mußte.

»Nicht doch!« sagte Tolja erschrocken. »Das kann ich dir doch nie zurückzahlen!«

»Mach dir keinen Kopf« – Skwosnjak klopfte ihm auf die Schulter –, »wir werden uns schon irgendwie einig.«

»Wo hast du denn überhaupt soviel Geld her?« fragte Tolja.

Skwosnjak überging die Frage und wechselte das Thema.

Skwosnjak kam weder zur Hochzeit noch zur Einzugsfeier. Er ließ sich lange nicht blicken, fast ein Jahr. Tolja kannte noch immer weder Adresse noch Telefonnummer seines Freundes. Er hatte ein paarmal danach gefragt, doch Skwosnjak hatte immer nur gesagt: »Militärisches Geheimnis.« Von wegen: Ich bin Spion. Tolja war nicht gekränkt. Wenn er es ihm nicht sagen wollte, dann eben nicht. Die blinde kindliche Anhänglichkeit aus der gemeinsamen Heimzeit war stärker als jede Logik, stärker als Neugier und gesunder Menschenverstand.

Toljas Ehe wurde nicht glücklich. Eines Tages kam er von einem Nebenjob, von dem er gedacht hatte, er würde den ganzen Tag dauern, schon nach ein paar Stunden zurück und erwischte seine schöne Katja mit einem anderen Mann im Bett. Genau wie in einem abgedroschenen Witz, richtig lächerlich. Aber Tolja war keineswegs zum Lachen zumute. Zum erstenmal im Leben bedauerte er, daß er nicht trank und sich nicht aufs Prügeln verstand.

Die neue Wohnung mußte getauscht werden. Aber wie sollte man eine Einzimmerwohnung tauschen? Nur mit Wertausgleich. Just in diesem Moment tauchte Skwosnjak wieder auf. Gab Tolja noch einmal tausend Rubel. Von da an kam er öfter. Stellte Tolja Fragen nach seiner Arbeit, nach den Mietern, wer was für Möbel hatte und was für Sanitärtechnik. Tolja waren diese Gespräche nicht ganz geheuer. Er hatte bereits begriffen, wovon sein Freund lebte und warum er ihm einfach so soviel Geld geben konnte.

Tolja fing an zu sparen, gönnte sich nichts, nahm jeden Nebenjob an. Nach anderthalb Jahren hatte er tausend Rubel zusammen. Da erfuhr er, daß die Wohnung eines seiner Mieter ausgeraubt worden war, und zwar nicht nur das – es war dabei auch jemand ermordet worden. Die Frau war nicht zu Hause gewesen, sie lag im Krankenhaus, aber der greise Ehemann war tot aufgefunden worden.

Tolja bekam Angst. Er fürchtete, daß die Miliz auch zu ihm kommen würde. Doch das geschah nicht. Und Skwosnjak verschwand für lange Zeit. Tolja sparte weiter, um die zweitausend mit einem Schlag zurückgeben zu können und nie wieder auf die gefährlichen Fragen seines Freundes über fremde Wohnungen antworten zu müssen.

Nach zwei Monaten gab es einen weiteren Einbruch. Diesmal ohne Tote. Die Mieter waren glücklicherweise nicht zu Hause gewesen. Nach einem weiteren Monat kam Skwosnjak wieder.

»Ich habe tausendzweihundertdreißig Rubel auf dem Sparbuch«, sagte Tolja zu ihm, »ich kann dir die Hälfte meiner Schulden sofort zurückzahlen, ich muß nur zur Sparkasse gehen.«

»Du hast mir doch die Hälfte schon zurückgezahlt«, entgegnete Skwosnjak und sah ihm ruhig in die Augen, »das heißt, du hast sie abgearbeitet. Du kannst das Geld also behalten.«

»Ich will das nicht«, sagte Tolja leise. »Bitte, nimm das Geld.«

»Du mußt keinen Schiß haben, Tolja. Außer mir weiß niemand Bescheid. Und es wird auch niemand erfahren. Du hast zwei Möglichkeiten: Du reparierst weiter Kloschüsseln, bis du alt und grau bist, und bleibst ewig in zehn Quadratmetern mit Schwarzweißfernseher hocken. Oder du lebst wie ein Mensch. Du könntest alles haben – ein Auto, ein Haus; wenn du willst, könntest du ein eigenes Restaurant aufmachen. Weißt du noch, du hast mal gesagt, das wäre dein Traum? Also, ich serviere dir das alles auf einem goldenen Tablett, und du Dummkopf rümpfst die Nase. Du hast es schließlich verdient, Tolja, das steht dir zu, als Entschädigung für die Kindheit im Heim.«

»Und wenn sie uns erwischen und einsperren?« fragte Tolja flüsternd.

»Hör mal, du kennst mich seit unserer Kindheit«, sagte Skwosnjak stirnrunzelnd, »wenn man es klug anstellt, wird man nicht erwischt.«

»Mußtest du den alten Mann denn unbedingt umbringen?«

»Zur Sicherheit – ja.«

Skwosnjak mußte Tolja nicht lange überreden. Niemand stand ihm so nahe wie Skwosnjak. Es stimmte alles, was er sagte, besonders das mit der Entschädigung.

Die Miliz erschien kein einziges Mal bei dem vorbildlichen, abstinenten Klempner Tschuwiljow. Niemand sah eine Verbindung zwischen den Einbrüchen und den Einsätzen des Klempners. Vor einem Monat war das Waschbecken verstopft gewesen, gestern war in die Wohnung eingebrochen worden – na und, was hatte das miteinander zu tun?

Wie im Märchen hatte Tolja rasch das Geld für einen guten Shiguli zusammen, dann kaufte er sich ein kleines Grundstück und baute sich darauf nach und nach ein Haus, nicht weit entfernt von Moskau. Es war das Jahr 1991. Der Traum von einem eigenen Restaurant war zusammen mit dem soliden Steinfundament gewachsen und hatte ziemlich konkrete Formen angenommen.

Der künftige Restaurantbesitzer arbeitete noch immer als Klempner. Die Mieter wunderten sich, wenn nach ihrem Anruf bei der Wohnungsverwaltung nicht etwa ein rotnasiger, unkundiger Säufer erschien, sondern ein solider, nüchterner, äußerst höflicher Mann. So einem eine Flasche Wodka in die Hand zu drücken war irgendwie peinlich, also bot man ihm oft eine Tasse Tee an, und das lehnte er nie ab, er schwatzte gern mit den Mietern über dies und das.

Erst vor einem Jahr hatte Tschuwiljow bei seiner letzten Arbeitsstelle gekündigt. Gern hätte er Skwosnjak zur feierlichen Eröffnung seiner »Schenke« eingeladen. Doch Skwosnjak war wieder einmal spurlos verschwunden.

Die »Schenke« war keine primitive Raststätte, es war ein gepflegtes Restaurant im russischen Folklorestil: bestickte Tücher an den Blockhauswänden, Kellner in Russenhemden und traditionelle russische Gerichte.

Tschuwiljow kostete jeden Morgen höchstpersönlich den Borschtsch, roch und probierte den Hefeteig für die Piroggen – ob er auch nicht zu sauer war oder zu salzig. Von klein auf liebte er nicht nur die Gerüche, sondern auch die Geräusche der Küche. Klappernde Töpfe, Butter, die in der Pfanne zischte, leise blubbernde Suppe – das alles war für ihn wie Musik, von tiefem Sinn erfüllt.

Solange Tolja denken konnte, hatte er immer Hunger gehabt. Aus den Heimküchen hatte es meist nach angebrannter Grütze und nüchterner Erbsensuppe gerochen. Auch jetzt noch, da er essen konnte, was und wieviel er wollte, dachte er immer wieder an die süßen Brötchen zurück, die es im Heim sonntagnachmittags gegeben hatte.

Tolja lief durch die glänzende, betörend duftende Küche seines eigenen Restaurants und dachte traurig, daß ein klebriges Karamelbonbon, im Schlafsaal heimlich unter der Bettdecke verzehrt, trotz allem besser geschmeckt hatte als die beste Schweizer Schokolade. Er stellte sich oft vor, was gewesen wäre, hätte jemand ihm, dem ewig hungrigen Heimkind, eine solche Küche gezeigt und gesagt: Hier wirst du einmal der Chef sein. Wahrscheinlich hätte der Waisenjunge, der zudem durch seine psychiatrische Diagnose stigmatisiert war, ihm nicht geglaubt, er hätte gedacht, er wolle sich über ihn lustig machen. Aber nun hatte er tatsächlich eine Entschädigung für seine unglückliche Kindheit bekommen. Womöglich waren er und Kolja die einzigen, die eine solche Entschädigung erhalten hatten. Genauer gesagt, die sich selbst genommen hatten, was ihnen rechtmäßig zustand.

Sechsundzwanzigstes Kapitel

»Soso. Sie erinnern sich also nicht, daß Sie getrunken haben. Und wie Sie Ihren Mann getötet haben, daran erinnern Sie sich auch nicht.« Untersuchungsführer Gusko sah Inna Selinskaja kalt und spöttisch an.

Inna hätte am liebsten geschrien und mit den Füßen gestampft. Vor zwei Stunden hatte sie selbst den Notarzt und die Miliz angerufen. Es war ihr gar nicht in den Sinn gekommen, daß man sie verdächtigen könnte. Sie hatte Stas doch nicht getötet! Irgendwer war in der Nacht in die Wohnung eingedrungen. Da, sie hatte einen blauen Fleck am Hals! Man hatte sie ebenfalls erwürgen wollen. Und den Wodka hatte sie auch nicht gekauft und nicht getrunken. Sie hatten keinen Rasputin-Wodka im Haus gehabt! Das wußte sie ganz genau.

»Ich sehe keinen blauen Fleck an Ihrem Hals«, erklärte der Arzt. »Aber Sie haben gestern sehr viel getrunken. Das sehe ich.«

»Sie haben doch selbst gesagt, Sie und Ihr Mann wollten sich scheiden lassen. Sie schliefen getrennt, Ihr Verhältnis war in letzter Zeit angespannt.« Gusko sprach laut und gedehnt, als sei Inna taub oder blöd und verstünde nichts, wenn man normal mit ihr redete.

»Ja, wir wollten uns scheiden lassen!« schrie Inna. »Heutzutage lassen sich alle scheiden! Aber ich habe ihn doch nicht getötet!«

Inna konnte sich nicht verzeihen, daß sie die geplante Scheidung erwähnt hatte. Niemand hatte sie dazu genötigt. Obwohl – doch, das hatten sie. Gusko hatte ganz lässig, wie nebenbei, gefragt, ob sie und ihr Mann immer in getrennten Zimmern schliefen. Und da war ihr blöderweise rausgerutscht: Wir wollten uns scheiden lassen! Nun würden sie sämtliche Bekannten ausfragen, Galja würde von dem Anwalt reden, von der Wohnung. Und nicht nur Galja ... Mit wem hatte sie noch über ihr Verhältnis zu Stas gesprochen? Ach, mit allen! Allen hatte sie davon erzählt, sie blöde Kuh! Aber wer konnte auch ahnen, daß es so enden würde?

Inna zündete sich eine Zigarette an, beruhigte sich ein wenig und sagte: »Überprüfen Sie das Messer, da sind keine Fingerabdrücke von mir drauf. Und auf der Flasche auch nicht. Irgend jemand ist in die Wohnung eingedrungen, hat mich ausgeschaltet, mir den Wodka eingeflößt und dann Stas erstochen.«

»Aber Inna« – der Untersuchungsführer seufzte –, »überlegen Sie doch mal selbst. Die Wohnungstür war von innen abgeschlossen …«

»Wir haben ein Sicherheitsschloß!« fiel Inna ihm ins Wort. »Man kann beim Rausgehen die Tür einfach zuklappen.«

»Das schon.« Gusko nickte. »Aber wie kommt man rein? Der Schlüssel lag auf dem Regal, das haben Sie selbst gesagt. Und die Tür war abgeschlossen. Es gibt keinerlei Einbruchsspuren. Und keinerlei Spuren, die darauf hindeuten, daß ein Dritter in der Wohnung war. Verstehen Sie? Dieser Dritte hätte praktisch auch keine Möglichkeit gehabt, in Ihre Wohnung zu gelangen. Wie denn, vielleicht durch die Wand?«

»Ich war es nicht.« Inna drückte ihre Zigarette aus und fing an zu weinen.

Man gab ihr ein Glas Wasser. Ihre Zähne schlugen klappernd gegen das Glas.

Auf dem Messer könnten doch Fingerabdrücke von mir sein, überlegte sie, es ist ein Küchenmesser, das schärfste, das wir im Haus haben. Ich habe alles damit geschnitten – Brot, Wurst … Mein Gott, was soll ich nur tun? Sie werden mich verurteilen, ganz bestimmt. Warum sollten sie noch einen anderen suchen, wenn sie mich haben?

Als der Leichnam aus der Wohnung getragen wurde, sammelte sich auf dem Hof eine kleine Menschenmenge.

»Was Sie nicht sagen! Erstochen? Sie selber? Nein, so was, dabei sieht sie so anständig aus!«

»Ja, ja, was der Wodka alles anrichtet!«

»Mein Gott, sind das Zeiten …«

»Vielleicht war sie's ja gar nicht? Das muß schließlich erst ermittelt werden …«

»Aber ja, sie war's! So sind sie heutzutage alle! Und wenn sie sie erschießen – recht so! Als Warnung für andere.«

»Erst mal müssen sie's beweisen …«

»Was heißt hier beweisen? Sie hat sich vollaufen lassen und ihm dann besoffen ein Messer in den Leib gerammt ...«

Die Menge der alten Frauen und Mütter mit Kinderwagen summte und flüsterte. Auf unbegreifliche Weise wußte bereits der ganze Hof Bescheid.

Plötzlich trat ein etwa sechzehnjähriges Mädchen unsicher zu dem Milizionär, der neben seinem Auto stand und rauchte.

»Entschuldigen Sie, an wen muß ich mich wenden?« fragte sie leise.

»In welcher Angelegenheit?« Träge musterte der Unterleutnant das dürre Mädchen mit den turmhohen Plateausohlen.

»Wegen des Ermordeten.«

»An den Untersuchungsführer.« Der Milizionär nickte hinüber zum Haus. »Er kommt gleich raus, dann können Sie mit ihm sprechen.«

Das Mädchen war sichtlich aufgeregt. Die leise, schüchterne Stimme paßte so gar nicht zu dem giftgrünen Minirock, der grellrosa Bluse, die eher ein schmales Leibchen war, und dem dicken Make-up auf dem kindlichen Gesicht.

Zwei Milizionäre führten Inna heraus. Mit gesenktem Kopf ging sie rasch zum Auto, bemüht, niemanden anzusehen.

Das Summen der kleinen Menschenmenge wurde lauter.

»Gehen Sie auseinander, Bürger, gehen Sie auseinander!« rief der Unterleutnant und nickte dem Mädchen zu. »Da ist er, Untersuchungsführer Gusko.«

Das Mädchen trat auf den untersetzten älteren Mann in Zivil zu.

»Guten Tag, ich habe gestern abend gesehen, wie der Ermordete, ich meine Selinski, wie er im Treppenhaus mit einem Mann geredet hat.«

»Name?« fragte Gusko schnell.

»Von wem?« fragte das Mädchen verwirrt zurück. »Ich weiß nicht ... Ich hab ihn gestern zum erstenmal gesehen.«

»Nicht doch – Ihr Name.« Gusko runzelte die Stirn.

»Ich wohne hier im Haus, in der Wohnung gegenüber. Lukjanowa heiße ich. Irina Lukjanowa.« Das Mädchen sprach hastig, als hätte sie Angst, der Untersuchungsführer würde sie nicht zu Ende anhören und einfach wegfahren. »Ich hab gesehen, wie Selinski gestern abend vorm Fahrstuhl mit einem jungen Mann geredet hat ... Irgendwas von wegen ›Verhältnisse klären‹. Dann hab ich noch mitbekommen, wie Selinski gesagt hat: ›Hör mal, vielleicht bist du ja ein Irrer? So benimmt sich doch kein normaler Mensch.‹ Wörtlich erinnere ich mich nicht, aber etwas in der Art. Wissen Sie, sie standen da, als wollten sie sich gleich prügeln.«

Die Ermittler hatten die Nachbarn bereits vernommen. Niemand hatte etwas gehört oder gesehen. In der Nacht war alles still gewesen. Woher kam auf einmal dieses Mäuschen im giftgrünen Minirock?

Gusko war keineswegs scharf darauf, daß sich ein simpler Beziehungsmord plötzlich als etwas Ernsteres, Komplizieres entpuppte. Aber er war verpflichtet, sich die Aussagen der ungebetenen Zeugin anzuhören und sie zu Protokoll zu nehmen.

An Wolodjas Auto war die Kupplung kaputt, aber er kümmerte sich nicht um die Reparatur, dafür hatte er jetzt keine Zeit.

Er hatte den ganzen Tag wartend vor dem Haus der kleinen Blondine verbracht. Aber sie war nicht aufgetaucht. Auch Skwosnjak hatte er nicht gesehen. Allerdings hatte er seinen Posten ein paarmal verlassen müssen. Die wachsamen Omas auf dem Hof schauten ihn langsam mißtrauisch an – oder kam ihm das nur so vor? Dann ging ein Junge mehrmals, vor sich hin pfeifend, an ihm vorbei, hin und zurück, und starrte Wolodja unverhohlen an. Oder kam ihm das auch nur so vor?

Er konnte in dem alten Hof keinen günstigen Beobachtungspunkt finden. Er versteckte sich zwischen den Wellblechgaragen, doch von dort war der Hauseingang schlecht einzusehen, und dann erschien ein Autobesitzer und fragte ihn ohne Umschweife: »He, was lungerst du hier herum?«

Da mußte er verschwinden.

Die Menschen waren mißtrauisch geworden. Sie hatten Angst vor Autodieben, vor Einbrechern, vor Psychopathen. Er durfte nicht unnötig auffallen.

Wolodja hatte gar nicht gemerkt, daß es längst Nacht war und die Metro nicht mehr fuhr. Er war daran gewöhnt, von der Metro unabhängig zu sein, er hatte ja normalerweise immer sein Auto.

Skwosnjak würde wohl kaum mitten in der Nacht noch auftauchen. Schließlich mußte auch er mal schlafen. Wolodja überlegte, ob er ein Taxi nehmen und nach Hause fahren sollte, ein bißchen schlafen, oder ob er, statt unnötig Geld und Zeit zu verschwenden, seine Müdigkeit überwand und die Nacht lieber hier in der Nähe verbrachte, um nicht morgen wieder von vorn anfangen zu müssen.

Vor Hunger hatte er leichte Magenschmerzen. Er ging zum Platz vor dem Belorussischen Bahnhof. Dort gab es Kioske, die Tag und Nacht geöffnet hatten, dort bekam man einen warmen Imbiß und Kaffee. Er mußte etwas essen. Danach würde er weitersehen.

Als er neben einem Kiosk stand, ein warmes Baguette verzehrte und dazu Milchkaffee trank, trat plötzlich ein angetrunkener Bursche um die Achtzehn an ihn heran. Das heißt, er stand auf einmal wie aus dem Boden gestampft dicht vor ihm, hauchte ihm eine kräftige Fahne ins Gesicht und fragte leise: »He, Alter, brauchst du vielleicht eine Kanone?«

Wolodja zuckte überrascht zusammen, musterte den Burschen, konnte an seinem Äußeren nichts Verdächtiges feststellen und nickte vorsichtig.

»Zeig her.«

Die fabrikneue PM war in ein zerrissenes Männerunterhemd eingewickelt und steckte in einer Plastiktüte. Dazu gehörte noch eine kleine Blechschachtel mit Kugeln, insgesamt zwölf Stück. Das genügte vollkommen.

»Wieviel?« fragte Wolodja.

»Zweihundert«, antwortete der Verkäufer.

Das war sehr billig. Und vor allem: Genau zwei Hundertdollarscheine steckten wie bestellt in der Brusttasche seines karierten Hemdes. Woldoja bezahlte, legte die Plastiktüte in die kleine Sporttasche, die er über der Schulter trug, und aß sein Baguette im Gehen weiter. Besser, er entfernte sich rasch von dem Kiosk. Eine sehr schmutzige, betrunken wirkende Obdachlose sah mit vollkommen nüchternem Blick schon zu ihm und dem Verkäufer herüber. Der Verkäufer verschwand augenblicklich, sobald er sein Geld bekommen hatte.

»Junger Mann!« rief die Obdachlose Wolodja hinterher. »Junger Mann, gib mir eine Zigarette! Hörst du, ich brauch dringend eine Zigarette!«

Wolodja beschleunigte seine Schritte, ohne sich umzudrehen.

Warum hatte er mit der Pistole so lange gezögert, als hätte er es sich selbst unnötig schwermachen, den entscheidenden Augenblick aufschieben wollen? Wieso wollte er die Blondine warnen, die aussah wie seine Großmutter in ihrer Jugend? Würde sie ihm etwa glauben? Und selbst wenn sie ihm glaubte – was könnte sie tun?

Tief im Innern begriff er auf einmal, daß er die Lösung keineswegs aus vernünftiger Vorsicht aufgeschoben hatte, indem er sich selbst einredete, eine Pistole zu kaufen sei gefährlich. Er wußte: Sobald er eine leichte, bequeme Waffe in der Hand hätte, würde er Skwosnjak töten. Egal, wer gerade bei ihm war – Wolodja würde schießen, und er würde Skwosnjak treffen.

Damit wäre die Jagd beendet, die nun schon drei Jahre dauerte und zu Wolodjas einzigem Lebenszweck geworden war. Das wichtigste Böse wäre bestraft. Und was dann? Natürlich gab es noch sehr viel Böses auf der Welt, genug für Wolodjas ganzes Leben. Aber er hatte an den Gräbern seiner Eltern und seiner Großmutter geschworen: Sobald er Skwosnjak getötet hätte, würde er sämtliche todbringenden Waffen vernichten, die sich im Laufe der Zeit bei ihm zu Hause angesammelt hatten.

Aber was dann?

Woldoja saß auf einer Bank vor dem gelben Koloß des einstigen Hauses der Pioniere mit der gläsernen Kuppel. Schwarz und düster hob sich die Skulpturengruppe, die die Helden des patriotischen Fadejew darstellte, vom hellen Junihimmel ab. Auf der einen Seite dickbeinige entschlossene Junggardisten, auf der anderen die schweren Rosse und Reiter aus den »Neunzehn«. Ein Stück weiter, hinter den alten Bäumen, erkannte er den hübschen schmiedeeisernen Zaun der Entbindungsklinik, die den Namen der kinderlosen Nadeshda Krupskaja trug. Dort war er geboren worden. Hier in diesem Viertel, in Miussy, war er aufgewachsen. Von hier war er an den Stadtrand gezogen, nachdem seine Familie getötet worden war.

Von der vierten bis zur siebten Klasse hatte er im Haus der Pioniere die Arbeitsgemeinschaft Junger Chemiker besucht. Großmutter hatte ihm erzählt, daß an der Stelle dieses pompösen Gebäudes früher die Alexander-Newski-Kirche gestanden hatte. Lange wurde vergeblich versucht, sie zu sprengen. Dreimal erhob sich die Kirche in die Luft und landete unversehrt wieder auf der Erde. Die alten Frauen ringsum weinten. Fast eine Woche lang hörte man ihr leises Wehklagen. Und nachts dröhnten die Detonationen.

Selbstverständlich hatte der technische Verstand der Ingenieure schließlich gesiegt. Die Kirche wurde abschnittsweise gesprengt, dem Erdboden gleichgemacht und an ihrer Stelle der Pionierpalast errichtet. Und später hatte ein fehlgeleiteter Bildhauer auf dem weiten Platz vor dem Eingang seine furchteinflößende, gespenstische Skulpturengruppe aufgestellt. Wolodja ertappte sich plötzlich bei dem Gedanken, daß er diese scheußlichen Skulpturen gern sprengen würde. Auch sie waren eine Verkörperung des Bösen und der Mittelmäßigkeit. Jeden Tag schauten Kinder sie an, und in ihren Herzen blieb etwas Ungutes zurück.

»Das geht nicht«, flüsterte er sich selbst zu, »sie werden dich erwischen, du kommst ins Gefängnis und gehst dort drauf. Davon wird das Böse in der Welt nicht weniger. Das geht nicht.«

Er merkte, daß er mit der Stille redete, mit dem klaren frühen Morgen. Auf einmal überkam ihn furchtbare, unerträgliche Wehmut. Er war ganz allein auf der Welt, und keiner würde weinen, wenn man ihn morgen erwischte und ins Gefängnis steckte. Niemand würde ihm danken für die langen schlaflosen Nächte, für sein endloses Suchen, für die vollstreckten gerechten Urteile. Nicht einmal die hübsche, rundgesichtige Blondine, die aussah wie seine Großmutter in ihrer Jugend.

»Sind Sie zufällig Kurbatow?« fragte eine Kinderstimme Anton.

»Ja, ich bin Kurbatow.«

»Sagen Sie, womit hat Ihre Firma gehandelt?«

Das Kind sprach sehr leise, vermutlich hatte es die Hand auf den Hörer gelegt. Anton wunderte sich über die Frage.

»Warum willst du das wissen?«

»Sagen Sie es mir erst, aber bitte die Wahrheit. Dann erkläre ich es Ihnen.«

»Vielleicht stellst du dich erst einmal vor.« Anton lächelte. »Ich weiß nicht mal, ob du ein Junge oder ein Mädchen und wie alt du bist.«

»Ich bin ein Mädchen. Sonja. Ich bin zehn Jahre alt. Also, womit hat Ihre Firma gehandelt?«

»Sehr angenehm, Sonja. Ich heiße Anton. Unsere Firma hat Vermittlerdienste angeboten. Weißt du, was das ist?«

»Natürlich weiß ich das. Und was genau haben Sie vermittelt?«

»Immobilienkäufe im Ausland.«

»Ist das die Wahrheit?«

»Warum sollte ich lügen?«

»Na, wer weiß? Vielleicht haben Sie in Wirklichkeit mit Waffen gehandelt oder mit lebender Ware?«

»Nein, mit solchen Dingen haben wir nicht gehandelt. Nur mit Häusern in Tschechien.«

Diese Kinder heutzutage, dachte Anton kopfschüttelnd, sehen dauernd Thriller im Fernsehen und auf Video, und dann spielen sie die nach.

»Entschuldige bitte, könntest du vielleicht Vera ans Telefon holen?« fragte er das seltsame Mädchen vorsichtig.

»Sie schläft. Aber ich gehe sie wecken.«

»Danke.«

Er mußte ziemlich lange warten. Offenbar schlief Vera sehr fest, obwohl es schon fast zwölf war.

»Ja, ich höre«, sagte endlich eine verschlafene Stimme am Telefon.

»Guten Morgen, Vera. Entschuldigen Sie meine Aufdringlichkeit«, begann Anton, »ich wollte Sie nur erinnern ... Haben Sie das Fax gefunden?«

»Nein, nein, ich muß mich entschuldigen. Ich habe es noch gar nicht gesucht, ich bin nicht dazu gekommen. Aber ich kann gleich nachsehen. Rufen Sie doch in zwanzig Minuten wieder an.«

»Kann ich nicht am Telefon warten?«

»Wie Sie wollen. Ehrlich gesagt, ich weiß nicht, wie lange es dauert.«

Es dauerte nur einen Moment. Vor ein paar Tagen hatte Vera ihre Schreibtischschubladen aufgeräumt. Alles, was sie benötigte, hatte sie in Mappen gelegt, und in diesen Mappen konnte das Fax nicht sein. Da brauchte sie gar nicht nachzusehen. Sie dachte schon, sie hätte das für Kurbatow so wichtige Fax weggeworfen, da entdeckte sie unter ihrem Drucker ein weißes Stück Papier.

»Hören Sie?«

»Ja.«

»Ich hab's gefunden. Ich glaube, das ist das bewußte Fax. Auf tschechisch, handgeschrieben. Soll ich es Ihnen gleich vorlesen? Es sind nur ein paar Worte. Einfach eine Adresse und noch etwas, das ich nicht verstehe. Irgendeine Brunhilde ...«

»Brunhilde – ja, das ist klar«, sagte Anton nach einer langen Pause. »Und die Adresse, ist die in Moskau?«

»Nein. Karlštejn. Soweit ich weiß, ist das eine alte Stadt in der Nähe von Prag. Wir sollten uns am besten treffen, dann gebe ich Ihnen das Fax. Weitere Faxe habe ich leider nicht aufgehoben.«

»Weitere brauche ich auch nicht. Nur dieses, das ist das einzige ... Das wichtigste ... Vielen herzlichen Dank, Vera.« Seine Stimme verriet, wie erregt er war – sie klang plötzlich heiser und dumpf. »Wo und wann können wir uns am besten treffen?«

Nein, er ist kein Bandit, dachte Vera noch einmal, er lügt nicht und ist ganz bestimmt nicht gefährlich ...

»Sagen wir auf dem Majakowskiplatz. Vor dem Denkmal«, schlug sie vor. »Da können wir uns nicht verfehlen.«

»Wann?«

»Jetzt ist es fünf vor zwölf. Sagen wir um eins, schaffen Sie das?«

»Selbstverständlich. Ich danke Ihnen.«

»Bis dann.«

Kaum hatte Vera aufgelegt, da sagte Sonja aufgeregt: »Ihr habt gar nicht verabredet, wie ihr euch erkennt! Du hast ihn doch noch nie gesehen! Und er dich auch nicht. Wer weiß, wie viele Leute da vor dem Denkmal rumstehen?«

»Ach ja, richtig!« besann sich Vera. »Vielleicht ruft er gleich noch mal an?«

Da klingelte es an der Wohnungstür. Es war Fjodor.

Das Gewitter brach urplötzlich los. Woldoja konnte gerade noch in den erstbesten Hauseingang schlüpfen. Er stieg eine halbe Treppe hoch und stellte sich in den dunklen Winkel hinterm Fahrstuhl.

Es stank nach Katzen und Urin. Es war ein altes Haus, ohne Türcodes. Sämtliche Lampen waren herausgeschraubt. Das diffuse Gewitterlicht drang kaum durch das schmutzige Treppenhausfenster. Der Regen rauschte, hin und wieder zuckte ganz nah ein Blitz und tauchte das Treppenhaus in schauriges, unwirkliches Licht.

Die Haustür klappte. Woldoja trat einen Schritt vor, beugte sich übers Treppengeländer und erkannte eine kindliche Silhouette.

Ein klitschnasses, etwa siebenjähriges dickes Mädchen kam barfuß ins Haus, die Sandalen in der Hand. Sie blieb stehen und schüttelte ihr nasses Haar. Wahrscheinlich überlegte sie, ob sie sich die Schuhe lieber anziehen oder barfuß hinaufgehen sollte. Plötzlich schrie sie laut auf.

Wolodja begriff nicht gleich, was passiert war. Der Schrei des Mädchens ging in heiseres, krampfhaftes Husten über. Ohne zu zögern, eilte er instinktiv dem Kind zu Hilfe, mehrere Stufen auf einmal nehmend, rannte er die Treppe hinunter. Da erst entdeckte er einen großen, gebeugten Mann. Ein Blitz erhellte das Treppenhaus. Die Hose des Mannes stand offen.

»Mama!« schrie das Kind unter Husten.

Oben klackte ein Schloß, eine Tür ging auf. Der große gebeugte Mann rannte aus dem Haus und knöpfte sich im Laufen die Hose zu.

»Lidotschka! Lida! Hab keine Angst, mein Kind, ich bin ja da!« rief eine erschrockene Frauenstimme, und rasche Schritte polterten die Treppe herunter.

Auch aus der Wohnung im Erdgeschoß kam jemand.

Das Kind braucht meine Hilfe jetzt nicht, aber das Böse muß bestraft werden. Die Haustür fiel hinter Wolodja zu.

Der Regen peitschte ihm ins Gesicht. Durch den dichten Wasserschleier konnte er die große Gestalt, die rasch den leeren Hof überquerte, kaum noch ausmachen. Ringsum war keine Menschenseele. Wolodja flog beinahe durch den strömenden Regen. Im Laufen riß er die Pistole aus der Tasche.

Er hatte die Waffe bereits am frühen Morgen im Wäldchen von Serebrjany Bor eingeschossen. Die trockenen Schüsse waren weit durch den riesigen, menschenleeren Park gehallt und über die träge dahinfließende, mit einem Dunstschleier überzogene Moskwa. Wolodja war angenehm überrascht gewesen: Er schoß besser, als er gedacht hatte. Eine Verdickung an einem Birkenstamm hatte er auf Anhieb getroffen, fast ohne zu zielen. Er hatte sich bloß vorgestellt, das sei Skwosnjak. Und sofort getroffen.

Nun mußte er im Laufen schießen, durch dichten Regen, auf einen im Zickzack fliehenden Mann. Dieser zufällige Schuß konnte ihn teuer zu stehen kommen, womöglich würde man ihn erwischen und einsperren. Ballistische Untersuchungen waren für die moderne Kriminalistik ein Kinderspiel, die Kugel würde ihn verraten, dennoch mußte er die Waffe unbedingt behalten … Haß und Abscheu waren stärker als seine Vernunft. Wie viele Kinder sollten noch entsetzt aufschreien beim Anblick der offenen Hose im dunklen Hausflur?

Nein, niemand würde mehr schreien. Dieser Mistkerl würde niemanden mehr erschrecken.

In einem dunklen Torbogen blieb der Laufende unwillkürlich stehen, nur einen Augenblick, um zu verschnaufen, sich umzuschauen. Ganz nahe krachte ein Donnerschlag, und Wolodja schoß. Der Mann zuckte zusammen, erstarrte mit hochgerissenen Armen, als wollte er fliegen, und sackte dann langsam und schwer zusammen.

»Bist du eben erst aufgestanden? Wer hat da gerade angerufen?« Fjodor küßte Vera auf die Wange.

»Wegen meiner Arbeit«, antwortete sie. »Ich muß in einer Stunde weg. Hast du schon gefrühstückt?«

»Nein. Ich mache uns gleich Frühstück. Zieh dich inzwischen an. Sonja, wie viele Scheiben Toast für dich?«

»Zwei.«

Als das Telefon erneut klingelte, stand Vera mit der Zahnbürste im Mund am Waschbecken. Sonja griff hastig nach dem Hörer, um Fjodor zuvorzukommen. Sie nahm an, es sei Kurbatow, der mit Vera vereinbaren wollte, wie sie einander erkennen konnten. Aber es war eine andere Stimme, fremd, dumpf, sehr offiziell.

»Guten Tag. Ich möchte bitte Vera sprechen.«

»Augenblick ...«

Vera spülte sich rasch den Mund und nahm Sonja den Hörer aus der Hand.

»Mein Name ist Sawjalow. Ich bin der Inhaber des Verlags ... Vorletzte Nacht ist Stanislaw Selinski umgekommen. Die Beerdigung wird voraussichtlich am Montag stattfinden.«

»Verzeihung, was haben Sie gesagt? Wie umgekommen? Er war vorgestern abend noch bei mir ...«

»Bei Ihnen?« Es folgte eine kurze Pause. »Seine Frau hat ihn in der Nacht erstochen. Betrunken, mit einem Küchenmesser.«

»Nein«, sagte Vera leise und fest, »das kann nicht sein. Sie müssen sich irren.«

»Ich verstehe, daß das für Sie ein Schock ist. Es fällt Ihnen schwer, das zu glauben. Es tut mir sehr leid. Ich rufe Sie morgen noch einmal an und sage Ihnen Bescheid, wann und wo die Einäscherung stattfindet. Und noch etwas ...« – wieder eine kurze Pause –, »ich habe mit dem Untersuchungsführer gesprochen, er wollte wissen, wo Stas den Abend zuvor gewesen sei. Niemand wußte das. Möglicherweise wird jemand von der Staatsanwaltschaft Sie anrufen, aber im Grunde ist die Ermittlung reine Formsache. Es ist alles klar. Außer Inna kann es niemand getan haben.«

»Aber warum?« hauchte Vera. »Weshalb?«

»Sie wollten sich scheiden lassen, haben sich ständig gekracht, sie erhob Anspruch auf die Wohnung. Sie hatte viel getrunken und kann sich selbst nicht erinnern, wie sie ihn getötet hat. Als er schlief.«

Veras Kehle krampfte sich zusammen, sie murmelte: »Entschuldigen Sie«, und legte auf.

Sonja sah sie erschrocken an.

»Was ist passiert? Du bist ja ganz blaß.«

»Stas ...«, flüsterte Vera.

»Wo bleibt ihr denn? Das Frühstück ist fertig.« Fjodor erschien in der Küchentür. »Wer hat da angerufen? Was ist denn los?«

Vera sah ihn an, als sähe sie ihn zum erstenmal – sie begriff nicht, was dieser vollkommen fremde Mann hier wollte, wieso er Mamas alte Schürze mit den blauen Hähnen umgebunden hatte und ein großes Küchenmesser in der Hand hielt. Mechanisch umarmte sie Sonja, als wollte sie für einen Augenblick vertraute menschliche Wärme spüren, dann ging sie wortlos in ihr Zimmer und schloß die Tür.

»Was ist mit ihr, Sonja, weißt du, was los ist? Wer hat da eben angerufen?« fragte Fjodor, als sie zu zweit im Flur standen.

»Ich weiß nicht.« Sonja zuckte die Achseln. »Vielleicht irgendwas wegen ihrer Arbeit?«

Sie wußte genau, daß es nichts mit Veras Arbeit zu tun hatte. Irgend etwas war mit Stas Selinski. Etwas sehr Schlimmes.

Fjodor klopfte an Veras verschlossene Tür.

»Vera, mach auf, was ist denn los?«

Vera zog das erstbeste an, was ihr in die Hände fiel, Jeans und ein T-Shirt. Sie wollte so schnell wie möglich weg, fortlaufen, irgendwohin, allein sein.

Als sie zufällig zum Schreibtisch sah, fiel ihr das Fax wieder ein. Sie mußte sich mit Kurbatow treffen und es ihm geben. Er wartete, für ihn war das wichtig. Sie hatte es versprochen. Sie faltete das Blatt zusammen und steckte es in die Tasche ihrer Jeans.

»Lassen Sie sie in Ruhe, Fjodor, wenn sie nervös ist, rührt man sie besser nicht an. Gehen wir lieber frühstücken. Sie wird Ihnen später alles selber erklären«, sagte Sonja ruhig wie eine Erwachsene.

»Nein, das kann ich nicht. Ich muß es wissen.« Er blieb vor der Tür stehen. »Vera, mach auf. Was soll das? Wer hat da angerufen? Du bist böse auf mich, ja?«

»Das hat mit Ihnen gar nichts zu tun! Lassen Sie sie endlich in Ruhe. Verstehen Sie denn nicht?« fragte Sonja wütend. »Und überhaupt, ich habe Hunger.«

In der Küche schlug mit lautem, klagendem Knall das Fenster zu. Matwej jaulte auf, kniff den Schwanz ein und rannte ins Bad. Plötzlich war es stockfinster, es blitzte und donnerte.

Die Tür ging auf.

»Entschuldige, Fjodor, ich muß jetzt weg«, sagte Vera leise.

»Ich komme mit«, erklärte er. »Ich kann dich in dieser Verfassung nicht allein gehen lassen.«

»Nein!« riefen Vera und Sonja im Chor.

Er blickte von einer zur anderen. Es entstand eine peinliche, angespannte Pause. Sonja faßte sich als erste.

»Bitte, bleiben Sie bei mir, ich bin nicht gern allein ... Vera hat versprochen, daß sie heute mit mir in den Zoo geht, aber nun hat diese Firma angerufen ...«

»Welche Firma?« fragte Fjodor rasch.

»Die, für die sie die Übersetzungen macht. Na, diese Organisation, irgendwas mit Umwelt ... Sie wissen schon, Greenpeace, genau. Dabei wollten wir in den Zoo! Gehen Sie wenigstens mit in den Zoo, ja?«

Sonja plapperte wie ein Wasserfall, was ihr gerade in den Sinn kam. Vera hatte sich inzwischen die Schuhe angezogen, griff nach ihrer Handtasche und öffnete die Tür.

Vielleicht sollte ich Sonja mitnehmen? Sie mag Fjodor nicht, sie wird sich mit ihm allein unwohl fühlen, und Mama kommt nicht so bald von der Arbeit. Aber es ist Gewitter, Sonja könnte sich erkälten. Wenn ich Sonja mitnehme, kommt er unweigerlich auch mit. Er darf Kurbatow nicht begegnen, auf keinen Fall. Mein Gott, Stas! Das alles wirbelte in Veras Kopf durcheinander, als sie die Treppe hinunterrannte, weil ihr entfallen war, daß sie auch den Fahrstuhl hätte benutzen können.

Der schwere Regen prasselte auf sie herab, direkt über ihr zuckte ein Blitz, kurz darauf grollte düster triumphierend der Donner. Vera merkte nicht einmal, daß sie vor der Haustür in eine riesige Pfütze getreten war, ihre Jeans waren bis zum Knie naß, in den weichen Wildlederschuhen schmatzte Wasser. Aber das war ihr egal. Auf der menschenleeren Straße konnte sie im Schutz des Regenschleiers endlich weinen.

Mein Gott, warum? Wegen der Wohnung von der betrunkenen eigenen Frau erstochen. Was für ein scheußlicher, geschmackloser Tod! Aber vermutlich war der Tod immer scheußlich und geschmacklos.

Bis zum Majakowskiplatz waren es zwanzig Minuten Fußweg. Vera hatte ihre Uhr vergessen, sie wußte nicht, wie spät es war. Weinend lief sie durch den Regen, es kam ihr vor, als sei sie ganz allein in der menschenleeren Stadt, auf den nassen schwarzen Straßen, und als sei die Welt nun anders, ohne Stas, den schwachen, feigen, geliebten Stas Selinski …

Als Vera den Platz überquerte, entdeckte sie vor dem Denkmal eine einsame Männergestalt mit einem großen schwarzen Schirm.

Erst in der Metro kam Wolodja zu sich. Niemand hatte ihn verfolgt, dennoch war er gerannt wie ein Irrer. Das wirkte ganz normal: Wer rannte bei solchem Regen nicht, zumal wenn er keinen Schirm bei sich hatte?

Trotz der schlaflosen Nacht war er überhaupt nicht müde. Er war furchtbar aufgekratzt, er zitterte wie im Fieber. Merkwürdigerweise fühlte er sich erst jetzt als Mörder. Dabei hatte er doch auch vorher schon getötet, hatte Urteile vollstreckt, die er selbst verhängt hatte.

Aber Sprengstoff und ein gezielter Schuß – das waren verschiedene Dinge. Das Ergebnis war dasselbe, und trotzdem – wenn man an raffinierten Konstruktionen komplizierter Sprengladungen bastelte, dachte man nicht an das Ergebnis. Der kluge Mechanismus übernahm alles – die Urteilsvollstreckung und die Verantwortung. Ein Mechanismus war gesichtslos, eine Explosion war quasi etwas Elementares, war Schicksal.

Ein Schuß dagegen war etwas ganz anderes.

Viele an Wolodjas Stelle wären womöglich ausgerastet, wenn sie dieses Scheusal mit der offenen Hose gesehen und das Kind schreien gehört hätten. Bestimmt hatte die Mutter des kleinen Mädchens gesagt oder gedacht: Ich würde den Kerl umbringen! Doch das waren bloß Worte. Wolodja aber hatte wirklich geschossen, hatte getan, was viele gern täten. Und das war gerecht. Das Böse mußte bestraft werden.

Warum zitterte er dann so? Seine Zähne klapperten, ihm war schwindlig. Es war schließlich nicht das erstemal, daß er einen Mistkerl beseitigt hatte, andere redeten nur davon, er dagegen handelte …

»Junger Mann, steigen Sie an der nächsten Station aus?«

Wolodja war so in seine komplizierten Empfindungen vertieft, daß er einen Augenblick lang nicht wußte, wo er sich befand, und mit Erstaunen feststellte, daß er vor der Tür eines Metrowaggons stand.

»Welche ist denn die nächste?« fragte er heiser.

»Kiewskaja«, antwortete jemand hinter ihm. »Steigen Sie nun aus oder nicht?«

»Ich steige aus.«

Er stieg auf die Fili-Linie um. Hier waren die Züge wesentlich leerer. Es gab sogar freie Plätze. Er ließ sich schwer auf einen Sitz fallen.

Er fuhr nach Hause. Er mußte sich eine kleine Atempause gönnen: Eine heiße Dusche, starken Tee mit Honig, ein bißchen Schlaf. Vermutlich hatte er sich im Regen doch eine Erkältung geholt. In diesem Zustand durfte man nichts unternehmen. Das konnte böse enden.

Wolodja schloß die Augen, und ehe er sich's versah, war er eingeschlafen.

Siebenundzwanzigstes Kapitel

Golowkins Telefone, zu Hause und im Betrieb, wurden rund um die Uhr abgehört. Vor seinem Haus und vor der Makkaronifabrik standen ständig Beobachtungsposten. Aber Tag um Tag verging, und Skwosnjak ließ sich nicht blicken. Die Hoffnung, daß er noch auftauchen würde, schwand von Stunde zu Stunde. Offenbar schaute sich der gefährliche Kriminelle den Kriminalreport im Fernsehen tatsächlich an.

Trotzdem hatten sie Golowkins Witwe und seine Kollegen gebeten, niemandem, der sich nach ihm erkundigte, zu sagen, daß er tot war.

Major Uwarow sah die in den letzten Tagen eingegangenen Meldungen über Tötungverbrechen durch. Wenn sie davon ausgingen, daß Golowkin Skwosnjaks einzige Geldquelle gewesen war, mußte er sich, nachdem er von dessen Tod erfahren hatte, etwas einfallen lassen. Tschuwiljow stand unter Beobachtung, aber dort rührte sich bislang nichts.

Doch Skwosnjak brauchte Geld. Sein Lebensstil erforderte regelmäßigen Nachschub an größeren Beträgen. Der schnellste und zuverlässigste Weg dazu war ein Einbruch.

Uwarow sah sich die ausführlichen Ermittlungsberichte über sämtliche Tötungsdelikte in Wohnungen an. Die meisten davon waren Beziehungstaten. Ein Mann hatte mit einem Fleischerbeil einen Freund erschlagen, weil ihn im Suff plötzlich die Eifersucht übermannt hatte. Zwei Rentner, beide Alkoholiker, hatten sich über Politik gestritten, dabei hatte der eine dem anderen mit einem Hammer die Schläfe zertrümmert. Und sich augenblicklich unter Tränen der Miliz gestellt. Ein Drogensüchtiger hatte seine Lebensgefährtin aus dem elften Stock vom Balkon geworfen und war anschließend selbst runtergesprungen. Eine Frau hatte ihren Mann mit einem Küchenmesser erstochen, gab es aber nicht zu. Sie hatte sich vollaufen lassen und ihrem schlafenden Mann ein Messer in den Rücken gejagt. Aber sie gab es nicht zu. Sie erinnerte sich an nichts. Sie behauptete, irgend jemand habe sie bewußtlos gemacht. Wenn sie ihren Mann hatte loswerden wollen, um die Wohnung zu bekommen, hätte sie sich eigentlich etwas Besseres einfallen lassen können. Nach einem Mord konnte sie sich die Wohnung abschminken. Da winkten ihr viele Jahre Gefängnispritsche, sonst gar nichts.

Uwarow griff zum Telefon.

»Sergej? Sieh mal nach, was wir im Fall in der Samotjoka an Fingerabrücken haben. Ja, ich komme in einer Viertelstunde runter.«

Eine Viertelstunde später wußte Juri Uwarow, daß die Fingerabdrücke auf dem Messer, mit dem Stas Selinski getötet wurde, die seiner Frau Inna waren. Ausschließlich ihre. Auf der Wodkaflasche waren gar keine Abdrücke. Die Verdächtige behauptete, weder sie noch ihr Mann hätten diese Flasche ins Haus gebracht und sie hätte diesen Wodka nicht getrunken. Sämtliche Fingerabdrücke waren sorgfältig abgewischt worden. Auf dem Glas wurden mikroskopisch kleine Stoffasern festgestellt.

»Das heißt also, sie hat den Wodka getrunken, die Flasche abgewischt, dann ihren Mann erstochen, sich anschließend schlafen gelegt und am nächsten Morgen selber den Notarzt und die Miliz gerufen?«

»Muß wohl«, bestätigte der Kriminaltechniker Sergej Russakow.

»Und sie kann sich an nichts erinnern? Ist sie vom Psychiater untersucht worden?«

»Bislang nicht. Da ist noch ein interessantes Detail. Ich hab mir das eben mal genau angesehen – die Position der Fingerabdrücke auf dem Messergriff entspricht nicht der Einstichrichtung.«

»Das habe ich mir fast gedacht«, murmelte Uwarow.

»Guten Tag. Sie sind Vera?«

Die kleine, klitschnasse Blondine zitterte vor Kälte. Sie sah nicht älter aus als fünfundzwanzig.

»Ja, guten Tag. Und Sie sind Anton Kurbatow?«

»Ich bin Kurbatow. Kommen Sie, da drüben steht mein Auto. Hier, nehmen Sie meinen Schirm.«

»Danke. Das nützt jetzt auch nichts mehr.«

Im Laufschritt überquerten sie den Platz. Anton bemühte sich, den Schirm über Veras Kopf zu halten.

»Ich hatte nicht gehofft, daß Sie bei diesem Gewitter kommen würden.«

»Ich hab's doch versprochen.«

»Ich habe eine Thermosflasche Kaffee dabei. Möchten Sie?« fragte er, als sie im trockenen, warmen Auto saßen.

»Danke.« Vera zog das Fax aus ihrer Jeanstasche und reichte es Anton. »Hier, Ihr Fax.«

Als er die Schrift seines Bruders sah, spürte er einen Stich ins Herz. Er begriff nicht gleich, was in dem Fax stand, doch dann erfaßte er die wohlbekannte Adresse.

Das alte, total verfallene Haus am Stadtrand des kleinen Karlštejn gehörte Jiří, ihrem tschechischen Freund und Geschäftspartner. Jiří hatte es von einer entfernten Verwandten geerbt und wußte nicht, was er damit anfangen sollte.

Zunächst müßte das Haus komplett saniert werden. Doch das war so teuer, daß man von dem Geld ein weiteres Haus hätte kaufen können. Das Grundstück lag zwar im renommierten Touristenort Karlštejn, aber ziemlich ungünstig, ein ganzes Stück vom Zentrum entfernt hinter einem Hügel. Das Haus war Anfang des Jahrhunderts gebaut und seitdem offenbar nie renoviert worden. Alles mußte von Grund auf saniert werden, einschließlich Wasserleitungen und Kanalisation. Oder man verkaufte es zu einem Spottpreis. Jiří konnte sich zu beidem nicht entschließen. Als sie sich zu dritt die Ruine angesehen hatten und auf den Dachboden gestiegen waren, hatte Denis gesagt: »Vielleicht ist hier ja irgendwo ein Schatz versteckt? Der Ort ist ideal dafür. Schau doch mal richtig nach, vielleicht hat deine alte Tante dir eine Überraschung hinterlassen?«

Als Anton die großen tschechischen Druckbuchstaben erblickte, erinnerte er sich deutlich an diese Worte seines Bruders und ihren fröhlichen Ausflug nach Karlštejn. Das war noch gar nicht so lange her – Ende Dezember war das gewesen, kurz vor Silvester.

Auf dem Boden lag allerlei Gerümpel herum, kaputte Möbel, schimmelüberzogene Stapel alter Zeitungen und Zeitschriften. Denis nahm eine Sperrholzkiste vom Boden, auf der das Wort »Mokka« stand, daneben das Logo einer brasilianischen Kaffeefirma: Eine hübsche Afrikanerin mit einem Korb auf dem Kopf, darunter eine dampfende Kaffeetasse.

»Hallo! Gleich kommt das Gold rausgepurzelt!«

»Spring hier nicht so rum, sonst bricht der Fußboden durch!« schimpfte Jiří.

Anschließend tranken sie in der kleinen Bahnhofskneipe Bier.

»Jiří, wenn du dich diesen Sommer nicht um das Haus kümmerst, überlebt es den Winter nicht«, sagte Anton.

»Ich kann nicht.« Jiří, nach sieben Bier schon ziemlich betrunken, schüttelte den Kopf. »Ein Winter mehr oder weniger, darauf kommt's doch nicht an.«

Anton wußte genau, daß Jiří diesen Sommer nichts an dem Haus machen würde. Auch Denis hatte das gewußt. Ein ganzes Jahr lang, bis zum nächsten Sommer, würde dort also niemand auftauchen.

Auf dem Boden stand die Mokkakiste. Und was Türkei und Brunhilde bedeuteten, war ohnehin klar. Denis hatte gewußt, daß er gleich getötet werden würde. Als er das Fax schrieb, wußte er es schon.

»Ihr Bruder war offenbar sehr nervös, als er das geschrieben hat«, sagte Vera leise.

Sie saß neben Kurbatow, zusammengekauert und die Arme um sich geschlungen. Anton holte die Thermosflasche hervor, goß Kaffee in den Becher und hielt ihn ihr hin. Er selbst zündete sich eine Zigarette an.

Nach ein paar Schlucken Kaffee bat Vera ihn um eine Zigarette.

Er schraubte die Thermoskanne zu, zog sein Jackett aus und legte es ihr um die Schultern.

»Als Denis das schrieb, da wußte er, daß man ihn töten würde.«

»Entschuldigen Sie bitte«, sagte Vera leise, »entschuldigen Sie, daß ich Sie am Telefon so oft beschimpft habe.«

»Nicht doch« – er lächelte –, »das hätte ich an Ihrer Stelle auch getan. Ich kann mir gut vorstellen, wie man Sie mit Anrufen genervt hat. Sagen Sie, das Mädchen, Sonja – ist das Ihre Tochter?«

»Nein. Sonja ist die Tochter einer guten Freundin. Sie wohnt im Moment bei mir. Ihre Eltern sind beide auf Dienstreise. Aber woher kennen Sie Sonja?«

»Von heute morgen, am Telefon.« Anton lächelte. »Sie wollte wissen, womit unsere Firma gehandelt hat.«

»Richtig – womit hat denn Ihre Firma gehandelt?«

»Ach, mit gar nichts. Mein Bruder und ich hatten uns wieder mal auf ein Abenteuer eingelassen, diesmal als Vermittler für Immobilienkäufe in Tschechien. Wissen Sie, es ist nämlich gerade in, ein Haus oder eine Wohnung in Tschechien zu kaufen. Und wir beide sind dort aufgewachsen, dort zur Schule gegangen, wir beherrschen die Sprache wie eine zweite Muttersprache. Wir haben Juristen gefunden, die uns halfen, die nötigen Papiere aufzusetzen. Und dann haben wir pleite gemacht ... Na ja, das ist uninteressant. Vera, wie sieht es mit Ihrer Zeit aus? Haben Sie es eilig?«

»Wieso?«

»Wir könnten zusammen irgendwohin gehen, etwas essen, wenn Sie nichts dagegen haben.«

Vera überlegte. Sie wollte im Grunde allein sein, einfach durch die Straßen laufen und mit niemandem reden. Zu Hause war Fjodor, mit ihm wollte sie am allerwenigsten über Stas reden ... Vielleicht wäre es gar nicht schlecht, jetzt mit einem vollkommen Fremden irgendwo zu sitzen, das wäre möglicherweise besser, als allein durch die Straßen zu laufen.

»Haben Sie einen Telefonchip?« fragte sie schließlich. »Ich muß mal zu Hause anrufen.«

Sonja nahm ab.

»Er ist gegangen, kurz nach dir. Aber er ist dir nicht gefolgt, da bin ich sicher. Ich hab gesagt, du triffst dich mit jemandem von Greenpeace in Sokolniki und fährst mit dem Taxi hin. Wo bist du denn? Hast du dich mit Kurbatow getroffen?«

»Ja.«

»Und?«

»Erzähl ich dir, wenn ich zurück bin. Kannst du ein paar Stunden allein bleiben?«

»Klar, ich lese gerade Harper Lee, ›Wer die Nachtigall stört‹. Was ist eigentlich passiert? Was war das vorhin für ein Anruf wegen Stas?«

»Stas ist tot. Vorgestern nacht.«

»O Gott, Vera … Nein, nein, ich stelle dir keine Fragen, keine Angst, ich verstehe schon. Bist du noch bei Kurbatow?«

»Ja.«

»Sieht er aus wie ein Bandit?«

»Überhaupt nicht. Er hat auch Kummer, sein Bruder wurde ermordet …«

»Mach dir keine Sorgen, fahr mit ihm irgendwohin, du brauchst ein bißchen Ablenkung.«

Mein Gott, warum versteht das Kind mich besser als jeder Erwachsene? dachte Vera. Wie viele Fragen Mama mir gestellt hätte! Von Fjodor ganz zu schweigen. Und Stas? Sie ertappte sich dabei, daß sie an Stas dachte, als lebte er noch. Sie würde lange brauchen, bis sie begriffen hatte, daß er nicht mehr war.

»Und?« erkundigte sich Anton, als sie wieder im Auto saß.

»Alles in Ordnung. Wir können fahren. Wissen Sie schon, wohin?«

»Ich weiß ein schönes Lokal ganz in der Nähe. Dort ist es ruhig und selten voll.«

»So, wie ich aussehe, in ein Restaurant? Bis dahin bin ich bestimmt nicht wieder trocken«, sagte Vera.

»Ich mache die Heizung an. Hauptsache, Sie holen sich keine Erkältung.«

Hauptsache, ich fange nicht an zu heulen, dachte Vera, und prompt fing sie an zu weinen. Die Tränen flossen von ganz allein, sie konnte nichts dagegen tun.

Anton stellte den Motor ab und wandte sich zu ihr.

»Was haben Sie, Vera?«

»Sie haben Ihren Bruder verloren«, sagte sie unter Tränen, »und ich ... Der Mann, der mir am allernächsten ... Der Mann, denn ich fünfzehn Jahre geliebt habe, ist umgekommen. Auf eine so dumme, scheußliche Weise ... Seine betrunkene Frau hat ihn wegen der Wohnung erstochen. Entschuldigen Sie bitte, ich sollte wohl besser nirgendwohin fahren. Ich dachte, ich könnte mich beherrschen, aber es geht nicht.«

»Sie müssen sich nicht beherrschen«, sagte Anton und strich ihr sanft über das nasse Haar. »Weinen Sie nur, genieren Sie sich nicht. Wissen Sie, meine Mutter, als sie von Denis' Tod erfuhr, da konnte sie überhaupt nicht weinen. Sie kann es bis heute nicht. Dadurch geht es ihr noch schlechter.«

»Fünfzehn Jahre«, schluchzte Vera, »und es war alles so kompliziert! Vor kurzem hat mir ein junger Mann einen Heiratsantrag gemacht, und ich habe eingewilligt. Oh, verzeihen Sie, das interessiert Sie gar nicht. Sie haben Ihre eigenen Probleme.«

»Erzählen Sie nur, Vera, Sie müssen sich doch aussprechen.«

Vera wischte sich die Tränen ab und schaute Anton lange und aufmerksam an.

»Sie sind ein guter Mensch, ich danke Ihnen. Ich muß Sie warnen. Ich glaube, das ist wichtig. Über Ihre ehemalige

Firma geht das Gerücht um, sie hätte mit lebender Ware gehandelt, sie hätte Mädchen ins Ausland geschleust und sie an Bordelle verkauft.«

»Wer hat Ihnen denn den Blödsinn erzählt?«

»Ein Bekannter. Er ist sehr impulsiv und argwöhnisch, seine jüngere Schwester ist in eine schlimme Geschichte reingeraten, wissen Sie, es gibt doch so viele Anzeigen: Bieten jungen Mädchen Arbeit im Ausland. Jedenfalls, nun sucht mein Bekannter nach Schuldigen. Er ist überzeugt, die Firma Star-Service hätte seine Schwester verkauft. Er kennt Ihren Namen.«

»In welchem Verhältnis stehen Sie zu diesem Mann? Kennen Sie ihn schon lange?« fragte Anton leise.

»Er arbeitet beim Wachschutz irgendeiner Firma. Wo genau, weiß ich nicht. Wir haben uns erst vor kurzem zufällig kennengelernt.«

»Wie denn?«

»Ich habe einen Hund, einen Irischen Setter. Er war weggelaufen«, begann Vera.

Sie spürte: Sie mußte sich wirklich einmal aussprechen, die ganze Geschichte einem Außenstehenden erzählen. Außer mit Sonja konnte sie mit niemandem darüber reden. Und Sonja war trotz allem noch ein Kind.

»Stas hat ihn gefragt, ob sie sich vielleicht schon mal irgendwo begegnet sind. Stas hat eigentlich ein schlechtes Personengedächtnis, aber wenn er sich ein Gesicht merkt und wiedererkennt, dann ist es für ihn wichtig. Doch Fjodor hat das verneint. Ganz kategorisch. Sie haben die Wohnung zusammen verlassen. Ich mußte einfach allein sein, deshalb habe ich sie gebeten zu gehen. Und genau in der Nacht wurde Stas von seiner Frau umgebracht. Wissen Sie, er hat laufend geheiratet und sich scheiden lassen, das war für ihn so eine Art Sport. Aber ich kann mir, ehrlich gesagt, nicht vorstellen, daß er eine verrückte Alkoholikerin geheiratet hat, die ihn dann ersticht.«

Sie saßen bereits am Tisch. Sie waren die einzigen Gäste in dem kleinen Kellerlokal.

»Was möchten Sie bestellen?« fragte der hochgewachsene Kellner, der eine Lederweste und eine alberne knielange Lederhose trug.

Anton sah Vera fragend an. Sie hatte die Speisekarte noch nicht einmal aufgeschlagen.

»Wissen Sie, ich glaube, ich habe gar keinen Hunger«, gestand sie schuldbewußt. »Irgend etwas Leichtes vielleicht. Und einen Kaffee, möglichst stark.«

»Gut, dann bringen Sie uns bitte zwei Krabbencocktails, zwei Pilzragout, einen Espresso, einen Orangensaft ... Vera, ich muß fahren, ich darf nichts trinken, aber Sie könnten einen Schluck gebrauchen.«

»Ja, vielleicht.«

Anton bestellte für sie fünfzig Gramm Kognak. Als der Kellner gegangen war, sagte Vera ganz leise: »Ich möchte so ungern schlecht über ihn denken. Und eigentlich hatte ich dazu bis heute morgen auch keine ernsthafte Veranlassung.«

»Sie haben erst heute morgen angefangen, ihn zu verdächtigen?« fragte Anton rasch.

»Nein, schon früher, das ist mir jetzt bewußt. Von Anfang an. Aber es ist doch lächerlich, jemandem nur deshalb böse Absichten zu unterstellen, weil er so überaus gut ist. Nein, ich glaube nicht, daß er Stas getötet hat. Das ist Unsinn. Aus Eifersucht etwa? Aber als Sonja vorhin am Telefon gesagt hat: Keine Angst, er ist dir nicht gefolgt, da wurde mir auf einmal klar, daß ich das durchaus für möglich gehalten habe. Schließlich hat er mich gedrängt, mich mit Ihnen zu treffen. Er will irgend etwas von Ihnen. Er wollte mitkommen zu der Verabredung. Vielleicht ging es ihm ja von Anfang an gar nicht um mich, sondern um Sie. Um Sie und Ihre Faxe.«

»Ich muß ihn mir ansehen«, sagte Anton nachdenklich.

»Sind Sie sicher, daß er Sie nicht erkennt? Ihren Namen kennt er schließlich auch.«

»Nein, da bin ich nicht sicher. Ich muß mir etwas einfallen lassen. Eine Art Maskerade. Könnten Sie nicht einen Klempner bestellen oder einen Elektriker?«

»Nein« – Vera lachte resigniert –, »er hat eigenhändig alles im Haus repariert. Bei mir ist alles intakt, bis zum letzten Stöpsel.«

»Tja – der absolute Traummann.« Anton lächelte. »Wollten Sie ihn im Ernst heiraten?«

»Ach, nein.« Vera seufzte. »Nicht im Ernst. Nur, um Selinski zu ärgern.«

»Ich muß ihn mir ansehen«, wiederholte Anton langsam, »das Ganze gefällt mir nicht ...«

»Der Computer«, flüsterte Vera, »von Computern versteht er nichts.«

»Sie sind ein kluges Mädchen, Vera. Ich komme Ihren Computer reparieren.«

Inna Selinskaja tat der Hals derartig weh, daß sie nicht schlafen konnte. Daran waren natürlich nicht nur die Schmerzen schuld, sondern auch die nervliche Anspannung, die panische, hoffnungslose Angst.

Ihr Vater mußte bald eintreffen, er würde einen guten Anwalt engagieren, aber wenn sie ihr den Mord unbedingt anhängen wollten, weil es für sie am bequemsten war, dann könnte ein Anwalt auch nichts ausrichten. Papas Beziehungen waren alle weit weg, in Kriwoi Rog, in der Ukraine. Das war jetzt Ausland. In Moskau hatte er niemanden. Und ohne Beziehungen konnte man nicht einmal jemanden schmieren ...

Vielleicht hatte sie irgend jemand benutzt, auf eine ganz raffinierte Weise? Aber wer hätte etwas davon? Höchstens Stas selbst, um sie loszuwerden. Aber das war Schwachsinn. Er konnte sich nicht selbst ein Messer in den Rücken gejagt haben. Und sonst hatte niemand etwas davon. Wer war sie schon, das jemand ihretwegen einen Mord beginge?

In Innas Zelle saßen außer ihr noch weitere achtzehn Frauen: Diebinnen, Prostituierte, Obdachlose, Zigeunerinnen – alles bunt durcheinandergewürfelt.

Als Inna in die Zelle kam, gebärdeten sich die anderen wie von der Leine gelassen, sie stichelten und verhöhnten sie. Und die Aufseherin, eine eiserne Matrone, wies sie nicht einmal zurecht.

Aus Filmen wußte Inna: Man durfte auf keinen Fall Angst zeigen oder ausrasten. Offenbar verhielt sie sich richtig, denn die anderen ließen sie bald in Ruhe. Eine Neue traf ein, und die allgemeine Aufmerksamkeit wandte sich ihr zu.

Inna hatte das Gefühl, ganz und gar durchtränkt zu sein von Gestank. Sie hatte das Bedürfnis, sich die Zähne zu putzen, sich die Haare zu waschen, sie sehnte sich nach Hause, nach ihrem sauberen Bad. Nachts stellte sie sich vor, wie sie ins heiße Badewasser mit duftendem Schaum stieg und sich anschließend in ein weiches, flauschiges Handtuch hüllte, um dann sofort verzweifelt zu denken: Sie werden mich verurteilen und ins Lager stecken, ich werde viele Jahre kein heißes Schaumbad zu sehen kriegen. Und hinterher bin ich alt, faltig und zahnlos und brauche sowieso nichts mehr.

Inna wußte bereits, daß auf dem Griff des Küchenmessers ihre Fingerabdrücke festgestellt worden waren. Das hatte ihr Untersuchungsführer Gusko mit tiefer Befriedigung mitgeteilt. Auf ihre Klage, daß ihr Hals schmerze, und ihre Bitte um eine nochmalige ärztliche Untersuchung hatte er nur verächtlich gelacht.

»Wissen Sie was, Verdächtige, hör endlich auf, dich dumm zu stellen. Wollen wir nun gestehen oder nicht?«

Er redete sie mal mit »Sie«, mal mit »du« an, nannte sie nicht einmal beim Familiennamen, sondern nur »Verdächtige«. Und verlangte nur eines: ein Geständnis. Inna begriff:

Sie wollten sie zermürben. Sie brauchten ein Geständnis von ihr, dann müßten sie sich nicht weiter abmühen und den wirklichen Mörder suchen.

Sie hatte schon einiges über die Miliz und die Staatsanwaltschaft gehört, meist Schlechtes. Vor kurzem hatte eine Menschenrechtlerin im Fernsehen erzählt, bevor der ukrainische Serienmörder Michassewitsch gefaßt worden sei, hätten vierzehn Personen in diesem Fall Geständnisse abgelegt. Vierzehn Unschuldige, kräftige junge Männer hatten bereitwillig Morde gestanden. Wie mußten sie die bearbeitet haben!

Sie entsann sich, wie sie vor kurzem einmal auf einem Metrobahnsteig auf einer Bank gesessen und auf eine Freundin gewartet hatte. Neben ihr saß eine junge Mutter mit einem etwa dreijährigen Kind. Der Junge hatte gequengelt, die arme Mama hatte versucht, ihn zu beruhigen, er aber krakeelte immer weiter, verlangte ein Eis, sofort. Er wollte nicht einsehen, daß es auf dem Bahnsteig kein Eis gab. Da kam ein Milizionär vorbei, ein sympathischer junger Mann mit Schnurrbart. Die Mama sagte: »Wenn du weiter so quengelst, dann nimmt der Milizionär dich mit.«

Der Milizionär trat zu den beiden, ging in die Hocke, strich dem Kind über den Kopf und sagte: »Hab keine Angst, mein Kleiner. Keiner nimmt dich mit. Du mußt keine Angst haben vor einem Milizionär.«

Dann wandte er sich an die Mutter: »Was machen Sie bloß? Warum jagen Sie Ihrem Kind Angst vor uns ein? Sind wir denn wilde Tiere?«

Inna hatte damals gedacht: Stimmt, es ist wirklich nicht schön, einem Kind Angst vor der Miliz zu machen.

Doch nun stellte sich heraus, daß sie tatsächlich Tiere waren. Verhafteten einfach eine Unschuldige, sperrten sie mit Diebinnen und Prostituierten zusammen.

Erst im Morgengrauen schlief sie ein und wurde gleich wieder geweckt.

»Selinskaja, zur Vernehmung!«

Er saß nicht allein in seinem Büro. Am Fenster stand ein Mann in Milizuniform und rauchte. Inna verspürte auf einmal den dringenden Wunsch nach einer Zigarette, wagte jedoch nicht, darum zu bitten. Die trüben, verquollenen Augen des Untersuchungsführers jagten ihr kalte Schauer über den Rücken.

Der Mann am Fenster drehte sich um. Na so was, es war der Milizionär aus der Metro! Noch ehe sie begriff, was auf einmal über sie gekommen war, sagte sie leise und vernehmlich: »Ihr seid doch Tiere, das sehe ich jetzt. Es ist schon richtig, wenn man den Kindern Angst vor euch macht.«

»Unterlassen Sie das, Verdächtige!« Gusko hieb mit der Faust auf den Tisch. »Auf Beleidigung einer Amtsperson steht …«

»Schon gut.« Der Schnauzbart winkte ab. »Wie geht es Ihnen, Inna?«

»Ausgezeichnet! Ausgezeichnet geht es mir hier in der U-Haft!« knurrte Inna.

»Was macht Ihr Hals?«

Inna stockte für einen Moment das Herz. Wollten sie etwa doch den richtigen Mörder suchen?

»Er tut weh«, sagte sie ruhig, »die ganze Zeit. Ich habe gebeten, mich einem Arzt vorzustellen. Aber ich kriege nur zu hören, ich solle nicht so dumm tun und endlich gestehen. Ich werde nichts gestehen, was ich nicht getan habe. Ich habe meinen Mann nicht getötet. Geben Sie mir bitte eine Zigarette.«

Der Milizionär hielt ihr eine Schachtel Chesterfield hin und gab ihr Feuer.

»Wir beide fahren jetzt ins Krankenhaus, dort wird ein Spezialist Sie untersuchen.«

Die Ultraschalluntersuchung zeigte auf der linken Halsseite ein Hämatom. Vermutlich infolge eines Schlags mit einem stumpfen Gegenstand.

»Es gibt einen Jiu-Jitsu-Griff, ein Handkantenschlag neben die Halsschlagader, nicht direkt dagegen, sondern dicht daneben. Davon verliert man das Bewußtsein«, erklärte der Arzt Major Uwarow. »Sie ist ausgeschaltet worden. Der Täter ist ein Fachmann, ein Meister fernöstlicher Kampftechniken.«

Uwarow erreichte, daß der Haftbefehl gegen Inna Selinskaja noch am selben Tag vom Staatsanwalt aufgehoben wurde.

Am Abend lag Inna in einem heißen Bad mit duftendem Schaum. Auf dem schneeweißen Wannenrand standen ein Glas Kognak, ein kleiner Teller mit Apfelspalten und ein Aschenbecher. Vom Kassettenrecorder in der Küche klang die tiefe, sinnliche Stimme von Patricia Kaas.

Inna rauchte, trank den Kognak in kleinen Schlucken und weinte. Sie weinte um ihren Mann Stas, den sie nie geliebt hatte.

Achtundzwanzigstes Kapitel

»Ich hoffe, Sie haben nicht vor, das Kind einen Toten identifizieren zu lassen?« fragte Nadeshda drohend den jungen Milizionär.

»Warum nicht?« meldete sich Sonja. »Das ist doch spannend.«

»Das ist überhaupt nicht spannend.« Der Milizionär lächelte. »Ein Toter ist ein Toter. Ich zeige dir einfach ein Foto, und du sagst mir, ob das der Mann aus dem Treppenhaus ist.«

»Auf einem Foto erkenne ich ihn vielleicht nicht. Nehmen Sie mich doch mit zur Identifizierung, bitte!« beharrte Sonja.

»Für Kinder unter sechzehn ist das nicht gestattet.«

»Ist es doch! Haben sie denjenigen schon, der ihn erschossen hat?«

»Noch nicht. Wir suchen nach ihm.«

»Und was passiert dann mit ihm?«

»Er wird bestraft.«

»Das ist nicht richtig.« Sonja schüttelte den Kopf. »Wenn ich eine Pistole gehabt hätte, hätte ich ihn selbst erschossen. Nicht meinetwegen, aber wegen des Mädchens mit dem Asthma. Er hat sie schließlich schon zum zweitenmal überfallen, und nun liegt sie im Krankenhaus, auf der Intensivstation.«

»Er hat sie nicht überfallen, er hat sie nur erschreckt«, korrigierte der Milizionär.

»Für das Kind mit dem Asthma war das genug«, sagte Nadeshda leise.

Nachdem Sonja die Fotos von dem Toten betrachtet hatte, bestand sie nicht mehr darauf mitzufahren. Das sah wirklich häßlich aus. Sie konnte nicht genau sagen, ob er es war oder nicht. Im Treppenhaus war es dunkel gewesen, sie hatte das Gesicht nicht richtig erkennen können. Aber sie wollte gern glauben, daß der Erschossene der Mann mit der offenen Hose war.

»Ja, ich denke, das ist er.«

»Du denkst es, oder du weißt es?«

»Verbürgen kann ich mich dafür nicht«, bekannte Sonja, »aber er sieht so ähnlich aus.«

In Wirklichkeit wußte der Milizionär genau, daß der Tote der Exhibitionist war, der die Mädchen im Hausflur erschreckt hatte. Er war rasch identifiziert worden – er trug seinen Personalausweis bei sich. Sie hatten auch schon herausgefunden, daß der Mann seit vielen Jahren bei der psychiatrischen Betreuungsstelle registriert war. Der behandelnde Arzt bestätigte, daß er unter starken sexuell motivierten Störungen litt. Ein Grund für eine Einweisung in eine geschlossene Anstalt hatte nicht vorgelegen, denn seine Krankheit galt als nicht gemeingefährlich.

Dem Kind die Fotos vorzulegen war eine reine Formalität, unangenehm, aber notwendig.

Der Schuß aus der Makarow-Pistole war vermutlich in dem Augenblick abgefeuert worden, als die Mutter des asthmakranken Mädchens für ihre Tochter den Notarzt rief. Die Siebenjährige hatte einen schweren Anfall erlitten – es war ein Wunder, daß sie gerettet werden konnte, und vorerst gaben die Ärzte den Eltern keinerlei Garantien.

Wegen des Gewitters hatte niemand den Schuß gehört. Doch der Nachbar aus dem Erdgeschoß, der auf den Schrei des Kindes hin die Wohnungstür geöffnet hatte, erklärte, er habe zwei Männer gesehen. Sie seien an ihm vorbeigelaufen, nacheinander. Der erste war groß und gebeugt, derjenige, welcher ... Und der andere ... Der andere war wohl auch groß, kräftig, mit Bart, vielleicht auch ohne. Und kahlköpfig, vollkommen kahlköpfig. Jedenfalls – der Nachbar hatte es nicht genau ausmachen können, sie waren zu schnell vorbeigerannt.

Die Fenster dieses Nachbarn lagen zum Hof hinaus, so daß man von dort jeden, der über den Hof lief, gut sehen konnte. Sobald die Haustür zugefallen war, war er zum Fenster gestürzt und hatte durch den Regenschleier den langen Psychopathen und einen kleinen, dünnen jungen Burschen gesehen, der dem anderen durch die Pfützen nachjagte. Natürlich rechnete er nicht damit, daß der Bursche schießen würde, er dachte, er wollte den Kerl einfach verprügeln.

Der Nachbar kannte sich im Strafrecht nicht aus. Er war ein älterer Mann, nicht sehr gesund, und hätte den Mistkerl, so gern er es auch gewollt hätte, nicht einholen, verprügeln oder gar erschießen können. Er wußte nicht, ob der junge Mann mit der Pistole richtig gehandelt hatte oder nicht. Als er sah, wie Lidotschka aus dem vierten Stock auf einer Trage eilig die Treppe heruntergebracht wurde und ein Pfleger einen Tropf über sie hielt, war ihm ohnehin nicht danach, sich Gedanken zu machen über Gesetz und Strafrecht. Er hatte zwei Enkeltöchter, sechsjährige Zwillinge …

Hauptmann Malzew betrat das alte Haus in der Samotjoka und vernahm laute Stimmen, Lachen und fröhliches Fluchen. Eine Gruppe Jugendlicher saß auf der Fensterbank zwischen zweitem und drittem Stock. Malzew stieg zu ihnen hinauf.

»Hallo, Leute. Ist Irina Lukjanowa zufällig hier?« fragte er.

»Wer sind Sie denn?« Ein Mädchen in einem rosa T-Shirt blies sich das Haar aus dem Gesicht und musterte Malzew mit einem sehr weiblichen, abschätzigen Blick.

»Ich bin von der Miliz. Hauptmann Malzew.«

»Sehr angenehm.« Das Mädchen sprang von der Fensterbank, daß die hohen Plateausohlen ihrer Sandaletten federten. »Ich bin Irina Lukjanowa. Sind Sie wegen des Mordes hier?«

»Ja. Ich muß Sie sprechen. Sie wohnen doch in diesem Haus? Kommen Sie, gehen wir in Ihre Wohnung.«

»Ach, können wir nicht auch draußen reden? Wenn ich jetzt zu Hause auftauche, noch dazu mit einem Milizionär … Und überhaupt – bei uns zu Hause kann man nicht vernünftig miteinander reden.«

»Gut.« Malzew nickte. »Gehen wir raus auf den Hof.«

»Ich habe dem Untersuchungsführer eigentlich schon alles erzählt«, erklärte Irina, als sie sich auf eine Bank gesetzt hatten. »Gut, daß Sie Inna freigelassen haben. Sie hat ihn ganz bestimmt nicht umgebracht.«

»Warum sind Sie sich da so sicher? Kennen Sie sie?«

»Na ja, wie man seine Nachbarn so kennt.« Irina zuckte die Achseln. »Einmal ist ihre Telefonrechnung aus Versehen in unserem Briefkasten gelandet, ich hab sie ihnen gebracht, und wir haben ein bißchen gequatscht. Und dann hat Stas mal seinen Schlüssel von außen steckengelassen. Ich hab's gesehen und bei ihnen geklingelt.«

»War er denn so zerstreut?« fragte Malzew erstaunt.

»Ich kannte ihn nicht weiter. Aber er muß wohl ziemlich schußlig gewesen sein, wenn ihm so was passieren konnte.«

»Irina, erzählen Sie mir bitte, was sie an dem fraglichen Abend im Treppenhaus gesehen und gehört haben. Haben Sie auf dem Fensterbrett gesessen, oder kamen Sie aus der Wohnung?«

»Ich hab erst auf dem Fensterbrett gesessen, bin dann kurz noch mal nach Hause und anschließend runtergegangen. Vorher hatte ich Stas aus dem Haus gehen sehen.«

»Wann war das?« fragte Malzew.

»Gegen sieben. Genauer kann ich das nicht sagen. Ich kam vom Bäcker, meine Mutter hatte mich Brot holen geschickt. Da ging er grade aus dem Haus, in Anzug und mit Krawatte, ganz feierlich, und roch nach Rasierwasser.«

»Ist Ihnen das aufgefallen, weil er sich normalerweise anders kleidete?«

»Nein. Er trug oft Jackett, aber dazu meist Jeans, dunkles Hemd oder T-Shirt. So mit Krawatte, das war selten.«

»Er verließ also das Haus gegen sieben«, sagte Malzew nachdenklich. »In vollem Festaufzug.«

»Ja, gegen sieben. Und zurück kam er gegen neun.«

»Und Sie haben die ganze Zeit im Treppenhaus gesessen?«

»Wo denn sonst?« fauchte Irina. »Draußen auf dem Hof nervt mich meine Oma, zu Hause meine Eltern. Wo kann man denn sonst in Ruhe zusammensitzen?«

Malzew steckte sich eine Zigarette an.

»Kann ich auch eine haben?« bat Irina. »Ich hab meine drinnen bei den anderen gelassen.«

Du bist noch viel zu jung zum Rauchen – mit sechzehn, wollte Malzew sagen, besann sich aber, hielt ihr die Schachtel hin und gab ihr Feuer.

Das Mädchen inhalierte einen tiefen Zug, schlug die Beine übereinander, kniff herausfordernd die Augen zusammen und blies den Rauch durch die Nase.

Komisch sind sie, dachte Malzew, komisch und dumm. In der Zeit, die sie in Treppenhäusern und Hauseingängen herumhängen, rauchen, Bier trinken und flirten, könnte jeder von ihnen zwei Sprachen lernen oder den Umgang mit einem Computer und manches andere Nützliche. Gut, daß mein Serjosha erst sechs ist und wir uns um solche Dinge bislang keinen Kopf machen müssen.

»Was meinen Sie, ist der junge Mann, mit dem Selinski vorm Fahrstuhl gesprochen hat, mit ihm zusammen gekommen? Oder kann er in der Nische vor der Kellertür auf ihn gewartet haben?«

»Nein, dort stand niemand. Ich bin ein paarmal runtergelaufen. Meine Oma saß draußen auf einer Bank. Ich hab ihr eine Jacke gebracht, dann wollte sie noch ihre Brille. Sie hat mich dauernd hin und her gescheucht. Ein Fremder im Hauseingang wäre mir aufgefallen.«

»Gut, sie sind also zusammen gekommen. Und Sie haben einen Teil ihrer Unterhaltung gehört, als Sie die Treppe runterliefen.«

»Ja. Stas hat gesagt: Was für ein Schwachsinn, wo kommst du eigentlich her ... Wörtlich erinnere ich mich nicht, aber irgendwas in der Art. Und der andere ...« – das Mädchen runzelte unter ihrem Haarschopf die Stirn –, »warten Sie, ich glaube, er hat was von Klarheit gesagt, von wegen, ich bin für Klarheit, man sollte nichts komplizierter machen. Und Selinski hat noch gesagt: Hör mal, vielleicht bist du ja ein Irrer? Diesen Satz habe ich mir genau gemerkt.«

»Das Gesicht des Mannes haben Sie nicht zufällig gesehen?« fragte Malzew leise.

»Er stand mit dem Gesicht zum Fahrstuhl. Ich hab ihn mir nur von hinten und ein bißchen von der Seite ankucken können, nur ganz flüchtig.«

»Wie war er gekleidet?«

»Ganz normal.« Irina zuckte die Achseln. »Jeans, kurzärmliges Hemd.«

»Größe, Statur?«

»Nicht groß. Einen halben Kopf kleiner als Selinski. Mager, aber kräftig. Kurze Haare, eher hell als dunkel. Nein, an mehr erinnere ich mich wirklich nicht.«

»Jung?«

»Wenn ich sein Gesicht gesehen hätte ... Aber nicht älter als vierzig, das ist sicher.«

»Sie haben dem Untersuchungsführer gesagt, Sie hätten Feindseligkeit zwischen den beiden gespürt«, erinnerte Malzew sie.

»Ja, ich hatte den Eindruck, sie würden sich gleich prügeln.«

Malzew verabschiedete sich von Irina, ging zurück ins Haus, stieg hinauf in den vierten Stock und klingelte an Selinskis Tür.

Inna empfing ihn in einem bodenlangen weißen Frotteebademantel und mit einem Handtuchturban auf dem Kopf.

»Ich spüle mir Ihre U-Haft ab«, verkündetet sie mürrisch und gab Malzew seinen Ausweis zurück, »Sie haben mir doch schon alle Fragen gestellt, und die Verpflichtung, am Ort zu bleiben, habe ich auch bereits unterschrieben. Was wollen Sie denn noch?«

»Es gibt schon noch Fragen.« Malzew lächelte. »Entschuldigen Sie, das ist mein Job.«

»Na schön, kommen Sie rein. Ich kann Ihnen sogar einen Tee anbieten.«

»Danke, da sage ich nicht nein.«

Die Küche blitzte vor Sauberkeit. Im Bademantel und mit dem Turban auf dem Kopf erinnerte Inna ihn an einen Werbespot, er wußte nur nicht mehr, wofür. Volle sinnliche

Lippen, katzenhaft schräge hellbraune Augen, eine schmale Stupsnase. Eine bildschöne Frau.

Er setzte sich auf die breite Bank, wartete, bis Inna den Wasserkocher gefüllt und eingeschaltet hatte. Erst als sie ihm gegenübersaß, stellte er seine erste Frage.

»Sagen Sie, Inna, haben Sie an dem bewußten Abend Ihren Mann nach Hause kommen gehört?«

»Ich hab die Tür klappen gehört, und ich hatte den Eindruck, als hätte er mit jemandem gesprochen.«

»Wann genau war das?«

»Um neun, vielleicht kurz vor neun ... Im Fernsehen lief gerade der Werbeblock vor den Abendnachrichten.«

»Sie sagen, Ihr Mann hat an der Tür mit jemandem gesprochen. Mit einem Mann oder mit einer Frau?«

»Mit einem Mann. Aber die Worte habe ich nicht verstanden. Ich hatte den Fernseher sehr laut.«

»Entschuldigen Sie, aber warum haben Sie Ihren Mann nicht begrüßt? Sich nicht dafür interessiert, wen er mitgebracht hatte?«

»Wir hatten Zoff. Sein Besuch war mir egal. Ich war sauer.«

»Warum?«

»Das ist eine lange Geschichte.«

»Trotzdem, in zwei Worten«, bat Malzew vorsichtig. »Es ist wichtig.«

»Was ist wichtig? Warum wir uns gekracht haben? Warum wir uns scheiden lassen wollten?« Inna kam in Fahrt. »Das hab ich doch alles schon dem Untersuchungsführer verklickert. Mit sämtlichen Details, wie er es verlangte. Aber Sie wühlen wohl auch gern in anderer Leute schmutziger Bettwäsche rum, ja?«

»Ganz und gar nicht«, bekannte Malzew offen, »aber es muß sein. Intime Details interessieren mich nicht. Ich will vor allem eines wissen: Hatte Ihr Mann eine andere Frau?«

»Ganz bestimmt«, fauchte Inna, »und nicht nur eine.«

»Ach ja? Nicht nur eine?«

»Na ja, ich hab sie nicht gezählt. Außerdem, wenn es viele sind, ist es nicht so kränkend. Es ist natürlich eklig, unhygienisch sozusagen. Aber für die Ehe ist eine Ständige gefährlicher …«

»Hat er Ihnen gesagt, wohin er wollte und wann er zurückkommt?«

»Er hat kein Wort gesagt. Aber er ist zu ihr gegangen.«

Aha, es gab also doch eine Ständige, registrierte Malzew und fragte sanft: »Warum glauben Sie das?«

»Weil er ging, ohne ein Wort zu sagen.«

»Komische Logik.« Malzew zuckte die Achseln. »Normalerweise sind Männer in so einem Fall eher redselig, schwindeln irgendwas zusammen.«

»Na, Sie müssen ja wissen, wie Männer sich in so einem Fall verhalten«, bemerkte Inna sarkastisch. »Die einen schwindeln, die anderen schweigen. Aber eine normale Ehefrau spürt das immer.«

»Gut, ich verstehe, das Thema ist Ihnen unangenehm. Entschuldigen Sie, noch eine letzte Frage: Was wissen Sie über diese Frau?«

»Nichts. Fragen Sie Sawjalow, den Eigentümer des Verlags. Von dem können Sie alles haarklein erfahren, mitsamt Telefonnummer. Aber ich weiß nicht Bescheid und will es auch nicht wissen.«

»Bei uns war heute jemand von der Miliz«, sagte Sonja und sah Fjodor an.

»Ja?« Für einen Augenblick versteinerte sein Gesicht, doch er hatte sich sofort wieder in der Gewalt, hielt Sonjas durchdringendem Blick stand und lächelte sogar. »Interessant.«

»Stimmt, war wirklich interessant«, bestätigte Sonja. »Er hat sich übrigens nach Ihnen erkundigt.«

»Sonja!« rief Nadeshda aus der Küche. »Die Suppe wird kalt. Komm jetzt essen!«

»Ich komme!« rief Sonja zurück, den Blick noch immer auf Fjodor gerichtet.

»Warte mal«, sagte er leise, »nicht so eilig. Wer war da, und was hat er gefragt?«

Sie standen im Flur und schauten sich an. Fjodor war gerade erst gekommen, er hatte sich noch nicht einmal die Schuhe ausgezogen. Sonja hatte auf sein Klingeln geöffnet, und dabei war ihr spontan die Idee gekommen, ihm von der Miliz zu erzählen. Um zu sehen, wie er darauf reagierte.

Er reagierte genau so, wie sie vermutet hatte.

»Gar nichts«, sie drehte sich um und lief in die Küche. »War nur ein Witz!«

Vera saß am Computer und blickte konzentriert auf den Bildschirm. In trübem, milchigem Weiß schwammen bizarre kleine Figuren.

Fjodor trat hinter sie, beugte sich zu ihr hinunter, hob ihr Haar an und küßte sie auf den Nacken.

»Hallo.« Mit einer leichten Kopfbewegung entzog sie sich ihm.

»Was ist los?« fragte er und wollte sie umarmen.

»Nicht, Fjodor, laß das«, sagte sie ruhig, »faß mich jetzt nicht an. Okay? Mama und Sonja sind in der Küche und essen, du kannst dich dazusetzen.«

»Ich bin nicht hungrig.« Er ließ sich in einen Sessel nieder. »Vera, erklär mir bitte, was los ist.«

»Nichts.« Endlich drehte sie sich zu ihm um und sah ihn an. »Nichts ist los. Ich hab Probleme mit dem Computer. Ich muß einen Fachmann rufen.«

»Erst schließt du dich ein, dann läufst du weg, ohne mir was zu erklären. Nun wendest du dich ab und willst nicht mit mir reden. Was soll das, Vera?«

»Entschuldige, aber ich muß jetzt wegen des Computers anrufen. Danach erkläre ich es dir.«

Sie ging in den Flur, wählte eine Nummer und sagte: »Guten Tag. Valentin, hier ist Vera Saltykowa. Ich glaube, ich habe schon wieder einen Virus. Kommen Sie doch bitte vorbei, so bald Sie können. Die Adresse haben Sie ja. Vielen Dank.«

Vera sprach laut, Fjodor verstand jedes Wort.

Sie kam zurück ins Zimmer und wollte sich wieder an ihren Schreibtisch setzen, doch Fjodor hielt sie am Arm fest und zog sie auf seinen Schoß.

»Nicht«, sagte Vera leise, »Mama oder Sonja können jeden Moment hier auftauchen.«

»Na und? Meinst du, sie ahnen nicht, wie wir zueinander stehen?« Seine Hände waren schon unter ihrer Bluse.

»Sonja ist noch ein Kind und Mama eine alte Frau. Natürlich ahnen sie es, aber deshalb müssen wir es ihnen noch lange nicht offen demonstrieren.«

Vera wollte sich von seinem Schoß erheben, doch er hielt sie sehr fest, zu fest. In diesem Griff lag keinerlei Zärtlichkeit, das war kein Liebesspiel.

Ihr wurde bange, so bange wie noch nie zuvor. Bislang war nichts passiert, hatte sich nichts verändert. Sie saß in ihrem eigenen Zimmer, auf dem Schoß des Mannes, den sie vor zwei Tagen noch heiraten wollte. Und plötzlich hatte sie das Gefühl, er könnte ihr jeden Moment sehr weh tun, ja, sie sogar töten.

Vera blinzelte, als wolle sie dieses Ahnung vertreiben. Wer immer er war – töten würde er sie nicht. Er wollte etwas von ihr erfahren. Wozu also sollte er sie töten?

»Fjodor, halt mich bitte nicht so fest« – ihre Stimme klang ruhig und sanft –, »das ist mir unangenehm.«

»Und mir ist es unangenehm, wenn man mich zum Idioten macht«, sagte er langsam.

»Stas ist tot«, flüsterte sie.

»Der Bärtige?« fragte Fjodor gleichgültig.

»Ja. Der Bärtige. Wir haben uns seit fünfzehn Jahren gekannt.«

»Gekannt ist gut. Er hat dich fünfzehn Jahre lang gevögelt, wann immer es ihm paßte. Was ist passiert, ist er vor Enttäuschung unter ein Auto geraten?«

»Hör auf«, sagte Vera stirnrunzelnd, »beruhige dich. Und laß mich bitte los.«

»Und warum war der Milizionär hier? Oder hat Sonja sich das ausgedacht?«

»Bei uns auf dem Hof wurde ein Mann erschossen. Hier lief ein Verrückter rum, der die Kinder im Hauseingang erschreckt hat, auch Sonja. Irgend jemand hat ihn erschossen. Der Milizionär hat Sonja Fotos gezeigt, damit sie ihn identifiziert.«

Er ließ sie los.

Vera sprang von seinem Schoß herunter, als hätte sie am Rande eines Abgrunds gestanden.

Ich muß das Spiel weiter durchhalten, dachte sie. Mein Gott, was für ein Spiel? Ausgerechnet sie, die unfähig war, zu lügen, sich zu verstellen, der man stets alles vom Gesicht ablesen konnte ... Vielleicht sollte sie ihn einfach rausschmeißen? Verzeih, mein Lieber, wir sind einfach zu verschieden! Na klar, dann würde er bestimmt gehen!

»Fjodor, liebst du mich?« fragte sie und sah ihn mit klaren Augen an.

»Ja, Vera. Ich liebe dich. Aber du liebst mich kein bißchen. Du bist traurig wegen Stas, doch meine Probleme sind dir egal.«

»Was meinst du?«

»Siehst du, du hast es schon vergessen. Hat Kurbatow angerufen?«

»Ach, das meinst du. Nein, hat er nicht.«

»Hast du nach den Faxen gesucht?«

»Hab ich. Aber wie ich mir schon dachte, es ist nichts mehr da. Ich hab doch erst vor kurzem alle Papiere auf meinem Schreibtisch und in den Schubläden sortiert, und dabei hab ich alles Überflüssige weggeworfen.«

Im Flur klingelte die Wechselsprechanlage.

»Wer ist das?« Fjodor richtete sich im Sessel auf.

Vera hielt ihn zurück. »Bleib sitzen, ich gehe aufmachen. Warum bist du so nervös? Das ist der Computerfachmann.«

»So schnell?«

Vera überhörte die Frage, ging in den Flur, griff zum Hörer der Wechselsprechanlage, vernahm die Stimme von Anton Kurbatow und seufzte erleichtert auf.

»Wer ist denn da gekommen, Vera?« fragte ihre Mutter von der Küchenschwelle.

»Das ist für mich, mein Computer muß repariert werden.«

»Was denn, dein Computer ist kaputt?« Nadeshda zog langsam die Brauen hoch.

»Er hat schon lange eine Macke«, erklärte Sonja gewichtig, schlüpfte unter Nadeshdas Arm hindurch in den Flur.

Erst vor kurzem hatte Vera ihrer Mutter zum wiederholten Mal erklärt, ein Computer könne faktisch nicht kaputtgehen.

»Ja, Mama. Ich glaube, er hat einen Virus.«

Es klingelte.

Vera erkannte Anton Kurbatow nicht gleich. Das letztemal war er schlicht und elegant gekleidet gewesen. Jetzt steckte im Kragen eines ungebügelten grellbunten Hawaiihemdes ein albernes gepunktetes Halstuch, die weiße Leinenhose war unverkennbar schmuddelig und zerknittert und erinnerte an Unterwäsche. Obendrein trug er noch eine unglaubliche quadratische Brille mit rauchgrauen Gläsern, und an einer Hand funkelte ein massiver Silberring.

Vera fand, daß er sich ganz gut kostümiert hatte. Er hatte sich keinen Bart oder Schnurrbart angeklebt. Das wäre womöglich aufgefallen, hätte Fjodor mißtrauisch gemacht. Sein Gesicht hatte Anton nicht verändert, nur sein äußeres Erscheinungsbild, das jedoch radikal. Selbst wenn Fjodor ihn schon einmal gesehen haben sollte, würde er in dem billigen Spinner mit homosexuellem Touch kaum Anton Kurbatow erkennen.

»Guten Tag, Valentin! Schön, daß Sie so schnell kommen konnten.« Vera lächelte erfreut. »Treten Sie bitte ein.«

Anton Kurbatow kannte sich aus mit Computern. Er begleitete seine Arbeit mit witzigen Kommentaren, und Vera spürte, wie nervös er war.

»Na, ein Virus ist das nicht«, erklärte er, »aber wissen Sie, Sie haben hier drin lange nicht geputzt. Was ist er denn, ein Junge oder ein Mädchen?«

»Wie bitte?« fragte Vera verständnislos.

»Na hören Sie, Sie verbringen soviel Zeit am Computer und wissen nicht einmal, daß Computer ein Geschlecht haben? Man muß sie richtig behandeln, je nachdem ob Junge oder Mädchen. Sie verstehen nämlich alles.«

»Übertreiben Sie da nicht, Valentin?« Vera lächelte, doch das Lächeln verging ihr sofort, als ihr Blick auf Fjodor traf.

Fjodor saß die ganze Zeit lässig im Sessel und blätterte in einer Zeitschrift. Selbstverständlich schaute er nicht auf die Seiten. Er hörte aufmerksam zu und beobachtete wachsam jede Bewegung von Valentin.

»Wir räumen hier jetzt erst mal ordentlich auf, gehen alle Dateien durch. Wozu brauchen Sie so viele alberne Spiele, Vera? Sie sind doch ein ernsthafter Mensch. Was ist, schmeißen wir den Müll weg?«

»Weg damit.« Vera nickte. »Was meinen Sie denn, ist er ein Junge oder ein Mächen?«

»Ein Junge«, sagte der Computerfachmann nach kurzem Überlegen, die Augen eingekniffen wie eine Katze. »Denken Sie sich einen Namen für ihn aus. Vielleicht – Immanuel.«

»Das ist zu lang.« Vera schüttelte den Kopf.

»Aber dafür respektabel. Haben Sie auch einen Computer?« wandte er sich an Fjodor.

»Nein«, knurrte der.

»Ist mir ein Rätsel, wie man heutzutage ohne Computer auskommen kann. Entschuldigen Sie, was machen Sie denn beruflich?«

»Ich bin beim Wachschutz.«

»Ach so, ich hab schon gemerkt, Sie haben so einen speziellen Blick.«

Fjodor schwieg. Es entstand eine peinliche Pause.

»Wo kann man denn hier bei Ihnen rauchen?« fragte Anton munter.

»In der Küche«, antwortete Vera, »kommen Sie, ich rauche auch eine.«

»Brauchen Sie noch lange?« ließ Fjodor sich aus seinem Sessel vernehmen.

»Wieso?« Vera drehte sich zu ihm um. »Wenn du es eilig hast, dann geh ruhig.«

»Ja.« Er stand auf. »Ich glaube, ich gehe jetzt. Bring mich zur Tür, rauchen kannst du hinterher.«

Als sie im Flur standen, fragte er leise: »Wo kommt dieser Computertyp her?«

»Von einer Firma.«

»Von welcher?«

»Warum willst du das wissen?«

»Gib mir die Nummer, unter der du ihn angerufen hast, und sag mir, wie die Firma heißt.«

Sein Gesicht war ganz nah, die grauen Augen blickten kalt und durchdringend, und wieder überkam sie eine Welle panischer kindlicher Angst. Aber sie beherrschte sich und spielte die Erstaunte und Gekränkte.

»Wozu, Fjodor? Und überhaupt – was ist das für ein Ton?«

»Gib mir die Nummer«, wiederholte er und packte ihre Schulter.

»Also erstens, laß mich los«, sagte Vera und schaute ihm ruhig in die Augen, »und zweitens, merk dir: Wenn du mich in so einem Ton fragst, dann kriegst du von mir keine Antwort.«

Sonja kam in den Flur.

»He, ihr beiden, streitet ihr euch?« fragte sie.

Fjodor löste seinen Griff. Selbst im schwachen Flurlicht sah man, daß seine Hand auf Veras zarter Haut rote Flecke hinterlassen hatte.

»Nein, Sonja, wir unterhalten uns nur. Biete doch Valentin bitte schon mal eine Tasse Kaffee an, ich bin gleich da«, sagte Vera.

Sonja nickte verstehend.

»Entschuldige«, zischte er, als Sonja in der Küche verschwand, »aber ich muß trotzdem wissen, woher er kommt, dieser ... wie hieß er gleich?«

»Valentin«, sagte Vera. «Bekannte haben ihn mir mal empfohlen. Er arbeitet bei einer kleinen Firma für Bürotechnik und verdient sich privat noch was dazu, er richtet Programme ein, beseitigt Viren und so weiter. Ich habe ihn heute zum zweitenmal bestellt.«

»Gib mir die Nummer.«

»Mein Gott, Fjodor, du hast doch gar keinen Computer. Du verstehst überhaupt nichts davon. Wozu also?«

»Mir gefällt, wie er arbeitet. Zwar habe ich keinen Computer, aber unsere Firma hat welche. Und gute Fachleute sind rar.«

»Ach, so sehr liegt dir deine Firma am Herzen?« Vera hob erstaunt die Brauen. »Das hätte ich gar nicht gedacht. Aber Leute, die mit Computern arbeiten, haben normalerweise ihre eigenen Fachleute.«

»Trotzdem.«

Er machte eine ruckartige Kopfbewegung, und Vera spürte, daß er sie am liebsten geschlagen hätte. Doch er beherrschte sich.

»Du kannst einen ja ganz schön nerven.« Sie zwang sich zu lächeln. »Hör mal, red doch einfach selbst mit ihm.«

Sie machte einen Schritt in Richtung Küche und rief: »Valentin!«

»Ja-ha?« antwortete eine fröhliche Stimme.

»Hier interessiert sich jemand für Sie.« Vera stand bereits in der Küchentür. »Fjodor möchte brennend gern Ihre Koordinaten haben, geniert sich aber, selber danach zu fragen.«

»Kein Problem. Geben Sie ihm meine Pagernummer, die haben Sie doch.«

»Nein«, sagte Fjodor entschieden, »ich brauche die Telefonnummer, ein Pager nützt mir nichts.«

»Warum nicht?« Der Computerfachmann kam aus der Küche und sah ihn erstaunt an.

»Das ist eine einseitige Verbindung. Das ist unzuverlässig. Ich bin für Eindeutigkeit.«

»Haben Sie so was schon mal gehört, Vera?« Der Computerfachmann lachte.

»Nehmen Sie's ihm nicht übel, Valentin.« Vera seufzte. »Fjodor ist im Grunde sehr schüchtern, darum ist er manchmal nicht sehr höflich. Das ist keine Unverschämtheit, das ist Schüchternheit.«

»Wenn ich Sie meiner Firma empfehle, dann muß ich wissen, wer Sie sind und woher Sie kommen. Computer enthalten Informationen, an die man nicht jeden x-beliebigen ranläßt«, erklärte Fjodor kühl.

Veras Bemerkung schien er überhört zu haben.

»Entschuldigen Sie, aber ich habe Sie nicht gebeten, mich Ihrer Firma zu empfehlen«, erwiderte der Computerfachmann gelassen.

»Brauchen Sie etwa kein Geld?« fragte Fjodor erstaunt. »Sie müssen doch an Kunden interessiert sein.«

»Aber nicht an solchen, die mich überprüfen wollen.«

»Haben Sie denn was zu verbergen?«

»Fjodor, hör jetzt bitte auf«, mischte Vera sich ein, »das ist wirklich keine Art. Der Mann ist hier, um meinen Computer zu reparieren, und du verhörst ihn. Es reicht.«

»In der Tat«, sagte der Computerfachmann und lachte spöttisch. »Nun gebe ich Ihnen meine Koordinaten aus Prinzip nicht.«

Statt darauf zu antworten, maß Fjodor ihn nur mit einem langen, düsteren Blick, dann küßte er Vera auf die Wange, als wäre nichts geschehen.

»Tschüß, Vera, bis morgen.«

Als die Tür hinter Fjodor zugefallen war, nahm Anton die alberne quadratische Brille und das gepunktete Halstuch ab und steckte beides in die Tasche.

»Und der Ring?« fragte eine Kinderstimme hinter ihm.

Anton streifte den massiven Silberring vom Finger und lächelte Sonja an.

»Na, wie sehe ich aus – wie einer, der mit lebender Ware handelt, oder wie ein Computerfachmann?«

»Wie ein negativer Held aus einer mexikanischen Fernsehserie«, sagte Sonja und lächelte zurück.

Ein Pager piepste, und Matwej, der die ganze Zeit friedlich unterm Tisch gedöst hatte, bellte aufgeregt.

Den Pager hatte Anton sich von Galja ausgeliehen, der Frau des Duma-Abgeordneten. Er hatte sie lange überreden müssen.

Anton drückte auf den Knopf und las: »Wo bist du? Bring mir meinen Piepser zurück. Kannst auch über Nacht bleiben.«

»Ich habe ihn noch nie gesehen«, sagte Anton leise zu Vera, »und er mich auch nicht, noch nie. Aber er war mir gegenüber sehr mißtrauisch. Komisch. Wirkte doch eigentlich alles ganz echt, oder?«

Der Pager piepste erneut. Diesmal wandte sich der Abgeordnete an seine liebe Frau Galja: »Kätzchen, vergiß nicht, meine Fische zu füttern. Bin morgen Mittag zurück. Kuß, dein Mäuserich.«

»Ja, da haben Sie leider recht«, sagte Vera, als Anton die intime Nachricht des Abgeordneten gelesen und den Pager wieder in die Hülle gesteckt hatte. »Das schlimmste war diese Schwindelei wegen der angeblichen Computerprobleme der Firma, die er bewacht. Wissen Sie, das war irgendwie so nachlässig gelogen, so dreist und undurchdacht. Das hat er früher nie getan. Bald wird er mit offenen Karten spielen. Er wird sich nicht mehr mühsam Märchen ausdenken, er wird einfach handeln. Aber wie und mit welchem Ziel? Ich verstehe es nicht. Sie?«

»Ich werde versuchen, etwas herauszufinden.«

Wieder ertönte das aufdringliche Piepsen.

»Du könntest wenigstens anrufen. Du hast kein Gewissen.«

Ohne Unterschrift. Klar – das kam von Galja.

»Verdammt, ich muß den Pager zurückbringen. Er ist nur geborgt, und nun hab ich keine Ruhe, bis ich ihn zurückgegeben hab. Vera, ich fahre jetzt nach Hause und rufe Sie in einer Stunde an. Ich habe eine bestimmte Vermutung … Aber ich muß erst einmal nach Hause fahren und etwas überprüfen.«

Das Telefon klingelte nach vierzig Minuten. Antons Stimme verriet Vera, daß die Sache noch ernster war als vermutet.

»Er will mich. Aber Sie wird er jetzt wohl auch nicht mehr in Ruhe lassen. Wir müssen uns morgen früh treffen. Wir fahren zusammen zu einem Bekannten von mir. Er wird uns endgültige Klarheit verschaffen.«

»Fjodor kann morgen früh hier auftauchen, vor Ihnen. Er kann jederzeit kommen«, sagte Vera leise.

»Ich hole Sie morgen früh um acht ab. Früher wird er kaum erscheinen.«

»Ich weiß es nicht. Inzwischen weiß ich überhaupt nichts mehr.«

»Gut. Wenn plötzlich … Machen Sie einfach nicht auf. Klingelt er normalerweise unten an der Wechselsprechanlage?«

»Nein. Er kennt den Türcode.«

»Na wunderbar. Ich klingele erst unten, er dagegen gleich an der Wohnungstür, also können Sie uns nicht verwechseln. Sie machen ihm einfach nicht auf.«

»Er hat einen Schlüssel. Unser Ersatzschlüssel ist kürzlich verschwunden. Ich dachte, wir hätten ihn irgendwie verlegt, aber nun ist mir klar, daß er ihn genommen hat. Anton, ich habe große Angst«, setzte sie ganz leise hinzu.

»Vera, noch spielt er nicht mit offenen Karten. Noch ist Zeit. Warten Sie ab, geraten Sie nicht in Panik.«

»Ich geb mir Mühe. Trotzdem – woher wissen Sie, daß er ein Bandit ist?«

»Morgen früh werden wir alles genau erfahren, soweit das möglich ist. Jetzt müßte ich zu weit ausholen. Man kann nicht gut erklären, was man selber noch nicht ganz begriffen hat. Haben Sie keine Angst, schlafen Sie gut, Vera.«

Anton legte auf und schaute sich das kleine Polaroidfoto noch einmal an. Der Mann auf dem Foto war Fjodor. In Wirklichkeit hieß er natürlich anders. Und er arbeitete nicht beim Wachschutz. Er war der »süße russische Bär«, von dem die Schwedin Karolina, die Drogenhändlerin, so geschwärmt hatte. Ihm hatte Denis damals auf dem Flugplatz das Päckchen übergeben sollen, und er hatte vermutlich den Auftrag, Denis anschließend aus dem Weg zu räumen.

Anton wollte bislang noch keine logische Kette konstruieren. Er mußte abwarten bis morgen. Morgen um neun erwartete ihn der fünfundsiebzigjährige Anwalt Semjon Katz, ein alter Freund seines Vaters.

Bevor Anton aus dem Haus ging, duschte er rasch heiß, zog einen leichten dunklen Anzug und ein frisches Hemd an und nahm fünf Hundertdollarscheine aus dem Schreibtisch – die letzten, wie er feststellte. Bei einem Blick in den Flurspiegel entdeckte er, daß sein Gesicht eingefallen war und er Ringe unter den Augen hatte.

Auch er hatte Angst. Nicht nur um sich.

»Wir sitzen fest wie im Panzer«, sagte Malzew seufzend. »Der einzige Trost: Wir haben eine schöne Frau aus der U-Haft rausgeholt. Wie wär's mit einem kleinen Wodka?«

Sie saßen spät in der Nacht bei Uwarow in der Küche und unterhielten sich fast flüsternd. Hinter der dünnen Wand schliefen Uwarows Frau Aljona und die zwei Monate alte Dascha, ihre Jüngste. Der vierzehnjährige Sohn Gleb war in ein Trainingslager bei Dubna gefahren.

»Hätten wir eine Häßliche aus der U-Haft geholt, wäre das für dich weniger tröstlich?«

Uwarow nahm eine mit einer dünnen Eisschicht überzogene halbleere Wodkaflasche aus dem Eisfach, stellte zwei Gläser auf den Tisch und schnitt Schwarzbrot und Schinken auf.

»Eine Schöne tut einem irgendwie doppelt leid«, bekannte Malzew und steckte sich eine Zigarette an.

»Eine Häßliche tut einem noch mehr leid.« Uwarow schenkte Wodka ein. »Besonders, wenn sie unschuldig ist. Na dann – auf unsere Gesundheit.«

Sie stießen lautlos an.

»Vera Saltykowa, geboren 1967 in Moskau, Studium an der Fakultät für Romanistik und Germanistik. Übersetzerin für Englisch und Französisch. Nicht fest angestellt, nur gelegentliche Aufträge. Nicht verheiratet, keine Kinder, lebt mit ihrer Mutter zusammen. Die Mutter ist Kinderärztin«, berichtete Malzew mit dumpfer Stimme. »Kannte den ermordeten Selinski seit fünfzehn Jahren. Eine langjährige Affäre mit kurzen aktiven Perioden. Hör mal, Juri, was soll das mit Skwosnjak zu tun haben? Wir beide haben uns irgendwie an diesem fernöstlichen Kampfsport festgebissen. Schließlich gibt's doch in Moskau jede Menge Leute, die Karate, Judo und so weiter beherrschen, oder?«

»Stimmt.« Uwarow nickte. »Hast du diese Übersetzerin angerufen?«

»Noch nicht. Wozu? Daß Selinski an dem Abend bei ihr war, weiß ich ohnehin. Wir verrennen uns bloß in eine Dreiecksgeschichte, den Mörder finden wir so bestimmt nicht, wir verlieren nur wertvolle Zeit. Ich kann diesen Untersuchungsführer Gusko übrigens gut verstehen. Er ist natürlich ein Schwein, aber er hatte schon seine Gründe, so an der Selinskaja festzuhalten. Wenn es nicht die Ehefrau war, haben wir einen ungelösten Fall am Hals.«

»Aber es war nun mal nicht die Ehefrau«, sagte Uwarow scharf.

»Hör mal, vielleicht irgendwie Rache aus Liebe? Eifersucht?« mutmaßte Malzew matt. »Ein ehemaliger Liebhaber der Ehefrau?«

»Der den Ehemann umbringt und den Mord der untreuen Geliebten unterschiebt?« Uwarow lachte spöttisch. »Nein, das war kein eifersüchtiger Liebhaber, das war ein Profi. Das weißt du so gut wie ich.«

»Na schön. Der Profi sollte vielleicht Selinski als Zeugen beseitigen, um die Ermittlungen zu verwirren, zumindest für eine Weile. Aber was hat der Bursche damit zu tun, der Selinski bis nach Hause begleitet hat? Ein Profi hätte sich kaum vorher im Treppenhaus blicken lassen.«

»Es sei denn, es gab dafür einen triftigen Grund.« Uwarow schenkte Wodka nach. »Vielleicht mußte er rasch die Adresse herausfinden. Das kann man am schnellsten, indem man denjenigen nach Hause begleitet, wenn man keine Zeit hat, andere Kanäle zu benutzen.«

Sie stießen erneut lautlos an, tranken und aßen Brot mit Schinken dazu.

»Ich weiß nicht, vielleicht bin ich ja wirklich schon total vernagelt«, sagte Malzew. »Mir ist da was eingefallen, zurück zu dem, wer einem mehr leid tut, Schöne oder Häßliche. Unter den Opfern der Bande war eine gewisse Marina Wedenejewa. Eine bildschöne Frau, sie hat sogar irgendwelche Schönheitswettbewerbe gewonnen. Ich habe doch heute mit Sawjalow gesprochen, dem Eigentümer des Verlags, in dem der Tote gearbeitet hat. Hab mich nach der Übersetzerin erkundigt, nach ihrem Verhältnis zu Selinski. Sawjalow hat gesagt, das könnte mir am besten ein gewisser Wedenejew erzählen, ein Freund von Selinski, aber der sei nach Kanada gegangen. Der Name ist natürlich nicht gerade selten, aber ich denke, ich sollte mir morgen den alten Fall noch einmal ansehen.«

Uwarow schnippte mit dem Feuerzeug und zündete sich endlich die Zigarette an, die er die ganze Zeit in der Hand gehalten hatte.

»Na siehst du, und du sagst, wir haben keinerlei Anhaltspunkte. Man sollte nie vor der Zeit aufgeben.«

»Und du solltest dich nicht vor der Zeit freuen.«

»Freuen sollte man sich immer, egal, wie Zeit und Umstände sind. Besonders wenn es keinen Anlaß dazu gibt, nur das Leben selbst mit seinen raffinierten Überraschungen.«

»Wenn unser unauffindbarer Joe schließlich doch in der ›Schenke‹ auftaucht, das wäre eine Überraschung. Übrigens ist die Küche dort ausgezeichnet. Besonders gut ist der Stör auf Klosterart. Hör mal, vielleicht sollten wir uns Tschuwiljow mal vornehmen? Der weiß doch garantiert was.«

»Nein, das ist noch zu früh. Wir würden ihn nur aufschrecken. Außerdem ist gar nicht gesagt, daß er was weiß. Kann durchaus sein, daß der Kontakt nur einseitig läuft.«

Sascha Sergejew tauchte aus einer Saufphase auf.

Es war ein kühler früher Morgen. Der Moskauer Vorort Mytischtschi lag noch in stillem Morgenschlaf. Sascha stand eine Weile an der offenen Balkontür und atmete die frische Luft ein. Dann nahm er einen Katerschluck von hundert Gramm, aß eine Handvoll Sauerkraut, zündete sich eine

Zigarette an, setzte sich auf einen Hocker, starrte mit verquollenen roten Augen lange stumpfsinnig vor sich hin und versuchte zu ergründen, ob ihm der Kopf noch weh tat oder nicht.

»Willst du einen Tee?«

Saschas Freundin Angela, eine kleine, spitznasige Frau mit zerzaustem Haar, stand in der Küchentür.

»Ein Tee wär nicht schlecht«, sagte Sascha nachdenklich, »und – na ja, was zu futtern.«

»Wer was futtern will, muß erst mal Geld verdienen«, versetzte Angela logisch, schlurfte in ihren gestopften Pantoffeln zur Spüle und machte sich an den Abwasch.

Saschas Leben bestand aus schwarzen und weißen Strähnen. Auf die helle Zeit des Suffs, wenn er sich stark fühlte, wenn es ihn drängte, gefühlvolle Lieder zu singen und alle zu umarmen, folgte die düstere Zeit der Nüchternheit. Dann wurde Sascha böse und geldgierig. Er wollte Geld, so viel und so schnell wie möglich.

Angela arbeitete als Krankenschwester in der psychiatrischen Betreuungsstelle. Sie hatte Sascha vor fünf Jahren kennengelernt. In der Krankenakte des gutaussehenden blonden, blauäugigen Burschen stand die Diagnose: Oligophrenie im Stadium der Debilität. Seit vielen Jahren bemühte sich Sergejew, sie loszuwerden.

Saschas einzige Leidenschaft waren Autos. Über Autos wußte er alles, er konnte mit geschlossenen Augen jeden Schaden finden und beheben, er war ein ausgezeichneter Fahrer, bekam aber wegen seiner Krankheit keinen Führerschein.

Auch die Krankenschwester Angela hatte eine Leidenschaft.

In ihrer frühen Jugend hatte sie einen stillen, netten Ingenieur geheiratet, den sie sehr liebte. Der Ingenieur liebte sie ebenfalls, und alles hätte wunderbar sein können, wäre nicht die böse Schwiegermutter gewesen, die sich geschworen hatte, die vollkommen unschuldige Schwiegertochter zu vergraulen. Der gegenseitige Haß der beiden im Grunde nicht bösartigen, gescheiten Frauen wuchs von Tag zu Tag, erfüllte den gesamten Raum der kleinen Zweizimmerwohnung und nahm dem stillen Ingenieur die Luft zum Atmen. Er liebte alle beide, war hilflos und starb mit dreißig an einem Herzinfarkt.

Seine Mutter und seine Frau, die beide von seinem schwachen Herzen gewußt hatten, vergifteten sich anschließend das Leben mit gegenseitigen Anschuldigungen: Du bist schuld, du hast ihn umgebracht.

Seitdem suchte Angela leidenschaftlich nach einer Waise. Es sollte eine Vollwaise sein, ohne Mutter, Vater, Tanten und Onkel. Sie beobachtete den gutaussehenden, alleinstehenden Automechaniker Sascha Sergejew, der nur zu einem Zweck in die psychiatrische Betreuungsstelle kam – die Revision seiner Diagnose zu erwirken –, las aufmerksam seine Krankenakte und wußte: Er war genau der, den sie suchte.

Sascha war von Geburt an Waise, seine Mutter war bei der Geburt gestorben. Weitere Verwandte besaß er nicht. Auch keine Frau und keine Kinder. Was die Diagnose anging, so wußte Angela, die zu der Zeit schon acht Jahre in der Betreuungsstelle arbeitete, daß sie durchaus revidiert werden konnte. Aber einfach so würde das niemand tun.

Sascha schmierte die Ärzte ungeschickt. Er wußte nicht, wem er etwas geben mußte, und vor allem nicht – wieviel. Angela wußte es. Die Diagnose wurde revidiert. Sascha bekam einen Führerschein. Und Angela und er zogen zusammen.

Trotz der lang anhaltenden Saufperioden war der Wodka nicht das Wichtigste in Saschas Leben. Das Wichtigste, das, was er am meisten liebte, waren Autos. Sein größter Traum war ein mattglänzender silberner Ford, der wie ein Vogel über die Schlaglöcher und den Schmutz der Moskauer Vorortstraßen flog. Dieser Traum ließ ihn nicht endgültig zum

Trinker werden. Aber er wußte, daß er soviel Geld nicht mit einemmal verdienen konnte.

»Du mußt klauen«, sagte Angela. »Sei doch nicht blöd. Alle, die einen Ford fahren, klauen.«

Das hätte Sascha ja gern getan, aber es gelang ihm irgendwie nicht. Erstens hatte er Angst. Zweitens wollte er wenn schon, dann gleich richtig was riskieren, damit es sich lohnte und man sich nicht ärgerte, falls man erwischt wurde. Derartige traurige Grübeleien trieben ihn erneut zur Flasche. Wenn er wieder nüchtern wurde, schwor er sich voller Abscheu, das sei das letztemal gewesen. Notorische Trinker fuhren keinen Ford.

An nüchternen Tagen lauschte Sascha auf die Gespräche seiner Kunden, von denen manche einen Ford fuhren oder gar einen Mercedes und andere gute Wagen. Den Unterhaltungen entnahm Sascha: Je toller das Auto, desto weniger arbeitete sein Besitzer. Diese merkwürdige Gesetzmäßigkeit versetzte ihm einen Stich ins Herz und ließ ihn erneut zur Flasche greifen.

Dann tauchte eines Tages bei ihm zu Hause ein alter Freund aus der Heimkindheit auf, Kolja Koslow, Spitzname Skwosnjak. Sascha hing mit ganzem Herzen an ihm. Er freute sich unbändig über seinen Besuch, er wußte vor Begeisterung gar nicht, wo er ihn hinsetzen und was er ihm anbieten sollte.

Skwosnjak trank und rauchte nicht. Er erzählte nichts von sich, doch Sascha spürte: Seine innere Kraft hatte mit den Jahren nicht nachgelassen. Im Gegenteil. Nein, er trug keine Rolex, keine Brillantringe, keine goldene Kette und kein himbeerrotes Jackett – er war mit einem Niwa gekommen, einem soliden, aber bescheidenen Wagen.

»Von wem von unseren Leuten weißt du noch?« fragte Skwosnjak.

»Mancher fault im Irrenhaus vor sich hin, andere sind schon verfault«, antwortete Sascha achselzuckend. »Ich weiß es nicht und will's auch nicht wissen. Ich habe mein eigenes Leben.«

»Hast du mal was von Tolja Tschuwiljow gehört?« fragte Skwosnjak.

»Tolja hat eine Schlosserlehre gemacht, dann haben wir uns aus den Augen verloren. Und du? Wie geht's dir denn so?«

»Alles okay.«

»Ich hab hin und wieder was von einem Skwosnjak gehört, aber ich dachte nicht, daß du das bist.«

»Was hast du denn gehört? Von wem?« fragte Skwosnjak gleichmütig.

»Von meinen Kunden, ich hab ein paar sehr solide Kunden. Also, die haben von einem Skwosnjak erzählt, von wegen: Dieser Skwosnjak, der kennt keine Hemmungen, der ist total durchgeknallt. Voller Respekt haben sie das gesagt. Aber ich dachte, das bist nicht du. Ist nur zufällig derselbe Spitzname.«

»Und was denkst du jetzt?« fragte Skwosnjak leise.

»Jetzt kapier ich – das bist du. Eindeutig.«

Angela war längst schlafen gegangen, es wurde schon hell. Sie saßen noch immer zu zweit in der kleinen Küche. Sascha trank Wodka, Skwosnjak Orangensaft mit Mineralwasser.

»Laß mich mitmachen bei dir«, bat Sascha, »ich will einen Ford, Silber, das neueste Modell.«

»Gut, aber nicht jetzt. Verhalt dich still, trink nicht soviel, dann kriegst du deinen Ford. Hab Geduld.«

Ein Jahr verging, noch eins. Skwosnjak besuchte Sascha hin und wieder, übernachtete bei ihm, trank seinen Saft mit Mineralwasser und sagte: Wart's ab.

»Er schmiert dich bloß an«, seufzte Angela, »er ist ein Profi, und wer bist du? Klau lieber still für dich, wie alle.«

»Sei still, dumme Gans«, blaffte Sascha, »für Kolja schneid ich jedem die Kehle durch.«

Als Sascha jetzt bei der zweiten Tasse starken, süßen Tees saß, löste sich der Alkoholnebel in seinem Kopf langsam auf. Sein Kopf wurde klarer, die Gedanken kamen in Gang, langsam und träge. Wenn Skwosnjak ihn nun wirklich anschmierte? Immerhin stand er auf der Fahndungsliste. Vielleicht wurde er gefaßt, und dann war alles aus. Leb wohl, Märchenvogel, leb wohl, silberner Ford!

Da klingelte es an der Tür.

»Wer schneit uns denn so früh ins Haus?« Angela gähnte und schlurfte in den Flur.

Gleich darauf stand Skwosnjak höchstpersönlich vor Sascha.

Die Überprüfung hatte ergeben, daß die vor drei Jahren getötete Marina Wedenejewa tatsächlich die Frau des bewußten Wedenejew war, der mit Selinski zusammen studiert hatte. Sie waren befreundet, nach dem Studium hatten sie gemeinsam ein Unternehmen gegründet.

»Stell dir folgendes vor: Der Mann ist auf Dienstreise, ein enger Freund der Familie hat eine Schwäche für das weibliche Geschlecht, und die Schöne selbst war auch kein Kind von Traurigkeit.« Malzew seufzte. »Kann Selinski in jener Nacht in Wedenejews Wohnung gewesen sein? Durchaus.«

»Nein, das ist unwahrscheinlich. Skwosnjak hätte den Zeugen sofort beseitigt. Sofort, nicht erst nach drei Jahren.«

»Selinski war natürlich nicht Zeuge des Einbruchs und des Mordes. Vielleicht eine flüchtige Begegnung auf der Treppe, auf dem Hof ... Weißt du, das Gedächtnis ist so beschaffen – ein zufälliges Detail, ein Gesicht, das man nur ganz kurz gesehen hat, prägt sich für viele Jahre ein, wenn es mit einer Erschütterung in Zusammenhang stand.«

»Ja«, sagte Uwarow nachdenklich. »Wenn dein Freund auf Dienstreise ist und du gehst zu seiner Frau, um ihr die Nacht zu verkürzen, und ausgerechnet in dieser Nacht ... Klar, das ist eine Erschütterung. Das vergißt du dein Leben lang nicht.

Und dann nach drei Jahren eine zufällige Begegnung ... Obwohl, die Konstruktion ist ziemlich wacklig, die stürzt uns beim ersten Windhauch ein wie ein Kartenhaus. Na schön, ich treffe mich am besten selbst mit der Übersetzerin Vera Saltykowa. Heute noch.«

In dem Moment klingelte Uwarows Handy.

»Major, es gab einen interessanten Anruf beim Zielobjekt«, vernahm er die Stimme von Unterleutnant Wassja Sorkin im Hörer, »wir haben ihn gerade mitgeschnitten. Hier, hören Sie.«

Uwarow vernahm ein Knacken, ein leises Rückspulgeräusch, dann eine entfernte heisere Stimme: »Tolja, ich bin's. Wir müssen uns treffen. Dringend.«

»Kolja« – Tschuwiljows Stimme klang erstaunt und verwirrt –, »was ist passiert? Ich warte, und du rufst nie an.«

»Tu ich doch jetzt. Okay, meine Zeit ist knapp. Komm auf die Lugowaja, hinter Lobnja. Da ist an der Station ein Laden. In zwei Stunden, hinter dem Laden.«

Ein leises Knacken, dann Tuten.

»Sorkin, bist du noch dran?« fragte Uwarow heiser.

»Ja, Major.«

»Von wo kam der Anruf?«

»Aus einer Zelle in der Puschkinstraße, vor dem Kino Rossija.«

»Bitte, kommt doch herein, ihr beiden. Bitte sehr.«

Semjon Katz, ein hochgewachsener, hagerer Greis mit üppigem schneeweißem Haar umarmte Anton und küßte Vera galant die Hand.

Der in ganz Moskau berühmte Anwalt lebte sehr bescheiden. Die Zweizimmerwohnung in einem Nachkriegsbau am Prospekt Mira prunkte nicht mit Luxus. Solide, schlichte Möbel, Spezialanfertigung; nichts Antikes, keine Bilder an den Wänden, lediglich gerahmte Familienfotos. Den größten Teil seiner Ersparnisse hatte Katz nach Paris geschickt, wo seine einzige, zärtlich geliebte Tochter mit ihrem französischen Mann und den beiden Söhnen lebte. Auch Katz wollte dorthin übersiedeln, schob es aber immer wieder auf. Er mochte Paris nicht, er fand es kalt und hochmütig. In Moskau hatte er Sehnsucht nach seiner Tochter und den Enkeln, in Paris fehlte ihm Moskau.

»Meine ganze enorme Lebenserfahrung kann mir nicht helfen, eine banale Lebensfrage zu lösen«, sagte der Greis. »Ich will in meiner Heimat sterben, aber nicht allein, sondern umgeben von meinen Enkeln. Doch das ist unmöglich. Also sterbe ich nicht und pendle zwischen Moskau und Paris hin und her.«

Viele glaubten, der Greis habe sich gänzlich aus dem Geschäft zurückgezogen. Er übernahm schon lange keine Verteidigung mehr, auch Rechtsauskünfte erteilte er nur noch selten. Kaum jemand wußte, daß der alte Anwalt dennoch auf dem laufenden war über viele kriminelle Aktivitäten – und zwar nicht nur in Rußland, sondern auch im Ausland, im nahen wie im entfernteren. Woher er diese Informationen bekam und vor allem, wo er sie aufbewahrte, wußte niemand.

Mit Antons Vater, dem KGB-Oberst Wladimir Kurbatow, hatte den alten Anwalt eine langjährige Freundschaft verbunden. Sie hatten sich dreißig Jahre gekannt und einander viele große und kleine Dienste erwiesen. Katz hatte fast umgehend von Denis' Tod erfahren, und zwar nicht von Anton und nicht von Xenija, sondern aus seinen eigenen Quellen. Sein Mitgefühl war aufrichtig, er hatte angerufen und gefragt, ob er helfen könne. Anton hatte sich bedankt und abgelehnt.

Das war noch nicht lange her. Gestern abend nun hatte Anton den Anwalt gefragt, ob er zu ihm kommen dürfe. Katz hatte erwidert, daß er sich immer freue, ihn zu sehen. Anton bat, ihn zu Hause besuchen zu dürfen, woraufhin der Alte nur spöttisch sagte: »Das ist mir um so angenehmer.«

Er führte sie ins Zimmer, ließ sie in Sesseln vor einem Couchtisch Platz nehmen und setzte sich ihnen gegenüber.

»Nun, Anton, ich vermute, du kommst wegen eines Falls. Heutzutage kommt niemand einfach so zu Besuch. Schon gar nicht zu einem alten Mann, noch dazu am frühen Morgen.«

»Ja«, gestand Anton, »ich komme wegen eines Falls.«

»Aber gedulde dich noch einen Moment, in Ordnung? Ich bin noch nicht ganz wach. Ich bin es nicht mehr gewohnt, so früh am Morgen schon zu arbeiten, weißt du. Sag, wie geht es Mama? Hat sie sich ein bißchen gefangen? Das arme Mädchen hat so viel durchgemacht – erst Wolodjas plötzlicher Tod und nun Denis ... Ich darf gar nicht daran denken. Für mich ist deine Mama noch immer das Mädchen Xjuscha mit den musikalischen kleinen Händen ...«

»Es ist schwer mit Mama«, bekannte Anton, »ich fürchte, ich muß sie einem Psychiater vorstellen.«

»Schieb das nicht zu lange auf. Ich kenne einen guten Spezialisten. Ist denn der Mörder inzwischen gefaßt? Gibt es irgendwas Neues aus Prag?«

»Nein. Darüber wollte ich eigentlich mit Ihnen reden ...«

»Anton« – der Alte schüttelte den Kopf –, »darüber werden wir nicht reden. Du weißt, ich habe mich aus dem Geschäft zurückgezogen. Denis machst du nicht wieder lebendig, also spiel nicht den Detektiv.«

»Ich habe nicht vor, den Mörder zu suchen«, sagte Anton leise.

»Dann ist es ja gut.« Der Alte lächelte. »Trinken wir einen Tee zusammen, ihr beiden. Oder einen Kaffee. Habt ihr schon gefrühstückt? Ich nämlich noch nicht. Ich würde mich freuen, wenn ihr mir beim Frühstück Gesellschaft leistet. Anton, wir beide gehen in die Küche und kümmern uns um das Essen, wie richtige Männer, und Sie, Vera, ruhen sich solange aus.«

»Danke.« Vera lächelte. »Aber vielleicht helfe ich Ihnen lieber Frühstück machen?«

»Auf keinen Fall! Frauen darf man nicht an den Herd lassen. Ich habe eine Haushaltshilfe, eine liebe Dame, aber der Toast brennt bei ihr immer an, Fleisch wird hart, Fisch zerfällt und verliert den Saft, und der Kaffee kocht ständig über.«

Allein in dem behaglichen fremden Zimmer, schloß Vera für eine Weile die Augen. Sie hatte diese Nacht kaum geschlafen. Sie hatte versucht, die bedrückende, quälende Angst mit mechanischer Übersetzungsarbeit zu betäuben. Aber die einfachsten Worte verloren ihren Sinn, sie starrte stumpfsinnig auf den Monitor und dachte nur an eines: Warum hatte sie, Vera Saltykowa, nicht mehr jung und keineswegs dumm, sich als Köder, als Lockvogel oder was auch immer benutzen lassen?

Sie war belogen worden, dreist und hemmungslos. Dabei hatte sie insgeheim etwas gespürt, sich jedoch eingeredet: Nein, er ist gut, er hatte eben eine schwere Kindheit …

Vera rechtfertigte andere stets mühelos, nun aber mußte sie sich selbst rechtfertigen. Und das konnte sie nicht. Klar, das banale, ewige Bedürfnis der Frau, geliebt zu werden – so alt wie die Welt. Klar, die komplizierte Affäre mit Stas, die Einsamkeit, die sie satt hatte. Das alles war verständlich. Aber am Ende hatte sie sich in ein fremdes, schmutziges, undurchschaubares Spiel hineinziehen lassen. Und nicht nur sich, sondern auch ihre Mutter, Sonja, Stas …

Je mehr sie darüber nachdachte, in der schlaflosen Nacht und auch jetzt am Morgen, um so weniger glaubte sie daran, daß Stas von seiner Frau umgebracht worden war. Sie mußte Sawjalow anrufen, gleich heute. Sich die Nummer des zuständigen Ermittlers geben lassen. Stas hatte Fjodor schon mal irgendwo gesehen. Er hatte gesagt: Es ist wichtig, ich muß mich unbedingt daran erinnern. Fjodor war in dem Moment ins Zimmer gekommen, als Stas die simple Frage stellte: Wie habt ihr euch denn kennengelernt? Fjodor kann durchaus vor der Tür gestanden und ihr ganzes Gespräch gehört haben. Auch wenn er selbst sich vielleicht nicht erinnerte, wo sie sich schon einmal begegnet waren, wollte er natürlich nicht, daß es Stas wieder einfiel. Sie mußte mit dem Staatsanwalt reden und mit der Miliz. Es reichte ...

»Vera, möchten Sie Tee oder Kaffee?« Anton schaute herein.

Vera zuckte zusammen und öffnete die Augen.

»Kaffee bitte. Möglichst stark.«

Anton nickte und ging wieder in die Küche.

»Übrigens eine entzückende junge Dame«, sagte Katz, während er den Käse mit einem speziellen Messer in hauchdünne, durchsichtige Scheiben schnitt. »Ist das mit euch beiden was Ernstes, oder ... Na ja, wie immer?«

Anton sah den Alten erstaunt an.

»Ich habe nichts mit ihr. Wir sind wegen eines Falls hier. Wir sind beide in dieselbe üble Geschichte reingeraten. Dadurch haben wir uns erst kennengelernt.«

»Na also, ich hab ja immer gesagt, jedes Übel hat auch seine guten Seiten.« Der Alte lachte. »Hol mal den Schinken aus dem Kühlschrank. Nein, schneiden tue ich ihn selbst. Kümmere dich schon mal um das Grünzeug. Ja, die junge Dame ist wirklich eine Pracht. Sie hat so was ... Weißt du, als sie reinkam, da mußte ich sofort an die Bilder der alten Meister denken. Die alten Holländer, Renaissance ...«

Endlich war das Frühstück fertig. Katz legte ein weißes Tischtuch auf und deckte gemächlich, fachmännisch den Tisch.

»Ich weiß, ihr beiden jungen Leute habt ernste Probleme«, sagte er, als sie sich an den Tisch setzten. »Aber daran solltet ihr beim Essen nicht denken. Das verdirbt nur den Appetit, und die Probleme werden davon nicht weniger. Vera, diese Kaffeetasse ist hundert Jahre alt.« Er stellte eine beinahe durchsichtige Porzellantasse vor sie hin. »Das Service hat mein Großvater siebenundneunzig aus China mitgebracht. Achtzehnhundertsiebenundneunzig. Für die Rückreise nach Moskau brauchte er fast einen Monat. In Wladiwostok wurde ihm sämtliches Geld gestohlen, er hat eine Menge Abenteuer erlebt. Von dem Service waren in Moskau bloß noch Scherben übrig. Nur eine einzige Tasse war unversehrt. Und diese Tasse hat drei Kriege, die Revolution und noch manches andere überlebt. Sie ist heil geblieben, obwohl sie so zerbrechlich ist, fast durchsichtig. Trinken Sie Ihren Kaffee daraus, Vera. Ich bin nicht abergläubisch, aber diese Tasse bringt Glück.«

»Ich traue mich gar nicht, sie in die Hand zu nehmen«, sagte Vera lächelnd.

»Trauen Sie sich ruhig. Trinken Sie Ihren Kaffee. Stärken Sie sich!«

Nach dem Frühstück rauchten sie, und Anton holte das Foto heraus. Der Alte nahm es vorsichtig, mit zwei Fingern, hielt es sich dicht vor die Augen und betrachtete es lange durch seine Brille. Dann stand er abrupt auf und ging wortlos hinüber ins andere Zimmer. Nach fünf Minuten kam er zurück, setzte sich in seinen Sessel und fragte leise: »Woher hast du das, Anton?«

Sonja hatte große Lust auf ein Eis. Im Supermarkt an der Ecke gab es ihre Lieblingssorte – mit weißer Schokolade und Nüssen.

Sie war allein zu Hause. Nadeshda war arbeiten, Vera mit Kurbatow zu einem alten Anwalt gefahren, wegen Fjodor ...

Hoffentlich tauchte er nicht plötzlich hier auf. Er hatte die unschöne Angewohnheit, einfach unangemeldet zu erscheinen. Überhaupt waren alle seine Gewohnheiten gräßlich. Er würde sie ausfragen, wo Vera ist, und womöglich hierbleiben, um auf sie zu warten. Wenn Kurbatow nun Vera nach Hause brachte? Dann wüßte Fjodor sofort Bescheid! Aber vielleicht hatte er sowieso schon kapiert? Dieser Bandit, dieser unselige Kriminelle! Aber die von der Miliz, die waren auch gut. Als sie sich für das Foto des Verbrechers interessiert hatte, hatte niemand gefragt: Wo hast du ihn denn gesehen, Mädchen? Als wollten sie ihn gar nicht erwischen. Aber nach dem Mann, der diesen Mistkerl erschossen hatte, nach dem suchten sie. Klar, ein guter Mensch war leichter zu erwischen als ein Bandit.

Daß der Mann, der den Irren erschossen hatte, ein guter Mensch war und richtig gehandelt hatte, stand für die zehnjährige Sonja fest.

Sonja zog Shorts und ein T-Shirt an, drehte sich eine Weile vorm Spiegel und überlegte, ob sie die Haare offen lassen oder lieber zusammenbinden sollte. Offen sahen sie schöner aus, aber ein Pferdeschwanz war bequemer und nicht so warm. Auf dem Regal vorm Spiegel entdeckte sie ihre Lieblingshaarspange mit dem gefleckten Dalmatiner drauf. Sonja verbummelte sie dauernd, und Nadeshda fand sie jedesmal wieder und legte sie vor den Spiegel, wie heute.

Sonja kämmte sich und band das Haar zu einem dicken Pferdeschwanz zusammen. Ach, das sah auch nicht übel aus. Mama würde jetzt bestimmt sagen: Du drehst dich vorm Spiegel, als wolltest du auf einen Ball, dabei gehst du bloß in den Supermarkt. Und Papa würde sagen: Nun laß sie doch, sie ist schließlich ein Mädchen.

Als Sonja sich im Flur die Sandalen anzog, sprang Matwej aufgeregt um sie herum.

»Ich gehe nachher mit dir runter«, versprach sie. »In den Laden darfst du sowieso nicht mit rein. Und vor der Tür sitzen und auf mich warten magst du ja auch nicht.«

Matwej wedelte heftig mit dem Schwanz. Wahrscheinlich wollte er sagen, daß er warten würde, wo sie wollte und solange sie wollte, Hauptsache, sie nahm ihn mit.

»Sei nicht traurig, ich beeile mich. Und Eis darfst du sowieso nicht.« Sonja streichelte ihm den Kopf. »Das ist schlecht für deine Augen.«

Es war ein heißer, klarer Morgen. Sonja lief über den menschenleeren Hof. Die Kinder waren alle verreist. Allein unten sein war natürlich langweilig. Aber immer noch besser, als bei solchem Wetter zu Hause zu sitzen, zumal Fjodor jeden Moment auftauchen konnte.

Sie trat in den dunklen Torbogen, der den Hof von der Straße trennte. Als sie hinter sich einen Automotor und laute Rockmusik hörte, preßte sie sich an die Wand, um das Auto vorbeizulassen. Neben ihr bremste ein dunkelroter Shiguli. Die Fenster waren offen. Die Musik dröhnte ohrenbetäubend. Am Steuer saß ein sehr blasser blonder Mann.

»Mädchen, weißt du vielleicht, wo hier die nächste Apotheke ist?« brüllte er, aus dem Fenster gebeugt.

»Aus dem Tor raus über den Platz, dann die erste links«, erklärte Sonja.

»Was? Ich verstehe nichts!« Der Mann bemühte sich, die Musik zu übertönen.

Auf dem Rücksitz saß eine dünne Frau mit kurzen Haaren.

»Erklär's lieber mir, Mädchen, nicht ihm.« Auch die bemühte sich, die Musik zu überschreien. »Er hat einen Herzanfall, und ich kann nicht Auto fahren. Er braucht dringend Nitroglyzerin.«

»Stellen Sie doch mal die Musik leiser«, sagte Sonja.

»Was?« fragte die Frau. »Warte, ich komm raus. Unser Radio ist kaputt …«

Die hintere Wagentür ging ein Stück auf.

Komische Leute, dachte Sonja, er ist noch so jung und hat schon was mit dem Herzen …

Ein brennender, süßlicher Sprühnebel schlug ihr ins Gesicht. Sie wollte schreien, aber sie bekam keine Luft. Ihre Kehle brannte fürchterlich, Tränen spritzten ihr aus den Augen. Sie spürte, wie sie ins Auto gezerrt und auf den Rücksitz geworfen wurde, aber ihr Körper war wie aus Watte, sie konnte sich nicht wehren. Ihr wurde schwindlig, dann verlor sie das Bewußtsein.

»Fahr nicht so schnell«, sagte die Frau, »sonst hält uns noch die Miliz an.«

»Wie lange ist sie jetzt weggetreten?« fragte der Mann und trat aufs Gaspedal. »Reicht das, bis wir da sind? Wacht sie auch nicht zu früh auf?«

»Wenn doch, kriegt sie Nachschlag«, beruhigte ihn die Frau.

Dreißigstes Kapitel

»Sie wollten ihn also heiraten, Vera?« Katz schüttelte den Kopf. »Na schön, kein weiterer Kommentar. Anton, sag ehrlich, wohnst du im Moment deshalb nicht zu Hause, weil du dich vor der Miliz versteckst? Oder hast du ein Problem mit der Steuer?«

»Nein. Ich verstecke mich nicht vor der Miliz. Unsere Firma wurde von Banditen bedrängt. Na ja, auch von der Steuerfahndung. Übrigens habe ich den Eindruck, daß sie eng zusammenarbeiten. Irgendwie müssen wir jemandem in die Quere gekommen sein. Bei uns war nichts kriminell. Ein paar kleine Sünden haben wir natürlich begangen, aber nur das Übliche. Ohne das geht's im Geschäftsleben nun mal nicht. Klar, wenn man will, kann man daraus was Kriminelles konstruieren. Und man will, ich weiß bloß nicht, wer eigentlich. Wieso?«

»Weil ich jetzt in der Petrowka anrufen muß.«

»Darf ich vorher kurz zu Hause anrufen?« fragte Vera. »Das Kind ist allein zu Hause.«

»Ihr Kind? Wie alt?«

»Zehn.« Vera nahm der Telefon vom Couchtisch. »Die Tochter meiner besten Freundin, sie wohnt im Moment bei mir, ihre Eltern sind verreist«, erklärte sie, während sie dem Tuten im Telefon lauschte.

»Vielleicht ist Sonja mit dem Hund runtergegangen?« mutmaßte Anton, der bemerkte, daß Vera immer blasser wurde.

»Vielleicht.« Sie legte auf.

Bevor der alte Anwalt einen befreundeten Milizgeneral in der Petrowka anrief, schrieb er sich Veras Adresse auf.

Für den Heimweg brauchten sie eine halbe Stunde.

»Erst mal abwarten«, redete Anton unterwegs auf Vera ein, »nicht gleich nervös werden. Katz hat inzwischen schon den General angerufen, nach diesem Skwosnjak sucht fast die gesamte Petrowka.«

Vera schwieg. Sie haßte sich dafür, daß sie heute früh nicht auf den simplen Gedanken gekommen war, Sonja mitzunehmen. Klar, man kreuzte bei einem fremden Menschen nicht einfach mit einem Kind auf. Klar, es war sehr früh gewesen und Sonja hatte noch geschlafen, außerdem hatte die Lage vor dem Gespräch mit dem Anwalt nicht ganz so katastrophal ausgesehen. Es gab eine Menge Rechtfertigungen. Aber es blieb eine Tatsache: Das Kind war allein in der Wohnung, und ein Bandit, ein Profikiller, hatte den Schlüssel zu dieser Wohnung. Das Leben des Kindes war das gewichtigste Argument, das er in der Hand hatte, und das wußte er sehr gut.

»Vera, wir beide sollten jetzt am besten verschwinden, bis er gefaßt ist. Wir nehmen Sonja mit und den Hund und fahren nach Alexandrow. Dort sind meine Tante und meine Mutter.«

»Und meine Mutter? Ich kann sie nicht anrufen, sie macht Hausbesuche. Soll ich etwa in der Poliklinik Bescheid sagen, mein Bräutigam Fjodor ist ein gesuchter Krimineller, bekannt als Skwosnjak, und sie solle lieber nicht nach Hause kommen, sondern bei einer Freundin übernachten? Nach den Hausbesuchen hat sie bis sechs Sprechstunde. Und überhaupt, vielleicht erwischen sie ihn gar nicht, wenn wir verschwinden. Er will Sie, na ja, und mich natürlich. Wir beide sind für ihn so eine Art Köder. Sie, weil er von Ihnen eine wichtige Information braucht, und ich, weil er mich als Zeugin beseitigen will. Aus demselben Grund will er vermutlich auch Sonja und meine Mutter. Katz hat gesagt, dieser Skwosnjak wird deshalb nie gefaßt, weil er grundsätzlich keine Zeugen hinterläßt.«

»Mich wird er auch töten, sobald ich ihm das Fax ausgehändigt habe.«

»Nicht unbedingt. Ohne Ihre Hilfe wird er kaum herausfinden, was das für eine Adresse ist. Er wußte ja nicht einmal, wie das Fax aussieht, nach dem er sucht.«

Sie fuhren schon auf den Hof, und Vera verstummte. Ihr Herz schlug dumpf. Aus der Wohnung drang Matwejs nervöses Bellen. Der Hund tobte, kratzte an der Tür. Veras Hand zitterte, sie traf mit dem Schlüssel nicht ins Schlüsselloch.

»Ganz ruhig, Vera. Machen Sie sich nicht vorzeitig verrückt. Vielleicht ist sie bloß runtergegangen, spielen«, sagte Anton, als sie in der leeren Wohnung standen.

»Gehen wir runter auf den Hof, suchen.« Vera knüpfte die Leine an Matwejs Halsband. »Wenn sie spazierengegangen wäre, hätte sie den Hund mitgenommen.«

Draußen zog Matwej sie nicht zum Hundeklo, wo er normalerweise sein Geschäft erledigte, sondern quer über den Hof zum Torbogen. Vera konnte die Leine kaum halten. Im Torbogen blieb der Hund stehen, jaulte laut, beschnüffelte eifrig den Asphalt, lief zur Wand, heulte auf und kratzte in der Ecke herum. Dann setzte er sich, aufgeregt zitternd, und stupste die Nase in Veras Hand. Er hielt eine große Haarspange mit einem gefleckten Dalmatiner drauf im Maul.

Noch nie hatte sich Sonja so elend gefühlt. Sie konnte sich nicht bewegen, ihr Körper war wie fremd. Ihr war furchtbar schwindlig, die Augen taten ihr weh, die Zunge war dick angeschwollen und ganz rauh und trocken. Sie glaubte, sie würde gleich sterben, und das machte ihr solche Angst, daß sie versuchte zu schreien. Doch es wurde nur ein ganz leiser, schwacher Schrei, wie in einem Alptraum – man will um Hilfe rufen, aber es kommt kein Ton, niemand hört einen.

Um sie herum dröhnte laute Musik. Sie öffnete die Augen einen Spalt und sah Bäume am Fenster vorbeifliegen. Sie dachte: Es ist nichts weiter, ich bin krank, sie fahren mich ins Krankenhaus. Aber warum ist die Musik so laut?

Doch im nächsten Augenblick erinnerte sie sich: Sie war entführt worden. Diese Leute kamen von Fjodor. Schreien und sich wehren war zwecklos. Sie könnten sie töten.

Sonja kämpfte Angst und Übelkeit nieder und überlegte, wie sie sich am besten verhalten sollte: so tun, als sei sie noch nicht wach, oder doch versuchen, die Tür aufzureißen und aus dem Auto zu springen.

Sie lag halb auf dem Rücksitz, den Kopf in den Nacken gelegt und die Beine angezogen. Das Auto fuhr sehr schnell, mindestes hundertzwanzig. Die Türen waren verriegelt. Neben Sonja saß die dünne Frau mit den gefärbten kurzen Haaren. Ohne den Kopf zu bewegen, erkannte Sonja ihr spitznasiges Profil. An ihrem Ohr funkelten drei Ohrringe, an ihrem Hals baumelte eine billige hellblaue Kette. Die Frau war höchstens dreißig. Sie sah Sonja nicht an, sie starrte geradeaus, auf die holprige Moskauer Vorortchaussee.

Der Mann am Steuer kam Sonja sehr jung vor. Sein Gesicht konnte sie nicht sehen, nur den akkuraten weißblonden Hinterkopf. Wenn ihre Hände ihr gehorchen würden, könnte sie ihm einen heftigen Faustschlag versetzen. Aber was hätte sie davon? Sie würden ihr wieder Gas ins Gesicht sprühen. Obwohl – im Auto war das schwierig, selbst bei offenen Fenstern. Vielleicht würden sie sie verprügeln und fesseln. Die Frau mit den drei Ohrringen sah aus wie eine Ratte. Mit einem gefesselten Kind durch die Stadt zu fahren, hätten sie vermutlich nicht riskiert – wenn sie nun von der Verkehrsmiliz angehalten wurden? So sah es aus, als sei das Kind eingeschlafen. Aber nun waren sie nicht mehr in der Stadt, sondern auf einer menschenleeren Chaussee. Nun konnten sie Sonja sehr wohl fesseln und ihr den Mund zukleben.

Wenn Vera nach Hause kommt, verständigt sie bestimmt gleich die Miliz. Sie weiß garantiert sofort, was los ist, aber auf der Miliz muß sie erst alles lange und umständlich erklären, eine Anzeige schreiben. Bis die Fahndung ausgelöst ist, haben sie mich längst irgendwo versteckt.

Übelkeit stieg in ihr hoch. Sie fühlte, daß sie sich gleich übergeben mußte. Sie schluckte krampfhaft. Die Frau wandte sich ihr zu. Ja, sie sah wirklich aus wie eine Ratte. Niedrige Stirn, spitze Nase, böse kleine Augen.

»Ich muß gleich brechen«, sagte Sonja.

»He, sie versaut mir das ganze Auto!« sagte der Fahrer nervös. »Hast du eine Tüte dabei?«

»Ich kann nicht mehr«, stöhnte Sonja, »halten Sie an.«

Sie konnte sich durchaus beherrschen, spürte aber, wie besorgt der Fahrer um sein Auto war. Also sollte er ruhig anhalten. Weit würde Sonja zwar nicht kommen, aber vielleicht waren da ja irgendwelche Leute ...

Die Frau griff in ihre Handtasche, und Sonja erblickte eine kleine Pistole.

Eine Gaspistole, dachte sie, aber vielleicht auch eine richtige. Geladen ... Au weia!

»Keine Tricks«, sagte die Ratte warnend. »Du brauchst nich aussteigen. Ich mach dir die Tür auf. Uns is egal, ob du tot bist oder lebendig. Kapiert?«

Sonja kapierte und war furchtbar wütend. So wütend, daß die Übelkeit wie weggeblasen war.

Das Auto fuhr auf den Randstreifen. Sonja löste die Türverriegelung und öffnete die Tür. Die Ratte preßte ihr die Pistolenmündung in den Rücken.

Ich denke einfach, es ist nur eine Gaspistole, sagte sich Sonja, sonst kann ich mich nicht rühren.

Sie streckte langsam ein Bein aus dem Auto und beugte sich ein wenig vor, wobei sie die kalte Pistole durch ihr dünnes T-Shirt hindurch spürte. In einer Hand hielt die Ratte die Pistole, die andere krallte sie in Sonjas Schulter.

Wenn es eine richtige Pistole wäre, würde sie mich nicht so festhalten, dachte Sonja, spannte sich wie eine Saite, richtete sich ruckartig auf und schlug mit dem Kopf heftig aufs Geratewohl nach hinten aus.

Vermutlich hatte sie die Ratte am Kinn getroffen, denn sie war gegen etwas Hartes geprallt. Die Hand an ihrer Schulter lockerte sich für einen Augenblick. Sonja stürzte aus dem Auto, sprang über einen flachen Graben und rannte, ohne sich umzusehen, in ein Wäldchen.

Sie hörte: Die Ratte und der Fahrer kamen hinterher, stapfend und laut fluchtend. Irgendwo in der Nähe quietschten Bremsen, aber Sonja achtete nicht darauf. Sie stolperte über einen Stein und stieß sich mit voller Wucht den großen Zeh. Sie trug offene Sandalen, und es tat höllisch weh.

»Mama!« schrie Sonja. »Hilfe! Hilfe! Ist da jemand?« Ein paar Meter hüpfte sie auf einem Bein. Nein, so würde sie nicht weit kommen ...

Jemand packte sie grob an den Haaren. Sonja wand sich, trat gegen ein Knie. Doch nun war auch die Ratte heran, sie hielten Sonja zu zweit. Die Pistolenmündung war auf ihr Gesicht gerichtet.

Da ertönte ein Schuß. Dann noch einer.

Sie ist echt, dachte Sonja. Die Pistole ist echt.

Der blonde Fahrer fiel direkt auf sie. Sie sah seine Augen – ganz weiß, merkwürdig hervorquellend und leer, wie die einer Puppe. Neben ihr plumpste etwas zu Boden, schwer und weich. Die Rattenfrau fiel mit dem Gesicht nach unten.

Die Bäume, die Wolken, ein Stück Chaussee mit dem weinroten Shiguli am Straßenrand – das alles wirbelte auf einmal pfeifend im Kreis, als säße Sonja in einem Karussell, das sich wie rasend drehte, weil der Karussellführer verrückt geworden war. Sie mußte abspringen, aber das würde sie nicht überleben …

»Hab keine Angst, Sonja, es ist alles vorbei …« Ein Unbekannter hob sie hoch. Sie sah ein junges, beinahe knabenhaftes Gesicht vor sich und klare, helle Augen. Ein kleiner Mann in kariertem Hemd hielt sie auf dem Arm. Sie legte die Arme um seinen Hals – er war warm und lebendig.

»Wer sind Sie?« fragte sie, als er sie aus dem Wald getragen und auf den Rücksitz eines gelben Moskwitsch gebettet hatte.

»Ich heiße Wolodja«, sagte er, setzte sich ans Steuer, ließ den Motor an und wendete. »Wie geht es dir?«

»Ich weiß nicht. Haben Sie was zu trinken?«

»Neben dir liegt eine Jacke, in der Tasche ist eine Dose Sprite.«

»Sind Sie von der Miliz?«

»Nein, ich bin für mich allein.«

Sonja griff nach der Jacke aus dünnem hellgrauem Segeltuch und ertastete in der großen Tasche irgendwelche schweren Gegenstände.

»Vorsicht«, sagte Wolodja, »in der rechten Tasche sind Granaten, die Sprite ist in der linken. Nicht verwechseln.«

»Granaten – du meinst Granatäpfel?« fragte Sonja.

»Nein, echte Granaten. Keine Angst, sie explodieren nicht. Aber faß sie trotzdem lieber nicht an. Hast du die Sprite gefunden?«

Er fuhr sehr schnell in Richtung Moskau und schaute unentwegt auf die Straße.

»Hab ich. Wozu brauchen Sie denn Granaten?« Sonja öffnete die Dose, trank gierig einige Schlucke und hielt sie dann Wolodja hin. »Möchten Sie?«

Er löste eine Hand vom Steuer, nahm ihr die Dose ab, trank ein wenig und reichte sie ihr zurück.

»Hast du einen Wohnungsschlüssel?«

»Ja.« Sonja vergewisserte sich für alle Fälle noch einmal – der Schlüssel lag in ihrer Shortstasche. »Warum?«

»Wenn wir da sind, bleibst du im Auto. Ich gehe hoch. Ich muß ganz leise in die Wohnung kommen, ohne zu klingeln. Bestimmt ist er schon dort. Hauptsache, ich schaffe es.«

Sonja wußte genau, wen Wolodja meinte, und fragte nur: »Woher wissen Sie, daß er ein Bandit ist?«

»Er hat meine Familie getötet. Meine Mama, meinen Papa und meine Oma. Die Miliz ist seit drei Jahren vergeblich hinter ihm her. Länger sogar.«

»Und deshalb wollen Sie selber …? Verfolgen Sie ihn schon lange?«

»Schon lange, Sonja, schon sehr lange.«

»Sie haben also bei uns auf dem Hof gewartet, gesehen, wie ich ins Auto gezerrt wurde, und sind hinterhergefahren? Woher wissen Sie, wie ich heiße?«

»Das hab ich zufällig mal gehört. Ich kenne auch Vera. Das heißt, nein, kennen stimmt nicht. Aber sie sieht aus wie meine Großmutter in ihrer Jugend. Auf alten Fotos.«

»Wenn Sie wußten, daß er ein Bandit ist, warum sind Sie nicht zu Vera oder mir gekommen und haben uns gewarnt?«

»Das wollte ich erst. Aber dann habe ich mir gedacht, ihr würdet mir sowieso nicht glauben. Stell dir vor, da kommt ein Wildfremder zu dir und erzählt dir so was. Und selbst wenn ihr mir geglaubt hättet – was hättet ihr mit ihm gemacht?«

»Wir wären zur Miliz gegangen. Und warum sind Sie nicht zur Miliz gegangen?«

»Ich kann nicht zur Miliz gehen. Sie würden mich verhaften. Verstehst du, während ich ihn verfolgt habe, ihm auf den Fersen war, da habe ich … Jedenfalls, ich habe mehrere Menschen getötet. Und eben gerade noch zwei.«

»Sie haben mich gerettet. Sie sind nicht schuld. Dafür kann man Sie nicht verhaften.«

»Doch.«

Sonja schwieg eine ganze Weile, schließlich fragte sie: »Den mit der offenen Hose, haben Sie den erschossen?«

»Ich bin zufällig in das Haus gegangen, weil es anfing zu regnen. Und da hab ich gesehen ... Ich weiß, was Asthma bedeutet. Hätte das Mädchen keinen Anfall bekommen, hätte ich vielleicht nicht auf ihn geschossen. Ich weiß ja, er ist krank, verrückt, aber ich konnte mich einfach nicht beherrschen.«

»Ich hätte mich auch nicht beherrscht. Das Mädchen heißt Lida. Es geht ihr schon besser. Sie ist von der Intensivstation auf die normale verlegt worden. Haben Sie nur ihn getötet? Und diese beiden? Mehr nicht?«

»Doch ...«

Zum erstenmal konnte Wolodja sich aussprechen. Seine Stimme klang dumpf und ausdruckslos. Sonja hörte mit angehaltenem Atem zu. Sie hatten längst Moskau erreicht. Wolodja fuhr nicht mehr ganz so schnell, um nicht von der Miliz gestoppt zu werden.

»Und was wird, wenn Sie ihn getötet haben?« fragte Sonja leise, als er fertig war.

»Ich weiß nicht. Wir sind gleich da. Du bleibst im Auto. Steig auf keinen Fall aus. Hast du eine Uhr?«

»Nein.«

»Schön. In der Jacke ist eine kleine Innentasche mit Reißverschluß, zieh den mal auf.«

Vorsichtig holte Sonja ein rundes goldenes Döschen an einer dicken, kurzen Kette heraus.

»Donnerwetter!« Sie stieß einen Pfiff aus. »Die ist ja richtig antik. Solche hat man früher in der Westentasche getragen. Geht die etwa noch?« Sie hielt sich die Uhr ans Ohr und hörte leises, aufgeregtes Ticken. »Darf ich sie mal aufmachen?«

»Da an der Seite ist ein kleiner Knopf, da mußt du draufdrücken. Du wartest zwanzig Minuten. Wenn ich nach zwanzig Minuten nicht rauskomme, gehst du zur Miliz. Weißt du, wo die Miliz ist?«

»Ja. Er wird doch Vera nicht töten, oder?«

»Erst will er von ihr eine bestimmte Information. Er will etwas von ihr. Wenn er sie einfach töten wollte, hätte er das längst getan. Ich schaffe es noch. Sie wird ihm ja nicht sofort verraten, was er wissen will.«

»Sie hat keine Ahnung, was er eigentlich von ihr will. Sie wollte ihn heiraten. Stellen Sie sich das mal vor, heiraten wollte sie ihn!«

»Genug jetzt«, fiel Wolodja ihr ins Wort, »wir haben sehr wenig Zeit. Hör mir gut zu. Bei der Miliz sagst du die Adresse und daß Skwosnjak dort ist. Hast du verstanden? Skwosnjak.«

»Und wenn er zuerst aus dem Haus kommt?« fragte Sonja vorsichtig.

»Dann gehst du auch zur Miliz, aber paß auf, daß er dich nicht entdeckt. Du gehst hin und erzählst alles.«

»Sie werden mir nicht glauben.«

»Zuerst vielleicht nicht. Aber dann werden sie müssen. Und noch eins: Wenn ich nicht zurückkomme, dann behalte die Uhr. Aber mach sie nicht kaputt und verlier sie nicht, in Ordnung? Die hat schon mein Urgroßvater getragen.«

»Sie kommen zurück«, sagte Sonja überzeugt, »das weiß ich genau.«

»Semjon? Schön, von dir zu hören. Was macht die Gesundheit? Wie geht's Mascha?« Der grollende Baß des Generals dröhnte am Telefon derartig, daß es im Ohr kitzelte.

»Alles in Ordnung, Gena, danke. Sag mal, wer bearbeitet bei dir den Fall Skwosnjak?«

Im Hörer trat eine Pause ein. Der General schnaufte.

»Wieso?« fragte er schließlich.

»Weil ich dir die Adresse nennen kann, wo deine Jungs ihn in den nächsten vierundzwanzig Stunden festnehmen können.«

Der General lachte brummend und mit einem Pfeifen.

»Hör mal, haben wir heute den ersten April?«

»Gena«, sagte Katz entschieden, »wir beide sind zu alt für solche Scherze. Eben waren zwei junge Leute bei mir. Sie sind im Besitz von Informationen, die Skwosnjak unbedingt braucht. Was für Informationen das sind, wissen sie nicht, aber das spielt jetzt auch keine Rolle. Schreib einfach die Adresse auf, und schick so schnell wie möglich eine Einsatzgruppe hin.«

»Schön, leg los, ich schreibe mit« – selbst am Telefon spürte Katz, daß der General herablassend lächelte.

Er diktierte langsam Adresse, Telefonnummer und Türcode von Vera Saltykowa.

»Hast du alles aufgeschrieben, Gena?«

»Hab ich, Semjon. Danke für die Information. Ich nehme sie zur Kenntnis.«

»Du sollst nicht zur Kenntnis nehmen, du sollst was unternehmen. Und zwar sofort. Oder soll ich die 02 anrufen, dem Diensthabenden alles erklären?«

»Semjon, du weißt, was ich von dir halte, aber belehr mich bitte nicht, ja? Hinter Skwosnjak ist seit Jahren die halbe Petrowka her, und du rufst einfach an und erzählst mir was von irgendwelchen jungen Leuten, und ich soll die Adresse aufschreiben. Das ist doch lächerlich, wirklich.«

»Erstens sind das nicht irgendwelche jungen Leute. Erinnerst du dich an Oberst Kurbatow? Du hast ihn gekannt.«

»Ach, der Tschekist, der sich erschossen hat? Ja, ich erinnere mich.«

»Also. Die Witwe des Obersten hatte zwei Söhne, nun hat sie nur noch einen. Wenn du nicht gleich eine Einsatzgruppe zu dieser Adresse schickst, Gena, dann kriegst du heute drei Leichen. Den Sohn des Obersten, eine Frau um die Dreißig und ein zehnjähriges Mädchen. Vielleicht sogar vier. Noch eine ältere Frau, Kinderärztin. Sie alle sind Zeugen. Und du weißt, was Skwosnjak mit Zeugen macht. Und eure ganze Petrowka wird ihn noch mal drei Jahre jagen.«

»Schon gut, Semjon, reg dich nicht auf, ich habe verstanden.«

Der General legte auf, rief seinen Adjutanten zu sich und fragte mürrisch: »Wer arbeitet im Moment am Fall Skwosnjak?«

»Die Gruppe von Major Uwarow, Genosse General«, meldete der Adjutant.

»Schick mir Uwarow her.«

»Zu Befehl, Genosse General.«

Nach fünf Minuten teilte der Adjutant ihm mit: »Genosse General, Uwarow ist mit seiner Gruppe außerhalb von Moskau im Einsatz, an der Station Lugowaja.«

»Was ist das für ein Einsatz?«

»Die Festnahme eines Kapitalverbrechers. Sie verhaften Skwosnjak, Genosse General.«

»Sie verhaften ihn schon? In Lugowaja? Na, sehr schön. Halt mich auf dem laufenden. Und sobald sie ihn festgenommen haben, schick Uwarow zu mir.«

»Zu Befehl, Genosse General«, antwortete der Adjutant und salutierte.

Einunddreißigstes Kapitel

»Jetzt können wir nur noch nach Hause gehen und warten«, sagte Vera. »Nun wird er uns seine Bedingungen diktieren.«

Anton schüttelte den Kopf »Vorher müssen wir zur Miliz. Selbst wenn wir alle seine Bedingungen erfüllen, wird er uns töten.«

»Wenn wir jetzt zur Miliz gehen, kriegen sie ihn vielleicht nicht. Dann entwischt er womöglich. So aber gibt es eine Chance. Eine kleine nur, aber immerhin – zumindest für Sonja. Ihr Anwalt hat inzwischen schon den General angerufen. Ein General aus der Petrowka hat mehr Gewicht als der Diensthabende eines Milizreviers. Außerdem – von dem Anruf beim General kann Fjodor ... ich meine Skwosnjak, davon kann er nichts wissen. Aber wer garantiert uns, daß er uns im Moment nicht beobachtet? Er oder einer seiner Leute. Wir gehen zur Miliz, erklären dort lange, was los ist, schreiben eine Anzeige, aber bis sie was unternehmen, die Gegend abriegeln und in der ganzen Stadt die Fahndung auslösen, ist er längst weg. Und Sonja hat keine Chance mehr. Wir beide schon, aber sie nicht. Im übrigen können Sie ja in Ihr Auto steigen und wegfahren. Jetzt gleich. Das ist Ihre Entscheidung. Er weiß schließlich nicht, daß Sie inzwischen das Fax haben. Sonja ist für sie eine Fremde. Ich auch. Ich werde in der Wohnung auf ihn warten und dann – Zeit schinden, bis zum letzten.«

Vera sprach ganz ruhig, nur ihr Gesicht war so blaß, daß es bläulich wirkte.

»Ach Vera«, seufzte Anton, »nur weil Sie den erstbesten heiraten wollten und dabei an einen Banditen geraten sind, dürfen Sie nicht gleich von allen Menschen schlecht denken. Gehen wir. Wir sollten lieber vor ihm in der Wohnung sein. Haben Sie ein k.o.-Spray zu Hause?«

»Nein.« Vera lächelte dankbar. »Nur ein Raumspray. Außerdem ein kleines Fleischerbeil, einen Hammer und ein Bügeleisen. Und ein paar scharfe Küchenmesser. Aber das nützt nichts. Wir müssen mit ihm reden, mit ihm verhandeln – so ruhig und so lange wie möglich. Erst Sonja – lebend und unversehrt. Dann alles andere.«

Vera öffnete die Tür, und Anton sah, daß ihre Hand nicht mehr zitterte.

Irgend etwas in ihr hatte sich verändert in den paar Minuten Weg zum Haus und die Treppe hinauf. Sie war merkwürdig ruhig. Nur ihr Gesicht war noch immer blaß.

Sobald sie in der Wohnung waren, griff Anton zum Telefon – er wollte den alten Anwalt anrufen, ihm sagen, daß das

Kind entführt worden war. Im Hörer herrschte Grabesstille. Kein Tuten. Das Telefon war defekt.

Er legte auf und hörte hinter sich eine ruhige Männerstimme fragen: »Du hast doch das Telefon selber lahmgelegt, Kurbatow. Also, was soll das Theater?«

Der Laden an der Bahnstation Lugowaja war wegen Inventur geschlossen. Die windschiefe Hütte stand seit Ende der Fünfziger hier, darauf prangte ein von Regen und Sonne verwittertes Holzschild mit der vielversprechenden Aufschrift: »LEBENSMITTEL«.

Es roch nach erhitztem Staub und Kamille. Der alte Eichenhain war von der Hitze des Junimittags durchglüht. Aus der Ferne drangen das Muhen von Kühen und das trockene Peitschenknallen des Hirten herüber.

Über dem flachen Dach des Lebensmittelladens erhob sich eine dreihundertjährige riesige Eiche. In seiner dichten Krone saß ein Scharfschütze. Ihm war nicht heiß, er hatte nur schreckliche Lust auf eine Zigarette.

Ein weiterer Scharfschütze lag auf dem Blechdach über den Fahrkartenschaltern. Das Blech war glühend heiß, die Äste der paar Birken, die über dem Dach hingen, schützten nicht vor der Hitze, immerhin aber vor neugierigen Blicken. Drei Einsatzkräfte in orangeroten Westen machten sich an den Gleisen zu schaffen. Zwei weitere spielten Fahrgäste, die auf den Zug warteten.

Die Zeit verging elend langsam. Nichts ist so zermürbend wie langes, angespanntes Warten. Die Augen fallen einem zu, besonders in der weichen Junisonne, an der frischen Luft …

»Sieh mal, er ist zu früh, eine Viertelstunde.« Malzew wurde munter, als Tschuwiljows salatgrüner Skoda um die Ecke bog.

Tolja parkte hinterm Laden, blieb eine Weile im Wagen sitzen, stieg dann aus, lief um die Hütte herum, hielt vor der mit einem Vorhängeschloß verriegelten Tür inne, studierte lange die Fetzen alter Annoncen und die mit einer Reißzwecke angepinnte Heftseite mit der Aufschrift »Inventur«. Dann schaute er sich beunruhigt nach allen Seiten um, sah auf die Uhr, lief auf und ab und setzte sich schließlich unter einer Eiche ins Gras, genau unter der, auf der der Scharfschütze saß. An den breiten Stamm gelehnt, zündete er sich eine Zigarette an. Sah noch einmal auf die Uhr.

»Als ob er auf sein geliebtes Mädchen wartet«, bemerkte Malzew, »so nervös ist er.«

»Ich bin auch nervös«, knurrte Uwarow.

Fünfzehn Minuten vergingen, eine halbe Stunde. Tschuwiljow hatte eine weitere Zigarette geraucht, war auf den Bahnsteig gegangen, hatte den Fahrplan studiert und sich dann wieder unter die Eiche gesetzt.

Nun war eine Stunde vergangen. Inzwischen waren drei Züge aus Moskau und zwei nach Moskau gekommen. In Lugowaja stieg um diese Zeit kaum jemand aus. Tschuwiljow setzte sich wieder in sein Auto, holte eine Tüte Apfelsaft heraus und einen Plastikbecher, schaltete das Radio ein.

Den Scharfschützen schliefen Arme und Beine ein. Der Mann auf der Eiche rauchte klammheimlich eine Zigarette, die er in der Faust verbarg.

Eine weitere halbe Stunde verging.

Tschuwiljow lief ein letztes Mal um den Laden herum, dann stieg er ins Auto und ließ den Motor an.

»Hör mal, Jura, vielleicht nehmen wir wenigstens den hier fest, damit es nicht ganz so frustrierend ist?« meinte Malzew.

»Der läuft uns nicht weg.« In Uwarows Hand klingelte leise das Telefon.

»Major Uwarow? Hier spricht Hauptmann Sintschenko. Ich verbinde Sie mit dem General.«

Gleich darauf ertönte im Hörer der grollende Baß des Generals.

»Wie sieht's aus bei euch? Habt ihr ihn endlich?«

»Guten Tag, Genosse General«, sagte Uwarow, »nein, wir haben ihn nicht. Er ist nicht gekommen.«

»So-o«, sagte der General nachdenklich. »Nun, ich habe hier einen Tip bekommen. Schick doch mal deine Jungs hin, vielleicht habt ihr ja da Glück. Vermutlich nicht, aber überprüft das für alle Fälle.«

Jetzt war wieder der Adjutant dran. Er nannte Uwarow die Adresse. Uwarow kannte sie: Es war die Adresse von Vera Saltykowa.

In dem großen Flurspiegel über dem Telefontischchen sah Anton das Gesicht von Skwosnjak und das bleiche, fast durchsichtige Gesicht von Vera.

»Stehenbleiben. Keine Bewegung.« Skwosnjak hielt eine Pistole in der Hand, die Mündung direkt auf Antons Hinterkopf gerichtet. »Geh rüber ins Zimmer. Ganz langsam. Hände hinter den Kopf.«

Anton hob die Arme und drehte sich um. Nun zielte die Pistole auf seine Stirn.

»Er tötet ohne jede Waffe, mit bloßen Händen, mit einem einzigen Schlag.« Die Worte des alten Anwalts hallten in seinem Kopf wider wie eine akustische Halluzination.

Anton machte ein paar vorsichtige Schritte auf die Mündung zu. Skwosnjak wich zurück und ließ ihn vorbeigehen, ins Zimmer. Vera rührte sich nicht. Anton dünkte es, als atme sie nicht einmal.

»Setz dich auf den Stuhl. Ja, so. Hände oben lassen. Vera, auf deinem Schreibtisch liegt eine Rolle Klebeband. Wickle ihm das um die Hände. Keine Angst, unter der Pistole wird er sich nicht mucksen.«

»Nein«, sagte Vera leise.

»Mädchen, meine Liebe, meine Gute, du hast schon genug Dummheiten gemacht. Denk an Sonja.«

»Hat er auch das Klebeband mitgebracht?« fragte Vera leise.

»Nein. Das Klebeband habe ich mitgebracht. Du warst nicht zu Hause, als ich's gekauft hab, vor drei Tagen – für alle Fälle. Du hast es einfach vergessen. Du bist ja so zerstreut, meine liebe Vera. Sei ein kluges Mädchen. Tu, was ich dir sage. Dann können wir Sonja retten.«

»Gib mir die Pistole, Fjodor«, sagte Vera ruhig.

»Gut«. Skwosnjak nickte. »Komm zu mir. Komm her und nimm sie. Solange er nicht gefesselt ist, mußt du die Mündung auf ihn richten. Hast du verstanden? Schaffst du das? Wirst du keine Dummheiten mehr machen?«

Vera tat ein paar langsame, vorsichtige Schritte. Skwosnjak legte ihr die Pistole in die Hand. Im selben Moment sprang Vera ein Stück zur Seite und richtete die Pistole auf ihn.

»Wo ist Sonja?«

»Vera, mein Sonnenschein, mein Liebes, beruhige dich.« Skwosnjak Stimme klang zärtlich und ein wenig heiser. »Er hat dir eingeredet, ich sei ein Bandit, ein Mörder. Womöglich hat er dir sogar irgendwelche Beweise vorgelegt. Das ist ein Bluff ...«

Anton saß reglos da. Er starrte wie gebannt auf Veras Hand mit der Pistole. Skwosnjak setzte sich seelenruhig in einen Sessel, den er so rückte, daß er hinter Anton saß.

»Wo ist Sonja?« wiederholte Vera leise. »Erst will ich Sonja sehen, lebend und unversehrt, dann reden wir über alles andere.«

»Ich hatte so gehofft, wir müßten keine Zeit verschwenden mit langen Erklärungen«, sagte Skwosnjak und seufzte traurig. »Ich hatte auf deinen gesunden Menschenverstand gehofft, Vera. Denk dran, die Zeit läuft. Sonjas Zeit. Hast du wirklich noch immer nicht begriffen, daß seine Leute sie entführt haben? Ich hatte dich doch gewarnt. Ich war nicht zufällig so mißtrauisch, als er gestern hier aufkreuzte und die Maskerade mit dem Computer aufgeführt hat. Du hast mich noch als Flegel beschimpft, dich bei ihm für mich entschuldigt. Du wolltest unbedingt allein, ohne mich, herausfinden, wer dieser Kurbatow ist. Du hast dich mit ihm getroffen, ohne mir ein Wort davon zu sagen. Er hat dir lauter Schauergeschichten über mich erzählt, und das ist nun das Resultat. Er hat das Kind entführt. Hast du ihm die Faxe gegeben?«

»Ja«, sagte Vera, »alle Informationen, die er haben wollte, hat er inzwischen.«

»Offenbar nicht alle, wenn er Leute engagiert, um das Kind zu entführen. Er will noch irgend etwas von dir. Er sagt nichts, weil er nicht erwartet hat, mich hier vorzufinden, er dachte, du bist allein, hilflos und schwach, und er kann dir mühelos seine Bedingungen diktieren. Aber ich bin bei dir, Vera. Er wird uns gleich sagen, wo Sonja ist. Er wird sogar mit uns zu ihr fahren. Er hat jetzt keine Wahl mehr.«

Anton bemerkte, daß Vera aus den Augenwinkeln vorsichtig auf ihre kleine Armbanduhr sah. Er selbst fühlte die Zeit auch ohne Uhr. Es waren höchstens vierzig Minuten vergangen, seit der alte Anwalt den General in der Petrowka angerufen hatte.

»Stimmt, ich habe noch nicht alle Informationen«, sagte Anton langsam, »das Wichtigste fehlt. Die Informationen sind chiffriert, und mir fehlt der Schlüssel. Ich habe gestern in Ihrem Computer danach gesucht, Vera. Aber ich habe ihn nicht gefunden. Sie haben Ihr Faxgerät an den Computer angeschlossen, und der Schlüssel für den Code ist da drin. Ein Teil der Informationen ist direkt im Computer gelandet. Vom Fax in den Computer.«

Vera warf ihm einen raschen Blick zu, ihre Lippen zitterten leicht.

Diese kühne Improvisation konnte nur jemand schlucken, der nicht die geringste Ahnung von der Arbeit mit Computern und Faxgeräten hatte.

»Na siehst du, Vera. Siehst du, wie einfach das Ganze ist?« fragte Skwosnjak. »Du machst den Computer an, suchst diesen verdammten Schlüssel, und dann gibt er uns Sonja zurück.«

»Nein« – Vera schüttelte den Kopf –, »erst Sonja, dann der Codeschlüssel.«

»Vera, hör auf zu feilschen! Die Zeit läuft. Schalt den Computer ein, und such ihm raus, was er verlangt. Was willst du mit diesem Codeschlüssel? Du willst Sonja zurück.«

»Gut, dann soll er sich selber an den Computer setzen.« Vera sah Anton an. «Ich sage ihm, wie er an die nötigen Dateien rankommt. Ich muß die Pistole in der Hand behalten.«

»So hast du uns beide im Visier.« Skwosnjak lächelte. »Und ich dachte, du hast endlich alles verstanden ... Nein, Vera, du setzt dich an den Computer. Er bleibt, wo er ist.«

»Ich rühre keinen Finger, bevor ich Sonja gesehen habe.«

Die Balkontür stand offen. Ganz in der Nähe heulte eine Milizsirene. Im nächsten Augenblick sah Vera, wie Antons Kopf hilflos nach hinten sank und seine erhobenen Arme schlaff herabfielen wie bei einer Stoffpuppe. Sie begriff nicht, was geschehen war. Skwosnjak saß nicht mehr im Sessel, er stand dicht neben ihr.

Die Milizsirene war verstummt, in der Ferne verhallt.

»Komm mir nicht zu nahe«, flüsterte Vera und trat einen Schritt zurück. »Ich schieße.«

»Vera, wirf den Computer an. Die Zeit ist knapp.«

»Was hast du mit ihm gemacht?«

»Ich hab ihn für fünf Minuten ausgeschaltet. Du hättest ihm die Hände fesseln sollen.« Skwosnjak kam noch einen Schritt auf sie zu. »Du willst doch nicht im Ernst auf mich schießen, meine Liebe? Ich war im Grunde dein erster Mann. Abgesehen von dem bärtigen Schwachkopf.«

Bevor er den nächsten Schritt machte, drückte Vera auf den Abzug. Ihr Finger krümmte sich ganz von selbst, ohne ihr Zutun. Es ertönte kein Schuß, nur ein trockenes Knacken.

Natürlich, die Pistole ist nicht geladen, Skwosnjak tötet ohne Waffe, dachte Vera ruhig und wie abwesend.

Im nächsten Augenblick durchfuhr sie ein so unglaublicher Schmerz, daß sie nicht einmal schreien konnte.

»Nein«, sagte Skwosnjak, »du wirst nicht das Bewußtsein verlieren wie Kurbatow. Ich werde dir so lange weh tun, bis du dich an den Computer setzt. Der nächste Schlag macht dich zum Krüppel.«

Vera kam vor Schmerz überhaupt nicht richtig zu sich. Der Schmerz saß innen, irgendwo unter dem Sonnengeflecht, und sie konnte kaum atmen.

Plötzlich sank Skwosnjak irgendwie seltsam zusammen. Als er umfiel, stand Anton da, einen alten marmornen Briefbeschwerer in der Hand. Er hatte Veras Urgroßvater gehört und viele Jahre nur zur Zierde auf dem Schreibtisch gestanden.

»Wir müssen ihn schnell fesseln, sehr schnell.« Anton nahm das Klebeband und riß mit den Zähnen ein Stück davon ab. »Hol irgendwas, ein Laken, einen Gürtel ...«

Vera rannte zum Schrank und griff nach dem ersten, das ihr in die Hand fiel – ein dünner Lackledergürtel. Hinter ihr polterte es. Als sie sich umdrehte, lag Anton auf dem Boden, Skwosnjak hatte ein Knie auf seiner Brust, dann wälzte er sich mit dem ganzen Körper auf ihn und würgte ihn. Anton versuchte sich zu wehren.

Skwosnjak, obgleich er sich noch nicht völlig erholt hatte von dem Schlag auf den Kopf, war dennoch wesentlich stärker und gewandter. Vera begriff auf einmal, daß es ihm jetzt nicht mehr darum ging, etwas zu erfahren. Er wollte nur noch töten. Er würde Anton töten und dann sie. Und Sonja? Und Mama?

»Du kannst ihn nicht töten!« rief Vera. »Wenn du ihn tötest, erfährst du nicht, was du wissen willst!«

Skwosnjaks Hände lagen an Antons Kehle.

»Rede, du Schwein!« keuchte er und drückte immer fester zu. »Rede, sonst krepierst du! Na los!«

Antons Gesicht war dunkelrot. Vera griff nach dem Briefbeschwerer, doch Skwosnjak schnellte hoch wie eine Feder, schleuderte sie ans andere Ende des Zimmers und legte gleich wieder die Hände um die Kehle des röchelnden Anton.

Vera prallte mit dem Kopf gegen eine Ecke der Eichenkommode. In diesem Augenblick krachte im Zimmer ein Schuß.

Skwosnjak stöhnte heiser und sprang auf. Oben auf dem linken Ärmel seines hellblauen Hemdes breitete sich langsam ein rotbrauner Fleck aus.

Den kleinen Mann in der leichten, hellen Jacke mit der Pistole in der Hand sah Vera erst, als Skwosnjak sich auf ihn stürzte. Die Pistole flog augenblicklich unter die Couch.

Sie ist geladen, aber nicht mehr zu erreichen, dachte Vera mechanisch.

Woher kam dieser Bursche in der hellen Jacke plötzlich? Wie war er in die Wohnung gelangt? Er war sehr klein, einen Kopf kleiner als Skwosnjak und mit Sicherheit schwächer als dieser. Animalische Wut verlieh dem verwundeten Skwosnjak neue Kräfte. Ungewiß, wie der Kampf ausgehen würde. Sie mußte etwas tun!

Vera versuchte aufzustehen, aber es ging nicht, ihre Beine versagten den Dienst, und ihr war furchtbar schwindlig. Anton lag reglos vorm Tisch, mit nach hinten gesunkenem Kopf und halboffenem Mund.

Sie kroch zu ihm, legte ein Ohr an seine Brust und konnte nicht ausmachen, ob das, was sie hörte, sein Herzschlag war oder ob ihr eigenes Herz so ohrenbetäubend hämmerte. Anton hustete heiser und krampfhaft. Vera hob seinen Kopf an, aber ihre Arme waren kraftlos, sie spürte, daß sie das Bewußtsein verlor, das Zimmer drehte sich vor ihren Augen und entschwebte in klingendes, leeres Dunkel.

Hinter der Wand bellte Matwej wie rasend. Als sie die Wohnung betreten hatten, war der Hund sofort ins Nebenzimmer gerannt und hatte sich unterm Tisch verkrochen.

Die Tür war hinter ihm zugeklappt, er konnte sie nicht öffnen und heulte und tobte. Aber niemand hörte ihn.

Wolodja prügelte sich zum erstenmal im Leben. Natürlich hatte er sich als Kind hin und wieder geschlagen, aber so wie jetzt, auf Leben und Tod, noch nie. In einer hinteren Ecke seines Bewußtseins war ihm klar: In diesem Duell würde er unterliegen. Obwohl Skwosnjak verletzt war.

Der Kampf schien eine Ewigkeit zu dauern, dabei waren erst einige Minuten vergangen. Wolodja wich den Schlägen aus und zog sich dabei zur offenen Balkontür zurück.

Vera und Anton waren endlich wieder auf die Beine gekommen.

»Lauft weg!« rief Wolodja ihnen zu.

Er und Skwosnjak rangen auf dem Balkon weiter. Unten sammelte sich eine Menschenmenge. Die Schaulustigen blickten zu dem Balkon im vierten Stock hoch.

»Was ist denn da los?«

»Wir müssen die Miliz holen! Jemand muß die Miliz anrufen!«

Skwosnjak preßte Wolodja gegen das zierliche Balkongitter.

Die selbstgebastelte Handgranate, klein und flach, paßte in das lederne Feuerzeugetui. Er hatte nur diese mitgenommen, für alle Fälle. Die beiden größeren Granaten hatte er im Auto gelassen und Sonja streng untersagt, sie anzufassen.

Das Etui mit der Minihandgranate, die er speziell für lokale, für »Zimmerdetonationen« entwickelt hatte, war an seinem Gürtel befestigt. Er brauchte nur zwei rasche Handgriffe – das Etui aufknöpfen und an dem dünnen Drahtring ziehen.

Skwosnjak hob den Arm zum Schlag. Im nächsten Augenblick ertönte die Explosion. Die Schaulustigen schrien auf und rannten auseinander. Jemand lief zur Telefonzelle und rief die Miliz und den Notarzt an. Der Balkon war nicht herabgestürzt. Die Druckwelle hatte die Scheibe der Balkontür zerbrochen, im Zimmer war der Porzellankronleuchter von der Decke gefallen und in tausend Scherben zersplittert, die nach allen Seiten flogen. Anton hatte sich zusammen mit Vera rechtzeitig auf den Boden geworfen. Er fürchtete, die Decke würde jeden Moment einstürzen, bedeckte Veras Kopf mit seinen Händen und kniff die Augen zu.

Das Balkongitter war durchschlagen. Zwei blutüberströmte Männer stürzten vom vierten Stock auf den warmen, staubigen Asphalt. Aus einem vorm Hundespielplatz geparkten Auto sprang ein Mädchen, rannte zu dem ausgestreckten Körper des kleinen Mannes in der hellen Jacke, sank auf die Knie und weinte.

Um sie herum sammelten sich Menschen, eine alte Frau ging zu dem Mädchen und versuchte behutsam, sie aufzuheben.

»Nicht, mein Kind, sieh da nicht hin.«

Aber das Mädchen nahm nichts um sich herum wahr. Sie weinte bitterlich und sagte immer wieder: »Wolodja … Du Lieber … Warum nur?«

Eine Sirene heulte. Ein Milizauto kam auf den Hof gefahren, gefolgt von einem Kleinbus mit der Einsatzgruppe von Major Uwarow.

Uwarow erkannte ihn auf Anhieb. Die toten Augen des Heimkindes Kolja Koslow starrten in den durchsichtigen Junihimmel, an dem nur wenige schneeweiße Wolken dahinschwebten und wo ganz weit oben eine einzelne Schwalbe rasche Zickzacklinien flog.

»Gehen Sie auseinander, Bürger …«

»Nehmen Sie das Kind da weg. Zu wem gehört das Kind?«

»Steh auf, Mädchen. Kennst du diesen Mann?«

»Da dürfen Sie nicht hin! Halt!«

Durch die Menge der Schaulustigen und Milizionäre drängte sich eine blonde junge Frau und rannte zu dem Mädchen.

»Sonja ... Mein Gott ...«

»Ist das wirklich Skwosnjak, Genosse Major?« hörte Uwarow jemanden hinter sich fragen.

Er drehte sich um. Neben ihm stand ein ihm unbekannter junger Leutnant, blutjung, rothaarig, das Gesicht voller Sommersprossen.

»Ja, das ist Skwosnjak«, bestätigte Uwarow.

»Genosse Major, dem Kind hier geht es schlecht, vielleicht ein Schock oder ein Nervenzusammenbruch. Außerdem heult eine Frau neben der zweiten Leiche. Der Mann trägt keine Dokumente bei sich, nehmen wir ihn erst mal als unbekannt ins Protokoll?«

Wahrscheinlich habe ich auch einen leichten Schock, dachte Uwarow und schaute zur zweiten Leiche.

Eine junge Frau und ein etwa zehnjähriges Mädchen saßen Arm in Arm auf dem Asphalt und beweinten den zweiten Toten.

Unbekannte männliche Person um die Dreißig, klein, schmächtig, registrierte Uwarow mechanisch.

»Vera! Sonja! Lassen Sie mich doch durch!« Ein sehr blasser junger Mann mit zerschundenem Gesicht und in zerrissenem Jackett versuchte sich von einem dicken Milizoberleutnant loszureißen.

Die Stimme des Mannes klang heiser und schwach, er konnte sich kaum auf den Beinen halten.

»Das ist nicht erlaubt«, brummte der Oberleutnant und hielt seine Schulter fest umklammert. »Hörst du, was ich sage, das ist nicht erlaubt! Außerdem bist du angetrunken.«

»Ich bin nicht betrunken, lassen Sie mich durch, ich muß die beiden von hier wegbringen. Es geht ihnen schlecht, allen beiden.«

»Na dann – der Krankenwagen ist schon unterwegs, hat alles seine Ordnung.«

Uwarow ging zu der Frau und fragte sie leise: »Vera Saltykowa?«

Sie sah ihn aus verweinten leuchtendblauen Augen an.

»Ja.«

»Major Uwarow. Brauchen Sie oder das Kind medizinische Hilfe?«

»Nein, danke ... Alles in Ordnung.«

Er half beiden aufstehen und bemerkte, daß das Kind eine Faust an die Brust gepreßt hielt.

»Wie heißt du?« fragte er.

»Sonja«, antwortete das Mädchen schluchzend.

»Kann ich mal sehen, was du da in der Hand hast?«

Sie öffnete die Faust. Uwarow erkannte die antike goldene Taschenuhr.

Epilog

»Příští stanice Karlštejn«, sagte der Fahrer fröhlich ins Mikrofon.

Die morgendliche S-Bahn aus Prag war fast leer. Es fiel ein warmer Nieselregen. Der Zug kam schwerfällig zum Halten, und aus dem letzten Wagen sprangen Anton und Vera auf den Bahnsteig.

Die bonbonbunten Lichter der Ampel spiegelten sich auf dem nassen Asphalt. Die S-Bahn verabschiedete sich im traurigen Baß und fuhr ab.

Sie verließen die Landstraße und liefen lange einen gewundenen Pfad einen steilen Hügel hinauf. Unter ihnen lag die gemütliche, verschlafene Stadt. Das kleine, einstöckige Haus stand auf einer Lichtung, umgeben von dreihundertjährigen ausladenden Eichen. Stellenweise fehlten Dachziegel, von den Wänden bröckelte der Putz, die Fensterläden waren zugenagelt. Der Schlüssel lag in einer schmalen Vertiefung zwischen Wand und Sims unter einem Fenster, das zur Heiligkreuzkapelle hinausging. Das rostige Schloß ließ sich schwer öffnen. Schließlich gab die Tür mit lautem Quietschen nach.

Im Haus roch es nach Feuchtigkeit, es war dunkel und gruselig.

»Gib mir die Hand, und schau, wo du hintrittst«, sagte Anton.

Die Bodentreppe war wacklig und knarrte. Die große Sperrholzkiste mit der Aufschrift »Mokka« stand in der Ecke. Unter der Kiste lag ein kleiner Aktenkoffer. Er war nicht verschlossen. Die blitzenden Schlösser klickten weich.

Vera schrie leise auf. Im Aktenkoffer befanden sich dicke Packen Hundertdollarnoten, mit Banderolen umwickelt.

»O mein Gott ...«, hauchte Anton und starrte fassungslos auf das Geld.

Vera brachte kein Wort heraus.

Schweigend stiegen sie die Treppe hinunter, schlossen das Haus ab und gingen zurück zum Bahnhof. Ein bunter Ikarusbus kam ihnen entgegen, eine Gruppe amerikanischer Touristen lief vorbei – muntere rotwangige Greise und Greisinnen erörterten die Preise hier und die Besonderheiten der Landschaft.

»Ach ja«, besann sich Anton, als sie auf dem alten Prager Bahnhof ausstiegen, »wir sollten ein paar Hunderter tauschen und in einem guten Restaurant frühstücken.«

Sie setzten sich auf eine feuchte Bank in der Grünanlage vorm Hauptbahnhof. Anton schaute sich vorsichtig um, öffnete den Koffer und nahm ein Bündel Geldscheine heraus. Darauf stand die Summe: 10000. Er riß die Banderole auf, zog mehrere Scheine heraus und legte die übrigen zurück in den Koffer.

Als er die Scheine durch das Schalterfenster der Wechselstube schob, fiel ihm ein, daß er sie nicht einmal gezählt hatte und gar nicht wußte, wieviel er eigentlich tauschen wollte.

»Es tut mir sehr leid, mein Herr, aber dieser Schein ist falsch«, sagte die junge Frau, »und der hier auch ... Mein Herr, das hier sind acht Hundertdollarscheine, und sie sind alle falsch. Wenn Sie wünschen, kann ich einen Fachmann für eine zusätzliche Expertise anfordern und ein offizielles Protokoll anfertigen lassen.«

»Nein danke, nicht nötig.«

Das Mädchen in der Wechselstube schaute dem komischen Pärchen noch lange nach. Laut Statistik ist jede zehnte Hundertdollarnote falsch. Leute, die erfahren, daß sie kein echtes Geld in der Hand halten, sondern eine Blüte, reagieren darauf ganz unterschiedlich. Die einen sind empört, andere fangen an zu weinen, die nächsten brechen in hysterisches Gelächter aus, besonders, wenn es sich um eine große Summe handelt. Aber daß jemand einfach so, ohne die geringste Emotion und ohne zusätzliche Prüfung, das Falschgeld einfach liegenließ und wegging, das hatte das Mädchen in der Wechselstube noch nie erlebt.

Sie bummelten den ganzen Tag durch Prag, durch die Altstadt, über den Wenzelsplatz und die Karlsbrücke. Es war ein trüber, warmer Tag, über den gotischen Türmen lag ein weicher grauer Dunstschleier.

Hungrig geworden, gingen sie in ein kleines Café, aßen gebratene Špekačky, tranken Bier, rauchten und betrachteten schweigend die munteren, lauten Touristenscharen. Als sie genug hatten von dem Gewimmel, stiegen sie in eine Straßenbahn, fuhren zur Invalidovna, und Anton zeigte Vera seine alte Schule und das Reisebüro Böhm. Er überlegte, daß er zu Agneška reingehen sollte, hatte aber keine Lust dazu.

Als sie am Abend in einem Straßencafé am Hradschin saßen, stellte Anton plötzlich fest, daß der Koffer weg war. Noch vor fünf Minuten hatte er auf einem freien Stuhl an ihrem Tisch gestanden.

Sie blickten auf den Platz und sahen einen stämmigen Mann in zerknittertem Hawaiihemd und mit einem Rattenschwänzchen im Nacken, der sich mit dem Koffer in der Hand eilig vom Café entfernte.

»Unser Flugzeug geht erst morgen früh. Wir müssen irgendwo übernachten«, sagte Anton nachdenklich. »Wieviel Geld haben wir denn noch?«

»Heute morgen haben wir auf dem Flughafen jeder fünfzig Dollar getauscht«, erinnerte ihn Vera.

Sie holten ihr Geld aus den Taschen und stellten fest, daß sie noch ganze fünfhundert Kronen und etwas Kleingeld besaßen, also keine zwanzig Dollar.

»Das reicht nicht für ein Hotel. Wir könnten zu Jiří fahren, aber das möchte ich eigentlich nicht.« Anton rief den Kellner und zahlte.

»Macht nichts.« Vera lächelte. »Wir können auch auf dem Flughafen schlafen, im Wartesaal. Die Sessel dort sind sehr bequem.«

Anton nickte. »Fahren wir.«

»Zum Flughafen?«

»Nein, nach Karlštejn. Dort vermietet ein Mann am Bahnhof Zimmer, ganz billig.«

Aus der offenen Tür der Bierstube am Bahnhof Karlštejn drang einsames, leicht angetrunkenes Saxophonspiel. Über der verschlafenen kleinen Stadt ragten geisterhaft die Türme des Schlosses empor. Das Museum war längst geschlossen, die Einwohner gingen früh schlafen.

Mitten im leeren Saal der Bierstube spielte ein dicker Mann in Jeans und mit Tirolerhut selbstvergessen Saxophon. Als er die späten Besucher bemerkte, legte er das Instrument beiseite und lächelte.

»Guten Abend, wünschen die Herrschaften ein Bier? Ein warmes Gericht?«

»Wir suchen eine Übernachtung«, antwortete Anton. »Für zwei Personen.«

»Oh, ich habe nur ein Einzelzimmer mit Bad, für vierhundert Kronen.«

»Er hat nur ein Einzelzimmer mit Bad«, übersetzte Anton und sah sie fragend an.

Sie wußte nicht, was sie darauf antworten sollte. Sie war mit ihm nach Prag geflogen, weil er sie darum gebeten hatte. Nach allem, was geschehen war, wollte er nicht allein sein bei der Lüftung des Geheimnisses. Und sie war natürlich auch neugierig zu erfahren, was in der Kiste auf dem Dachboden lag.

Bis zu ihrer Abreise hatten sie zwei Tage lang auf die Fragen von Major Uwarow geantwortet und Protokolle unterschrieben. Im Flugzeug hatten sie angeregt ihre Eindrücke ausgetauscht. Und dann waren sie den ganzen Tag durch Prag gebummelt und hatten nicht gewußt, worüber sie reden sollten.

Der Mann mit dem Saxophon sah sie interessiert an. Er wunderte sich, daß sie schwiegen, warum ein junges Paar, das spätabends in das romantische Karlštejn kam, nicht zufrieden war mit einem Einzelzimmer mit Bad.

Die Pause zog sich in die Länge. Der Mann klopfte mit einem Fingernagel auf das Plastikmundstück des Saxophons.

Endlich, da er von Vera keine Antwort bekommen hatte, reichte Anton dem Mann entschlossen das Geld.

»Danke.«

Der drückte Anton zwei Schlüssel mit einem schweren birnenförmigen Anhänger in die Hand.

Der Wirt erklärte ihnen, welcher Schlüssel zur Eingangstür des kleinen Hotels gehörte und welcher zum Zimmer.

»Das ist auf jeden Fall besser, als auf dem Flughafen zu schlafen«, sagte Anton, als sie hinausgingen. »Wenn du willst, kann ich mich auf den Fußboden legen.«

Vera dachte plötzlich, daß sie keineswegs wollte, daß er auf dem Fußboden schlief, sagte aber nichts. Spöttisch folgte ihnen die heisere Stimme des Saxophons.

Mitte des 14. Jahrhunderts ließ Karl IV. auf einem hohen Felsen in der Nähe von Prag die Festung Karlštejn errichten. Hier wurden die Symbole legendärer Siege und der ewigen Macht des Reiches aufbewahrt, der Reichsschatz sowie das Staatsarchiv. Hier erholte sich der allergnädigste Monarch im Glanz von Gold und Edelsteinen hinter dicken Festungsmauern von seinen Staatsgeschäften. An Kapellenwänden sah er neben den Antlitzen von Heiligen und herzzerreißenden Szenen aus der Apokalypse gern auch sich selbst und seine Familie verewigt.

Bei feierlichen Messen brannten in der Heiligkreuzkapelle anderthalbtausend Kerzen auf eisernen Speeren. In den umliegenden Wäldern heulten nachts die hungrigen Wölfe. In dem kleinen gotischen Europa gingen Pest und Aussatz um. Schöne Frauen kaschierten die groben Pockennarben im Gesicht mit einer dicken Schicht weißer Schminke. Unter den Filzhüten der Bauern, den Helmen der Ritter und den Kronen der Könige wimmelten Läuse. Dic Scholastiker stritten darüber, ob ein Maulwurf Augen habe und die Unendlichkeit ein Ende. Die Alchimisten versuchten aus Blei und Quecksilber Gold zu gewinnen und dem sterblichen Leib Unsterblichkeit zu verleihen.

In schmutzigen Retorten blubberten übelriechende Mixturen, doch Blei blieb Blei, und der Tod schonte niemanden …

Die Krimi-Zarin
POLINA DASCHKOWA

Sie gilt als wichtigste Vertreterin des neuen russischen Spannungsromans. Dabei lagen ihre Anfänge auf ganz anderen Gebieten. Ende der 70er Jahre studierte Polina Daschkowa, geboren 1960 in Moskau, am renommierten Gorki-Literaturinstitut und veröffentlichte Gedichte. Später arbeitete sie für den Rundfunk, leitete die Kulturredaktion einer Wochenzeitung und war Parlamentsberichterstatterin. Daneben übersetzte sie Bücher aus dem Englischen und verfasste gelegentlich Tätergutachten für die Kriminalpolizei.

Geschult an Dostojewski und den englischen Klassikern Agatha Christie und Arthur Conan Doyle versuchte Polina Daschkowa sich Mitte der 90er Jahre an der großen Form des Kriminalromans. Nur widerwillig nahm der Pförtner eines Moskauer Verlags ihr Manuskript entgegen, das aber sofort angenommen und nur wenige Wochen später gedruckt wurde. Mit ihrem Mann, einem Dokumentarfilmer, und ihren zwei Töchtern lebt Polina Daschkowa in Moskau. Ihre ersten Romane entstanden noch am häuslichen Küchentisch. Mittlerweile hat sie ein eigenes Arbeitszimmer. Die zarte, elegante Frau, die an manchen Tagen bis zu zwanzig Seiten schreibt, bezieht ihre Kreativität, wie sie sagt, nicht aus dem Kommerz:
»Um mit Puschkin zu sprechen, ich schreibe für mich und verkaufe um des Geldes willen.«

Die Fälle der POLINA DASCHKOWA

Die leichten Schritte des Wahnsinns
Kriminalroman
Aus dem Russischen
von Margret Fieseler
454 Seiten
ISBN 978-3-7466-2372-6

Als Lena vom Tod des Bruders ihrer Freundin Olga erfährt, gerät ihr Leben aus den Fugen. Sie kann im Gegensatz zur Polizei nicht glauben, dass sich Mitja im Drogenrausch in seiner Wohnung erhängt hat. Mitja stand kurz vor seinem Comeback als Liedermacher und hatte noch nie Drogen konsumiert. Als Lena zu ermitteln beginnt, gerät sie plötzlich selbst ins Fadenkreuz der Gewalt.

»Russlands Star-Autorin Polina Daschkowa brilliert mit diesem Polit-Thriller.« VOGUE

Die leichten Schritte des Wahnsinns
Kriminalhörspiel
2 CDs. 99 Min.
ISBN 978-3-89813-315-9

Niemand schreibt so fesselnd und so atmosphärisch wie Polina Daschkowa – die unterhaltsamste und authentischste Dokumentarin des »neuen Russlands«. Natalia Wörner und Axel Milberg in einer meisterhaften Inszenierung des Westdeutschen Rundfunks.

»Wie ein guter Wodka.« PENTHOUSE

Club Kalaschnikow
Kriminalroman
Aus dem Russischen
von Margret Fieseler
445 Seiten
ISBN 978-3-7466-2379-5

Die attraktive Primaballerina Katja wird von ihrem Mann Gleb ständig betrogen. Als reicher Casinobesitzer und Sohn eines berühmten Schauspielers hat Gleb Zugang zu den höchsten und zwielichtigsten Kreisen. Als er vor seiner Haustür erschossen wird, verdächtigt die Miliz Olga – Glebs Geliebte. Doch Katja zweifelt an deren Schuld. Erst recht, als ein zweiter Mord geschieht.

»Daschkowa befindet sich in bester Gesellschaft internationaler Krimiliteratur.« MITTELDEUTSCHE ZEITUNG

Club Kalaschnikow
Kriminalhörspiel
2 CDs. 114 Min.
ISBN 978-3-89813-262-6

Auch als Kriminalhörspiel bietet »Club Kalaschnikow« einen glänzenden Krimiplot und zeichnet ein scharfes Bild des Russland von heute. Spannend inszeniert mit Dörte Lyssewski, Anna Thalbach und vielen anderen.

»Krimi-Hörspiel-Entdeckung des Jahres.« BRIGITTE

Russische Orchidee
Kriminalroman
Aus dem Russischen
von Margret Fieseler
435 Seiten
ISBN 978-3-7466-2393-1

War es wirklich der kleine Geschäftsmann Sanja, der den Fernsehmoderator Butejko erschossen hat? Borodin von der Moskauer Miliz ahnt, dass der Fall viel komplizierter ist. Wer erpresst die Nachrichtenmoderatorin Lisa und was hat der sagenhafte Diamant »Pawel« mit dem Mord zu tun? Ein Roman über Intrigen in der Medienwelt, über Korruption, Besessenheit, Liebe und Verrat.

»Ein Blick in die russische Seele.« FRAU IM SPIEGEL

Lenas Flucht
Kriminalroman
Aus dem Russischen
von Helmut Ettinger
233 Seiten
ISBN 978-3-7466-2381-8

Lena hat Angst um ihr ungeborenes Baby. Ärzte reden ihr ein, es sei bereits tot. Instinktiv flieht sie aus der Klinik. Doch die Miliz glaubt ihr nicht. Als in Lenas Wohnung eingebrochen wird und man sie verfolgt, erkennt sie, dass es um viel mehr geht als um eine medizinische Fehldiagnose.

»Polina Daschkowa erzählt filmreif.« F. A. Z.

Keiner wird weinen
Kriminalroman
Aus dem Russischen
von Ganna-Maria Braungardt
406 Seiten
ISBN *978-3-7466-2374-0*

Ein Junge aus dem Waisenhaus wird zum gefürchteten Bandenchef. Ein anderer verliert alle seine Verwandten durch einen grausamen Mord. Rache wird zu seinem Lebensinhalt. Die meisterhafte Geschichte eines Mörders aus »niederen« und eines Mörders aus »edlen« Motiven – und wie sie dazu werden konnten.

»Daschkowas Krimis machen süchtig.« SÄCHSISCHE ZEITUNG

Für Nikita
Kriminalroman
Aus dem Russischen
von Ganna-Maria Braungardt
408 Seiten
ISBN *978-3-7466-2395-5*

Es war die ganz große Liebe – Nika und Nikita. Doch Nika heiratet einen einflussreichen Politiker. Als Nikita dessen Biographie schreibt, gerät er in tödliche Gefahr. Die Geschichte einer Frau zwischen zwei Männern, die einst eine falsche Entscheidung traf und dafür fast mit dem Leben bezahlt.

»Unglaublich dicht und spannend.« BRIGITTE

EINE AUTORIN HÖCHSTEN RANGES

»Polina Daschkowa erzählt filmreif.« F. A. Z.
»Unglaublich dicht und spannend.« Brigitte
»Sie ist die Königin des Krimis.« Die Zeit

Die Meisterin der atemlosen Spannung

Der ungeheure internationale Erfolg von Polina Daschkowa lässt sich mit einer einzigen Zahl illustrieren: 45 Millionen verkaufte Exemplare weltweit! Übersetzt ins Französische, Deutsche, Holländische, Spanische, Bulgarische, Rumänische.
In nur zehn Jahren hat sie sich eine riesige Fangemeinde erschrieben. In Russland, wo Kriminalromane in Warenhäusern, Kiosken und improvisierten Verkaufsständen allgegenwärtig sind, wird jede ihrer Neuerscheinungen zum großen Ereignis. Fasziniert sind die Leser nicht allein von Daschkowas hochspannenden und stets aktuellen Geschichten, sondern vor allem von ihren feinen Charakterstudien. So trifft man in ihren Büchern den skrupellosen Millionär genauso wie den armen Liedermacher oder die mutige Journalistin. Erscheinen ihre Stoffe auf den ersten Blick sehr russisch, so sind sie doch stets universell. Denn es geht um die großen tödlichen Dramen dieser Welt – um Liebe, Wahn und Geld.
In Deutschland wurde Polina Daschkowa unlängst mit dem Krimi-Preis von Radio Bremen ausgezeichnet.

FRAU DASCHKOWA, was denken Sie über:

Das »neue Russland«: Dieser Staat erinnert an einen pubertierenden Teenager aus einer schlecht funktionierenden Familie: schwankend zwischen Minderwertigkeitskomplex und Größenwahn, zwischen Euphorie und selbstmörderischer Depression.

Das Böse: Das Böse beginnt da, wo es Niedertracht gibt. Niedertracht herrscht, wenn die Wirklichkeit mit ihrem Schein vertauscht wird: statt Mitleid Sentimentalität, statt Schönheit Pornografie, statt Geschichte Mythologie.

Die Mafia: Ein gut organisiertes, diszipliniertes und ziemlich erfolgreiches Kollektiv von Gaunern, Paranoikern, Sadisten, Bürokraten und sonstigen moralisch verkommenen Subjekten. In Literatur und Kino wirken sie viel attraktiver als im Leben.

Das Schreiben: Eine angeborene Pathologie der Sinnesorgane oder des Stoffwechsels, bei der alles, was man sieht, hört oder sogar riecht, unbedingt in literarischer Form ausgedrückt werden muss.

Dostojewski: Wenn Sie über jemandem etwas herausbekommen wollen, was er selbst nie über sich sagen würde, dann unterhalten Sie sich mit ihm über Dostojewski.